처갓집 근현대사

처갓집 근현대사

네브라스카 한인소년병학교 과학교사
이명섭에 관한 기록

ⓒ 최광현, 2022

초판 1쇄 발행 2022년 10월 4일

지은이 최광현
펴낸이 이기봉
편집 좋은땅 편집팀
펴낸곳 도서출판 좋은땅
주소 서울특별시 마포구 양화로12길 26 지월드빌딩 (서교동 395-7)
전화 02)374-8616~7
팩스 02)374-8614
이메일 gworldbook@naver.com
홈페이지 www.g-world.co.kr

ISBN 979-11-388-1281-8 (03810)

처갓집 근현대사

네브라스카 한인소년병학교 과학교사
이명섭에 관한 기록

최광현 지음

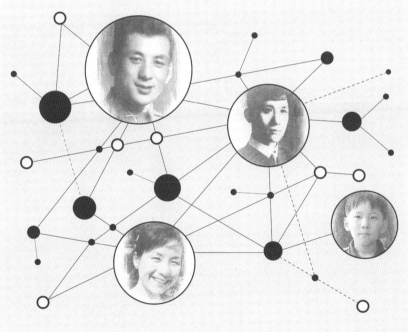

좋은땅

‖ 차례 ‖

제1장
형과 동생

제2장
미지의 세상을 향하여

제3장

북미대한인애국동지대표회와
'미국 내 한인들의 항일전투훈련계획'

제4장

문명과 지식과 훈련:
네브라스카 한인소년병학교

제5장
타국에서의 전쟁, 또 하나의 갈림길

제6장

태산을 넘어 험곡으로:
유타 빙햄의 구리 광산에서

제7장
'우리 사회에 많은 공헌이 있는
이명섭 씨'의 귀국과 결혼

제8장
항일독립운동의 본거지 상해의
프랑스 조계로 뛰어들다

제9장
해방 후 서울(경성)에서

제10장
이 땅의 수고가 끝날 때에…

제11장
남은 가족들의 이야기

이야기를 시작하기 전에…

과학은 시간과 공간이 결코 분리될 수 없는 불가분의 관계로 엮여 있는 것임을 밝혔고, 현존했던 그리고 현존하는 모든 관찰 대상의 시공간상 좌표는 정확히 측정할 수 없으며 대략의 확률과 양(量)으로만 표현 가능하다는 결론을 내린다. 원자(原子) 이하의 작은 놈들이 좀처럼 가만히 있지 않고 끊임없이 움직이는 까닭이요, 우리가 무언가를 관찰하려 눈을 들이대면 이것들이 도망가 버리는 까닭이라 한다.

움직이지 않는 거라 생각했던 고정된 물체에 대한 우리의 관찰능력이 이 지경일진대, 사람들의 감각기관이 만들어 낸 불완전한 기억에 기반하여 재구성한 '역사적 사실'이란 것의 '정확성'(절대성)은 오죽하랴.

'있는 그대로의 과거?' 사람들이 그 말에 의심을 품기 시작한 것은 벌써 오래전 일이다. 우리가 기억하는 과거의 사건들은 변하지 않고 그대로 그곳에 머물러 있는 절대적인 것이 아니라, 어쩌면 가변적이고 고정되지 않은 현실이다.

우리가 기억하고 인식하는 현실로서의 과거는 시간이 지날수록 훗날의 일들이 개입되며 새로운 정보와 상상이 어우러져 보다 입체적으로 변할 수 있기 때문이다. 시간이 상대적인 것처럼 과거의 사건도 상대적인 것이다. 현재와 미래가 과거에 영향을 받는 것처럼, 과거 또한 현재와 미래로부터 영향을 받고 있다. 그렇게 과거와 현재와 미래는 분리된 것이 아니고 서로 얽혀 있는 것이므로, 서로 영향을 주고받는다.

이를 인정하고 들어가면 우리 기억의 세계는 한층 흥미진진해진다. **우리가 기억하는 과거는 미래로부터 끊임없이 생성되는 사람들 사이의 새로운 관계들을 통해 새로운 의미를 부여받으며 미래만큼이나 역동적으로 변하고 있다. 현재의 입장에서는 그 변화의 결과로 과거가 '업데이트' 또는 심지어 '업그레이드'되고 있는 것이라 말할 수 있을 것 같다.** 즉 우리가 기억하는 과거로서의 역사는 과거에서 미래로 일방 통행하는 것이 아니라 과거와 미래 사이에서 양방향으로 흐른다. 어쩌면 역사에 '흐른다'는 표현을 쓰는 것이 적합하지 않을 것 같기도 하다.

우리는 시공간 속에서 그렇게 얽혀 우리가 기억하는 과거를 바꾸어 가고 있다. 역사란 나와 무관하다고 생각했던 사람들이 사실은 나와 관련이 있는 사람들이었음을 알려 주는 일종의 장치이다.

이제 본 이야기를 시작해 보기로 하자.

순전히 호기심 때문에 얽이다

그것은 그저 순전한 호기심 때문이었다. 아내의 할아버지에 관한 기록을 혹시 찾을 수도 있지 않을까 생각했던 것 말이다.

결혼 초, 그러니까 대략 20여 년 전, 아내는 집안 이야기를 하다가 자신의 친할아버지가 미국 유학을 다녀오신 분이라는 말을 한 적이 있었다.

처갓집 할아버지 이명섭

미네소타 대학을 졸업하셨고, 서재필이나 안창호, 김구 선생과도 꽤 친분이 있었다는 이야기를 들었다고 했다. 특이한 이야기이기에 혹시 사진이나 남기신 기록물 같은 것이 있느냐고 물었다. 하지만 아내가 알고 있는 것은 할아버지 이름이 '이명섭'(李明燮)이라는 것과 학사모에 졸업가운 차림으로 찍은 졸업사진 한 장이 전부였다.

산소는 어디인가 물었더니, 6.25 전쟁 와중에 폐결핵으로 돌아가셔서 서울 북아현동 집 근처 산에 묻히셨는데, 격렬한 전쟁이 지나간 후 오랫동안 그 산이 군사보호지역으로 접근불가가 된 뒤로 그 산소는 결국 더이상 찾을 수 없더라는 이야기를 장인께서 하셨다고 했다.

처가 집안의 본향은 함흥. 전주 이씨 안풍대군파 소속이라 했다. 전주이씨치고는 그 수가 상당히 적고 희귀한 파였는데, 이성계 쪽은 아니고 그의 몇 대조 할아버지의 형제인 '목조대왕'이라는 분의 후손이 되는 것이라 했다. 친척 중 어떤 이가 '선물'을 싸 들고 관직을 얻기 위해 민비를 만났는데 그 얼굴이 '곰보' 즉 '마마'(천연두)를 앓은 흔적이 있었다더라 하시던 장인의 이야기를 들은 기억이 난다. 나의 외할머니처럼 굵고 낮고 큰 베이스 음성에 표현이 북한식으로 꽤 직설적인 분이셨다.

어쨌든 대대로 '함흥차사'라는 말의 진원지 함흥에 거주했고, 1945년 해방 전에는 평양에도 거주했던 것 같았는데 해방 이후 서울로 내려왔다고 한다. 할아버지의 자녀들, 그러니까 나의 장인과 그 여동생들은 평양에서 태어났고, 그곳에서 초등교육을 받았다. 어쨌든 할아버지 이명섭의 해방 전 본가는 함흥이었다. 어린 시절 방문한 적이 있는 장인의 기억 속에 남은 함흥 본가의 이미지는 '덕수궁 돌담길'을 연상시키는 돌담으로 둘러싸인 꽤 큰 저택이었다.

사진 한 장과 집에서 전해져 내려오는 이야기들 외에 할아버지 이명섭에 대한 정보를 알 수 있는 다른 기록물은 없었다. 전쟁과 피난의 와중에 챙긴 것이 없었던 것 같았다. 많은 집안에서 통상적으로 하는 것처럼 다소간의 과장도 있지 않을까 생각하기도 했다. 이승만, 서재필, 안창호 등은 꽤 오래전 사람인데 아내의 친할아버지 세대치고는 너무 시간차가 나지 않나 하는 생각도 들었지만, 사실 굳이 내가 알아야 할 이유도 없었다. 아내로 족했고, 나를 좋아하시는 것 같은 장인 또한 나와 통하는 부분이 많이 있었으므로 그저 감사하게 생각하며 제법 긴 세월이 흘렀다.

나는 1995년 6월에 해외로 유학을 갔었고, 1998년 2월에 아내와 결혼을 했다. 그리고 2008년 5월에 공부를 마친 뒤 아내와 10살 난 아들 하나를 데리고 귀국했다. 그 후 10여 년을 주로 대학 강단에서 강의를 하고 해외 원정발굴에 스태프로 참여하기도 하며 살았다. 그 사이 장인께서는 2015

년 1월에 고인이 되셨고….

그런데 박근혜 대통령이 탄핵되고 민족주의 성향이 강해 보이는 새로운 정부가 들어서며 사회적으로 일제 강점기 독립운동과 상해임시정부의 정통성에 대한 관심이 크게 부각되었고, 마치 1980년대 대학 시절의 캠퍼스처럼 근현대사 역사논쟁이 사회 안에서 뜨거워지는 것 같았다. 특히 대한민국 건국과 관련하여 사회적으로 이승만에 대한 비판이 한층 격렬해지는 것을 느꼈다. 그러던 어느 날 우연히 유튜브에서 이승만 관련 영상을 보던 중 아내의 할아버지가 떠올랐다.

대략 동시대에 유학생으로 미국에 있었다면 이승만이나 다른 인물들의 기록 가운데 할아버지 이명섭의 존재를 찾을 수 있지 않을까 하는 생각이 들었다. 당시 미국의 한인 유학생 수가 그리 많지 않을 것 같았기 때문이었다. 즉시 인터넷으로 검색을 시작했다. 며칠 동안 틈이 나는 대로 인터넷을 뒤졌다. 그리고 첫 번째 단서를 찾게 되었다. 그것은 1900년대 초반 미국 유학생 모임에서 정기적으로 발행한 「우라끼」[1]라는 정기간행물에 관한 기사였다. 이 간행물에 당시 유학생들의 명단이 있다는 정보였다.

오늘날 인터넷은 확실히 대단한 정보의 보고임이 확실했다. 1925년 9월 26일 자로 발행된 「우라끼」 1집에 실린 유학생 명단을 인터넷에서 찾을 수 있었다. 그리고 「우라끼」 1집에 실린 대학 졸업생 명단 속에서 이명섭이라는 이름을 발견했다. 1918년 졸업을 했고, 직업은 '미상'으로 되어 있었다. 머리칼이 쭈뼛 서는 느낌이 들었다.

---

1) [우라끼]는 미국 록키(The Rocky)산맥의 이름을 딴 것이다. 동시에 1908년 미국 덴버시 그레이스 감리교회에서 개최된 '애국동지대표회'에 관한 사진과 기사를 실었던 덴버의 지방 신문 [The Rocky Mountain News]의 별칭이었던 'Rocky'와도 무관치 않은 것 같다. 「The Rocky Mountain News」 [Wkipedia].

네브라스카의 한인소년병학교 교사 명단 속에서

1910년대 미국 한인 유학생 이명섭에 대한 지속적인 인터넷 검색은 독립운동가 박용만이 미국 네브라스카주의 헤이스팅스 대학 안에 세운 한인소년병학교로 나를 이끌어 갔다. 무장투쟁을 통한 독립 노선을 추구했던 박용만이 훗날 무장항일투쟁을 이끌 군지도자를 양성할 목적으로 세운 학교였다. 그곳에서 교사로 재직한 이들의 명단 가운데 이명섭이라는 이름이 있었다.

아내에게 물었다. "혹시 할아버지가 네브라스카에 있었던 적이 있었어?" 아내는 깜짝 놀라며 들은 적이 있다고 했다. "아빠가 살아 계셨더라면 정말 많은 이야기를 해 주셨을 텐데." 하며 아내는 돌아가신 장인의 부재를 아쉬워했다. 그나마 다행이었던 것은 장남인 아내의 오빠, 즉 처남이 할아버지에 관한 내용을 아내보다 많이 알고 있었다는 사실이었다. 할아버지 이명섭이 네브라스카에 일정 기간 있었다는 것은 집안에서 전해져 내려오는 이야기 속에 확실히 포함되어 있었다.

네브라스카의 한인소년병학교에 관한 인터넷 정보에서 가장 빈번하게 인용되는 국내 출판 연구물은 2007년에 출간된 안형주의 「박용만과 한인소년병학교」였다. 이 책이 필요했다. 고맙게도 내가 사는 동네에 있는 시립 도서관에 이 책이 있었다. 시간을 내어 이 책을 빌렸다. 아내와 함께 집으로 돌아오는 길에 걸으며 책의 첫 페이지부터 빠른 속도로 이명섭이라는 이름을 찾기 시작했다. 국내 도서에는 인명색인이 없는 경우가 많아 달리 방법이 없었다.

짧은 시간 안에 여러 곳에서 그 이름을 찾을 수 있었다. 과연 한인소년병학교의 교사 명단에 그 이름이 있었다. 그런데 더 중요한 부분은 한인소년병학교 출신으로 미국의 고등학교나 대학을 졸업한 사람들의 이름과 출신학교 이름을 기록한 명단이었다.[2] 이 명단 가운데 이명섭이 있었다. 그리고 그가 졸업한 학교는 미네소타 대학(University of Minnesota)이었다. 집안에서 전해 내려온 '전승'과 정확히 일치했다. 할아버지 이명섭에게 한 걸음 더 가까이 가게된 것이다.

물론 이것으로 할아버지의 기록을 찾았다고 선언할 수는 없었다. 이제 남은 과제는 이 한인소년병학교의 이명섭이 아내의 할아버지 이명섭과 동일 인물인지 아니면 동명의 다른 인물인지를 확인해 주는 결정적인 증거를 찾는 일이었다.

마침내 기록으로 확인된 전설 속의 할아버지

안형주의 「박용만과 한인소년병학교」는 이명섭을 추적하는 우리에게 많은 정보와 실마리를 제공해 주었다. 그 책은 각주를 성실하게 달아 놓은 연구서였다. 이 각주들을 통해 당시 미국 유학생들에 관한 세부정보가 [신한민보]라는 신문에 많이 있음을 알 수 있었다. 한인소년병학교의 교사로 재직한 이명섭에 관한 정보의 출처도 [신한민보]인 경우가 적지 않았다. 안형주의 책이 제공하는 이명섭에 관한 마지막 정보의 출처 역시 [신한민보]였다. 안형주의 책은 그가 1928년 귀국하여 결혼했으며, 그 이후 그의 행적이 어떠한지는 알 수 없다고 기록하고 있었다.[3]

---

2) 안형주 「박용만과 한인소년병학교」 서울: 지식산업사. 2007, 334-337쪽. 이명섭의 이름
은 336쪽의 맨 하단에 나온다.
3) 위의 책 396쪽.

이 신문에 관해 인터넷 검색을 시작했다. 놀랍게도 우리나라 국사편찬위원회의 데이터베이스에는 이 신문의 스캔 이미지가 거의 다 올라와 있었다. 그리고 단어 검색 기능까지 갖추고 있어서 단어를 입력하면 스캔 이미지 내의 텍스트 안에서 그 단어를 모두 골라낼 수 있었다. 따라서 이명섭이라는 이름을 이 신문의 기사들 안에서 찾아내는 것은 대단히 쉬운 작업이었다. 이를 만든 이들의 노고에 찬사를 보내고 싶었다.

다소 귀찮기는 했지만 이명섭 관련 [신한민보] 기사 전부를 검색했다. 대부분 짤막한 기사들이었다. 그런데 거의 마지막 무렵에 찾은 이명섭의 결혼 관련 기사에는 이명섭과 그의 신부 이름이 함께 언급되어 있었다. 신부 최애래(崔愛來). 정확히 아내의 할머니 성함이었다. 나는 크게 웃으며 탄성을 질렀다. 할아버지 이명섭과 할머니 최애래의 이름이 나란히 언급된 결혼식 기사를 찾은 것이다. 할머니 이름이 워낙 특이하여 다른 가능성은 없었다.

이렇게 한인소년병학교의 이명섭이 아내의 할아버지임이 비로소 밝혀졌다. 전에는 아무도 이 사실을 알지 못했었다. 이 과정에서 할머니 최애래의 이름이 결정적인 증거가 될 줄이야. 그동안 베일에 싸여 있던 아내의 할아버지 이명섭이 역사기록물과 저서들에 등장하는 네브라스카 한인소년병학교의 이명섭이었다는 사실을 확인했던 순간의 짜릿함을 제3자인 나 혼자 누리게 되어 다소 미안하긴 한데, 이 일로 나 또한 이후 벌어진 상황에 나의 뜻과 상관없이 엮이게 되고 말았다. 아내가 본격적으로 할아버지가 남긴 인생행로의 흔적을 '발굴하는' 일에 나섰기 때문이다. 사실 아내의 할아버지는 할머니와 나이 차이가 큰 편이었고, 가족들과 함께 사신 기간이 그리 길지 못해서 그의 삶이 어떠했는지는 집안에서 구체적으로 잘 알려지지 않았던 것 같았다.

이후의 추적 과정은 아내가 자료조사를 맡고 내가 저술을 맡으며 아내의 다른 형제자매들이 도와주는 방식으로 진행하였다. 아무래도 다들 생업이 있는 마당인 데다 아내를 비롯한 다른 형제자매들은 모두 이공계 출신들이라 이런 조사의 결과물을 글로 서술하는 일을 맡을 상황은 아니었다. 더욱이 나는 처갓집의 사위이긴 하지만, 어쨌든 할아버지 이명섭으로부터 피를 받은 바 없는 물리적 제3자인만큼 다른 형제들보다는 객관적으로 조사를 통해 얻은 결과물을 해석하고 가능한 한 있는 그대로 그의 인생행로를 그려 낼 수 있을 것으로 우리는 판단했다.

기왕에 내가 혈연적 제3자로서 이 일을 맡기로 했으니 나는 일부러라도 나의 관점과 생각을 넣어야겠다고 생각했다. 그래서 이 책의 제목이 [처갓집 근현대사]가 되었다. 남편, 사위의 관점에서 서술한 처갓집의 이야기라는 말이다. 조금 더 구체적으로 말한다면 그동안 전설처럼 구전으로만 알려졌던 처갓집의 전설적인 할아버지 이명섭과 그의 집안과 주변 사람들 이야기가 되겠다.

미네소타 대학의 유학생과 상해의 사업가

집안 '전승'에 따르면,[4] 할아버지 이명섭은 미네소타 대학에서 약학을 공부하였고, 약제사 자격증도 가지고 있었다. 그 자격증은 꽤 최근까지 집안에 보존되어 있다가 분실되고 말았다.

---

4) 이후로 '집안 전승'이란 표현을 자주 쓸 것이다. 이는 처갓집 형제들과 그 외 가족들의 기억과 증언 속에 남아 있는 이야기들을 가리키는 표현이다.

우리가 할아버지 이명섭의 미국 활동을 확인할 무렵, 큰처남과 작은처남 또한 나름대로 미네소타 대학과 네브라스카 대학 등에 이메일 교환을 하며 할아버지의 흔적 찾기에 나섰다. 학교를 졸업한 것이 확실한 만큼 학교 쪽에 기록이 남아 있을 것이기 때문이었다. 가장 가능성이 있는 기록물은 인터넷에 올라와 있는, 우리나라 학교들의 졸업앨범 격인 미국 대학들의 연감(yearbooks)이었다.

그러나 몇 가지 문제가 있었다. 첫 번째 문제는 할아버지 이명섭이 공식 문서에서 이름의 영문 철자를 어떻게 썼는지를 알 수 없었다.

첫 성과는 큰처남에게서 나왔다. 큰처남은 2019년 9월 28일에 미네소타 대학 측으로부터 답장을 받았는데, 이 답장은 이명섭(Muyung Sup Lee)의 이름이 대학연감에는 없지만 1918년 학위수여식 프로그램(commencement program) 12쪽과 1917-1918년 총장 리포트(The President Report 1917-1918) 130쪽에 졸업생으로 언급되어 있다는 사실을 알려 주었다. 이 리포트에 따르면 이명섭은 1918년 6월에 약학 분야의 과학사 학위(Bachelor of Science in Pharmacy)를 받았다. 이는 집안에서 알려졌던 내용, 즉 미네소타 대학 약학과를 졸업했다는 것과 정확히 일치했다.[5]

두 번째 문제는 이명섭의 귀국 후 활동이었다. 앞서 언급한 것처럼 안형주의 「박용만과 한인소년병학교」와 [신한민보]는 이명섭이 귀국 후 결혼한 것까지는 알려 주었으나, 그 이후 어떤 활동을 했는지에 대해서는 더 이상

---

5) 다음은 큰처남이 미네소타 대학 측으로부터 받은 이메일의 내용이다. "Your message was forwarded to University of Minnesota Alumni Association. In the 1918 Commencement Program, under The College of Pharmacy, there is listed a Muyung Sup Lee (PDF pg. 12). Muyung Sup Lee is also listed as a graduate in the summary report of The College Pharmacy in The President's Report, 1917-1918 (PDF pg. 130). I was unable to locate any references in the Gopher annual yearbook."

구체적인 정보를 제공해 주지 않았다. 2015년에 고인이 되신 장인어른(이동철)은 과거 할아버지 이명섭이 상해에서 한동안 살았고, 거기서 독립운동의 군자금을 조달하는 일을 했었다는 이야기를 하신 적이 있었다.

거기서 구체적으로 무슨 일을 하셨을까? 상해 체류 당시의 기록은 참으로 엉뚱한 곳에서 처음 발견되었다. 인터넷 검색 중 할아버지 이명섭과 할머니 최애래가 함께 언급된 기록을 발견한 것이다. 그런데 그 기록은 상해에서 활동했던 '아나키스트들'(anarchists)의 독립운동단체였던 남화한인청년동맹에 관한 것이었다. 이 기록에서 이명섭과 최애래는 상해의 프랑스 조계 나배덕로에서 금은교역상 겸 과물상을 경영했던 조선인 사업가 부부로, 1931년 12월 남화한인청년연맹 조직원들의 자금 조달 과정에서 재물을 강탈당했었던 것으로 언급되고 있었다.

한편 일본 쪽 기록인 [용의조선인명부] 316쪽에는 할아버지 이명섭에 관한 것임이 분명한 기록이 있었는데, 이 기록은 그를 '민족주의자들과 교우하고 있는' 요주의 인물로 언급하고 있었다. 이 기록의 내용은 이러했다.

> "1905년 5월 포조(浦潮, 블라디보스토크)로 도항하였다가 다시 그곳에서 도미, 미네아폴리스 대학을 졸업하고 1928년 6월 조선으로 돌아옴 1931년 7월 상해로 도항하여 약종상 영생방을 경영하고 민족주의자들과 교우하고 있는 것 같음.
> 현주소: 상해 불조계 하비로 1014번 26호"

집안의 전승은 정확히 몇 년도에 이명섭이 고향을 떠났는지는 특정하지 못했지만, 그가 하와이를 거쳐 미국 본토에 들어갔다는 사실은 분명히 증언했다. 도미 과정이 3개월 이상 걸렸다는 것도 기억하고 있었다. 그런데 포조(浦潮) 즉 **블라디보스토크**를 통해 미국으로 건너갔다는 것은 알지 못했다. 이는 오직 일본의 기록을 통해서만 알려진 사실이다.

그리고 무엇보다도 이 기록은 그가 고향을 떠난 시점이 1905년 5월이라고 언급하고 있었다. 이 시기는 일제가 대한제국의 외교권을 접수하며 반강제로 체결한 1905년 11월의 을사조약 직전이었다. (출발 시점이 1905년 5월인지 아니면 보다 이른 시기였는지 여부에 대한 다른 견해가 존재하는데, 이에 대하여는 뒤에 언급될 것이다.)

'미네아폴리스 대학'이라 함은 미네소타 대학 미네아폴리스 캠퍼스를 말한다. 정확하게 이명섭이 졸업한 대학이다. 이명섭은 이 대학에서 약학(pharmacy)으로 학위를 받았다. 그의 미국 약사 자격증은 6.25 전쟁 이후까지도 집안에 보관되고 있었는데 어느 시점에 분실되었다. 이명섭이 상해의 프랑스 조계지(불조계)에서 경영했던 '약종상'의 이름은 '영생방'이었다는 것도 이 일본 기록을 통해 처음 밝혀진 사실이다. 이명섭의 아내 최애래는 독실한 기독교인이었으며, 평양 정의여자고등보통학교 교사였었다. '영생방'이라는 이름은 매우 기독교적으로 들렸다.

이래저래 귀국 후 상해의 프랑스 조계지로 간 이명섭의 삶은 여러 면에서 미스터리였다. 이를 알아내기 위해서는 갈 길이 멀어 보였다. 또 하나의 새로운 과제가 생긴 것이다. 아니, 처갓집 할아버지 이명섭에 관한 탐구가 이제 시작인 것처럼 느껴졌다.

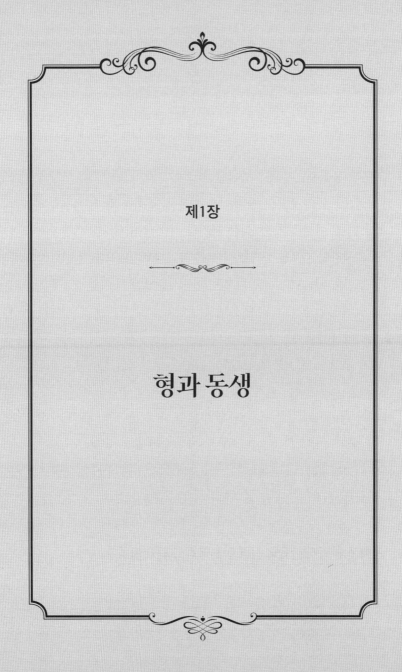

제1장

형과 동생

교통과 통신수단이 매우 발달한 지금 이 시대에도 가족과 고향을 떠나 먼 타국으로 기약 없는 길을 떠나는 일은 결코 쉬운 일이 아니다. 하물며 120여 년 전 여전히 조선이라는 과거의 짐에 눌려 새로운 세상에 눈뜨기를 두려워하던 고국을 등지고, 러시아 블라디보스토크를 거쳐 미지의 땅 미국을 향해 떠난 20대 초반의 청년 이명섭은 도대체 어떤 마음을 가지고 그런 모험을 감행한 것일까? 도대체 무엇이 그로 하여금 그 머나먼 여정을 시작하게 했을까?

먼지 쌓인 문서 기록더미로부터 발견한 전설적인 할아버지 이명섭의 이야기를 끄집어내어 본격적으로 시작하기 전에, 함흥을 배경으로 한 그의 집안 이야기와 그의 집안 내 두 인물의 이야기를 먼저 해 두는 것이 좋을 것 같다. 이명섭의 형 이명우와 이명우의 아들, 즉 이명섭의 장조카 이동제가 그들이다. 이 두 인물을 먼저 이야기하는 것이 이들 집안의 특징을 이해하는 데 도움이 된다는 판단이 들기 때문이다.

서학 집안의 대한제국 참령 이지영과 그의 아들들

전주 이씨 안풍대군(安豊大君) 파보에 따르면, 이명섭의 아버지 이지영(李志永)은 1833년 이종오(李鍾午)의 장남으로 태어났으나 아들이 없던 맏형 이종악(李鍾岳)에게 입양되었다. 이지영은 두 살 손위였던 첫 부인인 밀양 박씨(1831년생)에게서 1852년에 첫 아들 명성(明成)을 얻었고, 아마도 부인과 사별한 후 40대 중반의 나이에 두 번째 부인인 경주 김씨(1853년생)에게서 명우(明雨, 1879년생), 명섭(明燮, 1884년생), 명수(明秀, 1887년생) 삼 형제를 얻었다. 이지영의 자손들의 경우 이 항렬(40세손)까지는 딸들에 관한 기록이 족보상에 언급되어 있지 않다. 그러나 후술하겠지만, 족보상에는 없어도 이지영에게는 딸들도 있었다.

집안의 전승은 이명섭의 아버지 이지영(李志永)이 함경도에서 참령이라는 관직을 가지고 있었다고 기억한다. 1800년대 후반의 참령이라면 그것은 대한제국군의 영관급 장교 명칭이다. 또한 그는 서학(西學)을 받아들인 카톨릭(천주교) 신자였다고 한다. 새로운 세상과 문명과 이념과 믿음에 눈을 돌리고 있던 사람이었다고 볼 수 있다. 언제부터 카톨릭교인이 되었는지는 확실치 않지만, 이지영 이전 세대부터 서학/카톨릭을 받아들인 집안이었다는 말이 집안에 전해져 내려왔다 한다.

이지영의 장남 이명우는 일본에서 경제학을 공부했고, 삼남 또한 일본으로 가서 농학을 공부했다. 이들의 배우자들과 자손들 중에도 일본 유학을 다녀온 이들이 여럿 있었다. 그런 가운데 우리의 주인공 차남 이명섭은 유독 이른 나이에 하와이를 거쳐 미국 본토로 건너가 그의 집안 사람들이 결코 살아 보지 못했던 삶의 자취를 남겼다. 그래서 특이해 보였다.

그의 인생의 특이함은 미국에서 끝나지 않았다. 귀국 후 그는 일본 유학생 출신으로 평양 정의여자고등보통학교 음악선생이던 여성과 결혼했고, 얼마 지나지 않아 서구 열강들과 일본의 이해관계만큼이나 한국 독립운동 계파들의 관계도 복잡하게 얽혀 있던 중국의 국제도시 상해의 프랑스 조계지로 뛰어들었다. 그리고 1945년 광복 직후에 서울로 귀환했다.

그러나 몸은 이미 노쇠하고 병들어 있었다. 미군정에서 잠시 일했던 그는 1950년 12월 한국전쟁의 와중에 긴 도전과 모험의 여정을 마무리했다.

함흥의 민족계 북선상업은행 지배인이 된 그의 형 이명우

집안 전승은 증조부 이지영의 장남이자 이명섭의 형이었던 이명우(李明雨)가 일본 동경의 메이지(明治) 대학교 경제학부(상과)를 졸업하고 함흥의 한 은행 고위직에 있었다고 기억했다. 이명섭의 큰딸 동혜는 그가 함흥에서 매우 유명한 인물이었다고 했다. 확인 결과 그것은 사실이었다. 과거의 문서에서 그의 기록을 찾는 것은 그리 어렵지 않았다.

이명우는 1910년 대한제국이 국권을 일본에 빼앗기기 전인 대한제국 시대에 일본 유학생이 되었었던 것으로 보인다. 그는 일본이 대한제국을 합병하며 동경 한인 유학생들의 상설조직을 불허하고 모든 임시집회까지 허가제로 바꾸자, 이에 맞서 다른 유학생들과 더불어 한인학생회 상설조직을 다시 세우기 위해 주도적으로 투쟁하기도 했다.[6]

유학을 마치고 귀국한 이명우는 1916년즈음 함흥의 북어창고주식회사(北魚倉庫株式會社)의 지배인이 되었다.[7] '북어창고주식회사'는 본래 부산 초량의 객주 정치국(丁致國)이 1900년(고종 37년) 함흥의 객주들과 합작하여 세운 부두 창고 회흥사(會興社)에서 비롯된 것으로 알려져 있다. 회흥사는 1910년(순종 4년)에 북어창고(北魚倉庫)로 개칭되었고, 북어창

---

6) 황석우 외 「반도에 기다인재를 내인 영·미·러·일 유학사」「삼천리」제5권 제1호. 1933, 24-25쪽; 필봉자 「관북의 인물: 이명우 군」「매일신보」, 1925년 2월 23일 자 일반 3면 4단 에는 그가 메이지 대학교 상과를 졸업했다는 언급이 나온다.

7) [조선총독부 관보] 제1276호. 1916. 11. 4.

고는 1914년에 주식회사로 변경되면서 북어창고주식회사가 되었다. 이 창고회사는 함경도 일대에서 해상운송을 통해 부산으로 가져온 명태 등의 수산물을 일시적으로 창고에 보관하는 업무를 맡았다. 당시 함경도와 서울 간에는 철도가 없었으므로 함경도의 수산물을 서울을 비롯한 타 지역으로 공급하기 위해서는 부산에 집결시킨 뒤 그곳을 거점으로 유통시켜야 했기 때문이다. 이를 위해 함흥과 부산에 대형 수산물 창고가 필요했다.[8]

그런데 1914년에 경원선이 개통되면서 육로를 통한 함경도 수산물의 타 지역 유통이 가능해졌고, 이로 인해 함흥-부산 간 수산물 해상유통의 중요성이 감소했다. 부산에서 이 창고는 1920년에 북선창고(北鮮倉庫)로 개칭되었다가, 1926년에 남선창고(南鮮倉庫)로 변경되었다.[9] 이는 함흥-부산-서울을 잇는 수산물 유통루트가 사실상 해운이 아닌 함흥-서울 간 육로 운송으로 대체되었음을 암시한다.

이후 1918년, 함흥의 민족계 은행이었던 주식회사 북선상업은행(北鮮商業銀行)이 설립되었을 때, 이명우는 이 은행의 지배인으로 상업등기에 이름을 올렸다.[10] 이 은행은 초대 대표(은행장)였던 김승환(金昇煥)을 비롯한 함경남도의 유력한 민족계 실업인들과 지주계층 인물들이 중심이 되어 세운 독자적인 민족계 은행으로, 원산에 은행들을 세우며 함경도 지역 금융계에 영향력을 확대하던 일본 상인들을 견제할 목적에서 설립된

---

8) 「초량 명태고방」[부산향토문화백과] 부산역사문화대전. (인터넷판).
9) 위의 글 참고.
10) [조선총독부 관보] 제1890호. 1918. 11. 26. 여기에 기록된 그의 주소는 함경남도 함흥군 함흥면 중하리 216번지이다.

은행이었다.[11]

　이후로 이명우는 이 은행에서 주요 이력을 쌓았다.[12] 그는 이 은행의 대주주이기도 했고(1921년 130주 소유), 이사 겸 지배인(1923년)이 되기도 했다. 어떤 해에(1927년)는 지배인 역할만 하기도 했던 것 같다.[13] 이 무렵 이미 함흥 지역의 유력 경제인이 되어 있었던 이명우는 1922년 1월 9일 오후 7시 함흥기독청년회가 시내 상인들을 위하여 주최한 경제 강연회에 연사로 초청되어 '조선 경제계에 대하야'라는 제목으로 강연을 하기도 했다.[14]

　그런데 이 은행의 초대 대표이자 은행장이던 김승환이 1927년에 세상을 떠나고, 그의 사후 이사이자 대주주였던 한시은(韓時殷)이 2대 은행장이 되었다. 이 무렵부터 이명우는 1931년과 1933년의 요록에서 주식회사 북선창고(北鮮倉庫)의 감사로 이름을 올리고 있다. 북선창고는 1920년에 설립된 북선상업은행에 속한 창고로서 창고업 외에도 금융, 운송, 화재 보험 대리 등의 사업을 하고 있었다. 이는 아마도 이명우가 1916년에 관여했던 북어창고주식회사와 관련되는 것으로 보인다.

　그럼에도 이명우는 1930년까지는 본점의 지배인직을 계속 유지하고 있었던 것 같다.[15] 그러나 북선상업은행은 1929년에 닥친 경제공황의 위기

---

11) 조기준 「북선상업은행」 [한국민족문화대백과사전] 1996. (인터넷판).

12) [조선총독부 관보] 제1928호. 1919. 1. 4.; 제2860호. 1922. 2. 27.; 제3763호. 1925. 3. 4. 1922년에 이명우의 주소는 함흥군 함흥면 중리 205번지로 바뀌어 있다.

13) 「북선상업은행(주)」 [조선은행회상요록] 동아경제시보사. 1921, 1923, 1925, 1927.

14) 「함흥기독청년회 경제강연회개최: 조선경제계에 대하야(이명우), 함흥상계의 결함(최순탁)」 [동아일보] 1922. 1. 18. 4면 5단.

15) 북선상업은행이 1930년 9월 16일에 개업한 서천읍내 지점에 관한 매일신보의 기사는 그의 직위 변동에 대해 이렇게 서술한다. "함흥에 본점을 둔 북선상업은행에서는 서천읍내에 지점을 설치하고 9월 16일부터 개업한다는데 당분간 본점 지배인 이명우 씨가

를 극복하지 못하고 결국 1933년 일제 총독부가 세운 조선상업은행에[16] 흡수 합병되었다. 이 과정에서 이명우는 1933년 6월 25일부로 조선상업 은행 함흥 지점의 지점장이 되었고, 이 지점의 차장에 일본인 행원이 취임했다.[17]

그가 조선상업은행에 얼마나 재직했는지는 알려진 바가 없지만, 오래 머물지는 않았던 것 같다. 이후 조선상업은행 관련 기록에서 그의 이름이 등장하지 않기 때문이다.

잡지 [개벽]의 '관상자'가 남긴 이명우에 대한 관상평

이명우의 생김새는 어떠했을까? 인터넷으로 조직화된 과거기록물의 데이터베이스는 참으로 놀랍다. 이런 사적인 질문들에도 답변을 주니 말이다. 가장 흥미로운 기록은 1920년대 천도교 계열의 잡지 [개벽][18] 제54호

지점장 대리를 겸하리라 한다."「북선상업은행서천지점」[매일신보] 1930. 9. 15. 석간 3면 13단.

16) 조선상업은행은 광복 후 한국상업은행이 되었고, 이는 나중에 한일은행과 통합하여 한빛은행이 되었다가 현재의 우리은행이 되었다.

17) "북선상업은행을 조선상업은행이 흡수 합병케 되고 앞으로는 양 은행의 감시주주총회 와 기타 수결이 남아있다는 것은 □□한 바이어니와 이 합병의 결과 북선상은원으로 현재 한 두취(한시은 은행장)만 조선상은의 평취체역(平取締役)으로 되고 함흥 지점 장으로는 북선상은 지배인 이명우 씨를 그대로 채용하고 지점장의 차석에는 조선상은 일본인 행원이 취임하며 조선상은의 함흥 지점으로는 6월 25일로부터 개□될 것이라 고 한다."「북선은행 그 후 한시은 두취 조상 평취체역 이명우 지배인은 지점장으로 조 상 일인행원이 차석에」[동아일보] 1933. 5. 6. 4면 5단. '취체역'은 오늘날의 '이사'를 말 한다.

18) [개벽]은 1920년대에 민중계몽의 목적으로 발행된 천도교 계열의 잡지였다. 사회주의 경향의 또는 계급의식이 강한 작가들이 저자로 많이 참여했다.

(1924년 12월 1일 발행)에 '관상자'(觀相者)라는 필명으로 한 익명의 저자가 실은 「함흥과 원산의 인물백태」라는 글이다.

이 글은 당시 함흥과 원산 지역의 부자들이나 유력 인사들을 관상평 형식으로 풍자하고 조롱하는 글이다. 이 글에는 북선상업은행장이었던 김승환(金昇煥)과 한시은(韓時殷)은 물론이고 같은 은행 지배인이었던 이명우에 대한 관상평과 약간의 조롱까지 포함되어 있었다. 따라서 그에게 관심이 있는 100년 뒤의 나 같은 사람에게는 꽤나 흥미로운 글이다. 그 원문의 이명우에 대한 대목은 이러하다.

> "부자는 아니지만은 부자사용인의 일인인 북선은행 지배인 이명우(李明雨) 군도 부자와 추축(追逐)을 잘하니 부자관상 하는 길에 같이 좀 보아주자 - 이 이 군은 이름에 명(明) 자가 있지만은 양안(兩眼)이 불명(不明)한지 항상 흑대모(黑玳瑁) 안경을 딱 벗티고 있는데 건순노치(乾脣露齒)는 무사득방(無事得謗)이라고 건순(乾脣)이 좀 된 까닭에 아무리 충실하게 일을 본다 하여도 무자격하다는 평이 있다. 그러나 이타(耳朶)가 후함으로 보호자가 많고 또 자손궁(子孫宮)이 길하여 아무 염려가 없다. 아무쪼록 자본가만 잘 도와주어라. 지금의 지배인 지위를 보존하는 것도 김두취(金頭取)의 자부(子婦)가 君의 매씨(妹氏)인 까닭이요 사회청년에게 다소 대우를 받는 것도 군(君)의 자(子) 동제(東濟) 군의 안면으로 인함이 다(多)한 듯하다."[19]

그런데 이 글을 쓴 '관상자'는 누구일까? 그가 누구인지를 밝혀내는 일

---

19) 관상자 「함흥과 원산의 인물백태」 [개벽] 제54호, 1924, 100쪽.

은 어렵지 않았다. 그는 일제 강점기 동안의 우리나라 잡지계를 대표하던 청오 차상찬(車相瓚)이었다. [개벽]을 비롯한 수많은 잡지들을 창간했으며, 민족의식이 강한 글들을 많이 써서 일제로부터 핍박을 많이 받았다.[20] 그의 특징은 수십 개의 필명으로 글을 썼다는 사실이며, '관상자'는 그의 대표적인 필명들 가운데 하나였다.[21]

어쨌든 이명우에 대해 이 기록이 제공하는 정보를 정리해 보면 이러하다. 우선 이명우는 '관상자' 차상찬 보기에 '부자사용인' 가운데 하나였다고 하는데, 이것이 '부자들이 사용한 사람'을 의미하는 것인지 자기를 위해 '부자들을 사용한 사람'이라는 것인지는 확실하지 않지만, 어쨌든 그는 부자가 아니었음에도 부자들과 잘 어울렸던가 보다.

검은테('흑대모', 黑玳瑁) 안경을 썼다는 대목에서 그의 시력이 좋지 않았다는 사실을 읽을 수 있고, '건순노치'(乾脣露齒)[22]였다는 표현에서 웃을 때 윗입술이 위로 들려 윗니가 노출되었었다는 것을 알 수 있다. 이 당시에는 이런 입을 가진 사람은 '무사득방', 즉 까닭 없이 욕을 먹거나 평가절하를 당했던 모양이다. '관상자' 보기에 세간에서 그를 무자격하다고 평가절하 하는 것은 '무사득방'한 것일 수도 있다 하니, 나름 그의 능력에 대한 평가는 일단 보류된 것 같기도 하다.

관상으로 능력을 평가하는 것은 그다지 신뢰할 만하지 않지만, 어쨌든

---

20) 심경호 「차상찬 전집(1-2, 차상찬전집편찬위원회, 2018)에 관한 단상」 [근대사서지] 제20호, 2019, 381-392쪽.

21) 정현숙 「차상찬 연구① 기초 조사와 학술적 연구를 위한 제언」 [근대사서지] 제16호, 2017, 67-94쪽; 「차상찬 연구② 필명 확인(1)」 [근대사서지] 제17호, 2018, 443-467쪽; 「차상찬 연구③ 필명 확인(2)」 [근대사서지] 제20호, 2019, 393-412쪽.

22) 건순노치(乾脣露齒)에서 脣은 놀랄 '진'이 아닌, 입술 '순'으로 읽어야 한다. 이것은 일본식 한자이다. '건순노치'는 윗입술이 위로 들려서 윗니가 드러나보이는 것을 말한다.

그의 사진을 구하지 못한 우리에게는 그의 생김새에 대한 좋은 정보인 것만은 확실하다. 또한 '관상자'는 이명우의 귓불(이타, 耳朶)이 두툼했던 것을 그의 뒤를 봐주는 보호자가 많고 자손들이 길하게 잘나간다는 사실과 연관 짓고 있었다. 그의 이런 해석은 이명우의 누이가 '김두취'(金頭取), 즉 북선상업은행장 김승환의 며느리였다는 그의 언급과 무관하지 않아 보인다. [23]

그가 '아무쪼록 자본가만 잘 도와주어라'라고 한 대목은 민족계 은행 지배인으로서 한국인 사업가들에게 잘 협조하라는 좋은 의미의 당부인지, 아니면 부자인 '자본가들'에게 계속 잘 보여서 잘 먹고 잘살아라는 비아냥거림의 의미인지 헷갈린다. 만일 전자라면, 차상찬의 이와 같은 언급은 [개벽]이 사회주의 경향을 띠고 있다는 평가를 받고 있음에도 이념보다는 '민족' 우선의 가치를 지향하는 경향을 암시한 것으로 읽힐 수 있는 대목이 되겠고, 만일 후자의 비아냥거림이라면, 나눌 줄 모르는 부자 자본가들을 싫어하는 그의 성향을 드러낸 것이라 할 수 있겠다. 사실 이 글에 등장하는 김승환이나 한시은 같은 다른 경제계 부자-자본가 인물들에 비하면 이명우는 덜 부자여서인지 '관상자' 차상찬으로부터 나름 양호한(?) 평을 받았다고 할 수 있을 것 같았다. [24]

---

23) '두취'(頭取)는 은행장을 뜻한다. 이지영의 자손들의 경우 이 항렬(40세손)까지는 딸들에 관한 기록이 족보상에 언급되어 있지 않다. 아들들만 올라 있다. 족보상에는 없어도 이지영에게 딸이 있었다. 이명섭의 장녀 이동혜에 따르면, 이지영에게는 딸이 둘이 있었다고 한다. 이들은 이동혜의 고모가 된다.

24) 이 글에서 '관상자' 차상찬의 첫 번째 비평 대상은 북선상업은행 이사이자 훗날 김승환의 뒤를 이어 2대 은행장이 된 한시은(韓時殷)이었다. 한시은은 함경남도의 최고 부자였던 인물인 듯하다. 그런데 그는 악덕 고리대금업자이자 타인은 물론 형제들에게조차 도대체 자선을 베풀 줄 모르는 고약한 구두쇠 노인으로 비난을 받고 있다. 친동생의 자살이 거론되며, 의심이 많아 돈을 은행에 맡기지도 않고 토지도 잘 사지 않으며

현금뭉치를 썩도록 집 안에 숨겨 두는 습성이 있다고 꼬집는다. 한시은에 대한 원문은 이러하다.

"함흥인물! 누구부터 몬저 볼가? 아모리 무엇무엇 하야도 아즉까지는 돈가진 놈의 세상이닛가 먼저 부자부터 보와주어야 하다못 함소주(鹹燒酒) 잔에 가잠이젓(鰈鹽) 꽁지라도 생길 것이다. 엣코 - 함남의 제2장자(제1은 조장진, 趙長津)요, 함남의 수부(首富)인 한시은노인이 나온다. 고리대금 악취에 코가 터지는 것 갓다. 이는 상(相)이 산 부엉이 격으로 생겨서 작구 모을 줄만 알엇지 쓸줄은 모른다. 재산이 백만원 이상에 달하건마는 타인에게 자선을 시(施)함은 고사하고 형제간에도 순연 불고(不顧)하야 년전에 그의 친제(親弟)가 음독자살한 일까지 잇섯다. 겸하야 의심이 만혼 까닭에 타인이 부력(富力)을 알가 염려하야 토지도 잘 사지 안코 현금만 가지고 잇스며 또 현금이나마 은행에 저금도 안이하고 꼭꼭 묵거서 곳간(庫間) 속에다 장치(藏置)한다. 금년 하기(夏期)에도 지폐에 곰팽이 난 것을 말리다가서 솔개(鳶)가 썩은 쥐로 알고 툭 차가서 5백여 원이 비거석양풍(飛去夕陽風) 하얏단다. 아이고 그만두어라 년 만70에 소망이 무엇인가. 북망산(北邙山)에 갈 노자나 좀 넉넉히 두고 사회사업에 제공함이 조흘 것 갓다."

북선상업은행의 설립자이자 초대 은행장이었던 김승환도 '관상자'의 입방아에 올랐다. 김승환은 색을 밝히는 노인으로 공익을 모르는 결점을 가진 것으로 비난을 당했다. 원문을 보면 이러하다.

"그리고 김승환노인은 70여의 백두옹(白頭翁)이 되야 그러한지 두자(頭字)로만 놀것다. 삼천의 대주(大株)를 출자한 덕분에 북선은행 두취가 되고 관변(官邊)에 아부하기 위하야 함남 제일관광단 모집을 할 때에 최선두로 지원하고 또 수즉다욕(壽則多辱)이 닛가 색욕도 만서서 북청기(北靑妓) 외 무엇무엇 2, 3인의 유두(油頭)애첩을 두엇고 정미업계에도 거두다. 하여간 그는 함흥재계, 사업계(물론 자리사업, 自利事業)의 대방가(大方家)로 다자다손(多子多孫)한 호팔자(好八字)의 인(人)이다. 그러나 공익을 모르는 것이 결점이다."

한 가지 흥미로운 대목은 '관상자' 차상찬의 자본주의자에 대한 생각이다. 부자들은 모두 자본주의자들로 그 본색이 좋지 않아 베풀 줄을 모른다는 것이 그의 부자들에 대한 판단인 것 같다. 아래에 그런 생각이 반영되어 있다.

"기차(其次) 대금업자도 애발(愛髮, 인색의 뜻)의 칭호를 듯는 한창혁 외 주재빈, 김명희, 김택윤, 김엽, 권병욱, 노민직, 노순직, 최재겸, 안기항군 등의 재산가가 유(有)하나 자본주의자의 본색은 다 일반이고 별로 볼 것 업스며 권병선군의 기미경신년(己未庚申年)에 빈민구제한 것과 임인 계묘년(壬寅 癸卯年)에 동호세독담(洞戶稅獨擔)한 것은 혹 독지가라 하야 목배(木盃)나 후일에 한개 줄는지 그만 말하고 마자. 앗차 또 니 그런데 사실 처갓집의 관점에서 흥미로운 정보는 이명우의 장남 동제(東濟)에 관한 언급이다. 심지어 이명우가 '사회청년에게 다소 대우를 받는' 것으로 평가받기도 했는데, '관상자' 차상찬의 생각에 그것은 이명우의 아들 동제 덕분이었다는 것이다. 이명우의 아들 동제에 대한 긍정적인 암시는 나중에 알게 된 사실이지만 그가 일본 유학 중 1919년 2.8 독립선언을 주도하기도 했던 조선청년독립단의 핵심 멤버가 되어 1921년 2차 독립선언문을 작성하고 배포한 일을 주도했고, 이 때문에 9개월 금고형을 받았던 이력이 있는 인물이었다는 점과 무관치 않을 것 같다.

그의 장남 이름이 이동제였다는 언급은 이 기록의 이명우가 우리의 주인공 이명섭의 형 이명우임을 입증하는 직접적인 증거가 된다. 이명우의 장남이자 이명섭의 조카였던 이동제는 출옥 후 일본에서 학업을 마치고 1925년에 미국으로 유학을 갔고, 거기서 삼촌 이명섭과 만났다. 그 사실 또한 [신한민보]와 [동아일보]의 기사를 통해 확인할 수 있었다.[25] 이렇게 처갓집의 세 인물들 이명우, 이동제, 이명섭이 과거의 기록물들 속에서 확인되었다.

그런데 이명우의 외모를 비롯한 개인정보를 알려 주는 또 하나의 글이 있었다. 그것은 마찬가지로 관상에 근거한 글인데 사실상 조선총독부 기관지 역할을 했던 [매일신보][26] 1925년 2월 23일 자 일반 3면 4단에 실린

것다."

25) 「리동제 씨는 유학차 도미」 [신한민보] 1925. 12. 17. 1면 4단; 「이동제씨 도미, '컬럼비아' 대학에 정치학을 연구코자」 [동아일보] 1925. 11. 4. 2면 8단.

26) [매일신보]는 원래 대한제국시대인 1904년 7월 18일 양기탁과 영국인 기자로서 독실한 성공회 기독교인이었던 어네스트 베델(Ernest T. Bethell)이 함께 창간한 [대한매일신보]에 그 뿌리를 두고 있다. [대한매일신보는 일제에 대해 매우 비판적인 입장의 기사를 썼고, 이로 인해 베델은 재판과 옥고까지 치러야 했다. 그가 37세라는 젊은 나이

「관북의 인물: 이명우 군」이라는 제목의 기사로, 필명 '필봉자'(筆鋒子)라는 익명의 저자가 쓴 것이다.

이 글의 저자인 '필봉자'는 [개벽] 54호의 '관상자' 차상찬과 마찬가지로 관상과 연결 지어 이명우를 평가하고 있다. 그런데 다른 점이 있다면 그것은 그가 이 글에서 오직 이명우에 관하여서만 집중공격을 퍼붓고 있고, 그 내용이 '관상자' 차상찬의 것과 비교하여 매우 신랄하고 개인적인 악감정이 섞여 있다고 느낄 정도로 욕설과 조롱에 가까운 평으로 채워져 있어서 그에게 이명우와 관련하여 어떤 사연이라도 있었던 것이 아닐까 생각할 정도라는 사실이다.

하는 일에 비해 너무 많이 가져가고, 재산가 축에 들지도 못하면서 부자 행세를 하며, 건방지고 오만하며, 목에 장대를 받친 듯 겸손하지 못하고, 행동이 참되지 못하여 창피를 당할 가능성이 높고, 싱겁고, 자기를 부르는 호칭 가지고 아랫사람을 호통 칠 만큼 유치하고, 겁이 많고 등등 글이 온갖 악담으로 채워져 있다. 민족계 은행이었던 북선은행을 '허름한 은행'이라고 비하하는 것으로 보아 총독부 기관지 [매일신보]의 글답긴 하다. [매일신보]의 이 '필봉자'가 누구인지는 확인할 수 없었다. 아래에 원문이 있다.

> "주식회사 함흥북선은행의 거룩한 의자를 점령하고 있는 이 군은 어
> 떠한가. 웃으면 건순노치(乾唇露齒)하는 양(樣)과 얼굴 길게 생긴 것
> 을 보면 말(馬) 상(相)과를 난 점이 별로 없다. 말이란 놈은 전생에 어

로 죽고 1년 뒤인 1910년 5월에 일제는 [대한매일신보]를 접수하여 [매일신보]로 이름을 바꿨고 이 신문을 사실상 일본어 섞인 한글로 된 조선총독부 기관지로 활용했다.

떻게 인과적 보수(報酬)로 그러는지 모르나 별로 힘든 일을 아니하고
도 먹기는 소보다 더 잘 먹어 더 먹는 모양으로 같은 부자의 주구배(走
狗輩) 가운데서도 귀뿌리가 후(厚)하고 손등이 높은 덕인지? 토성(土
姓)의 귀인을 만나 도장만 찍는 헐한 일을 하면서도 받아먹는 것은 더
많다. 물론 그가 일찍 명대상과(明大商科)를 졸업하였다는 「가다가씌
」로써 그만한 지위라도 얻었을 것은 당연이겠지만 그 내막을 들추어
볼 것 같으면 어떠한 사정의 관계가 숨어 있는 것도 의심치 못할 사실
이겠지… 그런데 군(君)의 사회상 지위로 말하면 허름한 북선은행이
나마 그 은행의 생명(?)을 좌우한다는 웃쓸하고 훌륭한 지배인의 자리
에 앉았고 또는 재산으로 말하더라도 금만가(金滿家)의 축(軸)에는 들
지 못할 것이나 준치부가(準致富家)의 행세는 넉넉히 할 만한 처지에
있다는 자부심으로 그러는지는 모르나 건방지고 오만하기가 짝이 없
다. 목아지에 장때기를 받쳤는지 머리를 앞으로 숙일 줄 모를 뿐 아니
라 가을무(秋菁)를 먹고 체(滯)하였는지 사람들을 대할 때에 뚠뚠하
기는 왜 그리 뚠뚠한지? 참말 되지 못하는 행동을 하는 것 같다. 그리
다가는 누구한테든지 한 번 창피한 꼴을 볼걸! 주의 – 그리고 사람이
□게 생기고 □□지 않은 사람이 없으며 키가 크고는 싱겁지 않은 사
람이 없다는 말과 같이 이 양반(兩班)이 생기기를 투전(鬪箋)의 육(六)
자 모양으로 쑥 올라가서 북선구척(北鮮九尺)이라는 별명을 듣는 터
이므로 싱겁기로는 한량없다. 소금을 서너 줌 넣어야 먹으나마나할
것이다. 어떠한 행원이 지배인 영감(令監)이라 아니하고 이양(李樣)하
였다고 노매(怒罵)한 일(事)도 있었다 한다. 과연 그러하면 이것은 배
(腹)줄기 아파서 다 – 웃지 못할 일이 아닌가. 참말 냉수에 돌짜개 삶
은 맛은 관계치 않을 것이다. 그리고 또한 눈이 커서 겁(怯)이 많기로

는 한량이 없다. 누가 조금만 뚝하면 눈이 둥그래져 어쩔 줄을 모르고 헤매이는 인물인데 그에 대한 실례 또 하나 들어볼까? 에라, 말을 다 해 무엇하랴? 그러지 않아도 다 아는 터이니까. 그만두자. 바쁜 시간 에…"[27]

어쨌든, '관상자'의 관상평과 '필봉자'의 감정 섞인 비난과 조롱 속에서도 우리는 이명우에 대한 몇 가지 개인정보를 얻을 수 있었다.

첫째, 그의 얼굴 윤곽은 소위 말(馬)상(像)으로 길쭉했음을 알 수 있겠다. 둘째는 집안 전승이 기억하는 대로 그는 일본 유학파 출신으로 메이지 대학 상과를 졸업했다는 것이 이 글에서도 언급된다. 셋째는 당시 기준으로 상당히 키가 큰 편에 속하여 그의 별명이 '북선구척'(北鮮九尺)이었다는 점, 그리고 넷째로 눈이 큰 편이었다는 점(이명섭도 키가 큰 편이었고 눈도 컸다), 마지막으로 함흥의 주요 은행 지배인으로서 부자에 준하는 경제능력을 가지고 있었으며, 은행장 김승환과 인척관계였다는 점 등이다. (이 부분은 '관상자'가 알려 준 정보와 같다.)

여성의 지위 향상 vs 며느리의 악몽

• 여성의 지위 향상을 위한 이명우의 노력?

1930년 8월, 이명우는 근우회(槿友會) 함흥지회가 부인소비조합을 설립할 때 그 발기인 중 한 사람으로 이름을 올렸다.[28]

---

27) 필봉자「관북의 인물: 이명우 군」[대한매일신보] 1925. 2. 23. 3면 4단.
28) 「함흥 근우발기로 부인소조 조직」[중외일보] 1930. 8. 2. 4면 4단.

근우회는 민족주의계열과 사회주의계열로 분열되어 있던 항일민족계 몽운동단체들이 연합하고 종교계 인사들이 가세하면서 1927년에 결성한 신간회(新幹會)의 여성운동 버전이었다. 봉건적 굴레로부터 여성을 해방하고 그 지위를 향상시키며 아울러 일제 침략으로부터 민족을 해방시키는 것이 근우회가 지향했던 두 가지 목표였다. 그러나 기독교계 인사들이 점차 이탈하며 사회주의 운동가들이 주도하게 되었고, 1930년대에 들어서는 자금난이 겹치며 결국 1931년에 사실상 해체되었다.[29]

이명우가 근우회 함흥지회에 가담하고 있었던 것이 단지 함흥의 유지로 형식적인 참여일 뿐이었는지, 아니면 의식을 가지고 행했던 일이었는지는 판단하기 어렵다. 시기적으로 보았을 때는 근우회가 재정적으로 어려움을 겪을 시기였던 만큼, 어떤 형태로든 재정적 지원에 힘을 보탰을 것이라 짐작해 볼 수 있을 것이다.

확실히 '여성의 지위 향상'은 사회개혁과 계몽을 추구하던 그 시대 엘리트 집단이 중요한 문제로 다루던 이슈였다. 그런데 바깥에서는 '여성의 지위 향상'을 노력하지만 집안에서는 여전히 여성들에게 이전의 모습을 기대하며 집안 여성들의 기대에 부응하지 못하는 가장들도 흔했던 것 같다.

이명우의 또 다른 면, 특히 그의 집안 내에서의 모습을 알려 주는 매우 흥미로운 '내부 자료'가 하나 있는데 그것은 이명우의 장남 이동제에 대한 자료를 수집하는 과정에서 우연히 발견하게 된 이동제의 막내딸 재미 첼리스트 이상은(李相恩, 미국명: Sang-Eun Lee Bukaty)의 자서전이었다.[30]

---

29) 박용옥 「근우회」 [한국민족문화대백과사전] 1995. (인터넷판).
30) Lee Bukaty, S. *Gracenotes: A Story of Music, Trials and Unexpected Blessings.* Triple One Publishing. 2009. 소설 형식으로 되어 있으나 모두 사실만을 기록했다고 저자가 서두에서 밝힌 만큼 자서전이라 해도 무방하다.

• 며느리의 악몽

사실 나의 아내가 속한 이명섭-이동철 라인과 이상은이 속한 이명우-이동제 라인의 '상'(相) 자 돌림 후손들은 서로 나이 차이가 컸고, 세대가 바뀌며 교류가 없었던 탓에 서로의 존재에 대해 별다른 관심 없이 바쁘게 살아왔던 것 같다. 부모세대까지만 교류가 있었을 뿐, 이 세대에 와서는 말 그대로 족보상으로만 아는 형제들이 된 것이다. 이동제와 그의 아내 김낙신(金樂信)은 슬하에 1남 4녀를 두었다. 이상은은 이 중 막내였지만 1945년생이었고, 이동철(李東喆)의 장남 1965년생 이상수와는 20년이라는 나이 차이가 있었다.

이명우의 친손녀 이상은의 자서전에는 할아버지 이명우에 대한 이야기가 꽤 많이 나왔다. 그런데 이는 그녀의 어머니이자 이명우의 며느리였던 김낙신에게서 들은 이야기를 바탕으로 한 것이 많이 포함된 것이어서, 사실상 며느리가 겪은 시아버지 이명우를 며느리의 관점에서 서술해 놓은 것들이라 할 만했다.

미국에서 귀국한 후 결혼한 이동제는 이후 줄곧 아버지 이명우를 모시고 살았던 것 같다. 어쨌든 며느리의 눈에 비친 시아버지 이명우라는 전혀 예상치 못했던 정보를 얻게 된 것이어서 좋긴 했는데… 시아버지로서 이명우는 손녀의 자서전에서도 며느리의 분(憤)이 느껴질 만큼 며느리의 악몽이 될 만한 요소들을 두루 갖추고 있었던 것으로 보였다.

이상은의 자서전에 따르면, 이명우는 맏며느리 김낙신이 첫아들과 첫딸을 낳았을 때는 패물을 선물로 주었으나, 그 후 내리 딸 셋을 낳았을 때는 매번 그녀에게 심한 모멸감을 안겨 주었다. 일본 유학파 출신으로 대학에서 가정경제학을 공부한 개화여성이었고, 스스로 평안북도 강계에서 명망 있는 의사의 소중한 외동딸임에 강한 자부심을 가지고 있었던 며느리 김낙신은, 마찬가지로 일본에서 대학을 마치고 사회적 지위가 높은 은행가였던 시아버지 이명우가 아들에 집착하며 여성을 무가치한 존재로 여기는 모습을 도대체 이해할 수 없었다. 이상은의 자서전에서 분노의 눈물을 훔치며 김낙신이 시아버지 이명우를 가리켜 "That old crow is crazy to want a boy so much. I already gave him one."("그 늙은 영감은 미친 듯이 손자만 원한다고. 벌써 하나 낳아 주었는데도 말이야.")라고 말하는 대목에서는 비장감마저 느껴진다.[31]

아들 이동제는 아버지 앞에서 무력했으나, 다행히 아내와 딸들에게는 가족들을 따뜻하게 감싸 안아 주는 가장이었다. 어쨌든 며느리의 증언이 과장된 것이라 해도 시아버지로서의 이명우는 뭇 여성들의 비난을 피하기 어려워 보였다.

함흥 저택의 추억

집안의 장손이었던 이명우는 해방 전까지 함흥 본가의 저택에 살았던 것 같다. 나의 장인 이동철과 두 누이동생 동혜, 동화 모두 이 저택을 기억했다. 이들은 어린 시절 이따금 방문했던 이 본가 저택에서 자신들보다 약간 나이가 어린 조카들, 즉 이명우의 손주들(이동제와 이동준의 자녀들)과 어울리며 놀곤 했다.

대략 1940년대 초중반에 이 고택의 넓은 뜰 안에 있던 한 벤치에 여럿이 함께 모여 찍은 어린 시절의 사진 한 장은, 어른들의 고뇌와는 상관없이 모여 놀면 즐거웠던 어린 아이들의 행복했던 한순간을 담고 있다. 사

---

31) 위의 책 17-19쪽.

진 속에 이동제의 아들 이상인이 포함된 것으로 보아 1942년에서 1945년 사이에 찍은 사진인 것으로 보인다.

함흥 저택에서 모인 이명섭의 자녀들과 이명우의 손주들, 1940년대 초반 추정.
(뒷줄 왼쪽에서부터 이명섭의 자녀들인 동혜, 동화, 동철, 그리고 앞줄 왼쪽에서부터
이동제의 큰아들 상인, 큰딸 상순, 그리고 이동준의 큰아들 상무)

이동제의 막내 딸 이상은의 자서전 기록에 따르면, 이동제의 가족은 이 무렵 서울에 살았다. 나중에 이야기하겠지만 이때 이명섭은 중국 상해에 있었고, 그의 아내 최애래와 자녀들은 평양에 살고 있었다. 명절이나 자녀의 출산과 같은 특별한 일이 있을 때 집안의 가족들은 본가를 방문하곤

했다.

이동철과 두 누이동생들의 어렴풋한 기억 속에 남은 그 저택은 뜰이 넓고, 안채 외에 남자들이 거했던 별도의 사랑채가 있는, 기와를 얹은 긴 돌담으로 둘러싸인 꽤 큰 저택이었다. 이동혜는 본가의 저택인 그 집을 이명우가 물려받아 살고 있었다고 기억했다. 사랑채에는 집안의 가장이 거했다고 한다. 이상은 역시 이명우가 그 저택의 사랑채를 쓰고 있었다고 서술했다.

그러나 해방 후 북한 지역이 공산화되면서 이명우를 포함한 모든 가족이 남한으로 내려왔다. 이후의 이야기는 나중으로 미루어 두기로 하자.

조카 이동제, 조선청년독립단의 2차 독립선언을 주도하다

이제 이명우의 장남이자 이명섭의 조카였던 이동제에 관한 이야기를 정리해 보자. 집안 전승에 따르면, 이명우의 장남 1895년생 이동제는 함흥에서 소문 난 수재였다고 한다. 이명섭과 관련해서 그는 언급할 부분이 많은 사람이다. 그는 아버지 이명우처럼 일본에 유학하여 경제학을 공부했으나, 유학 중 동경 유학생들의 독립운동에 가담했다가 형벌을 받았었고, 곧 이야기하겠지만 나중에는 유학 차 미국으로 건너가 삼촌 이명섭을 만났다.

이동제는 젊은 시절 상당히 활동적인 인물이었던 것 같다. 사실 그와 관련된 신문기사는 그의 아버지 이명우보다 훨씬 많이 찾을 수 있었다. 많은 사건과 기사들 속에서 그는 리더인 경우가 많았으며, 그가 관여한 일들에는 굵직한 사건들이 많았다.

• 이동제와 동경 조선유학생학우회의 국내순회대중학술강연

그런데 이 이야기를 하기에 앞서 이동제가 동경의 조선유학생학우회를 통해 어떤 활동을 했었는지를 먼저 언급하는 것이 좋을 것 같다. 조선유학생학우회는 1912년에 조직된 동경의 조선인 유학생 모임으로 유학생 단체 중 가장 큰 조직이었다. 학술장려와 유학생 간의 친목도모를 목적으로 만든 것이었지만, 열정과 패기 넘치는 젊은이들의 모임인 만큼 시간이 흐름에 따라 민족운동단체로 그 성격이 바뀌어 갔다. 이 학우회에 속한 젊은 학생들은 조선이 독립을 얻으려면 무엇보다 문화를 발전시켜야 한다고 믿었으며, 이를 위해 조선 대중을 대상으로 매년 여름방학마다 국내순회학술강연단을 조직하여 순회강연을 실시했다고 한다. 그리고 아무래도 이런 강연은 배일독립정신을 고취하는 방향으로 흐를 수밖에 없는 것이어서 강연이 일제에 의해 중단되고 모임이 해산되는 경우가 많았다고 한다.[32]

이동제는 학우회의 국내순회학술강연단의 연사로 활발하게 대중강연 활동을 했다. 1920년 7월에는 김해에서 '사회와 교육'이라는 주제로,[33] 그리고 밀양에서는 '신시대와 아등의 급무'(我等의 急務)라는 주제로 강연을 했다.[34] 같은 해 8월에는 고향 함흥으로 올라와 함흥기독청년회 주관의 한 강연회에서 '세계의 파란(波瀾)과 우리의 각오'라는 제목으로 강연을

---

32) 「조선유학생학우회」 한국민족문화대백과사전. (인터넷판).
33) 「학우회강연단천오백청중, 김해의 성황: 현하재계공황의 원인에 대하여(김년수), 가정교육(서춘), 사회력과 개인의 활동(한재렴) 사회와 교육(이동제)」 [동아일보] 1920. 7. 13. 3면 11단.
34) 「밀양학우회강연회의 성황: 과부의 해방(김준연), 신시대와 아등의 급무(이동제), 관세문제(김년수), 조선의 민족성을 설하여 보통교육의 급무에 급함(서춘)」 [동아일보] 1920. 7. 14. 12면 3단.

했고,[35] 함흥 중하리 예배당에서 '교육에 대한 아동과 여자'라는 주제로 강연을 행했다. 이 예배당 강연회에서 그와 함께 연사로 나서서 '여자해방의 인도적의의'라는 제목으로 강연을 행한 유학생은 후에 시인이자 한국 신학대학 및 이화 여자대학 교수를 지낸 김동명이었다.[36] 이 무렵 그는 이미 개신교 기독교 신앙과 관련되기 시작했던 것 같다.

이동제의 국내순회학술강연은 1921년 여름에도 이어졌다. 그해 7월 학우회 국내순회학술강연단 제2대에 소속된 그는 동아일보지국과 고려청년회의 후원으로 개성에서 열린 강연회에서 '사회와 개인'이라는 주제를 가지고 강연을 했다. 이날은 일제의 감시도 매우 엄중했었던 것으로 보인다.[37] 또한 정주에서는 '문화생활의 내면'이라는 주제로 대중강연을 했고,[38] 고향 함흥에 와서는 함흥청년구락부(클럽) 주최로 열린 강연에서 '문화생활에 대한 양방(兩方)의 노력'이라는 주제로 강연을 했다.[39]

---

35) 「함흥청년회강연회: 하절위생(유칠석), 우리의 사명(궁은덕), 세계의 파란과 우리의 각오(이동제)」[동아일보] 1920. 8. 12. 4면 7단.

36) 「함흥중하리예배당에서 강연회: 교육에 대한 아동과 여자(이동제), 여자해방의 인도적의의(김동명)」[동아일보] 1920. 8. 27. 4면 5단.

37) 「제2회학우회순회강연, 제1대 강경에서 동아일보지국급 기독교청년회후원으로 수백 청중의 성황리에: 개성의 발휘와 현대의 문화(최원순), 문화교육(최창익), 조선청년의 각오(강제동), 제2대 개성에서 동아일보지국과 고려청년회 후원으로, 엄중한 경계 중에 시종무사히 강연: 사회와 개인(이동제), 하고(何故)로 애(愛)는 인도(人道)의 광명인가(이정윤), 신문화건설의 노력(김항복), 우생학과 부인(박형병)」[동아일보] 1921. 7. 22. 3면 6단.

38) 「제2회학우회순회강연 제2대 정주, 연사 삼 씨의 열변에 만장청중의 감격: 문화생활의 내면(이동제), 문화운동의 의의(김항복), 우생학의 주장(박형병)」[동아일보] 1921. 8. 1. 3면 8단.

39) 「함흥청년구락부강연회: 문화생활에 대한 양방의 노력(이동제), 노동의 문화적의의(김동명)」[동아일보] 1921. 8. 22. 4면 8단.

• 큰 '사고'를 친 이동제: 조선청년독립단의 2차 독립선언

일본 유학 시절 이동제는 꽤 큰 '사고'를 쳤다. 1921년 11월 5일에 있었던 조선청년독립단의 2차 독립선언의 주동자 5인 가운데 하나로 이름을 올린 것이다. 이 사건은 1919년 3.1 운동의 기폭제가 되었던 한국인 유학생들의 2.8 독립선언에 가려져 잘 알려져 있지 않지만, 이 2.8 독립선언을 주도한 한국인 유학생 단체가 바로 1918년에 동경에서 조직된 조선청년독립단이었고, 2년 뒤 이동제 외 4인이 주도한 독립선언은 이 단체의 2차 선언이었다.

사실 2.8 독립선언 이후에도 일본의 조선 유학생들은 독립운동을 끊임없이 전개하고 있었다. 이동제는 이 조선청년독립단의 2차 독립선언을 주도한 대표 5인 가운데 하나였다. 이들은 워싱턴군축회의[40] 개최즈음에 동경의 조선기독교청년회관에서 개최된 학우회 석상에서 제2회 조선독립선언을 결의하고 독립선언서와 결의문을 일문과 영문으로 번역해 각 대사관과 공사관 및 신문사에 배포하는 일을 주도했다.

일제의 비밀기록인 [조선 고등경찰 비밀 을호 제128호 국외정보](1921년 11월 5일)에 실린 「태평양회의 조선독립운동계획에 관한 건」 항목의 기록은 이 사건의 개요를 상세하게 서술하고 있었다.[41]

---

40) '와싱톤회의'는 1921년 11월 11일에서 1922년 2월 6일까지 미국의 워싱턴 DC에서 열렸다. 이 회의의 주요 내용은 1차 세계대전 이후 세계 평화를 위해 강대국들의 해군력을 감축하는 것이었다. 이 회의에서 미국, 영국, 일본, 프랑스, 이탈리아는 전함, 항공모함 등의 보유를 제한하는 것에 합의하고 조약을 체결했다. 이것이 워싱턴 해군군축조약(Washington Naval Treaty)이다.

41) 이 기록의 원문 번역은 이러하다. "첫머리 제목 건에 관해서는, 이미 보고한 대로 오늘 오후 1시 30분 간다구(神田區) 조선기독교청년회관에서 실시되었다. 의제는 '학우회 조직의 근본개혁'이며, 출석자는 여성 15명 정도를 포함해 대략 300명. 총무인 한 위건이 우선 내년도 예산보고를 했다. 이어서 회장인 주 익이 연단에 올라가 다음과 같은

첫머리 제목 건에 관해서는, 이미 보고한 대로 오늘 오후 1시 30분 간
다구(神田區) 조선기독교청년회관에서 실시되었다. 의제는 「학우회
조직의 근본개혁」이며, 출석자는 여성 15명 정도를 포함해 대략 300
명. 총무인 한 위건이 우선 내년도 예산보고를 했다. 이어서 회장인 주
익이 연단에 올라가 다음과 같은 제안을 했다.

"이제까지의 학우회는 남자만으로 조직되어 있어, 이것을 고쳐 여자
유학생만으로 조직되어 있는 학흥회와 합병해서 종래의 주의주장을
개혁하고 싶다." 이렇게 제안했다.

제인을 했다. '이제까지의 학우회는 남자만으로 조직되어있어, 이것을 고쳐 여자유학
생만으로 조직되어 있는 학흥회와 합병해서 종래의 주의주장을 개혁하고 싶다.' 이렇
게 제안했다. 이에 대해서 토의를 시작했을 때, 늦게 참가한 김 송은이 일어나서, 다음
과 같은 발언을 했다. '지금은 이와 같은 미묘한 문제를 토의할 때가 아니다. 삼천리강
산, 이천만 민족을 위하여 대한의 독립을' 이와 같이 외쳤기 때문에, 이것이 공공의 안
녕을 해치는 것이라는 판단에 따라 해산을 명령했다. 회의 참석자는 일제히 만세를 부르
고, 동시에 세 학생은 숨겨 가지고 온 선언문과 결의문을 장내에 배포하려고 했다.
당국은 바로 이것을 압수하고, 동시에 김 송은과 **이 동제(와세다 대학)**, 이 홍삼(정식
영어), 김 민철(일본 대학)의 4명을 구속함과 동시에 장내에서 싸움에 연루된 별표의
22명도 구속했다. 이들은 관할 서간다(西神田) 경찰서에서 현재 조사 중이지만, 수괴
인 사회자ㆍ김 송은은 다음과 같이 자백했다. **'지난 4일, 이 동제 쪽으로 모여서, 김 민
철, 이 홍삼, 방 원성등과 함께 선언문, 결의문작성을 협의했다.** 그 후 조선기독교 청
년회관으로부터 회관소유의 등사판기를 가지고 와서 영문, 일문, 각 100장, 한글 300장
을 인쇄했다. **한글과 일문은 이 동제가 집필하고,** 영문은 방 원성이 작문했다. 방 원성
은 영문과 한글 불온문서를 가지고 재경유학생대표라고 하며, 4일 상해를 향해서 동경
역을 출발했다. 또 김 은송이 이 계략을 학우회의 근본개혁으로 이름을 빌려 임시총회
를 개최하여, 거기에서 이 불온문서를 배포하려고 했던 것이다.' 불온문서는 도쿄시내
의 여러 곳으로도 우송된 것 같고, 이에 대해 당국은 재경각 신문사와 잡지사에 게재에
주의하도록 경고를 했다. 불온문서가 보내진 곳은 다음의 수신 처로 짐작된다. 조선총
독부와 조선의 각 신문사, 귀족원, 중의원, 도쿄시내 각 신문사, 잡지사, 각 대학교, 내
각제후, 주차 각 대사관, 공사관, 재경사회주의자와 이들을 조직하는 각 단체 등."

이에 대해서 토의를 시작했을 때, 늦게 참가한 김 송은이 일어나서, 다음과 같은 발언을 했다.

「지금은 이와 같은 미묘한 문제를 토의할 때가 아니다. 삼천리강산, 이천만 민족을 위하여 대한의 독립을」

이와 같이 외쳤기 때문에, 이것이 공공의 안녕을 해치는 것이라는 판단에 따라 해산을 명령했다. 회의 참석자는 일제히 만세를 부르고, 동시에 세 학생은 숨겨 가지고 온 선언문과 결의문을 장내에 배포하려고 했다. 당국은 바로 이것을 압수하고, 동시에 김송은과 **이동제(와세다 대학)**, 이흥삼(정식 영어), 김민철(일본 대학)의 4명을 구속함과 동시에 장내에서 싸움에 연루된 별표의 22명도 구속했다.

이들은 관할 서간다(西神田) 경찰서에서 현재 조사 중이지만, 수괴인 사회자 김송은은 다음과 같이 자백했다.

지난 4일, 이 동제 쪽으로 모여서, 김민철, 이흥삼, 방원성 등과 함께 선언문, 결의문작성을 협의했다. 그 후 조선기독교 청년회관으로부터 회관소유의 등사판기를 가지고 와서 영문, 일문, 각 100장, 한글 300장을 인쇄했다. **한글과 일문은 이동제가 집필하고,** 영문은 방원성이 작문했다. 방원성은 영문과 한글 불온문서를 가지고 재경유학생 대표라고 하며, 4일 상해를 향해서 동경역을 출발했다. 또 김 송은은 이 계략을 학우회의 근본개혁으로 이름을 빌려 임시총회를 개최하여, 거기에서 이 불온문서를 배포하려고 했던 것이다.」

불온문서는 도쿄 시내의 여러 곳으로도 우송된 것 같고, 이에 대해 당국은 재경각 신문사와 잡지사에 게재에 주의하도록 경고를 했다. 불온문서가 보내진 곳은 다음의 수신 처로 짐작된다.

조선총독부와 조선의 각 신문사:
귀족원, 중의원, 도쿄 시내 각 신문사, 잡지사, 각 대학교, 내각제후, 주차 각 대사관, 공사관, 재경사회주의자와 이들을 조직하는 각 단체 등.

조선 내 일제비밀경찰의 이 국외정보는 이동제와 그의 동료 4명(대표 이동제, 김송은, 방원성, 이홍삼, 김민철 이상)이 이 사건을 주도한 단체의 대표인 것으로 서술하고 있으며, 이들이 함께 작성한 선언서와 결의문 전문을 담고 있었다. 이 독립선언서와 결의문은 1921년 12월 22일 자 [신한민보] 기사와 1926년 9월 3일 자 [독립신문] 부록에도 실렸는데, [독립신문]에 실린 원문과 이를 현대적으로 약간 다듬어 옮기면 아래와 같다.

선언서

평화를 사랑하고 바램은 인류의 천분이요 충정이라. 저 대전(1차세계대전) 이후에 국제적으로 사회적으로 또는 민족적으로 정의와 인도를 위하는 운동이 종종 발발함은 곧 이것을 실증함이요 특히 이것을 보다 더 구체화시키려는 것이 이번에 개최하는 와싱톤회의라 하노라. 그러므로 우리는 정의 인도의 평선 위에 서서 세계평화와 조선 문제와의 관계의 진의를 체득하고 동회의의 목적이 십분 성취하기를 비노니 볼지어다 세계평화는 극동 문제를 해결함에 있고 극동 문제는 조선독립문제를 해결함에 완전히 있음을 하물며 동 회의의 중시 문제가 극동급 태평양 연안에 있음에 대하여 우리는 절대한 희망과 기대를 이에 부치며 그 본뜻을 달하기 위하여 몇 조 결의문으로 와싱톤

회의 및 열국 정부와 인민에게 고하노라.[42]

결의문

1. 조선 독립은 극동 평화를 유지하고 인하야 세계 평화를 도모함에 일대 원인이 됨을 확인함.

2. 조선의 현재 형세는 일본의 소위 한일합병의 이유가 거짓임을 실증함.

3. 조선 민족이 일본의 지배 아래서는 도저히 그 발달을 성취치 못함을 인정함.

4. 일본이 만일 현시정책을 늘 계속하면 세계 평화는 그 보장을 얻지 못할 것을 인정함.

5. 이런 이유로 와싱톤 회의는 마땅히 조선 독립 문제를 토의 해결함이 정당하다 인정함.

6. 열국 정부와 인민은 마땅히 먼저 조선 독립을 원조함이 정당하다 인함.

7. 본 단은 대한민국 임시정부 대표가 와싱톤 회의에 요구하는 모든

---

42) 국한문 이 혼용된 선언서의 원문은 다음과 같다. "平和를 愛하고 望함은 人類의 天分이오 衷情이라. 저 大戰以後에 國際的으로 社會的으로 又는 民族的으로 正義와 人道를 爲하는 種種運動이 勃發함은, 곳 이것을 實證함이오, 特히 이것을 보다 더 具體化 식히랴는 것이 今番 開催하는 華盛頓會議라 하노라. 故로 吾團은 正義人道의 平線上에 立하야, 世界平和와 朝鮮問題의 關係의 眞意를 體得하고, 同會議의 目的이 十分 成就하기를 祝禱하노니 볼지어다. 世界平和는 極東問題를 解決함에 在하고, 極東平和는 朝鮮獨立問題를 完全히 解決함에 在함을 하물며, 同會議의 中心問題가 極東及太平洋沿岸에 在함에 對하야 吾團은 絶對한 希望과 期待를 이에 附하며 其本志를 達하기 爲하야 別條決議文으로 華盛頓會議及列國政府와 人民에게 告하노라."

안건에 찬동함.[43)]

이 사건 후 이들은 바로 체포되었고, 이듬해인 1922년 1월 12일 일본 도쿄지방재판소 형사 제2호 법정에서 재판을 받았다. 2차 독립선언서를 만들고 배포한 주역인 이동제, 김송은, 전민철, 이정윤 등은 금고 9개월을 선고받았다. 이 사건을 보도한 [동아일보] 1922년 1월 18일 자 기사는 이들이 법정 안에서도 당당했다고 서술한다.[44)]

이러한 사실들은 1924년 [개벽] 54호에서 '관상자' 차상찬이 이명우의 아들 이동제를 호평한 이유를 이해할 수 있게 해 주는 대목이기도 하다. 이동제는 1924년 동경의 한인유학생회인 학우회의 대표위원이었다.

이동제는 1921년의 조선청년독립단 선언문 사건으로 9개월 구금과 2년 정학을 당했음에도 불구하고 1925년에 와세다 대학 정치경제학과를 우수한 성적으로 마치고 귀국했다. 그리고 그해 11월 4일, 그는 삼촌 이명섭이 있는 미국으로 유학을 떠났다.

당시는 해외 유학이 매우 드물었기 때문에 유학을 나가거나 마치고 돌아오는 이들의 이야기가 기삿거리가 되는 경우들이 있었다. 특히 이동제의 경우는 동경 유학 시절 이미 나름 유명해진 인물이어서 그랬는지 그의

---

43) 국한문이 혼용된 이 결의문의 원문은 이러하다. "一、朝鮮獨立은 極東平和를 維持하고 因하야 世界平和를 圖謀함의 一大原因이 됨을 確認함. 二、朝鮮의 現在情勢는 日本의 所謂 韓日合幷의 理由가 그 詐僞임을 實證함. 三、朝鮮民族이 日本의 支配下에 在하야는 到底히 그 發達을 遂치 못할 것을 認함. 四、日本이 만일 現行政策을 向後 繼續하면 世界平和는 그 保障을 得지 못할 것을 認함. 五、如上의 理由로 華盛頓會議는 맞당히 朝鮮獨立問題를 討議解決함이 正當하다 認함."

44) 대표 5인 가운데 하나였던 방원성은 이 선언문을 상해에 배포하기 위해 바로 떠났으므로 체포되지 않았고, 이후 중국에 머물며 지속적으로 독립운동에 투신하다가 젊은 나이에 지병으로 세상을 떠났다.

미국행이 신문에 기사로 실렸다. 특히 그의 1921년 동경 거사를 상세하게 보도했던 [동아일보]가 그에 관한 기사를 많이 냈다. [동아일보]의 한 기사에 따르면, 이동제는 1925년 11월 4일에 미국 컬럼비아 대학으로 떠났다. 이 기사는 그가 목표로 한 대학과 학과까지 언급하고 있었다.

> "금년 봄에 조도전 대학(早稻田大學) 정경과를 우수한 성적으로 졸업한 함남 함흥군 함흥면 중리 리동제 씨는 금번에 미국 「뉴욕 컬럼비아」 대학에 정치학을 연구할 차로 사일 오후 열시 렬차로 발뎡하리라 더라."[45]

---

45) 「이동제 씨 도미, '컬럼비아' 대학에 정치학을 연구코자」 [동아일보] 1925. 11. 4. 2면 8단. 이 시대 신문들의 기사들에서는 국문 어법에 맞지 않는 문장이나 오류도 심심치 않게 발견된다. 이 경우 한글은 정경과라 쓴 반면 괄호 안의 한자는 정치(政治)과로 기록해 놓았다.

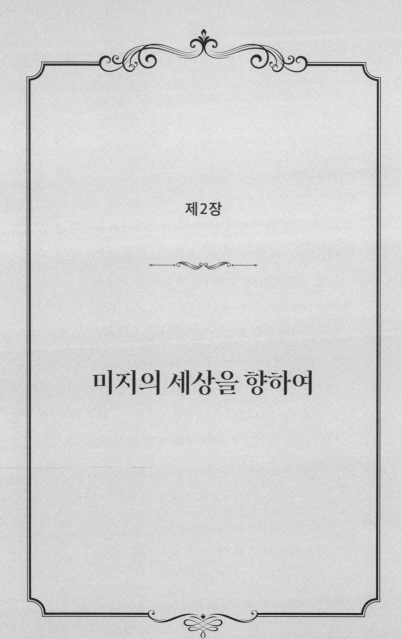

제 2 장

미지의 세상을 향하여

러일전쟁을 지켜보며

자, 이제 우리의 주인공 이명섭 할아버지에게로 다시 돌아가 보자.

1904년 2월 일본은 러시아에 대해 선전포고를 하고 인천을 통해 군대를 상륙시킨 뒤, 대한제국의 황성이던 옛 한양을 확보함과 동시에 한반도와 그 주변에 대한 주도권을 놓고 러시아와 전쟁을 벌였다. 이렇게 시작된 러일전쟁은 이명섭이 블라디보스토크로 도항했던 1905년 5월(?)까지도 진행 중이었고, 그해 9월 5일 미국의 주선으로 성사된 포츠머스(Portsmouth) 강화조약으로 끝이 났다. 전쟁의 결과는 사실상 일본의 승리였다. 이로써 러시아는 대한제국에서 손을 뗐으며, 같은 해 11월 일본은 대한제국과 이른바 '을사조약'을 체결하고 통감부(統監府)를 설치함으로써 사실상 대한제국을 식민지화했다. 대한제국의 외교권은 무력화되었으며, 이 조약의 부당함을 국제사회에 알리려 네덜란드 헤이그에 밀사를 파견했던 고종은 이를 빌미 삼은 일제에 의해 폐위되었다. 고종의 뒤를 이어 황제가 된 순종은 일제의 허수아비였고, 그의 재위 중인 1907년 그나마 존재하던 대한제국 군대가 해산되었다.

일제의 한반도 지배가 기정사실로 굳어져 가던 러일전쟁의 말기에 이명섭이 블라디보스토크로 도항한 것은 그의 미국행 결심과 관련하여 암시하는 바가 적지 않다. 일본을 거쳐 미국으로 입국하는 주요 루트였던 하와이 이민선은 1905년에 4월에 일본의 압력에 의해 공식적으로 막혔다.[46] 이후 미국 입국자들은 일본의 허가하에 일본 국적으로 입국해야 했다.

일본 쪽 기록대로라면 이명섭은 1905년 5월에 블라디보스토크를 통해 미국으로 입국했다. 집안 전승에 따르면, 그의 도미 과정은 3개월 이상 소요되는 여정이었고 하와이로 먼저 입국하여 사탕수수 농장에서 1년 정도 일도 했다고 한다. 하와이로 갔다면 이민선을 탔을 것이다. 그런데 블라디보스토크로 간 이명섭이 어떤 루트를 통해 미국 하와이에 도착할 수 있었는지는 아직까지 알려진 것이 없었다.

고향을 떠나던 날의 스케치

1905년 초 (또는 1903년 말) 대한제국 참령 이지영의 차남이었던 이명섭은 미국행을 택했다. 목적은 유학이었다. 맏형 이명우와 그의 자제들, 그리고 동생 이명수가 택한 일본 유학이 아닌, 멀고도 먼 미지의 땅 미국

---

46) 1903년부터 1905년까지 미국 이민선을 타고 하와이로 입국한 사람들의 명단은 이미 알려져 있다. 안형주의 『박용만과 한인소년병학교』는 이 기록에 근거해서 입국 당시 20세의 나이로 1904년 2월 8일에 하와이 이민선 차이나(China)호를 타고 하와이 호놀룰루에 도착한 그곳에 정착한 해홍(Hay Heung) 출신 이명섭(Ye, Myueng Surp)이 소년병학교의 이명섭인 것으로 기록하고 있다. 그런데 '해홍' 출신 이명섭이 한인소년병학교의 이명섭인지는 분명하지 않다. 같은 이민자 명단에 함홍(Ham Heung)이라는 지명이 해홍(Hay Heung)과 구별되어 나오고 있다. 물론 해(Hay)가 함(Ham)의 오기일 가능성도 있다. 일본 쪽 기록은 이명섭이 블라디보스토크에서 도미한 것으로 말하고 있는데, 집안 전승은 그가 하와이를 거쳐 본토에 들어갔다고 기억한다. 한편 하와이에 정착하여 훗날 '사진신부' 강희근의 남편이 된 이명섭도 있다. 이 이명섭은 또 다른 인물로서 그는 정평 출신이며 나이도 많고 정황상 소년병학교와는 관련이 없다.

이었다. 당시 그의 나이 약관 22세.

당시 그는 기혼 상태로 슬하에 매우 어린 아들과 딸을 두고 있었다. 어린 아들의 이름은 이동순(李東淳). 족보상 1901년생이었고, 족보대로라면 그가 집을 떠날 때 다섯 살(또는 세 살)배기였다. 따라서 늦게 잡아도 이명섭은 18세에 결혼한 것이고, 매우 젊은 아내도 있었다. 집안의 전승은 그의 첫 아내 김 씨에 대한 기억을 거의 가지고 있지 않았다. 족보에도 그녀의 생몰연대는 물론 본관도 기록되어 있지 않았다. 이명섭이 미국으로 떠날 때 그녀는 이미 세상을 떠난 상태였을 가능성도 있지만 확실치는 않다. 분명한 사실은 그녀가 일찍 세상을 떠났다는 것이다.

이명섭은 젊은 나이에 어린 아들과 딸을 두고 미국행을 택했다. 형 이명우가 일본을 택한 것과는 많이 다른 선택이었다.[47] 집을 떠나던 날 부모는 그에게 집에 있던 많은 양의 금(金)을 노자로 가져가도록 했다고 한다. 아직 청소년이던 막냇동생 이명수는 자기도 따라가겠노라고 눈물을 흘리며 동네 어귀까지 형을 따라 나섰다가 아쉬움만 남긴 채 발길을 돌려야 했다. 1905년(또는 1903년 말)의 일이다. 무엇이 그로 하여금 그토록 먼 길을 떠나게 했을까?

『박용만과 한인소년병학교』의 저자 안형주는 1800년대 말과 1900년대 초에 미국에 건너온 조선유학생들을 시대별로 크게 다섯 부류로 나누었다.[48]

첫째 부류는 1883년 보빙사절단(報聘使節團) 전권대신 민영익을 따라 미국에 들어갔다가 귀국하지 않고 그곳에 머물며 공부한 사람들로 유길

---

47) 이지영의 삼남 이명수 역시 일본으로 유학하여 동경 농업대학을 졸업했다. (수원도청 앞의 옛 유신고속 터미널 자리에 그의 집과 땅이 있었다고 한다.)
48) 안형주 『박용만과 한인소년병학교』 21-36쪽.

준과 변수가 그들이다.

둘째 부류는 1884년 갑신정변에 실패하고 미국으로 망명했던 젊은 개화파 정치인 서재필과 서광범 등이다.

셋째 부류는 견문을 넓히기 위해 1887년 주미 전권대사 박정양을 따라 수행원 자격으로 사찰단에 합류했던 사람들이다. 이상재가 이에 속한다.

넷째 부류는 1890년대 대한제국의 국비유학생들(이강, 박희병, 박장현 등)과 소수 양반집 자제들로 자비나 미국 선교부의 도움으로 유학을 갔던 청년들(윤치호, 백상규, 김규식 등)이었다.

마지막 부류는 1904년 독립협회의 개혁파 청년들(안창호, 신흥우, 이승만, 박용만 등)과 이들이 미국 유학길에 오를 때 자비로 이들과 동행했던 소년들로 이들은 비교적 부유하고 개화된 집안의 자제들이었다. 독립협회는 러일전쟁(1904년)에서 일본이 승리함에 따라 일본이 한국을 통치하고 해외여행, 특히 미국으로의 유학을 통제할 것이라 예측했으므로 이 소년들을 동반했으며, 실제로 이 무렵 미국 유학생의 숫자가 증가했다고 한다.

안형주의 분류를 보면 시대에 따라 도미 유학생들의 목적이 상당히 달랐음을 알 수 있다. 1904년(또는 1905년)에 미국으로 건너간 이명섭이 어떤 부류에 속했을지 대략 짐작할 수 있다. 그리고 그가 어떤 이유, 어떤 과정을 통해 미국으로 가게 되었는지에 대한 그림이 어느 정도 나온다. 이명섭은 러일전쟁이 일본의 승리로 기울었던 무렵에 블라디보스토크를 거쳐 미국으로 들어갔다. 왜 3개월씩이나 걸렸는지는 불분명하지만, 당시의 국내외 정세를 감안한다면 쉽지 않은 여정이었음을 알 수 있다.

당시 그는 어린 소년은 아니었고, 누구와 동행했었다는 이야기는 없었지만, 안창호, 박용만, 서재필 등 독립협회의 주요 인물들과 관련된 이야기는 집안 전승과 외부기록에서 꾸준히 나왔었다. 특히 미국 생활의 초창기에 박용만과의 동선이 많이 일치하는 부분으로 미루어, 그는 자신의 미래를 일본이 아닌, 미국을 통해 개척해 가고 싶어 했던 것 같다.

편안한 삶을 바랐다면 일본을 택했을 것이다. 그러나 그는 태산과 험곡이 기다리고 있는 미국을 택했다.

그들이 떠난 이유

이 모든 도미 계획과 이 모든 여정을 20세(또는 22세) 청년 이명섭이 혼자 이루어 냈을까? 그것은 불가능하다. 이미 그는 누군가와 접촉하며 정보와 도움과 조언을 얻고 있었을 것이다. 당시 미국 선교사와 같은 인맥이 없는 조선의 젊은 청년이 미국으로 가는 것을 도울 수 있는 조직은 국내에 하나뿐이었다. 고종의 명을 받은 밀사들을 네덜란드 헤이그에서 열린 만국평화회의에 파견하는 일을 비밀리에 중개했던 상동감리교회의 청년회가 그것이다.

당시 미국 북감리교 소속 의료선교사로 조선에 파견된 스크랜턴(William Benton Scranton)은 일찍이 서울 사대문 밖의 빈민가에 병원과 교회를 세우고 선교 활동을 했는데, 그가 세운 교회 가운데 하나가 상동감리교회였다. 빈민구제에 헌신했던 스크랜턴은 참으로 존경할 만한 인물이었다. 그런데 스크랜턴은 1904년 미국 감리교회의 일본 선교사이자 일본과 조선의 감리교회들을 치리하는 선교감독으로 피선된 해리스(Merriman Colbert Harris) 감독의 노골적인 친일행보와 지시에 맞서 조선감리교회를 대변하다가 결국 교단으로부터 조선감리교회 총리사 자격을 박탈당했다. 좌절과 실망을 느낀 스크랜턴은 결국 감리교단을 떠났고, 상동교회를

자신이 길러낸 전덕기 목사에게 맡겼다.[49]

전덕기는 스크랜턴의 후임답게 빈민구제에 몸을 사리지 않는 헌신적인 사역으로 주변 조선인들에게 많은 존경과 사랑을 받았다. 그런데 다른 한 편으로 전덕기는 상동교회 청년회(엡윗청년회)를 중심으로 민족운동의 구심점 역할을 하고 있었다. 그리고 무엇보다 미주 독립운동의 핵심 인물들인 이승만, 박용만 등의 미국행도 상동청년회와 밀접한 관계가 있었다. 이 청년회 조직의 국제적 네트워크와 임무수행 역량은 고종의 헤이그 밀사 파견의 기획과 실행이나 멕시코 한인 이민자 실태파악 현장조사 등과 같은 사업에서 잘 드러난다.[50]

『미 대륙의 항일무장투쟁론자 박용만』을 저술한 김도훈은 이른바 [사이토 문서]에 실린 「조선독립운동의 근원 - 상동청년회편」의 내용에 근거하여 "러일전쟁 이후 일제의 조선침략이 있을 것을 예견한 상동청년회가 해외에서 민족운동을 전개할 목적으로 청년지사들의 미국 유학을 지원했으며, 이승만, 박용만 등도 상동청년회의 그러한 목적에 따라 미국행을 택했다"고 서술한다. 또한 "박용만이 정한경, 유일한 같은 어린 소년을 동반한 것도 그러한 맥락에서이다."라고 설명한다.[51]

물론 이명섭이 상동청년회 조직과 직접적으로 연계되어 있었다는 증거는 없다. 그러나 러일전쟁을 전후로 이러한 분위기와 예측은 상동청년회 밖의 지식인 청년들에게도 충분히 가능한 것이었으며, 실제로 이 무렵 많은 젊은이들이 비슷한 이유와 목적으로 미국행을 시도했던 것 같다. 이들이 보기에도 조선에 일제의 그림자가 더욱 짙게 드리워진다면 해외로 나

---

49) 이덕주 외 『한국 감리교회 역사』 서울: kmc, 2006, 181-183쪽.

50) 위의 책 183-187쪽.

51) 김도훈 『미 대륙의 항일무장투쟁론자 박용만』 서울: 역사공간, 2010, 24-26쪽.

가는 일이 더욱 어려워지리라는 것이 명백했기 때문이다.

이 시대에 자비로 미국행을 택한 젊은 청년들에게는 확실히 단순히 바깥세상에 대한 호기심이나 명예욕이나 지식에 대한 갈증이나 재산을 모아 부자가 되겠다는 포부가 아닌, 보다 숭고한 무언가가 있었다.

미국 땅으로 가는 길: 시베리아의 육로 vs 바닷길의 이민선

이명섭의 도미 과정과 관련해서 지금까지 발견된 가장 중요한 정보는 1930년대 일본 쪽 기록인 [용의조선인명부] 316쪽의 내용이다. 이 기록에 따르면, 이명섭은 1905년 5월 블라디보스토크로 도항하였다가 거기서 미국으로 들어갔다. 일제의 정보능력을 감안한다면 아이러니하게도 이 기록이 가장 신뢰할 만하다. 그런데 문제는 블라디보스토크에서 어떻게 미국으로 갔는지에 대해 일본 쪽 기록에는 정보가 없다. 거기서 어떻게 미국으로 갔을까?

이명섭보다 조금 늦게 미국에 도착한 김현구는 자신의 자서전에 그의 도미 과정과 관련하여 흥미로운 이야기들을 서술해 놓았다. 그 또한 블라디보스토크에 갔었는데, 본래 그곳으로 간 이유는 그곳에 미국 이민국 사무소가 있기 때문이었다고 한다.[52] 따라서 실제로 당시 미국으로 가려던 많은 젊은이들이 블라디보스토크로 먼저 갔을 것으로 보인다.

1904년 또는 1905년에 블라디보스토크에서 미국으로 들어가는 방법은 대략 두 가지가 있었다. 첫째는 육로로 시베리아를 횡단하여 유럽으로 들

---

52) H. C. Kim, *The Writings of Henry Cu Kim: Autobiography with Commentaries on Syngman Rhee, Pak Yong-man, and Chong Sun-man.* Ed. and Trans., with an Introduction, by Dae-Sook Suh,. Honolulu: The Hawai University Press. 1987, p. 97.

어간 뒤, 거기서 배편으로 미국 뉴욕을 통해 입국하는 루트였다. 시베리아 횡단열차의 모스크바-블라디보스토크 구간이 처음으로 연결된 것은 1904년이었다.[53) 이것이 곧 상업적 의미의 민간인 수송이 가능해진 것을 의미하는 것인지는 확실치 않다. 이 철도를 이용하지 않고 시베리아를 거쳐 유럽으로 들어갔다면 그 길은 매우 험난했을 것이다.

분명한 것은 적어도 1907년에는 그러한 여행이 가능했다는 점이다. 네덜란드 헤이그에서 개최된 만국평화회의에 고종의 밀사로 파견되었던 이들이 유럽에 들어간 일이 그 대표적인 사례이다.

대한제국 관료 출신 이준은 을사조약의 울분을 품고 해외로 망명하여 북간도 용정에서 민족학교 서전서숙(瑞甸書塾)을 운영하고 있던 이상설을 블라디보스토크에서 만났다. 이상설은 국내에서 서양학문을 익히고 영어와 프랑스어 등 외국어를 감리교 선교사 호머 헐버트(H. B. Hulbert)로부터 배운 인물이었다. 이들은 열차 편으로 시베리아를 거쳐 러시아 상트페테르부르크에 도착하여 대한제국 주러시아 공사였던 이범진의 아들 이위종과 합류했다. 이위종은 당시 21세에 불과했으나 러시아어, 프랑스어, 영어를 포함한 7개 국어를 자유롭게 구사했던 보기 드문 인재였다.[54)

고종의 명에 따라 이들을 주선한 조직은 전덕기 목사가 시무하던 상동감리교회 청년회였는데, 당시 상동감리교회 청년회 조직은 숱한 독립지사들이 관여하거나 거쳐 간 곳으로 사실상 국내 독립운동의 본산이었으며, 해외로 나간 수많은 독립지사들 역시 이곳과 관련되어 있었다. 당시

---

53) 정세진 「19세기 시베리아 횡단철도 건설의 과정과 목적 - 경제적, 산업적 가치를 중심으로」 [한국 시베리아 연구] 제22권 2호. 2018, 12쪽.
54) 윤병석 「이상설」 [한국민족문화대백과사전] 1995. (인터넷판); 신용하 「이위종」 [한국민족문화대백과사전] 1995. (인터넷판).

이준은 바로 이 상동감리교회 청년회 조직의 회장이었고, 이 일을 기획하고 중재한 이는 이 교회에서 처음 신식 결혼식을 올렸던 이회영이었다.[55]

어쨌든 이 밀사들의 궁극적 행선지가 미국이었던 것은 아니었고, 임무가 성공적이었다면 굳이 유럽에서 미국으로 올 이유도 없었을 것이다. 그러나 결과는 만족스럽지 못했고, 이준은 네덜란드의 숙소에서 숨을 거두었다. 그러나 이상설과 이위종은 포기하지 않고 을사조약의 부당성을 알리고 한국의 독립을 미국 정계에 호소하기 위해 영국의 사우샘프턴(Southampton)에서 매저스틱(Majestic)호를 타고 1907년 8월 1일에 뉴욕항으로 입국했다. 이들의 미국 입국 사실은 뉴욕항 입국 기록을 통해 확인되었다.[56]

이들의 여정은 1907년 당시 블라디보스토크에서 시베리아와 유럽을 거쳐 미국으로 들어오는 것이 가능했음을 보여 준다.

젊은 청년으로 이 루트를 통해 미국으로 들어온 사례로서 가장 흥미롭고 자세한 것은 1911년 네브라스카주의 장로교 계통 헤이스팅스 대학(Hastings College)에서 공부하고 있던 홍승국의 모험담이다. 이 이야기는 원래 1911년 2월 14일 헤이스팅스의 한 침례교회에서 열린 특별집회에서 한국 유학생들이 들려준 미국 유학 경험담에서 나온 것이었다. 이들의 이야기는 이후 헤이스팅스 대학 학생신문에 실렸고, 이것을 한 지역신문이 「한국 학생들의 미국 유학을 위한 모험담」이라는 제목으로 요약하여 게재하였다. 이 기사에 포함된 홍승국의 이야기는 안형주의 『박용만과 한인소년병학교』 209-213쪽이 잘 소개하고 있다.

---

55) 이덕주 외 『한국 감리교회 역사』 186쪽.
56) 신치영 「'안창호 美입국기록' 한국 대학생인턴이 찾았다」 [동아일보] 2009. 10. 23. (인터넷판).

아마도 홍승국의 모험담이 이명섭의 도미 과정과 이유에 가장 근접한 설명이 될 것 같다. 따라서 그의 이야기를 여기에서도 인용해 볼까 한다. 다음은 안형주의 책에 소개된 내용을 필요한 부분만 다시 요약한 것이다.[57]

> 헤이그 밀사 사건으로 1907년 9월 대한제국 황제가 일본의 강압으로 폐위되는 것을 본 홍승국과 그의 친구 11명은 의기투합하여 미국으로 가서 공부할 결심을 했다. 이들은 1년 뒤인 1908년 어느 날 눈물을 흘리는 부모들과 작별하고 집을 떠났다. 배편으로 미국행을 계획한 이들은 일본으로 갔으나, 일본 관리들은 여권 발급을 거절했다. 한인들은 유럽이나 미국으로 갈 수 없다는 법이 새로 생겼던 것이다. (미국이민선은 1905년에 8월 8일 하와이에 도착한 몽골리아호가 마지막이었다. 이명섭은 확실히 그 이전에 떠났다.) 이 12명의 청년들은 우여곡절 끝에 국제항이던 원산항으로 가서 외국으로 나가는 배편을 물색했으나 이내 일본 경찰의 추적을 받으며, 일행 중 절반이 이들에게 체포되었다. 남은 일행은 조선의 국경을 넘어 유럽행 기차를 타기 위해 러시아의 블라디보스토크로 향했다. 추운 겨울에 시골뜨기 변장을 하고 높은 산을 넘고 넓은 들판을 가로질러 도보로 긴 여정 끝에 기차를 탈 수 있는 국경에 도착했을 때, 이들은 이미 휴대한 모든 돈을 소진하여 부모로부터 다시 경비를 조달받아야 했다. 이 와중에 3명의 동료가 추가로 일본 경찰에 체포되었다. 남은 3명은 1909

---

57) 안형주는 각주에 이 헤이스팅스 대학 신문의 원문 소스의 URL 주소를 제공했는데, 시간이 벌써 오래되어 해당 대학의 홈페이지가 다 바뀐 탓인지 그 주소로든 다른 검색으로든 그 원문을 찾기 어려웠다.

년 5월이 되어서야 야음을 틈타 국경을 넘었다. 그러나 블라디보스토크에 도착했을 때는 이들은 이미 다시 빈털터리가 된 상태였고, 언어도, 돈을 벌 방법도 없었다. 그런데 블라디보스토크에서 이들은 한인 상인 정순만을 만나게 되었다. 그는 이들에게 여비를 제공하며 미국에 도착하면 박용만을 찾아가라고 당부했다. 그리하여 이들은 시베리아를 거쳐 뉴욕에 도착할 수 있었고, 이들 3명 가운데 홍승국과 김현구는 박용만을 찾아 덴버로 갔으며, 그 후 그와 함께 네브라스카에 올 수 있었다.

이 사실들을 통해 아래와 같은 몇 가지 사실을 확인할 수 있다. 첫째, 이들이 미국으로 가려 한 이유에는 러일전쟁이 큰 영향을 미쳤다. 러일전쟁에서 일본이 승리할 것을 예측하고 미리 미국으로 빠져나간 상동청년회 쪽 청년들은 1903-1905년 사이에 주로 이민선을 타고 나갔고, 그 이후에는 일제가 조선을 지배하며 한인들의 도미를 금지했으므로 민족의식을 가지고 일본이 아닌 미국에서 공부를 하고자 했던 청년들은 시베리아를 거쳐 육로로 가야 했다.

이러한 상황은 일제가 문화통치의 일환으로 한인의 미국행을 허용하며 일본 국적으로 일본 여권을 가지고 나갈 수 있도록 했던 1920년대까지 이어졌다. 힘들게 도미한 만큼 이들의 민족의식은 강했으며, 그것이 사실상 미국행의 주요 동기였다. 이명섭 또한 비슷한 목적으로 미국행을 결심했을 것이라 생각할 수 있다.

둘째, 블라디보스토크의 정순만은 다시 한번 상동청년회의 국제적 네트워크 역량을 확인시켜 주었다. 이 조직은 미국으로 건너가 공부하고 민족운동의 큰 에너지를 생산할 잠재력이 있는 청년들에게 육로를 통한 도미 루트를 열어 주었으며, 이렇게 미국으로 간 청년들이 박용만의 한인소년병학교와 연결되었다.

셋째, 하지만 이명섭이 블라디보스토크에서 정순만의 도움을 받지는 않았을 것이다. 정순만이 블라디보스토크로 간 것은 1907년이었던 것으로 알려져 있기 때문이다. 위에서 본 바대로 시베리아-유럽을 통해 뉴욕으로 들어간 사례들은 대부분 을사조약 이후의 이들이다.

따라서 이명섭이 블라디보스토크로 먼저 갔다 할지라도 그가 시베리아를 거쳐 유럽을 통해 뉴욕으로 들어가지는 않았음이 분명하다. 집안 전승이 기억하는 것도 배를 타고 하와이를 거쳐 미국 본토로 들어갔다는 것을 말하고 있다. 아마도 블라디보스토크를 통해 육로를 생각했을지는 몰라도 궁극적으로는 바닷길을 택했다고 할 수 있다.

하와이 호놀룰루 입항 기록 속의 'Ye, Myeng Surp'

시베리아-유럽-뉴욕이 아니라면, 태평양을 통한 바닷길일 수밖에 없다. 우선적으로 살펴야 할 것은 승선 기록과 미국 쪽의 입국 기록이다. 당시 태평양을 건너는 뱃길로 미국에 입국한 사람들은 거의 두 도시로 입국했다. 첫째는 하와이 호놀룰루, 둘째는 본토 서부의 샌프란시스코이다. 1902년에서 1905년까지의 호놀룰루에 입국한 한국인 7천여 명의 명단은 당시 이민선들의 승객명단을 통해 알려져 있다. 마지막 하와이 이민선은 1905년 8월 8일 호놀룰루항에 입항한 몽골리아(S. S. Mongolia)호였다. 이후로는 일제의 통제로 미국 이민이 금지되었다.

안형주는 미국 이민국 기록을 바탕으로 그의 책『박용만과 한인소년병학교』159-163쪽에 소년병학교 교사 및 생도들의 입국 기록을 정리해 놓았는데, 이 목록의 160쪽에 언급되어 있는 이명섭은 1904년 2월 8일 하와이 호놀룰루로 입국했으며, 함흥 출신인 것으로 되어 있다. 이 정보의 근거가 되는 본래의 1차 자료는 미국 The National Archives and Records Administrations를 통해 (유료로) 공개되어 있는 외국인 입국자기록카드의 마이크로필름 자료인 것으로 보인다.

다행히도 이무라바야시덕희(Duk Hee Lee Murabayashi)가 이 마이크로필름 자료로부터 1903-1905년 동안 하와이 호놀룰루 항을 통해 입국한 한인 7,415명의 입국카드를 바탕으로 정리하여 2001년에 처음 출판하고 2004년에 개정한 명단을 얻을 수 있었다.[58] 이무라바야시덕희에 따르면, 이 명단의 원자료가 되는 입국카드는 미국인 관리들이 손 글씨로 쓴 것으로 이를 목록으로 정리하는 과정에서 불확실한 부분들이 꽤 있었고, 미국인들에 의해 작성된 것이어서 철자나 기본 정보에서 발생할 수 있는 오류도 충분히 예견될 수 있는 것들이었다. 또한 입국자들이 특정한 이유 때문에 보편적으로 사용하는 이름 대신 다른 이름을 입국 기록 작성 시 사용했을 가능성도 있었다.

이무라바야시덕희는 이 명단에 이름, 나이, 결혼 상태, 최근 주거지(last residence), 도착일, 그리고 승선 선박명을 포함했고, 그 외의 세부 정보는 제외했다. 제외한 이유는 대부분의 입국자들이 이 기본 정보 외에 세부 사항으로 기록되어 있는 직업, 읽기 능력, 최종 목적지, 여행 비용 부담자, 휴대한 현금 액수, 최종 목적지까지의 티켓 소유 여부 등등에 대하여는 몇몇 예외적인 경우를 제외하고는 거의 같은 답변을 했기 때문이었다.

---

58) Lee Murabayashi, D. H. *Korean Passengers Arriving at Honolulu 1903–1905*. Revised. Manoa. Center for Korean Studies, Unisversity of Hawaii. 2004.

어쨌든 이 명단에서 이명섭이라는 이름으로 볼 수 있는 유일한 인물은 1904년 2월 8일 차이나(China)호를 타고 호놀룰루항에 도착한 20세의 기혼남성 Ye, Myeng Surp이었으며, 그의 최근 거주지(사실상 국내 출신지)는 해홍(Hay Heung)으로 되어 있었다. 일단 나이는 정확히 맞는다고 볼 수 있었다. 서양 나이 계산법을 따른다면 이명섭의 나이는 족보 기준으로 1884년 1월 15일생이었으므로 서양 나이로는 20세 1개월에서 며칠 빠지는 것이다. 따라서 20세로 기록한 것이 맞는 것이다.

문제는 국내 출신지가 해홍으로 되어 있다는 점과 일본 쪽 기록과 도미 년도에 1년 이상 차이가 있다는 사실이다. 실제로 국내에는 해홍이라는 지명이 존재했다. 충청남도 홍성에 속한 한 고을의 옛 지명이다. 그렇다면 이런 고을명을 입국 기록에 사용하기도 했을까? 실제로 이무라바야시 덕희의 명단에 오른 이민선 승객들 가운데 몇몇 사람들은 도시명 대신 자기가 살고 있던 고을의 이름을 제시했던 것 같다. '~골'(Kol), '~리'(Li 또는 Ri), '~동'(Dong) 등으로 끝나는 지명들이 제법 많이 등장하기 때문이다. 국내 출신지가 함흥(Ham Heung)으로 기록된 사람도 있다. 따라서 해홍과 함흥이 구별되고 있다고 볼 수도 있다. 그러나 이 명단에서 해홍(Hay Heung)과 함흥(Ham Heung)은 영어 철자 하나의 차이에 불과하므로 충분히 오기의 가능성이 존재하는 것으로 볼 수도 있다. 실제로 안형주는 이 '해홍'을 '함흥'의 오기로 간주한 것 같다.

안형주의 생각대로 '해홍'이 함흥의 오기이고, 차이나호를 타고 1904년 2월 8일에 호놀룰루항에 도착한 이명섭이 한인소년병학교 교사 이명섭이라면, 이명섭은 아마도 러일전쟁이 터지기 직전인 1903년 말에 집을 떠났을 것이다. 그 당시면 그는 한국의 세는 나이로 20세가 된다. 그의 아들 이동순이 3살 때이다. 충분히 가능한 상황이긴 하다.

그렇다면 이명섭의 블라디보스톡 도항 시점을 1905년 5월로 언급하고 있는 일본 쪽 기록과 1년 이상 차이가 나는 문제는 어떻게 이해할 수 있을까? 그의 블라디보스토크 도항 시점을 언급하고 있는 일본 기록은 정보원이 작성한 문건으로 이명섭이 1931년도 상해에서 사업을 하며 민족주의자들과 교류하고 있을 무렵 나온 것이다. 적어도 26년 이상의 시차가 존재한다. 도미 연도에 오류가 있을 가능성을 생각해 볼 수 있다. 그의 도미 연도에서 1년 오차는 그들에게 그리 중요한 사안은 아닐 것이기 때문이다.

결론적으로 차이나호의 이명섭이 우리의 이명섭인지 여부는 입증되었다고 보기는 어렵지만 가능성은 충분해 보인다. 물론 이명섭의 기록이 누락된 것일 가능성도 있다.

이 상황에서 언급해야 할 중요한 것은 집안 전승이 이명섭의 하와이행을 기억하고 있다는 사실이다. 집안에서는 이명섭이 초창기에 하와이로 갔었고, 일정 기간 그곳의 사탕수수밭에서 일하며 학자금을 번 뒤 본토로 갔다고 기억한다. 그는 집에서 나설 때 큰 액수의 비용을 금으로 휴대하고 있었으나, 그것은 블라디보스토크에서 체류하는 동안의 비용과 하와이 이민선을 타는 데 드는 비용으로 거의 다 소진되었을 것이다.

결국 이민선을 타고 도착한 하와이에서 그를 기다리고 있었던 것은 사탕수수 농장의 고된 노동이었다. 별 도리가 없었다.

안형주의 분석에 따르면, 네브라스카 한인소년병학교 후원자들, 교사들, 학생들 전부가 1903년에서 1905년 사이 하와이 사탕수수 농장을 거친 사람들이었으며, 이들 가운데는 지성인들이 상당히 많았다. 이들의 특징에 관해 그는 이렇게 서술한다.

"소년병학교의 후원자들은 모두가 하와이 사탕수수 농장에 돈을 벌러 갔던 사람들이다. 또 교사들의 절반은 돈을 들이지 않아도 되는 하와이로 유학을 갔던 개혁에 눈뜬 한학자들이었으며, 학생들도 3분의 1은 미국 본토의 대학에 가기 위한 여비와 학비를 장만하려고 하와이로 이민을 갔던 사람들이었다."[59]

---

59) 안형주 『박용만과 한인소년병학교』 164쪽.

제3장

북미대한인애국동지대표회와
'미국 내 한인들의
항일전투훈련계획'

공화제의 공립협회 vs 입헌군주제의 대동보국회

• 샌프란시스코의 공립협회

하와이 사탕수수 농장에서 일하며 돈을 모은 이명섭은 늦어도 1906년 7월까지는 샌프란시스코에 도착해 있었다. 그곳에서 다른 20명의 한인들과 함께 공립협회에 입회청원을 했다는 기록이 공립협회 기관지인 1906년 7월 30일 자 [공립신보]에서 발견되기 때문이다.[60] 이후로 미국 본토에서 등장하는 이명섭은 이론의 여지없이 한인소년병학교의 이명섭이다. 이명섭의 본토 기록이 샌프란시스코에서 처음 발견되는 것은 그가 육로가 아닌, 배편으로 미국에 입국했다는 것을 의미한다.

공립협회는 1903년 9월 도산 안창호가 중심이 되어 샌프란시스코에 세운 한인친목단체인 상항친목회로 시작되었다. 1904년부터 하와이에서 한인들이 대거 본토로 이주하고, 조선에 대한 일제의 위협이 현실화되자 1905년 4월에 상항친목회는 애국 운동의 전개, 동족 간의 상부상조, 환난상구(患難相救) 등을 목적으로 하는 새로운 성격의 조직으로 탈바꿈했으며, 그 이름도 공립협회로 개명했다. 이후 회원이 증가함에 따라 미국 본

---

60) 「입회청원인」 [공립신보] 1906. 7. 30. 2면 4단.

토 내에 지회들을 설립함으로 조직을 확대 개편했고, 국내에도 지회를 세웠는데, 이 국내 지회는 1907년 1월 안창호의 귀국과 함께 항일비밀결사 조직인 신민회로 발전했다.[61]

어쨌든 이명섭이 1906년 7월 30일에 샌프란시스코의 공립협회에 입회했다면, 이명섭은 언제 샌프란시스코로 들어왔을까?

상항연합감리교회 100년사 편찬위원회에서 2003년에 발행한『샌프란시스코의 한인과 교회』의 저자 성백걸은 1893년 5월 1일부터 한인들의 샌프란시스코 입항 기록을 정리하며 작성한 입국자 명단을 부록에 첨부했다.[62] 여기에는 1902년 9월 30일에서 1907년 하와이 호놀룰루에서 샌프란시스코로 들어온 한인들의 명단이 별도로 분류되어 있었고, 당연히 이 명단에서 이명섭을 발견할 수 있으리라 기대했었다. 그런데 이 통계표에 포함된 명단에 이명섭이라는 이름은 없었다. 어떻게 된 것일까?

한 가지 가능성 있는 답변은 이 통계표의 맨 끝에 저자가 남겨 놓은 짤막한 메모에서 얻을 수 있었다. 그것은 하와이에서 온 선객들 가운데 3등칸 이하에 타고 온 사람들은 승객 명단에 이름이 기록되지 않았다는 것이다.[63]

즉 3등칸 이하에 타고 온 사람들이 있었고, 이들의 명단은 누락되어 있다는 말인데… 집안 전승은 이명섭이 하와이 농장에서 (아마도 사탕수수 농장에서) 학비를 버느라 일정 기간 일을 했다고 기억한다. 힘들게 번 학비를 쉽게 사용하기는 어려웠을 것이다. 아마도 이명섭이 3등칸 이하에

---

61) 신재홍「공립협회」[한국민족문화대백과사전] 1995. (인터넷판).

62) 성백걸『샌프란시스코의 한인과 교회』서울: 한들출판사. 2003, 713-724쪽.

63) "Note: National Archives에 근무하고 있는 직원 말에 의하면 하와이에서 온 선객들 중에 3등칸 이하에 타고 온 사람들은 Passenger List에 없다고 한다." 위의 책 724쪽.

타고 샌프란시스코에 입항했을 가능성이 있다.

어쨌든 이명섭은 1907년까지 샌프란시스코의 공립협회 회원으로 남아 있었다. 1907년 8월 16일 자 [공립신보]에 감하의연금과 국채보상의연금을 낸 사람들의 명단에서 그의 이름이 발견된다.[64]

• 공립협회에서 대동보국회로

1906년 7월 무렵 하와이에서 본토 샌프란시스코로 옮겨 와 공립협회에 가입했던 이명섭은 후에 공립협회를 탈퇴하며 대동보국회(大同保國會)로 옮겼고, 정확히 2년 후인 1908년 7월에 대동보국회의 샌프란시스코 대표가 되어 덴버에서 열린 북미 대한인애국동지회에 참석했다. 그리고 그는 바로 네브라스카의 링컨으로 향했다.

> "**이명섭**도 이용규와 마찬가지로 하와이에 와서 샌프란시스코로 옮겼고, 그곳에서 대동보국회 회원이 되어 일자리를 찾아 덴버로 갔다. 해외 애국동지대표회에도 참석하며 그곳에 머물다가 나중에 네브래스카의 링컨으로 옮겼다."[65]

안형주의 이 짤막한 한마디 속에는 많은 것이 압축되어 있다. 네브라스카에는 박용만이 시작한 한인소년병학교가 있었다. 이명섭이 본토에서 무엇을 지향했는지를 보여 주는 대목이다. 공립협회를 탈퇴하고 대동보국회로 옮겼으니 대동보국회를 만든 사람들과 뜻을 같이했다고 볼 수밖

---

64) 이해 8월 공립신보에 감하의연금과 국채보상의연금을 낸 이명섭의 기록이 있다. 「감하의연」[공립신보] 1907. 8. 16. 2면 3단, 4면 2단.
65) 안형주『박용만과 한인소년병학교』343쪽.

에 없을 것이다. 이명섭이 왜 공립협회에서 대동보국회로 옮겼는지는 정확히 단정할 수 없다. 그래도 그 이유는 생각해 보아야 했다. 이명섭은 왜 공립협회에서 대동보국회로 옮겼을까?

대동보국회는 1907년 3월에 샌프란시스코에서 만들어진 독립운동단체였다. 이 조직의 전신은 1905년 12월에 장경이 중심이 되어 만든 대동교육회라는 것이었다. 원래 장경은 안창호가 1903년에 세운 상항친목회의 발기인들 중 하나였으나, 상항친목회가 1905년 4월 항일운동 성격의 정치적 목적을 지향하며 공립협회로 탈바꿈하는 과정에서 안창호와 대립했고, 결국 공립협회를 탈퇴하여 대동교육회를 조직했던 것이다. 이후 대동교육회는 교육진흥과 계몽이라는 본래의 목적에 충실했지만, 1905년 을사조약 이후 일제의 본국에 대한 국권침탈이 노골화됨에 따라 항일정치운동을 지향하게 되었고, 그 결과 1907년 3월에 대동보국회로 탈바꿈했다.[66] 그리고 기관지로 대동공보(大同公報)를 발행했다.

김도훈에 따르면, 공립협회는 "공화정에 입각한 국민국가 건설을 지향하고 있는 반면, 대동보국회는 공립협회의 정치노선에 반발하여 따로 조직된 단체로서 교육을 통한 보황주의(保皇主義)적 성격을 띠고 있었다." 더욱이 "공립협회는 서북(주로 평안도) 출신이, 대동보국회는 기호(경기도와 충청도) 출신이 주류를 이루는 등 정치 인식과 지역적 분파로 인해 대립 관계에 있었다."[67]

안형주에 따르면, 대동보국회의 창립을 주도한 장경은 북미에서 결성된 중국의 개혁파 조직인 보황회(保皇會)의 인물들과 교류하며 밀접한 관

---

66) 하원호 「대동보국회」 [한국민족문화대백과사전] 1995. (인터넷판).
67) 김도훈 『미 대륙의 항일무장투쟁론자 박용만』 33쪽.

제3장 북미대한인애국동지대표회와 '미국 내 한인들의 항일전투훈련계획'   **75**

계를 유지하고 있었다. 보황회의 주요 정치적 목표는 당시 중국의 권력을 장악하고 있던 서태후를 제거하고 서구 문명과 개혁에 관심이 있던 광서황제(光緒皇帝)를 내세워 입헌군주국을 이루는 것이었다. 보황회의 지도자들은 이러한 목표를 달성하기 위해서는 청나라 왕조를 무력으로 무너뜨릴 수 있는 군대를 양성해야 한다고 판단했고, 이에 따라 1904년 미국 로스앤젤레스(Los Angeles)에 개혁파 군대를 이끌 무관양성을 목적으로 하는 군사학교인 간성학교(干城學校)를 세웠다. 이러한 보황회의 성격과 방향은 대동보국회에 확실히 하나의 모델을 제시했다.[68]

사회정치적 측면에서는 공화정을 바탕으로 한 국민국가를 지향했던 공립협회가 입헌군주제를 지향한 대동보국회보다 진보적이었다고 할 수 있다. 이것은 일종의 서로 다른 국가이념을 지향한 사람들의 갈등이었으므로 이념적인 측면에서는 생각보다 근본적인 대립이었을 것으로 생각된다. 한쪽은 조선왕조의 몰락을 기정사실화하여 그 이후의 국가체제로서 왕이 없는 공화정을 목표로 삼았고, 다른 한쪽은 왕조를 지켜야 한다는 입장이었다.

조선왕조의 지지자들 입장에서 공화정 추구는 위험한 시도로 보일 수도 있었다. (조선말/대한제국 시대 국내에서는 실제로 독립협회의 인사들 가운데는 이러한 모함을 받아 투옥된 이들도 있었으며, 결국 이 문제가 독립협회의 해산을 유발하게 되었음을 감안한다면 아무리 미국에서라 할지라도 공개적으로 공화정을 추구하는 것에 대한 반대는 이해할 만한 것이었다.) 조선왕조가 치명적인 위기에 빠진 것은 맞지만 사라진 것은 아니기에 굳이 왕조 자체의 폐지를 전제로 하는 공화정은 아니라 판단했

---

(68) 안형주『박용만과 한인소년병학교』31-43쪽.

던 것이라 볼 수 있다. 모국의 서구적 개화를 추구하는 해외파 내의 나름 진보와 보수의 대립이었다.

서학·천주교 집안 자제로서 이명섭은 서구 학문을 배우고자 하는 열망이 컸지만, 다른 한편으로는 대한제국 참령의 아들로서 조선왕조의 몰락을 전제로 하는 공화정은 아직 심리적으로 받아들이기 어려웠을 것 같다. 물론 공립협회와 대동보국회 사이의 이러한 이념적 대립이 과대평가될 필요는 없을 것이다. 이들은 모두 모국의 독립과 개화라는 공동의 목표가 있었고, 이를 위해 수시로 협력했으며, 궁극적으로는 이 공동의 목표를 위해 스스로를 대한인국민회로 통합시켰기 때문이다.

• 공립협회의 전명운과 대동보국회의 장인환

공립협회와 대동보국회의 통합을 결정적으로 촉발한 사건들 가운데 하나는 1908년 재미 한인이었던 장인환과 전명운이 친일파 미국인 외교관 더럼 스티븐슨(Durham White Stevens)을 저격한 사건이었다. 스티븐슨은 대한제국의 외교고문(advisor to the Korean Foreign Office)이었음에도 불구하고 실질적으로는 일본의 조선 지배를 지지하는 언행을 해 왔는데, 1908년 미국 샌프란시스코에 도착 후 가진 미국 언론 [San Francisco Chronicle]과의 인터뷰에서 대한제국의 황제는 몽매하고 관료들은 부패했으며 백성은 어리석으므로 일본이 조선을 지배하는 것이 백성을 위해 낫다는 내용의 발언을 거듭했다. 이에 미국 본토의 교민사회는 분노했고 회의 끝에 장인환과 전명운 두 사람이 각기 총을 구해 그를 저격하여 응징하기로 하였으며, 이들은 1908년 3월 23일 오전에 이를 주저함 없이 결

행하였다.[69] 장인환은 대동보국회 소속이었고, 전명운은 공립협회에 속했던 인물이었다.[70]

더욱이 1907년 헤이그 밀사 사건을 빌미로 일제가 광무황제(고종)를 폐위시킨 것과 이어 발생한 조선왕조의 몰락은 입헌군주제의 여지를 남겨두지 않았으며, 조선 즉 대한제국의 미래에 대한 많은 사람들의 생각을 바꾸어 놓았던 것 같다.

어쨌든 공립협회에 입회했던 이명섭이 옮겨간 대동보국회는 곧 세워질 한인소년병학교의 인맥과 밀접하게 관련되어 있었다. 박용만은 물론이고 장경의 측근으로 대동교육회 회원모집 단계부터 함께했던 방사겸, 박용만의 항일무장투쟁론을 지지하며 그의 군사교범인 [군인수지]를 출판한 문양목, [대동공보]의 주필이자 훗날 한인소년병학교의 교사가 된 백일규 등이 그들이다.[71] 훗날 이명섭은 해방 후까지도 한인소년병학교의 옛 동료인 이들과 친교했다.[72]

결말은 달랐지만 장인환과 전명운의 이전 행로는 이명섭의 그것과 유사한 부분이 있었다. 우선 전명운은 1905년 유학을 목적으로 하와이 이민선 몽골리아(Mongolia)호를 타고 호놀룰루로 입항하여 사탕수수 농장에서 일을 했다. 그리고 이듬해인 1906년에 본토 샌프란시스코로 들어왔으며, 공립협회 회원으로 가입한 뒤 안창호를 통해 일자리도 구하고 그와 함께 활동했다. 장인환 또한 1905년에 하와이에 도착한 뒤 유학자금 마련을 위해 마우이섬의 한 농장에서 일하다가 1906년 8월 8일에 백일규 등

---

69) 김도형 「스티븐스 저격 사건」 [한국민족문화대백과사전] 2013. (인터넷판).

70) 김주용 「범국민적 구국운동」 [신편한국사] 43권 국사편찬위원회. 2002, 160쪽.

71) 위의 책 35쪽.

72) 위의 책 139쪽.

과 함께 샌프란시스코로 건너왔다. 이들은 록키산맥을 관통하여 시애틀 (Seattle)과 미네소타주 세인트폴(St. Paul)을 연결하는 철도부설공사 노동자로 일을 하기도 했다. 1907년 장인환은 대동보국회의 발기인이자 회원이 되었다.[73] 적어도 이 시점까지는 이명섭도 비슷한 여정을 걸었던 것 같다.

박용만과 북미대한인애국동지대표회

모국의 동포나 중국과 러시아에 거주하던 한인들과는 달리, 재미 한인들이 공통적으로 가지고 있던 정치적 특징 및 성향과 관련하여 안형주는 매우 중요한 두 가지 사실을 지적한다. 첫째, 그들은 정치적으로 일본의 통제를 받지 않았다는 점이고, 둘째로 그들은 대부분 미국의 자유민주주의 체제를 긍정적으로 수용하고 있었다는 점이다.[74]

자유! 이명섭의 인생행로를 추적하는 과정에서 그의 사진을 찾으려고 수도 없이 많은 사진들을 들여다보았다. 이 과정에서 많이 놀라웠던 것은 일제 강점기 재미 한인들의 옷차림이나 생활상을 보여 주는 사진들을 동시대 국내나 중국 러시아 등지 한인들의 그것과 비교했을 때 재미 한인들의 삶이 질적인 측면에서 뚜렷하게 나았다는 사실이 드러났던 점이었다.

일본을 제외하면 미국은 일제 강점기 동안 가장 많은 한인들이 대학에서 고등교육의 기회를 얻어 학위를 받을 수 있었던 곳이었다. 더욱이 미국은 일본, 중국, 러시아와 달리 조선과 영토를 맞대고 있지 않아 정치적

---

73) 이정면 외『록키산맥에 무궁화꽃이 피었습니다: 한인 미국초기 이민사. 미 중서부 산간지방을 중심으로』서울: 줌. 2003, 113-114쪽.
74) 안형주『박용만과 한인소년병학교』92쪽.

으로 직접적인 이해관계를 가지고 있지 않은 국가였으므로 재미 한인들은 자신들이 당한 인종차별에 대한 불만 외에 미국에 대한 정치적 적대감과 경계심은 거의 가지지 않았던 것 같다. 오히려 그들 가운데는 아무런 정치적 이해관계가 없는 상황인데도 세계 제1차 대전이나 2차 대전에 미군으로 참전했던 사람들도 많았다.

이로 미루어 볼때 결국 일제 강점기 동안 미국을 기반으로 활동했던 독립운동가들이 지향하고 꿈꿨던 미래의 조국은 미국에서 경험한 미국과 같은 풍요로운 자유민주주의 공화국이었음을 추론해 볼 수 있다. 이들에게 같은 시대의 동아시아와 유럽에서 빠른 속도록 위력을 발휘하기 시작한 사회주의나 공산주의 또는 아나키즘 같은 이념은 아직 낯설었다.

어쨌든 일제 강점기 미주 지역 독립운동사에서 북미대한인애국동지회가 가지는 역사적 의의는 매우 크다. 사상 처음으로 하와이와 북미 지역의 한인들이 하나의 조직 아래 모이게 된 것이기 때문이다. 이를 제안하고 주도한 사람은 박용만이었다.

이즈음 박용만에 대한 약간의 설명이 필요할 것 같다. 박용만은 1904년 일제가 요구한 대한제국 황무지 개간권 허용 반대운동에 참여했다가 한성감옥에 투옥되었었는데, 이때 옥중에서 이승만, 이시영, 이동녕, 정순만 등의 독립운동가들과 동지가 되었다. 출옥 후 1904년 12월 그는 전덕기 목사가 이끄는 상동교회 청년조직의 후원을 받아 해외독립운동의 거점 확보라는 목표를 가지고 미국 유학길에 올랐다. 그는 하와이를 거치지 않고 1905년 2월에 샌프란시스코에 입항했는데, 이때 훗날 유한양행 설립자가 된 소년 유일한(원래 이름 유일항)[75]을 데리고 들어왔다.

---

75) 유일한의 본래 이름은 유일항이었다. 그런데 미국에서 학교에 들어갔을 때 미국학생

미국에 도착한 박용만은 문양목, 백일규 등 대동보국회 쪽 인물들과 가깝게 지냈으며, 1905년 9월에 다시 도미한 삼촌 박희병(박장현)을 만났는데,[76] 이때 박희병은 서울 삼문출판사에서 일하던 미국 선교사들의 주선으로 미국 중부의 네브라스카 오마하(Omaha)에 있는 유니온 퍼시픽 철도 회사(Union Pacific Railroad Company)에서 일자리를 얻을 수 있는 추천서를 가지고 있었다. 이에 네브라스카주 커니(Kearney)시에 자리를 잡은 박용만과 박희병은 그곳에서 한인들에게 철도 회사의 일자리를 주선하고, 아울러 나이가 어린 소년들에게는 이른바 '스쿨 보이'로 미국 가정

들이 그의 이름자를 가지고 꽤나 놀렸다고 한다. '항' 자가 영어의 동사 'Hang'('목매달아 죽이다'의 뜻이 되는) 때문이었는데, 이에 성이 '유'씨라 'Hang You!' 하면 뜻이 고약해진다. 실제로 그의 영자 이름 'Il Hang You'를 미국 학생들이 "I'll hang you"라고 불렀다는 것이다. 이명섭의 경우도 미네소타 약학과 내에서 그의 영자 이름 'Myung Sup Lee' 대신 '수프 리'('Soup Lee')라는 별명으로 불렸던 것 같다. 연감에 이에 관한 에피소드가 나온다.

76) 1894년에 관립영어학교를 졸업한 박희병은 1896년 고종의 다섯째 아들 이강(李堈, 의친왕)과 함께 미국으로 건너갔으며, 이때 버지니아주의 로어노크(Roanoke) 대학에서 2년 동안 예과 수업을 받았다. 1899년 귀국하여 외부 주사로 공직에 종사하다가 1903년에는 평안북도 운산 금광에서 통역관 겸 영미 관계 통상 교섭관으로 일하기도 했다. 또한 운산 금광에서 모집한 청년들에게 광산 업무에 대한 기초 훈련을 시킨 뒤 미국 콜로라도주 덴버시의 철도 건설과 광부로 노동 이민을 보내기도 했다. 1904년 8월 일제의 황무지 개간권 요구에 반대하는 보안회의 집회에 참석하였다가 투옥되기도 하였다. 1906년에는 멕시코 유카탄 반도의 어저귀(henequen) 농장으로 이주한 한인들이 사실상 노예노동에 시달리고 있다는 소식이 국내에 전해지자 서울 상동교회 청년회의 요청에 따라 이범수와 함께 멕시코로 가서 진상조사를 벌여 멕시코 이주 한인 노동자들의 실태를 보고하였다. 이 무렵 이름을 박장현(朴章鉉)으로 개명하였다. 1906년에 그는 박용만과 덴버에서 합류하였고 그해 여름부터 덴버 시내 유니언 철도역사 인근의 한 건물에서 한인 노동자들을 위한 여관 및 직업소개소를 운영했다. 1907년 6월 9일 덴버 지역에서 북미 대한인애국동지대표회 개최를 준비하던 중 36세의 나이로 병사했다고 한다. 「박희병」 [세계한민족문화대전] 한국학중앙연구원. 2018. (인터넷판).

에 머물며 허드렛일을 돕고 그곳 주변의 공립 중·고등학교에 다닐 수 있도록 주선함으로써 네브라스카 커니와 그 주변에 한인들의 거점을 마련했다. 이후로 한인들은 이곳의 네브라스카 웨슬리안 대학교(Wesleyan University of Nebraska)에 진학하여 졸업하기도 했다. 당시 주립대학이나 공립 중·고등학교들은 학비가 거의 들지 않았으므로 한인들이 다니기에 적합했고, 무엇보다 한인들을 선교의 대상으로 여기고 기꺼이 도움을 주고자 했던 백인 기독교인들과 교회들의 도움도 네브라스카 한인들에게 큰 힘이 되었다.[77]

1906년 여름, 박용만과 박희병은 네브라스카의 커니에서 서부의 콜로라도주 덴버(Denver)로 이동히여 그곳에서도 네브라스가에시와 마찬가지로 한인들에게 노동을 주선하고 이들을 위한 숙소를 제공하는 일을 시작했다. 당시 덴버는 신흥도시로 사탕무 농장과 철도 회사 및 탄광 등의 일자리 수요가 많아 여러 한인들이 몰리고 있었다.[78]

재미 한국인들의 통합을 위한 제안

박용만은 국제사회를 주도하는 강대국들의 무관심 또는 암묵적 동의 하에 벌어진 1905년의 을사조약과 대한제국 외교권 상실, 헤이그 밀사 사건, 광무황제(고종)의 폐위, 그리고 군대해산으로 이어지는 모국의 망국 과정을 해외에서 지켜보며 재미 한인들이 힘을 결집해야 할 필요성을 강하게 느꼈다. 재미 한인들 사이에 이런 여론이 무르익자 그는 삼촌 박희

---

77) 안형주 『박용만과 한인소년병학교』 49-76쪽.
78) 위의 책 77-78쪽.

병과 더불어 네브라스카 커니와 콜로라도의 덴버에서 한인들의 노동을 주선하고 미국 학교에서 교육받을 기회를 소개하는 등의 일을 하며 민족운동의 거점을 마련해 갔고, 더 나아가 재미 한인들의 민족운동을 하나로 통합하는 것을 목적으로 하는 대규모 재외국민회의 개최를 기획했다.

그는 우선 1908년 1월 1일에 덴버의 한인들을 중심으로 이를 위한 임시회를 개최하고[79] 가칭 '애국동지대표회 발기 취지서'를 작성하여 같은 해 2월과 3월에 대동보국회 기관지인 [대동공보]와 공립협회 기관지인 [공립신보]에 각각 게재하였다.[80] 아래는 공립신보 3월 4일 자에 실린 발기 취지서의 주요부분이다.

> 그윽히 생각하건대 오늘날 우리 한국은 세계에서 수치당한 나라이오, 오늘날 우리 한인은 세계에 한을 품은 백성이라. [중략] 청컨대 동포 동료여 동지 동지자여 우리가 스스로 묻거니와 그동안 일한 것이 무엇이며 그대도 알거니와 장래에 힘쓸 것이 무엇이뇨. [중략] 국가의 흥망을 판단함은 결단코 한 사람의 손으로 못할 바이오, 국민의 행복을 도모함은 반드시 한 사회의 힘으로 못할 것이라. 과연 백성이 공립할 사상이 없으면 어찌 종족을 상보케 하며 또한 전국이 대동한 주의가 없으면 어찌 국가를 보존하리오. [중략] 천백의 사람이 서로 흩어지고 수삼 년에 소식이 서로 격절하여 비록 비상한 사변이 이왕 있어서도 온 사회가 이미 공동한 의논이 없었고 또한 절대한 기회가 앞에 당하여도 매양 동일한 방책이 없었으니 이는 사회의 결점이요 이는

---

79) 이 사실은 '애국동지대표회 발기 취지서' 안에 언급되어 있다.
80) 「애국동지대표회 발기 취지서」 [대동공보] 1908. 2. 7.; 「애국동지대표회 발기 취지서」 [공립신보] 1908. 3. 4. 5-7단.

국사의 방해라. 이에 우리 덴버 지방에 있는 무리들의 의향이 이로부터 이러나고 의논이 이로조차 동일하여 어느 날이든지 기회 있는 대로 북미에 있는 우리 한인들이 한번 큰 회를 열고 매사를 의논코자 위선 이곳 동포께 물으매 열심으로 상응하고, 또한 부근 각처에 통하매 기쁨으로 대답하여 본년 1월 1일 하오 8시에 덴버에서 임시회를 열고 각 동포가 이 일을 의론할 새 첫째 회명은 '애국동지대표회'로 명하고, 둘째 회기는 본년 6월 초 10일로 정한 후 그동안 약간 일을 정돈하고 이제 비로소 한 글장을 닦아 위선 태평양 연안과 미국 내지 각처와 및 하와이 군도에 계신 각 동포에게 고하나니,

첫째는 대표회를 발기한 주의(主義):

북미에 있는 애국동지들은 무슨 사회와 어느 단체를 무론하고 다만 우리나라 당금 정형에 대하여 동일한 행동을 가지고자 함. 이 위에 말한 바를 실행하기 위하여 우리 동포 있는 곳마다 각각 대표자 한 사람이나 혹 두 사람을 보내어 우리의 장차 행할 바 일을 의논코자 함.

둘째는 대표회라 이름 지은 이유:

이 회는 영구히 두는 회가 아니오 다만 각처로 오는 대표자로 말미암아 잠시 성립되는 고로 '북미대한인애국동지대표회'라 하고 다만 덴버는 각처 대표자를 영접하기 위하여 임시회의소를 설립하고 이름도 또한 이와 같이 정함.

셋째는 대표회를 특별히 덴버로 여는 이유:

이 회를 덴버로 열기로 결정한 것은 대개 미국 서방은 우리 애국당의 근거지요 또 사방에 왕래가 편리하다. 그러나 특별히 금년 6월에 미합중국 정당의 총회의를 여는 곳이 되어 미국 안에 있는 정당은 일제히 다 이곳에 모이는 고로 이것이 합중국 설립한 후 첫째로 큰 회라.

그런 고로 우리도 그 기회를 타서 한편으로 우리 일을 의논하며 한편으로 그들에게 대하여 우리 국정을 드러내고 또한 그들로 하여금 한국에 독립할 만한 백성이 있는 줄을 알게 하고자 함.

넷째는 대표회를 집행할 차례:

대표회는 위에 말한 바와 같이 각처로 오는 대표자로 성립되는 고로 당시에 회의할 의장과 서기 또한 그때 선거하고 오직 범절은 이곳 임시회에서 예비함.

다섯째는 대표회의 광고:

각처 동포들은 아무쪼록 힘을 다하여 대표자 한 사람 혹 두 사람을 보내기 바라며, 혹 어느 곳이든지 동포도 많고 재정도 어려운 지경이면 다만 공함 한 장과 경비 약간으로 이 근처에 있는 어떤 동포에게 부탁하여 참례케 함. 덴버 임시회의소는 각처 대표자를 맞아들이고 또한 여러 가지 일을 주선하는 고로 그 경비는 불가불 여러 동지자의 얼마쯤 도움을 원하나이다.

임시회장 박용만

임시서기 이관수

이 취지서를 통해 알 수 있는 '애국동지대표회' 개최의 취지를 요약하면 이러하다. 첫째, 모국이 당한 불행을 극복하고 이를 다시 회복하여 동포의 행복한 미래를 확보하기 위해서는 '공립한 사상'과 '대동한 주의'가 모두 필요하며 궁극적으로 동포의 일치된 행동으로 힘을 합해야 한다. (이 부분에서 공립협회와 대동보국회의 연합을 촉구한다.)

둘째, 이를 위해 한인이 거주하는 각 지역에서 덴버로 한두 명의 대표를 파견해 의견을 논하고 향후 일치된 행동의 방향을 정하기로 한다. 이는 새로운 조직을 만들기 위함이 아니며, 각 지역 한인들의 뜻과 행동을 하나로 모으기 위함일 뿐이다.

셋째, 장소를 덴버로 정한 것은 이 도시가 많은 사람이 왕래하는 교통의 요지이며, 이해 6월에 미국 정당(민주당) 총회(전당대회)가 그곳에서 개최될 예정이었으므로 한민족이 처한 상황을 알리고 미 국민의 관심을 끄는 데 용이하다고 판단했기 때문이었다.

넷째, 대표자 회의의 의장과 서기는 당일 선거로 결정하고, 식순은 임시회에서 결정한다.

다섯째, 각 지역은 1명 이상의 대표를 파견하되 가능한 한 대표 파견에 따른 비용은 해당 지역에서 지원한다.

그런데 같은 해 3월 21일 앞서 이야기한 장인환과 전명운 두 사람이 감행한 스티븐슨 저격 사건이 발생했다. 두 사람은 체포되어 법정에 서게 되었고, 재미 한인들은 이들의 변호사 비용 마련과 구명을 위해 적극적으로 나섰다. 이후 재미 한인들의 관심이 이 사건에 집중되었다. 따라서 애국동지대표회 개최는 연기될 수밖에 없었다.[81] 이 외에도 이미 재미 한인사회에서 중요한 인물이 된 이승만의 참여를 위해 일정이 조정되며 1908년 7월 11일(목)에 비로소 개최되어 같은 달 14일(화)까지 계속되었다. 장소는 콜로라도주 덴버시 소재 그레이스 감리교회(Grace Methodist Church)였다.

박용만의 취지서를 실었던 대동보국회 계열의 [대동공보]와 공립협회 계열의 [공립신보] 중 [대동공보]는 이 무렵 휴간되었던 것으로 보이고, [공립신보]만 애국동지대표회 관련 기사를 실었다. 그런데 의외로 그 내

---

81) 「애국동지대표회」 [공립신보] 89호, 1908. 7. 8. 5면 2단.

용은 이 회의에 대한 간략한 소개와 영어로 진행된 3차 회의 주요 연사 및 연설제목뿐이었고, 오히려 기사의 전체적 분위기는 이 회의의 호응도가 낮음을 들어 다소 평가절하하는 듯하였다.[82] 그 기사 원문의 주요 부분은 이러하다.

> "덴버 12일 발. 세계 각지에서 집회한 조선 사람들은 명일로서 당지에 집회를 열고 조선 독립을 강구할 터인데 **참석할 사람은 겨우 36인에 지나지 못하며** 그중에 고등 학식이 있고 헌신적 정신으로 중망을 가진 이는 이왕에 한 황 폐하의 사명으로 헤규(헤이그) 평화회의에 왕참하였든 윤 씨와 및 동반하였든 하바드 대학교 졸업생 리 씨와 한, 청, 미 3국에 있는 한인보국회 대표자 김 씨와 리 씨인데 명일 변사의 연설문제는 여좌하다 하였더라."

그런데 당시 '애국동지대표회'가 열리고 있는 동안 덴버의 여러 지역신문들이 이 사건을 연일 기사화하며 상당히 자세하게 이 회의를 소개하고 있었다.[83]

그렇다면 왜 [공립신보]는 '참석할 사람은 겨우 36인에 지나지 못하며'라고 이 회의를 평가절하하는 듯한 기사를 냈을까? 이 회의에 대하여 공립협회는 부정적인 입장을 가지고 있었던 것일까? 도산 안창호의 인품과 성향을 감안하면 그럴 것 같지는 않다. 추론이긴 하지만, 이 회의에 대한 미국 언론의 반응에서 그 답을 찾아야 할 것 같다.

---

82)「덴버에 한인회집」[공립신보] 89호. 1908. 7. 8. 2면 2단. (한국사데이터베이스에는 7월 14일 자로 되어 있음.)
83) 안형주『박용만과 한인소년병학교』103-111쪽.

'이들은 미국 내 한인들의 항일전투훈련을 계획하고 있는가?'

덴버의 지역신문들은 이 회의의 주목적이 한인 독립운동가들의 항일무장투쟁 준비일 것이라고 추측하며 꽤 자극적인 보도를 하고 있었다. 이들의 주요 관심은 외국인인 한인들이 미국 영토 안에서 일본에 대한 전쟁을 준비하고 있는지 여부에 있었다는 인상을 매우 강하게 주고 있다. 특히 가장 많은 기사를 낸 [덴버 타임즈]는 자국 내에서 외국인들이 일본을 공격할 한인 전투요원들을 양성하기 위한 훈련을 계획하고 있음을 경계하는 논조의 기사들을 연이어 게재했다.

안형주는 『바용만과 한인소년병학교』에 각 기사의 영어원문 없이 원문들을 한글로 번역한 번역문들을 충실하게 올렸다. 이 번역문들에 의존할 수도 있었지만 아무래도 영어 원문을 검토할 필요를 느꼈다. 다행히 한국사편찬위원회에서 2003년에 발간한 [미주지역 한인 이민사]에 실린 서동성의 「묻혀진 미주한인 이민역사 사료발굴」이라는 논문에 영자 신문기사들이 스캔한 이미지 형태로 수록되었다.[84] 다만 이 논문에서는 이 기사들에 대한 한글 번역문이나 총체적인 분석을 제공하지는 않았다.

그런데 영어원문을 꼼꼼히 살핀 결과 애국동지대표회 당시의 상황 이해를 위해서라도 이 기사들의 원문 전체를 다시 검토할 필요가 있다는 판단이 들었다. 특히 안형주가 자신의 책에서 빠뜨린 중요한 부분이 있는데, 이를 꼭 언급해야 할 것 같았고, 그의 번역에 아쉬운 부분들이 많았다. 이하는 서동성의 논문에 실린 원문기사의 복사본을 바탕으로 직접 영

---

84) 서동성 「묻혀진 미주한인 이민역사 사료발굴」 [미주지역 한인 이민사] 한국사편찬위원회. 2003, Illustraton Nos. 13-18.

어 원문을 읽어 내고 이를 한글로 다시 번역한 것이다. (진하게 강조한 부분은 나의 판단에 중요하다 생각하여 표시한 것이다. 프린트 상태가 좋지 않아 단어 인식이 불가한 경우가 두 건 정도 있었다.)

애국동지대표회 및 미주 한인들의 독립운동에 대한 미국의 입장을 이해하기 위해서는 애국동지대표회의 일정을 추적하며 이에 관한 다섯 편의 기사를 낸 [덴버 타임즈] 기사들의 논지와 또 다른 신문의 기사 한 편을 시간순으로 분석해 보는 것이 우선일 것 같다.

7월 9일(목) [덴버 타임즈]: 총 여섯 편의 기사 중 첫 번째인 [덴버 타임즈] 1908년 7월 9일 자의 **「한인 애국지사들이 전쟁을 준비하기 위해 덴버에 모이다」**(Korean Patriots Gather in Denver to Prepare for War)라는 기사는 그 제목부터 매우 도발적이었다. 우선 윤병구와 이승만 두 사람의 한인 지도자들의 도착과 환영식에 대한 보도로 기사가 시작된다. 두 사람 모두 하버드 대학과 관련이 있다.

세부적인 사실관계에 부정확한 부분들도 엿보이나 기자의 주요 관심사는, 무엇보다도 기사의 제목에도 반영되어 있듯이, 이 애국동지대표회의 목적이 무장독립운동준비의 일환으로 한인들이 미국 내에서 항일 군사 조직을 키우고 군사훈련을 하고 있거나 하려 한다는 점에 있었다. 당연히 기사는 이 부분에 대해서 매우 예민하고 비판적인 논조로 이 상황을 서술하고 있었다. 이 점은 같은 신문 7월 11일 자와 13일 자 기사에서도 확인된다. 어쨌든 이 기사는 이 회의의 목적을 이렇게 서술했다.

"이 회의의 당면한 목적은 다양한 한인애국단체들을 현재 진행 중인 대규모 (독립)운동을 수행하는 데 협조 가능한 단일 기구로 조직화하는 것이다. 이 단체들은 매일 군 전술을 배우며 스스로 보병조직의 일원이 될 수 있도록 훈련하여 즉각 야전 임무에 임할 수 있는 젊은 이들로 구성되어 있다."

  이어 이 기사는 덴버의 한 철도 역에서 윤병구를 맞이하는 한 무리의 한인 젊은이들의 모습을 서술했는데, 여기에 그려진 이들의 모습은 사실상 민병대 같은 준군사조직이었다. 이미 한인들이 미국 내에서 자국의 독립을 목적으로 하는 군사조직을 만들어 가고 있으며 이를 위해 젊은이들에게 군사훈련을 시키고 있다는 점이 이 기사에서 부각되고 있었다.

  "영국 런던에서 한인단체들을 결성하는 일에 관여하다가 방금 돌아온 윤(병구) 씨는 철도역에서 일단의 지역 애국동지 무리를 만났는데, **이 환영행사는 그 성격이 군대식이었다. 이 무리의 젊은이들은 여느 정규 육군부대원들처럼 잘 훈련되어 있었고, 군복과 무기만 없었을 뿐, 여느 군부대처럼 야전 임무에 임할 준비가 되어 있음이 명백했다.** 이들 가운데 몇 명은 실제로 군복을 입고 있기도 했다. 이들은 25세 이하의 남성들임이 분명했고, 외견상 일본인과 거의 구별하기 어려웠다. **그들은 윤(병구) 씨가 다가오자 도열했고, 군대식의 정확하고 빈틈없는 동작으로 움직였으며,** 방문객인 윤(병구) 씨는 이들 각 사람과 일일이 악수를 했다. 그러자 일련의 환호성과 무리의 구호가 영어와 그들의 모국어로 터져나왔다."

  위의 이 기사 내용이 사실이라면 이 당시 미국 내에서 한인들은 이미 준군사조직 창설을 실행에 옮기고 있었다고 해도 무방할 것이다.

이 기사의 핵심은 기사의 마지막 부분을 장식한 덴버 대표 이관영(K. Y. Rey)의 인터뷰 내용이었다. 이관영은 [덴버 타임즈]와의 인터뷰에서 미국을 비롯한 해외 여러 나라에 거주하는 한인들이 무장독립운동을 위한 단체들을 조직했고, 이 단체들은 이미 군사훈련을 실행함으로써 항일독립전쟁를 준비하고 있으며, 이제 이 단체들을 하나로 통합하여 통제할 중앙조직을 창설할 때가 되었다고 말했다. 다음은 그의 인터뷰 번역이다.

"그 나라(한국)의 한인들은 현재 스스로를 지킬 수 있습니다. 그런데 일본은 이미 그 나라(한국)에 무력을 투사하고 있으므로, 애국동지들에게는 자기 나라의 독립을 위해 싸워야 할 때가 되었습니다. 그렇지 않으면 나라를 잃게 될 것입니다. 이 나라(미국)에는 수천 명의 한인들이 있고, 하와이에는 8,000명, 러시아의 각 지방에 40만 명, 그리고 그 외의 여러 나라들에 많은 한인들이 거주하고 있습니다. 그들은 어느 때를 위해 이 단체들을 조직해 왔고, 이제 이 중요한 과업을 수행할 보다 적합한 중앙조직을 구성할 때가 되었다고 생각합니다. 이 단체들은 전부 군 전술을 익히고 훈련에 집중하고 있는 만큼, 향후 이들은 압제자의 멍에로부터 한국을 자유케 하기 위한 싸움에 잘 대비할 수 있을 것입니다."

이관영의 이 감동적이고 약간은 과장된 인터뷰와 덴버의 철도역에서 과시적으로 드러난 한인 애국지사들의 군대식 환영행사는 이후 발생한 상황과 결과들로 판단컨대 불필요하고 사려 깊지 못한 행동이었던 것처럼 보이기도 하지만, 다른 한편으로는 어느 정도 미국 언론과 정부의 관심을 끌기 위한 계산된 행동이었던 것으로 보이기도 한다. 이는 박용만이 취지서에서 덴버를 회의 장소로 정한 이유 세 번째 부분을 떠올리게 하는데, 여기에는 미국 정계로 하여금 '한국에 독립할 만한 백성이 있는 줄을 알게 하고자 함'이라는 대목이 있다.

> "그러나 특별히 금년 6월에 미합중국 정당의 총회의를 여는 곳이 되어 미국 안에 있는 정당은 일제히 다 이곳에 모이는 고로 이것이 합중국 설립한 후 첫째로 큰 회라. 그런 고로 우리도 그 기회를 타서 한편으로 우리 일을 의논하며 한편으로 그들에게 대하여 우리 국정을 드러내고 또한 **그들로 하여금 한국에 독립할 만한 백성이 있는 줄을 알게 하고자 함**."[85]

덴버 기차역에서의 군대식 환영행사와 이관영의 인터뷰가 미국 내 여론 조성을 염두에 둔 의도적 도발이었다면 이는 나름 성공한 것이라 할 수도 있겠다. 이른바 '노이즈 마케팅'인데, 이는 이후 애국동지대표회에 대한 [덴버 타임즈]의 지속적인 관심을 확실히 유발했다. 그러나 또한 그것은 미국 내 한인들의 무장단체 조직 및 군사훈련의 증거로 인식되었으며, 궁극적으로는 미국 비밀정보요원들의 감시를 받게 되는 직접적인 계기가 된 것으로 보인다. 미국 정부는 이를 심각하게 받아들였던 것 같다.

7월 11일(토) [덴버 타임즈]: 어쨌든 미국 내 한인들의 항일무장조직에 관해 집중하던 [덴버 타임즈]는 7월 11일(토) 한인들이 미국 내에서 항일전쟁을 준비하고 있다는 기사를 또 한 번 냈다. [덴버 타임즈]의 두 번째

---

85) 박용만·이관수 「애국동지대표회 발기 취지서」 [공립신보] 1908. 3. 4. 5-7단.

기사였다. 짧은 기사였지만 그 제목은 「한국의 아들들은 전쟁을 지지한다」(Korea's Sons are For War)였다. 한국어로만 진행된 까닭에 회의의 내용을 구체적으로 파악하지 못하여 미국 내 한인들이 항일무장조직 창설을 논하고 있다는 사실을 확인하지는 못한 것 같고, 대신 짧게 그 주요 주제들에 관하여서만 언급했다. 기사의 내용에 비한다면 제목이 매우 자극적이었다.

> "오늘 아침 그레이스 감리교회에서 열린 한국대표자 회의의 특징은 일본의 한국 점령을 비난하는 애국적 연설들이었다. 오늘 아침의 이 연설들에 따르면, 한민족을 구원할 유일한 길은 그 은둔자의 왕국으로부터 일본인들을 쫓아내는 것이며, 이에 토론 주제는 거의 대부분 그 나라에서 일본 침략자들을 쫓아낼 방법과 수단에 관한 것이었다. 연설은 회의 참석자들의 애국심을 고취할 목적으로 한국어로만 행했다. 영어를 사용하는 회의는 월요일 아침 10시에 열릴 예정이다."

이 기사가 나간 직후 곧 중요한 사건 하나가 발생했다. 미국의 정보기관이 애국동지대표회에 대해 실질적인 감시와 조사에 나선 것이다.

7월 13일(월) [덴버 타임즈]: 7월 13일 자에 실린 세 번째 관련기사의 제목과 내용은 미국 정보기관의 애국동지대표회 감시 및 조사 사건을 서술하고 있었다. 「한인들이 미국 수사관들의 감시를 받다: 해방 관련 군사행동 방지를 위해 애국동지회를 감시 중」(Koreans Under Eye of U. S. Sleuths: Patriots's Convention Being Watched to Prevent Military Maneuvers in Interest of Liberty)이 이 기사의 제목이었다. 이 기사에 따르면, 정확히 어느 기관인지는 알 수 없으나 미국의 비밀정보기관이 덴버 애국동지대표회를 감시하기 시작했고, 이러한 감시를 유발한 것은 미국 내 한인들의 항일무장단체 조직 및 군사훈련 실시에 대한 '리포트'(report)가 있었기 때문이었다. 이 '리포트'가 누군가에 의해 정보기관에 제출된 보고서를 말하는 것인지 아니면 [덴버 타임즈]의 기사를 가리키는 것인지는 확실치 않다.

그 '리포트'가 무엇이었든지 7월 9일과 11일 자 [덴버 타임즈]의 기사들은 확실히 미국 정보기관의 행동을 촉구하는 효과를 가져왔던 것은 확실해 보인다. 이날의 기사에 따르면, 7월 13일 월요일 아마도 오후 회의 때 비밀정보기관원들이 그레이스 감리교회 예배당 곳곳에 통역들을 배치해서 회의 도중 군사적 사안이 논의되고 있는지를 알아내고자 했다는 것이다. (이날 오전회의는 영어로 진행되었으므로 통역이 필요 없다고 생각했을 것이다. 물론 현실은 달랐다. 미국인들은 한인 대표자들의 영어 연설을 거의 이해하지 못했던 것으로 보인다.) 이들에게 고용된 통역은 한인들이었을 가능성이 높다.

"비밀정보요원들이 그레이스 감리교회 예배당에서 열리고 있는 한인 애국동지회의 회의 진행 과정을 감시하고 있는 것으로 알려졌다. 이는 외국인들이 일본인들의 지배로부터 자국을 해방시키는 데 사용할 육군 및 전쟁 전술을 습득할 목적으로 이 나라에 왔다는 보고가 있었기 때문이다. 오늘 아침에는 회의 내용의 경향이 비밀요원들이 할 일이 없을 만큼 평화적이었다. 동시에 **정부 수사관들이 통역들을** 예배실 내 곳곳에 배치하여 한인들이 회의가 진행되는 동안 어떤 군사적 움직임을 의도하고 있지는 않은지 알아내도록 했던 것으로 알려진다."

그런데 이 기사에서 가장 중요하게 생각해야 할 부분은 이 대목이다.

"만일 이 외국인들이 이 나라에서 어떻게든 전쟁 전술을 습득하려 한다면, 이는 미국 내에서 외국인들이 육군이나 해군 전술을 배우거나 연습하는 행위를 금지하는 미국 헌법에 저촉되는 것인 만큼, 미국 내 비밀정보기관의 수사관들은 즉시 그들을 덮칠 것이다. 몇 년 전 비밀정보부는 이와 비슷한 경우에 주목했는데, 그것은 캘리포니아 프레스노(Fresno)에서 창설되어 한 퇴역 육군 장교로부터 육군 전술을 습득했던 중국인 연대였다. 비밀정보부는 이 연대를 곧 해산시켰다."

외국인들이 미국 영토 내에서 군 전술을 습득하거나 훈련하는 것은 미국 헌법에 저촉되는 것이며, ("as it is contrary to the constitutions for the foreigners to study or practice army or navy tactics in America.") 이 의혹만으로도 비밀정보기관의 감시와 수사의 대상이 될 수 있다는 사실이다. 그리고 이미 미국 내 중국인들의 선례가 있었다. 즉 캘리포니아의 프레스노에서 미 육군 출신 퇴역장교로부터 미 육군 전술을 배우던 중국인 군사 조직이 발각되어 미 정보당국에 의해 해산당했었다는 것이다.

『덴버 타임즈』의 기사가 선례로 언급하고 있는 이 '중국인 연대'(a regiment of Chinese)는 바로 안형주가 자신의 책 『박용만과 한인소년병학교』에서 자세하게 소개한 중국 보황회 민병대 소속 캘리포니아 프레스노 간성학교였다. 안형주에 따르면, 당시 보황회 소속의 훈련생들은 2,100명에 이르는 연대급 규모였고 지역별로 흩어져 일반적으로는 중대 또는 대대 규모로 훈련했다. 그런데 위 기사에서 선례로 언급된 간성학교는 생도 350명 정도의 규모였는데, 1905년 3월 12일 중국 개혁파 지도자이자 입헌군주론자였던 강유위(康有爲)가 이들을 방문하고 이를 미국 언론이 크게 보도하면서 문제가 발생하기 시작했다. 안형주는 이 부분을 이렇게 서술했다.

> "과수원에 설치한 프레스노 간성학교 중대에서는 1904년 8월 보황회 회원 26명이 길게 딴 머리를 자르고 '차이나 민병대(Chinatown Militia)'라는 이름 아래 미군 퇴역장교를 고용하여 군사훈련을 시작했다. 이들은 이듬해 미국을 방문한 강유위와 양계초 그리고 손문(孫文)에게 애국심 넘치는 영웅다운 모습을 보여 주고 싶었던 것이다. [중략] 1905년 강유위는 호머 리와 프레스노 보황회를 방문하였고, 미국 지역신문들은 이를 크게 보도하였다. 한편 캘리포니아주 향토방위군(California National Guard) 본부는 프레스노 향토방위군 중대에 대한 정기 조사를 나왔다. 이들은 중국인들이 군사훈련을 받는다는 것, 더구나 현역 소위가 은퇴한 장교와 함께 미국 시민이 아닌 중국인에게 군사훈련을 한다는 것은 군사재판에 회부할 사안이라고 주장하였다. 게다가 외국인이 무기를 가지고 군사훈련을 하는 것은 캘리포니아주 형법을 어기는 것이라고 주장하였다. 프레스노 카운티의 검사까지 참여하여 조사한 뒤, 간성학교가 주정부와 지방정부의 법적 절차를 밟은 학교이기는 하지만, 학술적 교과목은 없고 군사훈련만 하는 것을 문제 삼았다. 더구나 미국과 친선을 유지하고 있는 중국 정부를 타도하는 것이 목적이라면, 이는 미국의 중립주의와 국제법에 문제가 된다는 점을 제기하였다. 뿐만 아니라 조사 과정에서 탄

약과 화약을 저장하고 있음이 드러났다. [중략] 외국인들이 실제 무기를 가지고 군사훈련을 받는 것과 탄약을 저장한 일은 끝내 문제가 되었다. 프레스노 간성학교는 1905년 주지사의 건의를 받아들여 문제가 해결될 때까지 군사훈련을 중단하기로 결의하였고, 그 뒤로 끝내 간성하교 전체가 문을 닫고 말았다."[86]

이제 다시 [덴버 타임즈]의 애국동지대표회 관련 기사들로 돌아가 보자. 자신의 책에 이 신문의 7월 13일 자 기사 전체를 완역해 올린 안형주는 이상하게도 그 핵심 대목, 즉 외국인들이 미국 내에서 군 전술을 습득하거나 훈련하는 것이 불법이라는 문장만 빠뜨렸다.[87]

이것을 의도적인 누락이라 생각하지는 않지만, 이로써 그는 그의 책을 읽는 독자들이 [덴버 타임즈] 기사들의 논지를 제대로 이해하는 데 혼란을 야기했다고 나는 생각한다. 그는 미국 언론이 한인들에게 우호적인가 비우호적인가 하는 문제나 기사가 한인 대표들의 영어 실력을 '조롱'하는 지엽적인 문제에 불필요하게 집착했으며, 미국 신문기사들의 내용까지 이승만 노선과 박용만 노선의 대립이라는 틀로 분석하려 했다.[88]

사실 미국언론은 박용만에 대해 잘 알지 못했던 것으로 보인다. 보안상의 이유로 박용만 자신이 스스로를 드러내지 않으려 했을 가능성도 있다. 그가 제안한 회의였음에도 불구하고 미국언론은 그의 이름을 언급하지

---

86) 안형주『박용만과 한인소년병학교』41-42쪽.

87) 위의 책 108쪽.

88) 사실 이런 식의 분석은 덴버 지역신문기사들의 복사본들을 발굴해 제공한 서동성에게서도 발견된다. 서동성「묻혀진 미주한인 이민역사 사료발굴」[미주지역 한인 이민사] 20-25쪽.

않았고, 대신 영어 인터뷰가 가능했던 '하버드 졸업생' 의장 이승만이나 영문서기 윤병구를 주로 언급하고 소개했다.

덴버 언론의 관련기사들을 완역까지 한 안형주가 그 논조를 이런 식으로 분석한 것은 납득하기 어려웠다. 중국 보황회의 간성학교가 불법 논쟁에 휘말려 결국 문을 닫았던 사건의 원인을 자세하게 서술했던 안형주였기에 더욱 이해가 되지 않았다. 아마도 박용만이라는 인물에 너무 집중하려 했던 탓이 아닐까 생각했다.

덴버 언론의 가장 큰 관심사는 애국동지대표회가 미국 내에서 항일무장단체 창설을 계획하고 있는지의 여부였으며, 그것이 사실이라면 프레스노의 간성학교처럼 그것은 불법이므로 허용되어서는 안 된다는 것이 관련기사들의 논지였다.

실제로 애국동지대표회 안에서도 군사학교의 창설은 찬반이 엇갈리며 격론이 있었던 것으로 알려진다. 박용만과 김장호 그리고 박처후 같은 몇 명의 지사들이 강력하게 밀어붙인 결과로 통과되었다. 반대자들이나 신중론자들이 단순히 이승만의 노선을 지지해서 반대한 것이라는 단순한 도식으로 이 상황을 이해하면 안 될 것이다. 미국 헌법에 저촉되는 부분, 그것이 문제였다.

7월 13일(월) [더 테일리 뉴스: 덴버 콜로라도]: 그런데 같은 날, 즉 7월 13일 덴버의 또 다른 신문인 **[더 테일리 뉴스: 덴버 콜로라도]**는 그레이스 감리교회 앞에 평화롭게 모인 36명의 한인 참가자들의 사진과 함께 마치 [덴버 타임즈]의 이전 기사들의 논지를 반박하거나 그 기사들이 제기한 문제에 대해 해명하는 것 같은 제목과 내용의 기사를 실었다.

이 기사의 제목은 「**일본의 통치로부터 민족을 자유케 하기 위해 한인**

애국자들이 여기에 모이다.」(Korean Patriots Gather Here to Free Nation from Jap Rule)였고, 제목 바로 아래에 사진이 있었다. (이명섭도 이 사진의 인물들 가운데 있을 것임이 분명했다. 그러나 분간하기는 어려웠다.)

덴버의 그레이스 감리교회 앞에 모인 애국동지대표회 참석자들.
이들 가운데 이명섭도 있었다.
출처: 콜로라도주 덴버의 [The Daily News] 1908년 7월 13일 자

사진 아래에 배치된 부제목은 '강대국들이 와서 도와주기를 바란다; 전쟁 계획은 없다; 대표들은 모두 젊은이들이다'(Hope Powers Will Come to Aid; Plan No War; Delegates All Young Men)였다. 기사의 주요 내용은 이러하다.

"오늘 헨리 워런 감독과 얼 크랜스톤은 그레이스 감리교회에서 지난 토요일 아침부터 시작된 한인 국제회의에서 연설할 예정이다. 유럽과 미국 전역에 있는 한인단체들을 대표하는 36명의 한인 애국동지들은 해외에 있는 모든 애국단체들을 일본의 지배로부터 자국을 해방시키기 위해 일할 단일기구로 통합하기 위해 여기에서 모임을 가지고 있다. 이 대표회의에서 제안한 계획은 자국 내 교육과 해외홍보를 통해

한국의 참 현실을 세상에 알리는 것이다. 그들은 전쟁을 준비하지도, 전쟁 선동을 바라지도 않으며, 자신들의 입장을 대변해 줄 강대국들의 개입을 얻어 내고 싶어 한다. 이 대회의 의장인 이승만은 한국의 귀족가문 출신으로 신문 편집인을 역임한 바 있고 한때는 국왕의 자문기관 의관이기도 했다. 그는 자신의 신문에 실린 애국적 언급이 일본 정부를 불쾌하게 했다는 이유로 7년 동안 투옥되기도 했다. 이 대회의 서기인 **윤병구** 또한 유명한 애국지사이다. 그는 원래 자기 나라에서 감리교 목사였으나 하버드 대학 입학과 해외 여론을 조성할 목적으로 미국에 왔다."

이 기사는 한인들이 자국의 독립을 목적으로 하는 항일전쟁을 계획하거나 무장투쟁 단체를 창설하기 위해서 모인 것이 아니라, 세계열강들의 도움을 호소하기 위해 모인 것이라는 점을 명백하게 강조하고 있다. 적어도 이 회의에 모인 한인들이 정치외교적으로 골치 아픈 이방인들은 아니라는 점을 강조한 것인데, 확실한 것은 이 기사가 7월 9일 자와 11일 자 [덴버 타임즈]에 실린 한인들의 전쟁준비 기사들을 의식하고 이를 반박 또는 해명하는 경향을 뚜렷하게 보이고 있다는 점이었다.

이 기사의 내용으로 판단컨대 이 기사는 이 대표회의에 관여하는 한인의 개입이나 제보 없이 기자 혼자 작성할 수 있는 성격의 것이 아니다. 한인 가운데 누군가가 나서서 미국 정보당국의 감시와 조사까지 받는 상황을 타개하기 위해 [덴버 타임즈]가 아닌, 다른 신문을 통해 적극적인 여론전을 시도한 결과라고 생각해 볼 수 있을 것이다. 자칫 시작도 하기 전에 군사학교는 물론이고 재외 한인 통합단체의 창설까지 차질을 빚게 될지도 모를 상황이었기 때문이다. 물론 이러한 상황은 한인 입장에서 미국

언론과 정계의 관심을 끌기 위해 미리 의도된 위기였을 가능성도 있다.

이 기사 역시 끝 부분에서 의장 이승만과 서기 윤병구를 소개하고 있다. 이들의 이력은 [덴버 타임즈]가 제기한 한인들의 항일전쟁준비 의혹에 '물 타기'를 하는 데 도움이 되었을 것이다. 이들이 [더 데일리 뉴스] 기사의 작성에 개입했는지 여부는 알 수 없으나, 이 신문기사는 한인들의 입장에서 불필요한 과시적 행사와 인터뷰가 부른 예기치 못한 위기, 아니면 미국 언론과 정치계의 관심을 끌기 위한 계산된 도발이 부른 예상된 위기를 넘기는 데 일조했다고 볼 수 있다.

사실 [덴버 타임즈]는 영어로 진행된 13일(월)의 오전 회의가 자신들이 제기한 의혹을 입증하는 데 좋은 기회가 될 것이라 생각하고 꽤 기대를 하고 있었던 것 같다. 그러나 이날의 영어 회의는 [덴버 타임즈]의 기자들에게 어지간히 실망스러웠던 모양이다. 그 이유는 다름 아닌 한인 대표들의 부족한 영어 실력이었다. 미국 기자들은 미국 감리교회 감독인 헨리 워런과 얼 스크랜톤의 연설 외에 한인들의 영어 연설을 전혀 알아듣지 못했던 것 같다. 이는 아이러니하게도 [덴버 타임즈] 기자들에게는 불행이었으나, 한인들에게는 다행한 일이 되었다. [덴버 타임즈]는 이날 회의에서 자신들이 얻고자 했던 정보를 얻지 못했다. 대신 한인 대표들의 영어 실력을 비꼬는 것으로 일종의 화풀이를 한 것 같다.

> "오늘 아침의 회의는 영어로 진행되었다. 한인들이 그렇게 했고 순서에도 그렇게 적혀 있었으니 아마도 영어 회의였다고 말할 수 있을 것이다. 하지만 청중들은 그 회의가 (영어가 아닌) 일종의 깨진 도자기로 진행되었다는 인상을 받았다. 진정한 영어 연설을 행한 사람은 '민족의 위대함'이라는 주제로 연설한 헨리 워런 감독과 '정치와 훌륭한

시민정신'이란 주제로 연설한 얼 크랜스톤이었다."

7월 14일(화) [덴버 타임즈]: [덴버 타임즈는 이튿날인 7월 14일(화) 한국어로 진행된 애국동지대표회에서 논의된 내용이 (아마도 통역을 통해) 알려지고 자신들이 기대했던 내용이 나오지 않자 한 번 더 그리고 약간 더 노골적인 화풀이 기사를 냈다. 이번에는 이들에게 괴상하고 낯설게 들린 한국어를 비꼬았다. 자신들이 알아듣지 못하는 한국어에 대해 기분이 상한 미국 기자들의 깜찍한 복수였다. 아마도 이날 회의를 취재한 기자 자신이 청중석에 앉아 회의를 지켜보았던 것 같다. 다만 제목은 「한인들은 일본인들에게서 벗어날 것이다」(KOREANS WOULD ESCAPE JAP)라는, 이전 기사 제목들에 비해 훨씬 온건한 것으로 달았다. 당연히 항일전쟁계획은 이 회의에서 논의된 바 없었기 때문이다.

> "그레이스 감리교회에서 열린 한인애국동지회의 오늘 회의는 자국어 (한국어)로 진행되었는데, 이 회의 내용을 소리 나는 대로 옮기면 이러하다: "무카 로우 위 옙 칭고우 이~ 구마보쉬 말로옌 구. (큰 환호성.) 옌 수 옙 이~ 입. 구마벅큐 야카가그" (큰 박수). 이런 식으로 회의의 끝까지 진행되었다."

대동보국회를 대표하여 나선 우리의 주인공 이명섭은 이날 오전 회의에서 연설했던 대표 중 한 사람이었다. 이 기사에 따르면, 이날 회의의 주요 내용은 대체로 문서운동을 통한 평화적인 독립운동의 방법을 모색한 것이었다. 아울러 각 독립운동단체들을 단일기구로 통합하는 것을 결의하였다. 재외 한인들은 적어도 한 가지 목적은 달성되었음을 대외적으로 선언한 것이다. 이즈음 한인들은 회의 기간 중 발생한 일련의 상황들을 통해 민감한 정치외교적 사안들을 논하는 행사에서의 보안과 여론전의 중요성에 대한 공감대를 형성한 것으로 보인다.

> "언어의 안개가 걷히고 나서야 그 한인들이 한국에 자신들의 문건을 출판할 출판사를 설립한 방법과 수단에 관하여 토론을 하고 있었고, 한국의 자유 관련 문건들에 대한 일본의 집요한 검열을 어떻게 피할 것인가에 대해 토론하고 있었음이 알려졌다. 어제의 모임에서 여러 단체들을 대표하는 각 회원들은 자신의 단체를 일본으로부터 한국의 독립을 쟁취하는 것을 목적으로 하는 단일기구로 통합시킬 것을 결의하였다."

7월 15일(수) [덴버 타임즈]: 1908년 7월 15일(수) 자 [덴버 타임즈]의 마지막 기사는 애국동지대표회가 일본 밀정의 침투를 이유로 공개된 장소를 포기하고 비밀장소에서 회의를 가졌다는 사실에 집중했다. 제목은 「한인들이 일본 황제의 밀정들을 피하다」(KOREANS FLEE FROM SPIES OF MIKADO)였고, 이에 딸린 부제는 '애국지사들은 일본인들이 들어오지도 못하고 비난연설을 듣지도 못하는 곳에서 비밀회의를 진행하다.'(Patriots Hold Secret Session Where Japs May Not Enter and Hear Denunciatory Speeches)였다.

> "본국에서 한인들이 일본인 압제자들을 증오하고 두려워하는 것처럼, 자유로운 이 나라에서도 그들은 교활한 일본인들을 증오하고 두려워한다. 그레이스 감리교회에서 회의를 진행하고 있는 소수의 한인

애국지사들은 일본의 밀정들이 참석하여 일본 황제에 적대적이었던 다양하고 격렬한 주장들에 대해 일본정부에 보고하고 있다는 소문이 해외에서 돌자 그곳에서의 모임을 포기하기로 결정하였다. 어제의 회의에서는 일본인 밀정으로 보이는 모든 사람들을 주의 깊게 지켜보았으나, 발견된 밀정은 없었다. 그럼에도 불구하고 한인들은 안전한 장소로 옮겨 일본인과의 때 이른 적대행위에 빠져들지 않기로 결정했다. 이런 이유로 그들은 휴회한 뒤 오늘 아침 아라파호가(街)의 한 홀에서 비밀회의를 진행했다. 출입문은 철저하게 통제되었다. 신임장이 없는 사람은 들어갈 수 없었다.

일본 밀정의 참관 가능성을 이유로 마지막 회의를 비밀 장소에서 열게 되면서 자연히 덴버의 기자들도 출입이 통제되었던 것 같다. [덴버 타임즈는 이에 불만이 있었던 것 같았으나 더 이상 문제를 제기하지는 않았고, 미국의 정보기관도 더 이상 문제를 삼지는 않았던 것 같다. 그리고 나중에 드러난 사실이지만, 실제로 애국동지대표회 기간 동안 주 샌프란시스코 일본 영사관에서 고용한 한인 밀정이 실제로 있었고, 그 밀정은 연설을 행한 대표자들의 명단과 내용 그리고 진행과정에 관한 자세한 비밀 보고서를 샌프란시스코 주재 일본 영사에게 전달하였다.[89]

이 밀정의 보고서는 7월 14일까지의 회의 내용을 보고했으나 비공개 비밀회의로 진행된 7월 15일 마지막 날의 회의 내용은 포함하지 않았다. 이 밀정은 신임장이 필요했던 비공개 회의장에는 입장하지 못했던 것이다. 7월 15일의 회의를 비공개로 진행한 것은 탁월한 선택이었다.

---

89) 안형주『박용만과 한인소년병학교』110-116쪽.

7월 15일의 비공개 회의 내용에 관한 구체적 정보를 얻을 수 없었던 [덴버 타임즈]는 대신 전날인 7월 14일 회의에서 논의된 멕시코 농장의 한인 노동자들에 관한 소식을 전하는 것으로 기사를 마무리했다.[90] [덴버 타임즈]의 주요 관심사는 아니었기에 전날의 기사에서는 언급하지 않았던 내용이었다.

어제의 회의에서 한인 애국지사들은 처음으로 자국민 400명가량이 멕시코 농장주들에 의해 사실상의 노예로 붙잡혀 있다는 사실을 알게 되었다. 이 회의에서 보고된 바에 따르면, 이들과 멕시코까지 동행한 한 일본인 청부업자가 큰 임금을 받을 수 있다는 약속으로 이들을 유도했으며, 거기서 농장주들에게 그들의 노역을 팔아넘긴 것이었다. 한인들은 자신들의 자유를 위해 싸우는데 너무 무지하고, 그들의 나라는 멕시코에 (정부)대리인조차 없는 상황이다. 캘리포니아의 한인 지도자 박장현(C. H. Park)이 이들을 돕기 위해 갔으나, 그는 자기 나라 동포들과 대화조차 나눌 수 없었다. 이들을 구하려는 노력의 일환으로 미국에 사는 4,000명의 한인들은 충분한 액수의 돈을 모금하였으나 이들을 구할 수 없었으며, 멕시코 정부는 한인들을 배려해 주

---

90) 서동성은 이 사건에 대한 논의가 회의의 마지막 날인 7월 15일에 있었다고 기술하고 있다. 참고: 서동성 「묻혀진 미주한인 이민역사 사료발굴」 [미주지역 한인 이민사] 20쪽. 그러나 이는 명백한 오류이다. 15일의 회의는 비공개였으며, 언론에 회의 내용이 공개되지 않았고, 일본 밀정도 그 내용을 알지 못했다. 기사의 원문에 따르면, 이에 관한 논의는 전날인 14일 오전에 있었다. "At the meeting yesterday the Korean patriots learned for the first time that fully 400 of their countrymen were held practically as slaves by Mexican planters." 이 기사는 15일 회의 내용에 대한 정보가 없었던 까닭에 전날 회의에서 나온 내용 가운데 기사화하지 않았던 멕시코 한인들에 관한 이야기를 이날 기사에 삽입한 것이다.

지 않았다.

일본 영사관 한인 밀정의 보고서

영어와 한국어 모두를 능통하게 하는 사람이 극히 드물었던 1908년 애국동지대표회의 회의 내용을 미국 언론에 자세하게 전달할 수 있는 능력을 가진 사람은 미국인 중에도 한국인 중에도 찾기 어려웠다. 그러나 일본어와 한국어라면 상황이 달랐다.

미국 지역신문에 연이어 기사가 날 만큼 미국 사회 안에서 어느 정도 주목을 받는 데 성공한 한인 애국동지대표회에 재미 일본 영사관이 주목하지 않았다면 당시 그들 입장에서는 영사의 직무유기가 될 것이다. 예나 지금이나 영사의 업무 중 자국을 위한 정보수집은 중요한 부분이기 때문이다. 재샌프란시스코 일본 영사관은 당연히 애국동지대표회에 밀정을 (정보원을) 파견했고, 그는 회의의 세부사항을 비밀 보고서로 작성하여 일본 영사관에 보냈다.

이 밀정은 일본어에 능통한 한인이었던 것으로 보인다. 일본 영사에게 보낸 비밀 보고서가 한국어와 일본어 요약본으로 되어 있었기 때문이며, 무엇보다도 보고서에 날짜를 기입하며 '대한개국'이라는 연호를 사용했다는 점 때문이다.

일본 외무성 외교사료관에 공개되어 있는 이 보고서(「재상항제국총영사관용지」)에는 애국동지대표회에서 연설한 대표들의 명단, 진행 상황, 발표 내용 등이 자세하게 언급되어 있다. 이명섭의 이름이 언급된 문건도 바로 이 밀정의 보고서였다. 이 보고서는 안형주의 『박용만과 한인소년병

학교』111-115쪽에 전재되어 있다.[91]

밀정이 일본 영사에게 보낸 보고서임에도 '대한개국' 연호를 사용하고 덴버의 한인들을 '동포'라 부르고 있으며, 애국동지대표회 구성원들과 자신을 동일시하며 '우리'라는 표현을 쓰고 있고, 더욱이 보고서의 실질적인 결론 부분에서 애국동지대표회의 목적이 결코 전쟁준비나 무력항쟁과는 무관한 평화적인 것임을 강조한 것은 7월 13일 「더 데일리 뉴스: 덴버 콜로라도」 기사에 실린 애국동지대표회의 공식입장과 사실상 같은 내용이어서 이 밀정이 어떤 정신세계를 가진 인물이었는지에 대한 궁금증을 자극하기도 한다.

어쨌든 밀정의 보고서 결론이 그러한 것으로 보아 공개회의 중 전쟁준비나 무장항쟁을 제안하는 내용의 발표는 없었던 것으로 보인다. 이 밀정의 보고서를 대략 요약하면 이러하다.

애국동지대표회는 서력 1908년 1월 1일 덴버의 동포들이 발기, 동년 7월 11-15일 동안 개최되었다.

• 7월 11일(토)

오전 9시에 애국가 제창과 간단한 기도로 시작했다. 각 대표들은 서로 위임장을 확인했고, 1차 회의에서 회장과 서기를 선출했는데, 회장은 만장일치로 이승만을 선출했다. 국문서기는 박용만, 영문서기는 윤병구가 선출되었다. 이후 연설회가 진행되었는데, 연설은 대표자들뿐 아니라 일반 회원들이 행하기도 했다. 대회장의 한쪽 구석에는 미국인 남녀 손님들과 신문기자들이 착석해 있었고, 신문기자들은 영문서기 윤병구에게 여

---

91) 안형주『박용만과 한인소년병학교』111-115쪽.

러 가지를 묻고 기록하는 등 진지한 취재 활동을 행하기도 했다. 다시 말해서 이 회의는 외부인들에게 완전히 개방된 상태에서 진행되었음을 알 수 있다.

오후 2시 30분에 2차 회의를 진행했다. 김영욱, 이관영, 박처후, 이종철 등이 발언했다. 주요 내용은 한인 조직과 단체들의 협력과 소통방법 및 문서 출판 등의 안건들이었다.

• 7월 13일(월)

7월 12일은 일요일(주일)이었으므로 회의가 없었고, 13일(월) 오전에 3차 회의가 열렸다. 이때는 특별히 모든 예식과 연설이 영어로 진행되었다. 감리교 감독 희웰엔(헨리 워런)과 크랜스턴의 연설이 있었고, 이승만이 '국민과 국가', 윤병구가 '동양에 대한 미국', 박용만이 '조선의 영광 있는 과거사', 리관영이 '물질대 동양', 이흔영이 '조선과 일본의 관계' 등으로 연설을 했고, 그 외에 인물들도 각기 긴요한 문제로 연설을 했다.

13일 오후에 열린 4차 회의에서는 각 대표들이 제안한 안건들을 대부분 가결했고, 서적 출판 문제는 가결을 유보했으며, 각 처에 통신소를 설치하여 주기적으로 통신할 것을 결정했다.

• 7월 14일(화)

이날 오전에 열린 5차 회의에서 드디어 이명섭이 연설을 했다. 그런데 무슨 내용의 발언을 했는지는 안타깝게도 밀정이 기록해 놓지를 않았다. 밀정은 26명의 발언자 명단만 적어 놓고 이들이 차례로 발언했다고 기록했다. 이명섭은 이 명단의 첫머리에 있었다. 많은 인원이 발언한 만큼 긴 내용은 아니었을 것 같다. 그럼에도 젊은 이명섭이 당시 무슨 생각을 했없는지 궁금하기는 하다.

14일 오후에 열린 6차 회의에서는 흥미로운 안건 하나가 가결되었다. 밀정의 보고서는 이를 이렇게 서술한다.

> "동일 오후에 제6차 회의를 열고 박처후, 이종철, 김사형 제씨의 건의서를 받아 무릇 네브라스카에 있는 청년들은 매년 방학에 커니로 모여서 여름학교에서 공부하여 또한 기한을 정하고 운동 체조 조련도 연습하기로 가결하다."[92]

여기서 말하는 네브라스카 커니의 여름학교가 한인소년병학교를 지칭하는 것임은 명백하다. 그런데 안형주는 이 대목에서 또 한 번 중요한 혼란을 야기했는데, 그것은 이 안건이 가결된 14일 화요일의 오후 회의가 비공개 회의였다고 기술한 것이다.[93] 이는 중요한 문제이다. 왜냐하면 만일 밀정이 비공개 회의 내용까지 알고 보고했다면 이는 그가 비공개 회의의 보안까지 통과할 수 있는 '신임장'까지 휴대한 사람이었다는 것을 의미하기 때문이다.

그러나 우선 비공개 회의는 14일 화요일 오후가 아닌, 15일 수요일 오전에 아라파호가의 한 장소에서 열렸다. 회의에 일본 밀정이 들어와 있다는 정보 때문이었다. 따라서 14일 오후에 열린 6차 회의는 공개 회의였고, 일본 밀정은 이를 자유롭게 들을 수 있었다. 네브라스카 청년들의 '여름학교'와 '운동 체조 조련' 등이 박용만의 한인소년병학교를 지칭하는 것이 맞

---

92) 위의 책 114쪽.
93) 위의 책 117쪽.

지만, 그 표현이 상당히 완곡되어 이것이 군사학교라는 느낌은 전혀 주지 않도록 표현된 것도 그 회의가 공개 회의였기 때문이다. 일본 밀정도 이를 군사적 목적의 학교라고 보고하지 않았다.

그의 회의 내용 보고는 여기까지였다. 이는 그가 15일 오전의 비공개 회의, 즉 비밀회의에 참석하지 못했음을 의미한다. 그런데 호기심을 끄는 것은 이 밀정이 15일 오전의 비공개 회의가 있었음에도 이에 대해 전혀 언급하지 않았다는 것이다. [덴버 타임즈]가 이를 15일 자 기사로 보도했는데, 미국 신문기자가 알고 보도한 사실을 일본 밀정이 몰랐을까?

더욱이 일본 밀정의 보고서 결론 부분은 이 회의가 '촉급히' 개최된 것이어서 참여도도 낮고 어떤 중요한 사안을 결정할 만한 모임이 되지 못했다는 점을 강조하며 평가절하하고 있고, 무엇보다도 전쟁 준비나 비밀 운동 따위는 낭설에 불과하다고 서술함으로써 일본 영사관 측을 안심시키려 하고 있는 듯하다. 이는 7월 13일 자 [더 데일리 뉴스: 덴버 콜로라도] 기사에 실린 애국동지대표회의 대외적 공식 입장과 일치한다. 그 입장의 결론은 이러하다.

"개회하는 날에 각처 신문 탐보조에서 어찌하여 랑설이 생겼는지 지방에 전하기를 우리가 전쟁을 준비한다 혹 비밀한 운동이 있다 하여 정탐객도 무수하였으며, 혹 자위병으로 쫓기를 원하는 자도 몇이 있었으니, 우리는 소문과 같이 못한 것을 한탄하였으나 이 기회를 인연하여 본국의 정치상 정형을 무수히 설명하였으며 본회의 실상주의는 무슨 강경한 태도나 혹 폭동할 의사는 하나도 없고 다만 평화한 뜻으로 각처 한인의 사회를 조직하여 발달하기에 장래 이익을 안 본 자라도 도모할 따름이니 금번 대회가 이 뜻에는 실로 유익함이 많은 줄

믿노라."[94]

이 대회의 참여도가 낮고 급하게 개최되어 큰 의미를 부여할 필요가 없다는 식의 평가절하는 [공립신보] 1908년 7월 14일 자 기사의 논조와도 일치한다.

어쨌든 이 밀정의 보고서는 주샌프란시스코 영사관을 통해 일본 외무성의 판단에도 영향을 미쳤던 것으로 보인다. 일본 외무대신은 1908년 7월과 8월 주샌프란시스코 총영사가 자신에게 보낸 비밀 보고서 두 건을 한국 주재 통감부 부통감에게 보낸 기밀 보고서에 첨부하였는데, 이 보고서들 역시 덴버의 애국동지대표회에 대해 사실상 같은 결론을 내리고 있었기 때문이다.

따라서 결과적으로는 이 밀정의 보고서가 아이러니하게도 한인소년병학교와 같은 한인들의 군사훈련조직을 창설하는 일을 은밀하게 진행하는데 도움이 되었다고 볼 수 있다.

일본 외무성 정보라인의 기밀 보고서

애국동지대표회에 대한 일본의 관심은 컸다. 이는 확실히 향후 해외의 항일정신을 가진 한인 지식인 운동가들이 어떤 방향으로 움직일 것인지를 가늠케 하는 잣대가 될 수 있었기 때문이었다. 애국동지대표회의 일정이 끝난 직후 일본의 외무대신은 한국 주재 일본 부통감에게 이 모임에 관한 두 건의 비밀문서를 발송했다. 특히 이 문서들에 첨부된 주샌프란시

---

94) 위의 책 114쪽.

스코 일본 총영사의 분석보고서 두 편(기밀 제35호와 기밀 제37호)은 당시 일본의 외무성 정보라인이 재미 한인들의 항일운동 동향을 어떻게 인식하고 있었는지를 보여 준다. 분명한 것은 일본 총영사도 한인 밀정과 대체로 같은 상황인식을 보이고 있다는 점이다. 즉 그의 보고를 신뢰했다고 할 수 있다.

다만 한 가지 주목할 만한 것은 한인 밀정이 제공하지 않았던 또 다른 고급정보들, 예컨대 애국동지대표회에 참석한 대표들의 구체적 신분에 관한 정보들이 추가되어 있다는 점이다. 이는 주샌프란시스코 영사가 고용한 한인 밀정 외에 또 다른 정보원이 있었음을 암시한다. 이 추가 정보들에는 이명섭이 샌프란시스코 대동보국회 대표로 애국동지대표회에 참여했다는 사실도 포함되어 있었다. (이는 기밀 제37호에 나온다.)

이 두 보고서 내용을 살펴보기로 하자.

• 「재미 한국인의 배일운동에 관한 건」[95]

1908년 8월 21일에 일본 외무대신이 조선 주재 일본 통감부 부통감에게 보낸 기밀송 제43호 「재미 한국인의 배일운동에 관한 건」에서 외무대신은 자신이 샌프란시스코의 총영사로부터 받은 재미 한인들의 배일운동에 관한 보고서(기밀 제35호)를 참고 삼아 보내니 조사해 보라는 간단한 메시지와 더불어 총영사의 보고서 전문을 첨부했다. 이 총영사의 보고서는 애국동지대표회 모임 직후인 1908년 7월 22일에 외무대신에게 발송된 것이었다. 보고서 내용의 3분의 2 정도가 애국동지대표회 관련 내용이다. 그

---

95) 「재미 한국인의 배일운동에 관한 건」 주한일본공사관 & 통감부문서 1권 4. 재미로한인관계(19) [한국사데이터베이스] 국사편찬위원회. (인터넷판).

전문은 다음과 같다. (독자의 편의를 위해 한자를 모두 한글로 옮겨 쓰기로 한다.)

「재미 한국인의 배일운동에 관한 건」

(기밀송 제43호)

재미 한국인 배일운동 건에 관하여 별지 **사본과 같이 코이케**(小池) **샌프란시스코 총영사가 보고해 왔으므로** 참고 삼아 송부하오니 사열하시도록 이에 말씀드립니다.

메이지 41년 8월 21일

외무대신 자작 데라우치 마사타케 인

부통감 자작 소네 아라스케

별지

「재미 한국인의 동정 보고 건」

(기밀 제35호)

이 나라 콜로라도주 덴버시에서 미국 민주당대회가 열리는 것을 기회 삼아 재미 한국인의 발기로 재외 한국인 일반 연합대회를 동시에 열려는 계획이 있습니다. 지난 11일 그 첫 번째 회합을 마쳤다고 하는데, **목적으로 하는 바는 재외 각지의 한국인 단체를 규합하여 조국의 독립 옹호에 협동 일치하여 행동하려는 것으로,** 앞서 이상설과 함께 네덜란드 헤이그평화회의에 출석했던 윤병구와 전년 본국에서 정치운동에 관련하여 오랫동안 옥중에 있다가 그 후 미국으로 건너가 올해 하버드 대학을 졸업한 이승만 등이 그 수뇌자이며, 블라디보스토크와 하와이 등에서는 재미 한국인에 의뢰하여 대표자를 출석시켰다고 합니다. 그 회의는 모두 기밀에 부치고 있으며 내밀한 상황은 아직 탐지하지 못했습니다. 요컨대 그 결과는 일단 쓸모없는 결의에 끝날 것이라고는 생각되지만 그들이 특히 민주당대회와 같은 시기, 같은 장소를 선택한 것은 다른 사람의 주의를 끔과 동시에 집중하는 틈을 노려 크게 일본 정책의 부당함을 호소하고 한국은 충분히 독립할 자격이 있으며 일본 정부 아래에서는 더 이상 참아낼 수 없다는 것을 공표하여 비교적 일본에 대해 좋지 않은 민주당 영수 등의 동정을 얻으려고 하는 것입니다. 이는 생각건대 그들은 미국인은 의협적이고 자유를 소중히 여기는 사람으로, 미국인이 만약 한국인의 현재 실상을 자세히 알게 된다면 결코 이를 간과하지 않을 것이라고 몽상함에 기인하는 것이라고 헤아려집니다. 아무튼 회의의 내부사정은 내탐하는 대로 보고하겠습니다. 그리고 이곳에 재류하는 한국인들은 근래 본국에서 그들에게 보낸 편지는 모두 우리 관헌이 개봉하여 검열하는 것으로 생각하여 중요통신은 모두 블라디보스토크항을 거쳐 전송하고 있기 때문에 현재 경성에서는 안창호를 중심으로 한 공립협회원으로 현재 경성매일신보사(회계담당이라 함)에 있는 임치정(거짓이름) 등이 이곳 공립협회를 위하여 기부금 모집운동 중이라고 합니다. 또 지난 14일 태평양우편회사 기선 코리아호로 미국에 돌아온 한국 제중원 의사 미국인 에비슨(O. R. Avison)은 그들로부터 이곳 한국인에 대한 비밀 소식을 전해 왔다는 풍문이 있어 이 또한 내탐 중입니다.

또 스티븐스 씨 암살자의 재판에 관해서는 누차 개정 심리한 결과, 장인환은 1등 살인범으로 즉결재판소에서 상급재판소로 이동되었습니다. 27일 초심 개정 예정이지만 전명운에 대해서는 전은 장의 공모자라는 것을 입증할 만한 하등의 확증이 없을 뿐 아니라 스티븐스 씨 얼굴에 가했다는 타박에 대해서도 아무도 판연하게 전이 하수인이라는 것을 증언할 수 없습니다. 모든 것이 원고 측에 매우 불리하여 현재 증인 확보를 위해 8월 15일까지 개정이 연기되었지만, 전이 자백하지 않는 한 어쩌면 방면하게 될 우려가 있습니다. 그는 현재 피고 변호인의 보증으로 석방되어 출옥한 상태에 있습니다.

위를 즉시 보고해 둡니다. 삼가 아룁니다.

메이지 41년 7월 22일

재 샌프란시스코 총영사 고이케 초조

외무대신 자작 데라우치 마사타케

애국동지대표회 관련 밀정보고서 내용의 요지를 요약하면 이러하다.

첫째, 이 회의의 우선적인 목적은 해외에 흩어져 있는 여러 한인단체들을 하나로 통합하여 자국의 독립을 위한 통일된 행동을 도모하는 것이다.

둘째, 윤병구 이승만 등 영어에 능통하고 국제 감각이 있는 인물들이 주도하고 있다.

셋째, 회의 내용은 기밀이어서 아직 그 세부 내용을 탐지하지 못했지만 그 내용은 결국 '쓸모없는 결의'로 끝난 말잔치에 불과한 것일 것이다. 어쨌든 탐지하는 대로 다시 보고하겠다.

넷째, 이들은 일본에 우호적이지 않은 미국 민주당의 당 대회와 같은 시기, 같은 장소를 선택하여 미국인들의 주의를 끌고 이들에게 일본의 자국에 대한 정책의 부당함을 호소하고 자국이 충분히 독립할 자격이 있음을 호소하면 '의협적이고 자유를 소중히 여기는' 미국이 이들을 동정하여 무언가 해 줄 것이라는 순진한 몽상을 하고 있다.

일본 영사의 보고서는 당시 한인들의 속성에 대한 일본인들의 편견을 잘 드러내고 있다. 미국 언론과 마찬가지로 일본 총영사도 한인 가운데 영어에 능통하여 미국 주류사회와 소통하며 미국의 외교에 영향을 줄 수 있는 지도자들에 주목했고, 그런 이들은 극소수에 불과하므로 일본에 큰 위협이 되지 못한다고 믿었던 것 같다. 1894년 당시 일본군 장교들 대부분이 유럽어 하나를 구사할 수 있었다는 사실[96]을 감안하면 일본의 자신감은 근거 없는 것이 결코 아니지만, 이로써 애국동지대표회의 실질적인 기획자였던 박용만이 일본으로부터 덜 주목받는 효과를 내기도 했다.

또한 일본인들은 한인들이 회의를 통해 합리적인 결론을 도출하고 이를 바탕으로 조직적인 행동을 수행할 능력이 없다고 믿고 있었던 것으로 보인다. 결국 감정에 휩쓸려 흥분하며 비분강개하다가 '쓸모없는 결의'나 하나 발표하고 사그라들 것이라는 믿음도 이 보고서 안에서 느껴진다.

또 한 가지 주목할 바는 미국 정부의 속성에 대한 생각이다. 일본 총영사의 보고서는 미국 역시 일본처럼 자국의 이익에 기반하여 일본처럼 행동할 것이고, 국제정세에 어두운 재미 한인들은 이를 제대로 깨닫지 못하고 미국의 선처에만 기대려 하고 있다는 일본 외교관들의 판단을 반영한다.

이것이 아주 틀린 생각은 아니지만 당시 한인들이 처한 조건과 발휘할 수 있는 역량을 감안한다면 애국동지대표회가 시도한 바는 결코 무의미한 것이 아니었다. 미국 감리교회 인사들의 지원과 네브라스카주 정부와 커니 관청과 그 지역 주민들의 후원은 재미 한인들이 노력하고 시도한 것들의 중요한 결과물들이었다.

---

96) E. 폰 헤세-바르텍 『조선, 1894년 여름: 오스트리아인 헤세-바르텍의 여행기』 정현규 역. 서울: 책과함께. 2012, 55쪽. 헤세-바르텍의 조선 여행기에는 그가 제물포에서 만난 일본군 장교와 독일어로 대화하는 대목도 나온다. 59쪽.

처갓집 근현대사

어쨌든 7월 22일까지도 일본 외교라인은 비공개 회의 내용을 전혀 파악하지 못하고 있었다.

• 「미국 덴버시에서의 한국인 회합 상황 보고 건」[97]

주샌프란시스코 일본 영사관 총영사는 1908년 8월 5일에 애국동지대표회와 관련된 두 번째 비밀 보고서(기밀 제37호)를 일본 외무대신에게 발송했다. 기밀 제35호의 경우와 마찬가지로 일본 외무대신은 한국에 주재하던 일본 통감부 부통감에게 같은 제목으로 보낸 자신의 보고서(기밀송제50호)를 올리며 이 보고서를 첨부하였다.

총영사의 보고서 기밀 제37호는 이전의 보고서인 기밀 제35호에 비해 특정 참여자들에 관한 정보에서 추가된 내용들이 있긴 하지만, 전체적인 상황 분석에 있어서는 이전 보고서와 큰 차이가 없었다. 이 보고서에 추가된 애국동지대표회 대표자들의 명단은 다음과 같다.

이관용(덴버, 발기인), 오흥수(콜로라도), 이종철(네브라스카, 링컨),
박처후(네브라스카), 김사현(오마하), 김장석(캔자스), 김용억·**이명섭**
(샌프란시스코 대동보국회), 김성근(하와이), 이상우·이승만(블라디
보스토크 위임)

위의 명단을 보면 대부분이 덴버, 콜로라도, 네브라스카, 캔자스 그리고 샌프란시스코에서 모인 사람들이며, 대동보국회와의 관련성이 두드러진

---

97) 「미국 덴버시에서의 한국인 會合 상황 보고 件」주한일본공사관 & 통감부문서 1권 四.
　　재미로한인관계(20) [한국사데이터베이스] 국사편찬위원회. (인터넷판).

다. (이명섭도 샌프란시스코 대동보국회 대표로 이 보고서에 이름이 올라 있다.) 그 외에 덴버 주변 지역에 거주하는 한인 40-50명가량이 참여하였다. 의장은 이승만, 영문서기 윤병구, 그리고 국문서기 박용만 등이 언급되었다. 아래는 이 보고서의 전문이다.

「미국 덴버시에서의 한국인 회합 상황 보고 건」
(기밀송 제50호)
미국 콜로라도주 덴버시의 한국인 회합 건에 관해서는 지난달 21일 자 기밀송 제43호 서신으로 샌프란시스코 주재 코이케 총영사의 보고 사본을 첨부하여 말씀드려 두었는바, 이 건에 관하여 동 총영사로부터 다시 별지 사본과 같이 보고가 있었으므로 위를 참고 삼아 송부하오니 사열하시기 바라며 이에 말씀드립니다.

메이지 41년 9월 4일

외무대신 백작 고무라 주타로 인

한국 주재 통감부 부통감 자작 소네 아라스케

별지

「덴버시에서의 한국인 회합 상황 보고 건」
(기밀 제37호)
이 나라 콜로라도주 덴버시의 한국인 회합 건에 관해서는 지난달 22일 자 기밀 제35호 서신으로 말씀드렸던바, 그 후 듣는 바에 의하면 본 회합은 덴버시 주재 이관용이 발기한 것으로 콜로라도주에서는 오흥수, 링컨에서 이종철, 네브라스카주에서 박처후, 오마하에서 김사현, 캔사스주에서 김장석, 샌프란시스코 대동보국회에서는 김용억·**이명섭**을 대표자로, 하와이에서는 이곳에 재류하는 김성근, 블라디보스토크에서는 이상우·이승만 2명에게 위임장을 보내 대표자로 출석시키고, 또 덴버 부근의 한국인 40-50명이 이에 가담하여 동시 한국인 감리교 감독교회당에서 이승만을 회장으로 하고 윤병구(영어)·박용만(한국어)을 서기에 선임하여 7월 11일부터 동 15일까지 8회의 회합을 마쳤다고 합니다. 그리고 그 의사의 주요 사항은

一. 각 지방단체가 일체 연합해서 국사를 담당할 것

一. 각지에 통신소를 설치하고 통신원을 두어 각지의 정황을 자세히 알고자 하는 것

一. 국민교육에 필요한 내외서적을 저술 또는 번역, 발행하는 것

등으로 회합의 대부분은 대표자와 유지자의 시사에 관한 토의 및 연설에 쓰고 그중에서 박용우·오흥수·이관용·윤병구·이승만 등은 '한국 과거의 번영', '한국과 일본의 관계', '동양에서의 미국과 한국의 각성' 등의 제목으로 각기 영어 연설을 시도하고 2명의 외국인도 역시 이에 가담한 듯한 상황입니다.

위와 같이 본 회합의 결과는 예상한 대로 하등 특별히 적어야 할 사항은 없습니다만, 본회의 수뇌자는 배일파 중 가장 신진지식을 가진 자들이며, 따라서 그들은 "이 기회에 배일의 소책을 농하여 쓸데없이 난폭하고 과격한 언사를 자행하는 것은 얻는 바가 아무것도 없을 뿐만 아니라 도리어 외국인의 반감을 야기하고 그 동정을 얻는 까닭이 되지 못하오. 한국의 독립은 모름지기 우선 한국인의 지식을 계발하고 실력을 양성하여 후일에 성공을 기약해야 하오"라고 하고 본 회합에서도 힘을 일반 한국인에 대한 교육 보급과 애국심 고무에 힘씀과 아울러 일본 정책의 불리함을 헤아리고 또한 한국의 존재를 타

인에게 망각시키지 않으려고 힘쓰는 것과 같습니다. 또한 본 회합에서 한국 내지의 신문 단속을 완화하는 방법에 관하여 워싱턴 주재 일본 대사에게 청원하자고 제의한 자가 있었지만 도저히 받아들여지지 않을 것을 알고 철회했다고 합니다.

위를 보고합니다.

삼가 아뢰오며.

메이지 41년 8월 5일

이 회의의 성과에 대해 이 보고서는 그 영향이 '예상한 대로' 새로운 특이사항이 없다고 결론짓고 있다. 그 근거로 일본 총영사는 신지식을 가진 주도급 한인 인사의 다음과 같은 발언을 인용하고 있다.

"이 기회에 배일의 소책을 농하여 쓸데없이 난폭하고 과격한 언사를 자행하는 것은 얻는 바가 아무것도 없을 뿐만 아니라 도리어 외국인의 반감을 야기하고 그 동정을 얻는 까닭이 되지 못하오. 한국의 독립은 모름지기 우선 한국인의 지식을 계발하고 실력을 양성하여 후일에 성공을 기약해야 하오."

따라서 총영사는 이 회의를 통해 재외 한인들의 항일운동에 어떤 큰 변화나 사건이 예견되지 않는다는 판단을 내렸다.

그런데 총영사의 보고서 내용은 한인 밀정의 보고서와 마찬가지로 비공개 비밀회의에서 어떤 내용이 논의되었는지에 대해 전혀 언급이 없다. 일본 외교부의 정보라인은 애국동지대표회의 비공개 회의 내용을 전혀 탐지하지 못한 것이다. 따라서 일본은 이듬해 네브라스카에 세워질 한인소년병학교와 그것의 성격이나 목적에 대해 한동안 전혀 알 수 없었다.

1909년 네브라스카에서 시작된 한인소년병학교의 실상은 체력단련과 공부가 목적인 '여름학교'가 아니었다. 그것은 철저한 보안유지를 필요로 하는 군 지휘관 양성학교였으며, 애국동지대표회는 대외적으로 이를 철저하게 숨기려 했고, 각 단체와 지역 한인들 간의 협조체계만 구성한 것으로 보이게 했다. 대동보국회와 이념적으로 대립했던 공립협회의 기관지 [공립신보]의 평가절하도 이에 협조(?)했고, 희한하게도 일본이 고용한 한인 밀정의 보고서까지 이에 협조(?)해 준 것이 되었다.

다만 일본의 해외 정보망은 1910년즈음에 이미 네브라스카 한인소년병학교의 존재와 성격에 대해 어느 정도 알고 있었다. 그러나 원거리에 정보수집의 역량이 미치지 못하여 구체적인 증거들을 아직은 얻지 못하고 있었다. 그동안 한인소년병학교는 무난히 유지될 수 있었다.

샌프란시스코의 대동보국회 대표로 덴버의 애국동지대표회에 참여하여 연설한 이명섭은 이후 바로 네브라스카로 거처를 옮겼다. 그의 네브라스카행 목적은 더 설명이 필요 없을 것이다.

제4장

문명과 지식과 훈련: 네브라스카 한인소년병학교

대동보국회 샌프란시스코 대표, 네브라스카의 '중학생'이 되다

1908년 덴버에서 열린 애국동지대표회에서 한인군사학교의 설립이 결정되자 박용만을 중심으로 한 한인소년병학교 창설 주역들은 즉각 이 일을 실행에 옮겼다. 미국 덴버 지역 언론과 정보기관 및 주미 일본 영사관 정보망을 의식하여 애국동지대표회 기간 동안에는 대외적으로 네브라스카 청년들의 '운동, 체조, 조련'을 위한 '여름학교'라는 완곡된 표현으로 부르기도 했고, 한인들 사이에서는 그보다는 조금 센 '소년병학교', 또는 '병학교'라는 명칭으로 불렸으나, 실상 그 본질은 훨씬 강력한 것이었다. 그들이 기획한 것은 궁극적으로 향후 중국과 국내에서 항일무장항쟁을 이끌 독립군 리더들을 키워 내기 위한 무관학교였다.

다른 지역에 세워진 한인무관학교와 달리, 네브라스카 한인소년병학교는 무엇보다도 서양 문명을 익혀 고국의 독립과 발전에 기여하고자 하는 유학생 중심의 한인 엘리트 학교였으며, 따라서 학생들은 9개월 동안은 미국 학교에서 공부하고 3개월간의 여름방학 동안 한인소년병학교로 입소하여 합숙하며 집중적인 군사훈련과 관련 과목 및 소양교육을 받았다.

1908년 덴버의 애국동지대표회에 대동보국회 대표로 참석했던 이명섭은 이 학교가 개교했던 1909년에 네브라스카 링컨의 중학교로 입학했고,

아마도 이때부터 소년병학교에 참여하기 시작했던 것으로 보인다. 네브라스카 주립대학에 진학한 이후 교관이자 후원자로서 같은 대동보국회 출신 문양목, 백일규, 박장순, 남정헌, 방사겸, 정태은, 김원택, 신형호 등과 함께 활동했고, 소년병학교가 폐교되었던 1914년까지 이 일을 지속했다.

샌프란시스코에서 처음 공립협회 회원이 되었던 이명섭은 얼마 후 대동보국회로 옮겼고, 덴버의 애국동지대표회에 샌프란시스코 대표로 참석했다. 그 후 그는 네브라스카 지역으로 옮겨 학업을 시작했다. 그가 언제 네브라스카로 옮겨 학업을 시작했는지는 알 수 없다. 하지만 그의 이름은 1909년 10월 27일 자 [신한민보]에 실린 네브라스카 지방에서 공부하는 한인 유학생 명단에 올라와 있었다.[98]

이 명단에서 이명섭은 네브라스카 지방 중학교 2년급 학생으로 기록되어 있었다. 이로 미루어 판단컨대 아마도 그는 1908년 애국동지대표회 모임 직후 바로 네브라스카로 옮겨 그해 가을에 중학교 1년급으로 들어갔을 것이라 생각된다.[99] 1909년 당시 상당히 많은 수의 한인 학생들이 네브라스카의 소학교(초등학교)에서 대학교까지 다양하게 분포되어 공부하고 있었다. 그 명단은 다음의 표와 같다.

---

98) 「네브라스카 및 부근지방 학생」[신한민보] 1909. 10. 27. 2면 4-5단.

99) [신한민보]는 1909년 2월 10일에 처음 발행되기 시작했으므로, 1908년의 네브라스카 유학생 명단은 알려져 있지 않다.

네브라스카 및 부근 지방 학생 명단		
(1909년 현재: 신한민보 10월 27일 자)		
소학교	4년급	남회일, 김용성
	5년급	김현구, 오한수, 홍승창
	6년급	김영도, 유흥조, 차성률
	7년급	구승성, 이동화, 이지일, 한시호, 유일환(한*), 이봉수, 호시한, 김경춘, 고성태, 이관수
	8년급	이종희, 김일신, 방사겸, 이정수
중학교	1년급	이병섭, 이완수, 김서종, 정한경, 정희원, 유진익, 박재규, 김기선, 이순오
	2년급	**이명섭**
	3년급	이관영, 오헌영
사범학생	2년급	배병현
	3년급	박처후
사관학생 (중학과 겸한)	1년급	이종렬, 김시익, 박처묵, 최병두
	2년급	김장호, 정충모
대학교 내 예비생(**)	1년급	이관하
	2년급	이용규
	3년급	이노익
(대학교 내?) 특별학생		유은상, 남정헌, 명문옥
(대학교 내?) 미술자수생		김낙권, 신태규
대학생	?	박용만(정치와 신문학)

(* '유일환'은 유일한이다. 신문의 오타이다. ** '예비생'은 academy 학생을 지칭)

이 명단과 학교 년급을 보면 대학 전(前) 학제가 소학교(초등학교) 8년
에 중학교 4년이었던 것으로 보인다. 따라서 중학교 2학년이었던 이명섭
은 현재의 한국 학제로 한다면 고등학교 1학년 정도였을 것이다.

1884년생으로 1909년에 28세이던 이명섭이 미국에서 고등학교 1학년

이 되어 미국의 십 대 청소년들과 함께 공부를 하게 되었으니 안쓰럽게 생각될 수도 있겠지만, 그거야 생각하기 나름이다. 이명섭이 대한제국시절 조선에서 어떤 교육을 받았는지를 아는 후손들은 남아 있지 않다. 다만 그가 미국에서 서양 학문을 공부하고 싶어 했던 열망이 강했다는 것은 알고 있었다.

어쨌든 그로서는 도미한 지 4년 만에 미국 고등학교 1학년 수준으로 그 학력을 인정받은 것은 그가 본국에서 이미 어느 정도 수준의 지적 능력과 학식을 가지고 있었음을 말해 준다.

나이 스물여덟에 고등학교 1학년이라니… 하지만 어찌하랴. 같은 시기 소학교(초등학교)에 배정받아 공부를 하고 있던 다른 한인 '만학도'들도 많이 있었으니까… 가령 훗날 미주독립운동사에 큰 족적을 남긴 사람들인 김현구(24세), 유일한(17세), 방사겸(31세), 정한경(22세) 등이 이때 각각 초등학교 5학년, 7학년(중 1), 8학년(중 2), 중학교 1학년(우리나라 학제로는 중 3) 과정에 있었는데, 이런 것을 감안하면 뭐 그리 어색할 일도 아니었다.

학업과 생계비 마련을 병행해야 하는 생활은 고달팠다. 어느 날 정말 먹을 양식이 떨어져 굶게 된 이명섭은 친구와 함께 기도를 했다. 그런데 희한하게도 이웃에 살던 미국인이 음식을 가져다주어 위기를 넘겼다고 한다. 이명섭이 아들 이동철에게 들려준 이야기이다.

네브라스카 한인소년병학교의 창설과 짧은 역사

네브라스카 한인소년병학교는 1909년 6월 여름방학과 함께 커니의 한 농장에서 처음 개교하였다. 첫 생도들은 13명으로 알려져 있다.

다음의 인용문은 [신한민보] 1911년 4월 26일 자 3면 3-6단에 실린 네브라스카 한인소년병학교의 초기역사에 관한 기사인 「소년병학교 역사」의 전문이다. 이 기록은 간결하지만 한인소년병학교 초기 창설과정에 관한 중요한 정보들을 담고 있으므로 우리의 소년병학교 이야기는 이 기사의 내용으로부터 시작하는 것이 좋을 것 같다.

"소년병학교는 네브라스카 동포의 설립한 바니 미국 내지에 있는 한인의 무육을 인도하는 오직 하나 되는 기관이라. 그 학교의 성립된 역사를 말하면 당초 1908년 5월 **박용만, 박처후, 임동식, 정한경** 네 사람이 의논하여 청년동지의 무육을 인도하기로 결심하고 이 의논을 글자로 만들어 그해 7월에 덴버에서 모인 대표회에 가지고 가서 커니 대표자 박처후와 링컨 대표자 이종렬과 오마하 대표자 김사형 3씨의 이름으로 의안을 제출한 것이라. 당시에 의론이 불일하여 토론이 많이 되었으나 마침내 대표자 세 사람의 억지와 박용만, 김장호 양인의 고집으로 득승한 것이라. 의논을 이같이 결한 후에 실행할 방법을 연구하다가 그해 12월에 동기 방학에 겨를을 얻어 박용만, 박처후, 임동식 3인이 다시 모여 대소사를 의논하고 모든 일을 임동식, 박처후 양 씨가 전담하여 일변으로 **농장을 세워 학생들의 기숙할 곳을 정하**고 일변으로 군기를 장만하기 위하여 미국서 이전에 쓰던 군용 총을 사들이며 또 농업에 종사할 사람을 구하여 조진찬 씨를 얻으니 조 씨는 그날부터 오늘까지 소년병학교와 흥망을 함께하는 사람이라. 이만치 일을 만들었으나 **이것을 만일 네브라스카 관부에서 금지하면 할수 없어 박용만은 네브라스카 중앙정부에서 주선하고 정한경은 커니 지방 정청에 주선하여 마침내 헌법상에 없는 묵허를 얻은지라.** 이

때 김장호 씨는 멀리 있어 여러 가지 일이 이같이 되어 가는 것을 듣고 스스로 몸을 허락하여 조련시키는 일을 담임하고 들어서니 이제야 비로소 모든 일이 정돈되었더라. 1909년 6월을 당하여 비로소 소년병학교의 군기를 **커니 농장**에 꽂고 학도 열세 사람을 모으니 그중에 열다섯이 차지 못한 어린아이가 하나요, 50세 이상이 늙은 어른이 하나라. 아모커나 그해 여름을 재미있게 보내고 **겨울학교는 링컨으로** 옮겨 박용만이 친히 감독하였더라. 1910년 4월 1일은 소년병학교의 기초를 반석 위에 세우는 날이라. 일찍이 **박용만이 헤이스팅스에 있는 장로교회 대학교와 교섭한 결과로** 그 학교에서 학교 한 채를 온전히 빌려주고 그 안에 일용기구를 전체로 허락하여 심지어 밥 먹는 숟가락과 잠자는 침상까지 공급하며 또 연장을 주어 농사를 시작하게 하며 자본을 당하여 농기와 종자를 사게 하고 류은상, 권종흡, 김병희 삼 씨가 농장을 맡으니 이 세 사람은 소년병학교에 대하여 둘째 임동식이오, 둘째 조진찬이라. 일이 이같이 되매 커니서는 소년병학교를 옮겨 보내기를 싫어하고 헤이스팅스에서는 옮겨 가기를 진력하여 자연히 충돌이 생겼으며 심지어 서양 사람들도 서로 붙들고자 하여 커니 신문은 옮기는 것이 불가능한 것을 말하고 헤이스팅스 신문은 옮기는 것이 편리한 것을 찬성하다가 마침내 박처후 씨의 고집과 커니 동포의 겸손한 덕으로 학교를 헤이스팅스로 옮기기로 결정을 하였더라. 1910년 여름, 여름학기가 당하매 김장호 씨는 다시 와서 조련을 시키기로 하니 그해에 학도는 30여 명이라. 이때에 박용만은 학교에 전권을 김장호 씨에게 맡기고서 편각처에 두루 다니면서 병학도를 위하여 연조를 얻어 600원을 얻은지라. 일반 학도의 군복을 사서 입히고 군기를 더 장만하며 교사의 수로금을 약(?)히 준 후에 아직

도 다소간 남아 있어 학교에 기초가 되었더라. **소년병학교의 부지하**
는 방법은 한때의 연조로 기초를 잡은 것이 아니라 매년에 세입으로
지출하나니 네브라스카에 있는 한인은 정치제도로 조직하여 누구
든지 그때에 있는 날에는 한인 공회에 속하고 또한 일 년에 **3원씩 인**
두세를 물어 이 재정으로 학교를 부지하는 것이라. 그런 고로 공회에
서 금년 예산의 100원을 지출하고 또 사(?)로히 의리를 쓰는 자는 학
교에서 이것도 사양치 아니하는 고로 작년에도 조진찬, 정영기, 김유
성 제씨가 특별히 도움이 많았으며 금년에도 김유성 씨는 총 15병을
사 주기로 허락하고 또 어떤 이는 쌀을 몇 섬 보조하기로 의논이 있더
라. 여러 동포의 도움이 이같이 곡진하므로 일반 학생은 더욱 용맹스
럽게 나와 금년에는 학도의 수효가 더 늘 모양이요 40세 이상 된 이
들까지 다 공부하기로 작정한 고로 금년 농사는 부탁할 곳이 없으므
로 부득이 조진찬 씨가 커니 농장을 버리고 소년병학교를 따라 헤이
스팅스로 옮기고 또 류은상 씨는 학교와 또 자농을 위하여 두 사람이
일에 착수하였는데 금년 농토는 80여 에이커가량이더라. 금년 여름
학기 개학은 6월 16일."

이제 이 기사의 내용을 중심으로 한인소년병학교 초기 역사의 주요 부
분들을 정리해 보자.

1908년 7월 덴버에서 열린 애국동지대표회에서 창설 결의를 얻다.

1908년 5월, 네브라스카 동포 박용만, 박처후, 임동식, 정한경 4인이 의
기투합하여 한인군사학교 창설을 추진하기로 하고 그해 7월 덴버에서 예
정된 애국동지대표회에 정식 안건으로 올릴 계획을 세웠다. 덴버 회의에

서 이 안건은 박처후, 이종렬, 김사형 3인의 이름으로 제출되었다. 그런데 그 회의에서 이 안건을 놓고 격론이 있었다. (이 부분은 앞서 논한 바 있다. 덴버 현지 언론의 관심사이기도 했던 핵심 쟁점은 미국 내 한인들의 항일전쟁준비를 위한 군사훈련이 미국법에 저촉되어 미국 내 한인들에 대한 부정적 여론이 조성될 수 있다는 점이었다.) 그러나 박용만과 김장호가 강력하게 밀어붙임으로써 이 안건은 통과되었다.

네브라스카 커니에 학생들이 기숙할 농장과 무기를 구하다.
이후 이들은 구체적인 실행방법을 강구하였고, 네브라스카에 농장을 얻어 학생들이 기숙할 거처로 삼고, 이 농장에서 실제로 농업에 종사하며 거처를 유지할 사람으로 조진찬을 선정했다.

네브라스카주 정부와 커니 지방관청의 '헌법상에 없는 묵허'를 얻다.

> "…이것을 만일 네브라스카 관부에서 금지하면 할 수 없어 박용만은 네브라스카 중앙정부에서 주선하고 정한경은 커니 지방 정청에 주선하여 마침내 헌법상에 없는 묵허를 얻은지라."

이 부분은 매우 중요한 대목이다. 미국은 연방체제의 국가였고, 이 체제 아래에 각 주들이 자체적으로 법률을 가지고 있었는데, 문제는 미국 내 외국인들의 군사훈련이 헌법상 금지되어 있었다는 사실이다. 그런데 주 정부 차원으로 내려가면 상황에 따라 어느 정도 유연성을 발휘할 여지가 있었던 것 같다. 박용만을 비롯한 네브라스카의 지사들은 이 틈새를 잘 파고들었다. 박용만은 네브라스카주 정부로부터, 정한경은 커니 지방관

청으로부터 암묵적 허락을 얻어냈다. 그리고 나서 대한제국군 출신이자 네브라스카 블리스 군사고등학교에 재학 중이던 김장호가 군사훈련 교관으로 부임했다. 따라서 헌법에 금지된 일을 주 정부의 묵인하에 행했던 것이다.

1909년 6월 커니 농장에서 개교하고 첫 여름학기 교육훈련을 진행하다.

1909년 6월 커니 농장에서 개교한 소년병학교는 13명의 생도로 교육훈련을 시작하여 '재미있게' 여름학기를 마무리하였으며, 겨울 프로그램(겨울학교)도 있었는데, 이는 링컨에서 박용만의 감독하에 진행되었다.

1910년 헤이스팅스 대학교로 자리를 옮기다.

1910년 4월 1일, 박용만은 미국 장로교단에서 세운 사립대학인 헤이스팅스 대학교(Hastings College) 측과 교섭하여 이 대학교로부터 건물 한 채와 비품 및 가구 전체를 빌리고 농장까지 얻어 이곳으로 옮기게 되었다. 새로운 농장의 운영은 류은상, 권종흡, 김병희 3인이 맡기로 했다. 흥미롭게도 원래 있던 커니 농장과 새로운 장소로 떠오른 헤이스팅스 대학은 소년병학교를 서로 유치하려고 경쟁을 벌였는데, 최종적으로는 보다 나은 조건의 헤이스팅스 대학교로 옮기게 된 것이다.

이는 당시 커니와 헤이스팅스의 지역 언론에 실린 기사들을 통해서도 입증된다.[100] 외국인들의 미국 내 군사훈련이 미국 연방 헌법에 저촉되는 일이었음에도 불구하고 네브라스카주의 지방 도시들이 한인소년병학교를 적극 지원하고 나선 까닭은 무엇이었을까?

---

100) 안형주『박용만과 한인소년병학교』125-131쪽.

한인소년병학교가 사용한 네브라스카
헤이스팅스 대학 맥코믹 홀, 1911년[101]

맥코믹 홀, 2021년[102]

일단 당시 연방정부와 각 주의 정치적 유대가 지금보다는 느슨했던 것으로 보이는데, 네브라스카주는 아직 정착민들의 수가 많지 않아 주에 속한 각 도시의 학교들마다 학생들을 더 많이 유치해야 하는 입장이었고, 농장의 일손도 더 필요했다. 또한 도시나 지역에 따라서는 외국인들에게 기독교 신앙과 서구 문명을 전파하고자 하는 선교적 관심 등이 큰 곳들도 존재했다. 박용만과 그의 동지들이 택한 커니와 헤이스팅스 같은 소도시들이 바로 그런 곳이었다.[103]

• 1910년 헤이스팅스 대학 캠퍼스에서의 첫 여름학기와 재정조달 방식
    헤이스팅스 대학 캠퍼스에서 소년병학교가 열린 첫해인 1910년의 여름

---

101) 「소년병학교의 역사」 [신한민보] 1911. 4. 26. 3면 3-4단.
102) 미국에 거주하는 나의 조카 차혜진 부부가 수고스럽게도 2021년에 이곳을 방문하여 이 사진을 찍어 보내 주었다. 이들에게 감사한다.
103) 위의 책 135-141쪽.

학기는 30명의 생도가 참여했고, 김장호가 학교 전권을 맡아 훈련을 담당했다. 이때 박용만은 각처를 다니며 소년병학교의 재정조달을 위해 힘쓴 결과 600원(달러)을 모금할 수 있었고, 이 돈으로 생도들이 입을 군복과 무기류를 더 장만하고 교관들에게도 소정의 급료도 지급했다. 그리고 남은 금액은 소년병학교 유지를 위한 기본 자금으로 돌렸다. 물론 이 자금만 가지고 지속적으로 학교 재정을 충당할 수는 없었으므로, 박용만은 네브라스카 한인들을 대상으로 소년병학교를 위한 이른바 '인두세' 징수를 시도했다. 즉 네브라스카 지역에 거주하는 한인들을 '한인공회'로 조직으로 하고, 이 공회에 속한 모든 한인들로부터 매년 3원씩 받아 마련한 공회 자금에서 매년 100원을 소년병학교 지원금으로 지출한다는 것이다. 그 외에 개인적인 후원금도 적극적으로 유치하고, 농장 운영도 계속할 계획이었다. 따라서 커니 농장을 운영하던 조진찬도 그곳을 포기하고 헤이스팅스의 농장으로 합류했다.

그러나 이런 계획은 제대로 실행되지는 못했던 것 같다. 소년병학교가 폐교되었던 1914년 무렵에는 재정적인 곤란도 겪었던 것으로 보인다.[104]

한인소년병학교가 설립된 1909년 당시 링컨 공립 중·고등학교에 재학 중이던 이명섭이 소년병학교의 생도로서도 함께했는지는 기록으로 확인되지 않지만, 그가 대학 진학 후에 소년병학교의 과학교관이 된 사실로 미루어 볼 때, 어느 시점에서든 생도의 과정을 거쳤을 것으로 생각된다. 안형주에 따르면, 소년병학교 교관은 생도 졸업생 가운데 대학생이 된 사람을 주로 선발했고, 교관이면서 동시에 생도인 경우도 있었다.[105]

---

104) 「소년병학교의 제6회 개학」 [신한민보] 1914. 7. 16. 1면 2-4단.
105) 안형주 『박용만과 한인소년병학교』 149쪽.

상무주의(尙武主義)와 무력항쟁독립운동노선

네브라스카의 한인소년병학교는 해외 한인의 독립운동사에서 최초로 설립된 한인군사학교로 알려져 있다. 비록 오랜 기간 존속하지 못했고 직접적인 대일무력항쟁을 전개할 만큼의 수준으로 발전하지는 못했지만, 이 군사학교의 존재는 그 자체로서 깨달음이라는 측면에서 의미가 크다. 미국이라는 넓은 세상에서 경험한 서구과학기술문명의 힘과 열강들이 주도하는 정글과도 같은 냉혹한 국제사회의 이해관계와 정치적 흐름을 이제 막 읽어 내기 시작한 한인 젊은이들은 억울하게 빼앗긴 자기 나라의 독립을 되찾기 위해 힘을 가진 나라들의 도덕성에 호소한다는 것이 얼마나 무기력한 것인지를 깨닫고 있었다. 경제력과 군사력이 뒷받침되지 않는 나라나 민족의 독립은 다른 나라들이 결코 보장해 주지 않는다는 사실을 느낀 것이다.

1908년 애국동지대표회는 처음부터 세 가지 목표를 지향했다고 볼 수 있다. 첫째는 대외적인 목표로 미국 언론과 정치계의 주목을 끌어 국제적인 차원에서 한인들의 독립의지를 알리는 것, 둘째는 해외 거주 한인들의 조직을 통합하여 독립을 위한 역량을 획기적으로 강화하는 것, 그리고 셋째는 군사학교를 세워 합리적인 교육과 군사훈련을 받은 군지도자들을 양성함으로써 향후 독립을 위한 대일무력항쟁을 전개하는 것이 그것이다.

군사학교 설립이라는 이 세 번째 목표는 대외적으로 완곡하게만 표현하고 그 구체적인 내용을 비밀에 붙였다. 물론 이 회의에서 가결되었다는 것이 어떤 구속력을 지니는 것은 아니었겠지만, 향후 범한인조직 내에서 무력항쟁노선을 지지하며 이에 청년들의 동참과 각계의 지원을 촉구하는 효과는 충분히 거둘 수 있었다.

애국동지대표회에서 네브라스카 커니에 '여름학교'를 세워 일정 기간 네브라스카의 청년들이 '운동 체조 조련'을 연습하게 하자는 건의서를 제출하여 이를 가결하도록 주도한 사람은 네브라스카 대표 박처후였다.[106] 그는 어떤 생각을 가지고 네브라스카 커니의 '여름학교', 즉 한인소년병학교를 설립하자고 제안한 것일까?

1909년 9월 22일 자 [신한민보]에 그는 「오인의 급선무는 재숭무: 무기 숭상이 급무」라는 제목의 논설문을 게재했다.[107] 우리에게 시급하게 필요한 것은 그 어느 것보다 군사력을 존중하고 갖추어 일본에 대항하는 일이라는 주장을 담은 글이었다. 모든 것을 내려놓고 무기를 들자고 할 정도로 급박함이 느껴지는 논지는 아마도 1905년의 한일 간 조약으로 대한제국이 일본에 외교권을 빼앗기고 머지않아 국권마저 상실할 위기감이 느껴지는 1909년의 시대적 분위기 때문인 듯하다. 그중 일부를 인용하면 이러하다.

> "…우리의 토지를 빼앗는 자 일인이요 우리의 생업을 빼앗는 자 일인이요 우리의 자유를 빼앗는 자 일인이요 우리의 생명을 끊는 자 일인이라. 그러하니 우리는 다른 공부와 사업을 다 할 생각하지 말고 다만 저 원수 하나 없이 할 공부만 하옵시다. [중략] 슬프고 슬프도다. 우리 무기 없는 나라이여. 우리 무기 없는 백성들이여. 총 한번 칼 한번 써 보지 못하고 이같이 된 것은 사천 년 내에 처음이요 천하만국에 하

---

106) 이는 위에 있는 주샌프란시스코 일본 총영사에게 보낸 한인밀정의 보고서 가운데서 언급된다.

107) 박처후 「오인의 급선무는 재숭무: 무기 숭상이 급무」 [신한민보] 1909. 9. 22. 4면 1-3단.

나이라. 우리가 오늘날이라도 늦었다 말고 배울 수 있는 대로 배웁시다. 옛날 스파르타라 하는 나라는 군사가 적고 나라가 약하여 파사국*에 곤란을 무수히 받을 때에 그 나라 백성이 다 군사 되는 법을 행하여 나중에는 강호 원수를 물리치고 열국의 패권을 잡았고 또한 로마국이 지방이 적고 인민이 약하였으되 그 백성들이 단합의 성질을 주장하고 무기를 숭상하여 전국 백성들이 생명을 중히 여기지 않고 싸우기만을 주장하였는고로 당시에 패권을 잡고 지중해 근방의 대륙을 차지하고 세계 문명의 시조가 되었고 또한 일본도 저같이 무기를 숭상하여 세계열강이 다 두려워하는 러시아를 물리치고 강토를 확장하였으며 우리나라를 압박하니 우리는 마땅히 무기를 공부하여 총과 칼을 밥숟가락과 젓가락과 같이 여겨 쓰기를 배워서 나중에 우리 생명을 죽여 가며 저 원수로 더불어 싸워서 우리의 토지를 회복하며 우리의 자손의 자유 생명을 주옵시다…"

(*페르시아)

사실 1909년의 상황을 감안하더라도 경제 활동이나 교육마저 접고 온 국민이 당장 대일무력항쟁에 나서자는 박처후의 결론은 성급하고 극단적이나, 무(武)를 숭상했던 민족이 서구 문명을 주도한 강국이 되었다는 것을 역사를 통해 인식한 것은 눈여겨볼 변화였다. 즉 한인소년병학교의 설립에 깔린 인식은 무(武)를 소홀히 하고 문(文)에 치중하여 패망에 이른 조선의 뼈아픈 현실을 서구 문명의 역사를 통해 반성하고 무엇보다 급선무로 상무(尙武)정신을 가져야 한다는 것이었다.

비슷한 논지의 보다 합리적인 글은 이듬해인 1910년 [신한민보] 1910년

6월 22일 자에서도 등장했다. 황사용의 「귀하다. 무기를 숭상함이여」라는 제목의 논설문이다.[108] 그는 이 글에서 평화를 얻고 독립을 유지하는 나라들은 모두 강한 군사력을 키운 나라들임을 지적하며, 조선이 독립을 잃고 망국의 치욕을 당한 것은 문(文)에 치우치고 무(武)를 천시한 까닭이었다고 주장했다. 결론적으로는 상무주의를 표방하며 창설된 네브라스카 한인소년병학교와 멕시코 메리다(Merida)의 숭무학교(崇武學校)를 칭송하며 상무정신에 입각한 교육을 통해 향후 미래 인재를 양성하자는 논설이었다. 황사용의 글을 일부 인용하면 이러하다.

> "대저 무장이라 함은 외면으로부터 보면 불평(不平)을 포장한 듯하나 그 실상 결과는 평화의 어미라 하노라. 어느 나라를 물론하고 거액의 국재를 허비하여 군함을 제조하며 육군을 확장하여 리한 군기로 군고를 채운 나라는 나라가 태평하고 국가의 독립운명을 보존하며 그 나라에 사는 일반 인민이 행복의 안락을 누리나니 이럼으로 나라의 복됨을 보호하는 간성이라 하는도다. 슬프다. 우리나라는 예로부터 허식적인 문풍만 숭상하고 국가의 실력이 될 만한 무기는 무시하였도다. 시험하여 보라. 조선 민족 중에 가장 천대를 받은 자 누구뇨. 밭 갈아 농사지으며 시장에 장사하는 백성이요 문무로 말할지라도 문은 중히 여기고 무는 천히 여겼으며 문관은 양반이요 호반은 상놈이라 하여 전국 인민이 무용 알기를 쓴 도라지와 같이 생각함에 이에 나라의 원기되는 국민의 장기가 타락되어 나약하고 국가의 실력이 불진하여 린국의 능욕을 받으며 오늘날 20세기 생존경쟁하는

---

108) 황사용 [신한민보] 1910. 6. 22. 1면 4-7단.

마당에 1보 2보 백보 천만보로 퇴축하여 노예국이니 망국인이니 하는 치욕을 면치 못할 뿐 아니라 장차 2천만 생령이 진멸을 당할지라도 아픈 줄을 모르게 되었으니 이것이 다 무슨 까닭이뇨. 여러 가지로 까닭을 말하는 자 많되, 나는 말하기를 우리 동포들이 무용을 숭상치 아니한 것이 큰 부분을 차지하였다 하노라. [중략] 위에 말한 링컨 병학교 학생들을 각 학생 중에 더욱 존중히 여김은 무슨 까닭인가. 우리나라 오늘날 형편에 무엇을 공부하든지 어떠한 공부를 물론하고 유익치 않음은 아니로되 그중 가장 중하고 급한 것은 병학교요 병학도라. 외양에 유학하는 학생 가운데 정치법률과 보통학과를 공부하는 생도는 많되 병학도는 오직 네브라스카 학생뿐이니 그 귀함이 하나이요 남의 나라에 아주 노예국이 되고 말자면 커니와 만약 우리의 원하고 말하는 바를 성공하고자 하면 무학을 공부하여 지기가 견고하고 신체가 강건하여 사상이 활발한 호남자가 아니고야 될 수 있는가. [이하 생략]"

네브라스카 한인소년병학교와 비슷한 시기에 설립된 숭무학교는 1905년 노동이민으로 멕시코 유카탄반도에 이주한 한인들 가운데 대한제국의 하사관급 이하 군인 출신들이 중심이 되어 1910년에 설립된 무관학교로서 상무주의를 지향하며 위국헌신(爲國獻身)을 그 목적으로 했다. 118명의 생도들이 있었고, 이들은 평소에는 생업에 종사하다가 여가 시간을 이용해 군사훈련을 습득했다. (그랬기에 황사용도 이 학교를 칭송했던 것이다.)

그러나 숭무학교는 멕시코 혁명이 일어나며 극도의 사회적 혼란 속에서 1913년에 폐교되었고, 생도들은 이 혁명전쟁에 참전하거나 뿔뿔이 흩어지고 말았다.[109] 일부 숭무학교 출신들은 과테말라 내전에 혁명군 측 용병으로 개입하며 논란이 될 만한 불행한 일을 당하기도 했던 것으로 보인다. 용병으로 참전하여 번 돈으로 독립운동자금을 마련한다는 취지도 있었으나, 말이 용병이었지 현실은 보다 가혹했던 것 같다. 이를 주도한 이들이 다른 동지들을 과테말라 혁명군에게 돈을 받고 팔아넘겼다는 증언까지 나왔다.[110]

어쨌든 이에 참여한 이들 가운데 최소 4명이 전사했고, 나머지도 큰 고초를 겪었던 것으로 알려진다. 당사자들의 증언에 차이도 있으나 30-40여 명 정도가 참여했던 것은 분명하고,[111] 숭무학교의 끝 모습도 불행했던 것만은 사실인 것 같다.

반면 같은 상무주의를 지향했고, 마찬가지로 오래 지속되지는 못했으나 주로 유학생 중심이었던 네브라스카 한인소년병학교 출신들은 폐교 이후에도 많은 면에서 멕시코 숭무학교의 경우와는 매우 다른 모습을 보여 주었다.

1910년 대한제국의 국권이 결국 일본에 넘어가며 한국은 나라를 잃었다. 네브라스카 한인소년병학교의 상무주의는 항일무장독립전쟁의 리더 양성이라는 보다 구체적인 목표를 설정할 수밖에 없었다. 이 목표는 [신한민보] 1914년 7월 16일 자 1면에 실린 「소년병학교의 제6회 개학」이라

---

109) 윤병석 「숭무학교」 [한국민족문화대백과사전] 1997. (인터넷판).

110) 「과테말라 혁명에 한인 고용병」 [신한민보] 1916. 9. 8. 3면 7단; 「멕시코에서」 [신한민보] 1916년 9. 14. 3면 6단; 「혁명에 팔려간 동포 30명 다 죽는단 말인가」 [신한민보] 1916. 10. 26. 3면 1단; 「혁명군에게 팔린 동포」 [신한민보] 1916. 11. 1. 3면 6단; 「혁명에 죽은 동포」 [신한민보] 1917. 8. 16. 3면 6단.

111) 이자경 『한국인 멕시코 이민사: 제물포에서 유카탄까지』 서울: 지식산업사. 1998, 324-334쪽.

는 제목의 기사의 말미에서 잘 드러난다. 이 학교의 교관들과 후원자들과 생도들은 어려운 조건하에서도 자신들의 시간과 비용을 들여 가면서 하나의 최종 목표를 향해 매진해 왔음을 강조했는데, 그 최종 목표란 곧 독립전쟁의 날에 선봉에 설 군 지휘관을 양성하는 것이었다.

"태극기 밑에서 총을 받들어 경례하며 칼을 빼어 무예를 연습하는 곳은 북아메리카 대륙에 오직 네브라스카 헤스팅에 있는 소년병학교라. 신한민보는 항상 공경하며 흠모함을 말지 않거니와 특별히 그 학교의 현상을 대강 말하여 여러 동포로 하여금 일치한 무육주의를 가지기를 바라노라.

교장 박처후 씨는 네브라스카 커니 사범학교 출신으로 또한 시카고 대학과 네브라스카 대학에 유학하여 학문이 유여할뿐더러 또한 경력이 많아 교수에 능함으로 일반학도를 사범으로 인도하며 덕의로 지시하여 그 학교에 들어오는 자는 완석이라도 금강석이 되면 수쇠라도 금덩이가 되나니 장차 국가의 동량지재가 많이 나기를 기약할지로다.

무육교사 이종철 씨는 평생을 총과 칼로 맹세하는 가운데 미국에 있는 여러 곳 무관학교에서 공부하였으며 또한 소년병 학도를 6년 동안 가르친 경험이 있으므로 무예에 한숙하며 군률에 단련이 많아 비록 미국 웨스트포인트에 있는 무관학교 졸업생이라도 씨에 비해 더 나을 것이 없을지라. 씨가 자기 일신 경제상 곤란을 돌아보지 아니하고 지금껏 6년의 많은 세월을 병학교를 위하여 허비하였으니 어찌 그 공효가 적다 하리오.

병학교 임원들은 그 학교 재정 곤란을 인하여 항상 재정에 대한 방침을 연구하며 의논하고 또한 학도 모집에 대하여 여러 가지 일이 많음으로 한 달에 회를 두세 번씩 하되 조금도 게으른 생각이 없는 것은 소년병학교는 자기들의 사업인 줄 알며 무예교육은 대한사람의 급무가 되는 줄을 아는 까닭이라.

학도로 말하면 다 빈한한 학생으로 일 년에 아홉 달은 서양 학교에서 공부하고 여름 석 달 동안에 병학교에 와서 무예교육을 받는 처지라. 사정이 이러한 즉 그 곤란한 정황은 신한민보 네 폭 원에 기록할지라도 다 쓰지 못하겠음으로 그 곤란의 진경은 이 글을 읽는 제군의 이상계로 보내어 한번 그 진경을 그려 보기를 바라거니와 아지못커라 **이후 독립전쟁이 되는 날에 피를 흘릴 자 그 누구며 선봉을 설 자 그 누구뇨**."

한인소년병학교에서 과학을 가르치다

샌프란시스코에서 덴버를 거쳐 네브라스카 링컨으로 옮겨 학업을 시작한 이명섭이 언제부터 한인소년병학교에 관여하기 시작했는지는 알수 없다. 생도로 시작했는지, 아니면 교사로만 참여했는지도 확실치 않다. 다만 네브라스카 주립대학 기계공학과 1학년이던 1912년에 이명섭은 이미 여름방학 때마다 소년병학교의 교사로 참여하고 있었음이 확실하다.[112]

소년병학교의 짧은 역사가 끝나는 마지막 해였던 1914년의 기록은 이명섭이 소년병학교에서 무엇을 가르쳤고 어떤 일을 했는지를 보여 준다.

---

112) 안형주 『박용만과 한인소년병학교』 152쪽.

소년병학교 교장 박처후는 [신한민보] 1914년 4월 16일 자에 실린 「병학교 개학 예정」이라는 기사를 통해 교장의 공고문 형식으로 그해 6월 15일에 개학 예정인 소년병학교의 교과목들과 담당 교관들의 이름을 올렸다.[113] 이 공고문은 소년병학교에서 생도들이 무엇을 공부했고, 교관들은 어떻게 선정되었으며, 또 어떤 교관이 어떤 과목들을 가르쳤는지를 보여준다.

"교장의 공고문

여러분 동포와 병학교 학생 제씨 전

여러분 학생들의 열심 수학하심을 인연하여 작년 여름에 재미있게 지내고 우리 작정한 바를 인하여 작년 8월 17일에 방학하고 섭섭히 작별할 때에 우리가 다 의심 없이 언약하기를 금년 하기 개학 시에 또다시 만나서 반가이 병학을 공부하기로 하였으며 그간 누누이 신문상에 병학교 교사와 학생 제씨의 기서한 것을 환영하고 보셨을 줄 생각하거니와 소년병학교 다섯 글자를 깊이 기억하고 항상 잊지 아니하신 줄 믿사오며 **이곳 한인 거류민 공회의 추천함을 입어 이 사람이 또다시 교장의 자리를 차지하게 되었사오니 매우 감사히 생각하고 이곳 위원들과 의논하여 병학교 교사를 택정하였사오며** 모든 과정 중 약간은 그전보다 더 긴요한 것으로 택하여 장차 교수하게 되었사옵나이다.

금년에는 본국과 하와이로부터 온 학생들도 여러분이 되어 여러 가지로 먼 곳 형편을 알아가지고 자세히 공부할 터이며 또한 이 공회에

---

113) 「병학교 개학 예정」 [신한민보] 1914. 4. 16. 3면 2-4단.

서 병학교 안에 모든 것을 이전보다 일층 확장하고 6월 15일에 개학하게 하오니 여러 학생들은 다 오실 줄 믿거니와 특별히 각처에 계신 동포는 열심히 도와주심을 바라오며 다 오실 수 있는 대로 와서 한가지로 병학을 공부하시기를 바라나이다.

기원 4247년 4월 4일 소년병학교 교장 박처후

(서기 1914년)"

이 공고문의 내용으로 미루어 볼 때, 소년병학교 교장은 매년 네브라스카 한인 공회의 추천으로 결정되었으며, 교장은 공회 위원들과 협의하여 적당한 교사들을 임명하고 그해에 가르칠 교과목을 선정했음을 알 수 있다. 그렇게 결정된 1914년 여름의 한인소년병학교 교과목과 담당 교사들은 아래와 같았다.

분야	세부과목			교사
1. 국어국문	문법 (1등, 2등)*	작문 (1등, 2등)	문학	홍승국, 김홍기
2. 영어영문	문법 (1등, 2등)	작문 (1등, 2등)	문학	박처후, 양극묵
3. 한어한문	한어회화	한문작문		신형오(회화), 박장순(작문)
4. 일어	문법회화			박원경
5. 수학	산술 (1등, 2등)	대수 (1등, 2등)	기하학	백일규
6. 역사	조선역사 (1등, 2등)	미국역사 (1등, 2등)	열국혁명전사	이종철
7. 지리	만국지리 (1등, 2등)	조선지리 (1등, 2등)	군용지리 (1등, 2등)	정희원

8. 이과학	식물학 (1등, 2등)	동물학 (1등, 2등)	물리학 (1등, 2등)	이용규, **이명섭**
	화학 (1등, 2등)	화학측량법		
9. 성서	구약 (1등, 2등)	신약		서양교사 으로쓰**
10. 병학	(1) 연습과		(2) 병서과	이종철, 정희원, 이걸
	도수조련, 집총조련		보병조련	
	소, 중, 대 편제		육군예식, 군인위생	
	야외조련, 사격연습		군법통용, 명장전법	

*'1등, 2등'은 '초급, 중급'처럼 과목의 수준을 나타내는 것으로 보인다.

** '으로쓰'는 Ross의 한글음역인 것으로 보인다.

군사학교인 만큼 군사학과 훈련과목이 많았고, 수학과 과학, 지리 외에 인문학으로는 어학과 역사과목들이 주류를 이루었다. 그 외에 특이한 것은 성서과목들(구약과 신약)로 소년병학교가 기독교적인 색채를 강하게 띠고 있었다는 점을 보여 준다. 미주 한인사회가 그러했듯 실제로 많은 생도들이 기독교인이었고, 이들은 주일에 정기적으로 지역 교회에 출석하였으며, 미국 북장로교 계통의 사립대학인 헤이스팅스 대학의 큰 지원을 받았으므로 이는 이상할 것이 없는 현상이었다.

이해에 33세이던 이명섭은 네브라스카 주립대학에서 기계공학을 전공하는 3학년 학생이었고, 의학을 전공했던 이용규와 함께 소년병학교에서 이과학 분야의 과목들을 가르쳤다. 이과학에는 식물학, 동물학, 물리학, 화학, 화학측량법 등 다섯 개의 교과목이 배정되어 있었는데, 아마도 기계공학을 전공하던 이명섭은 물리학을 가르쳤을 것이다.

화학 및 화학측량법 또한 이명섭이 가르쳤을 가능성이 있다. 왜냐하면 이명섭은 후에 미네소타 대학으로 옮겨 그곳에서 약학(pharmacy)으로 최종 학위(학사: Bachelor of Science in Pharmacy)를 마쳤기 때문이다.

상무정신과 실용주의

매년 여름방학을 이용해 헤이스팅스 대학교에서 제공한 장소에서 열린 한인소년병학교는 해마다 생도들을 위한 환영회를 개최하였다. [신한민보] 1914년 7월 16일 자에는 이해에 열린 환영회에 관한 짧은 기사가 실려 있었다.[114] 이 기사에 실린 환영회 순서를 통해 그 내용을 대체로 짐작해 볼 수 있었다. 물론 식사나 다과가 제공되었겠지만, 공식행사에서는 다양한 주제발표나 간단한 연설 등을 행하는 것이 관례였던 것으로 보인다.

> "네부라스카 헤스팅스에 있는 우리 한인 병학교는 6월 16일에 개학
> 하얏는데 그곳 교사들과 학도들이 병력하야 조국 사상을 배양하며
> 무예교육을 힘쓴다더라. 헤스팅스는 자래로 병학교의 근거지가 되는
> 고로 그곳에 있는 학생들은 특별히 병학교에 대한 짐이 더욱 무거운
> 가운데 년년히 병학교 학도를 위하야 환영회를 여는데 금년에 더욱
> 성대한 환영을 예비 하얏는데 그 절차는 좌와 갓흐니"

환영회 취지   → 홍승국

---

114) 「소년병학교 개학」 [신한민보] 1914. 7. 16. 3면 2단.

소년남자가	→	권태용
졸업생들의 상급과 경축	→	백일규
한국 청년의 용진	→	박원경
한국의 무한한 희망	→	박처후
한국독립가	→	류돌
도덕의 성공	→	이창수
한인단체의 큰 사업	→	**이명섭**
조국 정신가	→	김배혁
병학교의 큰짐	→	리정수
대장부의 사업	→	신덕
유성기	→	호시한

　흥미롭게도 이명섭은 이 자리에서 다른 사람들과는 결이 꽤 다른, 다소 희한한 주제로 발표를 했다. '한인단체의 큰 사업'이라는 것인데, 그는 이미 소년병학교 생도들에게 한국의 독립을 위한 실용주의적인 길을 말하고 있었던 것이다.

　사실 이 주제는 가까운 미래에 결국 닥친 소년병학교의 폐교와 더불어 이곳 출신자들이 당장 직면하게 될 현실과 무관치 않은 것이었다. 스스로 돈 한 푼 없는 빈털터리로 자기 한 몸 지키지 못하는 이가 나라를 구할 수는 없는 일이었으며, 더 나아가서는 한국의 독립을 위해 필요한 자금과 물자를 조달하는 군수지원의 일도 전투의 일부임을 깨닫는 것은 매우 중요한 포인트였다.

　실제로 소년병 학교의 유일한 같은 인물은 소년병학교의 상무정신과 더불어 이러한 실용주의 마인드를 철저하게 수행하여 사업에 성공한 사례가 되기도 했다. 일제 말 광복군의 본토 투입을 위한 미국 전략사무국 (OSS) 주도 비밀훈련에 가담하기도 했고, 해방 후에는 모범적인 사업성공으로 국가 발전에 크게 이바지했던 유일한은 소년병학교의 상무정신과 실용주의정신을 실현한 전형적인 인물이라 할 수 있을 것이다.

네브라스카 지역 한인 학생회의 활동

네브라스카로 옮긴 이명섭은 그곳에서 고등학교를 마치고 30대 초반의 나이로 대학에 진학했다. 1913년 10월 17일 자 [신한민보]의 한 기사는 당시 재미 한인 유학생들의 명단을 다시 게재했다.[115] 네브라스카 지역의 유학생들 명단만 올렸던 1909년 10월의 기사와는 달리, 이번 기사에서는 로스앤젤레스 지역도 포함되었다. 이 기사에 따르면 재미 한인 학생들은 로스앤젤레스와 네브라스카 링컨 지역에 집중되어 있었다. 1909년에 비하면 4년 동안 네브라스카 지역의 전체 학생 수가 대폭 줄어들어 있음을 알 수 있는데, 한편으로는 초등학교 및 중·고등학교 재학생 수가 확연히 줄어든 반면, 대학생 수가 많이 늘어난 것을 볼 수 있다. 어쨌든 전체 유학생 수가 줄었다는 것은 많은 학생들이 타 지역 또는 타 대학으로 옮겼고, 그만큼 한인소년병학교의 학생 수도 줄었다는 것을 의미한다.

---

115) 「라성 링컨 유학생 일람표」 [신한민보] 1913. 10. 17. 1면 7단.

네브라스카 및 부근 지방 학생 명단 (1913년 현재: 신한민보 10월 17일 자)		
소학교	8년급	박호빈
중학교	1년급	한시호
	3년급	김일신, 이홍주, 유진익
	4년급	이종희
대학생	1년급	김호연(의학), 백일규(문학), 양극목(농학), 정충모(농학)
	2년급	**이명섭(기계공학)**, 이용구*(의학)
	3년급	이로익(화학), 조규섭(음악)
	4년급	박처후(교육학)

(* 이용규의 오기인 것으로 보임)

이때까지 이명섭은 네브라스카에서 학업을 계속 이어 가고 있었다. 네브라스카 주립대학에 진학한 이명섭의 전공은 기계공학이었다. 이명섭이 당시 한인 유학생들 사이에서는 매우 드문 기계공학을 택한 이유는 확실히 그의 현실적이고 실용주의적인 성향과 관련이 있었다.

1913년 6월 4일 네브라스카 지역의 학생들을 중심으로 재미 한인유학생회가 처음 조직되었다. 회장은 대학 4년급으로 가장 학년이 높았던 박처후였다.[116] 그런데 한인유학생회와는 별도로 네브라스카의 학생들은 대학생들을 중심으로 '학생연구회'라는 일종의 학술모임을 결성했다. 1913년의 10월 17일 자 [신한민보] 2면 4단에 실린 「학생연구회」라는 제목의 짧은 기사에 따르면, 네브라스카에서 유학하는 한인학생들은 영어를 연습할 목적으로 '학생연구회'를 조직했고, 이를 위한 임원진을 구성했다.

이 '학생연구회'에서 이명섭은 이 조직의 부회장을 맡았다. 회장은 김호연, 서기 김일신, 재무 양극목이었다. 서기 김일신을 제외한 모든 이가 대

---

116) 김원용 『재미한인 50년사』 손보기 엮음. 서울: 혜안. 2004, 38쪽.

학생이었다.[117] 이제 그 또한 네브라스카 유학생 사회의 지도적 위치에 서 게 된 것이다. 당시 네브라스카에서 한인조직을 만들고 이끌어 갈 수 있 는 집단은 사실상 20-30대의 청년 학생들뿐이었다.

그런데 네브라스카의 '학생연구회'는 단순히 원활한 학업 수행과 미국 생활을 위한 영어 연습을 목적으로 하는 학회 차원의 모임으로 끝나지 않 았다. 여기에는 또 다른 목적이 있었다. 1914년 1월 [신한민보]에 백일규 는 「북미한인학생의 책임」이라는 제목의 기고문을 냈다.[118] 그는 이 논설 에서 영어가 가능한 재미 한인유학생들이 영어로 책자를 발행하여 미국 사회에 한국의 역사문화에 관한 정보와 한인들의 독립의지 및 능력 있음 을 적극적으로 알려야 함을 강조했다. 이런 움직인은 모두 서로 연관된 것들이었다. 그의 글 일부를 인용하면 이러하다.

"… 이 세상에 우리를 공격하며 우리를 방해하는 신문이 많은 가운 데 일본 동경제국대학 일본 학생들은 때때로 영문논설을 지어 자기 들의 발행하는 월보에도 기재하며 미국 사람이 발간하는 잡지에도 기서하여 자기들의 잘하는 일을 자랑하며 우리의 못하는 일을 드러 내는데 우리는 다만 가만히 앉아서 남이 칭찬하면 좋다 하며 남이 험 담하면 싫다 할 셈이요 한 번도 입을 열어 공중을 대하여 말 한 마디 아니하고 세상을 대하여 글 한 장 지어내지 아니하였은즉 곁에 앉은 사람이 어찌 우리 내정을 분명히 알며 우리의 동정을 표하리요. [중 략] 그런고로 세상 사람들이 우리를 무능한 사람이라고도 하며 일본

---

117) 「학생연구회」 [신한민보] 1913. 10. 17. 2면 4단.
118) 「북미 한인 학생의 책임」 [신한민보] 1914. 1. 1. 5면 1단; 「북미 한인 학생의 책임」 [신 한민보] 1914. 1 .8. 5면 1단.

은 우리의 은인이라고도 하는도다. 오늘이라도 우리는 스스로 미국 사람과 세계를 대하여 호소해야 될지니 우리가 촌촌면면이 다니며 연설로 말할 수 없은즉 마땅히 글 지어 책을 만들어 세상 이목을 수습하는 것이 가하다 하노라…."

당시 일본의 지식인들은 미국을 비롯한 서구 세계에 영어와 유럽어로 기사나 논문들을 기고하고 서적들을 출판하여 적극적으로 자신들의 동아시아에 대한 영향력 확대가 동아시아의 평화와 번영은 물론이고 세계 평화에도 기여한다는 주장을 펼치며 이를 정당화하려 하고 있었다. 이것은 일종의 '팍스 로마나'(Pax Romana)를 염두에 둔 논리였던 것으로 보인다.

'로마의 평화'라는 뜻의 '팍스 로마나'는 대략 시저 아우구스투스(Caesar Augustus) 시대의 시작점인 기원전 27년에서 황제 마르쿠스 아우렐리우스(Marcus Aurelius)의 죽음(기원후 180년)까지의 200여 년 동안 고대 로마제국이 정복하여 이룬 로마 지경 내에 새로운 질서가 부과됨으로써 깃들게 된 평화를 의미한다. 이는 특히 유럽 내 피정복지들이 로마문화의 이식으로 문명화되었고, 지경 내 국제무역의 확대가 가져온 경제적 풍요로 피정복민들의 삶이 질적으로 높아지게 되었다는 긍정적인 뉘앙스를 가지는 개념으로, 로마제국의 지배가 서구에 미친 긍정적인 영향을 말할 때 많이 언급되는 용어가 되었다.

그러나 유럽 밖의 아시아, 아프리카 대륙의 오랜 문명사를 가진 피정복지들에서는 로마 문명의 이식이 결코 성공적이지 못했고 심한 거부감과 저항을 유발했다.

일본 내에서 공식화되었던 이른바 '대동아공영권'(大東亞共榮圈, Greater East Asia Coprosperity Sphere)이라는 개념은 확실히 일본이 동아시아에서의 로마제국을 꿈꿨다는 점을 암시한다. 섬나라 일본이 수천 년의 역사 동안 자신들을 개화시켜 준 동아시아 대륙과 반도를, 서구에서 갓 베껴 온 문명을 가지고 문명화시켜 줄 수 있다고 믿었다는 것은 과거 일본이 얼마나 착각과 자기중심의 논리에 빠져 있었는지를 여실히 보여 준다. 로마에 비한다면 그들은 모든 면에서 너무 많이 모자랐다.

어쨌든 소년병학교의 핵심 인사였던 백일규의 글에서 드러나듯 네브라스카 한인 유학생들은 국제사회의 동향과 여론을 읽고 있던 지식인들로서 한국의 상황과 입장을 국제사회에 알리기 위해 어떤 방식으로든 무언가 해야 할 필요를 절실하게 느끼고 있었다.

재미 대한인유학생동맹과 [대한인북미 유학생영문보]의 발행

1914년 6월에는 네브라스카 한인소년병학교 출신들이 주축이 되어 미주 지역 한인 유학생들 전체를 대변하는 조직인 대한인유학생동맹(the Korean Student's Alliance)이 처음으로 결성되었고, 이 조직은 재미 한인 사회의 첫 영문 잡지인 [The Korean Student's Review]를 발행했다.[119] 안타깝게도 이 영문 잡지는 온전히 보존된 것이 아직 발견되지 않아 실린 기사들을 읽을 수 없지만, 박용만이 「네브라스카 학생들이 영문 잡지를 발행」이라는 제목으로 [국민보] 1914년 6월 11일 자에 이 영문 잡지에 관한 소개의 글과 제1호의 겉표지 사진을 게재한 덕택에 이 잡지의 윤곽을 어느 정도 알 수 있게 되었다.

이 기사에 따르면, 이 영문 잡지의 총주필은 박처후였고, 총무는 정태

---

119) 안형주『박용만과 한인소년병학교』203-205쪽, 그림 56.

은, 발행인은 백일규였다. 내용은 문학, 학생계, 세계뉴스, 평론계, 한국 소식, 잡보 등으로 꾸며져 있었다. 표지에는 이 잡지가 연중 6월과 12월에 두 차례 발행되고, 한 부에 2센트(cent)로 유료임을 알리는 내용의 문구도 적혀 있었다.[120]

이명섭은 이 영문 잡지의 재무(treasurer)를 담당했다. 이 사실은 1914년 12월 21일에 쓴 것으로 되어 있는 백일규의 영문 편지에서 드러난다. 이 영문 편지는 이 영문 잡지의 레터헤드(편지지의 윗머리에 글쓴이의 이름, 소속, 주소, 직함 등을 인쇄해 놓은 부분)가 있는 공적인 편지지에 타자기로 작성한 편지였다. 이 레터헤드는 이 영문 잡지에 관한 추가적인 정보를 제공해 주었는데, 그중 중요한 것은 이 영문 잡지의 국문 명칭이 [대한인북미 유학생보: 大韓人北美留學生報]였다는 사실이었다. 그리고 여기에는 네 명의 제작진 이름과 직책이 기록되어 있었다. 총주필(Editor-in-Chief) 박처후, 총무(Business Manager) 정태은, 발행인(Circulation Manager) 백일규, 그리고 재무(Treasurer) **이명섭**이 이들이다.[121]

제1호에 실린 박용만의 소개 글에서 언급되지 않았던 이명섭은 아마도 1914년 12월에 발간된 제2호부터 재무 담당으로 제작진에 합류했던 것 같다.

1호와 2호 사이에서 발생한 변화는 여러 점에서 발견된다. 당시 [신한민보] 주필로 이 영문 잡지의 발행인 일을 겸했던 백일규는 같은 신문 1914년 9월 24일 자에 실린 사설 「학생단체와 학생영문보를 찬성할 일」에서 이 영문 잡지의 발간을 소개하며 재정적 후원을 호소하였다.[122] 이 사

---

120) 위의 책 204-206쪽, 그림 56.
121) 위의 책 207-208쪽, 그림 57.
122) 「학생단체와 학생영문보를 찬성할 일」 [신한민보] 1914. 9. 24. 2면 1-4단.

설에 따르면, 공식적인 발행 시기가 매년 6월과 12월이었던 이 영문 잡지의 창간호는 실제로 1914년 4월에 발행되었으며, 초기의 국문 명칭은 '미국에 있는 한인학생보'였다. 한 부당 가격은 '25전'(錢)(25센트). 창간호는 500부를 발행했고, 이에 든 비용은 130원(元)(달러)이었다.[123]

그러니 500부를 다 팔아도 125원(달러)이므로 5원이 적자였다. 그런데 백일규에 따르면, 이 발행비용은 제작진의 소요비용을 포함하지 않은 것이고, 창간호의 경우 홍보 차원에서 무료로 배포한 경우도 많았기에 그 적자 폭이 꽤 컸다. 따라서 재정적으로 쉽지 않았을 것이다. 재무 담당을 추가한 것은 이러한 재정적자 부분을 해소하고자 하는 노력의 일환이었을 것으로 보인다.

네브라스카 대학에서 기계공학을 공부하던 이명섭은 이미 이때 한인소년병학교 교사로 과학과목들을 가르치고 있었다. 그런데 1914년 6월 한인소년병학교 개학 후 헤이스팅스에서 열린 환영식 때 이명섭은 「한인단체의 큰 사업」이라는 주제로 발표를 했다.[124] 그 구체적인 내용이 알려져 있지 않으나 그의 이후 행로를 두고 판단컨대, 아마도 이미 이때 그는 수익사업을 통해 한인들의 삶을 개선하고 나아가 나라를 되찾는 일에 필요한 자금 확보하는 일에 관심을 가지고 있었던 것으로 보인다.

그해에 이명섭은 자신이 숙식을 했던 농장의 주인 최경오 외 안재창, 임동식 등과 함께 기업형 농장 설립을 준비하고 있었다. 경제와 사업에 대한 관심은 그의 삶을 새로운 방향으로 이끌어가고 있었다.

---

123) 백일규의 영문 편지 레터헤드에 인쇄된 것에는 한 부당 25센트로 되어 있는 것으로 미루어, 이 기사에서 언급되는 돈의 단위 '전'(錢)은 미국 화폐단위인 '센트'(cent)를 나타내고, '원'(元)은 '달러'(dollar)를 나타내는 것으로 보인다.
124) 「소년병학교 개학」[신한민보] 1914. 7. 16. 3면 2-3단.

한인소년병학교를 실질적으로 관할한 링컨 지역 한인학생회
- 이누이(K. S. Inui)의 보고서

1914년 네브라스카 헤이스팅스의 한인소년병학교는 충격의 폐교를 맞이하게 된다. 소년병학교가 폐교된 이후에도 이명섭은 한동안 네브라스카 링컨에 남아 있었고, 미네소타로 옮기기 전까지는 지속적으로 한인학생회 활동에 참여했다. 이 당시 네브라스카 링컨 지역의 한인 학생들은 자체로 학생회 조직을 가지고 있었는데, 1915년 말에 링컨 지역 학생회 임원 명단에 이명섭이 '문제위원'으로 올라 있다.[125] 문제위원이 무슨 일을 하는 직책이었는지는 알 수 없다.

> 회장　　- 정한경
> 부회장　- 리용규
> 서기　　- 김영기
> 재무　　- 양극묵
> 문제위원 - **이명섭**
> 평정위원 - 정한경

다만 그 활동이 잘 알려져 있지 않은 링컨 지역의 한인학생회가 중요한 것은 이 학생회에서 한인소년병학교를 실질적으로 관할했다는 사실 때문이다. 이 사실은 1914년에 셔토쿼 서킷(chautauqua circuit)[126]의 연사로

---

125) 「학생회의 신임원」 [신한민보] 1915. 11. 25. 3면 4-5단.
126) 셔토쿼(chautauqua)란 19세기 말 20세기 초 미국에서, 특히 지방 도시들을 중심으로 인기를 끌었던 일종의 교육사회운동의 행사였다. 성인들을 대상으로 주제강연, 음악

네브라스카의 인근 지역에 왔다가 한인소년병학교에 관한 '불쾌한' 정보를 듣고 이에 관한 정밀조사 활동을 벌인 뒤 그 결과를 샌프란스시코 주재 일본 총영사관에 알린 키요수 이누이(Kiyosue Inui)의 편지에서 드러났다.

> "위에서 말한 여름학교는 네브라스카주 링컨에 있는 한인 학생회가
> 관할하고, 교사는 그들 가운데 선정하며, 그들은 대학 건물의 하나만
> 쓸 수 있도록 허용되어 있습니다."[127]

센프란시스코 주재 일본 총영사관을 위해 사실상의 정보 활동을 했던 이누이는 사실 학자이자 연설에 탁월한, 이른바 '평화주의자'(peace advocate)로 알려진 인물이었다. 일본 태생으로 일본에서는 미국 남감리교 계통의 학교를 졸업했고, 도미하여 미시건 대학(the University of Michigan)을 졸업했으며, 미국 내 여러 대학에서 강의를 하기도 했던 것으로 알려진다. 스탠포드 대학을 졸업한 재미 일본인 2세와 결혼했으며, 1차 세계대전 후 그는 일본 외무성 외교관이 되었고, 미국에 오래 거주했지만 일본과 중국을 비롯한 여러 나라에서도 거주했다. 그리고 남캘리포니아 대학(University of Southern California)에서 교수 생활을 하기도 했다.[128] 나중

연주, 연예, 종교행사 등 다양한 프로그램들을 진행하는 유료의 문화행사였다. 순회를 행하는 경우도 많아 이 경우는 서토쿼 서킷(chautauqua circuit)이라 불렀다.

127) 안형주『박용만과 한인소년병학교』227쪽.

128) 위의 책 제6장 각주 13, 228쪽; M. N. Racel, 2015.「Inui Kiyosue: A Japanese Peace Advocate in the Age of "Yellow Peril"」[World History Bulletin] 35(2): 9. 1921년에 출판한 그의 논문 K. S. Inui, 1921.「California's Japanese Situation」[The Annals of the American Academy of Political and Social Science] 93: 97-104에 기록된 그의 소

에 서술하겠지만 그는 한인소년병학교의 폐교에 한 역할을 했다. 그가 샌프란시스코 일본 총영사관에 보낸 편지 내용을 보면 '평화주의자'로 알려진 것과는 어울리지 않게 한국에 대한 일본의 제국주의적 지배를 강하게 옹호하는 입장을 취하며 일본 정부에 협조하고 있었다. '대동아공영권'을 대변하는 일본식 '평화주의자'였다고 할 수 있다.

후에 이누이는 중국 상해 주재 일본 총영사관 소속 관료가 되었다. 프랑스 외무부 문서에 따르면, 1932년에 그는 상해 주재 일본 총영사관 소속으로 윤봉길의 홍코우 공원 거사 직후 도산 안창호가 상해의 프랑스 조계지에서 프랑스 경찰에 체포되고 일본에 넘겨진 사건과 관련하여 일본을 위한 법률자문을 했다. 그리고 그해 6월 21일 자 [노스차이나데일리뉴스] (North China Daily News)에 중국 국적을 가진 안창호의 체포와 일본 이송으로 제기된 문제에 대해 사실상 일본 정부의 입장을 법률적으로 대변하는 영문 기사를 개인 자격으로 기고했다. 그가 학자(박사)였기에 가능했던 일이다. [129] (이 무렵 이명섭도 상해 프랑스 조계지에 거주하며 안창

속과 지위는 남가주 대학(University of Southern California)의 극동 지역 역사와 정치학 부교수(associate professor)로 되어 있다. 안형주는 그의 책 184쪽에서 이누이가 1914년에 일본 영사관 직원으로 감리교 계통의 강연회를 찾아다니다가 소문을 듣고 한인소년병학교를 찾아낸 것으로 서술했으나, 같은 책 6장의 각주 13에서는 그가 1918년에 끝난 1차 세계대전 이후 일본 외무부에 들어갔다는 일본의 한 교수의 말을 인용한다. 정보를 종합해 보면 이누이는 사회적 지위는 단순히 일본 영사관 소속의 직원이 아닌, 역사와 정치를 전공한 학자였음이 드러난다. 탁월한 웅변가였던 이누이는 네브라스카 서토쿼 서킷에 연사로 참여했다.

129) 「체포된 안창호 관련 기사」 대한민국임시정부자료집 24권 I. 프랑스문서(1919-1937), 2. 프랑스외무부 문서: 정치통상공문군. 문서번호: Asie 1918-1940, Vol. 7 Vues. 188:f° 109. [한국사데이터베이스] (인터넷판). 이 문서에는 이누이가 「노스차이나 데일리뉴스」에 기고한 글이 첨부되어 있다. 당시 도산 안창호는 중국 국적을 가지고 있었음에도 불구하고 프랑스 조계지에서 프랑스 경찰에 의해 체포되어 일본에 인계되었

호가 조직한 공평사에 가담하고 있었다.)

이누이가 한인독립운동의 근거지인 상해 프랑스 조계 주재 일본 총영사관 소속의 외교관이 된 것은 우연이 아닌 것 같다.

한인소년병학교의 폐교

네브라스카 한인소년병학교는 세계 제1차 대전이 발발한 시점인 1914년 여름, 여름방학 동안의 학기를 마치고 돌연 폐교되었다. 이명섭은 이해에 교관으로 가르쳤었다. 이때까지만 해도 그 누구도 한인소년병학교가 다시 열리지 못하게 될 것이라고 예견하지는 못했던 것 같았다.

폐교의 원인을 따지자면 여러 가지를 들 수도 있겠지만, 대체로는 크게 네 가지 정도로 정리된다. 첫째는 일본 외무성의 추적과 외교적 압박, 둘째는 헤이스팅스 대학의 태도 변화, 셋째는 한인 유학생들의 의식 변화, 그리고 마지막으로 재정의 부족 같은 현실적인 문제들이 그것이다.

• 일본 외무성 정보라인의 추적과 재미 일본인 학자 키요수 이누이(K. S. Inui)의 개입

일찍이 일본 외무성의 정보라인은 재미 한인들의 동향을 살피며 이들

다. 후에 이는 프랑스와 일본 사이의 정치적 거래가 있었기 때문에 가능했던 것으로 알려졌다. 이누이는 해외 국적 취득만으로 일본 국적이 자동 상실될 수 있는 일본인들과는 달리, 한국인들에게는 1910년 일본의 한국합병 이후에도 자국민의 해외 국적 취득을 인정하지 않았던 대한제국의 과거 법을 적용하는 것이 일본 정부의 원칙이므로 안창호 역시 중국 국적을 취득했다 하더라도 대한제국 국적이 상실되지 않았고, 모든 한국인들은 1910년 이후 일본 국적자로 분류되기 때문에 프랑스 정부가 안창호를 일본 정부에 이송하는 것은 합법하다고 주장했다.

에 대한 정보를 꾸준히 수집했다. 이들의 눈에 재미 한인들은 거의 모두 이른바 '불량선인'(不良鮮人)으로 반일(反日) 성향이 농후하고, 그들 중 일부는 극히 위험하여 독립운동에 적극 가담하는 상황이었으므로 이는 당연한 것이었다.

일본 외무차관이 샌프란시스코 일본 총영사 대리영사의 비밀 보고서를 첨부하여 통감부 총무장관에게 보낸 1910년 7월 30일 자 기밀문서(기밀 제14호)에 따르면,[130] 재미 한인들은 일본 관리들과는 아예 접촉 자체를 피하여 일본 영사관 정보원들은 한인들을 대상으로 정보 활동을 하지 못하고 있었다. 총영사 대리영사는 이런 상황을 이렇게 서술했다.

> "이 지방에서의 한국인 조사는 매우 곤란합니다. 그들은 일본 관헌과
> 의 교섭을 절대로 거부하고 있으므로 이 조사는 점차 이면에서 진행
> 하는 외에는 방법이 없습니다."

당시 일본 영사관의 정보라인은 재미 한인들의 숫자를 지역별로 파악했고, 대략 1,100-1,200명 정도의 한인이 미국에 거주하고 있는 것으로 보고했다. 이 중 80-90%는 노동에 종사했고, 나머지 10-20%는 유학생과 사무직 종사자인 것으로 분류했는데, 이 수치는 한인들을 직접 접촉해서 얻은 것이 아니므로 아주 정확한 것은 아님을 밝히고 있다. 특히 일본 총영사 대리영사는 모든 재미 한인들이 일본에 대한 적대적인 경향을 가지고 있음을 강조하며 이를 이렇게 서술했다.

---

130) 「재외 한국인 사항 조사에 관한 건」 [통감부문서 9권] 1910.

"당국 재류 한국인은 누구 하나 다소 배일사상을 가지지 않는 자는 없습니다. 그들은 기회가 없으면 곧 멈추고 만약 기회가 있으면 그들이 말하는 바가 전부 배일사상의 발현이라 칭할 수 있습니다. 즉 누구 하나 배일행동을 하지 않는 자는 없는 상태이며 국민회는 실로 그들의 본거가 되는 곳입니다."

특히 그는 공립협회와 대동보국회가 통합하여 조직한 대한인국민회를 배일사상의 실질적인 근원지로 서술했고, 배일사상의 과격파 '두령'으로 윤병구 목사를 지목했으며, 무엇보다 배일사상을 고취시키는 대한인국민회 기관지인 [신한민보]의 심각한 '해악성'에 큰 우려를 표했다.

"이곳 한인교회 목사 윤병구는 일찍이 하와이에 있으면서 예의 평화회의에 출장한 사람 중 1명으로 한국인 사이에서도 상당히 세력을 가지며 배일파의 두령 격인 자라고 여겨집니다."

대한인국민회의 '대한인'을 빼고 '국민회'라 줄여 부르면서 이를 아래와 같이 서술했는데, 그 내용이 꽤 흥미롭다.

"국민회는 작년 2월 창립하였고 이전 공립협회의 변체(變體)입니다. 그 목적은 한국인 간의 교육·실업을 진흥하고 자유·평등을 제창하여 동포의 영예를 증진시키며 조국의 독립을 회복하는 데 있다고 일컫습니다. 즉 말단에는 분명히 배일 의지를 표방하는 것으로 주간 [신한민보]를 기관지로 삼고 본부를 이곳 새크라멘토 거리에 두고 지부를 로스앤젤레스, 리버사이드, 레드랜드, 새크라멘토, 월레스노, 업랜드, 솔트레이크시티(유타주)의 각지에 배치하여 하와이, 멕시코(墨西哥) 및 블라디보스토크의 한국인과 호응하여 뭔가 속박 구속이 없음을 틈타 거듭 배일열(排日熱)을 고취하여 그 사무소는 완전히 배일당(排日黨)이 집합한 듯한 느낌이 있습니다. 그렇지만 재류 한국인에게는 상당한 편의를 제공하고 있는 것 같으며 회원은 거의 재류 한국인의 전부를 망라하는 듯합니다. 회원은 1달러 이상의 입회금과 연액(年額) 4달러의 회비를 부담하고 올해 2월 대동보국회와 합동 성립 이래 근저가 아주 단단한 것 같습니다. 다만 배일 행동은 현재 특별히 기록할 만한 것이 없습니다."

특별히 [신한민보]에 대하여 강한 경계심을 드러내고 있는데, 이때 이미 일본 총영사관 정보라인은 [신한민보]의 내용을 모니터링하고 있었음이 드러난다.

"[신한민보]는 전기 국민회의 기관신문으로 배일의 최선봉입니다. 매주 수요일 발행하는 한글 신문이며 기사는 아무런 구속이 없는 틈을 타 사실 유무에 상관없이 우리에게 불리한 기사만을 게재하여 왕성하게 배일적인 적개심을 도발하고 있습니다."

그리고 마지막으로 이 보고서에 포함된 내용 가운데 일본 외무대신에게 보내는 짤막한 전문이 있었는데, 그 내용이 바로 네브라스카 한인소년병학교의 존재에 관한 것이었다. 1910년 7월에 이미 이에 대한 정보가 일본 외무대신에게 보고된 것이다. 다만 구체적으로 어떤 교육이 진행되고 있는지는 알지 못하고 있고, 위치를 링컨으로 언급한 것을 보면 누군가로부터 소년병학교에 관한 이야기를 전해 들은 수준으로 보이며, 아직은 구체적인 정보를 가지고 있지 못했던 것 같다. 그러나 조만간 정밀하게 탐색하여 보고하겠다고 한 만큼 이후 한인소년병학교에 대한 일본 총영사관의 정보 활동은 지속되었다고 볼 수 있을 것이다.

> "또 네브래스카주 링컨시에서는 한국인들이 병학교라는 것을 설립하여 조련, 기타 연사적(年事的) 수련을 하고 현재 27명의 생도를 가지고 있는 모양으로 근간 정밀하게 탐색한 다음 보고하겠습니다."

인형주는 1912년 11월부터 1914년 10월까지 일본 외무성 내에서 오고 간 한인소년병학교 관련 보고서 8건을 찾아 그 내용을 소개하고 분석했다.[131] 이 보고서들의 내용을 살펴보면 일본 외무성은 1913년 7월까지도 한인소년병학교에 대한 현지조사를 벌이지 못했다는 것이 드러난다.

현재까지 알려진 바로 현지 방문을 통해 한인소년병학교에 관한 정보 수집 활동을 하고 가장 자세한 분석을 하여 이를 일본 외무성에 알렸을 뿐 아니라, 한인소년병학교의 폐교에 직접적인 영향을 미친 일본인은 앞서 언급한 재미 일본인 학자 이누이(K. S. Inui)였다.

헤이스팅스 대학과 지역사회로부터 적극적인 지원과 관심을 받으며 운영되었던 까닭에 한인소년병학교는 그 지역 언론에 심심치 않게 등장했고, 지역 행사에 참여하기도 하였으므로 지역 주민들 사이에 그 존재가 상당히 알려져 있었다. 가령 1911년 7월 18-19일에 헤이스팅스 상공회의소 주최의 비행시범 행사에 한인소년병학교 생도들이 참여했는데, 아마

---

131) 안형주『박용만과 한인소년병학교』 221-228쪽.

도 여기에 인근 지역 재미 일본인들이 구경꾼으로 있었던 것 같고, 이들이 3년 뒤인 1914년 하반기에 이누이가 지방순회문화행사인 셔토쿼 서킷(chautauqua circuit)의 연사로 네브라스카 지역을 방문했을 때 그에게 소년병학교의 정체와 목적에 대한 정보를 알려 주었던 것으로 보인다.[132]

그는 한인소년병학교의 존재를 확인했고, 이곳의 한인학생들과도 접촉했으며, 무엇보다 헤이스팅스 대학의 학장을 직접 만나 한인소년병학교 지원에 대해 문제를 제기했던 것으로 보인다. 이는 그가 1914년 10월 12일에 일본 총영사관에 보낸 영문 편지 내용을 통해 알려졌는데, 이 영문 편지는 안형주의 『박용만과 한인소년병학교』에 번역되어 소개되었다.[133] 이를 통해 다음과 같은 사실을 알 수 있다.

첫째, 이누이는 네브라스카 지역 셔토쿼 서킷에 연사로 참여하던 중 네브라스카에 많은 한인 유학생들이 있으며, 이들이 한국 내 일본 통감부 타도 계획을 세우고 있다는 '불쾌한' 정보를 듣게 되었다. 강연 일정이 끝난 후 그는 3일 동안 그랜드 아일랜드와 헤이스팅스에서 이에 대한 조사 활동을 벌였다. 그가 알아낸 바에 따르면, 한인들은 대략 8년 전, 즉 1906년경부터 네브라스카로 모여들기 시작했는데, 이는 커니시의 퍼시픽 철도 회사에서 한인들을 고용하기 시작한 것 때문이며, 이 지방 미국인들은 한인들을 환영하는 분위기였다.

둘째, 이곳에 모여든 한인들은 점차 여러 학교에서 공부하기 시작했는데, 한인 학생들은 여름에 모여 일본 통감부 타도를 목적으로 군사훈련을 실시하기 시작했으며, 1911년에는 50명이 모였다. (물론 이것은 한인소

---

132) 위의 책 213-214쪽.
133) 위의 책 184쪽.

년병학교를 말한다.) 그해 이들은 헤이스팅스에서 비행시범 행사가 개최되었을 때 초대되어 군사교련 시범을 보였고, 그것이 지방 언론에 소개되기도 했다. 헤이스팅스 대학 재무이사 존슨은 이 한인학생들에게 대학 내 시설을 이용할 수 있도록 허락하였는데, 이누이는 이를 장로교단 계통의 대학인 헤이스팅스 대학 측이 한인학생들에 대한 기독교 선교를 바랐기 때문인 것으로 이해했다.

셋째, 이누이의 조사에 따르면, 한인 학생들의 여름학교, 즉 소년병학교는 링컨시의 한인학생회가 관할했고, 그들 가운데서 교사를 선정했다. 여름학교에 참여하는 학생들의 연령층은 다양했으며, 군복을 포함한 모든 개인 비용은 스스로 부담하는 것으로 파악되었다. 이곳의 한인 유학생들은 거의 대부분 스스로 일해서 학비를 마련하고 있으며, 이들을 재정적으로 후원하는 단체는 없는 것으로 보인다.

넷째, 이들을 지원하는 헤이스팅스 대학 측은 한인소년병학교의 지속 가능성에 대해 부정적이었다. 이누이에 따르면, 헤이스팅스 대학의 학장 크론은 이들의 군사훈련을 대수롭지 않게 생각하고 있었는데, 그것은 한인 학생들의 수가 매년 일정하지 않고, 작년에 이어 금년까지 그 수가 줄고 있으며, 내년에는 대학 측이 모든 건물을 사용할 예정이므로 이들에게 건물을 배정하지 않게 될 가능성이 높기 때문이었다. (크론 학장은 이 말을 직접 이누이에게 해 주었다. 이는 이누이가 크론 학장과 직접 면담을 했음을 암시하며, 당연히 그에게 군사훈련을 빌미로 문제를 제기했을 것으로 보인다. 그 때문에 크론 학장은 이누이에게 소년병학교의 지속적인 존립이 사실상 어려울 것이라는 우회적인 답변을 주었던 것이라 할 수 있다.)

다섯째, 이누이는 약 30명 정도의 한인 유학생들과 접촉한 것으로 언급하며 이들 가운데 다수는 일본어 의사소통이 가능했고, 그중 일부는 유창하게 일본어를 구사했으며, 일본어가 유창했던 한인 학생들은 접근하기가 쉬웠고, 비교적 일본에 대한 반감이 적은 편이었다고 말한다. 그는 반감을 가진 한인 학생들이 제기한 일본에 대한 불만은 주로 한국에서 일본식 교육을 강요하는 것, 지식인 탄압, 기독교인 학살, 일본의 악습 유입, 한국인들의 집회 금지 같은 '망상과 오해'에서 비롯된 것들이라고 정리했다. 그리고 이들의 그런 망상을 깨뜨리고, 일본에 대한 신뢰감을 가지게 하도록 하기 위해 한국에 대한 정확한 정보를 제공하고, 이들에게 잘못된 한국 소식을 전하며 선동하는 재미 한인 교회 목사들에 대한 대책을 세우며, 재미 한인 유학생들을 지원하고 귀국 후에도 도울 것을 제안하는 것으로 편지를 마무리했다.

이처럼 이누이는 이른바 '평화'를 주창하는 동아시아 역사학자이자 정치학자였지만, 그것은 어디까지나 자국의 이익과 입장과 이념을 대외적으로 옹호하기 위함이었으며, 그는 이 역할에 충실했다. 그는 앞에서 말한 내용을 담은 장문의 편지를 샌프란시스코 일본 총영사 노마노에게 발송했다. 재미 지식인으로서의 그의 행동은 자신의 모국인 일본제국을 위한 자발적인 정보 활동이었다. 그가 우월하다고 믿은 일본제국이 대한제국을 병합하여 '개화'시켜 주는 일은 동아시아 평화에 지극히 좋은 것이라 그는 믿었으며, 이에 한인들이 조직적으로 항거하는 것은 그에게 대단히 불쾌한 일이었다. 간단히 말해서 그는 우생학의 폐해로 인종 간의 우열을 따지던 그 시대의 터무니없는 일본제국주의 정신세계를 가진 그 시대 일본학자의 전형이었다.[134]

---

134) 그는 특히 웅변에 탁월한 재능을 보여 일찍이 "the little Jap Orator"라는 별명이 붙

일본 외무부 소속이 아닌 재미 학자 신분이었음에도 불구하고 헤이스팅스 대학 학장을 만나 항의하고 일본 총영사관에 보고서 같은 편지를 보낼 만큼 적극적으로 행동한 것은 제국에 대한 그의 충성심 이외에 다른 어떤 것으로도 설명할 수 없다.

• 헤이스팅스 대학의 태도변화

커니의 농장에서 시작된 한인소년병학교를 파격적인 지원으로 헤이스팅스에 유치했었던 헤이스팅스 대학 측의 학장 크론이, 한인소년병학교가 폐교되기 직전인 1914년 여름에 재미 일본학자 이누이의 항의성 면담 자리에서 소년병학교의 미래에 대해 매우 부정적인 언급을 했다는 사실은 주목할 만하다. 한인 학생들의 수가 매년 일정하지 않고, 작년에 이어 금년까지 그 수가 줄고 있으며, 내년에는 대학 측이 이들에게 건물을 배정하지 않을 예정이라 말한 것은 사실상 폐교 가능성을 언급한 것이다.

사실 미국 중부의 네브라스카주는 땅의 크기에 비해 인구가 적어 경작을 위한 노동력 유치가 절실했는데, 한인소년병학교 지원과 관련하여 등록 학생 수가 많지 않았던 헤이스팅스 대학 또한 학생유치와 교내 농장 경작을 위한 노동력 확보라는 이해관계를 가지고 있었다.

그러나 한인 유학생들은 헤이스팅스 대학 측의 기대만큼 그 대학에 등록하지 않았고, 학비조달 방식에 있어서도 대학에서 제공한 농장에서 유

을 정도였고, 미국의 지방순회문화행사인 셔토쿼 서킷(chautauqua circuit) 연사로 "The Mission of New Japan," "The Sick Man of Asia and His Doctors," "Japanese Progress," "An Illustrated Lecture on Japan," and "East versus West" 같은 일본제국의 입장을 은근히 옹호하는 내용의 연설을 행했다. M. N. Racel, 2015. 「Inui Kiyosue: A Japanese Peace Advocate in the Age of "Yellow Peril"」 *World History Bulletin*, 35(2): 9.

급으로 일하는 것보다는 영어 실력 향상에 도움이 되는 '스쿨보이'나 다른 일자리를 선호하는 경향이 뚜렷해지면서 대학 측도 정책을 바꾸려 했던 것 같다.

어쨌든 이누이의 편지에 언급된 대로 1914년 여름학기를 끝으로 한인소년병학교는 더 이상 유지되지 못했다. 이는 헤이스팅스 대학 측이 실제로 건물을 더 이상 빌려주지 않았음을 암시한다. 아마도 이것이 폐교의 중요한 원인 가운데 하나로 작용했을 것이다. 다만 이것은 이누이의 항의 이전에 이미 결정된 것이었던 것 같다. 이누이와 일본 영사관이 네브라스카 한인소년병학교의 폐교에 미친 영향이 없지는 않았겠지만, 결정적인 원인은 아니었다고 볼 수 있다.

• 한인 유학생들의 의식변화

한인소년병학교의 목적은 미래의 항일독립전쟁을 이끌 군 지휘관을 양성하는 것이었다. 박용만을 비롯한 소년병학교를 이끌었던 주요 인물들은 망국의 원인을 일차적으로 군사력과 상무정신의 부재에서 찾았고, 잃어버린 나라를 되찾으려면 반드시 일본에 대해 무력을 동원한 전쟁을 치러야 한다고 믿었다. 다만 현실에서 가야 할 길은 너무 멀었다.

낯설고 언어가 다른 바다 건너의 이국땅에서 무엇보다 자신들의 생활비와 학비를 벌어 삶의 모든 부분에서 자립해야 했고, 실제 독립전쟁을 위한 길은 물리적으로나 정치적으로나 너무 길고도 먼 것이었다. 이들이 보고 배우게 된 서구 열강들의 경제력, 군사력, 외교력, 학문과 교육의 수준, 문화적 소양 등 한 국가의 역량은 그 모든 것들이 총체적으로 결합된 결과물이었기에, 동아시아에서 일찌감치 서구열강을 베낀 일본을 공격한들 그것이 소총 한 자루 들고 나가 싸워 이길 수 있는 전쟁이 아니란 것을 누구보다도 잘 알게 되었다.

처음 한인소년병학교를 세우고 주도했던 박용만이나 백일규 같은 주요 인물들의 이탈도 당연히 영향을 미쳤을 것이다. 박용만은 네브라스카 이외의 여러 곳에 군사학교를 세우고자 했으므로 한곳에만 머물 수 없었다. 그는 궁극적으로 북미와 중국 그리고 러시아 등지의 해외 한인들을 조직화하고 훈련시켜 외부로부터 일제를 무력으로 공격할 군대를 양성하고자 했다. 그러나 현실의 벽 앞에서 그의 무장투쟁노선은 결국 실전으로 이어지지 못했다.

• 재정적 위기

네브라스카 한인소년병학교의 재정적 위기는 1914년 2월에 소년병학교 관계자들과 후원자들이 중심이 되어 조직한 '소년병학교 유지단'의 취지서에서 드러난다. 이 유지단의 목적 자체가 어려워진 재정의 확보를 통해 소년병학교의 존립을 지키려는 것이었다. 1914년 2월 19일 자 [신한민보]와 같은 해 2월에 실린 「소년병학교 유지단 취지서」의 내용 가운데 다음과 같은 부분을 보면 그것을 알 수 있다.

> "…우리가 고상한 인물을 배양하고자 하면 먼저 그 기지를 정해야 될 지니 이는 곧 소년병학교라. 이 학교는 기원 4242년에 커니라 하는 농장에서 시작하여 지금 4-5년 서양 사람과 우리 동포의 찬조를 많이 받았으므로 오늘까지 유지하여 왔으며, 이 학교를 설립한 헤이스팅스 땅은 서양 사람들이 많이 우리에게 동정을 표시하는 곳이라. 그러나 우리의 말과 뜻과 일이 같지 못하므로 금년에는 더욱 고고혈혈한 운명이 실낱같이 되었으니 이에 대하여 한 번 생각하기를 바라노라. [중

략] 그런즉 허랑방탕한 곳에 허비하는 돈을 좀 경제하여 이러한 학교를 위하여 찬조하기를 바라노라. [이하 생략]"[135]

대부분의 재미 한인들이 빈곤한 삶을 면치 못하고 있는 상황에서 소년병학교의 재정조달 방식이 이들로부터 들어오는 수입에만 의존하는 한 그 미래는 불안정할 수밖에 없었다.

결국 네브라스카의 한인소년병학교는 1914년 여름학기를 끝으로 문을 닫았다. 그러나 이곳을 거쳐 간 여러 인재들은 자신들의 젊은 날에 품었던 뜻을 결코 포기하지 않았다. 각자 다른 방식으로, 자신의 방식으로 성취해 나갔다.

이상과 현실의 사이에서 균형을 찾아가다: 흩어진 한인소년병학교 생도와 교관들

박용만과 대동보국회 인물들을 중심으로 미래의 무장항일전쟁 지휘관들을 길러 내고자 설립했던 네브라스카의 한인소년병학교는 결국 폐교되었고, 이 학교에 생도와 교관과 후원자로 가담했던 수많은 인물들은 각자의 길로 흩어졌다. 그러나 그들은 온갖 위험과 고난을 무릅쓰고 바다 건너 미국 땅을 찾아 떠날 때 품었던 뜻까지 포기하지는 않았다. 그들 대부분은 자신들이 처한 곳에서 삶 자체를 유지하기 위한 분투를 게을리 하지 않으며 동시에 잃어버린 나라를 되찾기 위한 자신들만의 방법을 찾아 헌

---

135) 「소년병학교 유지단 취지서」 [신한민보] 1914. 2. 19. 1면 6-7단. 이와 유사한 내용의 보다 길고 자세한 취지서가 [국민보] 1914년 2월 2일 자에도 실려 있다.

신했다.

이들은 적어도 스스로 생업을 위한 노력을 하지도 않으면서 독립운동 자금 조달이라는 명분을 내세워 남의 것을 강제로 빼앗거나 약탈하는 행동을 하지는 않았다. 이미 오랜 미국 생활에 강한 기독교적 소양과 윤리가 몸에 배어 있었던 이들에게 그것은 어떤 이유로든 부끄러운 행위였다. 스스로 땀 흘려 얻은 결실과 헌신으로 자기 자신과 가족을 지키고 잃어버린 자기 나라를 되찾는 것이 그들이 생각하는 가치 있는 삶이자 목표가 된 것이다.

김도훈은 자신의 저서인『미 대륙의 항일무장투쟁론자 박용만』에서 소년병학교 출신들의 이후 활동에 대해 이렇게 요약했다.

> "소년병학교 출신들은 졸업 후 만주, 러시아 등지에서 직접 독립군으로 항일무장투쟁을 전개하거나 미국 군대에 자원입대하여 유럽전선에서 싸우다 전사하는 등 한-미 양국 간에 공헌하였다. 이 학교 교관과 후원자는 문양목, 박장순, **이명섭**, 남정헌, 방사겸, 정태은, 김원택, 신형호 등 대동보국회 출신들이 주류를 이루었고, 소년병학교 출신인 정한경, 유일한, 한시호, 신형호, 홍승국, 김용성, 김현구 등은 이후 재미한인사회의 실질적인 중견 지도자로 활동하며 국권회복운동을 전개하였다."[136]

이것은 네브라스카 소년병학교 출신들이 학교의 폐교 후 항일운동을 지속함에 있어서 직접적인 군사행동보다는 상당히 실용적인 노선을 택했

---

136) 김도훈『미 대륙의 항일무장투쟁론자 박용만』56쪽.

처갓집 근현대사

다는 것을 의미한다. 이것은 무장투쟁노선을 포기했다는 것을 말하는 것
이 아니다. 그들은 당시로서는 서구의 고등교육을 받은 지식인들이었고,
적어도 서구 열강의 국가적 역량이 어떠하며 이들 중심의 국제사회가 어
떻게 돌아가는지를 깨닫고 있었다. 또한 교육과 경제능력의 필요성을 알
고 있었으며, 전쟁에는 막대한 자금이 들어간다는 것도 알고 있었다. 유
일한의 경우가 말해 주듯, 자기의 생존과 독립자금 마련을 위한 경제력의
확보, 그리고 때가 주어졌을 때 전투에 나갈 준비가 되어 있는 것, 그것이
그들의 노선이었다.

소년병학교 출신들에게 내재되어 있던 기독교정신과 문화의 영향

조선이 망국의 길로 들어섰다는 조짐은 이미 1800년대 말에 뚜렷이 나
타나고 있었다. 이는 당시 조선에 들렀다가 기록을 남긴 서양인들의 시각
을 통해서도 분명하게 드러난다. 이들의 기록을 다 믿을 수는 없지만, 그
럼에도 이들의 기록에서 분명하게 나타나는 공통점은 있다. 조선의 왕실
은 무기력했고, 관료집단은 극도로 부패했으며, 정직한 노력을 통한 신분
이동도 재물의 축적도 사실상 불가능한 세상에서 일방적으로 착취당하는
일반 백성들은 일할 의욕이 없었다. 그리고 무엇보다 외국 군대들이 들어
와 별 다른 제약 없이 비교적 자유롭게 활동하고 있었다는 사실은 조선의
망국이 돌이킬 수 없는 길에 들어선 것임을 보여 주는 가장 뚜렷한 징조
였다.[137]

한인소년병학교의 주요 구성원들은 거의 대부분 이런 상황을 잘 알고

---

137) E. 폰 헤세-바르텍『조선, 1894년 여름』정현규 역. 서울: 책과함께. 2012, 24쪽.

있었던 사람들로서, 나라를 위해 무언가 해야 한다는 절박한 마음으로 새로운 서구 문명에서 대안을 찾고자 1910년 대한제국이 일본에 사실상 국권을 상실하기 전에 미국에 들어간 한국인들이었다. 이들은 미국으로 가는 여정에서 일본의 감시는 받았지만, 일본 국적자로서가 아닌, 대한제국 국민의 자격으로 미국에 입국했다. 이후 미국으로 들어오는 한인들은 일본의 허락을 받아야 했다. 이들 사이에는 미묘한 차이가 있었다.

어쨌든 1910년 이전에 미국으로 건너간 사람들은 초창기의 국비유학생이나 정치적 망명을 목적으로 건너갔던 서재필 같은 특별한 경우를 제외하고는, 대체로 서구 문명을 배워 조국의 독립과 발전에 이바지하고자 하는 열망을 가진 사람들, 보다 나은 노동 환경과 생계유지를 위해 노동이민을 택한 사람들, 그리고 상업적 성공을 목적으로 했던 소수의 상인들이었다. 그리고 이들 중 많은 이들이 미국에 간 후 국권회복을 위해 많은 노력을 했다.

이명섭의 경우처럼 서구 문명을 배우고자 하는 열망으로 미국행을 택한 유학생들에게 집중해 보자. 서구의 신지식은 일본에서도 배울 수 있었고, 일본 유학도 가능했다. 그럼에도 불구하고 예상되는 온갖 고난을 무릅쓰고 세상에서 가장 넓은 바다인 태평양 건너에 있는 먼 미국 땅을 택한 사람들, 특히 유학을 목적으로 했던 지식인들의 미국행은 민족애적 동기가 우선적으로 작용한 결과였다.

미국은 당시 조선에 개입한 열강들 가운데 비교적 덜 미운 나라였다. 미국 역시 러시아, 일본과 더불어 제국주의 열강의 하나로 동아시아 이권다툼과 대한제국 정치 경제에 꽤 적극적으로 개입했음에도 한국인들의 눈에 미국이 다른 나라들과 달랐던 점 한 가지는 미국이 큰 바다(태평양) 너머의 먼 곳에 있는 나라여서 조선에 대해 영토점거 또는 정치외교적 통제의 욕심을 가질 만하지 않았다는 점이다. 친러파와 친일파 사이에서 고민이 깊었던 고종황제가 미국의 개입을 원했던 이유도 그런 점 때문일 것이다. 물론 이른바 '가쓰라-태프트 조약'의 내용이 말해 주듯 당시 미국은 러일전쟁에 승리한 일본의 조선 지배를 인정해 주는 것이 자국의 이익에 부합하는 것이라 판단했고, 국가로서의 미국은 그런 판단에 따라 움직였지만, 미국은 여전히 한국의 민족주의자들에게 서구 문명의 강점들을 배울 수 있는 적절한 장소로 여겨졌다.

그리고 무엇을 기대했든 미국에 들어간 이들에게 기독교정신과 문화의 영향은 피할 수 없는 숙명이었다. 그것은 각 개인의 선택이기도 했고, 또한 그들에게 주어진 환경이기도 했다. 사실 애당초 미국행을 결심한 사람들은 이미 기독교인이 된 이들이거나, 기독교인이 아니었다 해도 최소한 미국과 기독교 신앙에 적대감보다는 우호적인 정서를 가졌던 사람들이었다. (이승만, 박용만 등의 민족주의자들은 이미 국내에서 기독교인이 되어 있었고, 이들의 미국 유학을 주선한 것도 상동감리교회 청년회였다. 또한 하와이 노동이민을 주도한 곳은 인천의 내리감리교회였으며 이에 응한 노동자들은 상당수가 기독교인이었다.)

19세기 말 20세기 초 조선 백성들의 미국 이해는 개신교 선교사들과 분리하여 생각할 수 없을 정도로 밀접하다. 의료선교사 알렌(H. N. Allen)처럼 후에 정치외교 및 경제적 이권에 개입하여 비판을 받는 경우도 있었고,[138] 문화적 오만함과 친일적 태도로 적대감을 유발했던 선교사들도 당연히 있었지만,[139] 어쨌든 선교사들은 미국 정부의 관료로 파견된 이들이

---

138) 민경배 『알렌의 선교와 근대한미외교』 서울: 연세대학교출판부. 1991, 301-308쪽.
139) 이덕주 외 『한국감리교회역사』 181-183쪽.

아니라 대부분 자신들의 신앙적 열정으로 자원해서 온 이들이었다.

그런 만큼 스크랜턴(W. B. Scranton)[140]처럼 일반 백성들을 위한 헌신적인 의료 활동으로 존경을 받은 이들도 있었고, 언더우드와 아펜젤러처럼 교육사업을 통해 근대식 학교를 세워 훗날의 한국 교육에 초석을 놓아 공헌한 이들도 있었으며,[141] 조선 대중 앞에서 스스로를 낮추고 회개함으로써 대부흥운동을 일으킨 하디(R. A. Hardy)[142]처럼 영적인 변화를 통해 대중에게 신분을 초월한 새로운 삶의 윤리관을 정립하도록 도운 이들도 있었다.

결국 이들 선교사들은 조선의 새로운 돌파구를 찾는 이들에게 새로운 서양 문명의 창구 역할을 해 주었고, 당면한 현실로 닥친 새로운 변화를 담아내기 어려웠던 유교적 가치관을 대체할 새로운 가치관과 사고방식을 제시했던 것이다. 21세기의 한국인들에게는 그들의 존재가 달리 여겨질 수도 있겠지만, 적지 않은 당시의 민족운동가들은 그들의 말에 귀를 기울였다.

19세기 말부터 들어오기 시작한 미국 개신교 선교사들과 이들의 노력으로 세워진 교회는 한국인들의 미국행에 중요한 통로가 되었다. 이들의 미국행이 기독교적인 동기에서 비롯된 것은 대체로 아니었을지라도, 미국행을 결정한 이들에게는 기독교 친화적 성향이 이미 내재하고 있었다고 해야 할 것 같다.

---

140) 위의 책 52-53쪽.

141) 위의 책 106-116쪽; 이만열 『한국기독교문화운동사』 서울: 대한기독교출판사. 1987, 188-189; 209-225쪽.

142) 이덕주 외 『한국감리교회역사』 139-148쪽.

기업형 영농의 선구자들: 네브라스카 한인농업주식회사

유럽에서 제1차 세계대전이 발발했던 해인 1914년, 네브라스카 한인소년병 학교는 문을 닫게 되었고, 네브라스카 주립대학 3학년이던 이명섭은 대학에 계속 적을 두고 있었지만, 이해에 잠시 휴학을 했던 것 같다. 그렇게 생각되는 것은 첫째, 그해 12월에 그는 안재창, 임동식, 최경오 등과 함께 한인농업주식회사를 설립하여 기업형 농장 경영에 참여했기 때문이며, 둘째 그는 1916년 6월 현재에도 여전히 네브라스카 주립대학 3학년에 재학 중인 것으로 되어 있었기 때문이다. [143]

한인농업주식회사 설립을 주도한 이들 가운데 핵심 인물인 안재창의 증손으로서 이 회사의 역사를 면밀히 추적하여 연구서를 출판한 안형주에 따르면, 이명섭은 링컨에서 대학에 다닐 때 이 회사의 발기인으로 함께 이름을 올린 네브라스카의 농장주 최경오의 집에 머무르며 숙식을 제공받은 적이 있었다. [144]

이들 사이의 친분이 한인농업주식회사로까지 이어진 것인데, 안형주의 서술에 따르면, 이 회사의 발기인들은 거의 소년병학교 관계자들이었고, 이명섭은 이 발기인들 가운데 특히 주도적인 4인 중 하나로 안재창, 한시호, 최경오와 더불어 투자를 많이 했을 뿐 아니라, 직접 이 기업형 농장에서 농사를 지었다고 한다. [145]

이들이 구입한 농지는 네브라스카주가 아닌, 미국 대평원 서북쪽 콜로라도(Colorado)주 웰드 카운티(Weld County)의 한 농촌인 갤러턴(Galeton)

---

143) 「한인학생일람표」 [신한민보] 1916. 6. 22. 4면 2단.
144) 안형주 『박용만과 한인소년병학교』 227쪽.
145) 안형주 『1902년, 조선인 하와이 이민선을 타다』 서울: 푸른역사. 2014, 107쪽.

에 있었고, 이곳에서 당시 미국인들이 먹는 양을 늘리기 시작한 채소를 재배했다. 이것이 미주 한인 최초의 채소농사였다.[146] 네브라스카 링컨에는 사무실만 있었다. 주식회사의 사장은 안재창, 서기 신형호, 재무는 최경, 감사 조진찬, 그리고 농장 지배인은 임동식, 김병희, 최경오였다.

이명섭이 실제로 콜로라도 갤러틴의 농장에 가서 농사를 짓는 일에 얼마나 참여했는지는 알 수 없다. 많은 투자를 했던 이명섭과 한시호는 회사 경영진과 농장 지배인 명단에 없었다. 그런데 특별히 안형주는 당시 소년병학교 관계자로 대학에 다니며 농업에 관심이 많았던 이명섭과 한시호가 주식회사를 세우는 데 큰 영향을 미쳤던 것으로 서술하고 있다.[147] 흥미롭게도 주식회사 형태를 주장한 이명섭과 한시호 두 사람은 모두 함흥 출신이었다. 네브라스카 관립대학에서 농학을 전공했던 한시호가 1918년에 졸업했을 때, [신한민보] 1918년 5월 30일 자는 그에 대해 이렇게 소개했다.

> "… 한시호 씨는 본국 함경도 사람으로 일찍이 실업에 유지한(뜻이 있는) 청년이라. 몇몇 유지한 동포들로 합자하야 「농상주식회사」라는 회사를 조직한 후에 씨는 실업에 대한 과학을 전공하기 위하여 네브라스카 관립대학 농학 전문과에 입학하여 5, 6년간 고학한 결과로 농학 독업사의 학위를 얻었다더라."[148]

당연히 질문이 떠오른다. 1900년대 초 하와이를 거쳐 본토 샌프란시스

---

146) 위의 책 217쪽.
147) 위의 책 같은 쪽.
148) 「네브라스카 관립대학의 졸업생 3인」 [신한민보] 1918. 5. 30. 3면 4단.

코와 네브라스카에 유학생으로 온 이명섭이 어떻게 어디에서 주식회사의 개념을 배웠고, 이에 큰 투자를 할 만큼의 자금과 의지를 어디에서 얻을 수 있었을까? 단순히 당시 대학에 다니고 있었다는 사실만 가지고 이를 설명하기는 어렵다.

흥미로운 것은 이명섭의 형 이명우가 일본에서 경제를 공부하고 귀국한 후 한인농업주식회사가 설립된 연도와 같은 해인 1914년에 함흥에서 설립된 북어창고주식회사의 지배인으로 일했다는 사실이다.[149] 공교롭게도 두 사람 모두 같은 시점에 조선과 미국에서 각각 '주식회사'라는 서구적 개념의 새로운 공동이익 창출 방식을 실험하고 있었던 것이다. 이를 우연의 일치로만 볼 수 있을까?

또한 이명섭이 주식회사에 많은 투자를 할 만큼의 자금을 가지고 있었다면, 그것은 그가 학생의 신분으로 미국에서 모은 돈이기보다는 이 무렵 본국의 집안에서 어느 정도 투자금 지원을 받았을 가능성을 생각해야 할 것 같다.

이들 사이에 '주식회사'라는 공통의 관심사를 놓고 교감이 오고 갔는지의 여부는 확인할 수 없지만, 이들의 고향이었던 함흥은 상공업의 중심지로 확실히 실용주의적인 마인드가 강한 도시였다. 더욱이 서학 집안의 후손인 이들은 확실히 서구의 과학기술문명과 그들이 가진 풍요로움의 이유를 따져 이를 받아들이는 데 상당히 열려 있었던 것 같다.

---

149) 이에 관하여는 앞에서 자세하게 서술한 바 있다. 이 책의 초반에 나오는 이명우에 관한 서술을 참고하기 바란다.

한인농업주식회사 취지서[150]

"혈맥이 있은 연후에 사람이 능히 활동하고 재정이 있은 연후에 사람이 능히 생활한다 함은 우리의 항상 말하던 바이며 우리의 임의 아는 바이라. 그러나 우리가 외양에 나온 지 혹은 10년이 되고 혹은 십여 년이 되었으되 의연히 적수공권으로 동에서 하루 서에서 하루 정처 없이 사방에 표류하니 슬프다. 동포야. 아시오, 모르시오, 세월은 흐르는 물이니 년부력강할 때가 몇 날이나 있을까.

아무렴 우리는 외국 사람이라. 언어풍속이 판이하고 범백사물이 생소한 곳에 와서 자본을 저축하기 어찌 쉬우리오만은 한 편으로 생각하면 과히 이렵다 하지 않을지라. 옛말에 태산은 티끌로 말미암아, 하해는 세류로 좇아 이루었나니 하나 둘 셋 열 백 천 이와 같이 여러 사람이 합력하고 보면 어찌 자본 적음을 한탄하며, 어찌 실업의 영성함을 근심하리오.

우리가 이 나라에 와서 남의 일을 눈으로 보며 또한 귀로 듣나니 **우리와 같은 외국 사람 중에 중국인이라든지 일인이라든지 유럽 각 국의 단봇짐 지고 온 사람들은 간 곳마다 서로 자본을 모아 한 상점을 벌이든지 한 회사를 설립하여 상업 농업을 경쟁하는고로 큰 자는 한 성시의 상권 농권을 잡고 적은 자는 자기들의 생활을 풍족히 하며 곤궁한 동포를 인도하여 서로 붙들며 서로 보호하나니 아지못게라.** 동포여 우리가 지금까지 곤궁한 상태를 면치 못함이 과연 재능이 없음인가 혹 단합심이 견고치 못함인가.

뿌리가 없으면 열매 따기를 바라지 못할 지오 오곡식을 심지 않으면

---

150) 「한인농업주식회사 취지서」 『신한민보』 1915. 2. 4. 2면 5-6단.

추수하기를 기약하지 못할지니 어천만사에 시작이 없으면 좋은 결과를 얻고자 함이 리티밧기라. 그러면 우리가 오늘부터라도 이후 사업의 기초를 잡지 않으면 오늘 내일 금년 명년 십 년 이십 년 지나 몇백 몇천 년 후이라도 금일 형편에서 한 걸음을 떠날 수 없는 것은 사람마다 의심치 않는 일이 아닌가?

그러므로 여러 동지 제군이 자본을 구취하여 한 회사를 설립하니 이름은 한인농업주식회사요 자본총액은 1만 원으로 정한지라. 금년부터 개업할새 우리의 형세는 우리가 아는고로 금화 10원(十元)으로 1주를 삼아 우리 동포 제군으로부터 한 가지 이익을 도모하기로 하였나니 여러분 동포 형제들이여 깊이 생각하고 멀리 궁구할지어다."

기원 4248년 1월 1일 발기인: 안재창, 임동식, 최경오, 신형호, 박처후, 한시호, **이명섭**, 조진찬, 김홍기, 이지욱, 이상진, 이병희, 박장순, 홍승국.

한인농업주식회사의 취지서에 따르면, 이 회사의 자본총액은 '1만 원', 즉 1만 달러로, '금화 10원'(十元), 즉 10달러를 1주로 하여 한인 동포들을 대상으로 자본을 모으기 시작했다. 그리고 이들이 지향한 목표는 무엇보다 동포의 생존이었다.

외국인들에게 당시의 미국은 역시 기회의 땅이었다. 중국인들이나 유럽인들 같은 외국인들도 동족끼리 자본을 합쳐 상점이나 회사를 세우고, 이를 확대하여 한 도시 또는 지역의 상권이나 농권을 장악할 만큼 수익을 창출할 수 있었고, 이를 통해 자신들의 삶을 개선하는 것은 물론이고 미국 내에서 아직 자리를 잡지 못하고 생계의 곤란을 겪는 동포들을 보호할 수 있었다. 한인농업주식회사가 지향한 구체적인 목표는 바로 이것이었다.

사실 미국 본토에는 안창호와 흥사단 및 대한인국민회를 중심으로 1912년에 설립된 북미실업주식회사가 있었다. 북미실업주식회사는 농업, 상업, 공업 모두를 아우르는 회사였고 한인 동포들의 실업 장려가 일차적인 목적이었지만, 아울러 대한인국민회 및 상해 임시정부와의 관련 하에 회사를 통해 창출된 수익으로 독립운동에 기여하고자 하는 목적을 분명히 했던 기업이었다. 실제로 상해 프랑스 조계에서 발생한 독립운동 조직의 폭탄제조 자금지원과 관련되어 소송에 휘말리기도 했다.[151]

1911년 9월에 하와이의 대한인국민회는 하와이주 정부의 정식 허가를 얻고 시작한 한인농상주식회사(韓人農商株式會社)를 설립했다. 이 한인 농상주식회사는 1주당 10달러에 총 10만 달러를 설립 자본금 목표 액수로 정하였고, 5년을 기한으로 한시적으로만 운영할 계획이었다.[152] 김원용에 따르면, 이 회사의 목적은 '동포의 농업과 상업에 융자하여 실업을 발전시키며' 그 사업 수익을 '사관 양성 경비로 주려던 것'이었다. 그러나 이후 한인들 간의 파벌싸움으로 사업이 실패했고, 남은 재산은 청산하여 대조선국민군단에 기부했다.[153]

그런데 먼저 생겨난 한인주식회사들과는 달리, 한인농업주식회사 취지서는 항일독립운동의 지원 같은 정치적인 목표는 언급하지 않았으며, 그 것을 감춰진 궁극의 목표로 설정했다는 암시도 없다. 사실 모든 미주의 한인들에게 그러했듯, 네브라스카의 한인들에게도 그것은 너무나 당연했

---

151) 이명화 「북미실업주식회사」 [한국민족문화대백과사전] 2013. (인터넷판).

152) 한국학중앙연구원 「한인농상주식회사」 [세계한민족문화대전] 2018. (인터넷판).

153) 김원용 『재미한인 50년사』 215-217쪽.

기에 드러낼 필요도 없었다. 다만 지원하려면 먼저 벌어야 하지 않는가. 이들은 확실히 자신들의 방식을 택한 것이다. 당면한 우선 과제는 내가 살고 우리가 살고 동포를 살리는 것이었다. 이들은 군사훈련 대신 경제를 우선시하기 시작했다. 경제력이 뒷받침되지 않는 한 상무주의는 성립되지 않으며, 교육도 미래도 없다는 것이 현실임을 이들은 잘 깨닫고 있었다. 더욱이 소년병학교의 미래는 더 불확실했다.

한인농업주식회사는 나름대로 꽤 수익을 남겼던 것으로 보인다. 그런데 안형주의 판단으로는 이 주식회사가 수익을 올릴 수 있었던 것은 사실 채소 재배를 통해서라기보다는 땅을 농지로 바꾼 후 4-5년 뒤에 그 땅을 팔아 이득을 남기는 방식을 취했기 때문이었다. [154]

4년 뒤인 1918년 11월 한인농업주식회사는 결산보고를 하고 이윤을 주주들에게 분배함과 동시에 해산했다. 그리고 이를 [신한민보]에 공지했다고 한다. [155] 이후 안재창을 비롯한 주요 투자자 및 동업자들은 와이오밍주 로키산맥 해발 3천 8백 미터 고산 지대의 러벌(Lovell) 지역에 토지를 구입하여 사탕무 재배사업을 시작했다. [156]

그러나 이명섭은 이 사업에 참여하지 않았다. 그는 이미 1916년 하반기에 미네소타 대학교로 학적을 옮겨 그곳에서 약학(pharmacy)을 공부하

---

154) 안형주『1902년, 조선인 하와이 이민선을 타다』109-113쪽.
155) 위의 책 124쪽. 안형주는 여기에서 「농상쥬식회사의 리익배당금분배」라는 [신한민보] 기사를 직접인용하고 있다. 그의 각주 195에 따르면 이 기사는 1918년 11월 26일 자에 게재되어 있는 것으로 되어 있으나, 해당 신문에서 이 날짜의 그 기사를 확인할 수 없었다. 내용상으로는 네브라스카 한인농업주식회사 관련 기사인 것은 분명해 보인다. [신한민보]는 회사 이름을 다른 기사에서도 '농상주식회사'라고 대충 부르곤 했다.
156) 위의 책 127-128쪽; 한국학중앙연구원 「한인농업주식회사」 [세계한민족문화대전]. 2018. (인터넷판).

고 있었고,[157] 1918년에 졸업했다. 네브라스카 대학에서 취득한 학점을 가지고 미네소타 대학으로 가서 1년 반 더 수학하고 그곳에서 졸업한 것이다. 이래저래 1915년부터 1916년 상반기까지 이명섭은 대학을 떠나 있었다.

---

157) 「한인학생일람표」 [신한민보] 1916. 11. 23. 1면 6단.

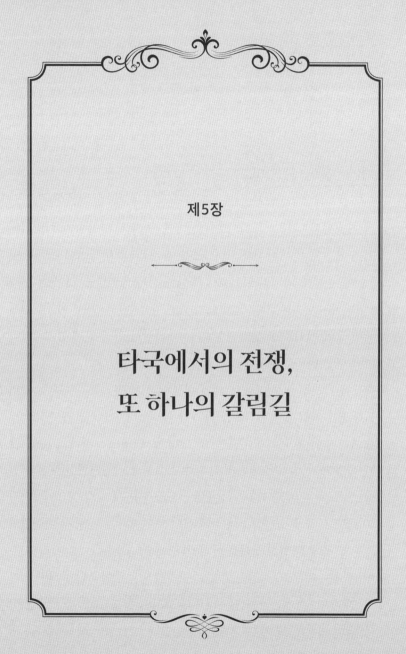

제5장

타국에서의 전쟁,
또 하나의 갈림길

'스페인 전쟁'에 나갔었다고?

과거 이명섭의 아들 이동철이 자녀들에게 들려준, 할아버지 이명섭에 관한 수수께끼 같은 이야기가 하나 있었는데, 그것은 이명섭이 미국에 있을 때 어떤 전쟁에 미군의 일원으로 참여한 적이 있었다는 것이었다. 해방 후 이명섭이 이 이야기를 당시 십 대였던 아들 (나의 장인) 이동철에게 들려주었고, 이에 대해 이동철은 남의 나라 사람들 전쟁에 왜 끼어들었냐고 의아하다는 반응을 보였다는 짤막한 에피소드였다.

자손들은 막연히 이 전쟁을 '스페인 전쟁'이라 들었다고 기억했다. 그러나 이 전쟁이 어떤 전쟁인지는 판단하기 어려웠다. 미국 작가 어네스트 헤밍웨이가 참가했던 스페인 내전(the Spanish Civil War)은 1930년대 말의 사건이었고, 미국과 스페인의 군대가 스페인의 식민지였던 쿠바와 필리핀을 두고 싸운 미국-스페인 전쟁(the American-Spanish War)은 이명섭이 미국에 도착하기 전인 1898년에 벌어진 전쟁이었다. 당시 이명섭의 나이로는 그곳에 갈 만한 상황도 아니었다.

(국내에서는 〈미스터 선샤인〉이라는 드라마에서 주인공이자 허구의 인물인 유진 초이가 처음 참전했던 것으로 그려진 전쟁. 그런데 실제로 이 미국-스페인 전쟁에 참전했던 한국인이 있었다. 그는 미국에서 의사가 된

서재필이다. 그는 전쟁에 군의관으로 참전했다고 알려져 있다. 장인 이동철에 의하면 이명섭은 자신보다 20년 이상 나이가 많았던 서재필과 상당히 가깝게 지내긴 했었다고 한다.)

그렇다면 이명섭이 참여했었다는 전쟁은 도대체 어떤 전쟁이었을까? 이명섭의 나이 및 미국 행적에서의 공백기 등을 고려했을 때 가능한 시대는 1915년과 1916년 상반기였고, 이를 미국이 치른 역대 전쟁들에 대비했을 때 유일하게 가능한 전쟁은 미국-멕시코 전쟁 당시의 '판쵸 비야 원정'(the Pancho Villa Expedition)이었다.

이관수와 '판쵸 비야 원정'(the Pancho Villa Expedition)

• 미 육군 상병 이관수

이와 관련해서 주목해 볼 만한 인물이 하나 있는데, 그는 1905년 9월에 박용만의 삼촌인 박희병(박장현)이 샌프란시스코에 도착했을 때 데리고 온 3명의 어린이들 가운데 하나였던 이관수이다. 박희병은 평안북도 운산의 금광을 개발하던 미국회사에서 영어 통역을 할 때 선천에 학교를 하나 세웠었는데, 이 세 어린이들은 이때 그가 알게 된 이들로 이종희, 유일한, 이관수 3명이었다.[158]

1908년 덴버에서 박용만이 「애국동지대표회 발기 취지서」를 작성하여 같은 해 2월과 3월에 대동보국회 기관지인 [대동공보]와 공립협회 기관지인 [공립신보]에 각각 게재했을 때 임시서기로 이름을 올렸던 이관수는[159]

---

158) 안형주 『박용만과 한인소년병학교』 26-27쪽.
159) 박용만·이관수 「애국동지대표회 발기 취지서」 [대동공보] 1908. 2. 7; 박용만·이관수 「애국동지대표회 발기 취지서」 [공립신보] 1908. 3. 4. 2면 5-7단.

박용만을 따라 네브라스카로 옮겨 학업을 시작했다. 1909년 유학생 명단에서 이관수는 유일한과 함께 소학교 7년급 학생이었다.[160] 박용만의 삼촌 박희병을 따라 미국에 온 그는 당연히 이곳에서 한인소년병학교를 졸업했다.[161] 같은 시기에 인근 링컨 중학교(고등학교)를 졸업하고 네브라스카 관립대학을 다니며 한인소년병학교에서 과학을 가르쳤던 이명섭은 이관수와 아주 잘 아는 사이였다.

그런데 1916년 이관수는 커니 중학교 4년 재학 중 돌연 학업을 중단하고 군사적 경험 획득을 목적으로 미군에 입대하였다. 이 사실은 [신한민보] 1916년 7월 17일 자의 「이관수 씨 투필종군 - 미묵 변경에 웅의를 떨침」이라는 기사를 통해 알려졌다.[162] 기사 내용은 이러하다.

> "네브라스카 **커니 중학교 4년생 이관수 씨는 대한인소년병학교의 생도**라. 일찍이 야구 운동과 영문토론에 장한 칭예를 받더니 **현금 미묵 풍운이 암담할 때를 당하여 군사상 지식을 연습함이 필요한 줄 생각하고** 문학 연구의 1지필을 던지고 무용이 늠름한 웅의를 떨쳐 **미국 군대를 뒤를 따라 미묵 변경 전진에서 복무하는 중이라더라**."

여기서 '미묵'이라 함은 미국-멕시코를 말한다. 1916년에 네브라스카 커니 중학교 4학년에 재학 중이던 20세의 이관수가 미국-멕시코의 상황이 '암담할 때' 군사적인 경험을 쌓기 위해 학업을 중단하고 미국 군대를 따라 미국-멕시코 국경 지역에서 군인으로 복무했다는 것이다. 이 당시는

---

160) 「네브라스카 및 부근지방 학생」[신한민보] 1909. 10. 27. 2면 4-5단.
161) 안형주 『박용만과 한인소년병학교』 146-157쪽.
162) 「이관수 씨 투필종군」[신한민보] 1916. 7. 17. 3면 1단.

처갓집 근현대사

미국이 제1차 세계대전 참전을 결정하기 전이었다.

후에 그는 미 육군에 남아 상병까지 진급했었는데 안타깝게도 그는 더위를 식히기 위해 동료들과 노스 플랫강(North Platte River)에서 수영을 하던 중 익사하고 말았다. 노스 플랫강은 콜로라도와 와이오밍과 네브라스카에 걸쳐 흐르는 강이었다. 따라서 이관수의 소속 부대는 미국-멕시코 국경 지대에서 돌아와 이 지역 어딘가에 주둔하고 있었던 것으로 보인다. 그의 죽음에 관한 소식과 더불어 그의 미국 생활에 관한 이야기를 비교적 소상히 전한 [신한민보] 1917년 7월 26일 자 기사의 주요 내용을 요약하면 이러하다.

그는 9살 어린 나이에 미국에 들어왔으며, 네브라스카 커니 중학교를 졸업하고 (사실 졸업 후가 아니라 재학 중) 미 육군에 입대했다. 이관수는 1917년 그의 소속 중대인 L 중대가 상부로부터 노스 플랫강의 유니온 퍼시픽 철도 다리 진수의 경계 임무를 받게 되면서 그곳에 배치되었다.

그런데 이 기사는 흥미로운 사실 하나를 언급하고 있었다. 그것은 이관수가 전에 '합중국 정부에서 미묵 변경에 동병할 때에 자원병으로 종군'했었다는 것이다. 즉 그가 미국-멕시코 국경 지역에서 벌어진 어떤 전쟁에 참전했다는 것이다.

> "… 중대 (L)자에 부속한 상등병이라. 이 군대는 전시 내국 진수의 명령을 받아 과거 몇 달 동안 이 성에서 1영리 반쯤 되는 유니온 패시픽 다리를 진수하고 있었음으로 이관수 군이 노트 플렛강을 이웃하게 되었더라. 이관수군은 **묵국의 비도**와 **덕국의 강한 군사**보다 더 몹시 침로하는 더위를 물리치려고 중위 1인과 상등병 1인으로 더불어 노트 플렛강에 헤엄을 치러 나갔다가… 이관수 군은 당년 21세의 건장

한 청년인데 한국에서 날 뿐이오 유년 시대 아홉 살에 이 나라를 들어
와서 자랐더라. 저는 유위의 청년이므로 학문에 취미를 붙여 커니 중
학을 졸업하였더라. 저는 커니에 있을 때에 노튼 씨의 집의 손이 되었
으니⋯ 또 그 체격과 의지에 딸려 군인의 풍기가 있는 자라. 그리하야
**요전 합중국 정부에서 미묵 변경에 동병할 때에 자원병으로 종군하
여** 미국 육군 군적에 오직 하나인 한인의 이름을 기록하였더라. 저는
한 번 군문에 들어간 후 임지 용감한 성격이 합중국 군인의 특색을 보
임으로 일찍이 장교의 신뢰를 얻어 진수군 중대에 L자 부대의 상등병
으로 승차하였고 미묵 변경에서 풀려 돌아와 이곳을 진수한 동안에
는 항상 예배당에 다님으로 진실한 교우가 되었으며 누구든지 저를
교제한 사람은 모두 저의 가까운 친구가 되었으니 이관수 군의 단기
의 군인생활은 가장 만족한 가운데 있었더라⋯"[163]

위의 두 기사가 언급하는 정보를 종합하여 이관수가 미 육군에 입대한
배경을 추론해 볼 필요가 있다. 그는 미래 한국의 독립전쟁을 위한 군 지
도자 양성이라는 한인소년병학교의 목표에 충실하기 위해 군 경험 (아마
도 실전 경험) 획득을 원했고, 이를 위해 학업을 중단한 채 미 육군에 자원
입대했다. 이때는 미국과 멕시코 사이에 '풍운이 암담할 때'였으며, 미국
정부는 양국 국경 지대로 '동병', 즉 병력을 이동시키고 있었다.

1916년에 미국-멕시코 국경 지대에서 벌어진 이 상황은 어떤 사건과 관
련된 것이었을까? 그것은 한 가지 사건과 정확하게 맞아떨어졌다. 그것

---

163) 「무정히 흐르는 노트 플렛강에 잠긴 상등병 이관수 군」 [신한민보] 1917. 7. 26. 3면
1-2단. 이 기사가 '네브라스카 통신'에 근거한 것인 만큼, 그의 부대는 네브라스카주
의 노스 플렛강 근처 어딘가에 주둔 중이었을 것 같다.

은 1916년 3월 14일부터 시작되어 1917년 2월 7일까지 이어진 이른바 '판쵸 비야 원정'(the Pancho Villa Expediton), 즉 멕시코 원정(the Mexican Expedition)이었다. 이관수는 이 원정군에 합류하기 위해 미 육군에 자원입대했던 것 같았다. 그리고 실제로 이 '판쵸 비야 원정'에 참전했던 것으로 보인다. 위의 기사는 그가 '종군'했다고 말하고 있다. 단순한 입대가 아니었다. 1917년의 기사에는 '묵국의 비도'라는 표현이 나오는데, 이 또한 멕시코 혁명군의 지도자로 미국 국경을 침범하여 미군을 살해함으로써 '판쵸 비야 원정'을 유발한 판쵸 비야의 혁명군들을 지칭한 것인 듯하다.

• '판쵸 비야 원정'대 사령관 퍼싱

일단 '판쵸 비야 원정'이란 것이 무엇인지에 대한 약간의 서술이 필요할 것 같다. '판쵸 비야 원정'은 멕시코 내 혁명으로 인한 내전 기간 동안 미국-멕시코 국경 지대에서 발생했던 국경분쟁 중 가장 큰 사건으로, 혁명군 지도자들 중 하나였던 판쵸 비야(Fransisco Pancho Villa)와 그의 혁명군들이 미국 국경을 넘어 들어와 미군과 민간인을 살해함에 따라 미국 대통령이 원정군을 멕시코 영토 내로 파견해 이들을 토벌하려 했던 미니 전쟁이었다.

1910년 멕시코에서는 31년 동안 집권하면서도 무능을 드러낸 권력자 디아즈(José de la Cruz Porfirio Díaz Mori) 정권을 끝내기 위한 대통령 선거가 있었으나, 선거 결과는 엉망진창이 되어 버렸고, 이 정권에 반대한 인물들을 중심으로 무력 혁명이 발생하며 내전상태에 빠지게 되었다. 이로 인해 미국은 내전의 불똥이 국경을 넘지 않도록 멕시코 국경에 경계를 강화했는데, 실제로 1910년에서 1920년까지 크고 작은 국경충돌이 발생했었다. 그중 가장 큰 규모의 충돌이 '판쵸 비야 원정'이었다.

이 멕시코 내전에서는 권력을 놓고 혁명군끼리도 주도권 싸움을 벌였는데, 1915년, 미국 정부가 부자이자 상대적으로 보수적인 생각을 가진 베누스치아노 카란자(José Venustiano Carranza De La Garza)를 멕시코 정부의 대표로 인정하자, 멕시코 북부를 장악한 서민 출신 혁명군 지도자 판쵸 비야는 미국에 대해 배신감을 느꼈고, 미국-멕시코 국경 지대에서 미국인들이나 미국의 재산을 공격했다.

가장 결정적인 사건은 1916년 3월 9일, 판쵸 비야의 군대가 미국 영토인 뉴멕시코주 컬럼버스(Columbus)와 그곳에 주둔한 미 육군 캠프를 공격하여 도시를 불 지르고 10명의 미국 민간인과 8명의 미군을 죽인 후 말과 당나귀와 중기관총을 비롯한 무기들을 약탈해 간 사건이었다. 이 사건으로 당시 미국 대통령이던 윌슨(Thomas Woodrow Wilson)은 판쵸 비야를 사로잡는다는 하나의 목표를 설정하고 대규모 멕시코 원정군을 편성해서 멕시코 영토 안으로 진입할 것을 명령했다. 그런데 이 원정군을 이끈 인물이 잘 알려진 퍼싱(John J. Pershing) 장군이었다.

그런데 퍼싱 장군은 공교롭게도 네브라스카 한인소년병학교와 제법 관련이 있는 인물이었다. 왜냐하면 그는 위관급 장교 시절 1891년부터 1895년까지 링컨 소재 네브라스카 주립대학의 군사학 교수로서 군사과학과 전술학을 가르쳤었기 때문이다. 그가 군사학을 가르치는 동안 그가 선발하여 훈련시킨 정예 간부후보생 중대가 1892년 네브라스카 오마하에서 열린 전국 간부후보생훈련중대 경연대회에서 우승을 차지했었다.

안형주에 따르면, 그만큼 이 대학은 군사학 프로그램이 좋았고, 그랬기 때문에 박용만은 이 대학을 택하여 졸업했다.[164] 당시 이 대학은 모든 남

---

164) 안형주『박용만과 한인소년병학교』121쪽.

학생들에게 군사학이 필수과목이었는데, 한인소년병학교와 군사학 학점 교환이 가능하여 한인소년병학교에서 여름방학 동안 이수한 군사학 과목 들을 학점으로 인정해 주었다. 박처후의 1913년도 학사기록은 이 사실을 고스란히 보여 주고 있다. [165] 이 대학에서 3학년까지 다녔던 이명섭이 소년병학교에서 과학을 가르칠 수 있었던 것은 아마도 이곳에서 군사과학 과목을 이수했기에 가능했던 일이었을 것이다.

어쨌든 퍼싱의 지휘 아래 판쵸 비야를 잡기 위해 멕시코 영토 안으로 쳐들어간 6,000여 명 이상 규모의 미국 원정군은 1916년 3월부터 1917년 2월까지 거의 1년 가까이 멕시코 북부지역에서 작전하며 판쵸 비야의 군대를 사실상 와해시켰다. 그러나 정작 판쵸 비야는 잡지 못했고, 그 전에 작전을 마무리하고 철수해야 했는데, 이는 미국이 유럽에서 진행 중이던 제1차 세계대전 참전이 임박했었기 때문이었다.

판쵸 비야는 미국 원정대의 추격을 뿌리치며 잡히지 않고 잘 도망 다녔다. 멕시코 혁명 기간 중 멕시코 서민들 사이에서는 〈라 쿠카라차〉(la Cucaracha)라는 노래가 대단한 인기를 끌고 있었는데, 〈라 쿠카라차〉는 스페인어로 '그 바퀴벌레'(the Cockroach)라는 뜻이었다. 혁명군 지지자들과 정부군 지지자들은 각각 이 노래를 다양한 가사로 개사해서 정치지도자들을 빗댄 노래로 만들어 불렀다.

그중 이 노래의 주인공인 '그 바퀴벌레'를 판쵸 비야에 빗댄 것이라 알려진 가사가 가장 유명한데, 그것은 이러했다.

"그 바퀴벌레는, 그 바퀴벌레는 더 이상 걸을 수가 없다네. 가진 게 없

---

165) 위의 책 170-171쪽, 그림 41-42.

으니까, 피울 마리화나도 다 떨어졌으니까.

그 바퀴벌레가 방금 죽었다네. 그들이 그것을 묻어 주려고 데려가고
있다네. 네 마리의 대머리 수리와 한 마리의 교회당 쥐 가운데로."

(스페인의 오랜 식민지배를 받았던 멕시코인들은 스페인어를 구사했
다. 이 노래는 우리나라에도 오래전부터 음악 교과서에 멕시코 민요로 소
개되었는데, 비교적 최근 교과서는 마을을 행진해 가는 병정들을 바라보
며 마을 사람들이 미소 짓는다는 건전한(?) 가사에 '그 바퀴벌레'가 끈질긴
생명력을 가진 서민들을 지칭한 것이라는 설명을 덧붙이고 있다.)

앞서 언급한 바 있지만, 멕시코 내전에는 멕시코 이주 한인들 중 일부가
독립자금을 번다는 명목으로 혁명군 편에 용병으로 가담한 일이 있었지
만, 이를 주도한 이들이 인신매매 루머에 휩싸이고 희생자들이 발생하며
불미스럽게 끝이 났었다.[166]

한편 멕시코 원정군을 이끌고 멕시코 땅으로 들어갔던 퍼싱 장군은 그
곳에서 중국인들의 도움을 크게 받았다. 그는 527명의 멕시코 내 중국인
들로 하여금 자기 군대와 함께 다니며 식사 준비와 세탁일을 해 주도록
고용했는데, 이들의 헌신적인 노동에 크게 감명을 받은 퍼싱은 중국인 이
민을 금지하는 자국 법(the Chinese Exclusion Act)에도 불구하고 이들을
미국으로 데려와 거주할 수 있도록 특별히 정부에 요청하여 허락을 받아

---

166) 「과테말라 혁명에 한인 고용병」 [신한민보] 1916. 9. 8. 3면 7단; 「멕시코에서」 [신한
민보] 1916. 9. 14. 3면 6단; 「혁명에 팔려간 동포 30명 다 죽는단 말인가」 [신한민보]
1916. 10. 26. 3면 1단; 「혁명군에게 팔린 동포」 [신한민보] 1916. 11. 1. 3면 6단; 「혁
명에 죽은 동포」 [신한민보] 1917. 8. 16. 3면 6단.

냈다. 미국인들은 이들을 '퍼싱 차이니즈'라 불렀다.[167] 이래저래 멕시코 내전은 나름 동아시아인들이 다양한 형태로 개입한 전쟁이 되었다.

어쨌든 '판쵸 비야 원정'에는 여러 주의 주 방위군 소속 부대도 동원되었다. 이관수는 아마도 이들 가운데 하나에 소속되어 미국-멕시코 국경 지대에서 임무를 수행했을 것으로 추정된다.

그렇다면 이명섭은? 그가 말했다는 '스페인 전쟁'은 일단 이 '판쵸 비야 원정'이었을 가능성이 가장 높아 보인다. 멕시코인들이 스페인어를 사용했으므로 집안 내 전달과정에서 '스페인 전쟁'이라 와전되었던 것 같다. 이명섭의 행적에서 공백이 나타나는 시점은 그가 네브라스카 주립대학 3학년을 마친 후인 1915년과 1916년 상반기이다. 1915년과 1916년 상반기라면 한인농업주식회사에 주주로 참여한 시기이다.

그가 이 전쟁에 참전했다면 아마도 이 공백기 중 한 기간일 것인데, 그렇다 해도 정식 군인으로서는 아니었을 것이다. 이관수의 경우처럼 그가 멕시코 전쟁에 참전하기 위해 미군에 입대했다는 [신한민보]의 기사도 없으며, 더욱이 1916년 하반기에 그는 미네소타 대학 약학과 4학년으로 편입했기 때문이다. 따라서 그가 실제로 어떤 형태로든 미군의 이 멕시코 북부 원정에 참여했는지의 여부는 판단하기 어려울 것 같다. 분명한 것은 당시 재미 한인들 가운데 미군 입대에 눈을 돌렸던 사람들이 있었다는 점이다.

'판쵸 비야 원정'을 마치고 돌아온 퍼싱 장군은 제1차 세계대전 참전 미군 총사령관이 되어 유럽 전선으로 갔다.

---

167) 「Pancho Villa Expedition」 [Wikipedia].

미주 한인들의 제1차 세계대전 징병과 참전

1916년 하반기부터 1918년 6월까지 이명섭은 미네소타에 있었다. 그런데 미국은 1917년 4월에 제1차 세계대전에 참전을 결정했고, 이명섭은 미네소타 대학 재학 중 세계대전을 맞이하게 되었다. 따라서 1917년 하반기 이후 1918년까지 대학도 전시체제로 전환되어 운영되었으며, 미네소타 대학에서도 많은 남학생들이 군에 입대하였다.

1917년 미국 정부는 이 무렵 유럽 전선에 보낼 병력 확보를 위해 미국에 거주하는 21세 이상 31세 이하의 모든 남성들에게 6월 5일까지 군입대를 위한 등록을 명령했다. 이에는 외국인들도 포함되었는데, 다만 외국인들은 군입대를 원치 않을 경우 외국인임을 들어 징병을 피할 수 있었고, 원하는 외국인 남성들은 추첨을 통해 선발해 갔다. 한인들의 경우도 예외가 아니어서, 제1차 세계대전에 참전하게 되는 한인들이 나타나기 시작했다.

[신한민보] 1917년 5월 31일 자는 당시 미국 정부가 포고한바 징병 등록을 위한 유의사항을 번역하여 실었다. 그것은 이와 같았다.

> "와싱톤 정부는 징병 등록의 주의할 사항을 자와 같이 포고하였으니
> 1. 전국의 등록은 기한을 정하니 1917년 6월 5일까지며
> 2. 미국에 거류하는 남자 연령 21세 이상 31세 이하(생일로 계수)인 자를 1917년 6월 5일에 일제 등록하되 오직 해 육 군 장교 병사는 등록치 아니하며
> 3. 등록과 징병은 두 가지 일이라. 만일 사고가 있으면 군사 되지 않을 수 있으되 반드시 그 이유를 등록할 것이며

4. 등록은 공공의 책임이니 임을 다하지 않는 자는 반드시 옥에 가둘 것이며 (옥에 가두는 이유는 징병령 안에 자세히 설명하였음) [이 요건을 보면 미국적민이 아니라도 반드시 등록]

5. 병들어 친히 등록사무소에 가서 등록할 수 없거든 다른 사람을 「씨티 쎄크레타리」에게 보내어 등록지를 가져다가 격식을 따라 기록하고 피봉에 자기의 현주한 주소를 쓰고 우표 붙여서 등록사무소에 보내면 등록관이 책에 올린 후 등록지를 본인에게 내보내 줄 터이며

6. 1917년 6월 5일은 등록 당기일이며 등록 시간은 당일 상오 7시로부터 하오 9시까지 당함.

◆ 등록할 요령

(1) 성명 연령, (2) 일정한 주소, (3) 생년월일, (4) 미국 출생 여부 [중략] (12) 징병 면제를 청구하는 경우 만일 청구하면 그 이유를 설명. 등록 요령이 이러한바 만일 외국인이 군사 되기를 원치 않으면 제 (12)에 이르러 「나는 외국인이며 군사 되기를 원치 않습니다」를 기록할 것이라더라."[168]

그런데 해당 연령층의 한인들은 외국인이었음에도 불구하고 대부분 징병면제를 청구하지 않고 참전하기를 희망했던 것으로 보인다. 그래서 등록자 가운데 130만 명 정도가 추첨을 통해 뽑힐 예정인 가운데, 한인 중에도 뽑힌 사람들이 나왔다. 가령 1917년 7월 26일 현재, 스탁톤에서 4명(김

---

168) 「징병 등록에 주의할 사항」 [신한민보] 1917. 5. 31. 3면 5-7단.

용성, 장병훈, 송건수, 이조지), 샌프란시스코에서 4명(안득현, 백일규, 임정규, 김원서)이 먼저 당첨되었으며, 그 외 지역은 결과를 기다리고 있는 중이었다. 다만 이들이 당첨되었다고 무조건 징집되는 것은 아니었고, 미의회에서 외국인 징병 법안이 부결된 바 있어서, 본인이 마지막 단계에서 징병 어부를 최종 결정할 여지는 남아 있었다.[169]

그러나 외국인의 징집 거부는 곧 본국송환으로 이어질 상황이었다. 미국 육군부 명령에 따르면, 징병 등록을 한 외국인으로서 징집 거부를 택한 사람들, 특히 '련군국' 즉 미국이 속한 관련국들(Associated Powers), 예컨대 영국, 프랑스, 러시아, 일본, 이탈리아, 중국, 그리스, 세르비아, 루마니아, 벨기에, 캐나다, 오스트레일리아 등에서 온 사람들은 본국으로 송환하여 그 나라 군인으로 참전하게 한다는 것이 미국의 방침이었다.[170]

당시의 한인들 입장에서는 본국으로 송환되어 본국의 군인이 된다는 것은 곧 일본 통치하의 한국으로 송환되어 일본군이 된다는 것을 의미했다. 그러니 한인 가운데 누가 징병 등록과 징집을 거부하랴? 징병 등록 자체를 하지 않는다면? 그는 탈영병 취급을 받아 '포살'될 처지였다.[171]

이명섭이 재학 중이던 미네소타 대학에서도 많은 학생들이 정식군사훈련을 받고 전쟁에 참전했다. 그러나 1917년 6월 5일에 1884년 1월 15일생이었던 이명섭은 서양 나이로 33세였으므로 징병 대상은 아니었다.[172] 이명섭이 졸업했던 해인 1918년 미네소타 대학의 졸업식순 및 졸업자 명단

169) 「징병 추첨과 동양사람」 [신한민보] 1917. 7. 26. 3면 4단.
170) 「병역 불원 외국인 처치법 – 본국으로 돌려보내어」 [신한민보] 1917. 8. 30. 3면 4단.
171) 「병역을 원치 않고 도망하면 – 잡아서 군률로 포살」 [신한민보] 1917. 8. 30. 3면 4단.
172) 백일규는 1880년 3월 11일 생으로 알려져 있는데 당첨된 것으로 보아 미국에 등록된 서류에 그의 나이가 다르게 적혀 있었던 것으로 보인다.

(Annual Commencement)에는 1차 세계대전 중 군복무에 들어간 이들의 이름 뒤 상단에 '별표'가 붙었다. 이명섭의 이름 뒤에는 '별표'가 없었다.

당시 미국의 남자 대학생들은 대학에서 군사훈련을 받았으며, 이에는 외국인 학생들도 예외는 아니었다. 하지만 미국이 1차 세계대전 참전을 결정하고, 대학도 전시체제로 운영되기 시작하자 상황은 달라졌다.

훗날 서울대 총장을 지낸 바 있는 장이욱의 자서전에 따르면, 그는 1917년에 미국 듀부그(Dubugue) 대학에 재학 중이었는데, 전쟁 참전 결정 이전에는 외국 유학생들도 학교에서 군사훈련을 받았으나 전쟁 참전이 결정되며 미 육군에서 파견된 대위급 정식교관들이 학교에 배치되자 오히려 외국인 유학생들은 군사훈련을 면제받았다고 한다.[173]

그런데 미국이 본격적으로 전쟁에 개입하면서 전시 징집은 보다 확대되었다. 이명섭이 대학을 졸업한 직후인 1918년 9월 12일에 2차 징병 등록이 실시되었는데, 이때는 내외국인을 막론하고 만 18-20세와 32-45세까지가 그 대상이었다.[174] 이명섭도 대상이 되는 상황이었다. 하지만 전쟁은 같은 해 11월에 끝나게 되어 2차 징병 등록은 한인들에게 큰 의미가 없었을 것으로 보인다.

1918년 4월 25일 현재 한인으로서 미군에 자원입대하여 복무하고 있었던 것으로 알려진 이들은 육군 5명(한영호, 송인석, 이관수, 오관선, 정덕천)과 해군 2명(김호식, 조병호)을 포함하여 총 7인이었다.[175] (이 중 이관수는 1917년 7월에 미국 노트 플랫강에서 익사한 이관수와 동명이인이거나, 해당 기사의 오류인 것으로 보인다.) 물론 이들이 미군 입대자 또는 1

---

173) 장이욱『나의 회고록』서울: 샘터. 1975, 68쪽.
174)「미국의 제2회 징병 등록, 이후 질문을 주의하오」[신한민보] 1918. 9. 19. 1면 1단.
175)「한인 종군자 7인」[신한민보] 1918. 4. 25. 3면 4단.

차 대전 참전자의 전부는 아니었다.

징병에서 선발된 한인들 가운데 실제 전쟁에 참전했던 이들도 있었다. 장기간의 참호전에 기관총과 화학가스 같은 신무기 앞에 무방비로 노출된 병사들의 대량 살육, 그리고 참호 안의 지옥 같은 비위생적 환경 때문에 발생한 각종 질병으로 악명이 높았던 이 전쟁에서 한인 전사자의 발생은 피할 수 없는 것이었다. 대표적인 사례가 네브라스카 한인소년병학교 출신의 박장순이었다.

박장순은 전시 종군에 자원하여 미 육군 보병부대에 배치되었다.[176] 네브라스카 한인소년병학교에 들어가기 전부터 정희원과 함께 일찍이 와이오밍주의 수퍼리오 탄광에서 일하며 한인들의 노동을 주선하고 그곳의 한인 광부들을 모아 독립전쟁을 위한 군사훈련을 시키기도 했던 그는 자신이 미군으로 세계대전에 종군하는 이유를 이렇게 설명했다.

> "나는 전장에 나아가 다행히 죽지 않고 돌아오면 **대전 난 중에 보고 들은 큰 경력을 가져 장차 우리 국가의 뜻 있는 동포에게 전하여 주기로 생각하나니 이것이 곧 나의 전장에 나아가는 목적이라**."[177]

그가 자원하여 전쟁터로 나간 것은 '군사상 지식을 연습함이 필요한 줄 생각하고' 미군에 자원하여 멕시코 원정에 나갔던 이관수와 같았다. 즉 현대 전쟁의 경험을 얻어 향후 독립전쟁에 필요한 실전 지식을 얻기 위함이

---

176) 「박창순 씨의 종군 - 륙군 보병대에 근무」 [신한민보] 1918. 7. 4. 3면 2단. '박창순'이라는 이름은 '박장순'의 오기이다. 그에 관한 이후의 기사들은 '박장순'으로 바로잡아 보도했다.
177) 「박장순 씨 간 후의 기념 - 공익심과 모험력」 [신한민보] 1918. 7. 11. 3면 2단.

었다. 두 사람 모두 네브라스카 한인소년병학교 출신들로 이 학교 출신들이 무엇을 지향했는지를 명확하게 보여 주는 실례였다.

그렇게 전장으로 나갔던 박장순은 미 보병 308연대 소속으로 1918년 9월 독일군과의 치열한 전투 중 적탄환에 중상을 입었고, 같은 달 27일에 사망하여 전사 처리되었다. 그의 전사 소식은 '미국 보병 장관'이 텍사스에 거주하던 그의 조카 박귀호에게 보낸 전보를 통해 통보되었고, 박귀호를 통해 한인사회에도 그의 죽음이 알려지게 되었다.[178)

또 다른 네브라스카 소년병학교 출신이자 유학생이던 한영호는 1917년 7월 10일 덴버의 '후비병'(後備兵: 주 방위군인 듯) 모집 사무소에서 미군에 자원입대한 후,[179) 솔트레이크시티 주둔 육군 보병부대 근무하게 되었고,[180) 이 기간 중 첫 출전으로 본토에서 이른바 '홍인종'(아메리칸 인디언) 토벌 작전에 참가했다. 그의 주둔지로부터 서쪽으로 약 250마일 정도 떨어진 곳에서 '홍인종' 약 3천여 명이 일어나 백인을 살해하고 있다는 정보에 따라 그는 보병 '속사포수'로 토벌 작전에 투입된 것이었다.[181) 후에 그는 유럽 전선에 투입되어 프랑스에서 전투에 참여했던 것으로 보이며, 전쟁이 끝난 후 그는 미군에 계속 남기를 원했다고 한다.[182)

한편 1차 세계대전의 한인 참전자 가운데는 전쟁영웅이 되어 돌아온 사람도 있었다. 1차 징병 등록 시 스탁톤에서 당첨되었던 4명의 한인 가운데 하나였던 이윤호(이조지)는 7세 때인 1903년 아버지를 따라 이민선을

---

178) 「박장순 씨는 세계민주를 위하여, 유럽전당에서 전망」 『신한민보』 1919. 2. 27. 3면 1-2단.

179) 「한영호 씨는 종군」 『신한민보』 1917. 7. 19. 3면 3단.

180) 「임성희 씨는 세상을 떠남」 『신한민보』 1918. 2. 7. 3면 4단.

181) 「한영호 씨의 제1차 출전 - 홍인종 토벌에 나섬」 『신한민보』 1918. 2. 28. 3면 3단.

182) 「한영호 씨의 경력담, 군인의 좋은 생활」 『신한민보』 1919. 1. 2. 3면 3-4단.

타고 미국으로 이주한 한인 동포 1.5세로 전쟁 중이던 1918년 미 육군항공대에 자원입대하였다. 비행학교를 마친 그는 그해 6월에 유럽 전선에 배치되어 조종사로 큰 활약을 하고 제대하였다. 그는 비행학교 시절 약혼했던 미국 뉴욕 출신의 한 여인과 결혼하여 장인의 제조업 사업장에서 일하며 가정을 이루어 미국 사회에 정착했다고 한다. 그에 관한 기사가 캘리포니아 스탁톤의 한 지방 신문에 실리기도 했다.[183]

같은 전쟁에 참여했어도 소년병학교 출신자들과 동포 1.5세의 전쟁에 대한 태도와 참전 목적은 상당히 달랐던 것 같다. 전자는 결국 잃어버린 나라를 되찾기 위한 실전 경험의 획득이 목적이었고, 후자는 새로운 땅에 뿌리내리기 위해 치른 하나의 과정이었다. 독립전쟁을 위한 실전 경험의 획득이라는 것이 참으로 까마득해 보이는 목표였지만, 어떤 이들은 이를 위해 중단 없이 나아갔다.

이관수와 박장순 그리고 한영호 모두 이명섭에게는 소년병학교에서 뜻을 함께했던 소중한 동료들이었다.

미네소타 대학 약학과의 '수프 리'

이명섭은 이미 나이가 만 33세를 넘어 1차 징집등록의 면제 대상이었다. 그는 전시체제하에서 대학의 학업을 지속하여 1918년 6월 20일에 열린 46회 졸업식에서 학사학위를 받았다.

1918년 졸업식 프로그램(commencement program) 12쪽과 1917-1918

183) 「비행가 리윤호 씨는 다시 평인 생활을 시작」 [신한민보] 1919. 1. 2. 3면 3단. 양태석 「제1차 세계대전과 미주한인사회」 [군사연구] 제127집. 2009, 243.

년 총장 리포트(The President Report 1917-1918) 127쪽과 130쪽에서 그는 약학 대학 졸업생으로 약학 분야의 4년 정규과정 과학사 학위를 받은 것으로 기록되어 있었다.

> "Only one student, Mr. Muyng Sup Lee, was graduated from the regular four-year course with the degree Bachelor of Science in Pharmacy."[184]

미네소타에서 1년 반 남짓 공부하고 학위를 마친 것으로 보아 네브라스카 주립대학의 학점들을 인정받았던 것 같다. 이 리포트의 128쪽은 그가 그해의 약학과 졸업생 가운데 유일한 한국인(korean)이었음을 언급하고 있었다.

그가 왜 약학을 택했는지는 알 수 없다. 다만 집안에서는 미국 약사 자격증이 있었음에도 화학을 전공했던 것으로 알고 있었을 만큼 화학에 관심이 많았던 것 같고, 또한 소년병학교에서 화학을 가르치기도 했던 것으로 보이는데, 아마도 화학에 대한 관심이 컸고 이후의 직업 선택 문제도 고려하여 약학을 택했을 것이다. 어쨌든 미네소타에서 이명섭은 약학으로 방향을 바꿨다.

흥미로운 것 한 가지는 1918년 미네소타 대학 연감의 약학과 전용 페이지에 '수프' 리("Soup" Lee)라는 별명을 가진 인물이 나오고 있다는 사실이

---

184) [The Bulletin of the University of Minnesota: The President's Report for the Year 1917-1918] Vol. XXII No. 9. March 21. 1919. Minneapolis, Minnesota.

다. 이 '수프' 리는 코믹하게 엮은 짤막한 에피소드의 주인공으로 등장하고 있었는데, 한눈에 보아도 그가 아직 영어에 어눌한 동양인이었음을 알아차릴 수 있었다.

내용은 이러하다. 어느 날 수업 시간에 강사인 뉴콤(새 빗) 박사가 '수프' 리에게 상처에는 요드팅크제 즉 옥도정기(tincture of iodine)를 얼마나 투여하면(바르면) 되겠느냐고 물었다. 그랬더니 이를 몸 안에 요드를 투여하는 상황으로 이해한 '수프' 리는 벌떡 일어나며 (이 부분도 서양인 눈에 동아시아인의 특이한 행동거지로 보였던 것 같다.) 문법에 어긋나는 '깨진 영어'(broken English)와 특이한 발음으로 아래와 같이 다소 엉뚱한 답변을 한 것이다.

For the Pharmacist Only

* * *

Dr. Newcomb: "Mr. Lee, what is the dose of the tincture of iodine?"

"Soup" Lee (bouncing): "Him no give to muchee, dose inside."

〈[Yearbook] University of Minnessota, 1918. 596쪽〉

뉴콤 박사: "이 군, 요드 팅크(옥도정기)의 투여량을 말해보겠나?"

'수프' 리 (벌떡 일어나며): "그에게 너므 마니 안 줍니다, 몸 안에 투약이요."

〈미네소타 대학 연감 1918년, 596쪽〉

이 에피소드가 실제로 일어났던 일인지의 여부는 알 수 없으나 유사한 일들은 꽤 있었을 것이다. 학과 내에서 '수프 리'의 존재는 연감의 특별 코너에 등장할 만큼 꽤 학생들의 관심거리였던 것 같다. 이 '수프 리'가 이명섭이었다는 것은 거의 확실하다. 미네소타에서 통용된 그의 영문 이름이 Muyung Sup Lee였는데, 학생들은 그를 간단하게 '수프 리'라고 부른 것이다. 지금이야 다르겠지만 오래전에 해외 유학을 경험해 본 사람이라면 이러한 동문서답 상황이 꽤 이해가 될 것이다. 아마도 자신의 유학 시절을 떠올리며 슬며시 웃음 짓는 사람도 있을 것이다.

졸업할 무렵 '수프 리'의 영어회화 실력이 어느 정도였을지 궁금하기도 한데, 그래도 의사소통에는 무리가 없었던 것 같다. 졸업도 하고 약사 자격증도 땄으니까. 지금에 비한다면 당시 한인이 미국에서 영어를 배우는 일은 결코 쉽지 않았다. 더욱이 구어로 영어를 유창하게 구사하는 사람들은 손에 꼽을 정도였다. 영문법 책은 없었다. 그래도 부족하나마 1910년 대한인국민회 학무부에서 발행한 영한사전이 있기는 했다.[185] 친일 미국인 외교관 스티븐슨을 제거한 장인환, 전명운의 재판 때 적당한 한국어-영어 통역을 구하기 어려웠던 것도 미국 체류 한인 가운데 영어를 제대로 구사하는 사람이 흔치 않았기 때문이었다.[186]

일본 유학 경험이 있었던 조카 이동제의 경우, 일어를 알았고 그래서 후에 미국에 유학 온 후에는 일어·영어 사전을 사용할 수 있었다. (훗날 이명섭과 결혼한 최애래는 영어에 상당히 유창한 편이었는데, 그녀는 일본 유학 중 영어를 배웠고, 후에 미국 선교사들과 교류하며 구어를 익혔다.) 그러나 대한제국의 국권이 일제에 넘어가기 전에 미국으로 온 이명섭은

---

185) 김원용 『재미한인 50년사』 206쪽.
186) 위의 책 243-244쪽.

일어를 구사하지 못했다. 마땅한 사전조차 없이 영어를 배우는 것은 쉽지 않은 일이었을 것이다. 훗날 아들 이동철은 이명섭에게 기왕 공부했으면 박사까지 하시지 왜 학사로 끝냈느냐고 물은 적이 있었는데, 그때 이명섭은 일하면서 공부하는 것이 무척 어렵고 힘들었다고 했다 한다.

그럼에도 그의 미네소타 시절은 나름 행복하고 즐거웠던 시간이었던 것 같다. (그의 삶을 추적하며 그냥 그렇게 느껴졌다.) 이 기간 동안 그는 오로지 학업에만 전념했다. 그랬기에 1년 반 만에 필요한 학점을 이수하고 대학을 졸업할 수 있었을 것이다.

졸업 후 이명섭은 어디로 갔을까? 1918년 이후 1920년까지는 기록이 없다. 하시만 이듬해인 1921년 1월 13일 자 [신한민보]에 실린 「구미위원부 재정보고 제5호」에서 그의 이름을 찾을 수 있었는데, 여기서 그는 '디트로이트 지방' 소속으로 25달러의 후원금을 낸 것으로 기록되어 있었다.[187] 미네소타보다 약간 동쪽에 위치한 미시간주의 디트로이트 지방에 있었던 것으로 보인다. 이곳에서 정확히 무엇을 했는지는 알 수 없다.

그리고 그의 다음 행적은 1921년 초의 유타(Utah)의 솔트레이크시티 (Salt Lake City)에서 발견되었다.

---

187) 「구미위원부재정보고 제5호」 [신한민보] 1921. 1. 13. 4면 2-4단.

제6장

태산을 넘어 험곡으로:
유타 빙햄의
구리 광산에서

유타주 솔트레이크시티, 1921년의 기록

1918년에 미네소타 대학을 졸업하고 미국의 약사 자격증을 취득한 이명섭은 미시간주의 디트로이트로 갔던 것으로 보인다. 그리고 1921년즈음에 유타(Utah)주의 솔트레이크시티(Salt Lake City)로 옮겨 갔다. 외국인인 까닭에 약사로 정식 취업하기는 어려웠을 것이다. 하지만 미국 대학을 졸업하고 영어를 구사했던 그는 1921년에 이미 그 지역 한인들을 대표하는 인물이 되어 있었다.

솔트레이크시티에는 1900년대 초반부터 일찌감치 한인들이 거주하고 있었다. 한인 유학생들을 위한 학생기숙사를 운영했던 한인이 있었을 만큼[188] 유학을 목적으로 이곳에 오는 한인들도 꽤 있었던 것 같고, 인근 광산이나 철도 노동에 종사하는 노동자들이 끊임없이 있었기 때문에 지방회 조직을 구성하기 위한 활동도 일찍부터 지속되어 왔던 것으로 보인다. 특히 1919년 이후 3.1절(독립선언 기념일) 행사는 지방회 조직을 중심으로 비교적 꾸준히 치렀다.

우리 모두가 잘 알고 있는 대로 1919년의 한국은 3.1 운동이라는 엄청

---

188) 강정건 「염호 학생기숙사」 『공립신보』 1909. 7. 14. 2면 7단.

난 거국적 사건을 통해 민족의 거대한 에너지를 뿜어내며 강력한 독립의지를 세상에 드러냈다. 그것은 당시 동경 한인 유학생들 가운데 존재했던 조선청년독립단이 2.8 독립선언을 발표하고 이를 본국과 상해에 뿌림으로써 그동안 쌓여 왔던 한국인들의 독립의지에 불이 붙어버린 결과였다.

3.1 운동에 대한 반응은 미국 본토의 한인사회에서도 매우 뜨거웠다. 1920년부터 해마다 지역별로 3.1 운동 기념식이 거행되었다. 1918년 이후 이명섭의 첫 기록이 나타난 것은 1921년에 거행된 제2회 3.1 독립선언 기념식에서였다.

[신한민보] 1921년 3월 10일 자에는 「각 지방 독립 경축」이라는 제목하에 미국 내 거주하는 한인들의 제2회 3.1 독립선언 기념식에 관한 기사가 게재되었다. 이 기사의 서두는 이렇게 이 기념식을 소개하였다.

> "한국 근세 정치사에 처음 되는 영광스러운 날이요 현금 우리 독립운동에 가장 광명한 날이요 한인이 세계 사람을 한 번 경동시킨 날 곧 3월 1일 한국 독립선언일 기념은 한인현자는 어떤 지방 어떤 처지에 있든지 다 거룩하게 기념하였을 줄 추측하는 바라. 미국 체류 동포들의 독립 기념 경축 시 행한 정형을 보고 들어오는 대로 이에 기재하노라."

이 기사에 따르면, 기념식은 각 지역별로 열렸다. 그중 유타주의 기념식은 이례적으로 성대했던 모양이다. 그리고 이명섭은 이 기념식을 주도한 두 명의 주요 인물 중 하나로서, 이명섭은 류계삼이라는 인물과 더불어 기사의 표현을 빌자면 '쏠렉 시티에 체류하는 한인 전체 대리인' 역할을 하고 있었다.

아래는 「쏠렉 시티 경축 - 뜻밖에 성대히 되어」라는 부제가 달린 해당 기사의 유타주 부분이다. 이 부분에서 기사는 이명섭과 류계삼 두 사람이 작성하여 보내온 통신문의 내용을 중간에 직접 인용하고, 그 후 식순을 소개하고 있다.

"유타주 쏠렉 시티에 체류하는 한인 전체 대리인 **이명섭, 류계삼** 양 씨의 **인명 통신**을 의지한 즉 뜻밖에 그 근방 여러 동포들이 한곳에 모여 우리 독립선언 기념 경축을 성대히 거행하였으니 그 통신에 하였으되:

'경계이온 바 이곳은 **유하는 동포가 23인에 지나지 못함으로 일찍이 국민회 지방회를 설립하지 못하였으나** 중심의 정성은 가득히 지내다가 금번 **독립선언 기념일**에 이르러 사오십 리 밖에 유하는 동포들이 일제히 모여들어 천만 의외의 다수 동포로 조직된 성대한 예식을 지내었나이다. 한갓 유감되는 것은 총회를 위하여 약간의 재정으로 **우리의 직분**을 다하고자 하였으나 그러나 이 근방 여러 곳에는 노동 결핍으로 얼마간 영향을 받음으로 우리들의 정성을 이루지 못하였으되 열성의 열매가 멀지 않기를 맹세하고 각기 처소로 돌아갔나이다.'

경축의 순서는 아래와 같으니:

1. 개회
2. 취지 설명 주석 - **이명섭**
3. 기도 - 김대위
4. 애국가 - 일동
5. 독립선언서 낭독 - 류계삼
6. 국기 경례식 - 일동
7. 경축가 - 류계삼, 김대위

8. 수의 연설 - 김룡하, 김금식, 전부문

9. 축사 - **이명섭**

10. 만세 삼창

11. 기도 - 김대위

12. 폐회

폐회 후 만찬회와 여흥회가 있었다더라."[189]

경축행사는 북미총회 및 각 지역마다 거의 같은 순서로 진행되었다. 전체적으로는 기도가 포함된 기독교식이었으며, 취지 설명, 애국가 제창, 독립선언서 낭독, 국기에 대한 경례, 축가, 연설 등으로 이어졌다. 그리고 폐회 후에는 만찬과 여흥의 시간이 있었다.

이명섭과 류계삼이 대한인국민회에 보낸 통신문에는 두 가지 주목할 만한 내용들이 있었다. 그 첫째는 이들이 이날을 '독립선언 기념일'로 부르며 단순한 기념일이 아닌, 경축일로 인식하고 있었다는 사실이다. 이는 당시 미주의 한인들이 3.1 운동의 역사적 의의를 판단함에 있어서 '독립선언'에 보다 큰 비중을 두었다는 것을 의미한다. 이는 마치 미국의 독립기념일을 연상시키는 명칭이다. 둘째, 과거 유타 솔트레이크 지역에는 한인 숫자가 얼마 되지 않아 대한인국민회 지방회가 없었으나, 성대하게 치러진 이번 독립선언 기념일을 계기로 지방회 구성이 가능해진 것처럼 보고하고 있다는 점이다. 이들은 국민회 총회 재정에 기여하는 것을 의무로 여기고 있었으며, 좋지 않은 노동상황으로 인해 이를 충분히 이행하지 못한 것을 안타깝게 여기고 있었다.

---

189) 「각 지방 독립 경축」 [신한민보] 1921. 3. 10. 3면 2-3단.

아마도 두 사람 모두 이곳에 대한인국민회 지방회를 조직하기 위해 노력을 기울였던 것으로 보인다. 1919년의 「북미총회 관하 미묵 각 지방회 지도」를 보면 유타 지역에는 지방회가 서게 될 유력한 지역으로 분류되어 있었다.[190] 북미총회에서 지방회를 조직하기 위해 노력을 기울이던 곳이 었다고 할 수 있을 것이다. 어쨌든 이명섭은 이 무렵 대한인국민회의 정책을 충실하게 따르고 있었다.

1921년 2월에 북미대한인국민회 총회장에 당선된 최진하(목사)는 그 해 5월 6일 와이오밍과 유타주에 살고 있는 동포들을 '심방'(방문)하기 위해 캘리포니아를 떠나 동부로 향하는 기차에 올라탐으로 15일간 이어진 그의 중부 지역 동포방문 여행을 시작했다. 그는 자신의 동포방문 기록을 [신한민보] 5월 26일 자에 게재했다.[191] 그가 밝힌 동포방문의 목적은 이 지역 동포들의 '노동형편과 사업형편'을 파악하는 것이었고, 이 방문 기록을 신문에 게재하는 것은 이들에 관한 소식을 알고 싶어 하는 캘리포니아 및 동부 거주 동포들을 위함이었다.

아울러 그가 직접적으로 언급하지는 않았지만 이 지역에서 사업을 하는 동포들로부터 국민회를 위한 후원금을 모금하고자 하는 목적도 있었음이 그의 글에 암시되어 있었다.

최진하는 7일 오후 5시 유타의 옥덴(Ogden)에 도착하여 마중 나온 조희환의 안내로 숙소를 정하고, 먼저 왕운봉 부부가 운영하는 양찬관 즉 서양음식점 '유, 에스, 케푸'(U. S. Cafe)에 들러 동포 몇 사람과 인사를 나누었다. 그 후 그는 '엄파야 호텔'(엠파이어 호텔: Empire Hotel)에 모인 45

---

190) 「북미총회 관하 미묵 각 지방회 지도」 [신한민보] 1918. 8. 8. 3면 1-3단.
191) 최진하 「동포심방실기(와요밍, 유타 등지)」 [신한민보] 1921. 5. 26. 1면 1-4단.

명가량의 동포들과 이야기를 나누며 국민회 사정을 전했다. 이어 그는 기차를 타고 와이오밍(Wyoming)주의 락스프링스(Rock Springs)를 거쳐 수피어리어(Superior)로 가서 많은 동포들의 환대를 받았고, 거기서 다시 유타로 돌아가 '츄레이몬톤'(Tremonton)의 동포들을 만났다.

여행의 막바지에 최진하는 유타의 '쏠렉' 즉 솔트레이크시티에 있는 이명섭을 만났다. 그리고 다시 첫 방문지였던 옥덴으로 돌아가서 거기서 기차를 타고 캘리포니아로 돌아갔다. 그의 방문기 마지막 부분을 장식한 이명섭과의 만남에 관한 기록은 다음과 같다.

> "**쏠렉**에 당도하여 그 익일 곧 16일 아침 9시에 **엣라쓰 뿔락 빌딩 사무실에서 이명섭, 정덕근 양 씨를 만나** 이 씨의 인도로 처소를 정한 후 얼마간 앉아서 정의를 소통하였다. 그날 오후 7시에 **이명섭** 씨의 인도로 동포 몇 분을 만나서 **국민회 사정을 말하였다**. 그 익일 곧 17일 오전 10시에 **이명섭 씨 사무소에 가서 얼마간 담화하다가** 오후 3시에 옥덴으로 나와서 몇 분 동포를 더 심방 후 그 익일 곧 18일 낮 12시 20분에 서던 페이스픽 급행 차를 잡아타니 기차는 나를 대표하여 웅장한 소리로 여러 분에게 굿바이로 작별을 고한다. 옥덴 마운틴으로부터 오는 서늘한 바람이 나의 마음을 상쾌하게 한다. 기차 안에서 지루한 일 주야를 지나서 그 익일 곧 19일 오후 두 시에 사무실에 회환하였다."[192]

---

192) 위의 기사.

• 광산 노동자에서 의사가 된 '엣라쓰 뽈락'(아틀라스 블럭) 빌딩 사무실의 정덕근

'엣라쓰 뽈락' 빌딩 사무실에서 이명섭과 함께 최진하를 만난 정덕근은 1915년 유학을 목적으로 상해에서 배편으로 미국에 입국한 인물이었다.[193] 그는 꽤 흥미로운 경력을 가지고 있었는데, 1918년에 미국 국적을 얻기 위해 미군에 입대하고자 했던 그는 미군 복무에 유리할 것이라 판단하여 전보를 전송하고 수신하는 법을 배웠다.[194] 이후 그가 실제로 미군에 입대했는지 여부는 불확실한데, 1918년 9월에 유타주 빙햄 구리 광산 '역소'(노동소)에 다른 한인 노동자 30여 명과 함께 체류하고 있었던 것으로 보아,[195] 이 당시는 이곳 광산에서 노동일을 하고 있었던 것으로 보인다.

1921년에는 이명섭과 함께 솔트레이크시티에 있었지만 무슨 일을 했는지 분명치 않고, 이후 캘리포니아로 가서 1928년에 대학을 졸업했다.[196] 훗날 그는 의사가 되어 미국에서 일하다가 1932년에 한국으로 귀국했는데, 본국에 있는 동안 현대의학보다는 자연치유법을 강조하며 활동했으며,[197] 몇 년 뒤 다시 미국으로 돌아온 것으로 보인다.[198]

이후 미국에서 정덕근은 공산주의 계열의 재미 조선민족혁명당 활동을 했고,[199] 한길수와 더불어 임시정부의 대표성에 비판적인 입장을 취했

---

193) 「신도학생」 [신한민보] 1915. 7. 22. 3면 2단; 「동포상륙」 [신한민보] 1915. 8. 5. 3면 1단.
194) 「정덕근 씨는 미국에 입적 - 군용 타전 법을 실습」 [신한민보] 1918. 2. 21. 3면 3-4단.
195) 「국치일 각 지방」 [신한민보] 1918. 9. 23. 4-5단.
196) 「남가주에 우리 졸업생들」 [신한민보] 1918. 1928. 6. 21. 1면 5단.
197) 이에 관한 기사들이 1932년부터 1936년 사이의 [동아일보]에 다수 발견된다.
198) 「나성 감리교회의 감사장」 [신한민보] 1937. 1. 14. 4면 4-5단.
199) 「각 단체 연합위원회 대표 선출」 [신한민보] 1944. 1. 13. 1면 1단.

다. [200] 방사겸의 [평생일기]에 따르면, 그는 해방 후 이승만 정부로부터 공산주의자로 낙인찍힌 상태였다. [201]

　최진하의 기록에 따르면, 당시 이명섭은 유타의 최대 도시 솔트레이크 시티에 자신의 사무실을 가지고 있었다. 옥덴의 기차역으로 떠나기 전 이곳에서 최진하는 이명섭과 한동안 담화를 나누었다. 최진하의 기록에는 이명섭이 그곳에서 무슨 일을 했는지는 정확하게 언급되어 있지 않지만, 다른 기록을 통해 대략 짐작할 수 있었다.

　최진하의 방문기는 1921년 유타와 와이오밍에 거주하던 한인들이 어떤 직업에 종사했는지를 잘 보여 준다. 그가 이 지역을 방문할 수 있었던 것은 미국의 서부와 동부를 연결하는 대륙횡단철도의 건설과 관련이 있었다. 미국에서 이 철도건설사업은 유니언 퍼시픽 철도 회사(the Union Pacific Railroad)가 처음으로 유타의 옥덴에서 네브라스카의 오마하까지 철도를 연결함으로써 시작되었다.

　그의 방문 기록에 등장하는 유타와 와이오밍의 한인들은 이 철도사업과 관련이 깊은 사람들이었다. 철도 회사에 소속되어 있던 노동자들이 있었고, 이 철도망과 직결되는 광산업에 종사하던 사람들, 식당을 운영하거나 한인 노동자들을 위한 '보딩'(boarding) 즉 숙박업을 하던 사람들, 그리고 이 지역의 미개척 농토를 개간하여 농장을 운영하던 사람들이었다. 모

---

200) 「연합국 상항회의에 한국대표 참가에 대한 여론」 [신한민보] 1945. 4. 12. 2면 1-2단.
201) 방사겸 『방사겸 평생일기』 한국독립운동사 자료총서 제21집 천안: 독립기념관 한국독립운동사연구소. 2006, 134-135쪽. 이승만 정부의 외무부는 정덕근의 아내 유신덕이 미국에 체류 중인 남편을 만나기 위해 신청한 여행권 발급을 거부했었고, 이에 정덕근은 외무장관 임병직과 친분이 있는 방사겸에게 부탁을 했다. 결국 정덕근의 부인은 방사겸이 임병직을 설득해서 여행권을 얻을 수 있었다고 한다. 같은 책 143-146쪽.

두가 대도시와는 거리가 먼, 미국 땅 안에서도 무척이나 낯선 오지에서 생존을 위해 분투하던 개척자들이었다. 이들의 개척정신은 참으로 놀라웠다.

최진하의 방문 기록 마지막 부분은 [신한민보] 1921년 6월 9일 자에 실렸다. 여기에서 그는 와이오밍과 유타 동포의 '노동형편'을 소개했는데, 이를 간단히 말하면 단기간 내에 가장 돈을 잘 벌 수 있는 곳은 수퍼리어 탄광이며, 이곳에서는 하루에 최소 15달러를 쉽게 벌 수 있으므로 1-2년 정도만 일해도 작은 사업을 시작해 볼 만한 자본을 만들 수 있다는 것이었다.

> "와이오밍, 유타 등지에 체류하는 우리 동포들의 하는 일은 대개 탄광일, 집일, 음식 만드는 일 등 몇 가지가 있는데, 그중 돈 벌기로는 수퍼리어 탄광이 제일이더라. 한날에 혹 30원(달러)까지 버는 이가 있으나 이는 특별한 것이오 보통으로 매일 십오육 원(달러)의 수입은 용의하더라. 수퍼리어 탄광에 체류 동포의 수효가 남녀 모두 합하여 40여 인인데, 그중에 노동할 수 있는 이가 30여 인이더라. 이를 계산한즉 30명의 매일 15원(달러)씩이면 450원(달러)이요 한 달이면 1만 3,500원(달러)이요 1년이면 16만 2,000원(달러)이라. 1년 동안 일 없는 날이 있다 하고 이를 절반으로 계산하여도 8만 500원(달러)이니, 한 사람 앞에 2683원(달러) 33전(센트)이니 이것이 참으로 우리에게는 큰 재정이 되겠더라. 한 사람 앞에 수삼천 원(달러) 자본만 가졌으면 적은 사업이라도 할 수가 있겠더라."[202]

---

202) 최진하 「동포심방실기(와요밍, 유타 등지 동포의 형편)」 [신한민보] 1921. 6. 9. 1면 2-3단.

그러나 이것은 아무래도 과장된 것으로 보인다. 1923년 [신한민보]에 이명섭이 올린 빙햄 구리 광산 노동자 모집 광고에서 좋은 조건의 일당이 3.5-5.5달러 선이었다.[203]

한편 최진하의 기록에 따르면, 양찬관(서양 식당)을 운영하는 왕운봉 외에 사탕무 재배에 종사하던 한인이 9명이었다. 이들은 홀로 215에이커를 경작하는 홍재성을 제외하고는 대략 20-60에이커 정도를 경작했는데, 최진하의 계산으로는 경작비용을 감하고 1인당 연 수입이 55달러 55센트였다.[204] 이것이 사실이라면 이 지역에서 농업으로는 생존 자체가 불가능하다. 역시 잘못된 또는 과장된 계산인 것으로 보인다. 미국은 한국보다 훨씬 임금이 수준이 높아 유학생들도 방학 동안 3-4개월 만 일하면 1년 학비를 벌 수 있다고 썼는데, 정말 이러했다면 누가 농업을 하려 할까?

[신한민보] 1923년 7월 26일 자에 실린 기사에 따르면, 하와이 사탕수수 농장과 파인애플 농장 노동자의 월수입이 35달러, 상점이나 공장 노동자는 월수입 60-100달러였고, 농장 생활자들의 월 생활비 지출은 독신 기준 20달러, 도시 생활자들의 월 생활비 지출은 독신 기준 40달러 정도였다.[205] 앞서 최진하가 언급한 수페리어 광산의 임금과 농장의 연 수입을 이에 비교하면 그의 계산이 터무니없는 것임이 드러난다.

그러나 어쨌든 수치의 정확성 여부를 떠나 최진하가 강조하고 싶었던 것은 농업보다는 광산 일이 훨씬 큰 돈벌이가 되며, 가급적 돈벌이가 잘 되는 일에 많이들 종사하여 본인도 자본을 모으고 아울러 대한인국민회

---

203) 이명섭 「롱쌉에 돈 벌 수 있소」 [신한민보] 1923. 11. 22. 4면 6단(광고).
204) 최진하 「동포심방실기(와요밍, 유타 등지 동포의 형편)」 [신한민보] 1921. 6. 9. 1면 3-4단.
205) 「하와이 동포의 생활문제」 [신한민보] 1923. 7. 26. 4면 1-4단(논설).

에 기부금을 많이 냄으로써 임시정부의 독립운동에 크게 기여하자는 것이었다. 여기에서 최진하의 동포방문 목적이 잘 드러난다. 그는 자신의 글 말미에 '나의 감상'이라는 소제목 아래 다음과 같이 결론을 맺었다.

> "이번 와요밍 유타 등지에 체류하는 동포를 심방하며 나의 얻은 감상은 그곳에 **재류 동포들의 임시정부에 대한 신앙**과 단체에 대한 성의와 개인상 실력에 대한 자각이 풍성함을 볼 때에 이러한 감상을 얻었도다."[206]

　최진하의 유타 와이오밍 방문기는 대한인국민회 총회기 결국 각 지역 한인들에게 무엇을 권장했는지를 잘 보여 준다. 큰 돈벌이가 되는 일에 종사하여 자본을 얻고 자신의 재산을 증식하며 동시에 대한인국민회가 추구하는 독립운동에 재정적으로 크게 기여하자는 것, 그것이다. 3.1 독립선언 기념식을 주도하며 노동 상황의 어려움으로 국민회 총회에 재정 부담을 충분히 하지 못했음을 안타깝게 여겼던 이명섭은 대한인국민회가 지향한 이와 같은 취지를 충실히 이행하고 있었다. 그리고 사실 이것이 다수의 소년병학교 출신들이 학교의 폐교 이후 지향한 길이기도 했다.
　1921년 유타 솔트레이크시티에서 개최된 3.1 독립선언 기념식에 관한 통신문에서 이명섭은 그해 '노동 결핍'이라는 표현으로 노동 환경이 좋지 못함을 언급하며 실직 상태에 놓인 한인 동포들이 많다는 암시를 주었다. 그는 그곳의 동포들이 실직자가 많은 상황으로 인해 대한인국민회 재정을 위한 의무를 충분히 이행하지 못했지만 머지않아 '정성'과 '열성의 열

---

206) 최진하 「동포심방실기(와요밍, 유타 등지 동포의 형편)」」 [신한민보] 1921. 6. 9. 1면 4단.

매'을 제공할 수 있기를 기원했다는 보고를 했다. 아래의 표현에서는 국민회에 대한 강한 의무감이 느껴진다.

> "한갓 유감되는 것은 총회를 위하여 약간의 재정으로 우리의 직분을 다하고자 하였으나 그러나 이 근방 여러 곳에는 노동 결핍으로 얼마간 영향을 받음으로 우리들의 정성을 이루지 못하였으되 열성의 열매가 멀지 않기를 맹세하고 각기 처소로 돌아갔나이다."[207]

최진하는 1995년 건국훈장 독립장을 받았다. 그의 주요 공적은 1920년 이래 북미대한인국민회 명의로 많은 군자금을 꾸준히 임시정부에 보낸 일이었다.[208] 그의 공적만큼이나 낯선 미국 땅의 깊은 험지에서 위험과 차별을 무릅쓰고 땀 흘려 수고하여 모은 돈을 조국의 독립을 위해 이름도 빛도 없이 기꺼이 내놓은 수많은 동포들의 헌신 또한 기억되어야 할 것이다.

• 최진하의 유타 와이오밍 방문과 국어 교과서 '초등독습'의 편찬

유타와 와이오밍의 동포들을 방문하는 동안 최진하는 몇 차례 동포들을 만난 자리에서 '국민회의 사정'을 말했다는 표현을 사용하고 있다. 이것이 대체로 모금 활동과 관련이 있을 것이라는 짐작은 그리 틀리지 않았다. 1921년 [신한민보] 8월 25일 자에는 그해 5월에 있었던 대한인국민회 북미총회장 최진하의 유타 와이오밍 동포방문 이후 이 지역 동포들이 한인 자녀들을 위한 국어 교과서인 '초등독습'의 편찬을 위해 '보조금'을 기

---

207) 「각 지방 독립 경축」 [신한민보] 1921. 3. 10. 3면 2-3단.
208) 한시준 「최진하」 [한국민족문화대백과사전] 1998. (인터넷판).

부했다는 짧막한 기사와 함께 32명의 기부자 명단이 올라와 있었다. 그중에 5달러를 기부한 이명섭도 포함되었다. 음식점을 운영하던 왕운봉 부부가 합쳐 가장 큰 액수인 30달러 50센트를 냈다.

'초등독습'의 정식 이름은 [초등국민독습(初等國民讀習)]이었고, 이는 총 3권으로 된 국어 교과서로서 그림 중심의 2-3세용 초급단계와, 한국의 지리, 역사, 위인들에 관한 소개 등으로 꾸며진 중급단계, 그리고 외국의 지리, 역사, 위인들 그리고 자연에 관한 내용을 담은 고급단계로 구성되어 있는 책이었다.[209]

상해 임시정부 의정원 의원 후보자 선거에서 얻은 4표의 의미

1919년 2월 8일, 일본 동경의 한인 유학생 조직이었던 조선청년독립단의 2.8 독립선언이 국내에서 3.1 독립선언의 불을 지폈고, 3.1 독립선언과 만세운동으로 결집된 민족의 에너지는 중국 상해에 임시정부가 조직되는 결과를 낳았다. 3.1 독립선언은 미국의 한인들에게도 매년 기념식을 거행할 만큼 큰 사건이었으며, 그 정신적인 영향은 국내뿐 아니라 해외에 흩어져 살고 있던 모든 한국인들의 독립에 대한 의지를 군게 함으로써, 궁극적으로 독립운동의 네트워크를 전 세계로 확장시켰다.

이로써 해외로부터, 특히 미국의 한인 동포들로부터 독립운동자금이 유입될 수 있는 확고한 기반이 마련되었으며, 이는 독립운동이 일회성 개별 이벤트로 그치지 않고 꾸준히 지속될 수 있도록 해 주는 동력이 되었

---

209) 윤금선 「1920년대 미주 한인의 국어 교과서 연구 - '초등국민독습'을 중심으로」 [국어교육] 155권. 2016, 149-188쪽.

다. 3.1 운동의 역사적 의미와 중요성은 여기에 있다. 사실 비폭력 무저항 운동이었고 큰 민간인 희생을 치렀음에도 불구하고 거국적으로 민족의 에너지를 분출시킨 사건으로서 이후의 개별적이고 산발적인 무장투쟁보다 훨씬 강력한 힘을 발휘했다고 볼 수 있다. 해외 한인들과 연결된 독립운동의 네트워크는 상해에서 조직된 임시정부를 중심으로 작동했다.

이명섭의 기록을 찾던 중 발견한 가장 흥미로운 기록 가운데 하나는 그가 1921년에 미주 지역 임시정부 의정원 후보자들 가운데 하나로 신문기사에 이름을 올린 것이었다. 임시정부 의정원은 오늘날의 국회와 유사한 입법기관이자 의결기관이었으며, 의정원 의원은 원칙적으로 중등교육 이상의 학력에 23세 이상 되는 사람으로 그 자격이 제한되었다. 또한 지역별 할당이 있어서 국내 각 도에서 인구 30만 명당 1명씩 총 42명을 선출했고, 중국, 소련, 미주 교민들에게서 각각 3인씩 9명을 선출하여 총 51명의 의원이 의정원을 구성하였다.[210)]

[신한민보] 1921년 3월 24일 자의 「의정원 의원 선거와 선전 기관 설치에 대한 포고」라는 기사에 미주 지역에서 치러진 이 선거에 대한 자세한 사항이 실려 있었다. 그리고 동일한 내용의 기사가 4월 14일 자에도 실렸다. 선거권자는 18세 이상 된 한인 동포였다. 투표는 국민회 지방회 조직을 통해 실행되었다.

그런데 투표를 위해서는 총회에서 투표지를 배포하고 이를 다시 회수해야 했는데, 한인들은 광활한 미주 지역에 퍼져 살고 있었으므로 이를 행하기 위해서는 적지 않은 비용이 발생할 상황이었다. 따라서 북미총회에서는 투표하는 사람에게 2달러 50센트씩 투표 비용을 부과했다. 그래

---

210) 이연복 「대한민국임시의정원」 [한국민족문화대백과사전] 1996. (인터넷판).

서인지 총 투표자 수가 232명으로 참가율이 저조한 편이었다. 이 투표에서 1표 이상을 얻은 의정원 후보자는 총 27명이었고, 37표를 받은 김현구가 1위였으며, 강영승(35표), 이대위(31표), 강영소(24표) 순이었다. 이명섭도 표를 얻었다. 그는 4표를 얻었다.

> "미국·멕시코 동포의 선출한 의정원 의원 후보자의 투표는 5월 23일 북미총회 임원회에서 상항 대의원 정인과 씨와 합석 조사한바 그 결과는 총 투표 232명에 대한 후보자 27인으로 각 후보자의 얻은바 투표수를 공개 발표하니, 김현구 37, 강영승 35, 리대위 31, 강영소 24, 김정진 18, 정인과 17, 백일규 11, 김려식 11, 환사용 9, 정한경 8, 김항주 6, 리명섭 4, 윤병구 3, 송종익 3, 최정익 2, 최진하 2, 김기창 1, 김영훈 1, 남궁염 1, 림호 1, 문양목 1, 박용만 1, 박영로 1, 송헌주 1, 한승곤 1, 홍언 1, 황사선 1."[211]

이후 결선투표는 가장 많은 표를 얻은 네 사람을 놓고 다시 투표하여 2인을 뽑게 되어 있었다. 그런데 3위를 차지한 이대위 이후의 후보들 상당수가 여러 가지 개인사정을 들어 결선투표에 나가기를 사양했다. 아마도 1위와 2위였던 김현구(37), 강영승(35) 후보로 쉽게 결론 내기 위해서였던 것 같다. 물론 4표를 얻은 이명섭은 결선에 나가지는 못했다. 그러나 그의 이후 삶의 행적은 상해 임시정부와 결코 무관하지 않았다.

---

211) 「공고문, 의정원 후보자 투표의 결과」 [신한민보] 1921. 6. 9. 1면 1단.

유타의 산골짜기 구리 광산촌 빙햄으로 들어가다

집안 전승은 이명섭이 미국에서 어느 시점엔가 막연하게 '광산 엔지니어'로 일을 했었다고 기억했다. 그러나 그가 그곳에서 정확하게 어떤 일을 했는지는 아무도 알지 못했다. 약학과를 마치고 약사 자격증을 얻은 약사가 광산 엔지니어라니… 이 당혹스러운 직업에 의문부호가 찍혔지만, 집안의 누구도 이 미스터리에 답을 가지고 있지 않았다. 그리고 이후에 발견한 기록들을 통해서야 비로소 우리는 그가 미국의 광산 회사와 교섭하여 한인들에게 광산 노동을 주선하고 현장의 노동자 캠프를 세우고 관리하고 운영하는 일을 주로 했다는 것을 확인할 수 있었다.

그가 [신한민보]에 올린 첫 번째 노동 주선 광고는 1923년 11월 22일 자 4면 6단에서 발견되었다.

> "유타 캅퍼 회사에서 한인을 다시 환영하오니 속히 와서 장구한 일에 착수하시오. 저간 한인의 로동이 얼마 동안 정지되었소이다. 일이 없어 그런 것이 아니오 한인의 몇 가지 요구를 회사에서 허락지 아니한 고로 한인들이 다 해산하였습니다. 그러나 지금 한인을 다시 청하며 또 한인의 요구를 다 허락하였으므로 다시 와서 캠푸를 완전히 차렸소이다. 공전은 일의 등급을 따라서 매일 8시간에 3원 35전으로 3원 75전 하는 일도 있고, 11시간에 4원 60전으로 5원 25전 하는 일도 있습니다. 일도 쉽고 모든 일이 다 편의 하오니, 기회를 놓치지 마시고 속히 오시오.
>
> 유타 캅퍼 회사에서 리명섭 백
> Mr, M. S. Lee R. R. Box 168

BOSTON CON. PHONE I34R(134R?) BINGHAM UTAH"[212]

당시 미국의 대학에서 유학한 한인들의 주요 전공은 인문사회계열의 학문이나 정치, 경제, 법, 신학, 의학 등이었고, 이명섭이 택한 과학이나 공학을 공부하는 사람은 극히 드물었다. 대학을 졸업한 이들은 거의 도시에 머무르며 일자리를 얻거나 사업을 벌이거나 귀국하여 대학 강단에 서는 것이 보편적이었다. 미국 내에서는 대학을 졸업했다 해도 좋은 직장을 얻는 것이 매우 어려웠기 때문이었다.

위험하고 거칠긴 했지만 임금이 높은 편이었던 광산 노동은 단기간에 목돈을 마련하고자 한인들이 택했다. 여기에서 빨리 목돈을 모아 땅을 매입한 뒤 자신의 농장을 경영하거나, 학자금을 마련해 도시의 대학으로 진학하는 경우도 있었다.

그러나 이명섭처럼 당시 한인들로서는 낯선 이공계를 택하는 사람도 드물었거니와 미국에서 중·고등학교와 대학을 졸업하고 산골짜기 험곡의 광산으로 뛰어든 사람은 더더욱 찾아보기 어려운 경우였다. 그는 마치 남들이 잘 택하지 않는 희한한 코스로 자기 인생의 길을 개척해 가는 것을 즐기는 사람인 것 같았다.

이명섭이 지향한 새로운 삶의 방향은 이 무렵 결정된 것 같았다. 이후로 그는 한인단체나 조직의 장을 맡아 정치성 짙은 활동을 하는 것보다는, 경제 활동에 집중하며 삶의 현장에서 동포들의 문제가 발생했을 때 이를 해결하는 역할을 주로 했다. 미국에서 가족을 가지지 않았던 그는 아마도 귀국을 염두에 두었던 것 같았다. 김원용에 따르면, 재미 한인단체는 모

---

212) 이명섭 「롱쌉에 돈 벌 수 있소」[신한민보] 1923. 11. 22. 4면 6단.

처갓집 근현대사

두 배일기관이었던 까닭에 일본 관리들의 집중적인 주목을 받고 있었고, 이 때문에 본국을 자주 왕래하거나 귀국을 염두에 둔 사람들은 한인단체와 어느 정도 거리를 두었다고 한다.[213] 가족들이 말하는 이명섭은 신중하고 온화한 사람이었다.

다만 한 가지 잊지 말아야 할 사실은 네브래스카 한인소년병학교 교사로 함께했던 이들 가운데 수퍼리오 탄광에서 광부로 일하며 한인병학교 설립을 시도했던 이들이 있었다는 사실이다. 박장순과 정희원이 그러하다. 이명섭 역시 자신의 행로에서 크게 드러내지는 않았으나 끝까지 결코 잃지 않았던 한 가지 목표와 방향이 있었다. 그는 그 길대로 간 것이었다.

시간이 흐를수록 그는 성실한 경제 활동의 결실을 쌓아 갔고, 아울러 그가 대한인국민회에 납부하는 '의무금'의 액수는 꾸준히 올라갔다.

사람마다 조금씩 차이가 있겠지만, 50대 중후반을 살고 있는 나의 경험과 그간의 관찰로 미루어 볼 때, 한 사람의 인생에서 가장 전성기는 30대 후반과 40대인 것 같다. 삶의 현실을 어느 정도 알며 생각이 성숙하고 행동이 신중해지기 시작하는 시기이며 신체적으로도 아직 젊음을 유지하고 있는 때이다. 이명섭은 이 시기의 절반가량을 유타의 광산 지역에서 보냈다. 그의 집안사람들의 면면을 살펴볼 때, 그가 이런 선택을 내린 것은 매우 특이하고 이례적인 일이었다.

이제 그의 빙햄 광산 시대를 이야기해 보기로 하자. 우선 미국 광산의 분위기와 그 속에서 한인들이 어떻게 일을 했는지부터 간략하게 살펴보아야 할 것 같다.

---

213) 김원용 『재미한인 50년사』 85쪽.

1903년 이전의 미국 철도건설현장과 광산에 존재했던 한인들

언제부터인지는 정확하게 말하기 어려우나 꽤 오래전부터 한인들은 미국 땅에 거주하기 시작했다. 기록으로 확인되는 첫 번째 공식 한인 이민자는 서재필이다. 1885년 정치적 망명객 신분으로 미국에 들어간 그는 나중에 의사가 되었고, 미국 시민권을 얻어 공식적으로 최초의 한국계 미국인이 되었다. 그는 미국 대통령을 배출한 정치명문가 집안의 여인과 결혼하여 미국 주류사회에 진입하기도 했다. 그러나 이는 아주 특별한 경우이고, 평범한 한인들의 공식적인 미국 집단이주는 1903년 1월 13일의 하와이 사탕수수밭 노동자로 호놀룰루에 도착한 102명의 이민자들로 알려져 있다.

이러한 형태의 이민은 이후 대한제국이 일제에 외교권을 박탈당하여 미국이민이 금지된 1905년까지 이어졌는데, 이 이민자들 대부분은 미국인 선교사들의 권유를 따라 미국에서 보다 나은 삶을 찾기 위해 이민선을 탄 개신교 기독교인들이었고, 새로운 서구 문명과 신학문을 배우고자 하는 유학생들과 독립운동을 목적으로 하던 이들 또한 그들과 함께 들어왔다. 대략 이명섭이 미국에 들어왔던 시점이다.

그런데 한인들의 미국 이민사를 연구한 이들은 이구동성으로 한인들의 미국 이주가 이보다 더 이전에 시작되었다고 말한다. 이는 1800년대 후반 당시 미국 본토에 살았던 한인들의 존재를 암시하는 흔적이 있기 때문이다. 더욱 기가 막힌 사실은 미국 산간벽지의 광산 지역에서도 이들의 자취가 발견된다는 것이다.[214]

---

214) 이정면 외 『록키산맥에 무궁화 꽃이 피었습니다: 한인 미국초기 이민사. 미 중서부

그렇다면 조선 말의 한인들은 어떻게 어떤 경로로 그곳까지 이르게 되었을까? 1860년에서 1870년 사이에 조선에는 자연재해와 가뭄이 극심하여 수만 명의 농민들과 가난에 처한 다양한 사람들이 중국의 동북부로 이주했다. 그런데 이들 가운데 일부는 중국인들의 미국 이주행렬에 동참했고, 따라서 미국에서는 중국인들로 인식되었던 모양이다.[215]

아메리카 대륙 동부의 도시들을 중심으로 시작된 미국은 드넓은 땅이 있는 중부와 서부를 향하여 땅을 넓혀 가고 있었는데, 1849년에 캘리포니아에서 금광이 발견되며 서부 개척은 더욱 가속화되었다. 수많은 미국인들인 일확천금의 꿈을 꾸며 서부로 몰려갔던 이른바 '골드 러쉬'(Gold Rush)의 시대에 약 4만 여 명의 중국인들이 미국으로 이주했다. 1858년에 미국과 중국의 조약으로 중국인들의 미국 이주가 한때 금지되기도 했지만, 1860년대에 미국의 대륙횡단철도 사업이 시작되면서 철도 노동자들의 수요가 급증하여 중국인 노동자들이 다시 대거 미국으로 들어오게 되었다. 그리고 철도는 곧 광산개발과도 직결되어 있어서, 상당수 중국인 철도 노동자들이 광산 노동자로 전환하기도 했다.

어쨌든 이 시대에 미국으로 이주한 중국인들은 거칠고 위험한 철도와

산간지방을 중심으로』161-167쪽. 이정면 교수가 제시하는 증거는 노동자 기록카드나 사망자 기록 또는 묘비명의 영문 이름에서 찾아 낸 한국인들의 성씨였다. 그러나 그가 제시하는 성씨들 상당수는 중국인들 사이에서도 흔한 경우가 많다. 가령 그는 국적이 불분명한 '이'(Lee)씨 성을 가진 사람을 잠재적 한인으로 분류했는데, 이 성씨는 중국에서도 상당히 보편적인 성씨이다. 심지어는 같은 이유로 그가 대표적인 한국 토종 성씨인 '박'씨로 분류한 'Park'조차 영국이나 스코틀랜드 등 유럽에서도 존재했던 성씨이다. 그러므로 이름만 가지고 한인의 존재를 단정 지을 수는 없다. 그럼에도 불구하고 이 당시 중국인이나 일본인 노동자들 가운데 한인이 포함되어 있었을 가능성은 정황상 매우 높아 보인다.

215) 위의 책 22-37쪽.

광산 노동의 현장에서 생존을 위해 일을 했고, 이 중국인 노동자들의 무리 가운데 한인들이 제법 섞여 있었다는 것이다. 중국인이든 한국인이든 누구든 이 무렵 미국으로 온 동아시아인들은 모두 자국 내의 어려운 정치적, 경제적 상황 때문에 이토록 먼 땅까지 떠밀려 온 사람들이었다.

'에덴의 동쪽'에서 일어났던 일들

1800년대 철도 노동자 신분으로 처음 미국 땅에 들어온 중국인들의 삶은 비참했다. 거의 대부분 남자였던 이들은 미국인 노동자들에 비해 현저히 적은 임금을 받는 것은 물론이고 특정 지역으로 제한된 거주지 밖으로 나가는 것까지 금지당하는 인권유린을 겪었다. (이런 중국인 구역이 후에 차이나타운이 되었다.) 이곳에 갇힌 중국인 남성들은 여성을 접촉할 기회가 없었다.

중국인 남성 철도 노동자들이 당한 이런 일들은 20세기 전반을 배경으로 하는 존 스타인벡(John Steinbeck)의 소설『에덴의 동쪽』(East of Eden)에 비교적 자세히 언급된다. 중국인 철도 노동자의 아들로서 주인공 집안의 요리사 겸 집사인 리(Lee)가 자기의 출생 비밀을 말하는 과정에서 그의 부모가 당한 일들을 서술하는데, 여기에 묘사된 중국인 노동자들의 극단적인 노동 환경은 상당 부분 사실이었던 것 같다.

이 소설에서 중국 광동 성에 살던 리의 아버지는 집안의 빚을 갚기 위해 중국에서 노동자를 구하던 미국 철도 회사의 모집에 응했다. 미국 철도 회사가 광동성의 중국인들을 선호했던 이유는 이들이 인건비가 싸고 근면한 데다 힘이 세지만 인내심이 있어서 싸움을 하지 않았기 때문이었다. 가장 위험하고 힘든 작업은 항상 이들의 몫이었다.

"··· 옛날 서부에 철도를 부설할 때, 땅을 고르거나 침목을 깔고 선로를 박는 일 등 힘든 일은 모두 중국 사람이 했어요. 인건비가 싸고 근면하고 일하다 죽어도 걱정이 없으니까요. 대개 광동 지방에서 노동자를 모집해 왔죠. 광동 사람은 힘이 세고 인내심이 있으며 싸움을 하지 않았기 때문이었어요. 그들은 모두 계약을 해서 미국에 왔죠. 아마 우리 아버지의 이야기가 대표적인 이야기일 겁니다."[216]

미국 철도 회사는 계약과 동시에 목돈을 주었다. 일종의 계약금이었다. 리의 아버지는 그 돈으로 집안의 빚을 갚았고, 계약에 따라 샌프란시스코행 배를 탔다. 그런데 결혼한 지 얼마 되지 않은 시점이었던 탓에 그의 아내는 남편과 떨어지기 싫었고, 그래서 남편 몰래 남장을 하고 남편을 따라 노동자가 되어 같은 배에 함께 승선했다. 두 사람은 일주일 만에 배 안에서 만났다. 중국에서 샌프란시스코까지의 항해는 6주가 걸렸고, 계약 노동자들은 이 기간 동안 빛이 들어오지 않는 하층의 창고에서 짐짝 취급을 당하며 짐승 같은 생활을 감내해야 했다.

"··· 그런데 철도 회사에서 인부를 모집하는 사람은 계약을 하면 목돈을 주었답니다. 이렇게 해서 빚에 몰린 사람들이 미국에 가서 값싼 노동자로 전락하게 된 거죠. 이 일은 그리 부끄러운 일이 아니었으나 한 가지 슬픈 일이 있었습니다. 우리 아버지는 그때 결혼한 지 얼마 되지 않아 아내를 지극히 사랑했어요. 어머니도 아버지에 대한 사랑과 정성이 보통은 넘었답니다. 그들은 집안 어른 앞에서 예의 바르게 작별

---

216) J. 스타인벡 『에덴의 동쪽』 맹은빈 역. 서울: 일신서적공사. 1989, 392쪽.

인사를 했어요… 사람이 배 안에서 6주 동안 컴컴한 창고 속에 들어가 마치 짐승처럼 지냈죠. 그런 생활은 샌프란시스코에 도착할 때까지 해야 했습니다. 그 창고가 어떠했는지는 넉넉히 상상할 수 있습니다. 그러나 그들에게 일을 시켜야 했기 때문에 학대는 하지 않았지만 그 많은 중국인들은 사람이 아닌 짐짝 취급을 받았습니다… 바다로 나온 지 일주일 후, 아버지는 어머니를 찾아냈대요. 어머니는 변발에 남장을 해서 들키지 않았답니다…. 그때는 예방주사를 맞거나 신체검사 따위는 없었죠. 그래서 아버지는 어머니 옆으로 잠자리를 옮겼죠…. 어머니가 몰래 승선한 것 때문에 아버지는 처음에는 화를 냈지만 그래도 반가웠다는군요. 그리하여 두 분은 오 년 동안의 중노동 생활을 시작하게 되었지요. 미국에 도착해서도 두 분은 도망칠 생각 따위는 하지 않으셨대요. 체통이 있는 가문이고 그건 엄연히 계약을 맺은 일이었기 때문이었죠."[217]

그런데 신혼이던 리의 부모에게는 이미 아이가 잉태되어 있었다. (이 아이가 리였다.) 배 안에서도 리의 어머니는 이 사실을 남편에게 말하지 않았다. 샌프란스시코에 도착한 부부는 서로 다른 화차에 실려 공사현장으로 이동했고, 서로 다른 현장에서 일을 하게 되었다. 이들은 시에라산맥의 산봉우리에서 산에 굴을 파 터널을 만드는 일을 했다. (실제 역사에서 이곳은 센트럴 퍼시픽 철도 회사가 맡은 공사 구간으로 높고 가파른 절벽과 협곡으로 이루어진 난공사 구간이었다.) 그리고 두 사람은 야영지에서만 서로 만날 수 있었다. 리의 어머니는 이때 자신이 임신 중임을 남

---

217) 위의 책 393쪽.

편에게 고백했다.

그런데 그가 여성이고 더욱이 임신 중이라는 사실은 문제의 소지가 컸다. 그 이유는 이러했다. 미국 철도 회사는 중국인 노동자들의 노동력만 필요로 했지, 중국 인종이 미국 내에 뿌리내리고 퍼져 사는 것은 원치 않았으므로 남성들만 받아들였다. 따라서 계약 기간이 끝나면 중국인 노동자들은 무조건 자국으로 돌아가게 되어 있었다. 여성이 섞이면 이들끼리 결혼을 하고 자녀가 태어날 것이고, 그렇게 되면 미국 내에서 가정을 이룬 중국인들이 어떻게든 미국 땅에 눌러 앉아 살려고 할 것이고, 계약 기간 만료 후의 중국인 노동자 본국 송환이 어려워질 것이 분명했기에 회사 측은 중국인 여성의 유입을 철저하게 막으려 했던 것이다. (사실 마찬가지 이유로 미국인들은 중국인 남성들의 집단 거주지 이탈을 금지하여 이들이 백인 여성과 접촉하는 것도 막으려 했다.)

"그 지루하고 힘들었던 항해 도중에 어머니가 아버지께 말하지 않은 게 한 가지 있었답니다. [중략] 샌프란시스코에서 그 인부들은 화물 열차에 실려 산으로 올라갔죠. 그 인부들은 시에라산맥의 언덕을 깎아 내고 산봉우리 아래 굴을 파는 일을 하게 된 겁니다. 어머니는 다른 화차에 있었기 때문에 산속에 있는 야영지에 가서야 아버지를 만났답니다… 그때서야 어머니는 임신했다는 이야기를 아버지께 했대요… 미국 사람들은 중국인 노동자를 단지 일만 시키겠다는 목적 때문에 데려온 겁니다. 만일 일이 끝났을 때까지 살아 있는 사람이 있으면 모두 중국에 돌려보내게 되어 있었죠. 그게 계약이니까요. 그래서 남자만 데려온 거예요. 그들은 중국인 종족이 퍼지는 걸 원치 않기 때문에 여자는 단 한 명도 데려오지 않은 거죠. 남자와 여자, 그리고 자식까지 있으면 그들은 열심히 일을 해서 땅을 소유하고 집을 짓게 되기 때문이죠. 그러면 그들을 모두 본국으로 송환시킨다는 게 어렵게 되죠. 그러나 사내들만 모아 놓으면 신경질을 부리고 안절부절 못 견디다가 여자가 그리워 절반은 미친 상태가 되죠. 어머니는 절반가량은 미친 남자들 틈에 낀 유일한 여자였어요…."[218]

합숙하며 여성은 아예 구경조차 할 수 없었던 중국인 남성 노동자들은 극도로 신경이 예민해져 있었고 반쯤은 미쳐 있었다. 아내의 임신 사실을 알게 된 리의 아버지는 출산이 임박한 무렵이 되면 아내와 함께 현장을 이탈하여 산속의 목초지 호숫가 근처에 굴을 파고 그곳에서 출산한 뒤, 돌아와 회사 측의 이해를 구할 작정이었다. 그런데 근심 탓인지 고된 노동 때문인지 리의 어머니는 현장에서 조산의 징후를 보이기 시작했다. 오랫동안 여자에 굶주렸던 주변의 중국인 노동자들은 그녀의 광경을 보자마자, 그녀가 여성임을 알게 되었고 이내 반미치광이들이 되어 인간으로서 하지 말아야 할 범죄를 집단으로 저지르고 말았다.

그녀의 남편, 즉 리의 아버지가 달려왔을 때 그녀는 이미 참혹한 모습으로 정신을 잃은 상태였다. 그는 그녀의 몸속에서 태아를 손가락으로 끄집어냈다. 그리고 그날 오후 그녀는 세상을 떠났다.

그런데 이후 이렇게 태어난 리를 그곳의 중국인 노동자들 전부가 어머니처럼 보살피며 키워 주었다. 리는 자기의 출생 이야기를 이런 말로 마무리했다.

---

218) 위의 책 394-395쪽.

"당신도 그들을 증오하기에 앞서 이걸 아셔야 합니다. 아버지는 언제
나 이런 말씀을 하셨어요. 저처럼 수많은 사람의 보살핌을 받은 사람
이 없다구요. 야영지의 모든 중국인이 어머니 노릇을 해 주었죠. 이것
은 아름다운 일이죠. 두려운 이야기지만요."[219]

　물론 리의 출생 이야기는 소설 속의 허구이지만, 그 배경이 되는 1800년
대 미국 내 중국인 철도 노동자들의 노동 조건과 환경은 실제 사실에 가
깝다고 볼 수 있다.

유럽계 백인 노동자들은 동아시아계 노동자들을 증오했다

　동아시아계 철도 노동자들은 자신들의 소속 회사가 대부분 광산을 소
유했고, 철도가 광산과 밀접하게 관련되어 있었던 까닭에 자연스럽게 광
산으로 스며들어갔다. 동아시아계 노동자들은 특유의 문화적 성향 때문
에 저임금에도 성실하게 일을 했고, 그래서 미국 철도와 광산 회사의 사
주들은 이들을 선호하기 시작했다. 그러나 같은 일에 종사하는 유럽계 백
인 노동자 계층은 저임금에 만족하는 아시아계 노동자들이 결국 자신들
의 일자리를 빼앗는다는 이유로 이들을 노골적으로 적대하며 인종차별적
공격을 가하기도 했다.
　중국인이든 일본인이든 한국인이든, 이들이 처했던 19세기 말과 20세
기 초 미국 광산의 분위기는 광산 노동 자체의 위험성에 더하여, 저임금
으로도 성실하게 일하는 아시아계에 대한 유럽계 백인 노동자들의 증오

---

219) 위의 책 397쪽.

심까지 겹쳐서 험악하기 그지없는 것이었다.

이때의 분위기를 가늠케 하는 두 가지 사건을 한번 살펴볼 필요가 있다. 첫째는 1885년 9월에 발생한 락 스프링스 광산의 중국인 노동자 학살 사건이고(Rock Springs Massacre), 둘째는 이른바 '콜로라도 석탄지대 전쟁'(Colorado Coalfield War)과 그 와중인 1914년 4월에 발생한 '러들로 학살 사건'(Ludlow Massacre)이 그것이다.

• 락 스프링스 광산의 중국인 노동자 학살 사건[220]

1885년 9월 2일, 와이오밍주의 탄광도시 락 스프링스(Rock Springs)에서 백인 노동자들이 중국인 노동자들을 공격하여 28명을 잔인하게 죽이고(시신들은 훼손되고 불에 태워진 경우가 많았다.), 15명에게 부상을 입혔으며, 중국인 노동자들의 집 78곳에 불을 질러 파괴하는 사건이 발생했다.

당시 이곳에서 석탄 광산을 개발하던 유니온 퍼시픽 철도 회사의 자회사인 유니온 퍼시픽 석탄 광산사(Uninon Pacific Coal Department)가 저임금으로도 일을 잘하는 중국인 노동자들을 대량 고용하면서 백인 노동자들의 수를 앞지르게 되었다. 이에 백인 노동자들은 중국인 노동자들이 자신들의 일을 빼앗아 간다고 생각했고, 이들의 쌓인 불만이 궁극적으로 중국인 노동자 학살로 이어진 것이었다. 사실 이 중국인들을 공격한 백인 노동자들 역시 아일랜드, 스웨덴, 핀란드 등 유럽 등지에서 이주해 온 이민자들이었다. 결국은 이민자들이 또 다른 이민자들을 공격한 것이다.

이 사건의 희생자 명단 가운데는 42세의 'Liang Tsun Bong'이란 이름도

---

220) 「Rock Springs massacre」 [Wikipedia].

있었는데, 한국말로 '양춘봉'이라 읽을 수 있는 이름이어서 한인일 수도 있겠다는 생각이 들었다.

- **'콜로라도 석탄지대 전쟁'과 '러들로 학살 사건'**[221]

1914년 9월, 콜로라도주의 석탄 광산 지대에서 미국광산노조연합(the United Mine Workers of America) 소속의 광산 노동자들은 록펠러(John D. Rockfeller, Jr.) 소유의 콜로라도 연료 및 철강 회사(Colorado Fuel & Iron Company)에 맞서 열악한 노동 조건 개선을 요구하며 파업을 시작하여 1914년 12월까지 지속했는데, '콜로라도 석탄지대 전쟁'은 이 파업기간 중 발생한 폭력사태를 지칭하는 표현이다. 때로는 폭력사태가 절정에 이르렀던 1914년 4월의 마지막 10일 동안의 기간을 뜻하기도 한다.

이 노동자들은 대부분 유럽계 백인 이주민들이었다. 그럼에도 1884년에서 1912년 사이의 기간 동안 콜로라도주 광산 노동자들의 사고로 인한 사망률은 1,000명당 6.81명꼴로 미국 전체 평균인 1,000명당 3.12명의 두 배를 넘었다. 특히 파업 전 10년 동안의 콜로라도주 광산 사고 사망자는 1,000명당 10명 이상으로 미국 전체 평균의 3배를 웃돌았다.

파업에 참가한 노동자들은 7개의 요구사항을 회사 측에 내걸었다고 한다. (이 7개의 요구사항은 1920년대 한인들의 광산 노동 환경과 조건들을 이해하는 데 중요한 참고가 되니 기억해 두자.) 그것은 이러했다.

(1) 노조를 협상대표로 인정할 것.
(2) 채굴한 석탄의 톤당 비율을 2,000파운드에서 2,200파운드로 올릴 것. (이 당시 회사 측은 노동자들에게 고정된 일당을 지급한 것이 아

---

221) 「Colorado Coalfield War」 [Wikipedia]; 「Ludlow Massacre」 [Wikipedia].

니고, 노동자들이 집단별로 채굴한 석탄의 무게를 달고 그 무게에 따라 임금을 지불하는 방식을 사용했다.)

(3) 하루 8시간 노동법을 준수할 것.

(4) 철도부설, 갱도의 지주 설치 작업, 채굴한 석탄의 불순물 제거 등과 같은 이른바 '무보수 잔업'(dead work)에 대해서도 일을 시킬 경우 임금을 지불할 것.

(5) 채굴한 석탄의 무게를 측정할 때 노조 측이 선발한 대표의 입회를 허용할 것. (회사 측 측정 요원들이 무게를 정직하게 재는지의 감시를 위해.)

(6) 어떤 상점이든 이용할 권리, 숙수와 의사를 자유롭게 선택할 권리를 인정할 것.

(7) 콜로라도주의 광산 관련 법 준수 및 회사보안조직 폐지.

회사 측은 노동자들의 이러한 요구사항을 거부하고 파업 노동자 해고로 맞섰고, 파업 브레이커들을 고용해 파업을 막으려 했다. 결국 이들과 회사 보안요원들은 광부들과 물리적으로 충돌했으며 양측에서 사망자들이 생겨났다. 사태가 커지자 회사 측은 주 방위군과 민병대를 요청했다. 그리하여 군대가 파업 진압에 동원되었다. 폭력사태의 절정은 1914년 4월 20일에 러들로의 천막촌에서 발생했다. 이날 주 방위군과 민병대원들은 해고된 광산 노동자들과 그의 가족들 1,200여 명이 200여 개의 천막을 치고 거주하고 있던 러들로의 천막촌을 공격하여 광부 및 그들의 가족들 21명을 살해했다. 희생자들 가운데는 여성과 어린이들도 있었다.

이후 사태는 극도로 악화되어 총기로 무장한 광부들은 주 방위군과 민병대원들 및 회사 보안요원들을 공격했고, 이들 사이에 교전이 발생하면서 사망자 수가 급증했다. 이 전쟁은 연방군이 파견되고 나서야 끝이 났다. 사망자의 숫자에 관하여는 아직도 정확한 집계가 없는데, 양측을 통틀어 최소 69명에서 최대 199명이 사망한 것으로 추정한다.

이 싸움은 자금이 바닥난 노조 측이 먼저 파업을 철회하며 끝이 났고, 이들의 요구사항은 끝내 받아들여지지 않았다. 파업에 참가한 광부들의 많은 수가 해고되었고, 408명이 체포되었으며, 그 가운데 332명이 살인혐의로 기소되었다. 이에 비해 주 방위군과 민병대원들과 보안요원들은 아주 미약한 처벌만 받았다.

미국 최고의 사업가 록펠러 집안의 회사가 이익 극대화를 위해 이주민 노동자들의 노동력을 착취하고 우발적이든 아니든 인권유린을 넘어선 학살을 자행했다는 사실은 자본주의 사회의 어두운 그늘을 드러낸 것이었다. 특히 여성과 어린이들이 희생된 이 사건은 미국 전체의 여론에 큰 영향을 미쳤고, 결국 록펠러는 광산 노동자들의 노동 환경과 조건을 대폭 개선하는 안을 마련하여 노동자들에게 제시했으며, 노동자들이 이를 받아들이며 결과적으로는 미국 광산 노동자들의 권리 전반을 향상시키는 효과를 가져왔다.

'팀숄': '너는 (죄를) 다스릴지니라'

기왕에 존 스타인벡의 대표작 『에덴의 동쪽』을 꽤 길게 인용했으니, 이 소설의 이야기를 조금만 더 해 보자. 이 소설은 인간의 본성 가운데 내재한 '악'의 문제를 서부 개척 시대 미국의 한 집안 이야기를 중심으로 다룬 작품이다. 창세기 4장에 나오는, 인류의 첫 살인으로 기록된 가인에 의한 아벨 살인 사건에서 모티프를 얻었다. 그리고 이 모티프를 설명하는 핵심 키워드는 히브리어를 공부한 것으로 설정된 중국인 요리사 리의 입을 통해 언급되는 '팀쉘', 정확하게 히브리어로 발음하자면 '팀숄'이다. (스타인벡이 왜 '팀쉘'이라 했는지는 잘 모르겠다.) 동사의 명령형(2인칭 단수 미래형도 됨)으로, 그 뜻은 '너는 다스릴지니라'이다. 창세기 4장 7절의 마지막 문장인 "아타 팀숄 보"(너는 그것을 다스릴지니라)의 주동사이다.

지상에 만들어진 낙원인 에덴에 살게 된 첫 인류 남자와 여자 커플은 하나님으로부터 모든 것을 누리되 한 가지 금기를 반드시 지키도록 명령받았다. 그것은 먹으면 선과 악을 구별하는 지식을 얻게 된다는 '선과 악에 대한 지식의 나무열매'였다. 흔히 줄여서 '선악과'라 부른다. 그런데 뱀이 와서 여자를 유혹하여 이 선악과를 따 먹도록 했다. (혹자는 이를 성적인 체험으로 해석하기도 한다.) 유혹을 거부하던 여자가 이에 넘어가게 된 대목은 뱀이 이 선악과를 먹으면 선과 악을 분별하는 지식을 얻게 되고, 이를 얻게 되면 '죽지 않고 하나님처럼 될 수 있다'고 말한 부분에서였다. (여기서 히브리어로 '선'을 뜻하는 '토브'와 '악'을 뜻하는 '라아'는 각각 '좋은 것' 그리고 '나쁜 것'이라는 뜻도 된다. 이는 단순히 도덕적인 선과 악만을 말하는 것이 아니라, 상황에 따라 이득과 손해의 의미까지도 포함할 수 있는 훨씬 포괄적인 의미의 단어들이다.) 여자는 하나님처럼, 즉 신이 되고 싶었던 것이다.

지식을 얻어 신이 되고 싶었던 여자는 선악과를 먹고 자기 짝인 남자에게도 먹게 했다. (남자 역시 금기인 것을 알고도 먹었다.) 그리고 이들은 무엇이 좋은 것이고 무엇이 좋지 않은 것인지를 분별하는 지식을 얻게 되었다. 그러나 뱀의 이야기와는 달리, 이내 하나님의 저주를 받았다.

그런데 인간만 저주를 받은 것이 아니고 인간이 속한 모든 피조세계가 저주를 받았다. 땅이 저주를 받아 척박해졌고, 저주 받은 땅에서 남자는 평생 땀 흘려 노동을 해야 가까스로 먹고살 수 있게 되었다. 여자는 남자의 다스림을 받게 되는 지위 다운그레이드를 당했고, 이를 상징적으로 나타내듯 남자가 여자의 이름을 '하와'(이브)라 짓게 되었다. 아울러 '하와'라 불리게 된 여자는 출산의 고통을 덤으로 받았다. 그리고 이들이 받은 저주의 하이라이트는 생존을 위한 고난 속에서 분투하며 살다가 궁극적으로 허무한 죽음을 맞보고 흙먼지로 돌아가게 되는 것이었다.

지식을 얻어 죽지 않고 하나님처럼 되리라 했던 뱀의 말은 절반의 진실과 절반의 거짓이 교묘하게 뒤섞인 치명적인 유혹이었다. 이제 인간은 자신의 생존을 위해 지식을 사용해야 했다. 그런데 이것은 선과 악의 양면성을 가지고 있었다. 인간이 '악'을 인지할 때 어떤 새로운 변화가 발생했을까?

저주받은 이후 남자와 하와 사이에 태어난 첫 자녀들은 가인과 아벨이었다. 그래도 이들은 하나님께 제사드리는 것을 잊지 않았다. 그런데 하나님이 가인의 제사를 거부하고 아벨의 제사만을 받았을 때, 가인은 새로운 행동을 보였다. 하나님이 자기를 무시하는 것 또는 거절한 것에 대해 분노를 품은 것이며, 동시에 아벨에 대한 증오를 품은 것이다. 이것은 저주받은 이후 태어난 인간의 후손들에게도 아담과 하와가 획득한 선악의 지식 분별능력, 곧 지적 능력이 DNA처럼 유전되었다는 것을 의미한다. 이들에게서 본성적으로 인지하는 (즉 그들 안에 내재하는) '악'이 발현된 것이었다. '악'을 인지한다는 것은 곧 내면에 악이 존재한다는 것을 의미한다. 악은 곧 죄이다.

가인의 얼굴색이 분노와 증오로 바뀐 모습을 보고 하나님은 그에게 이렇게 경고한다. "네가 선을 행하면 어찌 낯을 들지 못하겠느냐. 선을 행하지 아니하면 죄가 문에 엎드려 있느니라. 죄가 너를 원하나 너는 죄를 다

스릴지니라." (창 4:7)

이 말은 그 의미가 매우 심오하다. 이 짧은 구절 속에는 인류가 경험한 인간의 선한 본성과 악한 본성, 그리고 임마누엘 칸트(Immanuel Kant)가 적절하게 표현한바 인간 '내면의 도덕률'이, 또는 지적능력의 DNA가 인지하게 하는 만드는 '악' 곧 죄의 문제에 대한 깊은 성찰이 반영되어 있다. 인간이 얻은 지적능력은 '선'(좋음)과 '악'(나쁨)을 구별하는 데서 그 정점에 이르고, 아이러니하게도 '악'을 인지하는 순간 '악'을 경험하게 되었다.

선과 악을 분별할 수 있게 된 인간은 둘 가운데 하나를 끊임없이 택해야 한다. 선을 행하지 않는다는 것은 곧 악을 행한다는 것을 의미하며, 그것은 곧 죄가 된다. 선과 악 사이에 중간지대란 없다. 그런데 악은 자신이 택함받기를 원한다. 인간의 본성 가운데 섞인 (또는 발현된) 악의 DNA는 인간이 악을 선택하여 죄를 짓도록 강한 드라이브를 걸 것이다. 역설적이게도 인간이 '선과 악'을 알면 알수록 '악'은 강한 유혹으로 다가온다.

그런데 인간은 이를 '다스려야' 한다. 이 '다스리다'라는 히브리어 동사는 '지배하다', '통치하다'라는 뜻의 '마샬'이고, '팀숄'은 이 동사의 명령형이다. 아마도 이 맥락에서는 '제어하다' 또는 '통제하다'라는 표현이 적절할 것 같다. 인간은 스스로의 의지로 내린 선택으로 이제 선과 악을 분별하게 되었다. 따라서 그 결과로 발현되는 악한 본성과 죄는 인간 스스로의 자유의지로 다스리라는 것이다. 인간은 '악'만큼이나 '선'을 알고 있기에, 그것이 가능하다.

그러나 하나님으로부터 이 말씀을 들은 직후 가인은 아벨을 돌로 쳐 죽이고, 하나님 앞에서 거짓말로 자기의 악행을 감추려 시도한다. 인간이 저지른 첫 살인이다. 그는 '악'을 통제하는 대신, 풀어 놓아 버렸다.

『에덴의 동쪽』에서 '팀숄'의 의미를 인간이 하나님으로부터 부여받은 자유의지로 이해한 리의 생각은 꽤 타당한 해석이다. 다만 리는 가인이 자녀를 낳은 반면 아벨은 자녀를 남기지 못했으니 현재의 인류는 '가인의 후예'가 아닌가라고 말하는데, 성경대로라면 이는 틀린 말이다.

가인의 후예들은 노아 시대의 홍수에서 다 쓸려 나갔다. 살아남은 것은 아벨 대신 태어난 셋의 후손인 노아의 가족들뿐이었고, 성경대로라면 인류는 아담-셋 계보를 이은 노아의 세 아들들의 후손이다. 노아는 '당대의 의인'이었다는 평가를 받았던 사람이었다. 그런데 그의 세 아들 가운데 하나인 함에게서 악행이 일어나고, 노아는 그를 심하게 저주했다. 아벨의 후예였다 해도 차이가 없었을 것이다. 선악과를 먹은 이후 아담과 하와 사이에 태어난 존재들은 다 같다는 말이다.

이것은 태생적인 악인과 태생적 의인이 구별되지 않는다는 것을 말하며, 말 그대로 자신과 타인 속에 내재하는 선과 악을 인지하는 인간은 그 둘 사이에서 자유의지를 가지고 하나를 택해야 한다는 것을 의미한다. 그래서 사도 바울은 절규하듯 이 상태를 이렇게 고백한 바 있다.

"내가 원하는 바 선은 행하지 아니하고 도리어 원하지 아니하는 바 악을 행하는도다. 만일 내가 원하지 아니하는 그것을 하면 이를 행하는 자는 내가 아니요 내 속에 거하는 죄니라. 그러므로 내가 한 법을 깨달았노니 곧 선을 행하기 원하는 나에게 악이 함께 있는 것이로다. 내 속사람으로는 하나님의 법을 즐거워하되 내 지체 속에서 한 다른 법이 내 마음의 법과 싸워 내 지체 속에 있는 죄의 법으로 나를 사로잡는 것을 보는도다. 오호라. 나는 곤고한 사람이로다. 이 사망의 몸에서 누가 나를 건져내랴." (롬 7:19-24)

『에덴의 동쪽』에 등장하는 중국인 노동자들은 리의 어머니에게 차마 입에 담기 어려운 악행을 범했으나, 그들의 또 다른 선한 본성은 리의 생존을 위해 온 힘을 다하는 것으로 나타났다. 사실 그들의 행위는 그들이 다른 사람들에게서 당한 악행과 무관하지 않았다. 리의 아버지는 자신의 중국인 동료들을 용서했다. 소설 속에 등장하는 에피소드이므로 실제 일어난 사건으로 볼 수는 없지만, 이는 인간의 본성을 보여 주는 진실을 담고 있으며 극단적 상황에 처한 인간집단 안에서 유사한 일은 얼마든지 벌어질 수 있다는 것을 우리는 공감할 수 있다.

록펠러와 그의 회사는 이익의 극대화를 위해 광산 노동자들을 터무니없는 열악한 노동 환경 속에서 일하게 하며 이들의 노동력을 착취했다. 유럽계 백인 이주민 노동자들이 이들에게 저항했을 때, 그의 회사 편에 선 주 방위군과 민병대는 이들을 공격하여 많은 이들을 학살했다. 여자와 어린이들까지 희생된 이 학살 사건에 미국 사회의 여론은 선한 방향으로 움직였고, 록펠러는 이들의 노동 환경을 개선하지 않을 수 없었다.

그런데 유럽계 백인 노동자들은 같은 노동자들임에도 회사가 자기들보다 더 선호한다는 이유로 일자리를 빼앗길 것을 두려워하여 많은 중국인 노동자들을 증오하며 잔인하게 살해했었다.

인간은 누구도 완전히 선하거나 완전히 악하지 않다. 다만 이 '저주받은' 생존경쟁의 프레임 속에 갇혀 사는 동안은 스스로의 의지로 서로 간에 선한 행위를 도모하고 악을 다스림으로 환경을 개선해 가는 것이 최선의 길이다. 그것이 '팀숄'의 의미이다. 인간의 본성이 그러할진대, 인간의 힘과 지식과 노력으로 이 지상에 완벽한 낙원을 제공하겠다는 사람들의 약속은 아마도 믿지 않는 것이 좋을 것이다.

20세기 초 미 본토 한인사회 리더십과 숙박시설 운영 및 일자리 알선

하와이 한인사회의 대표적인 리더가 이승만이었다면, 미국 본토 한인 사회의 대표적인 리더는 확실히 도산 안창호였다. 미주 한인들의 초기 이민사를 추적해 본 사람치고 이에 이의를 제기할 사람은 없을 것 같다. 왜 그런가? 그의 리더십은 동포들 사이의 갈등을 합리적으로 조정하여 보다 큰 조직체로 통합하고, 직업 알선 등을 통해 서로 살길을 도모하여 각 개인의 경제 사회적 역량과 위상을 높이고, 여건이 되는 대로 미국의 시스템 내에서 대학 이상의 고등교육을 받도록 장려함으로써 해외 거주 한인 조직의 정치외교적 역량을 축적하는 것을 지향했다. 당연히 이렇게 축적된 역량은 국권회복에 사용될 것이었다.

그는 1899년에 미국으로 유학을 왔다. 그의 학업은 그다지 성공적인 것은 아니었으나, 대신 그는 한인사회를 조직하고 이끌어가는 데서 탁월한 힘을 발휘하기 시작했고, 그의 리더십은 이후 많은 한인 리더들에게 영향을 미쳤다.

하와이 한인들의 대규모 이주가 시작되기 전, 미국 본토의 한인은 인삼 상인들과 유학생들을 포함하여 50-100여 명 정도에 불과했다. 그럼에도 한인 상인들끼리 상권을 놓고 서로 경쟁하고 거리에서 다투며 숙소를 불결하게 사용하여 이웃 백인들에게 손가락질을 받는 상황이었다. 유학생으로 미국 본토에 들어왔던 안창호는 1903년 9월에 상항친목회를 조직하여 한인 상인들 간의 경쟁을 지양하고 상권을 합리적으로 나누며 숙소를 청결하게 유지하도록 계몽함으로써 한인들의 공존과 위상 제고를 도모했다.[222]

---

222) 방선주 「한인 미국 이주의 시작 - 1903년 공식이민 이전의 상황진단」 [미주지역 한인

안창호는 사람들을 조직하는 일에 탁월한 재능을 가진 인물이었던 것 같다. 미국에서든 중국에서든 그가 가는 곳에는 항상 한인들의 다양한 조직이 생겨났다. 그가 상항친목회를 만든 지 얼마 되지 않아 하와이에서 한인들이 대거 샌프란시스코로 유입되기 시작하자, 1905년 4월 5일에 그는 "물 들어오니 노 젓는다"는 식으로 발 빠르게 움직여 상항친목회를 공립협회(共立協會)로 전환함으로써 본격적으로 이념을 가진 한인단체를 조직했다. 이념적으로 왕정이 아닌, 공화정을 지향하던 공립협회는 당시 여전히 대한제국의 '나랏님' 고종황제에 익숙했던 한인들에게는 이념적으로 꽤 진보적인 단체였다. 그래서 후대의 사람들은 이를 미주 최초의 한인 정치단체라 불렀다.

하와이 이민국 기록에 따르면, 한국인들의 하와이 공식 이민이 시작된 1903년 이래로 1907년까지 하와이에서 미국 본토로 들어간 한인의 수는 남자 950명, 여자 54명, 어린이 33명으로 전부 합쳐 1,037명이었다. (이 가운데 이명섭도 있었다.) 1907년에 하와이 한인들의 미국 본토 이주가 금지되었기 때문에 이후 한동안은 한인들의 미국 본토 유입이 없었다.[223] 짧은 기간 동안 샌프란시스코라는 제한된 공간 안에 상당히 많은 수가 유입된 것이다.

공립협회가 정치이념 구현에 매몰되어 정치 활동만 했다면 결코 성공하지 못했을 것이다. 본토에 들어온 이들이 당면한 가장 큰 도전은 먹고 사는 일, 즉 생존 자체였다. 당장의 숙소 마련도 시급한 상황에서 생존에 반드시 필요한 일자리 문제는 무엇보다 우선적으로 해결해야 할 일이었

이민사: 국사편찬위원회 한국사론 39. 2003, 12-22쪽.

223) 이정면 외 『록키산맥에 무궁화 꽃이 피었습니다: 한인 미국초기 이민사. 미 중서부 산간지방을 중심으로』 98-99쪽.

다. 이들 대부분은 영어를 구사하지 못했고, 설상가상으로 싼 임금에 백인 노동자들의 일자리를 빼앗는다는 이유로 동아시아계 노동자들에 대한 반감이 극도로 고조된 상황이어서, 백인들 눈에 중국인들이나 일본인들과 구별이 되지 않는 한인들의 곤란한 처지는 이루 표현하기 어려웠다.

안창호의 공립협회는 하와이에서 샌프란시스코로 대거 몰려든 한인들의 주거 문제와 직업 알선 문제가 시급하다는 것을 잘 깨닫고 있었다. 하와이에서는 농장주가 숙소와 일자리를 제공했지만, 본토에서는 모든 것을 스스로 해결해야 했다. 이것은 당면한 생존 문제로 당장은 국권회복운동보다 더 우선해서 챙겨야 할 사안이었다. 공립협회는 한인들을 샌프란시스코 도착 단계에서부터 도왔고, 이들이 당장 거주할 수 있는 거처를 마련하여 제공했으며, 생계수단이 될 직업을 적극적으로 알선해 주었다. 그리고 그렇게 함으로써 본토에 도착한 한인들을 자연스럽게 공립협회의 조직 안으로 끌어들였다. 그런데 공화정을 지향하는 공립협회에 맞서 왕정유지의 이념을 견지하는 한인들의 조직이었던 대동보국회 역시 같은 방식으로 회원 수를 늘려 가고자 했다.[224]

그만큼 당시 미국 본토에 도착한 한인들에게는 당장 거할 숙소와 생존을 위한 직업이 절박했던 것이다. 이명섭 또한 샌프란시스코 도착 직후에는 공립협회에 가입했었다. 이념적인 차이를 느끼며 대동보국회로 옮겼으나, 대한제국의 왕실이 사실상 사라지고 공립협회와 대동보국회가 국민회(대한인국민회)로 통합되면서부터는 이 조직에 충실했다.

어쨌든 이 무렵부터 본토에 도착한 한인들에게 임시거처를 마련해 주고 직업을 알선해 주는 일은 한인사회 지도자들의 중요한 임무가 되었다.

---

224) 안형주 『1902년, 조선인 하와이 이민선을 타다』 69-71쪽.

이를 위해서는 영어가 가능해야 했고, 자연히 영어 소통이 가능한 한인 지식인들이 주로 한인사회의 지도자가 되었다. 안창호 자신도 캘리포니아의 오렌지 농장에서 직접 노동자로 일을 하며 여러 한인들을 이곳에 알선하기도 했다.

샌프란시스코를 통해 들어온 한인들은 일자리를 찾아 각지로 흩어졌다. 공립협회와 대동보국회는 한인들이 몰려 있는 곳에 지부들을 세워 이들을 위한 숙소를 제공하고 일자리를 알선해줌으로써 이들에 대한 영향력을 지속적으로 그리고 경쟁적으로 유지하고자 했다. 한인들의 일부는 학교에 등록하여 유학 생활을 시작했다. 물론 유학생들도 학비와 생활비를 벌기 위해 다양한 허드렛일을 해야 했다. 당시 영어를 구사할 수 없는 한인들이 주로 종사했던 직종은 주로 농장의 막노동, 철도부설, 광산 노동 같은 이른바 위험하고, 어렵고, 지저분한 '3D'(dangerous, difficult, dirty) 업종의 일들이었다.

때마침 진행 중이던 대륙횡단철도와 이에 연계된 광산개발 붐은 이들에게 위험하고 힘들지만 비교적 높은 임금을 주는 일자리를 제공했다. 따라서 샌프란시스코로 들어온 많은 한인들이 철도를 따라 광산 지대와 농장이 있는 유타, 와이오밍, 콜로라도, 네바다 등지로 흩어졌다.

당시 한인 노동자들의 절대다수는 영어 의사소통 능력이 없었다. 이는 미국 회사들의 노동자 신상기록카드에서 발견되는 한인 노동자들에 관한 정보에서도 드러난다. 대부분은 자기 이름을 영문으로 쓰고 간단한 영어표현 정도를 할 수 있는 수준이거나 아예 아무것도 하지 못하는 상태였다. 따라서 회사와 이들 사이에서 중재역할을 할 사람이 필요했다. 당연히 영어 의사소통 능력은 필수였다.

공립협회와 대동보국회의 일자리 알선만으로는 본토로 밀려드는 한인들을 다 감당하기 어려워짐에 따라, 먼저 노동현장에 적응한 한인들 가운데는 직접 한인 노동자들을 모집하여 자신의 관할하에 두고 직접 이들의 노동 십장이나 철도공사현장의 십장인 '갱리더'(gang leader) 역할을 하는 사람들이 등장하기 시작했다. 이들을 고용한 미국 회사는 이 한인 십장들과 소통하며 이들에게 한인 노동자들의 임금을 일괄적으로 지불했고, 이들이 그 임금을 받아 자기 관할의 노동자들에게 분배했다. 이 과정에서 한인 십장들은 일정한 커미션을 받았던 것으로 보인다. 그런데 이로 인해 한인 십장들 사이에 경쟁이 발생하여 볼썽사나운 일들이 발생하기도 했다. [225]

이들과는 달리 미주 한인들의 생존과 정착을 돕고 더 나아가 이들을 조직화하여 독립운동의 후원자들이 될 수 있도록 이끌어 주는 지도자급 전업 노동 주선인들 또한 등장하기 시작했다. 자리가 잡히고 규모가 큰 경우 이들은 여관이나 캠프를 동시에 운영하였다. 이 노동 주선인들은 영어 소통능력과 더불어 미국 본토 생활에 상당한 경험을 가진 사람들이었다. 대표적인 사례는 박용만의 삼촌 박희병을 꼽을 수 있다.

박용만의 삼촌 박희병은 서울 관립 영어학교를 졸업하고 잠시 일본에 유학했다가 1896년에서 1897년까지 2년 동안 정부 파견 유학생으로 미국 버지니아주 로아노크(Roanoke) 대학에 유학한 경험이 있었다. 귀국 후 그는 미국 회사가 채굴권을 얻어 금을 채굴하던 평안북도 운산 금광에서 통역 일을 하기도 했고, 이후 1905년에는 멕시코 유카탄반도에 노동이민을 갔다가 노예처럼 착취당하던 한인들의 실상을 파악하기 위해 상동감리교회 청년회인 상동청년회가 멕시코에 파견한 조사위원으로 활약하기

---

225) 위의 책 75쪽.

도 했다. 그리고 그 뒤로 미국에 머무르며 조카 박용만과 함께 미국에 들어오는 한인들에게 숙소와 일자리를 주선하는 일을 했다.[226]

이 두 사람은 콜로라도주 덴버 유니온역 앞에 한인들을 위한 직업소개소 겸 여관을 세웠고, 이를 통해 수많은 한인들의 취업을 알선했다. 당시 미국인들은 영어가 가능한 박희병 같은 대리인을 통해 필요한 한인 노동자들을 고용했고, 이 대리인에게 한인 노동자들 전체의 임금을 지불하여 분배하게 하는 방식을 택했으므로 한인 노동자들에게 숙소를 제공하고 노동을 주선하는 한인 대리인의 역할은 영어 소통이 가능한 지도급 인사로서 신뢰할 만한 인물이 맡는 것이 한인들에게 가장 바람직한 상황이었다.[227]

물론 노동 주선인들이 모두 박희병 같은 인물들은 아니었던 것 같고, 노동자들도 다 정직하지만은 않았던 모양이다. 노동 주선인이 노동자들의 임금을 떼먹고 달아나는 경우도 있었고, 반대로 여관 또는 캠프에 들어온 노동자가 비용을 지불하지 않고 도망치는 경우도 있었다고 한다.[228]

미국 광산의 한인 '캠프 보스'

빙햄 구리 광산의 '캠프 보스', 그것이 1923년에서 1928년까지 사람들이 이명섭을 지칭할 때 사용한 그의 직함이었다. 때로는 '캠프 소유주'라는

---

226) 위의 책 76-78쪽.

227) 이정면 외 『록키산맥에 무궁화 꽃이 피었습니다: 한인 미국초기 이민사. 미 중서부 산간지방을 중심으로』 119쪽.

228) 이자경 「중가주 초기 한인 이민사 개요」 [미주지역 한인 이민사] 국사편찬위원회 한국사론 39. 2003, 20쪽.

246
치킷집 근현대사

말도 나왔다. 이게 도대체 무슨 일을 하는 직업이야? 당연히 이 질문이 떠올랐는데, 이에 대한 해답은 당시 미국의 여러 광산에서 일했던 한인들의 기록을 뒤지게 되면서 자연스럽게 정리되었다.

- 노동 주선인과 '캠프 보스'의 수익구조

광산의 '캠프 보스'가 했던 첫 번째 일은 노동 주선이었다. 노동 주선인을 통한 노동자들의 고용은 미국 본토의 모델을 따른 것이었다. 이미 이 당시 미국 내에는 유럽과 남미는 물론이고 중국과 일본에서 건너온 외국인 노동자들로 넘쳐 나고 있었다. 이들의 상당수가 영어를 구사하지 못했고, 따라서 이들과 이들의 고용주 사이의 고용계약 및 임금지불 등의 사안을 대리해 줄 중개인이 필요했는데, 노동 주선인들은 이들로부터 일정한 커미션을 받고 이 일을 행했다.

이런 상황에서 노동 주선인들이 사회적 약자에 속하는 노동자들에게서 지나치게 높은 커미션을 챙기는 일들이 빈번했던 모양이다. 갑의 위치에 서게 된 노동 주선인들이 노동자들을 착취하는 구조가 생겨나게 된 것이고, 결국은 1920년대에 국가가 개입하여 노동 주선인들이 지나치게 높은 커미션을 받지 못하도록 법으로 그 상한선을 설정했다. 이에 관한 1922년 9월 21일 자 [신한민보]의 기사는 이를 이렇게 설명하고 있다.

> "지금에 노동 주선인이 먹는 코미슌은 특별히 일정한 제한이 없는 고로 여러 방면으로 일반 고인(피고용인)에게 손해가 된다 하여 이를 법률로 제한키 위하여 이 한 건을 가주 입법부를 통과하기로 한다는데 [중략] 상항과 밋 모처의 각 단체들이 연합하여 이 사건을 조사한 바 코미슌을 25퍼센트로부터 50퍼센트까지 받은 일이 있으며, 1년 동안

에 코미슌으로 고인에게서 나아온 것이 100만 달러 이상이 된다 하며, 더욱 노동소에서 일을 얻는 여자들이 최대한 코미슌을 물고 일을 얻지만 미구에 만족치 못하여 얼마 일을 못하고 그만두고 다른 일을 또 코미슌을 물고 얻게 됨이 일반 고인이 비상한 손해를 당한다 하여 이를 입법부의 통과로 10퍼센트 코미슌에 넘지 못하게 하되 그 반액은 고주(고용주)가 물게 한다더라."[229]

이 기사의 내용에 따르면, 그동안 노동 주선인들이 노동자들에게서 받아 가는 커미션은 제한이 없어서 많이 받는 경우 노동자 임금의 25-50%에 달하기까지 하였으나, 이제는 이를 법률로 제한하여 노동자 임금의 10%를 넘지 못하게 하고, 또한 이 10%의 절반은 노동자가 아닌 고용주가 물게 하도록 하였다. 즉 이후로 노동 주선인은 노동 주선의 대가로 커미션을 10% 이하로만 받되, 그것의 절반은 고용주가 지불하고 노동자 자신은 나머지 절반만 지불하게 한다는 것이었다.

노동 주선의 가장 전문적인 형태는 노동자 모집과 숙소 운영 및 식사 공급까지 일종의 토탈 서비스를 제공하는 이른바 '캠프 보스'였다. 광산의 경우, 고용주인 회사로부터 기숙사 형태의 노동자 숙소를 할당받아 계약을 맺었고, 식당을 포함한 경우 '캠프 보스'가 식사 공급자와의 별도 계약을 통해 노동자들에게 식사를 제공할 수 있었던 것으로 보인다. 이러한 캠프에 들어간 노동자들은 임금에서 노동 주선 커미션과 숙식비를 제외한 액수를 받았겠고, '캠프 보스'는 여기에서 일정한 수익을 얻는 구조였다고 볼 수 있다.

---

229) 「노동 주선인의 코미슌 제한」 [신한민보] 1922. 9. 21. 3면 3단.

이명섭의 빙햄 구리 광산 캠프는 이러한 구조를 보여 주는 전형적인 사례라 할 수 있을 것 같다.

• 한인 '캠프 보스'의 리더십

노동자 모집과 주선뿐 아니라 노동자 캠프의 운영 및 회사와의 계약관계, 그리고 노동자들의 식사와 생활 전반을 돌보는 역할을 했던 '캠프 보스'는 자연스럽게 노동자들의 리더가 되었다. 당연히 이 일은 영어를 구사하며 미국의 광산 회사나 관청 또는 은행 등과 교섭할 수 있는 능력을 가진 한인만이 할 수 있는 일이었다. 질병으로 인해 또는 작업 중 사고가 터져 자기 관할 또는 인근 지역의 노동자가 사망하거나 부상을 당할 경우, 뒷수습을 담당하는 일도 '캠프 보스'가 할 일이었다. 더 나아가 한인 노동자들의 애국심과 독립의지와 같은 정신적인 측면의 리더 역할도 감당했다.

1921년 5월, 대한인국민회 북미지역 총회장 자격으로 유타 와이오밍주의 한인들을 방문하던 최진하는 유타의 수퍼리어(Superior) 탄광에서 노동 주선 일을 하던 백만수를 만났다. 그는 이곳에서 단층 양옥을 소유하고 가족과 함께 살고 있었다. 최진하는 백만수를 가리켜 '온전히 공익을 위하야 동포를 위하야 수료 없이 탄광노동 주선에 극력하는' 사람이라 칭했다.[230]

노동 주선 일을 시도한 사람들은 많이 눈에 띄지만, 이 일을 성공적으로 오래 한 사람은 그리 많지 않았다. 생각보다 까다롭고 어려운 일이었으며, 잘못하면 동포들의 비난을 한 몸에 받을 수도 있는 일이었다.

---

230) 최진하 「동포심방실기(와요밍, 유타 등지)」 『신한민보』 1921. 5. 26. 1면 2단.

이명섭은 광산 '캠프 보스' 일을 꽤 오래 한 편에 속한다. 그는 적어도 1923년부터 (혹은 그 이전부터) 본국으로 귀국한 해인 1928년까지 빙햄 광산에서 상당히 안정적으로 이 '캠프 보스'의 일을 했다. 미국 약사 자격 증을 가졌던 만큼 늘 부상과 질병의 위험을 안고 있었던 노동자들의 생활 전반을 돌보는 일도 그의 몫이었다.

'롱쌈에 돈 벌 수 있소!': 1920년대 빙햄 구리 광산 캠프의 풍경화

이명섭이 유타주 빙햄의 구리 광산에서 일을 했던 1920년대의 노동 환 경과 조건은 확실히 이전 시대와는 다른, 한결 나아진 상태를 보여 주었 다. 미국 광산노조가 1913-1914년 '콜로라도 석탄지대 전쟁'을 유발한 파 업에서 내걸었던 요구사항들의 상당 부분이 수용된 모습이었다. 이제부 터 이명섭의 캠프를 중심으로 그 시대 한인들의 광산 노동 이야기를 풀어 보기로 하자.

1923년 11월, 이명섭은 [신한민보]에 유타 빙햄(Bingham)의 구리 광 산(copper mine)에서 구리를 채굴하는 유타 캅퍼 회사(the Utah Copper Company)가 한인 노동자를 구하고 있다는 구인광고를 올렸다.[231] 이 광 고는 [신한민보]에서 발견되는 이명섭이 올린 최초의 노동 주선 광고였 다. 그는 이 회사에서 고용하고자 하는 한인 노동자들을 모집하여 회사에 주선하는 일을 시작했던 것이다.

이명섭은 미네소타 대학 졸업 이후 별다른 공백기 없이 새로 개척된 철 도노선을 따라 유타로 들어온 것 같다. 그리고 솔트레이크시티와 빙햄을

---

231) 이명섭 「롱쌈에 돈 벌 수 있소」 [신한민보] 1923. 11. 22. 4면 6단(광고).

근거지로 줄곧 광산 관련 일을 했던 것으로 보인다.

1920년대 초반 미네소타는 대륙철도사업의 중요한 거점지이기도 했다. 철도는 광산과 연결되어 있었다. 당시 미국의 여러 대학들에 광산 관련 학과들이 설치되어 있었고, 강대국들은 앞다투어 광산개발에 열을 올리고 있었다. 일제 강점기 이전 대한제국도 그 영향을 받았다. 그 시대의 평안도와 함경도에서도 서구 국가들이 광산개발권을 얻어 광산에서 막대한 수익을 얻고 있었던 것이다. 미국도 의료선교사이자 주한 미국 공사였던 알렌(H. N. Allen)을 통해 평안북도 운산의 금광 채굴권을 획득한 후 금을 캤다. 함흥 출신 이명섭은 미국에 가기 전부터 이런 사실들을 다 알고 있었을 것이다.

어쨌든 소년병학교의 폐교 이후, 그는 대한인국민회가 권고하던 대로 삶의 방향을 정했던 것으로 보인다. 그것은 성실하게 돈을 벌어 자본을 형성하고 국민회 같은 한인 조직의 독립운동에 재정적으로 크게 기여하는 것이었다.

1925년에 백일규는 [신한민보]의 기자 자격으로 빙햄 광산촌의 한인 캠프를 방문했다. 그가 남긴 탐방기사에 따르면, 이곳에서 한인으로서 처음으로 한인들에게 노동을 주선하고 한인 노동자들을 위한 캠프를 설치한 사람은 한치관이라는 인물이었다.[232] 그가 최초의 한인 캠프를 설치한 때는 1919년이다. 물론 한인 노동자들은 이 한인들을 위한 캠프가 설치되기 전부터 이곳에서 일을 해 왔었다.[233]

확실한 것은 1900년대 초 하와이의 한인들이 대거 미국 본토로 유입되

---

232) 「빙함과 기타 지방 동포의 생활과 정황」[신한민보] 1925. 8. 13. 1면 1단.
233) 「안 위원 회정」[신한민보] 1910. 11. 16. 2면 3-4단.

었을 때, 많은 한인들이 철도 노동자로 유타의 솔트레이크시티로 들어왔으며, 또한 꽤 많은 이들이 1906년부터 본격적인 채굴이 시작된 인근의 빙햄 구리 광산에서 일자리를 얻었다는 사실이다. 이 당시의 광산 회사였던 유타 캅퍼(the Utah Copper Company)를 훗날 인수하여 합병한 커네컷 캅퍼(the Kennecott Copper Cooperation)는 유타 캅퍼의 노동자 고용카드(employment cards)도 보관하고 있었는데, 이에 대한 한 연구는 1909년에서 1920년까지 유타 캅퍼에서 일한 한인 노동자가 411명에 달했음을 보여 주었다. 이들 대부분은 독신이었고, 짧게는 3-4개월, 길게는 1-2년 정도를 일하고 떠났다. [234]

빙햄 구리 광산은 노동자들이 갱도에 들어가는 일반적인 탄광들과 달리, 산을 위에서부터 깎아 내는 방식으로 작업하였으므로 노동자들이 트인 공간에서 작업하는 곳이었으나, 이곳도 광산이었던 만큼 사고와 질병의 위험이 항상 있었고, 임금이 높은 만큼 일은 고되었다. 1912년 5월 3일에는 이곳에서 철로 작업을 하던 임사정이라는 이름의 한인 노동자가 사고로 사망했고, [235] 1913년에는 김춘식이라는 인물이 이곳에서 일하다가 신병으로 인해 입원했다는 기록이 있다. [236]

이곳 광산에서는 오래전부터 일본인 노동 주선인들과 노동자들이 일하고 있었다. 첫 한인 노동 주선인이 등장하기 전까지 한인들은 일본인 노동 주선인을 통해 일자리를 얻었던 것으로 알려진다. [237] 이는 아마도 한인

---

234) 이정면 외『록키산맥에 무궁화꽃이 피었습니다: 한인 미국초기 이민사. 미 중서부 산간지방을 중심으로』167-170쪽.

235) 「2인 횡명」[신한민보] 1912. 6. 17. 3면 7단.

236) 「김씨 입원」[신한민보] 1913. 12. 12. 3면 2단.

237) 위의 책 171-172쪽.

들의 선택이기 보다는 마땅한 한인 노동 주선인이 없는 상황에서 회사 측이 정한 규칙이었던 것 같다. 당시 빙햄의 한인 대다수는 일본인들에 대해 매우 강한 적대감을 가지고 있었다. 이 사실은 임성희라는 인물의 죽음과 사후처리 과정에 관한 논란에서 드러났다.

임성희는 빙햄 구리 광산에서 노동자로 일하다가 병으로 죽은 한인이었다. 그의 죽음은 그가 입원했던 병원 측에서 사후처리를 위해 당시 한인소년병학교 출신으로 미 육군에 입대하여 인근 부대에 복무하고 있던 한영호에게 연락해 줌으로써 한인사회에 알려졌다. 이에 당시 한인들을 위한 노동 주선을 막 시작했던 한치관이 그의 유산 문제를 비롯한 사후처리를 위해 나섰다.[238] 그런데 그가 입원 중 한인들의 별다른 도움을 받지 못한 채 '외롭게'(?) 죽었다는 사실을 두고 [신한민보]가 빙햄 한인들을 비난하는 기사를 냈다.[239]

그러자 얼마 후 빙햄의 한인들은 [신한민보]에 기고문을 내고 임성희가 사실상 한인사회를 떠나 일본인들과 어울려 살았던 인물이었음을 밝혔고, 실질적으로 장례 절차도 그와 친분이 있었던 일본인들이 일본식으로 치렀음을 알리기도 했다. 이들은 임성희를 '교활한 야마토족의 탈을 쓴' 수치스러운 인물로 언급했다.[240]

• 빙햄 광산 최초의 한인 노동 주선인 한치관에 관하여

이곳의 광산 노동을 한인들에게 처음으로 주선했다는 이명섭의 전임자 한치관을 추적해 보았다. [신한민보]에서 그의 기록은 1917년에 시작된

238) 「고 임성희 씨 유산 사건」 [신한민보] 1918. 2. 21. 3면 3단.
239) 「누가 동포인가」 [신한민보] 1918. 2. 7. 3면 3-4단.
240) 「배달족인가 야마토족인가」 [신한민보] 1918. 3. 7. 1면 2-3단.

다. 그는 1917년 하기 방학 중에 솔트레이크시티의 공립 중학교인 '웨스트 주니어 하이스쿨'을 졸업했다.[241] 공립 중학교 졸업생으로 영어 소통이 가능했던 한치관은 졸업 후 바로 빙햄의 노동 주선인으로 나섰던 것 같다.

한치관이 처음 올린 빙햄 구리 광산 노동 주선 광고는 [신한민보] 1917년 10월 11일 자에 실린 것인 듯하다. 이 광고에서 그는 자신이 보스톤 동광 회사와 계약을 맺고 이 회사에 속한 캠프에 노동자 숙소를 마련했음을 공지하고 있다. 임금은 하루 9시간 기준으로 3달러 20센트이고, 자유롭게 오버타임을 할 수 있다고 말한다. 그의 직함은 '노동 주선인'으로 되어 있었다.

> "본인이 유타 동광 회사와 상약하고 마땅한 처소를 준비하였소. 일은 매일 9시간, 월급은 매일 3달러 20센트이온데, 일은 실해야 압니다. 오버타임도 마음대로 할 수 있소이다. 밤낮 일하실 일꾼 몇백 명이라도 오시오. 두 말 없이 환영합니다. 보스톤 캠프로 오시오. 편지는 이리 하시오.
>
> 노동 주선인 한치관
>
> P. O. Box 817, Bingham, Utah."[242]

1918년 2월 14일의 기록에 따르면, 빙햄의 보스톤 연합 광산 회사 소속 캠프에 머물고 있는 한인 동포 52명이 대한인국민회 창립 10주년 기념식

---

241) 「한치관 씨는 중학을 졸업」 [신한민보] 1917. 7. 12. 3면 4단.
242) 한치관 「노동 광고」 [신한민보] 1917. 10. 11. 2면 4단.

에 참석했는데, 한치관이 이 기념식의 주요 순서들을 맡았다.[243] 또한 그는 솔트레이크시티와 빙햄 지역의 한인 동포들이 어려운 일을 당했을 때 나서서 문제를 해결하고 교섭하는 일을 맡았었다.[244]

1918년 2월 28일에 올린 광고에서는 노동이 매일 9시간에 3달러 40센트였고 '오버 타임'도 있다고 했다. 그리고 다른 곳보다는 부비(부대비용)가 덜 든다는 말을 덧붙였다. 눈에 띄는 것은 그의 한글 직함이었는데, 그는 자신을 '보스톤 캄푸 주인'으로 소개했다. 즉 그는 당시 보스톤 연합 광산 회사와 파트너가 되어 일을 했으며, 그곳에 설치된 한인 노동자 캠프의 운영자였다는 것이다. 다만 '캄푸 주인'이란 표현이 캠프로 사용된 건물 자체의 소유권을 가졌다는 의미는 아닌 것으로 보인다.

> "이곳 동광 일은 매일 아홉 시간 일에 3원 50전으로 '오버타임'까지 있사오니 각 양 부비는 비교적 다른 곳보다 적습니다.
>
> 보스톤 캄푸 주인 한치관
>
> Mr. Korl Hahn
>
> R. R. 1. Box 159. Bingham, Utah."[245]

한치관은 빙햄 광산의 일 말고도 철도를 놓는 노동 주선도 병행했다. 그는 1918년 7월과 8월에 두 차례에 걸쳐 철도 노동자 150명을 모집한다는 광고를 [신한민보]에 냈다. 하루 임금은 광산 일과 비슷한 9시간에 3달러

---

243) 「창립기념절 각 지방, 빙햄 동포의 기념 축전」 [신한민보] 1918. 2. 14. 3면 3단.
244) 「고 임성희 씨 유산 사건」 [신한민보] 1918. 2. 21. 3면 3단.
245) 한치관 「동광광고」 [신한민보] 1918. 2. 28. 2면 6단.

90센트, 11시간에 4달러 85센트였다.[246]

한치관은 유타에서 한인들에게 노동을 주선하는 일을 오래 하지 않았다. 그는 1919년에 샌프란시스코로 가서 대학에 진학했다.[247] 그 전인 1918년 8월에 이미 한치관은 빙햄 광산의 노동 주선 일을 정을돈에게 넘겼고, 정을돈은 이 사실을 [신한민보] 광고를 통해 알리며 자신의 노동 주선 사업을 시작했다.[248]

• 한치관과 그의 동생 한치진, 그리고 북아현동의 낮은 산동네.

한치관은 로스앤젤레스의 캘리포니아 대학에서 과학과 전기공학 분야를 공부하여 학사학위를 취득했다. 그는 유학생회 활동에도 적극적인 편이었던 것으로 보이고, 교회에서도 신실하게 신앙생활을 하며 열심히 봉사했다. 1926년 2월 17일 귀국 예정이던 그를 위해 로스앤젤레스 한인 교회에서는 그를 위한 송별예배를 드렸다. 특히 그는 교회가 분열되었을 때 화합을 위해 큰 역할을 했다는 평가를 받았다.[249] 귀국 후 그는 그해 4월부터 바로 연희전문학교(현 연세 대학교) 교수가 되었다.[250] 1927년까지 그는 활발한 강연 활동과 저술 활동을 했다. 그러나 그 이후로는 어떻게 되었는지 알 수 없다. 신문이나 잡지에서 그의 기록이 사라진다.

한치관은 평안남도 용강 출신으로 부친은 한학자였으나 가난했고, 일

---

246) 한치관 「철도일은 150명 모집」 [신한민보] 1918. 7. 7. 25. 4면 4단; 「도일철은 150명 모집」 [신한민보] 1918. 8. 15. 4면 3단.

247) 「북미총회 관하 유학생 조사표」 [신한민보] 1919. 7. 8. 4면 1단.

248) 정을돈 「노동 주선」 [신한민보] 1918. 8. 22. 2면 5단.

249) 「한치관 씨는 불원간 귀국」 [신한민보] 1926. 2. 11. 1면 2단.

250) 「한치관 학사 귀국」 [신한민보] 1926. 2. 25. 1면 2단; 「특수적 조선인」 [동광] 제8호. 1926. 12. 1. 29-33쪽.

찍이 기독교 신앙을 받아들여 독실한 기독교인으로 성장했다. 미국에 머무는 동안 한치관은 자신의 동생 한치진이 중국에 유학할 수 있도록 도왔다. 한치진은 중국 남경대학에서 공부했고, 그곳에서 도산 안창호를 만나 그의 영향을 받았다.[251] 1921년 여름, 한치관은 동생 한치진을 미국으로 불러들였다. 한치진은 캐나다 밴쿠버를 거쳐 미국 샌프란시스코에 도착한 후 바로 그의 형과 만났다.[252]

미국으로 온 한치진은 로스앤젤레스의 서던 캘리포니아 대학에 입학하여 인문사회과학 분야에서 박사학위까지 받았다. 그는 한국의 독립을 위한 글들을 여러 곳에 많이 남겼다.[253] 두 형제는 정치적인 문제에 관심이 많아 미국에 있는 동안 활발하게 [신한민보]에 글을 올렸다.

1928년에 한치진은 이명섭, 이동제 등과 더불어 [삼일신보] 발기인으로 이름을 올렸다.[254] 귀국 후 1929년에 서울의 감리교 협성신학교(현 감리교 신학대학교)에서 처음으로 교편을 잡았고, 1932년에 이화여전(현 이화 여자대학교) 교수가 되었으나, 1936년 일제의 간섭으로 교수직을 잃었다. 1944년에는 미국과의 전쟁에서 일본이 패망할 것이라 예견하는 발언을 했다는 이유로 일제에 의해 투옥되어 1년 동안 옥고를 치렀다. 이후 서울 대학교에서도 교편을 잡았던 것으로 보이는데, 해방 후 미군정 치하였던 1948년 5월에 중앙청 공보부 여론국 정치교육과가 미국식 자유민주주

---

251) 김학준 「잊혀진 정치학자 한치진: 그의 학문세계의 복원을 위한 시도」 [한국정치연구] 제23집 2호. 2014, 387-393쪽.

252) 「한치진 씨의 도미」 [신한민보] 1921. 8. 18. 3면 4단.

253) 김학준 「잊혀진 정치학자 한치진: 그의 학문세계의 복원을 위한 시도」 [한국정치연구] 제23집 2호. 2014, 387-393쪽.

254) 박용규 「일제 강점기 뉴욕 한인언론의 특성과 역할: 디아스포라적 정체성을 중심으로」 [한국언론학보] 60(4). 2016. 83쪽.

의를 긍정적으로 서술한 그의 책『미국 민주주의: 미국의 이상과 문화』를 출판했다. 그러나 이것이 세간의 주목을 끌게 되자 공산주의자들이 그를 주목했고, 결국 그는 6.25 전쟁 중 북한으로 납북되었다고 한다.[255]

이들의 뒷이야기를 굳이 기록하는 것은 한 가지 흥미로운 사실 때문이다. 한치진은 이화여대에 재직하던 1930년대에 북아현동의 산기슭 동네 한 주택에 살았다. 당시 그의 주소는 북아현동 산 1-5(본적: 북아현동 323).[256] 귀국 후 연희전문학교 교수로 재직했던 그의 형 한치관도 그곳에 살았을 것 같다. 그런데 뒤에 자세히 이야기하겠지만, 한국전쟁이 한창이던 1950년 12월에 세상을 떠난 이명섭은 이화여대 뒷산(대현동)즈음에 매장되었다. 그리고 전쟁이 끝이 난 뒤 그의 묘지는 군사보호지역으로 지정되어 접근이 불가했고, 그의 아내 최애래는 이명섭의 묘지에서 그리 멀지 않은 북아현동의 낮은 산동네에 자리한 적산가옥 한 채를 매입했다. 1956년 당시 주소는 북아현동 산 1-32. (세상이 참 좁다. 그 시대에는 더 그러했던 것 같다.)

이명섭의 두 딸 동혜와 동화는 인근의 이화여대를 다녔고, 이명섭의 아들 이동철은 그곳에 1970년대 후반까지 그곳에 살았다. (1960년대와 1970년대에 그 집에 살았던 아내는 산동네가 아니라고 우겼지만 주소지명에 '산'이라는 단어가 들어간 옛 주소들은 산동네가 맞다! 나도 그런 주소지에 살아 봐서 알고 있다.)

1930-1940년대에는 연희전문학교나 이화여전 학생과 교수들이 인근 북아현동에 꽤 많이들 살고 있었던 것 같다. 1938년 시인 윤동주는 연희

---

255) 김학준 「잊혀진 정치학자 한치진: 그의 학문세계의 복원을 위한 시도」 387-393쪽.
256) 위의 글 389쪽; 그의 독립유공자 공훈록에는 그의 본적이 서울시 서대문구 북아현동 323으로 되어 있다.

전문학교에 입학하여 그곳을 졸업하고 1942년에 일본으로 가는데, 그 역시 연희전문학교 재학 중 북아현동 산동네에서 하숙생활을 한 적이 있었다. 그의 시 〈서시〉와 〈별 헤는 밤〉은 그가 북아현동 산동네에서 하숙할 무렵 지은 시(詩)들이라고 한다.[257] 나의 대학 시절 나름 좋아했던 시들이니 아래에 조금 적어 보기로 하겠다.

나는 아무 걱정도 없이
가을 속의 별들을 다 헤일 듯합니다…

가슴속에 하나둘 새겨지는 별을
이제 다 못 헤는 것은
쉬이 아침이 오는 까닭이요,
내일 밤이 남은 까닭이요,
아직 나의 청춘이 다하지 않은 까닭입니다. (〈별 헤는 밤〉 中)

지금이야 높은 건물들과 휘황찬란한 불빛에 가려져 있지만, 당시 북아현동 산동네에서 바라본 서울의 하늘은 고적하고 캄캄한 밤하늘을 온통 채운 별빛으로 가득했던가 보다.

---

257) 백창민, 이혜숙「이 다세대 주택을 지날 땐 윤동주를 떠올려봐요」[오마이뉴스] 2019. 5. 2. (인터넷판). 한때 이화여전에서 교편을 잡았던 시인 정지용도 1936년 이후로 북아현동 산 1-63에 살았었다. 최애래의 집 근처였다. 그 후 그는 1943년 또는 1944년에 경기도 소사읍 소사리(현 부천시 소사본동 89-14)로 이사해서 3년 정도 살았다고 한다. 이곳은 나와 매우 가까운 곳이다.

• 1918년 한치관의 후임 정을돈: 유타 캅퍼 회사와의 특약

한치관의 후임으로 빙햄 광산의 노동을 주선하게 된 정을돈은 자신이 한치관의 '노동소'를 받아 주선한다고 언급했다. 눈에 띄는 변화는 정을돈의 직함이었다. 자신을 '보스톤 캄푸 주인'으로 소개한 한치관과는 달리, 정을돈은 자신을 '주선인'으로만 소개하고 있었다. 아마도 정을돈은 캠프 자체를 넘겨받은 것이 아니라 노동 주선 일만 받았던 것 같다. 또한 보스톤 연합 광산 회사와의 관계도 암시되어 있지 않은 것으로 보아 정을돈의 경우는 한치관의 '보스톤 캄푸'에 대한 운영권이나 회사와의 특별한 관계는 없었던 것 같다.

1918년 정을돈이 빙햄 광산의 한인 노동을 주선할 때 노임은 9시간 노동에 3달러 90센트로 40센트 인상되어 있었다.

"한치관 씨의 주선하는 노동소를 본인이 지금부터 받아 주선하는데 매일 공전은 9시에 3달러 90전이오 매일 오버타임도 2-3시간씩 하오며 일하실 어른들은 암만아라도 환영합니다.

주선인 정을돈

R. R. No. 1. Box 159. Bingham, Utah."[258]

사실 [신한민보] 1918년 6월 6일 자에 실린 한치관의 통신에 의하면 정을돈은 원래 젊은 청년으로 미합중국 군대에 자원입대하여 머지않아 훈련을 위해 워싱턴주에 소재한 부대인 캠프 루이스(Camp Lewis)로 입영

---

258) 정을돈 「노동 주선」 [신한민보] 1918. 8. 22. 2면 5단.

할 예정이었다.[259) 그런데 돌연 8월에 한치관으로부터 노동 주선 일을 넘겨받은 것이다.

그러나 한치관과 거래했던 보스톤 연합은 정을돈을 그다지 인정하지 않았던 것 같다. 정을돈이 1918년 10월 3일 자 [신한민보]에 올린 광고에 따르면, 이때 그는 보스톤 연합 광산 회사가 아닌, 유타 동광 회사(유타 캅퍼 회사)에 노동을 주선하고 있었다.

한편 이 광고에는 흥미로운 사실 하나가 언급되어 있었다. 그에 따르면, 유타 동광 회사는 미국 최고의 동광 회사인데 현 시국(아마도 1918년의 미국의 1차 세계대전 참전 결정)과 관련하여 전무후무하게 막대한 인원의 노동자들을 모집하게 되었으며, 따라서 이는 훗날 농사나 장사 등 개인사업을 위한 자본금 확보를 원하는 사람들이나 대학 학비를 벌고자 하는 이들을 위한 절호의 기회라는 것이었다.

그리고 광고의 마지막 부분에서 정을돈은 "우리 한인이 이곳의 노동권을 차지하기로 회사와 특약을 정하고 일꾼 3백 명을 모집"한다고 밝혔다. 유타 동광 회사 즉 유타 캅퍼 회사와 3백 명의 한인 노동자 공급에 관한 특별계약이 성사된 것이다.

> "미국의 제일 유명한 유타 동광 회사는 시국의 형편을 인하여 전무후무한 큰 세력으로 일꾼을 모집하는데 매일 3달러 90센트(9시간) 이상 5달러 일급을 주오니 누구시든지 1년에 천여 달러를 저금할 수 있고 3-4년이면 4-5천 달러를 저금할 터이올시다. **농사나 장사의 큰 목적을 가지신 이는 큰 자본을 쉽게 모을 수 있고 전문과나 대학을 목**

---

259) 「우리 청년 두 사람이 자원 출전함」 [신한민보] 1918. 6. 6. 3면 4단.

적하신 이는 거대한 학비를 짧은 시간에 마련할 수 있습니다. 일도 어렵거나 위험한 일은 아니오 젊은 학생이나 나이 많으신 이도 헐하게 할 수 있소. **우리 한인이 이곳의 노동권을 차지하기로 회사와 특약을 정하고** 일꾼 3백 명을 모집하오니 성공의 목적을 가지신 이는 속히 오시오."[260]

정을돈은 같은 제목과 같은 내용의 광고를 [신한민보] 1918년 11월 7일 자와 1919년 1월 16일 자에도 올렸다.[261] 그러나 정을돈은 이 사업을 오래 지속하지 못했다. 그는 1921년에 캘리포니아 월너트 그로브에서 이미 다른 사업을 벌이고 있었으며, 그기 올린 사업광고의 내용 중에는 그가 1920년에도 캘리포니아에 있었음을 암시하는 부분도 있었다.[262] 1919년이나 1920년즈음에 유타를 떠난 것이다.

• 정수영: 1919년 보스톤 연합, 1923년 유타 카퍼

1919년 7월 29일에는 정수영이라 하는 새로운 인물이 등장한다. 그는 빙햄의 보스톤 연합 광산 회사의 노동 캠프를 시작했으며 노동자 백 명을 모집한다는 광고를 [신한민보]에 올렸다. 이는 1919년에도 한인 노동자들의 빙햄 광산 노동이 지속되었음을 의미한다. 회사만 오락가락할 뿐이었다.

"본인이 유타주 빙햄에 보스톤 콘 캠프를 시작하였사오니 공금은 매

---

260) 정을돈「성공할 기회」[신한민보] 1918. 10. 3. 2면 6단.
261) 정을돈「성공할 기회」[신한민보] 1918. 11. 7. 2면 7단; 1919. 1. 16. 4면 4단.
262) 정을돈「일하러 오시오」[신한민보] 1921. 3. 3. 3면 5단.

일 3달러 75센트이오나 '오버타임'의 일이 많소이다. 1백 명의 일꾼을 원하오니 돈 벌기 원하는 동포는 속히 오시오.

정수영 고백

R. R. No. 2 Box. 159, Bingham, Utah."[263]

정수영은 같은 내용의 광고를 모집 인원만 2백 명으로 올려 두 달 뒤인 1919년 9월 23일 자 [신한민보]에 올렸다.[264] 그러나 그 이후 정수영은 더 이상 [신한민보]에 노동 주선 광고를 올리지 않았다. 아마도 그의 노동 주선 사업은 그다지 성공적이지 못했던 것 같다.

• 1919-1920년의 빙햄 노동 주선인 박용성은 솔직담백했다

1919년 가을부터 적어도 1920년 말까지 빙햄 구리 광산의 한인 노동을 주선한 사람은 박용성이었다. 처음에 그는 류계삼과 함께 동업으로 이 일을 시작했으나, 나중에는 류계삼이 빠지고 혼자 이 일을 했다. (류계삼은 이명섭과 함께 1921년 솔트레이크시티 3.1 독립선언 기념식을 주도한 인물이다.)

박용성은 꽤 길고 구구절절 솔직한 내용의 광고를 올리곤 했는데, 그러하다 보니 그의 광고에는 당시의 빙햄 광산 노동 조건에 관한 나름 흥미로운 정보들이 담겨 있었다.

가령 그가 1919년 9월과 10월에 올린 같은 내용의 노동 주선 광고를 보면 기본 9시간에 3달러 70센트를 받고 이른바 '오버타임'을 하면 하루 5달

---

263) 정수영 「인부 1백 명 모집」 [신한민보] 1919. 7. 29. 3면 5단.
264) 정수영 「인부 2백 명 모집」 [신한민보] 1919. 9. 23. 3면 7단.

러 정도 벌 수 있었다는 것을 알 수 있다. 따라서 그의 계산에 따르면, 최대한 노동을 할 경우 매월 100-120달러 정도를 벌 수 있다는 것이었다. 매월 100-120달러 저축은 30-50달러 정도 소요되는 월 생활비를 제하고 남은 액수인 것으로 보인다. 물론 이것은 '오버타임'으로 하루 12-13시간 노동을 한 달 내내 쉬지 않고 했을 때 가능한 액수이다.

> "9시간에 3달러 70센트씩 '오버타임'은 3, 4시간씩 매일 5달러씩은 벌 터이오니 매 삭(월) 100달러로 내지 120달러까지 저축할 수 있습니다. 또한 이곳 도십장 카드란 자는 쫓겨가고 한인을 특별히 보호하는 사람이 대신 왔습니다. 또한 일이 매우 헐하여 누구든지 할 수 있습니다. 한인은 스팀샵에 가지 않게 되었음.
>
> 박용성, 류계삼
>
> R. R. No. 1 Box 168, Bingham Utah
>
> 이전 우함 159를 쓰지 않고 제168호로 변경하였사오니
>
> 그리 아시옵소서."[265]

같은 해 같은 날(1919년 10월 14일)에 와이오밍주 수퍼리오 석탄 광산의 노동 주선인 박만수가 올린 광고에 따르면, 수퍼리오 석탄 광산은 빙햄의 구리 광산에 비해 임금이 높았다. 아마도 빙햄은 하늘이 보이는 개방된 공간에서 산을 깎아 내는 방식으로 광석을 수집했던 반면, 석탄광인 수퍼리오는 갱도 안팎에서 작업을 했기 때문이었던 것으로 보인다. 수퍼

---

265) 박용성, 류계삼 「돈을 원하시거든 금산으로 오시오」[신한민보] 1919. 9. 23. 2면 7단. 박용성과 류계삼은 같은 제목과 내용의 광고를 [신한민보] 1919. 10. 14. 4면 6단에도 올렸다.

리오는 하루 8시간 작업 기준으로 갱도 밖 작업은 4달러 42-92센트, 갱도 내 작업은 5달러 42-80센트였으며, '도급일'은 능력에 따라 7달러에서 15달러까지도 가능했다고 한다.[266]

어쨌든 빙햄 구리 광산의 박용성이 올린 광고의 가장 흥미로운 부분은 '도십장 카드란 자'에 대한 정보이다. 아마도 이전까지 빙햄 구리 광산의 한인 노동자들을 관할한 현장 십장은 '카드'라는 이름의 백인이었던 것 같다. 그가 쫓겨난 사실이 신문광고에까지 등장할 정도이니 한인 광산 노동자들 사이에서는 꽤나 이름이 (나쁜 쪽으로) 알려진 인물이었음이 확실하다. 적어도 이 시점까지는 한인 십장이 없었다는 의미도 된다.

박용성이 올린 1920년 6월의 광고는 보다 자세한 내용을 담고 있다. 일반적으로 하절기에는 광산 밖에도 일자리가 많아 많은 광산 노동자들이 다른 곳으로 떠나는 시기라 한다. 그래서인지 하절기에는 노동 시간이 같은 임금인데도 1시간 줄어 있었다. 박용성이 말하는 하절기 빙햄의 강점은 이러했다.

빙햄 산골짜기의 광산촌은 워낙 추운 곳이어서 동절기는 쉽지 않지만 하절기는 지낼 만한 곳이었다. 한인들은 꽤 오래전부터 이곳에서 광산 일을 해 왔고, 그 때문에 광산의 주인도 한인 노동자들을 신뢰하는 편이라 했다. 다른 지역에 비하면 임금이 적은 편이지만 '오버타임'의 기회가 많아 돈벌이가 된다는 것.

그의 광고에서는 숙식에 관한 정보가 가장 눈길을 끈다. 한인 노동자들은 회사 측에서 제공하는 숙소에서 숙식을 해결했던 것으로 보이는데, 현재는 요리사가 없어 별도의 식사비를 낼 필요가 없는 상태이며 그릇은 전

---

266) 박만수 「돈 벌기 원하는 이는 써퍼리오로 오시오」 [신한민보] 1919. 10. 14. 4면 6단.

에 쓰던 것들을 그대로 쓸 수 있으므로 스스로 해 먹어야 하는 상황. 지금은 노동자들이 많지 않은 상황이지만, 많이 모이면 숙소와 음식 문제를 잘 해결할 수 있을 것이라 했다.

"이곳은 어느 곳인고 하면 빙햄 유타올시다. 이곳에 와보신 이도 많으시지만은 이곳으로 말하면 동절에는 어찌되었던지 **하절에는 한 번 지나 볼 만한 빙햄이라** 하나이다. 이곳에는 이전부터 우리 한인들이 있었으므로 광주에게 신용도 있고 지날성이 매우 좋습니다. 그것이야 어찌되었던지 우리는 각 방면으로 돈 쓸 일이 많으니 불가불 돈을 잘 벌어야 되지 아니할까요? 이곳에서 일하는 시간은 **매일 8시간에 받는 돈은 3달러 70센트**이오니 이것을 혹 적다고 할는지 모르거니와 날마다 '오버타임'이 많으니 돈벌이가 잘 되는 모양이오며 다른 비용은 별로 없습니다. **아직 사람이 많지 못함으로 음식을 지어 주는 사람이 없으니 쿡세가 없고 이전에 우리가 쓰던 그릇이 많이 있으니 그릇 살 염려가 없고 다만 회사에서 받아가는 비용 2달러 50센트밖에 없사오니 아시옵소서.** 장차는 사람이 모이는 대로 우리의 거처와 음식을 편리하게 썩 잘-할 모양이올세다. 지금도 **스팀쉽**에는 5달러씩이올시다. 빙햄에 오시거든 한인의 캠프만 찾으면 될 터이올세다.

노동 주선인 박

R. R. No. 1 Box 168 Bingham, Utah."[267]

그런데 여기서 박용성은 (아마도 숙소 사용과 관련하여) 회사 측에서

---

267) 박 「일하러 오시요」 [신한민보] 1920. 6. 25. 2면 5단.

받아 가는 비용이 2달러 50센트였다는 점을 언급하고 있다. 이 비용이 하루에 그렇다는 것인지 여부에 관하여는 더 이상의 언급이 없다.

그러나 박용성은 나중에 (아마도 1921년즈음) 이곳을 떠나 와이오밍주로 옮겼던 것으로 보인다.[268] 그리고 1923년 9월 27일 현재에는 유타주의 캐슬 게이트 광산에 있었다. 이곳에서 그는 강판석, 김우, 엄성칠, 류공우, 한두현 등과 함께[269] 노동 주선인이 아닌, 일반 광부로 일을 했다.

빙햄 구리 광산에서 노동 주선을 했던 사람들 가운데 가장 안타까운 인물이 바로 이 박용성이었다. [신한민보]에서 발견되는 박용성에 관한 마지막 기록은 1924년 발생한 캐슬 게이트 광산 폭발사고로 희생된 3명의 한인 노동자 명단이었다. 안타깝게도 박용성은 여기서 희생된 이 3인 가운데 있었다. 앞서 국내의 수재민들을 돕기 위한 모금에 함께 기부금을 낸 유타 캐슬 게이트의 5인 가운데 박용성, 엄성칠, 류공우 3인이 이 폭발사고로 목숨을 잃었다.

이들을 위해 달려와 장례를 주선하고 뒷수습을 주도한 사람이 유타 빙햄의 이명섭이었다. 이 사건에 관하여는 나중에 이야기하겠다.

• 1921년과 1922년의 공백

이 기간 동안 빙햄에서는 한인들의 노동이 없었던 것으로 보인다. 계약 조건을 비롯한 여러 가지 문제가 있었던 것으로 보이고, 이러한 문제들이 해결된 이후인 1923년 말에서야 비로소 한인들의 노동이 다시 시작되었다. 이때 이명섭이 처음 노동 주선인이자 '캠프 보스'로 등장했다.

---

268) 「특별 외교비 의연금」 [신한민보] 1921. 12. 1. 2면 5단.
269) 「내지 수재 구제」 [신한민보] 1923. 9. 27. 1면 6단.

• 1923년에 다시 빙햄으로 돌아온 정수영

1919년 여름에 빙햄에서 노동 주선 일을 시작한 정수영은 그해 가을도 넘기지 못하고 박용성과 류계삼에게 그 일을 넘겼었다. 그랬던 그가 1923년 3월 1일 자 [신한민보]에 다시 빙햄 광산의 노동을 주선하는 광고를 올렸다. 그런데 이번 광고에는 눈에 띄는 변화가 있었다. 그는 자신의 직함을 보스턴 연합 광산 회사가 아닌, '빙햄 유토 카퍼 회사 노동 주선인'으로 소개했고, 특히 증원이라는 이름의 중국인과 함께 동업하고 있음을 밝힌 것이다. ('유토 카퍼 회사'는 '유타 카퍼 회사'의 오기일 것이다.) 그는 회사를 바꿨고, 중국인 업자와 동업을 시작했다.

> "이곳 **유토 카퍼 회사**의 일이 좋습니다. 본인이 **중국인 증원과 같이**
> **이 회사와 계약하고** 모든 일을 편리하게 주선하오며 인부 2백 명을
> 모집 중이올시다. 매일 8시간에 3달러 25센트씩이옵고 매일 '오버타
> 임'이 3시간씩 있습난데 벌이가 대단히 좋습니다. 기회를 놓치지 마
> 시고 속히 본인에게 통지하시오.
>
> 빙햄 유토 카퍼 회사 노동 주선인 정수영
>
> 중국인 증원"[270]

더욱 흥미로운 내용은 그가 두 달 뒤인 1923년 4월 23일에 올린 광고의 후반부에 덧붙인 부분이었다. 그는 자신이 모집한 노동자들을 솔트레이크시티에 소재한 벌몬트 호텔에 머물게 하고 그곳에서 숙식을 제공하며 차편으로 현장에 출근하도록 한 것이다. 이를 위해 그는 노동자들의 차비

---

270) 정수영 「금전을 버시려면 이리로 오시오」 [신한민보] 1923. 3. 1. 3면 6단.

까지 제공했다.

"본인이 우리 동포의 내왕에 편리케 위하여 솔렉 시티에 있는 벌몬트 호텔 주인과 언약하고 누구든지 오시면 숙식을 편하게 할 터이며 차비가 없는 이에게는 차비도 취하여 주기로 하였고 스테지 길도 잘 인도하여 주게 하였나이다.

Belmont Hotel Phone W. 2479.
209 1/2 50, ST., Salt Lake City, Utah."[271]

이러한 방식이 과연 성공적이었을지는 다소 의문스럽다. 1923년 4월 이후로 정수영은 빙햄 구리 광산의 노동 주선 광고를 더 이상 올리지 않았다.

• 1923년 11월에 등장한 새로운 '캠프 보스' 이명섭

1923년 3월, 중국인과 동업하여 시작한 정수영의 노동 주선은 성공적이지 못했던 것으로 보인다. 숙식 문제를 제대로 해결하지 못했음이 분명했다. 그 후 빙햄 구리 광산의 한인 노동자 캠프가 새로 열렸다는 광고가 1923년 11월 22일 자 [신한민보]에 실렸다. 이명섭이 올린 첫 노동 주선 광고였다.

이 구인광고에서 그는 한인 노동자들의 몇 가지 요구를 회사에서 허락하지 않았던 탓에 한동안 한인 노동자들이 해산한 상태였으나, 이제 회사 측에서 요구를 모두 수용하며 한인 노동자들을 원하고 있으므로 다시 현

---

271) 정수영 「금전을 버시려면 이리로 오시오」 [신한민보] 1923. 4. 26. 3면 7단.

장에 와서 이들을 위한 캠프를 차렸다는 정보를 공지하고 있었다. 이로 미루어 볼 때, 그동안 회사 측과 한인 노동자들 사이에 서로 조건이 맞지 않아 이 무렵까지 빙햄 광산에서 한인 노동자들의 고용이 없었던 것 같다. 실제로 1921년과 1922년 동안은 [신한민보]에 빙햄 구리 광산의 노동 주선 광고가 없었다. 이명섭은 이 문제를 해결했고, 회사 측으로부터 캠프 오픈을 위한 건물도 할당받았던 것으로 보인다. 일은 등급에 따라 하루 노동 시간이 달랐고, 임금도 달랐으며, 노동자들은 이 가운데서 선택할 수 있었다.

"유타 캅퍼 회사에서 한인을 다시 환영하오니 속히 와서 장구한 일에 착수하시오. 저간 한인의 로동이 얼마 동안 정지되었소이다. 일이 없어 그런 것이 아니오 한인의 몇 가지 요구를 회사에서 허락지 아니한 고로 한인들이 다 해산하였습니다. 그러나 지금 한인을 다시 청하며 또 한인의 요구를 다 허락하였으므로 다시 와서 캠푸를 완전히 차렸소이다. 공전은 일의 등급을 따라서 매일 8시간에 3원 35전으로 3원 75전 하는 일도 있고, 11시간에 4원 60전으로 5원 25전 하는 일도 있습니다. 일도 쉽고 모든 일이 다 편의 하오니, 기회를 놓치지 마시고 속히 오시오.

유타 캅퍼 회사에서 리명섭 백

Mr, M. S. Lee R. R. Box 168

BOSTON CON. PHONE I34R(134R?) BINGHAM UTAH"[272]

---

272) 이명섭 「롱쌉에 돈 벌 수 있소」 [신한민보] 1923. 11. 22. 4면 6단(광고).

처갓집 근현대사

그런데 이 광고에서 두어 가지 궁금한 것들이 있었다. 우선 이명섭은 자신의 한글 이름 앞에 마치 자신의 소속을 밝히듯 '유타 캅퍼 회사에서'라는 말을 덧붙였다. 그런데 밑에 영어로 적힌 이름과 연락처를 보면 그가 보스톤 연합 광산 회사(the Boston Consolidated Mining Company) 전화를 사용하고 있음을 알 수 있다. 유타 캅퍼 회사와 보스톤 연합 광산 회사는 각각 빙햄에서 구리 채굴작업을 하다가 1910년에 합병되었다. 따라서 보스톤 연합 광산 소속으로 유타 캅퍼를 위해 노동 주선을 하는 일도 가능했을 것이다. 물론 유타 캅퍼 회사 소속으로 합병된 회사인 보스톤 연합 광산 회사의 전화를 사용한 것일 수도 있다. 그는 유타 캅퍼 회사 소속이었을까? 아니면 보스톤 연합 광산 회사 소속이었을까?

한편 이명섭은 유타 캅퍼 회사가 한인 노동자들의 요구조건을 수용했으므로 "다시 와서 캠프를 완전히 차렸소이다"라고 말한다. 그렇다면 이전에도 한인 노동자 캠프가 있었다는 것인가? 누가 이 캠프를 차렸다는 것일까? 이명섭인가? 아니면 회사인가?

이 질문과 관련하여 이민식(Jason Lee)이라는 한인 동포가 1928년 7월 5일 자 [신한민보]에 올린 한 광고가 중요한 단서를 제공했다. 1928년은 이명섭이 한국으로 귀국했던 해였다. 이민식은 이 광고에서 자신이 이명섭 씨가 하던 유타 캅퍼 회사 캠프를 매득(買得)하여 계속 영업을 하고 있으며, 현재 40-50명 정도의 내외국인 노동자들이 캠프에 머물고 있다는 사실을 언급했다. 그는 이명섭이 사용하던 주소 'R. R. No. 1 Box 168'도 넘겨받았다.[273]

---

273) 제이슨 리 「로동모집」 [신한민보] 1928. 7. 5. 2면 6단(광고). 다른 광고에서 확인된 제이슨 리의 한국명은 이민식이다.

따라서 이 캠프는 유타 캅퍼 회사의 허가를 받고 작업 현장 인근에 세운 개인소유의 캠프로 매매가 가능한 캠프였으며, 이명섭은 1928년 이민식에게 매매하기 전까지 이 캠프의 소유자이자 보스였다고 볼 수 있다. (물론 이것이 건물 소유권까지 포함하는 것인지는 알 수 없다.) 정확히 언제부터 그가 캠프를 세우고 운영했는지는 확실치 않으나, 1923년에 일시적으로 문을 닫았다가 다시 차려졌다는 사실로 판단컨대 1923년 이전부터 이미 캠프의 운영에 관여했던 것 같다.

이명섭은 유타 캅퍼 회사 소속 직원이 아닌 계약관계의 파트너로서 자기 자본을 가지고 작업 현장 근처에 노동자 캠프를 세워 운영했었다는 결론을 내릴 수 있을 것 같다. 그는 캠프의 소유주이자 운영자로서 노동을 주선하는 일도 했던 것이다. 광산 현장에서 채굴 노동에 직접 참여하지는 않았던 것으로 보인다. 한인 노동자들을 모집하는 광고를 [신한민보]에 올릴 때, 한인 노동자들을 지휘할 십장을 한국 사람(양사익)이 한다는 것을 장점으로 강조하기도 했기 때문이다.

> "유타 캅퍼 회사에서 한인을 다수히 대환영 하오니, 누구시나 속히 오셔서 장구한 일에 착수하시오. 공전은 매일 3원 90전 하는 일도 있고, 4원 25전 하는 일도 있소이다. 또한 십장은 양사익 씨가 하므로 더욱 좋습니다.
>
> Mr, M. S. Lee R. R. Box 168
> BOSTON CON. PHONE I34R(134R?) BINGHAM UTAH"[274]

---

274) 이명섭 「롱쌈에 돈 벌 수 있소」 [신한민보] 1924. 2. 21. 2면 6단(광고).

그가 유타 캅퍼 회사의 노동자 캠프를 운영하고 관리하는 일을 했던 1923년에서 1928년까지 [신한민보] 2면 6단에는 그가 올린 구인광고가 꾸준히 올라왔다. 대체로 제목은 '롱쌉에 돈 벌 수 있소' 또는 '롱쌉에 공금증가'였고('롱쌉'은 영어 'long job'을 한글로 쓴 것으로 보임), 그 주요 내용은 한국 사람 대환영이며 임금이 얼마 올랐으니 돈벌이 기회를 놓치지 말라는 것으로 대동소이하였다.[275]

1924년의 캐슬 게이트 광산폭발사고

한때 빙햄 구리 광산에서 노동 주선 일을 하기도 했던 박용성은 1921년에 캐슬 게이트 석탄 광산으로 옮겼다. 이곳으로 옮겨온 후 그는 노동 주선인이 아닌 광부로 일했다. 그런데 1924년의 캐슬 게이트 광산은 한인 노동자들에게 잔인한 장소였다. 그해 1월 8일에 그곳 탄광 내에서 작업하던 정동심이 위에서 떨어진 석탄 덩어리에 맞아 왼쪽 팔과 허리에 중상을 입고 솔트레이크시티 병원에 입원하게 되는 사고가 발생했다. 이 사건은 캐슬 게이트 광산에서 일하는 한인 노동자들의 대표 역할을 하던 박용성의 통신으로 알려졌다.[276] 그러나 2개월 후 박용성에게 훨씬 더 큰 불행이 닥칠 줄을 누가 알았을까?

1924년 3월 8일, 유타 솔트레이크시티 남동쪽 140킬로미터 지점의 캐슬 게이트 광산에서 대형 폭발사고가 발생했다. 세 번에 걸친 연쇄폭발로 171명의 광산 노동자들이 목숨을 잃었다. 희생자들의 대부분은 그리

---

275) 이명섭 「롱쌉에 공금증가」 [신한민보] 1924. 7. 31. 2면 6단(광고); 1924. 11. 6. 2면 6단(광고); 1925. 9. 10. 2면 6단(광고); 1926. 3. 25. 2면 6단(광고).
276) 「정동심 씨 탄광 일 하다가 중상」 [신한민보] 1924. 1. 31. 1면 3단.

스, 이탈리아, 영국, 일본, 오스트리아 등 유럽과 아시아 출신의 이주 노동자들이었다.[277] 그리고 희생자들 가운데는 한국인 노동자들도 있었다. 이 폭발사고가 발생했을 때 한인사회는 이용성(후에 박용성으로 정정), 엄성칠, 류공우 3인의 한인 노동자들이 폭발이 일어난 갱도 안에 갇혀 있다는 사실을 확인했고, 이들이 결국 사망했음을 전했다.[278]

류공우와 엄성칠 두 사람의 시신은 사고 발생 후 5일이 지난 3월 13일에 수습되었고, 박용성의 시신은 그다음 날인 14일에야 비로소 수습되었다. 특히 류공우, 박용성 두 사람의 시신은 심하게 훼손되어 휴대한 인식번호로 확인할 수밖에 없었다. 이후 이들의 시신 수습과 장례를 주선하고 뒷수습을 주도한 사람은 유타 빙햄 광산에서 달려온 '캠프 보스' 이명섭이었다. 희생자들의 보상 문제를 위해서는 국민회 총회가 나서서 광산 회사와 협의를 했던 것으로 보인다. 당시 [신한민보]의 한 기사는 이때의 일을 이렇게 전했다.

「류 엄 박 3씨의 후문. 뜨거운 눈물로 장례를 - 당지 감리교 목사 주례하에서」

"이미 보도한 바 캐슬 게이트 탄광에서 광역하던 **박용성**(전호에 리용성이라 함은 오착), **엄성칠, 류공우** 3씨의 불행 폐명은 어제 전시중 씨이 통신에 의하면 전기 三씨의 참상은 과연 눈물을 흘릴 만한 참혹한 죽엄이라고 아니할 수 없도다. 류, 엄 량 씨의 유해는 본월 13일 아침 2시에, 박 씨의 유해는 동 14일 새벽에 발견하였다는데 엄 씨의 시체

---

277) 「Castle Gate Mine Disaster」 [Wikipedia].
278) 「유타주 탄광에서 동포 삼인이 참살」 [신한민보] 1924. 3. 13. 1면 3단.

는 소허도(조금도) 훼길이(훼손이) 되지 아니하야 그 신분을 충분히 증명하였으나, 류, 박 량 씨의 시체는 개스 불에 란소되어 다만 량 씨의 휘대(휴대)하였던 번호(그 번호와 성명이 석탄 회사 명부록에 등록됨)로써 그 신분 증명물을 삼아 량 씨의 유해임을 증명하였다. ◆고 류, 엄, 박 3씨의 참혹히 별세하였다는 부음을 듣고 **유타주 빙햄 동광에서 로동 주선하는 리명섭 씨와 부근에 거류하는 동포들이 모여와서 당지에 있는 일반 형제들과 같이 뜨거운 동정의 눈물로써 고 3씨의 장례식을 거행하였다는데** 당지 감리교회 목사 버클리씨의 주례 하에서 14일 하오 2시에 장례를 거행하였다. 한편 엄, 박 량 씨의 본국 가족 유무가 분명치 못하여 배상금 문제를 아직 제출치 못하였었으나, **고 류 씨는 본국에 있는 처자를 먹여살리던 증거가 완전함으로** 장차 그 석탄 회사에서 유족 구휼금을 요구하겠다 하였으며 **국민회 총회의 협력을 요하여 동 구휼금을 받아내도록 주선하여 보자고 한바 국민회 총회에서는 이 사건에 대하여 본회 률사와 협의하고 석탄광 회사에 교섭을 개시하였다더라.** 고 류, 박, 엄 3씨의 의료등록을 조사하여본 결과 이 아래 기록한 원적들을 밝혔다 하였다더라. 류공우 ---- 경기도 포천 서면 자작리. 박용성 ---- 황해도 수안 성곡면 상두례당. 엄성칠 ---- 경기도 진위군 청북면 토진리."[279]

이 사건은 2002년 국내 방송사인 KBS에서 한국인의 미국이민 100주년 기념으로 제작된 한 다큐멘터리 영상물에서 다뤄지기도 했다. 이때 현지

---

279) 「유엄박 三씨의 후문 뜨거운 눈물로 장례를 당지 감리교 목사 주례하에서」 [신한민보] 1924. 3. 20. 1면 4단.

를 방문했던 제작진은 한글로 제작되어 지금까지도 보존된 류공우의 무덤 비석을 발견하기도 했다. [280]

1925년 [신한민보] 주필 백일규의 빙햄 광산촌 이명섭 캠프 탐방기록

이명섭의 빙햄 구리 광산 캠프에 관한 가장 중요한 서술은 1925년 7월 초, 백일규가 [신한민보] 기자 자격으로 유타 지역을 돌며 한인들을 방문하고 그해 8월 13일 자 기사로 올린 탐방기록에 담겨 있었다. (이 기사에서는 해당 기자가 백일규였다는 사실이 언급되어 있지 않다. 그러나 이때 이 지역을 방문한 [신한민보] 기자가 백일규였다는 사실은 다른 기사들을 통해 명확하게 언급되었다. [281] 따라서 이후 해당 기자를 백일규로 지칭할 것이다.)

그의 긴 탐방기록은 1면과 3면에 두 편으로 나뉘어 실렸는데, 1면에 실린 전반부는 「빙함과 그 타 지방 동포의 생활과 정황」이라는 제목으로, 3면에 실린 후반부는 「유타주에 우리 동포」라는 제목으로 올라왔다. 그가 남긴 기록은 유타 빙햄에서의 이명섭의 행적과 그가 운영한 캠프에 관한 우리의 궁금증을 풀어주는 가장 자세한 정보를 담고 있었다.

이 기사는 여행기 성격의 것으로서 1921년 여름에 대한인국민회 북미 총회장 최진하가 행한 것과 거의 같은 형식과 목적으로 작성된 것이었다.

---

280) 이정면 외 『록키산맥에 무궁화 꽃이 피었습니다: 한인 미국초기 이민사. 미 중서부 산간지방을 중심으로』 179-215쪽.

281) 「본보 기자인 백일규 씨의 출촌」 [신한민보] 1925. 7. 16. 1면 1단; 「동포 심방 중에 있는 백일규 씨의 소식」 [신한민보] 1925. 7. 23. 1면 1단; 「본보 주필 백일규 씨의 회환」 [신한민보] 1925. 7. 30. 1면 3단; 「박길문의 돈 없는 척」 [신한민보] 1925. 9. 3. 1면 3단.

명목상의 목적은 동포 '심방'이었지만, 실제 목적은 그의 휴가이자 임시정부 지원과 대한인국민회 및 [신한민보] 유지를 위한 기부금 모금, 그리고 서재필의 하와이 회의 참석 여비 마련을 위한 기부금 모금이었다. 백일규는 자신이 하던 국민회 사무와 [신한민보] 편집 및 인쇄 업무를 국민회 총회장 최진하에게 맡기고 공무 겸 '베케숀'(vacation) 겸 여정에 나선 것이라 밝혔다.

그 역시 최진하와 마찬가지로 옥덴에서 기차를 내려 솔트레이크시티로 들어왔다. 그리고 그는 그곳에서 하룻밤을 묶고 자동차를 타고 바로 빙햄으로 들어왔다. 그것이 1925년 7월 11일의 일이다.

그의 설명에 따르면, 빙햄은 동광업, 즉 구리 광산개발사업이 시작되면서 생겨난 소도시로서 산과 산 사이의 V-자 계곡 좌우에 집들이 들어선 형태로 형성되어 있었다. 흥미롭게도 이곳 최고의 음식점은 과거 왕운봉이 운영하던 양찬관(서양 식당) '유. 에스. 카페'(U. S. CAFE)였고, 백일규가 방문했을 때는 김병국과 고상륜 두 사람이 그 식당을 이어받아 동업으로 운영하고 있었다. 이 두 사람은 기자 백일규를 '먼 데서 공부를 떼고 온 손님'이라고 환대해 주었다. 산간 오지의 광산촌에서 만나기 어려운 동포 고학력자에 대한 대우였다. 이들과 이들의 가족 그리고 그 외 몇 명을 포함하여 한인 동포는 총 8명이 살고 있었다.

그중 한 사람이 이명섭이었다. 그때나 이때나 이명섭은 주요 방문 대상이 되었다. 기사를 작성한 백일규는 10여 년 전에 네브라스카에서 이명섭과 함께 공부했던 친우였다고 자신을 소개했다. 우리는 이미 백일규가 대동보국회 출신으로 1908년 덴버에서 열린 애국동지대표회에 이명섭과 함께 참가했으며, 네브라스카 주립대학 재학 중 한인소년병학교에서 함께 동고동락했던 인물이었음을 알고 있다.

백일규가 이 식당에 들어가 그곳 주인들의 환대를 받으며 담소를 나누고 있던 중, 그의 친구 이명섭이 (아마도 광산 현장에서 소식을 듣고) 그를 찾아 내려왔다. 그는 이명섭을 빙햄의 '캠프 보스'라 불렀다. 이명섭은 백일규를 광산 현장으로 데려가기 위해 자동차를 가지고 내려왔던 것으로 보인다. 그는 이명섭이 '태워 주는' 자동차편으로 빙햄 구리 광산 현장에 있는 그의 캠프로 올라갔다. 그리고 중간에 우연히 또 다른 한인 한 사람을 만나 캠프까지 동행했다.

이 자동차가 이명섭 소유의 것인지 아니면 회사 소유의 것인지, 이명섭이 운전을 했는지 아니면 다른 운전사가 있었는지 알 수 없지만, 분위기로 보아 대중교통은 아니었던 것 같다.

"… 그날 밤을 그럭저럭 지나고 그 익일 11일에 '스테지' 자동차를 타고 빙햄에 도착하매 이 타운은 동광업을 주업으로 하여 생긴 타운이라. 그 도시의 지형이 V 자 모양으로 된 산곡의 좌우편 산 측에 집을 삐딱히 집 모양으로 붙이고 사는지라. 이 도시 안에 우리 동포의 사업으로는 김병국, 고상륜 양 씨의 동업인 U.S CAFE가 있는데 원래 이 찬관은 몇 해 전에 왕운봉 씨가 영업하던 찬관으로 이 타운에는 첫째 가는 음식점이다. 그래서 이 찬관에 찾아 들어간즉, 주인 되시는 이들이 먼데서 공부를 떼고 온 손님이라고 친절히 대우하매 나는 아주 황송한 마음이 있었다. 그리고 이 타운에는 한인으로서는 전기량 씨와 및 김병국 씨의 가족과 상항서 7월 10일에 이거한 리병권 씨의 가족까지 합 8인 동포가 있다. 이네들과 담화할 때에 빙햄 캠프 보스 리명섭 씨가 기자를 찾아 내려온지라. 리씨는 원래 본 기자와 같이 10년 전에 네브라스카에서 동학하던 친우 중의 한 사람이다. 서로 만나매

처갓집 근현대사

반갑기가 한량없는 것은 물론이다. 이에 리명섭 씨가 태워 주는 자동차를 타고 캠푸로 올라가다가 우연히 중로에서 10년 전에 사회 일을 같이하던 리 선생을 만나 3인이 동행하여 캠푸에 올라갔었다.”[282]

• 빙햄 이명섭 캠프의 모습

광산 현장에 올라가서 캠프를 둘러본 백일규는 이 캠프의 외관에 관한 간략한 서술을 남겼다. 그의 서술에 따르면, 캠프 건물은 거의 직각으로 깎아지른 듯한 산중턱을 파고들어 만든 건물로 목조 마루에 난간을 갖춘 건축물이었다. 접근로와 입구를 제외한 난간 너머는 가파른 낭떠러지였던 것 같다. 실제 그 시대 빙햄 산속에 건축된 많은 건물들이 대체로 그러했다.

> “한인 캠프는 직구 평선과 정각이 될 만한 거의 직선이 되는 산축에 집을 지었으며, 집 뒤는 물론 땅속에 파묻혔고 집안을 목판으로 깔고 난간을 매여 사람이 떨어지는 위험을 피하게 하였다.”[283]

이러한 캠프 건물을 ‘캠프 보스’ 개인이 소유하는 것은 아니었다. 물론 그 내부의 다양한 비품들은 ‘캠프 보스’의 소유가 있을 수 있었어도, 건물 자체는 광산 회사와의 계약을 통해 임대하는 것이었을 것이다.[284]

---

282) 「빙함과 기타 지방 동포의 생활과 정황」[신한민보] 1925. 8. 13. 1면 1단.
283) 위의 기사 2단.
284) 이는 한인의 광산 캠프 매매에 관한 한 신문기사 내용을 통해 알 수 있다. 이 기사에서 한인 캠프 소유주는 캠프 ‘영업 자리’를 타인에게 팔고자 하는 광고를 내며 캠프 자체는 광산 회사의 소유물임을 분명히 언급하고 있다. 이하는 그 광고기사의 원문이다. “본인이 금년 3월 분에 ‘스프링 캐년’ 회사의 소유물인 캠프(김순호 씨의 영업 자

유타 빙햄 광산촌, 1914년. 출처: Harry Shipler, Utah State Historical Society

이명섭이 이곳의 캠프 보스가 된 이후로 한인들이 일자리 얻기가 어려운 겨울철에는 70여 명의 한인들이 이곳에 몰리고, 다른 일자리가 많아지는 여름에는 30-40여 명 정도의 한인들이 이곳에서 일을 하곤 했다.

"원래 이곳에 한인 캠프가 되기는 몇 해 전에 한치관 씨의 주선으로 한인이 노동이 열리기 시작하여 그 후부터 우리 동포들이 일하여 오던바, 최근 이명섭 씨가 캠프 보스가 된 후에 대략 겨울에 노동이 귀

리)를 김 씨에게 매득하였던바 불행히 탄광의 시세가 영성하게 됨으로 불소한 손해를 당하고 장차라도 희망이 없을 듯하여 외국인에게 헐가로 방매하였으므로 여러 동포에게 고하옵나이다. 9월 16일 왕운봉 상." 왕운봉 「왕운봉 씨 캠프 발매」 [신한민보] 1934. 9. 20. 1면 3단.

할 때에는 약 70명 동포가 있어 보았다 하며, 여름에 다른 곳에 노동이 많을 때에는 약 30여 명 혹은 40여 명의 동포가 있었다 한다."[285]

• 이명섭 관할의 멕시코 노동자들

특이한 것은 이명섭의 관할 밑에 한인 노동자들 외에도 멕시코인 노동자들이 20-40명 정도가 있어서 이 캠프의 식당에서 함께 식사를 하곤 했다는 사실이다. 모두 합치면 100여 명 안팎에 이르는 노동자들이 이명섭의 관할하에 있었다고 할 수 있겠다. 결코 적지 않은 숫자이다. 오늘날 멕시칸 음식을 먹어 보면 꽤 매운 것들이 있는데, 매운 음식을 먹는다는 점에서 통하는 부분이 있었는지도 모르겠다. (훗날 이명섭이 귀국했을 때 이따금 햄버거에 고추장을 넣어 먹곤 했다고 하는데, 매콤한 멕시칸 버거의 원조쯤 되었겠다.)

> "그리고 리명섭 씨의 관할 밑에 [먹자귀] 사람 이삼십 여 명 혹은 삼사십 명이 있어 일하며 한국의 식당에서 밥을 먹고 있는 것은 우리 동포만으로 그 회사에서 요구하는 역원 수를 채울 수가 없음이라 한다. 그런고로 우리 동포 중 누구나 일을 잘하는 이는 이곳에 가면 어떤 때든지 일할 수 있는 곳이며 또한 사시장철 일할 수 있는 가장 돈벌이하기 좋은 곳이라 할 수 있다."[286]

한인 노동자들이 멕시코 동료들을 '먹자귀'라 부른 것으로 보아 한인들

---

285) 위의 기사.
286) 「빙함과 기타 지방 동포의 생활과 정황」 [신한민보] 1925. 8. 13. 1면 2단.

보기에 그들의 먹성이 좋았음은 틀림없는데, 물론 그들이 알아듣지 못하게 한인들끼리만 사용하는 속어였겠지만, 그렇다 해서 한인 노동자들이 이들을 그렇게 부른 것도 그렇고 그것을 진지한 신문기사가 언급한 것도 그다지 아름다워 보이지 않는다. 백인들에게 받는 차별을 부당하다 생각했던 아시아인들이 행할 바는 확실히 아니었다.

그런데 이명섭은 어떻게 멕시코인 노동자들을 관할하게 되었으며, 또 어떻게 이들과 소통을 할 수 있었을까? 왜 굳이 멕시코인들을? (미국 광산에는 매우 다양한 나라에서 온 외국인 노동자들이 즐비했다. 심지어 일본인들도 있었다.)

이 대목에서 우리는 이명섭의 아들 이동철이 이야기했던 '스페인 전쟁'을 떠올리지 않을 수 없었다. 그것이 실제로 〈라 쿠카라차〉 시대의 주인공 판쵸 비야가 유발한 미국-멕시코 국경분쟁이었고, 이명섭이 실전 경험 획득할 생각으로 그 분쟁에 미군을 따라나선 적이 있었다면, 그와 멕시코인 사이의 관계는 어느 정도 설명이 가능해진다.

• '인류가 지구에 파놓은 가장 큰 구덩이' 만들기에 힘을 보태다

빙햄의 동광산은 오늘날에도 상당히 유명한 곳이며, 그 매장량이 어마어마하여 현재에도 여전히 구리 채취 작업이 진행 중인 곳이다. 아울러 채굴기간이 150여 년이 넘은 이 시점에는 유타의 대표적인 관광명소 가운데 하나로 자리 잡았다. 이는 그 외관이 장관인 데다가, '인류가 지구에 파놓은 가장 큰 구덩이'로 지구 밖 우주공간에서까지 식별이 가능하다는 유명세 때문이다.

광산의 외관이 구덩이요 심지어 장관이라 함에 고개가 갸웃해지겠지만 물론 거기에는 이유가 있다. 이 광산이 거대한 구덩이 모양이 된 것은 거

의 산 전체가 구리광석을 함유한 토양으로 이루어진 탓에 그냥 아이스크림콘을 먹듯이 산 정상에서부터 산을 깎아 나가는 채굴방식을 택했기 때문이었다. 그 일을 지금까지 150년 넘게 했으니 굴을 파 들어가는 탄광의 갱도와는 전혀 딴판의 스펙터클한 그림이 나온 것이다.

> "이 동광으로 말하면 세계의 몇째 아니 가는 무진장의 광원이 있다는데 그 광질이 그 산꼭대기로부터 몇 천척이 들어가도록 있는 고로 그 산을 최상봉으로부터 허물어 내려오는 중인데 전하는 말에 의하면 금후로 50년 내지 100년까지 캐어 먹을 수 있는 광질이 있다 한다."[287]

백일규는 인류사에 길이 남을 이 빙햄의 거대한 구덩이를 파는 일에 한인들이 어떤 일로 기여했는지도 자신의 기사에 비교적 소상하게 적어 놓았다. 그에 따르면, 한인 노동자들은 주로 광산 내 철도 레일을 설치하는 일이나 이런저런 운반 일 또는 광질을 포함하지 않은 불필요한 흙을 실어 나르는 일을 했다. 빙햄 광산에서 이런 일들은 비교적 위험한 일이 아니었다고 한다.

그러나 그럼에도 노동 현장이란 늘 사고의 위험이 있는 곳이어서 한인 노동자들 가운데도 부상을 당한 이들도 두 명 있었다. 한 사람은 옥은호라 하는 청년이었는데 철도 놓는 작업을 하다가 철도차량에 치여 다리를 잃었고, 다른 한 사람 이한규도 부상으로 병원 치료를 받아야 했다. 그래도 동포들의 유타주 정부를 통한 교섭 노력으로 다리를 잃은 청년은 회사

---

287) 위의 기사.

로부터 '상당한 배상금'을 받게 되었고, 회사는 두 부상자를 해고하지 않고 '스위치'를 다루는 일을 맡겨 계속 일을 할 수 있게 배려했다고 한다.

이것은 동포의 민첩한 교섭으로 가능했던 일이라 한다. 당연히 영어가 가능하고 한인 보호 의지가 있는 한인 캠프 보스가 교섭에서 제 역할을 했기에 가능했던 일이었다.

> "우리 동포들이 하는 일은 대개 광산의 철도 길 놓는 것과 옮기는 것
> 과 광질이 없는 무용한 흙을 실어내는 등사인 고로 그다지 위험한 것
> 은 없다 한다. 그러나 현대에 기계 사용하는 노동에 위험이 아주 없
> 지 아니한고로 우리 동포 중에 옥은호라 하는 청년은 불행히 금년 봄
> 에 다리를 철도에 치여 끊어진 참담한 일이 있었고, 또한 리한규 씨라
> 하는 동포도 부상자가 되어 병원에서 치료한 일이 있다 한다. 이상 양
> 씨의 사정에 대하여 그곳 동포의 민첩한 교섭으로 유타주 관청에 교
> 섭한 결과 동광 회사에서 전기 옥 씨에게는 상당한 배상금도 내어준
> 다 하며 또한 전기 두 분 희생자에게 철도의 '스위치' 틀어주는 일을
> 주어 생활하게 한 바 동회사의 후의도 없지 아니하다."[288]

미국 광산에서 일하던 한인 노동자들은 사고로 인한 한인 부상자 또는 사망자 발생 시 누구와 어떻게 교섭하고 대처해야 하는지에 대해 생각하고 대비해 두어야 했다. 1912년의 일이긴 하지만 빙햄의 구리 광산에서 일하던 한인 노동자 한 사람이 철로 작업 도중 사고로 사망한 사건도 있었다.[289]

---

288) 위의 기사.
289) 「2인 횡명」 [신한민보] 1912. 6. 17. 3면 7단.

• 빙햄 광산 이명섭 캠프의 한인 노동자들의 생활

백일규의 눈에 비친 빙햄 한인 노동자들의 생활은 결코 풍요로운 것은 아니었다. 오히려 그는 '동포의 경제는 곤란한 모양이 보이더라'고 서술했다. 그는 그 이유를 이렇게 들었다.

첫째, 대부분의 노동자들이 이곳으로 온 지 얼마 되지 않는 사람들이었고, 둘째, 광업 지역 생활비가 다른 지역에 비해 많이 들므로 매주 일을 해도 주당 15달러 저축하기 힘이 든 상황인데 한 달 동안 쉬지 않고 일하기는 어렵고, 셋째, 겨울에는 눈이 많이 내리고 날씨가 좋지 않아 일하기 불가능한 날도 있다는 것이다. 따라서 한인 노동자들 가운데 돈을 모은 사람이 몇 사람 되지 않는 상황이었던 모양이다.

> "동포의 경제는 곤란한 모양이 보이더라. 그 이유는 대부분 이곳 온지 몇 날이 되지 아니한 이며 오래 있는 동포 중에도 원래 광업 지대의 생활비가 다른 곳에 비교하여 고등한 바 매식(매주)에 일한다야 생활비와 기타 용비를 제하고 보면 15달러 남겨 저축하기가 심히 힘들다는데 누구나 한 달에 하루도 쉬이지 않고 일할 리는 없는 터이며 더구나 겨울에는 눈이 강산같이 쌓이며 일기가 심하여 매일 노역하기가 불가능한 일이라. 그래서 사시장철 일을 하는 곳이라 하지만은 돈 모은 사람이 몇 분이 되지 않는다 한다."[290]

• 빙햄의 왕운봉과 그의 아내에 관하여

한인 동포와 멕시코 노동자들을 합하여 100여 명 이상의 노동자들이 함

---

290) 「빙햄과 기타 지방 동포의 생활과 정황」 [신한민보] 1925. 8. 13. 1면 2단.

께 식사하는 빙햄 이명섭 캠프의 식사는 빙햄 소재 '유. 에스. 카페'의 전 주인 왕운봉 부부가 공급하고 있었다. 이들은 노동자들의 취향에 따라 식사를 한식과 양식의 두 가지로 공급할 수 있을 만큼 사업 감각을 가지고 있었다. 이들에 관해 백일규는 이렇게 적고 있다. "왕운봉 씨 내외분이 한국식과 서양식의 음식을 하여 우리 동포의 식사를 공급하는 고로 편리한 점이 많더라."[291]

일찍이 미국에 정착하여 가정을 일구고 자리를 잡은 왕운봉 내외는 꽤 흥미로운 사람들이었다. 이들의 이야기를 해 보자.

왕운봉 내외는 미주 한인사회 내에서 이미 식당업으로 크게 성공한 사람들이었고, 그만큼 대한인국민회와 동포사회에 기부도 많이 했다. 위에서 언급한 대로 1921년 최진하가 유타를 방문했을 때도, 이들 내외는 옥덴에서 양식당 '유. 에스. 카페'를 열어 매우 성공적으로 운영하고 있었다. 손님이 많아 자신을 제대로 영접하지 못할 만큼 바빴다고 최진하는 서술했었다.[292] 1921년 5월의 신문기사에 따르면, 왕운봉 내외는 1920년 12월에 옥덴의 이 서양 식당을 오픈했는데, 왕운봉 내외 말고도 백인 웨이터 2명과 한인 동포 2명을 고용해 일을 했고, 하루 수입이 70-80달러에 이를 정도로 식당 운영이 성공적이었다.

> "옥덴 시티에 유하는 왕운봉 씨는 작년 12월부터 양찬관을 사서 영업
> 하는 중인데 일하기는 그의 내외 두 분이 근력하며 백인 웨이터 두 사
> 람과 한인 두 사람이 같이 일하더라. 그 근경에는 우리 한인의 음식점

---

291) 위의 기사.
292) 최진하 「동포심방실기(와요밍, 유타 등지 동포의 형편)」 [신한민보] 1921. 6. 9. 1면 1단.

사업은 왕운봉 씨 한 분뿐인데 사업이 매우 유망하다 하며 지금 매일 수입이 70, 80달러씩 된다더라."[293]

왕운봉 부부는 옥덴뿐 아니라 빙햄에도 '유. 에스. 카페'를 오픈했었는데, 1925년 현재는 그들이 운영하던 빙햄의 식당을 김병국과 고상륜 두 사람이 넘겨받아 운영하고 있었다. 빙햄의 이명섭 캠프를 방문한 백일규가 빙햄 소재 '유. 에스. 카페'를 서술한 부분을 다시 살펴보자. 이 식당은 빙햄에서 가장 큰 식당이었다.

"빙햄에 도착하매 이 타운은 동광업을 주업으로 하여 생긴 타운이라. 그 도시의 지형이 V 자 모양으로 된 산곡의 좌우편 산 측에 집을 삐닥히 집 모양으로 붙이고 사는지라. 이 도시 안에 우리 동포의 사업으로는 김병국, 고상륜 양 씨의 동업인 U. S. CAFE가 있는데 원래 이 찬관은 몇 해 전에 왕운봉 씨가 영업하던 찬관으로 이 타운에는 첫째가는 음식점이다."[294]

왕운봉 부부가 이 식당을 매각하기 위해 [신한민보]에 광고를 올린 적이 있었다. 이 광고는 당시 그들이 운영하던 빙햄의 '유. 에스. 카페'에 관한 매우 흥미로운 정보들이 담겨 있었다. 우선 왕운봉은 빙햄에서 일하는 노동자의 수가 대략 4천에서 5천 명 선이라고 말한다. 그는 그동안 이 식당을 5-6년 동안 운영해 왔고, 다른 사업을 하기 위해 매각하고자 하는데, 한

293) 「왕운봉 씨의 양찬관: 매일 70-80달러 수입」 [신한민보] 1921. 5. 19. 3면 4단.
294) 「빙햄과 기타 지방 동포의 생활과 정황」 [신한민보] 1925. 8. 13. 1면 1단.

인 동포가 우선이고 마땅히 이를 살 한인이 없으면 외국 사람에게라도 팔고자 한다는 것이다. (결국 김병국과 고상륜이 이를 인수했다.) 식당의 테이블은 8개였고, 카운터 쪽에는 아마도 긴 바(bar) 테이블이 있었던 것 같다. 그리하여 최대 45명이 한 번에 앉아서 식사할 수 있는 규모였다. 여기에 설비가 있는 방이 두 개가 있었고, 아마도 홀에 전기로 밝히는 '싸인' 등과 아이스박스 그리고 음악을 틀어 주는 축음기('유성기')까지 갖추고 있었다. 꽤 괜찮아 보였다.

> "본인의 찬관 자리는 매우 좋은 자리올시다. 4천, 5천 명 역부가 있는 타운에 처하였으므로 누구든지 하실 줄 아시면 참말 좋은 기회입니다. 본인이 5, 6년 동안 영업하였으므로 팔고 다른 사업을 좀 하여 보기로 생각하나이다. 금년 8월까지 기다려 보아서 우리 동포가 원하시는 이 없으면 불가불 외국 사람에게라도 팔 수밖에 없소이다. 본 찬관의 내용을 대략 말하자면 식당에 테이블 8개에 한때 30명이 앉아 먹을 수 있고 '카운터'에 16인이 일시에 앉을 수 있고 또한 좌우 벽에 세경이 약 80여 척 되는 것을 붙였습니다. 또 이밖에 보암즉한 것은 250달러짜리 전기 등 '싸인', 신설한 '아이스박스' 75달러짜리, 유성기 175달러짜리 등입니다. 두 방의 설비도 매우 구준합니다.
>
> W. B. Wang, P. O. Box 814,
> Bingham Canyon, Utah."[295]

   1920년대 전반, 유타의 산골 광산마을 빙햄에서 가장 좋은 식당을 한국

---

295) 왕운봉 「보시오, 절대 호기회」 [신한민보] 1924. 5. 22. 3면 5단.

처갓집 근현대사

인이 운영했다 하니 매우 흥미롭다. 어쨌든 이후로도 왕운봉 부부는 미주에서 성공한 사업가로 좋은 이미지를 가지고 있었다. 아마도 1924년 무렵이들은 식당 경영보다는 광산 캠프에 식사를 공급하는 일 쪽으로 사업의 방향을 바꿨던 것 같다. 이들은 이명섭의 캠프 외에, 박길문의 스프링 캐넌 캠프에도 식사를 공급하고 있었다. 특히 왕운봉의 아내는 음식솜씨가 탁월했던 것으로 찬사를 받기도 했다.[296]

그런데 존경받을 만한 이들 부부가 처음부터 그런 모습은 아니었던 것 같다. 왕운봉은 (그리고 아마도 그의 아내 역시) 과거 꽤 희한한 사건에 연루되어 있었다.

• 왕운봉과 다뉴바 한인 총격살해 사건, 그리고 한 여인

[신한민보]에서 왕운봉은 1911년부터 검색된다. 적어도 1916년 8월의 그 사건들 이전까지 왕운봉은 평범해 보이는 한인 동포였다. '그 사건들'이라 함은 1918년 7월 26일에 발생한 캘리포니아 다뉴바(Dinuba)의 한인 총격살해 사건 및 그 사건에서 파생된 한 사건을 말한다. 이 사건들에 관한 자세한 내막은 알 수 없지만 [신한민보]에 실린 대로 그 이야기를 잠깐 해 보면 이러하다.

1916년 8월 3일 자 [신한민보]의 기사에 실린 다뉴바 한인 총격살해 사건의 전말은 이러했다.[297] 나이 30세가 조금 넘은 석화섭은 경북 영천 출신으로 다뉴바와 스탁톤 등지에서 노동으로 먹고사는 노동자였다. 배운 것이 별로 없고 입이 가벼운 인물로 알려진 그는 어느 날 인천 출신의 윤

---

296) 류계삼「돌아다니다가 얻는 기회」[신한민보] 1924. 9. 11. 3면 3단.
297)「다뉴바 동포 총살의 참변 괴극」[신한민보] 1916. 8. 3. 3면 1-3단.

성범을 만난 자리에서 그에게 "박병원이가 류필영의 여인을 통간하였다."
고 말했다. 석화섭에게서 이 말을 들은 윤성범은 즉시 이 이야기를 함남
원산 출신 박병원에게 전했다. 박병원은 석화섭을 찾아가서 "네 눈으로
진득히 보고 말한 것이뇨." 하고 묻자 석화섭은 김사진에게 들었다고 답
변했다. 분노한 박병원은 석화섭에게 김사진을 불러다가 대질하여 자기
가 통간한 것이 정확하면 자기가 죽고, 석화섭이 거짓말한 것이 드러나면
석화섭이 죽기로 하자는 식의 죽기살기식 다짐을 했다.

그런데 윤성범이 차이나타운의 일본인 상점 앞에서 석화섭을 붙들고
"박병원에게 가서 3자 대면을 하여 이 일을 끝을 내자."고 제안했다. 그러
나 석화섭과 윤성범은 이곳에서 일대일 격투를 벌였다. 격투 중 석화섭이
넘어지며 일본인 상점의 유리창을 깨뜨리는 바람에 석화섭은 팔에 부상
을 입었고, 주변의 한인들이 말리는 탓에 소동은 끝이 났다. 그러나 석화
섭은 이내 집으로 가서 감춰 둔 권총을 가지고 나와 박병원을 찾아갔다.

1916년 7월 26일 저녁 8시경, 그는 윤성범과 3자 대면을 하자며 박병원
을 차이나타운의 일본인 상점으로 끌고 갔다. 그리고 거기에서 박병원에
게 발포했고, 어깨에 총을 맞은 박병원은 쓰러졌다. 곁에 서 있던 윤성범
은 이를 보고 도망치기 시작했는데, 석화섭은 그의 뒤를 쫓아가며 두 발
을 발사했다. 등에 총을 맞은 윤성범은 십여 보를 더 도망하다 쓰러져서
사망하고 말았다.

쓰러진 박병원에게 다시 돌아온 석화섭은 박병원이 아직 살아 있는 것
을 확인하고 그의 목에 한 발을 더 쏘았다. 그리고 체념한 듯 도망치지 않
고 일본인 상점 앞에 앉아 있다가 경찰에 체포되었다. 박병원은 병원으로
이송되었으나, 치명적인 부상에서 회복되지 못하고 사망했다.

체포된 석화섭은 종신형을 선고받았다.[298] 다뉴바 지역의 한인 동포들은 임시 공동회를 조직하고 이 사건을 공동회 명의로 처리할 것을 의결했다. 공동회는 피해자 박병원과 윤성범의 시신을 다뉴바 공동매장지에 매장하고, 피해자 유산 처리를 위해 위원 9인을 선임했는데 이들 가운데 왕운봉이 있었다.[299]

그런데 그해 1916년 11월 2일 자 [신한민보] 3면 4단에 다음과 같은 제목의 짧은 기사가 올라왔다. 「류필영 계집 팔아먹고, 왕운봉 장가갔다」 다뉴바 통신에 근거한 이 기사의 내용에 따르면, 류필영은 하와이에서 여인을 데리고 미주로 와서 은근히 동포들 사이에 '도덕풍화를 손상'하는 행동을 하다가 결국 위에서 서술한 다뉴바 살인 사건을 유발하였다. 그런데 그는 한술 더 떠서 자신의 여인을 1,100달러를 받고 왕운봉에게 팔아넘겼고, 왕운봉은 이 돈을 마련하느라 빚을 많이 진 까닭에 (이를 갚을 수 없어) 그 여인을 데리고 몰래 뉴멕시코 석탄광으로 도피했다는 것이다.

> "류필영의 사건은 다뉴바 통신에 의지하여 쓰는바 통신의 요구를 좇음이 아니요 동포의 풍화교정을 위하여 쓰노라. 류필영은 하와이로부터 그 계집을 데리고 미주에 들어와서 은근히 동포의 도덕풍화를 손상하다가 다뉴바의 참혹한 화를 빚어내었으며 이것이 오히려 부족하여 다뉴바 왕운봉에게 1,100달러를 받고 그 계집을 팔아가지고 상항에 나와서 중국인 시가에 묻혀 있으며, 왕운봉은 이로써 남의 빚을 많이 진 고로 가만히 그 계집을 데리고 뉴멕시코 석탄광으로 도망하였

---

298) 「살인범 석화섭 종신 징역」 [신한민보] 1916. 9. 8. 3면 5-6단.
299) 「다뉴바 동포 총살의 참변 괴극」 [신한민보] 1916. 8. 3. 3면 3단.

다더라."[300]

일단 왕운봉이 뉴멕시코(New Mexico)주로 간 것은 사실이었다. 1918
년 6월 29일에 그는 그곳의 갤럽(Gallup)이라는 도시에서 다른 한인 두
명과 동업하여 양식당을 개업했다.[301] 갤럽은 석탄광이 있는 도시였다.
1919년에 그는 와이오밍주의 탄광 지역인 수퍼리오로 옮겨 와 있었다. 이
곳에서 그는 대한인국민회 파출소(파출소는 독립의연금 모집을 위해 설
치한 지방조직이다.) 위원을 맡았다.[302] 그 후 그는 유타주의 옥덴으로 거
처를 옮겼다. 그리고 위에서 언급한 대로 1920년 12월에 그곳에 양식당
'유. 에스. 카페'를 오픈하여 크게 성공한 것이다.

그런데 여기에서 그에게 아내가 있음이 처음으로 언급되었다. 이후로
그의 아내는 종종 언급된다. 왕운봉의 아내가 바로 다뉴바에서 만난 그
문제의 여인이었을까? 타인의 사생활에 너무 관심을 가지는 것은 좋지 않
지만, 어쨌든 왕운봉이 그 여인을 얻기 위해 류필영에게 1,100달러를 지
불했고, 그 여인과 함께 뉴멕시코로 도피행각을 벌인 것이 사실이라면, 그
리고 그 여인이 왕운봉의 아내가 되었다면, (사실일 가능성이 매우 높은)
이들의 스토리는 정확한 내막을 알 수 없지만 상당히 드라마틱해 보이는
것이 사실이다.

왕운봉은 1905년 1월 26일에 21세의 나이로 호놀룰루에 도착했는데,
이때 이미 기혼 상태였다. 그러나 아내나 자녀를 동반한 기록은 없다. 이

---

300) 「류필영 계집 팔아먹고 왕운봉 장가갔다」 [신한민보] 1916. 11. 2. 3면 4단.
301) 「갤럽 한인의 양찬관」 [신한민보] 1918. 7. 4. 3면 5단.
302) 「파출소 위원들」 [신한민보] 1919. 5. 27. 2면 1-2단; 1919. 5. 29. 2면 2-3단; 1919. 8.
    30. 2면 1-3단; 1919. 9. 23. 2면 1-2단; 1919. 10. 14. 2면 1-4단.

후 하와이 한인들의 미국 본토행이 막히기 전인 1907년에 샌프란시스코로 들어왔을 것이다. 그런데 미국 본토에서 왕운봉에게는 딸들이 있었다. 빙햄의 이명섭 캠프를 [신한민보] 기자 자격으로 방문한 백일규의 환영행사에서 '창가'를 불렀던 왕운봉의 두 딸 가운데 하나인 듯한 왕미선은 1924년에 솔트레이크시티의 성 십자병원에서 운영하는 간호사 학교에 입학하여 '남녀위생과'에서 매우 우수한 성적을 올렸다는 소식이 있었고,[303] 작은 딸 왕애나는 1930년에 유타주 가본 카운티 중학교를 우등으로 졸업했다는 소식도 있었다.[304]

이 딸들의 나이를 짐작컨대, 이들은 왕운봉이 호놀룰루 도착 이후 1916년 뉴멕시코로 가기 전 어느 시점에 얻은 자녀들인 것 같다. 그때 왕운봉이 실제로 류필영의 여인과 도피한 것이 맞는다면, 이 딸들의 어머니가 없었다면, 왕운봉의 행위도 이해할 만하지 않을까? 물론 그 도피 행각이 사실이었다는 전제하에서 말이다. 어쨌든 왕운봉 내외는 이후 미주 한인 사회 내에서 자리를 잘 잡은 듯했고, 가정을 이루어 무난한 삶을 살았던 것 같았다.

• 캠프 노동자들의 환대를 받은 [신한민보] 기자 백일규

빙햄 광산 이명섭의 한인 캠프에 거하던 한인 동포 노동자들은 캠프를 방문한 [신한민보] 기자이자 이명섭의 친우였던 백일규를 환대했다. 백일규의 눈에 비친 이들은 정치적으로 각기 다른 입장을 견지했으나 애국심과 독립운동에 대한 열망과 동포 구제 등에는 모두가 이론의 여지없이 같

---

303) 「왕미선 여사는 남녀위생학 배워」 [신한민보] 1924. 10. 9. 1면 2단.
304) 「왕애나 양이 우등으로 중학 졸업」 [신한민보] 1930. 5. 29. 1면 5단.

은 마음이었다. 그리고 다른 어떤 지방보다 압도적으로 큰 힘을 모아 주었다.

빙햄의 한인 동포들과 그 가족들 31명은 서재필의 하와이 여행경비를 조달하기 위한 모금에 총 151달러를 냈다. 이들의 명단과 기부한 액수는 [신한민보] 1925년 7월 23일 자 2면 4단에 실렸다. 캠프 보스 이명섭은 이들 중 가장 많은 10달러를 냈다. 또한 이들 중 10명은 [신한민보] 유지를 위한 보조금도 냈다. 이명섭은 마찬가지로 여기에도 가장 많은 10달러의 보조금을 기부했다.[305]

서재필의 하와이 여행경비라 함은 그가 1925년 7월 미국 YMCA 주관으로 하와이 호놀룰루에서 열린 범태평양회의(The Pan-Pacific Conferrence)에 미국의 한인 대표로 참석했을 때 사용했던 경비를 말한다. 이 대회는 미국 YMCA가 주도하고 태평양 지역에 이해관계를 가진 나라들의 대표들이 개인자격으로 참여하여 각 나라들 사이의 당면한 문제들을 논할 상설국제비정부기구를 설립하기 위한 회의였다. 이 회의에 참석한 서재필은 한국의 독립을 주장하는 연설을 했다.[306]

그리고 어떤 이들은 대한인국민회에 의무금을 냈고, 또 어떤 이들은 [신한민보]를 구독하기로 했다.

"정치문제로는 본시 우리 동포들이 많이 거류하는 곳에는 어디를 물론하고 모두 일치한 태도를 가지기가 사실상 불가능이라. 그래서 여기에도 갑이 옳다 을이 옳다 하는 변론이 없지 않으나 그러나 그 애국

---

305) 「서 박사 여비」 [신한민보] 1925. 7. 23. 2면 4단.
306) 「하와이 태평양회의 소식과 서 박사의 웅변」 [신한민보] 1925. 7. 23. 2면 1단.

성은 누구를 물론하고 다 동일한바 과거 우리 독립운동과 기타 내지 동포 구제 등사에 다른 지방을 압도하리만치 다대한 힘을 쓴 것이 사실이다. 그런 고로 이번 서재필 박사가 하와이에 대표로 가신 일에 대하여는 거의 일치한 행동을 취하였고 또한 국민회와 신한민보의 유지문제에 대하여서도 과거의 감정으로 인하여 다소간 불찬성하는 점도 없지 아니하나 재미 한인에게 무슨 기관이든지 하나 있어야만 되겠다는 자각하에서 대부분 찬성하는바 혹 보조금을 내기도 하며 혹 신문을 구람하기로 한 이도 있고 또 혹 의무금을 낸 이도 있었다."[307)

• 색소폰 연주와 '창가'와 '아이시크림'이 있었던 환영회

그런데 백일규의 눈에 가장 특별했고, 나의 보기에도 그랬던 것은 이들이 그를 위해 열어 준 공식 환영모임이었다. 이들은 자체적의 회의를 거쳐 기자 백일규를 공공단체의 대표로 온 사람으로 인정하고 그런 모임을 열어 주었던 것이다. 7월 13일에 열린 이 환영행사에서 가장 특별했던 것은 정명수와 박영수의 색소폰 듀엣 연주였다. 독주도 아닌, 듀엣! 또한 식당업으로 이미 한인사회에 널리 알려진 왕운봉의 두 딸이 부른 '창가'도 있었다. 백일규는 이에 대해 이런 소감을 남겼다: "그와 같은 궁벽 산촌에 음악과 창가가 구준하기는 실로 몽상 밖이다." (이 시대에 '창가'라 함은 서양식 노래를 말한다.)

더 놀라운 것은 이 날의 환영식에 등장한 다과 가운데 아이스크림('아이시크림')이 있었다는 사실이다. 1925년 유타 빙햄 깊은 산속 광산촌 한인 캠프의 한인 노동자들은 아이스크림을 먹고 있었다. (이 부분에서 1920년

---

307) 「유타주에 우리 동포」 [신한민보] 1925. 8. 13. 3면 1-2단.

대 미국 광산촌 한인들의 생활에 대한 나의 선입견도 깨지게 되었다.) 그 런 가운데 광산촌 한인 노동자들의 주요 관심사는 한국의 독립에 대한 열 정과 한인들의 하나 됨에 대한 열망이었다. 그때나 지금이나 사람들은, 특히 성인남자들은 모이면 정치논쟁을 많이 하는가 보다. 그 시대는 그래 도 국권회복 또는 독립이라는 하나의 목표가 있었던 시대였다.

> "그리고 본 기자를 공체의 대표로 온 사람이라 하여 공식의 회집으로
> 대우함이 온당하다는 입론이 되어 7월 13일 저녁에 공동회를 소집하
> 고 이웅칠 선생의 사회로 친절한 순서를 진행할 새 이 회석의 특색은
> **정명수, 박영수 양 씨의 '색소폰' 병주와 왕운봉 씨의 두 따님의 창가**
> 라. 그와 같은 궁벽 산촌에 음악과 창가가 구준하기는 실로 몽상 밖이
> 다. 그리고 **아이스크림**과 다과로서 여흥을 맞추었다. 또 한 가지 깊
> 이 감상되는 것은 신유성 씨의 간곡한 권설이다. 씨는 시국의 분란을
> 통탄하여 심곡에서 우러나오는 열정으로 우리의 통일 못되는 것을
> 슬퍼하는 말씀을 발표하셨다."[308]

• 빙햄의 광산촌에서 서양 여성과 가정을 꾸린 김금식

서로 다른 문화와 인종적 배경을 가진 사람들일지라도 서로 가까이에 살다 보면 어느 틈엔가 남녀 간에 만남이 일어나고 사랑이 싹트고 사랑의 결과물이 발생한다. 동서고금을 막론하고 그러하다. 빙햄의 깊은 산골 광 산촌에서도 그 진리는 입증되고 있었다. 빙햄의 한인 가운데는 미국 여성 과 결혼하여 가정을 이룬 이도 있었다.

---

308) 위의 글.

"그리고 이명섭 씨 처소에서 약 반 마일 되는 캠프에 **김금식 씨가 혼자 있어 다수 역부의 식사를 맡아 하는데 그 이는 서양 부인과 혼인하여 딸 하나를 생산하고 가장 재미롭게 사는 터인데** 그 이와 그 부인이 서 박사의 여행 사건을 듣고 없는 돈을 외국 사람에게 취하여 도합 12달러 금을 기부함이 실로 감사한 일이다."[309]

백일규의 기사에 따르면, 이명섭의 처소에서 반 마일(약 800미터) 떨어진 캠프에는 김금식이라는 한인 동포가 살고 있었다. 그는 '서양 부인'(백인 여성)과 결혼한 기혼자였고, 이들 사이에는 딸도 하나 있었는데, 이들 부부는 그 캠프에 거주하는 노동자들의 급식을 제공하는 일을 하며 생계를 이어 가고 있었다. 이들이 식사를 제공하던 노동자들은 한인들이 아닌, 미국인 또는 다른 외국인 노동자들이었던 것으로 보인다. 백일규의 표현을 빌리자면 김금식은 이곳의 한인 동포들 가운데 '가장 재미롭게 사는' 사람이었다. 아무래도 어느 곳에서든 가정을 일구고 오손도손 사는 사람이 가장 행복해 보이는가 보다.

김금식 부부는 서재필의 하와이 여행 비용에도 도합 12달러라는 큰 액수를 기꺼이 기부했다. (당시 빙햄 광산 노동자 하루 벌이가 4달러 안팎임을 생각해 보라.) [신한민보]에 실린 빙햄 한인들의 서 박사 여비 기부자 명단에는 김금식이 10달러, 그의 서양인 아내 김썬취가 2달러를 기부한 것으로 나와 있다.[310]

이들 부부의 결혼기사가 있었는데, 이들은 1922년 9월에 결혼했으며,

309) 위의 글.
310) 「서 박사 여비」 [신한민보] 1925. 7. 23. 2면 4단.

부인은 '서반아 여사' 즉 스페인계 여인이었던 것으로 알려졌다.[311] 후에 이들은 아들도 낳았는데, 이들의 장남 김 프랭크 주니어는 제2차 세계대 전 중인 1943년 미국의 동원령에 따라 미 해군에 입대하여 전쟁에 참전하 기도 했다.[312]

유타주 트리몬톤에도 1920년경 백인 여성과 결혼한 한인이 있었다. 박 지섭의 부인인데, 그녀는 평소 단란한 가정을 꾸리며 주변 한인들에게도 동족처럼 친절하여 한인들 사이에 칭송이 자자했고, 알고 지내던 한인 여 성 이경의가 다른 도시로 옮겨 갔다가 병으로 입원했다는 소식을 듣고 10 달러의 위로금을 보낼 만큼 성품이 어질어 [신한민보]에 그 사연이 실리 기도 했다.[313]

이 시대의 미국에서 서로 다른 인종 간 결혼은 대부분 법적으로 허용되 지 않았으나 법의 금지를 피해 현지 백인 여성과 결혼했던 한인 남성들의 이야기는 심심치 않게 들려오곤 했다.[314]

---

311) 「김 씨의 백년가약」 [신한민보] 1922. 9. 21. 3면 4단. '서반아'는 스페인의 한자식 표기 이다.

312) 「종군 한인 청년」 [신한민보] 1943. 11. 11. 2면 1단.

313) 「어진 박지섭 씨 부인」 [신한민보] 1918. 3. 14. 3면 3-4단. 이경의는 여성으로 감리교 목사였다. 이 당시 그는 트리몬톤에서 박지섭 등과 농사를 지으며 목회와 선교 활동 을 병행했다고 한다. 그러나 그녀는 1918년 1월에 천식으로 인하여 캘리포니아 로스 앤젤레스의 한 병원에 입원하게 되었고, 병에서 끝내 회복되지 못한 채 그해 10월 15 일 사망했다. 손상웅 「이경의(1987년경 - 1918년 10월 15일)」 [미주 크리스천 신문] 2021. 3. 6. (인터넷판).

314) 「한인의 백녀 결혼」 [신한민보] 1914. 6. 18. 3면 4단; 안형주는 그의 책 『1902년, 조선 인 하와이 이민선을 타다』의 174쪽 정태은을 비롯한 시카고 한인들의 절반이 백인 여 성과 결혼했다고 서술한다. 그러나 이 정보에 관한 그의 각주 280은 [신한민보] 1918 년 12월 5일 자를 소스로 제시하고 있으나, 여기에서 해당 정보를 확인할 수 없다.

백일규의 스프링 캐년 탄광 캠프 방문: 찬사와는 달랐던 현실

1925년 7월에 유타 지역의 한인 동포들을 순방하던 [신한민보] 주필 백일규는 빙햄의 이명섭 캠프를 방문한 뒤 스프링 캐년의 탄광촌에 있는 또 다른 한인 캠프도 방문하여 기록을 남겼다. 당시 이곳의 캠프 보스는 박길문이었는데, 당시 백일규의 눈에 비친 이곳 캠프의 상황은 상당히 어려워 보였다. 이 이야기를 하기에 앞서 우리는 류계삼이라는 인물과 박길문에 관하여 잠시 먼저 이야기를 해야 할 것 같다.

• 류계삼과 박길문

류계삼은 이명섭과 함께 1921년 솔트레이크시티 3.1 독립선언 기념식을 주도한 인물이었다. 당연히 그 또한 유타 내 광산 지역의 한인 노동 주선 일과 관련이 깊은 인물이었다.

류계삼은 1916년 5월 16일 중국으로부터 '차이나'호를 타고 샌프란시스코로 입국했던 한인 동포 유학생 23인 가운데 하나였으며, 엔젤 아일랜드의 이민국 검사를 무사히 통과하여 본토에 상륙했다.[315] 1918년에 그는 버클리에 있었고,[316] 3.1 독립선언 및 만세운동 직후였던 1919년 4월에는 네바다주에 잠시 머물렀던 것으로 보인다. 이곳에서 그는 [신한민보]에 「독립 찾기 노력합시다」라는 제목의, 항일독립운동을 갈망하며 촉구하는 내

---

315) 「도미 동포 안착」 [신한민보] 1916. 5. 18. 3면 4단; 「새로 건너온 동포 무사 상륙」 [신한민보] 1916. 5. 25. 3면 4단.

316) 「류계삼 씨 낙상 - 버클리 전차에 떨어져」 [신한민보] 1918. 8. 8. 3면 4단. 류계삼은 1918년 8월 2일 버클리에서 전차 사고로 부상을 당했었다.

용의 장문을 올리기도 했다.[317] 같은 해에 거처를 유타로 옮겼고, 그곳에서 박용성과 함께 빙햄 광산의 노동 주선 일을 했다.[318] 적어도 1919년 말까지는 빙햄 광산에 한인 노동이 있었던 것이다.

그러나 류계삼은 1920년 와이오밍으로 거처를 옮겼다. 아마도 이 무렵 빙햄 광산의 한인 노동이 회사 측과의 문제로 중단되었던 것으로 보인다. 어쨌든 그는 이곳에서 대한인국민회 와이오밍 지방회 임원(서기)을 맡기도 했다.[319] 그후 1921년 유타의 솔트레이크시티로 와서 이명섭과 함께 3.1 독립선언문 경축일 기념식을 주도한 것이다.

그런데 류계삼은 한곳에 오래 정착하기보다는 여러 곳을 떠돌아다녔고, 이를 어느 정도는 즐기기까지 했던 것 같다. 이곳저곳을 떠돌던 그는 1924년 9월에 「돌아다니다가 얻는 기회」란 제목으로 [신한민보]에 긴 글을 올렸는데, 그 주요 내용은 스프링 캐넌의 탄광촌 한인 캠프에 관한 것이었다. 그는 이 글에서 이 한인 노동자 캠프의 좋은 점들을 열거하고 있었다.

가령 그는, 성공적인 식당사업으로 이미 이름이 알려진 왕운봉과 음식 솜씨 좋은 그의 아내가 한인 노동자들에게 훌륭한 식사를 제공하고 있고, 온수 샤워시설이 좋아 위생 상태가 훌륭하며, 무엇보다 캠프의 규칙과 도덕 범절이 다른 광산 캠프에 비하여 특별히 높아 캠프 보스와 동포들의 분위기가 매우 좋다는 점 등을 이 글에서 언급하고 있었다. 다른 곳은 캠프 보스의 농간으로 종처럼 일만 하다가 광산을 떠날 때 빈털터리가 되는

---

317) 류계삼 「독립찾기 노력합시다」 [신한민보] 1919. 4. 5. 1면 6단.
318) 박용성, 류계삼 「돈을 원하시거든 금산으로 오시오」 [신한민보] 1919. 9. 23. 2면 7단; [신한민보] 1919. 10. 14. 4면 6단
319) 「와이오밍 지방회보」 [신한민보] 1920. 9. 23. 4-5면 2단.

경우도 흔하지만 여기서는 돈을 번다는 말도 잊지 않았다.[320]

당시 스프링 캐넌 탄광촌의 한인 캠프 보스는 박길문이었다. 박길문은 1917년 10월 1일에 '차이나'호를 타고 미국 샌프란시스코항을 통해 입국했다.[321] 1921년에 그는 국민회 와이오밍 지방회 임원이었으며,[322] 그해 수퍼리오(Superior) 탄광지역에서 열린 국민회 지방회 주최 3.1 독립선언 기념식에서 몇 가지 순서를 맡기도 했다. 그중에는 대표기도도 있었다.[323] 국민회 북미총회장 최진하가 수퍼리오를 방문했을 때, 그의 연설을 열정적으로 받아 적어 요약본을 [신한민보]에 보낸 적도 있었다.[324] 1922년의 수퍼리오 지역 3.1절 지방회 행사에서도 순서를 맡았다.[325] 그는 1923년 12월까지도 수퍼리오에 있었으며,[326] 국민회가 주도하는 많은 일에 후원금을 냈다.

박길문이 스프링 캐넌과 관련되기 시작한 것은 1924년부터였던 것으로 보인다. 1924년 8월 7일 자 [신한민보]에 실린 한 기사에 따르면, 와이오밍주 락스프링에 있는 '스프링 캐넌' 석탄 회사는 한인 노동자들을 좋게 보아 이들을 더 유치하기 위해 별도의 숙소를 건축 중이며, 이 회사의 한인 캠프 보스는 박길문이라고 소개하고 있다. 아래는 그 기사의 원문이다.

"락스프링에 있는 '스프링 캐넌' 석탄 회사에서 현금 한인을 대환영한

---

320) 류계삼 「돌아다니다가 얻는 기회」 [신한민보] 1924. 9. 11. 3면 3단.
321) 「동포 27인이 안착」 [신한민보] 1917. 10. 4. 3면 3단.
322) 「와이오밍 지방회보」 [신한민보] 1921, 3, 24, 2면 5단.
323) 「각 지방 독립 경축, 수퍼리오 경축」 [신한민보] 1921. 3. 24. 3면 3단.
324) 「수페리어 동포의 총회장 환영」 [신한민보] 1921. 5. 26. 3면 4단.
325) 「삼일절 경축순서」 [신한민보] 1922. 3. 9. 3면 6-7단.
326) 「외무국연금」 [신한민보] 1923. 12. 13. 2면 3-4단.

다. 몇 해 전까지도 한인이 어떠한 민족인지 잘 알지 못하다가 금일
에 당하여는 한인을 일인보다 훨씬 낫게 대우하며 거기 말하기를 한
인이 좋은 민족이라 하며 동 회사에서는 거관의 재정을 투자하여 한
인의 '캠프'까지 건축하는 중이며 벌써 한인 동포의 수효가 수십 명가
량이나 있는데 원래 몇 분의 한인 동포들이 일인과 동거하며 한인의
특수한 행동을 나타내지 않았다가 금일에 와서는 한인들이 단합하여
가지고 한인의 행동을 앞세우고 나서매 백인들이 차차 알아주기 시
작한다 하며 그 처소에 있는 한인들은 잡기하는 이도 없고 행위를 매
우 단정하게 가짐으로 동 회사 측에서는 한인을 오는 대로 받아쓰겠
다고 하므로 **한인의 보스 박길문 씨**는 노동상 신용을 유지하기 위하
여 동포 간의 불미한 것을 일체 금하며 장차 우리 동포의 노동계를 확
장하기를 힘쓴다더라. – 락스프링 통신"[327]

아마도 유타주에 있는 스프링 캐년의 탄광은 와이오밍주에 있는 락스
프링 회사에 속했던 것 같다. 어쨌든 박길문은 이때 이미 스프링 캐년 탄
광의 한인 캠프 보스로 일하고 있었다. 그리고 이곳으로 들어간 류계삼은
이 탄광촌과 한인 캠프와 캠프 보스 박길문을 극찬했다.

1924년부터 1925년 3월 26일 자 [신한민보] 광고란에 박길문은 자신을
유타 스토아스(Storrs) 석탄광의 한인 캠프 보스로 소개하는 광고를 올렸
다.[328] 별다른 내용은 없이 그는 자신의 이름과 직함, 그리고 사서함 번호

---

327) 「한인을 대환영하여 락스프링스 석탄 회사에서」 [신한민보] 1924. 8. 7. 1면 3단.
328) 박길문 「유타 스토아쓰 석탄광」 [신한민보] 1925. 3. 26. 3면 6단. 1912년 개발을 시작
한 광산 회사에서 탄광촌을 세우고 이를 스토아스라 불렀으며, 1924년에 스프링 캐
년으로 이름이 바뀌었다고 알려져 있다. 이 탄광마을은 훗날 사업이 쇠퇴하며 사람

와 주소만 올렸다. 스토아스는 스프링 캐년(Spring Canyon)의 옛 이름이다. 1925년 5월 28일 자 [신한민보] 기사는 스프링 캐년 한인 캠프에 관한 또 다른 정보를 제공해 주었다.

'스토리스 통신'에 근거한 이 기사에 따르면, 이곳에서는 동양인으로는 일본인 노동자들이 일해 왔는데, 1년 전 박길문 외 2명의 한인이 들어와 일을 하기 시작하면서 2개월 만에 한인 캠프가 세워졌고, 지난 1년 동안 여러 한인 노동자들이 들어와 일을 하며 모든 면에서 좋은 평가를 받아 회사의 사장이 특별히 한인들을 칭찬하는 친서를 보내 주기도 했다. 따라서 회사 측에서는 한인 캠프를 크게 확장할 계획이라는 것이다.

> "유타주 스토리스는 본시 일본인의 노동 주선으로 10여 년간 동양인이 내왕을 하였으나 한인은 작년 5월 1일에 비로소 박길문, 김운룡, 강삼저 3씨가 가서 처음으로 정처한 후 2개월 동안에 한인 캠프를 신설하여 수십 명의 동포가 지금 재미있게 지내온바 과거 1년 동안에 우리의 행동이며 외인 교제며 광역의 선수며 모든 것을 일인에게 비교하여 양호한 성적을 가졌으므로 이 회사의 사장인 스탁케 씨가 한인 청중으로 특별히 친서를 보내어 칭찬하였으며 한인이라면 친절히 환영하여줌으로 6월 1일부터는 한인 캠프를 대확장할 계획이라 하였더라."[329]

들이 다 떠나면서 1969년 이후 완전히 버려진 유령도시가 되었다. 어쨌든 스토아스는 곧 스프링 캐년이다.

329) 「스로스 캠프 확장」 [신한민보] 1925. 5. 28. 1면 2단.

• 스프링 캐넌을 방문한 백일규가 본 것

그런데 1925년 여름 스프링 캐넌 한인 노동자 캠프의 상황은 적어도 류계문이 1924년 9월에 극찬했던 그런 모습도 아니었고, 1925년 5월에 스토아스 통신이 전한 확장된 캠프의 모습도 아니었다. 이곳의 어려운 상황이 때마침 1925년 7월에 유타 지역의 한인 동포들을 순방하던 [신한민보] 기자 백일규의 방문 기록을 통해서도 알려지게 된 것이다.

백일규는 이명섭이 운영하던 빙햄 산골의 캠프에서 3일 정도 머물며 30여 명의 한인 노동자들과 대화를 나누고 솔트레이크시티로 내려왔다가 우연히 전시중과 류계삼 두 사람을 만나 그다음 날 스프링 캐넌의 탄광촌 한인 캠프를 방문했다. 그는 이곳에 대해 아래와 같은 기록을 남겼다.

> "…유타주 스프링 캐넌에 있는 박길문 씨의 탄광 캠프에 간즉 이곳
> 에는 다만 남자 9인과 부인 1인과 아이 2명까지 합하여 12명 동포가
> 있는데 여름이라 석탄의 요구가 영성한고로 따라서 광업이 부실하
> 여 매 주일에 2, 3일밖에 일을 하지 못하므로 겨우 밥값이나 벌고 있
> 는 터이다. 그래서 본보 유지 문제는 이야기도 아니한바 다만 서 박사
> 의 여비 문제를 말하매 당석에서 기부한 총액이 40달러에 달하였다.
> 내가 그곳 있을 때에 몇 분 동포가 또 와서 도합 수십 인 동포가 있게
> 되었다. 나는 하룻밤을 묵으며 주인 박길문 씨와 식장 주인 임단일 씨
> 내외분의 친절한 사랑을 받고 그 익일 즉 16일에 박길문 씨가 얻어
> 주는 자동차를 타고 약 6마일 밖에 있는…"[330]

---

330) 「유타주에 우리 동포」 [신한민보] 1925. 8. 13. 2면.

캠프에 남은 한인들은 노동자 9명, 여자 1명, 아이 둘. 노동은 일주일에 2, 3일밖에 없었고, 노동자들은 겨우 밥값이나 버는 정도의 수입만 올리고 있었다. 그런 상황에서도 몇 남지 않은 노동자들과 주변에서 모여든 동포들은 서재필의 여행 경비를 위해 40달러를 모아 기부했다는 것이다. 국민회와 [신한민보] 유지를 위한 기부금 이야기를 백일규는 미안해서 꺼내지도 못했다. 나라 잃은 민초들의 나라사랑과 독립의 열망이 눈물겨웠다.

캠프의 상황이 이처럼 어렵긴 했지만 적어도 1925년 7월 동안 박길문은 여전히 남아 스프링 캐년 한인 캠프의 보스 역할을 하고 있었다. 그런데 돌연 박길문은 1925년 8월에 스프링 캐년의 한인 캠프를 염운경에게 넘기고 덴버로 떠났다. 이는 광고가 아닌, 기사를 통해 알려졌다.

> "유타주 스프링 캐년(스토아스)에 있는 석탄광에 우리 동포 약 10여 명이 거류한다 함은 이미 보도하였거니와 그곳서 캠프 보스로 있던 박길문 씨는 그곳서 떠나 덴버로 이거한 고로 당지 노동 주선은 엄운경 씨가 인계하여 보기로 하였다는데 엄 씨는 노동 주선을 일층 더 충분히 하여 일반의 편의를 공급하는 동시에 역무도 더 많이 요구한다 하였더라."[331]

당시 캠프에 남은 한인 노동자는 10여 명. 이는 상당히 적은 숫자였다. 노동 주선만으로는 제대로 수익을 남기기도 어려울 뿐 아니라 회사 측과의 교섭이나 계약도 어려울 것 같았다.

---

331) 「유타 탄광 보스 체임: 석탄광 노동 주선 일층 확장」 [신한민보] 1925. 8. 20. 1면 1단.

•「박길문의 돈 없는 척」

그리고 나서 몇 주 후에 추문이 터졌다. 1925년 9월 3일 자 [신한민보]에는 「박길문의 돈 없는 척」이라는 제목의 충격적인 기사가 하나 실렸다. 이는 스프링 캐년의 탄광에서 일하는 한인 노동자 10명이 자신들의 이름을 걸고 [신한민보]에 보낸 통신문을 게재한 것으로, 그 내용은 스프링 캐년 한인 캠프 보스 박길문의 비리에 대한 폭로였다. 더 기가 막힌 것은 이 통신문을 작성해서 보낸 스프링 캐년의 한인 노동자들 가운데는 이전 해에 [신한민보]에 글을 올려 이곳 캠프와 캠프 보스 박길문을 극찬했던 류계문도 포함되어 있었다는 사실이다.

어쨌든 당시 광산 지역의 한인 캠프들의 상황을 이해하기 위해 이들이 보낸 통신문의 내용을 언급할 필요가 있다. 이들이 보낸 통신문에 따르면, 백일규가 스프링 캐년의 캠프를 방문했을 때 서재필의 여비 보조를 동포 노동자들에게 요청하여 모두가 힘이 닿는 대로 40달러의 성금을 거둬 캠프 보스 박일문에게 [신한민보]사로 보내도록 맡겼다. (이 부분에서 우리는 이명섭의 친우이자 얼마 전 빙햄을 방문했던 [신한민보] 기자가 백일규였음을 알 수 있다.) 그런데 그는 이를 '헛책'(부도수표?)으로 보내 신문사로 하여금 벌금까지 물게 했다. 즉 그의 은행계좌에 돈이 없는 상태로 수표를 발행하여 보낸 것이다. 그리고 그는 연락을 끊었다. 더 큰 문제는 박길문의 캠프 내 부정행위였다. 기사에 전재된 이들의 통신문 내용 중 일부를 인용하면 이러하다.

> "경계자 향자에 **백일규 씨**께서 이곳 오셔서 공동히 동포가 모여가지고 말씀하시기를 서박사 여비료로 연조를 다소간 말씀하시기에 각인이 … 박길문이라는 사람이 이곳 유타주 스프링 캐년 '콜 마인'에 와서

캠프를 맡아가지고 지낸 지가 수년 동안이온데, 이 자가 자초이래로 사사 물물에 부정행위로 내려오더니 근자에 사단이 탄로되어 이곳에 가정을 이루고 사는 여자를 달고 와 날로 비밀한 관계가 있는고로 동포들이 입을 모아 여자의 내의를 축출하매 회사에서 알고 박길문도 회사에 빚을 3백, 4백 달러 진 고로 여자와 같이 축출 경의되었나이다. 고로 캠프가 '뿌룩'(broke?)되게 되어 동포가 산지사방 헤어지게 되었더니, 의외에 이곳에 같이 계신 염윤경 씨가 사세 가석함을 생각하고 자기 돈 7백, 8백 달러를 들여 길문의 소유인 회사 빚을 갚아 주고 캠프의 소소한 물건을 맡고 캠프도 회사와 약조하고 맡았소이다. 또한 그뿐만아니라 이곳에서 백인의 물건 외상으로 사고 쓰고 헛첵을 써서 준 사람이 10여 인이온데, 그런 까닭으로 정장질이 나서 지금 박길문을 수소문해 찾는 중이올시다…."[332]

이들에 따르면, 박길문의 범죄행위는 주로 '헛첵'을 남발한 사기행각이었고, 추가로 유부녀와의 간통 같은 도덕적인 일탈행위 또한 벌이고 있었다는 것이다.

결국 문을 닫아야 할 위기에 처한 스프링 캐년의 한인 캠프를 살린 사람은 거액의 자기 돈을 들여 박길문의 회사 빚을 청산해 주고 노동 주선과 캠프 운영을 떠맡은 염운경이었다. 염운경은 1922년에 국민회 와이오밍 지방회에서 박길문과 함께 임원을 맡았었다. 당시 박길문은 재무였고, 염운경은 사찰이었다.[333]

---

332) 「박길문의 돈 없는 척」 [신한민보] 1925. 9. 3. 1면 3단.
333) 「와이요밍 지방회보」 [신한민보] 1921. 12. 15. 2면 6단.

1925년 박길문이 떠난 후 류계삼은 염운경과 함께 유타의 스프링 캐년(Spring Canyon)에 남아 광산의 노동 주선 일을 함께 했다.

> "지금 이곳에 있는 동포는 15-16인가량이온데, 박길문 씨 나아간 이후로 특별히 회사의 청구를 입어 모든 형편이 잘되어 가오며, 일은 지나간 주일부터 매일 하오며 한인 광부 20명을 속히 원합니다. 누구시던지 돈 많이 버시기를 원하시면 속히 오시옵소서. 일을 모르시는 이는 할 수 있는 대로 가르쳐 드리오리다.
>
> 염운경, 류계삼 고백
>
> MR. W. K. YUM
>
> MR. K. S. Lew
>
> P. O. Box 483-473
>
> Spring Canyon, Utah"[334]

그러나 류계삼은 이내 이 일에서 손을 뗀 것 같았다. 이후 염운경이 같은 내용의 노동 주선 광고를 두 건 더 [신한민보]에 올렸는데, 이 광고들에서 류계삼의 이름이 빠져 있었기 때문이다. [335]

이후 바길문과의 문제가 어떻게 해결되었는지는 알 수 없다. 디만 덴비로 간 박길문은 그곳에서 농장을 경영하던 최경오의 딸과 결혼했던 것으

---

334) 염운경, 류계삼 「광부 20인을 속히 원합니다」 [신한민보] 1925. 9. 3. 3면 5단; [신한민보] 1925. 9. 10. 3면 5단.

335) 염운경 「광부 20인을 속히 원합니다」 [신한민보] 1925. 10. 15. 3면 5단; [신한민보] 1925. 10. 22. 3면 5단.

로 알려진다.[336] 최경오는 이명섭이 네브라스카에서 유학 생활을 하며 소년병학교에 관여하던 한때 그에게 숙식을 제공해 주었으며 나중에는 '한인농업주식회사' 창립에 함께하기도 했던 인물이었다.

도산 안창호의 빙햄 캠프 방문과 노동자들의 선행

1925년 7월 백일규가 빙햄의 구리 광산 캠프를 다녀간 직후 도산 안창호가 이곳을 방문했다. 동부로부터 서부까지 미국 전역의 동포들을 방문하던 안창호는 시카고에서 출발하여 샌프란시스코와 로스앤젤레스로 가는 중간에 캔사스시티와 덴버를 경유하여 유타 빙햄 광산에 들러 이명섭의 캠프에 거하고 있던 동포들을 만났다.[337]

이때 안창호의 동포 순방 여정에 동행하여 빙햄에 왔던 장이욱은 훗날 자신의 자서전에서 이 당시 빙햄 캠프 한인 광부들에 관한 자신의 소감을 간략하게 기록으로 남겼다. 그의 눈에 비친 빙햄 광산 캠프 한인 노동자들은 '깊은 산속'의 노천광산에서 '고달프고 외로운' 생활을 하고 있었다. 안창호는 그들에게 독립운동 상황을 전해 주었다고 한다.[338]

공립협회 쪽보다는 대동보국회 인맥에 속했던 이명섭이 도산 안창호와의 개인적인 친분을 쌓게 된 것은 아마도 이 무렵이었을 것으로 보인다. 훗날 귀국하여 결혼한 후 상해의 프랑스 조계지로 간 이명섭은 안창호가 조직한 공평사의 일원이 되었다.

---

336) 「최경오 씨의 기쁨」 [신한민보] 1937. 11. 25. 2면 3단.
337) 「동방여행을 필하고 서방으로 향하는 안 도산 선생은 장리욱 씨와 동행」 [신한민보] 1925. 7. 23. 1면 3단.
338) 장이욱 『나의 회고록』 93-94.

• '수재구제금', '동정금', '의무금', '보조금'…

미국 내 한인들 대부분은 본국의 소식에 늘 목말라했다. 그런 가운데 본국에 재난이 있을 경우, 많은 한인들이 성금을 모아 본국에 보내곤 했다. 그런 기록이 [신한민보]에서 종종 발견된다. 한번은 이명섭의 빙햄 캠프 한인 노동자들이 독자적으로 돈을 모아 본국 이재민 돕기를 실천했는데, 1924년에는 '한재'(가뭄), 그리고 1925년에는 수재를 당한 본국 동포들을 위해 '동정금'을 모아 [신한민보]에 기탁했다. 이와 관련된 기사에 캠프 대표로서 이명섭이 발언한 내용이 직접 인용되어 있었다.

> "유타주 빙함 동광에 거류하는 동포 수십 인은 작년 내지 한재에 걸리어 고통을 당하는 이들에게 거관의 동정금을 거두어 보내셨고, 금년 수재에 참상을 만난 동포를 위하여 또한 동정금을 많이 모집하여 보내면서 그곳 **이명섭 씨**는 여러 동포를 대표하여 말하였으되 '**이것이 비록 약소하나마 내지 수재 구제회로 부쳐주시오**' 하였더라."[339]

1925년의 '수재구제금' 모금에는 빙햄 한인 22명이 참여하여 총 76달러를 [신한민보]에 기탁했다. 이런 일은 늘 캠프 보스인 이명섭이 주도했다.

> "…이상 두합 76달러는 유타주 빙햄에 계신 동포들이 모집하여 **이명섭 씨**가 보낸 것."[340]

---

339) 「빙함 동포의 동포애」 [신한민보] 1925. 11. 26. 1면 1단.
340) 「수재구제금」 [신한민보] 1925. 11. 26. 2면 4-5단. 여기에 이명섭은 5달러를 기부했다.

재미 한인들에게 구제의 대상은 본국 이재민만이 아니었다. 1924년에 [신한민보]는 '고통 생활을 견디고 참아가며 학문을 배워 조국광복 사업에 간접 직접으로 공헌하려는' 뜻을 가지고 있던 독일의 한인 유학생 60여 명이 상당한 생활고를 겪고 있으니 이들을 구제해 달라는 기사를 올렸다. 그러자 미국 내 각처에서 한인들의 호응이 이어졌다. 유타 빙햄의 한인들도 상당수가 이들의 구제사업에 참여했다. 물론 이명섭도 그들 가운데 있었다.[341]

사실 미국 광산의 한인 노동자들 역시 결코 넉넉한 사람들이 아니었음에도, 선한 목적을 위해 피 땀 흘려 번 돈을 기부금으로 내는 일은 당시 미국 한인사회의 흔한 모습이었다. 빙햄의 광부들 역시 그러했다. 같은 한인 노동자가 병원에 입원하게 되면 그들은 결코 외면하지 않았다.[342]

이 외에도 대한인국민회의 운영과 독립군자금을 위해 내는 의무금이나 보조금 등을 성실하게 납부하던 한인들도 많았다. 이명섭 역시 귀국할 때까지 꾸준히 이를 납부했다.[343]

미국으로 유학 온 조카 이동제를 만나다

1925년 12월 성탄절이 다가올 무렵 이명우의 장남이자 이명섭의 장조카인 이동제가 유학을 목적으로 미국으로 왔다. 이동제는 동경 유학 중

---

341) 「먹지 못해 죽어가는 60명 구제하시오」 [신한민보] 1924. 5. 22. 3면 5-6단.
342) 「양 씨의 입원과 퇴원 - 빙햄 동포의 동정금을 감사」 [신한민보] 1924. 7. 24. 1면 3단.
343) 「보조금」 [신한민보] 1924. 11. 6. 2면 5단; 「서박사 러비」 [신한민보] 1925. 7. 23. 2면 4단; 「의무금」 [신한민보] 1926. 3. 25. 2면 5단; 「의무금」 [신한민보] 1927. 5. 19. 2면 5단; 「의무금」 [신한민보] 1928. 7. 5. 2면 5단.

2.8 독립선언을 실행했던 조선청년독립단의 핵심멤버가 되어 1921년 2차 독립선언문을 작성하고 배포한 일을 주도했고, 이 때문에 1년 정도의 금고형을 받았었다. 그의 이같은 이력은 미국의 한인사회에까지 알려져 있었다. 실제로 [신한민보] 1921년 12월 22일 자 3면 3단에는 「동경 조선 독립단 선언서」라는 제목으로 이동제와 그의 동료들이 작성하여 배포한 선언서 전문이 실렸었고, 이로 인해 동경에서 체포된 이동제 외 2인의 재판에 관한 소식도 [신한민보]에 실린 적이 있었다.[344]

[신한민보] 1925년 12월 17일 자는 인사란에 올린 「리동제 씨는 유학차 도미」라는 제목의 기사에서 이동제의 미국 입국을 알리며 그의 이력을 간략하게 소개했다. 이 기사는 이동제가 일본 와세다 대학 정치경제학과를 졸업한 이로 동경에서 독립운동으로 1년 금고와 2년 정학을 당한 바 있었으며, 1925년 12월 14일에 본국에서 신요 마루호를 타고 미국에 입국하여 유타주 빙햄(Bingham)에 있는 삼촌 이명섭을 만날 계획이라 전하고 있다. (기사의 원문을 읽기 쉽게 옮기면 다음과 같다. 원문에는 이동제를 '이동재'로 오기하였다.)

"금월 십사 일에 입항한 신요 마루 선편으로 본국서 **리동제** 씨가 도래하야 무사 상륙하였다. 씨는 **유타주 빙햄**에 있는 **리명섭** 씨의 함씨(주카)인데 일본 와세다 대학 정치경제과를 졸업한 이라. **1920년 와싱턴 군축회의** 시에 동경서 우리 학생들이 독립선언서와 흡사한 선언문을 반포한 일이 있었던바 씨가 그 시에 그 글 저작 중에 한 사람이었던 관계로 일본 경찰에게 체포되어 1년 금고와 2년 정학을 당하

---

344) 「동경 선언 사건 판결」 [신한민보] 1922. 3. 9. 3면 2단.

였었다. 씨는 작일(어제)에 발정하야 유타주에 계신 그 완장(삼촌)을 만나 뵈일 예정이다. 로스앤젤레스에 잠시 하기하야 그전 알던 친구들을 만나 볼 계획이라 한다. 그리고 씨는 거기서 떠나 뉴욕시로 진왕하여 콜롬비아 대학에 입학할 주의라 한다."[345]

그렇게 이동제는 1925년 12월 14일에 미국에 도착하여 동 월 16일에 유타 빙햄의 삼촌 이명섭을 만나러 갔다.

잊을 수 없는 1926년의 기억: 눈사태와 빙햄 캠프 내 동포 살인 사건

• 1마일 밖의 캠프를 덮친 눈사태

빙햄의 광산 지대는 겨울철이 매우 춥고 일기가 사나워 노동을 할 수 없는 날이 자주 발생하는 편이었다. 깎아지른 듯한 산악지형으로 인해 이따금 눈사태도 발생하곤 했다. 이명섭이 캠프 보스로 있던 1926년 2월 18일에도 눈사태가 발생하여 광산촌을 덮쳐 60에서 100여 명에 이르는 인명 손실이 발생했다. 이 뉴스는 곧 미국 전역에 퍼졌고, 이로 인해 대한인국민회 북미총회에서는 이명섭에게 전보를 쳐서 한인 동포의 피해 상황을 확인했다. 피해를 입은 캠프는 한인 캠프에서 1마일 정도 거리에 있었고,

---

345) 이 [신한민보] 기사를 제공하는 [한국사데이터베이스]와 [공훈전자사료관]에서는 이동제를 이동재로 잘못 읽어 분류하였다. 같은 오류가 1926년 5월 26일 자 [신한민보] 4면 3단에 실린 「북미 유학생일람표」에 언급된 콜롬비아 대학 유학생 이동제에 관해서도 발견된다. 같은 신문 1930년 6월 19일 1면 1단의 "동부학생대회" 관련 기사에서도 당시 뉴욕에서 열린 이 대회의 회장으로서 사회를 맡은 이동제를 이동재로 잘못 분류했다. 이 이동제는 모두 같은 인물로 함흥의 북선상업은행 지배인 이명우의 아들이자 이명섭의 조카이다.

다행히 한인 동포의 피해는 없었다.

> "금 18일에 유타주 빙햄에는 눈사태가 내려오며 그 타운을 덮은 바
> 인명손해가 약 60여 명 내지 백 명에 달하리라는 놀라운 보도를 보
> 고 그곳에 계신 우리 동포들의 안전을 알기 위하여 본 총회에서 그곳
> **리명섭** 씨에게 전보하였더니 씨의 답변에 '우리 캠프에서 한 마일 밖
> 에 그런 횡액이 발생된바 우리 동포는 아무 일이 없었습니다' 하였더
> 라."[346]

• 숙소 내 권총 난사로 끝난 임한규와 박성근의 갈등

 빙햄 구리 광산의 캠프 보스로 있는 동안 이명섭이 겪은 가장 충격적인
사건은 아마도 캠프 내에서 벌어진 동포 간의 총격살인 사건이었을 것이
다.

 [신한민보] 1926년 3월 18일 자 1면에 실린 관련기사에 따르면, 1926년
3월 6일 밤 10시 30분경, 노동자 임한규는 같은 캠프에 거주하는 박성근
이 자고 있는 방을 박차고 들어가 침상에 누워 있던 그에게 권총 5-6발을
발사하여 살해했다. 이들은 과거 다른 지방에서 함께 일했던 적이 있었는
데, 그때도 두 사람이 싸운 적이 있었다. 임한규는 빙햄 광산에서 일한 지
몇 년 된 사람이었고, 박성근은 지난해 겨울에 들어온 사람이었다. 다시
만난 이들은 또 한바탕 다툼을 벌였었다. 다만 박성근은 화해하고 잘 지
내기를 원했으나, 임한규는 끝내 분노를 참지 못하고 일을 저질렀던 것이
다.

---

346) 「빙햄 동포는 눈사태에 무사 안전」 [신한민보] 1926. 2. 25. 1면 2단.

'빙햄 통신'이 전하는 임한규에 대한 평가는 매우 좋지 않았다. 그는 하와이를 통해 본토에 들어온 자로서 성질이 '극히 포악'했고, 가는 곳마다 시비와 다툼을 일삼았으며, 다른 한인들은 박성근의 죽음을 애통해했다. 이튿날 인근에서 체포된 임한규는 박성근이 자기를 세 번이나 죽이겠다고 해서 쏘았다고 주장했는데, 다른 동료들은 그의 말을 믿는 분위기는 아니었던 것 같다. 박성근의 장례는 동포들이 합력해서 행했다.

"금 6일 하오 10시 반경에 임한규(전 이름 운길)가 동포 박성근 씨를 권총으로 난사하여 즉각에 죽게 한 참극인데, 그 원인은 여러 해 전에 양 인이 허나 지방에서 같이 일할 때 쟁투한 일이 있었다 하며 임 가는 이곳서 일하는 지가 여러 해 동안이오 박 씨는 작년 동절에 이곳에 와서 일하는데 얼마 전에 또한 언쟁이 있었다고 말하는 동포들이 있습니다. 그러나 박 씨는 그에 좋은 말로써 화해를 하고 평시와 같이 지내어 왔으나 임 가는 본성이 포악한 자이라. 그 원한을 품고 오다가 그날 저녁에 문을 차고 들어와서 침상에 누워 있는 박 씨에게 5, 6발을 난사하여 즉각에 죽게 하였는데 일반 동포들은 애통함을 마지아니하다 하며 이튿날 멀지 않은 곳에서 체포되었는데 심문할 때에 대답하기를 박 씨가 세 번이나 자기를 죽이겠다 하는고로 쏘았노라 하였다 한다.

이 사건에 대하여 갱 보스 양사욱 씨도 동 사건에 공모자의 혐의로 체포되었는데 재판은 불원간 될 듯하다 하며 이 사건 발생한 내용에 대하여 복잡한 사실이 포함된 듯하다 하였다.

박 씨의 장례는 이곳 동포들이 합력하여 지내고자 하며 임가는 하와이에 이민으로 왔다가 이 나라에 들어온 자인데 본성이 극히 포악하여 간 곳마다 시비와 분쟁으로 평생을 맞서왔고 세상에 온 지도 오래였으며 필경에는 불쌍한 제 동포를 죽이는 일까지 하였다더라. 빙햄 통신"[347]

위의 기사에 따르면, 뜻하지 않게 십장('갱 보스': 철로 작업 십장)이었던 양사익이 공모자 혐의로 함께 체포되었다는 언급이 간단하게 나온다. 다만 그가 그런 혐의를 받은 이유에 대해서는 언급이 없고, 이 살인 사건의 배경이 복잡하다는 것만 밝히고 있다.

임한규는 류필원, 박순욱과 함께 1년 전인 1925년 빙햄의 3.1 독립선언일 기념행사를 '분주히 주선'하여 한인 남녀 60여 명이 참석하는 성대한 행사로 치른 바 있었다.[348] 뜻밖에 한인들의 모임이나 행사에 주도적으로 나섰던 인물이었다. 1924년에는 질병으로 인하여 13일간 빙햄의 병원에 입원치료를 받았었는데, 이때 이명섭을 포함한 빙햄의 여러 동포들이 큰돈을 모아 병원비를 보태 줌으로 동포들의 큰 도움을 받기도 했다.[349] 이런 그가 같은 캠프 안의 한인 동료를 총으로 쏘아 죽인 사건은 충격적이다.

어쨌든 나중에 최종 재판에서 임한규는 10년 이상, 20년 이하의 징역형을 받았고, 뜻하지 않게 공모 혐의로 함께 체포되었던 십장 양사익은 무죄로 석방되었다.[350] (이전 3월 기사에서 '양사욱'으로 이름이 잘못 기재되

---

347) 「동포가 동포를 총살 - 유타 빙햄에 참혹한 살인 사건」 [신한민보] 1926. 3. 18. 1면 4-5단.
348) 「빙햄에 3.1절」 [신한민보] 1925. 3. 26. 1면 2단.
349) 「양 씨의 입원과 퇴원 - 빙햄 동포의 동정금을 감사」 [신한민보] 1924. 7. 24. 1면 3단.
350) 「임한규 10년 이상 징역」 [신한민보] 1926. 10. 28. 1면 1단.

었으나, 10월 기사에서는 '양사익'으로 바로잡혔다.)

이후 임한규는 4년이 조금 지난 1931년 말 이후 꾸준히 [신한민보]에 게재된 다양한 기부금 명단에 그 이름이 올라온 것으로 보아 조기에 가석방되었던 것으로 보인다. 증오심 때문에 같은 한인 동료를 살해한 사람까지도 대한인국민회 조직을 운영하고 임시정부에 독립운동 자금을 내는 일에는 마음이 한결같았던가 보다.

• 유사 살인 사건의 주인공 이명구 이야기

사실 유타 지역에서의 한인 동포 간 살인 사건은 이 사건이 처음은 아니었다. 1914년 2월 8일, 유타 갈랜드(Garland)에 농장을 가지고 있던 한인 이명구가 다른 한인 동포인 구두석의 오른쪽 눈을 권총으로 쏴 살해한 사건이 있었다. 알려진 바로는 이명구가 구두석에게 농사를 함께 짓자고 제안하고 두 사람이 그리하기로 약속을 했는데, 이명구가 두 주 만에 이 약속을 번복하자 구두석이 항의했고, 이에 두 사람 사이에 분쟁이 나면서 발생한 결과였다. 이명구는 옥덴에 가서 권총을 구입한 뒤 구두석을 살해했다. 명백한 계획살인이었다.[351]

이 사건은 빙햄 경무청에서 담당했다. 아마도 갈랜드에서 가장 가까운 경무청이 그곳이었던 것 같다. 다수의 광산 노동자들이 모여 살던 곳이라 치안 문제도 자주 발생했기 때문에 외진 빙햄에 경무청이 있었던 것으로 보인다. 그런데 빙햄 경무청은 여러 차례의 재판과 심사 끝에 살인범 이명구를 무죄로 석방하였다.[352] 이명구는 자기 농장으로 복귀해서 계속 농사

---

351) 「구씨 피살」 [신한민보] 1914. 3. 12. 3면 3-4단.
352) 「살인범 무죄 방면」 [신한민보] 1914. 6. 18. 3면 4단.

일에 종사했고, 1917년 현재 그는 42에이커의 농장을 소유하고 있었다.[353]

1920년즈음 이명구는 와이오밍으로 옮겼고 그곳에서 와이오밍 지방회 부회장도 역임했다.[354] 1925년 무렵에는 몬타나주에 정착해서 농장을 경영했다.[355] 그런데 1929년 10월 31일 저녁 6시경, 몬타나 뷰트(Butte)에서 50마일 정도 떨어진 곳에 위치한 제퍼슨 아일랜드(Jefferson Island)에서 동업으로 농장을 경영하던 홍회도와 백군삼은 자신들의 농장에 고용되어 일하던 박지섭에게 권총 공격을 받았다. 홍회도는 쓰고 있던 모자에 총알이 날아들어 다치지 않았으나, 불행하게도 백군삼은 얼굴에 두 발의 총탄을 맞고 절명했다. 뷰트와 그 주변에서 농장을 경영하던 한인 동포들은 십시일반 돈을 모아 변을 당한 백군삼의 장례 및 뒷수습을 도왔다. 이명구도 도움을 준 이들 가운데 있었다.[356]

이 사건을 보며 이명구는 무슨 생각을 했을까? 그는 본래 미국 본토로 이주한 직후 광산에서 철로 작업을 했던 것 같다. 1907년에 그는 락스프링에서 철로 작업 중 사고로 한쪽 다리에 부상을 입었었다.[357] 아마도 이때 부상으로 장애가 생겼을 것으로 보인다. 어쨌든 이 제퍼슨 아일랜드 살인 사건 이후로 이명구의 이름은 한인단체의 행사나 일, 기부금이나 모든 종류의 명단과 관련된 [신한민보]의 기록에서 사라졌다. 향후 몇 년 동

---

353) 「갈랜드 한인의 농작 경영」 [신한민보] 1917. 4. 12. 3면 4단.

354) 「독립선언 기념성축」 [신한민보] 1920. 3. 19. 3면 4단; 「와이요밍 지방회 민국 3년도 신임원」 [신한민보] 1920. 2면 3단.

355) 「몬타나 비웃에서」 [신한민보] 1925. 3. 12. 1면 4단; 「몬타나 비웃과 부근 우리 동포의 사업」 [신한민보] 1925. 8. 13. 3면 2-5단.

356) 「몬타나주에서 동포가 동포들 총살해 - 맹흉자 박지섭. 피살자 백군삼 폐명」 [신한민보] 1929. 11. 14. 1면 1단.

357) 「이씨 중상」 [공립신보] 1907. 1. 27. 2면 2단; 「락스프링에 유하는 동포들이 철로에 상한 이명구 씨와 병인 김근선 씨를 위하여」 [공립신보] 1907. 2. 20. 4면 3단.

안 오직 본국에서 온 편지를 찾아가라는 공지에만 그 이름이 언급되었다. 한인사회와 거리를 둔 것 같았다.

미국 땅 오지에서, 숫자도 그리 많지 않은 한인 동포들 간의 권총 살인 사건은 거의 대부분 동포끼리 서로 증오심을 쌓아 가다가 순간적인 분노를 참지 못하고 벌어지는 참사였다. 그래서인지 권총으로 얼굴을 쏘는 경우가 많았다. 무엇이 그들을 그토록 서로 미워하게 했을까? 사연이야 어떠했든, 광산이든 농장이든, 당시의 대다수 미주 한인들 또한 거친 삶의 현장에서 거친 시대를 살아가고 있었던 것만은 사실이었다.

1927년 여름에 류인발의 미국 입국을 도운 일

이명섭이 언급된 신문기사들 가운데 [신한민보] 1927년 9월 8일 자 1면에 실린 류인발이라는 흥미로운 인물에 관한 기사가 있었다. 이제 그에 관한 이야기를 해 보자.

> "기보한 바와 같이 **류인발(필립 류)** 씨가 이민국에서 약 1개월가량 인치되었다가 와싱턴 총이민국의 명령으로 5백 달러의 빤*을 하지 아니하면 상륙을 시킬 수 없다 하므로 유타주에 계신 그의 모친의 알선으로 **이명섭** 씨를 경유하여 5백 달러를 총회장 백일규 씨에게 보낸 고로 금 6일에 국민회의 담보와 5백 달러의 빤을 하고 즉시 상륙하였는데 류 씨는 동일 저녁 차를 타고 따뉴바로 전왕하였다더라."[358]
>
> (* 영어의 deposit, 즉 보증금을 의미하는 듯)

---

358) 「류인발 씨 담보 상륙하여」 [신한민보] 1927. 9. 8. 1면 5단.

"미국 군대에서 복무하다가 필리핀 섬에 가서 해대(제대)된 후 상해로 건너가 약 4년 동안 당지에 있는 스탠다드 기름 회사에서 고용되었던 류인발(필립 류) 씨는 금월 6일에 입항한 미국 육군부 운송선 타마스호를 타고 도래하였다 함은 기보하였거니와 류 씨는 최초 미국에 상륙한 일자와 배 이름을 알지 못하므로 이민국에 인치되었는데 총회장 백일규 씨가 그 배 이름과 일자를 찾아가지고 이민국에 교섭한바 류 씨의 사건이 와싱톤 총이민국으로 보고되었다는데 어쩌면 상륙이 될 듯하다더라."[359]

이 기사들은 미군으로 1차 세계대전에 참전했고 필리핀 미군기지에서도 복무했던 재미 한인 류인발이라는 인물이 필리핀 미 해군장관의 허락을 받아 미군 수송선 '타마스'호를 타고 1927년 8월 6일 샌프란시스코항구를 통해 입국하다가 입국거부를 당했던 사건에 관한 것이었다. 그가 입국거부를 당한 이유는 그가 미국에 최초로 입국했을 당시의 날짜와 배 이름이 이민국에서 확인되지 않는다는 것이었다. 이에 당시 대한인국민회 총회장이었던 백일규는 그의 입국 날짜와 배 이름을 알아내어 이를 이민국에 통보해 주었다.

그럼에도 불구하고 워싱턴 총이민국은 그에게 500달러의 보증금을 내는 조건으로 상륙을 허가하되 6개월 동안만 체류할 수 있도록 한다는 결정을 내렸다. 그리하여 유타주 빙햄에 거주하던 그의 어머니는 빙햄의 이명섭을 통해 500달러를 그의 친구이자 대한인국민회 총회장이었던 백일

---

359) 「류필립 씨 이민국에 인치되어」 [신한민보] 1927. 8. 18. 1면 5단; 「류인발 씨는 와싱톤에 청원」 [신한민보] 1927. 8. 25. 1면 4단.

규에게 보냈고, 백일규는 대한인국민회의 담보와 더불어 500달러 보증금을 내줌으로써 일단 류인발의 입국을 성사시켰다.

허용된 체류 기간은 6개월에 불과했으므로 그 이후에는 연장신청을 하거나 출국을 해야 했는데, 류인발은 연장신청을 하지 않고 출국 전에 유타 빙햄에 머무르며 그의 어머니와 함께 시간을 보내다가 6개월이 거의 되었을 무렵 상해로 떠났다. (이 시대에 류인발 정도 나이의 한인이 어머니와 함께 미국에 살았다는 것도 특이하지만, 그의 어머니가 광산촌 빙햄에 거주했다는 사실 또한 흥미롭다.) 그에게는 상해에서 일군 사업과 꾸린 가정이 있었기 때문이라는 것이었다.

"작년 9월에 상해로부터 미주로 건너왔던 **류인발(필립 류)** 씨는 수일 전에 유타주로부터 상항에 안착하여 며칠 동안 휴식한 후에 작 29일에 천요 마루 선편으로 상해를 향하여 떠나셨다. 류 씨는 세계대전 시에 미국 육군에 □되어 몇 해 동안 군무에 종사하다가 필리핀으로 가서 해대된 후에 상해로 건너가 미국 스탠다드 기름 회사의 대리인으로 영업하다가 작년에 미국 올 때에 필리핀에 있는 미국 육군장관의 허락을 얻어가지고 미국 군용선 '타마스'호를 타고 상항에 도착하였으나 이민 당국에서는 이민조례를 절대 실행한다고 상륙을 거절하므로 유타주 빙햄에 있는 그의 모친과 **이명섭** 씨의 알선을 인하여 5백 달러의 보증금을 걸고 상륙하였던바 금 3월 8일이 그 '빤'의 기한이 차는 날이라. 류 씨는 다시 6개월 동안 더 연기할 수 있음에도 불구하고 상해에 사랑하는 처자도 있을뿐더러 또한 사업상 관계로 하루바

삐 떠나야 하는고로 전기 선편으로 발정하였다더라."[360]

   이런 특이한 상황에 처했던 류인발은 어떤 사람이었으며, 무슨 사연이
있었던 것일까? 그리고 상해로 간 그는 어떻게 되었을까? 류인발과 관련
된 일들은 전부 특이했다.

류인발의 매우 특이한 이력

• 미국 시베리아 원정대에서 미 해군 조종사로, 그리고 상해 주재 스탠다드 오
  일의 직원으로

   본국에서 3.1 운동이 발생하고 상해에 임시정부가 조직되던 해인 1919
년의 9월 30일, 덴버에 거주하던 류인발은 미군에 자원입대했다. '병원
대'(의무대?)에 배치되어 훈련받던 그는 10월 16-17일 중에 미 합중국 시
베리아 원정군(the American Expedition Force in Siberia)의 일원으로 블
라디보스토크에 파견되었다가 후에 시베리아의 다른 지역으로 이동 배치
되었다. 샌프란시스코항에서 배를 타고 하와이에 24시간 정박한 뒤 블라
디보스토크로 향했는데, 그의 원정대 파견은 꽤 급하게 이루어진 듯하여
그는 다른 한인들에게 제대로 인사를 나눌 겨를도 없이 떠났던 것으로 보
인다.[361]

   미국은 1918년부터 1920년까지 왕정지지 세력인 백군과 공산주의 세
력인 적군 사이에 벌어진 러시아 내전에 군대를 파견해 개입하고 있었다.

---

360) 「류인발 씨는 상해로」 [신한민보] 1928. 3. 1. 1면 1단.
361) 「류인발 씨는 미군에 종역. 사이베리아 원정대에 종군」 [신한민보] 1919. 10. 18. 3면
    4단.

민족자결주의를 주창한 윌슨 대통령이 결정하고 주도했던 이 군사개입은 특정 세력을 지지하기 위함이었다기보다는 러시아 내에서의 자국의 자산과 정치외교적 관심사안들을 지키기 위한 것이었다.[362]

시베리아에서 미합중국 원정대원으로 다양한 경험을 쌓은 류인발은 원정임무가 종료된 후 돌연 필리핀 주둔 미 해군 비행대로 소속을 옮겨 그곳에서 조종사 교육을 받았다. '믿을 만한 통신'에 근거해 이 사실을 알린 [신한민보]는 그가 장차 조국 광복을 위해 크게 쓰일 인물이라 기대하는 문장으로 그의 소식을 전하는 기사를 마무리 했다.[363] 1920년 8월 15일에 그는 필리핀 '코네기도'(Corregidor, 현지어로 '코레히돌')에 있는 '밀스 포대'(Fort Mills)에서 '비행술 일등병'으로 진급했다.[364] 아마도 이때 기본적인 비행이 가능한 조종사가 되었던 것으로 보인다.

이 무렵 류인발은 필리핀에서 미국의 [신한민보]와 직접 연락을 취하고 있었다. 1921년에 그는 한 가지 흥미로운 소식을 [신한민보]에 제공했다. 그에 따르면, 자신이 속한 필리핀 '코우라기도아'(위의 '코네기도'와 같음)의 미군 '포대'(요새)에서 1920년 12월 12일에 한 영관급 미군 장교가 미국인과 필리핀인 천여 명이 모인 가운데 '한국과 한인'이라는 주제로 두어 시간 강연을 했다. 그 내용은 한국에 상당히 우호적인 것이었던 것으로 보인다. 그런데 이 포대는 미국의 중요한 기지였으므로 미국인과 필리핀인 외의 다른 외국인은 출입이 철저히 통제되었는데, 한 일본인이 중국 군인신분으로 가장하고 포대에 들어와 정보수집을 하고 있었던 것이 발

---

362) 위의 글.
363) 「류인발 씨의 쾌활한 뜻」 [신한민보] 1920. 6. 15. 1면 3단. (같은 기사가 3면 3단에도 나온다).
364) 「류인발 씨의 승급」 [신한민보] 1920. 9. 30. 3면 5단.

각되어 군 감옥에 수감되었다는 것이다.[365]

전체적인 맥락을 보면, 류인발이 속했던 이 '코우라기도아'(코레히돌)의 미군기지는 미국의 아시아 관련 정보 활동과 밀접한 관계가 있었던 곳으로 보인다.

이후 류인발의 행로는 더욱 흥미로워진다. 그는 필리핀 주둔 해군 비행대에서 제대를 했고, 그 후 중국 상해로 건너가서 약 4년 동안 그곳에 있는 미국 오일 회사인 스탠다드 오일(Standard Oil Co.)의 직원으로 근무했다.[366] 스탠다드 오일은 존 록펠러(J. D. Rockefeller)가 세운 미국 최대 석유회사였다.

재미 한인으로서 시베리아 미군 원정대, 필리핀 주둔 미 해군 비행대 조종사, 그리고 중국 상해에 진출한 미국 오일 회사의 직원이라는 그의 이력은 결코 평범한 것이 아니었다. 이것은 미국의 정보수집 활동과 아주 밀접한 관계가 있어 보이는 이력이다.

이 대목에서 책 한 권을 소개해 볼까 한다. 스콧 앤더슨(Scott Anderson)이 지은 『아라비아의 로렌스』. 우리말 번역본은 '글항아리'에서 2017년에 출판했다. '아라비아의 로렌스'라는 별명이 붙은 실존 영국인 토마스 에드워드 로렌스(Thomas Edward Lawrence)를 주인공으로 당시 중동에서 벌어진 제국들 사이의 첩보전을 소설 형식을 빌려 서술한 사실상의 역사서이다. 그런 만큼 주요 인물들은 모두 실제 인물들이고, 거의 사실에 기반한 내용을 서술했다. 이 책은 1차 세계대전을 전후로 한 20세기 초반의 제국들이 중동 지역에서 자국의 이익을 위해 어떤 첩보 활동과 공작을 행했

---

365) 「필리핀에 한국 위한 연설」 [신한민보] 1921. 3. 10. 1면 4단.
366) 「류인발 씨는 와싱톤에 청원」 [신한민보] 1927. 8. 25. 1면 4단.

는지를 적나라하게 보여 준다.

실제로 고고학자이자 탐험가였던 '아라비아의 로렌스'는 1차 세계대전 중 1915년에서 1918년까지 영국의 시나이-팔레스타인 원정군의 정보장교로 참전했다가, 중동의 아랍 부족들을 규합하여 당시까지 중동 지역을 지배하던 오스만 터키 세력을 몰아내는데 협조하도록 공작하라는 명령을 상부로부터 받고 이를 성공적으로 수행한 인물이다.

그런데 이 책에서 그와 함께 등장하는 미국 쪽 주인공인 윌리엄 예일 (William Yale)은 아랍어를 유창하게 구사하는 미국의 정보요원이자 중동 주재 미국 오일 회사 스탠다드 오일의 직원으로 일했다. 그는 석유매장지 탐사라는 목적을 내세워 중동 지역 곳곳을 탐사하며 지형을 관찰하고 다양한 정보를 수집했다. 당연히 실제 인물이다. 그런데 중동의 스탠다드 오일이라… 류인발은 중국 상해의 스탠다드 오일 소속이었다. 이게 우연일까?

더욱이 류인발은 한인으로는 드물게 미군 원정대 출신으로 (아마도 차출되어) 비행교육을 받은 인물이었다. 2차 세계대전까지도 항공촬영 사진은 지도제작과 정보수집에 매우 중요한 자료로 활용되었다. 허구의 스토리이긴 하지만 1996년 아카데미 작품상을 수상한 영화 〈영국인 환자〉 (원제 'the English Patient')는 미국 내셔널 지오그래픽 협회(the National Geographic Society) 소속 조종사들과 학자들이 항공촬영을 통해 제작한 아프리카의 지도가 그 시대에 어떻게 결정적인 군사정보로 활용될 수 있었는지를 잘 보여 준다.

• 미국은 왜 이런 이력을 가진 류인발의 입국을 거부했을까?

그런데 1927년 류인발은 미국으로 돌아왔다. 그러나 샌프란시스코항에

발이 묶였다. 미국 이민국에서 그의 첫 입국 날짜와 배 이름이 불확실하다는 것을 문제 삼았다. 백일규가 이를 알아내어 통보해 주었으나, 결과는 500달러 보증금에 6개월 체류 허가뿐이었다.

그는 어릴 때부터 미국에서 자랐고, 미 육군에 자원입대하여 1차 세계대전 기간 중 미국의 시베리아 원정군 소속으로 러시아에 파견되었으며, 후에 (차출되어) 미 해군 소속으로 필리핀 주둔 미군기지에서 비행훈련을 받았다. 일본이 첩자를 잠입시킬 만큼 중요한 정보를 다루는 미 해군 기지에서 근무했고, 제대 후 미국 최대 석유회사인 스탠다드 오일의 직원으로 상해에서 일했다. 민간인 신분이었음에도 미국으로 귀국할 때는 필리핀 주재 미 해군장관의 허락을 받아 미 해군 수송선을 타고 들어왔다. 이 정도면 한인이었다 할지라도 미국에서는 인정받을 만한 미국인이었다고 할 수 있다.

그런데 이민국에서 첫 입국 정보가 없다는 이유로 그의 입국을 불허했다는 것은 정상적인 상황은 아닌 것으로 보인다. 더욱이 이내 입국 날짜와 배 이름을 제시했음에도 일시적인 체류 허가만 받았다. 그러했다는 것은 미국 측에 다른 이유가 있었다는 것으로밖에 보이지 않는다.

그렇게 해서 그는 모친이 있는 유타 빙햄에 머물다가 6개월 만에 체류 연장신청 없이 처자가 있는 상해로 돌아갔다. 뒤에 다시 서술하겠지만 상해에서의 그의 행적과 죽음은 미스터리이다. '친일행적'을 이유로 한인 독립운동 조직에 암살되기 때문이다.

훗날 이명섭 또한 상해로 들어가게 되는데, 류인발이 공공 조계에서 암살당할 즈음 이명섭은 프랑스 조계에서 약방을 경영하고 있었다.

처갓집 근현대사

조카 이동제의 미국 유학 생활

이제 이명섭의 조카 이동제의 미국 유학 시절 이야기를 조금 더 해 보자. 미국에 입국한 직후 유타 빙햄의 삼촌 이명섭과 만난 이동제는 바로 학업을 시작했다.

일본 유학 시절에서 그러했듯, 미국 유학 시절 동안에도 그는 뉴욕 지역 유학생회에서 주도적이고 핵심적인 활동을 했다. 특히 북미 유학생들의 잡지였던 [우라끼] 4호(1930년)가 북미 유학생총회 10주년 기념호로 발행되었을 때, 그는 여기에 두 편의 글을 게재했다.[367] 첫 번째 글은 '미국문명 개관' 항목에 올린 「미국의 정치계」(43-45쪽)이며, 두 번째 글은 '미국에서 맛본 달고 쓴 경험' 항목에 올린 「1. 미국에 온 뒤로 나의 가장 자미 잇는 혹은 깃븐 경험」과 「2. 미국에 온 뒤로 나의 가장 쓴 경험」(139쪽)이라는 글이다.

두 번째 글에서 그는 자신이 경험한 에피소드 하나를 소개했다. 미국에 온 이래로 백인들이 동양인들을 은근히 낮게 취급하는 태도를 보이는 것을 심히 불쾌하게 생각해 왔었는데, 어느 날 인종학 시간에 '선생'이 '지적 능력과 진화형체로는 몽고인이 제1위요 백인이 제2위요 흑인이 제3위라' 하는 말을 듣고 '엇지도 깃브고 기운이 낫는지 그날부터 남녀 학생들에게 이 학설을 선전하노라' 볼일을 못 보았다고 썼다. (당시는 인종차별의 이론적 근거가 되었던 우생학에 관한 이야기가 공공연하게 거론될 수 있었다.) 두 번째 글의 원문을 가급적 현대적 표기에 맞춰 써 보니 이러하다.

---

367) [우라끼는 북미 유학생들이 만든 잡지였지만 당시로서는 그 역사적 비중이 결코 작지 않은 출판물이었다. 이 [우라끼] 4호의 첫 번째 글은 이승만이 썼고, 두 번째 글은 서재필이 썼다는 사실이 이를 반영한다.

콜넘비아 대학 이 동제

「1. 미국에 온 뒤로 나의 가장 자미있는 혹은 깃븐 경험」

"이 나라에 와서 첫날부터 오늘날까지 마음 가운데 제일 불유쾌한 것은 어디로 가든지 백인의 인종적 편견을 가진 것 올시다. 작년 '켄터키' 아스베리 대학에 있을 때 올시다. 이 학교는 동양으로 선교사 많이 보냄으로 자랑거리를 삼는 터인데 그들이 우리를 동정하는 동시에 동양인은 저희들보다 낮은 사람이라는 생각을 은근히 마음 가운데 품고 있는 것을 보고 때로 학생 간에 의논도 하여 왔는데, 하루는 인종학 시간에 선생이 지적능력과 진화형체로는 몽고인이 제 일위요 백인이 제 이위요 흑인이 제 삼위라 하는 말을 들었습니다. 항상 불유쾌하던 중에 어찌도 기쁘고 기운이 났는지 그날부터 남녀학생들에게 이 학설을 선전하느라 볼일을 못보았습니다."

「2. 미국에 온 뒤로 나의 가장 쓴 경험」

"이 나라에 처음 왔을 때올시다. 말을 통치 못하는고로 언제든지 꽁무니에 '파켓'용 영화(英和) 화영(和英) 두 자전을 차고 다니며 모르는 말을 들으면 영화 하고싶은 말 있으면 화영자전을 펼쳐놓고 이야기하고 하였습니다. 하루는 기차 가운데서 백인과 말하려고 두 자전을 찾으니 간데 없이 잃어버렸습니다. 그때부터 몇일 동아은 귀머거리와 벙어리 되고 말았는데 아마 여러 분 중에 귀머거리 벙어리 되어 본 이 있으면 제가 그 때 얼마나 속탔을 것을 알으시겠습니다."

그는 1930년 1월 26일 저녁 7시에 뉴욕한인교당에서 열린 '뉴욕동포 제1차 회의'에서 '내지학생운동'(광주학생운동) 대책과 관련하여 연설을 했다. 이 회의에서 학생회는 일반 동포들과의 유대관계를 넓히고 광주학생운동을 지원할 '뉴욕동포내지학생운동대책강구회'를 조직할 것을 결정했다. 이동제는 이 위원회의 선전위원으로 선출되었다. 그리고 이 회의에서는 국내의 학생운동 지원을 위해 129달러를 모금하였다.[368]

미국 내 한인 언론을 통해 비치는 그는 학생회 조직에서 적극적인 리더의 모습을 여전히 유지하고 있었지만, 한편 학업에 집중하는 모습 또한 느껴진다.

• 뉴욕 [삼일신보]의 발기인으로 만난 삼촌과 조카

삼촌 이명섭과 조카 이동제는 미국에 함께 있는 기간 동안 사업가와 유학생으로 각기 다른 삶을 살았던 것 같다. 이들이 미국에서 함께한 일은 [삼일신보] 1928년 3월 2일 자에 실린 창간취지서 발기인 73명의 명단에 나란히 이름을 올린 것이 유일해 보인다.[369]

이 명단은 고스란히 일제 경성지방법원 검사국에 보고되었다. 1928년 3월 22일에 발신한 것으로 되어 있는 [이입전입 불온간행물 개황]이라는

---

368) 「뉴욕 동포 제1차 회의」 [신한민보] 1930. 2. 6. 1면 2단; 「뉴욕 공동회의 제1차, 제2차」 [신한민보] 1930. 2. 6. 2면 2단.

369) 박용규 「일제 강점기 뉴욕 한인언론의 특성과 역할: 디아스포라적 정체성을 중심으로」 [한국언론학보] 60(4). 2016. 83쪽; [삼일신보] 발기인 명단: 김경, 김도연, 김양수, 김마리아, 김세선, 김승제, 김일선, 김종철, 김태우, 김필, 김현구, 김홍기, 김원용, 남궁염, 임영신, 나기호, 양일태, 유기원, 유재익, 임아영, 임효원, **이명섭, 이동제**, 이봉수, 이상진, 이선행, 이용직, 이진일, 이정근, 이철원, 이훈구, 이완수, 이원준, 마주홍, 민병개, 박익삼, 박인덕, 박종만, 방화중, 박영섭, 서민호, 송복신, 송세인, 주필만, 신성구, 안택주, 위덕진, 오천석, 윤병희, 윤성규, 윤성순, 윤치영, 윤홍섭, 장덕수, 장석영, 장세운, 정성봉, 정태은, 조종문, 최용진, 최윤관, 한문익, 한보용, 한상억, 한치진, 허봉, 허정, 홍득수, 홍익범, 권태용, 황애시덕, 황창하, 황효([삼일신보], 1928. 3. 2. 창간취지서). 위의 글 82-83쪽에서 재인용.

문서철에 포함된「삼일신보 창간 취지서」라는 제목의 보고서는 일제에 대한 '치안방해'라는 관점에서 [삼일신보]의 창간 목적과 사업 내용 등을 기술하고 발기인 명단을 함께 첨부하였다. 명단에서 발기인들의 순서가 동일한 것으로 보아 1928년 3월 2일 자 [삼일신보]에 실린「창간취지서」를 인용한 것으로 보인다.

3.1 운동의 삼일에서 그 이름을 따온 [삼일신보]는 이명섭이 귀국했던 1928년 교민사회의 단합과 민족운동의 고취를 목적으로 미국 뉴욕의 유학생들이 중심이 되어 만든 교민신문이었다. 원래는 3.1 운동 날짜에 맞춰 1928년 3월 1일 창간할 예정이었으나 창간일이 6월 29일로 연기되었다. 운영진은 뉴욕 유학생들을 중심으로 구성되었고, 이승만과 서재필이 고문을 맡았다. 주필은 김양수, 장덕수, 허정 등이었다. 기사 내용은 미국 교민사회 소식과 재미 한인들의 동정, 국내 각지의 소식,「삼일논단」이라는 사설, 경제소식과 세계동정, 연재소설 같은 문예물 등이었다.[370] 이동제는 귀국 전까지 이 신문의 편집위원으로 활동했다.[371]

신문의 논조는「본보의 주의주장」이라는 기사로 밝히고 있는데, 이는 대략 '한민족의 자주독립', '노농대중의 경제적 해방', '타 민족들과의 공존공영을 위한 민족의 혁명세력 결집' 등이다.

「본보의 주의주장」

"우리 한민족의 자주독립과 노농대중의 경제적 해방과 세계 열 민족

---

370) 박정규「삼일신보」한국민족문화대백과사전. 1995. (인터넷판).
371)「재미동포활동 삼일신보 창간」[동아일보] 1928. 7. 28. 2면 6단; 이 기사에 실린 [삼일신보] 운영진 명단은 다음과 같았다. 고문: 이승만, 서재필, 사장: 허정, 재무: 홍득수, 서기: 윤주관, 영업부장: 안택수, 편집부: 김도연, 김양수, **이동제**, 윤치영.

과의 공존공영을 실현하기 위하여 우리 전 민족의 혁명적 세력을 총
집중하여 우리 전 민중의 사회생활을 배양 조직하여 세계 각 민족의
자결에 의한 연맹의 촉성을 기함"[372]

영문제호는 'The Korean Nationalist Weekly'였으며 또한 순한글을 사용
한 것이 말해 주듯 민족주의 성향을 강하게 드러내고 있었다.

창간비용은 이 신문의 창간을 지지하는 유지들을 모아 1인당 100달러
씩 모금함으로 해결했다. 흥미로운 것은 이 신문의 발기인 명단에 이명섭
과 이동제가 나란히 기록되어 있었던 점이다. 이동제는 편집부의 편집위
원으로 적극 관여했지만, 이명섭은 이 해에 귀국하는 입장이었고, 아마도
모금에 동참하는 수준이었던 것 같다.

[삼일신보]는 1930년 6월까지 약 2년 동안 발행되다 재정난으로 폐간되
었다. 김원용은 이 신문의 폐간 이유로 비밀결사 조직인 대광에 3000달러
를 후원한 후 재정 상태가 어려워진 것과 교민사회의 통합을 지향했음에
도 불구하고 편파적으로 이승만을 지지하는 편향성을 보였던 것을 들고
있다.[373]

박용규의 분류에 따르면, [삼일신보]의 발기인 가운데는 흥사단 출신보
다 동지회 출신이 압도적으로 많았다. 73명의 [삼일신보] 발기인 중 김마
리아, 나기호, 오천석, 황창하 4인이 안창호의 흥사단계였던 반면, 김도
연, 김양수, 김세선, 김현구, 남궁염, 임영신, 이봉수, 이진일, 이철원, 신성
구, 안택주, 윤치영, 윤홍섭, 장덕수, 홍득수 등 15인이 이승만의 동지회계

---

372) 「본보의 주의주장」 [삼일신보] 1929. 1. 4. ; 1930. 2. 28.
373) 김원용 [재미한인 오십년사] 205쪽.

에 속했다.[374]

　여기에서 이명섭과 이동제는 동지회나 흥사단 어느 쪽에도 속하지 않은 것으로 분류되고 있다. 그러나 이 신문의 편집위원으로 활약했던 이동제는 해방 후 미군정과 이승만 정부 치하에서 요직에 발탁되었다. 아마도 이 무렵 이승만과의 정치적, 사상적 관계뿐 아니라 개인적인 친분도 깊어졌을 것으로 생각된다. 이상은의 자서전에 실린 사진 가운데 이승만의 바로 왼쪽에 앉아 있는 이동제의 모습은 이를 뒷받침한다.[375]

　그러나 이명섭은 이승만과 그다지 가깝지 않았다. 집안 전승에 따르면, 이명섭은 이승만을 '욕심이 많은 사람'으로 평했다고 한다.

---

374) 박용규 「일제 강점기 뉴욕 한인언론의 특성과 역할: 디아스포라적 정체성을 중심으로」 82-83쪽.

375) Lee Bukaty, *Gracenotes: A Story of Music, Trials and Unexpected Blessings*. p. 343.

제7장

‘우리 사회에
많은 공헌이 있는
이명섭 씨’의 귀국과 결혼

이명섭의 빙햄 캠프를 매입한 제이슨 리에 관하여

이명섭의 첫아들 이동순은 1927년, 27세라는 매우 젊은 나이에 세상을 떠났다. 이동순의 어린 두 자녀 이상윤과 이상숙 그리고 젊은 부인이 남겨졌다. 이명섭에게는 본국에 며느리와 두 손주만 남은 것이다. 이것이 이명섭의 귀국에 한 원인이 되었는지는 확인할 수 없으나, 어쨌든 그는 이듬해인 1928년에 귀국을 준비했다.

그가 운영하던 빙햄 구리 광산의 유타카퍼 회사 캠프는 제이슨 리(Jason Lee, 한국명: 이민식)라는 한인에게 넘겼다. 제이슨 리는 1928년 7월 5일 [신한민보]에 자신의 이름으로 첫 노동자 모집광고를 내며 자신이 이명섭의 캠프를 '매득'하여 영업을 계속하게 되었음을 알렸고,[376] 8월 16일에 같은 내용의 광고를 다시 한번 올렸다.

> "장구한 일에 돈 벌기 좋소! 본인이 **이명섭** 씨가 하던 「유타캄퍼 회
> 사」 캠푸를 매득하고 영업을 계속 하옵는바 현금 사오십 명 내 외국인
> 이 사역을 하나이다. 특별히 우리 동포를 대환영하오니 속히 오셔서

---

376) 제이슨 리 「로동모집」 [신한민보] 1928. 7. 5. 2면 6단(광고).

장구한 일에 착수하시오. 11시간에 4원 26전입니다. '오버타임'이 많
아서 돈벌이가 좋습니다.

캠프 주인 이민식 고백

JASON LEE R. R. No. 1 Box 168, BINGHAM, UTAH"[377]

이명섭의 캠프를 매입한 제이슨 리는 1933년까지 5년 정도 캠프를 운영
했다. 그러나 그의 광산 캠프 사업은 그다지 성공적이지 못했던 것 같았
다. 그런데 훗날 그는 광산 캠프 사업이 아닌, 전혀 다른 성격의 사업으로,
재미 한인으로서는 꽤 특이한 이력으로 재미 한인사회의 주목을 받는 인
물이 되었다. 도산 안창호 집안과의 친분, 카지노 재벌, 마피아와의 커넥
션, 할리우드의 유명 여배우 그레이스 켈리(Grace Kelly)와의 특별한 관
계 등이 그의 나중 이력을 서술하는 표현들이다.

• 시카고 카지노 업계의 거물 제이슨 리

제이슨 리는 한국인으로서 20세기 전반 미국의 도박과 범죄의 도시라
일컬어졌던 시카고의 카지노 업계 거물이었고, 당시 할리우드 스타 여배
우 그레이스 켈리와 특별한 친분이 있었다는 사실 때문에 미국 한인 이민
사에서 주목을 받았다. 그러하다 보니 그에 관한 과장되고 근거 없는 낭
설도 많이 떠돌았던 것 같다. 소설도 하나 나와 있는데,[378] 그 내용은 말 그
대로 소설에 불과해 보였다.

현재까지 그에 관한 가장 신빙성 있는 조사결과는 2003년 1월 15일에

---

377) 제이슨 리 「로동모집」 [신한민보] 1928. 8. 16. 2면 6단(광고).
378) 이원섭 『제이슨 리』 1, 2권 서울: 랜덤하우스코리아, 2005.

방영된 KBS 다큐멘터리 「역사실험: '미국이민 100년 시카고의 전설 제이슨 리/카지노 대부인가 독립운동가인가'」를 통해 소개된 내용인 것으로 보인다.

이 다큐멘터리에 따르면, 그는 1903년 8살의 어린 나이에 아버지를 따라 하와이로 왔다. 그의 가족은 그곳에서 노동으로 생계를 유지하다가 3년쯤 뒤 밀항으로 본토인 샌프란시스코에 들어왔고, 그곳에서 시카고로 이주했다. 그러나 돈을 벌기 힘들었던 그의 아버지는 고심 끝에 귀국을 결심했다. 그런데 어린 그의 아들 제이슨 리는 특이하게도 아버지와 귀국하기를 거부하며 미국에 남아 고아원에서 자라게 되었다. 미국 고아원의 거친 환경 속에서 그는 싸움꾼으로 생존하는 방법을 터득했다고 한다.

그러던 어느 날 그는 캘리포니아 리버사이드(Riverside)에서 도산 안창호를 만나게 되었고, 그의 가족들과 매우 친밀한 관계를 형성했다. 특히 안창호의 부인은 그를 친아들처럼 돌보았으며, 그 또한 안창호의 정신적인 영향을 많이 받았던 것으로 알려졌다. 젊은 날에 그는 미합중국 육군에 입대하여 1차 세계대전에 참전했다. 주로 군수 분야에서 근무했으며 스코필드 제8야전포병대 상사로 제대했다고 한다.

군 제대 후 그는 그동안 모은 돈으로 캘리포니아에 농장을 매입하여 농업을 시도했으나 성공적이지는 못했고, 그리고 나서 1928년에 유타 빙햄의 구리 광산 캠프를 이명섭으로부터 인수했던 것이다. 이에는 아마도 이곳을 방문한 적이 있는 안창호의 권유와 소개가 작용했을 것으로 보인다. 어쨌든 그의 기록을 수집하고 보존해 온 그의 외손자의 증언에 따르면, 그는 이 캠프를 현찰로 매입했다. (따라서 아마도 이명섭이 귀국선을 탈때 그의 가방에는 현찰이 꽤 있었을 것이다.)

제이슨 리는 이명섭으로부터 인수한 빙햄 캠프를 의욕적으로 직접 운영했으나 역시 실패했다. 사실 그는 농사나 일반적인 사업보다는 도박에 재능이 있었고 적성도 맞았다고 한다. 그러나 그것은 불법적인 요소를 가지고 있는 사업이었다.

시카고로 돌아온 그는 당시 인종차별법이 여전히 건재했던 시대에 그곳에서 카지노 사업을 시작했다. 이는 그가 시카고 정치권과 연결되어 있었기에 가능했는데, 당시 한 시의원의 도움으로 카지노 운영 허가권을 받고 그에게 정기적으로 상납하는 식이었을 것이라 한다. 그는 40% 정도의 수익을 그 시의원에게 넘겼다고 한다.

한편 그에 관한 이야기에서 항상 빠지지 않던 소문은 그가 당시 시카고 최대 마피아 조직의 보스였던 이탈리아계 이주민 출신 알 카포네(Alphonse Gabriel Al Capone)의 심복이었다는 것인데, 그것은 과장된 이야기였고 그 자신이 마피아 조직원이었다는 증거는 없었다. 대신 그는 시카고의 카지노를 운영하면서 알 카포네의 마피아 조직에게도 정기적으로 '보호비' 명목으로 상납했을 것이라 하는 것이 정설이다. 즉 마피아 조직원이 아닌, 마피아와 사업상 커넥션을 가진 인물이었다는 것이다.

전성기 시절 그는 시카고 카지노 전부를 관할했다고 한다. 시카고 경찰 또한 그의 자금으로부터 자유롭지 못했는데, 그의 불법행위를 적발하기 위한 미국연방수사국(FBI)의 노력과 시도는 시카고 경찰의 '도움'으로 번번히 실패하고 말았다. 낌새를 눈치 챈 연방수사국은 시카고 경찰에 정보를 주지 않은 상태에서 그의 카지노를 급습하여 불법행위를 적발했고 이로 인해 그는 연방수사국에 체포되기도 했다.

모나코 왕국에서는 사기도박으로 프랑스 경찰에 체포된 적이 있었는데, 이때 할리우드 스타 여배우로서 모나코의 왕비가 된 그레이스 켈리의 도움으로 3개월 만에 사면되었다고 한다. 이 때문에 그레이스 켈리와의 염문설까지 등장했지만, 이것 또한 과장인 것으로 보인다. 그녀와의 관계를 설명하는 가장 유력한 설은 제이슨 리가 그레이스 켈리의 무명 시절에 그녀의 든든한 후원자였다는 것이다. 어쨌든 이러한 사실들만으로도 제이슨 리는 당시 재미 한인사회에서 매우 특이한 인물이 여겨질 수밖에 없었다.

• 도산 안창호 집안과의 특별한 관계

한편 도산 안창호 집안과의 특별한 관계는 그의 또 다른 면을 엿보게 해주었다. 특히 안창호의 차녀 안수라는 제이슨 리의 카지노 경리를 맡아 2년 동안 일했고, 그 후 그녀가 중국 식당 문게이트(Moon Gate)를 개업할 때 제이슨 리가 도움을 주었다고 한다. 평소 도산 안창호는 독립운동에서 경제적인 자립기반 마련을 꾸준히 강조했던 인물로 그의 생각에 동조했던 사람들은 자기 직업이나 사업을 통해 경제기반을 마련하는 일을 중요시 여겼다. (어느 시점 이후 이명섭 또한 그런 경향을 가지고 있었다.)

카지노 사업에 몸담았던 제이슨 리는 직접적으로 독립운동자금을 대거나 독립운동가들을 후원하지는 않았지만, 그의 부인은 적극적으로 독립자금을 후원했고 애국부인회 활동에 적극적이었다. 그리고 한인들을 돕는 일에는 부부가 모두 후하고 너그러웠다고 한다. 제이슨 리는 1971년까지 생존했고, 사망 후 캘리포니아 나파 밸리(Napa Valley)에 위치한 1차 대전 참전자 묘지에 안장되었다.

친우 백일규의 집에서 가진 작별의 시간

유타의 빙햄을 떠난 이명섭은 1928년 8월 5일에 샌프란시스코에 도착했다. [신한민보]의 짤막한 기사는 그의 귀국을 위한 샌프란시스코 도착을 알려 주었다.

> "유타주 빙햄에 다년 거주하며 동포의 노동을 주선하던 **리명섭** 씨는 귀국차로 금일 5일에 안착하였다더라."[379]

그의 귀국선편은 샌프란시스코에서 출발하는 '신요마루'였고, 10일 뒤인 8월 15일에 출항할 예정이었다. 이 귀국 선편에는 유타 빙햄에 거주하던 이병권의 아내와 세 자녀 역시 동승할 예정이었다. 이들은 샌프란시스코에서 여러 한인 지인들의 저녁식사에 초대되어 석별의 정을 나누었다. 이 친구들 가운데는 이명섭의 오랜 친구 백일규도 있었다. 이 무렵 백일규는 대한인국민회 북미 지방 총회장이자 [신한민보]의 책임자 겸 주필로서 샌프란시스코에 계속 머물고 있었다.

> "별항 보도와 같이 작일 신요마루로 귀국한 **이명섭** 씨와 이병권 씨의 부인급 자녀 일행이 상항에서 체류하는 동안에 그들의 친우인 염만석, 박창순, 최부인 유실, 백일규 제씨 댁에서 저녁 만찬을 베풀고 초대하였다더라."[380]

미국 본토 입국 무렵의 대동보국회 시절부터 네브라스카 한인소년병학교, 유타 빙햄의 방문기, 류인발의 미국 입국 등 여러 일들에서 필요한 때

---

379) 「리명섭 씨 귀국차로 상항지 도착」 [신한민보] 1928. 8. 9. 1면 4단.
380) 「본국으로 가시는 친구들 초대」 [신한민보] 1928. 8. 16. 1면 5단.

함께했던 친구 백일규와의 작별은 더욱 아쉬움이 컸던 것 같다.

• '우리 사회에 많은 공헌이 있는 이명섭 씨'

유타 빙햄에 정착한 이후로 이명섭은 스스로 자립하고 경제력을 갖추며 한인 동포들의 생존과 삶에 현실적으로 공헌하는 삶의 방향을 택했다. 그해 [신한민보] 8월 16일 자는 그런 이명섭의 귀국 소식을 전하며 그의 유타 빙햄 시절을 이렇게 요약해 주었다.

> "기보한바 유타주에 다년 거주하며 우리 동포의 노동을 공급하며 우리 사회에 많은 공헌이 있는 이명섭 씨는 금 15일 신요마루 선편으로 환국하였다더라."[381]

귀국한 이명섭은 함흥 본가로 돌아갔다. 그의 부친 이지영은 이미 세상을 떠나고 난 후였다.

고향 함흥에서

• 잊을 수 없었던 햄버거와 치명적인 카레의 유혹

1900년대 초부터 23년이라는 긴 세월을 해외에서, 그것도 태평양 너머에 있는 미지의 서양 미국에서 살다가 여전히 조선왕조시대의 가치와 문화가 지배적이던 일제 강점기에 한국으로 귀국한 이명섭에게도 오랜만에 접하는 고향이 새롭게 느껴졌겠지만, 고향 사람들도 해외생활의 물이 잔

---

381) 「이명섭 씨 예정과 같이 귀국」 [신한민보] 1928. 8. 16. 1면 4단.

뜩 들어 돌아온 이명섭이 꽤 큰 호기심의 대상이었던 것 같다. 나의 장인 이동철은 이때의 일에 대해 이런 일화를 말한 적이 있었다.

고향 사람들은 이명섭이 미국에서 큰돈을 벌어 '금의환향'했다고 믿었다. 그가 가져온 여러 개의 크고 무거운 여행 가방들 속에 금괴가 잔뜩 들어 있다는 소문이 한동안 온 동네에 자자하리만큼 그러했다. 사실 그 가방들 속에 가득 차 있었던 물건들은 (물론 현찰도 많이 있었겠지만) 주로 책이었다고 한다. 그는 틈틈이 책을 많이 읽었고, 또한 그것들을 소중하게 여겼다. 당연히 한국에서는 구할 수 없는 책들이었다.

고향 사람들은 호기심 가득한 눈으로 그의 일거수일투족을 은근히 관찰하고 있었다. 그 당시에도 카레가 있었는지 이명섭은 미국에서 카레분말을 가져왔고, 그것으로 카레 소스를 끓여 밥에 얹어 먹었다. 당연히 가족들도 함께 그것을 맛보았다. 그 후 동네 사람들 사이에는 이명섭네 집에서 사람들이 걸쭉한 '똥'을 밥에 비벼 먹는다는 말이 돌았다. 그런 시대였다.

그래도 고향은 조선에서 한국으로 조금씩 변해 가고 있었다. 미국에서 먹었던 음식들 가운데 햄버거는 한국에서도 만들어 볼 만했다. 햄버거 패티의 재료가 되는 돼지고기와 채소는 구할 수 있었고, 빵도 구할 수 있었다. 그러나 토마토케첩은 구할 수 없었다. 이명섭은 케첩 대신 고추장을 발라 먹었다고 한다. (그 맛이 어떠했을지 알아보기 위해 아내와 실험 삼아 실제로 햄버거에 고추장을 발라 먹어 보았다. 식초와 설탕을 약간 가미하니 매콤한 맛이 그리 나쁘지 않았다. 그런데 이후 '고추장버거'가 실제로 시중에 등장한 것을 보고 우리는 놀라움을 금치 못했다.)

• 1928년 함경도 물난리에서 형제가 행한 일

그건 그렇고 이즈음 이명섭의 형 이명우는 확실히 함흥 경제계의 잘 알려진 유지가 되어 있었다. 유지로서 그는 나름 어려움에 처한 지역 주민들을 위해 자신이 해야 할 일을 수행하기도 했던 것 같다.

함흥 지역은 여름 장마에 자주 성천강이 범람하여 수해가 잦았던 모양이었는데, 1928년의 수해 때에 이명우는 수해를 당한 함흥 지역 수재민들을 위문하고 돕는 일에 적극 가담했던 것으로 보인다. 그는 함흥 유지들이 조직한 '수재구제회'의 발기인 명단에 자신의 이름을 올렸다. 이들이 수재민들을 순회위문하고, 일반은 이에 감격했다는 신문기사가 있다.[382]

한편 1928년의 물난리는 이명섭이 미국에서 귀국하여 고향인 함흥에 안착한 직후 발생한 것이어서, 그는 통신원으로 [신한민보] 1928년 10월 기사를 통해 이 재난의 비참한 상황을 미국 한인사회에 알리기도 했다. 이명우-이명섭 형제가 오랜만에 만나 함흥의 물난리에 각자의 역할을 한 셈이다.

이명섭이 1928년 함경도 수재에 관해 전한 내용을 보면, 당시의 물난리로 천여 명의 사망자가 발생했고, 겨울 추위가 닥쳐오는 상황에 거처할 곳을 마련하지 못해 노숙하는 수재민들의 참상이 잘 서술되어 있다.

> "… 금년 8월에 귀국한 리명섭 씨의 통신에 의하면 금번 함경도 수재
> 는 전무후무한 일대 수재라 할 수 있다 하였다. 인민의 사망자 천여
> 명에 달하고 삼동의 추위는 점점 닥쳐오는데 아직까지 거처할 곳을

---

382) 「함흥유지발기 수재구제회 조직. 각각 부서 정하여 적극적 활동을 개시」 [중외일보]
1928. 9. 14. 2면 4단.

정하지 못하고 도로에서 방황하고 있는 동포의 참상은 차마 볼 수 없다고 하였더라."[383]

유타 빙햄 시절에도 그는 이런 이들에 대한 연민을 종종 표현했었다.

미국 유학파 지식인 사업가와 일본 유학파 신여성 선생의 결혼

이명섭은 1928년 8월 15일에 미국을 떠나 한국에 귀국한 후 약 5개월이 채 되지 않은 1929년 1월 12일에, 공부와 직장 생활로 혼기를 놓친 평양 정의여고 음악선생, 33세의 처녀 최애래와 결혼식을 올렸다. 꽤 속전속결이다. 귀국 전에 이미 정혼이 성사된 것 아닌가 의심된다. 결혼식은 개신교 예배의식으로 거행되었고, 임응순 목사가 집례했다.

[신한민보] 1929년 2월 14일 자 1면 6단에는 이명섭과 최애래의 간략한 결혼 기사가 올라와 있었다. (결혼에 크게 기뻐한 듯 이명섭이 자신의 결혼 소식을 '리명섭 씨 통신'으로 [신한민보]에 알렸던 것이다.)

"작년에 귀국한 리명섭 씨는 금년 1월 12일에 평양 정의여자고등보통학교 출신인 최애래 양과 임응순 목사의 주례하에 백년가약을 맺었다더라. - 리명섭 씨 통신"[384]

---

383) 「함경도 수재에 리명섭 씨 통신」, [신한민보] 1928. 10. 18. 1면 6단.
384) 「리명섭 씨는 최애래 양과 결혼」, [신한민보] 1929. 2. 14. 1면 6단. 여기서 '평양 정의여자고등보통학교 출신'이라 함은 그곳에서 공부했다는 말이 아니라 그곳의 교사였다는 말이다. 이 학교는 최애래가 일본 유학 중이던 1920년에 설립되었다.

신부 최애래의 부친 해주 최씨 최재동(崔在東)은 평양에서 포목(布木) 사업으로 큰 부자가 된 사람이었으며, 평양의 개신교 선교 초기부터 기독교인이 되었던 사람이었다. 자녀들이 어릴 때는 품에 아이를 안고 동네 뒷산에 올라 찬송가를 불러 주고 기도도 해 줄 만큼 신앙심이 깊었다. 그는 아내 백선행과의 슬하에 1남 4녀를 두고 있었는데, 아들은 학업에 큰 뜻이 없었던 반면 네 딸들은 모두 공부를 좋아하고 잘하여 넷 모두를 일본에 유학시켰다. 이 네 자매 가운데 둘째였던 최애래는 1910년대에 국내의 이화학당에서 초등학교와 중학교 과정을 마쳤다.

최애래에게서 유래한 집안 전승이 전하는 한 가지 에피소드에 따르면, 이화학당 시절 어느 날, 교사들이 모든 학생들을 강당으로 불러들였다. 최애래는 막연하게 학교에 도둑이 들었다고 생각했다. 그러나 교사들은 먼 나라의 바다에서 큰 배가 침몰하여 수많은 사람들이 목숨을 잃었다는 소식을 학생들에게 전했다. 그리고 함께 그들을 위해 기도하자고 하여 모두가 기도를 올렸다. 그 '큰 배'는 1912년 4월 15일에 북대서양에서 침몰한 타이타닉호였다.

이후 최애래는 10대의 나이에 일본으로 유학을 떠나 기독교 계통인 히로시마 고등여학교를 다녔으며, 나가사키의 감리교 계통 대학인 갓스이(活水) 여자대학(Kwassui Women's College)[385]에서 음악으로 학위를 마친 뒤 1920년경 24세 되던 해에 귀국했다. 결혼적령기를 유학생활로 보낸 셈이다. 귀국 후 최애래는 평양 정의여고에서 음악교사로 재직했다.

---

385) 나가사키의 갓스이 여자대학은 미국 감리교 선교사 엘리자베스 러셀(Elizabeth Russell)이 1879년에 세운 갓스이 여학교(Kwassui Girl's School)에서 시작되어, 1919년에 갓스이 여자대학(Kwassui Women's College)이 되었고, 1981년에 종합대학(university)이 되었다. 「Kwassui Women's University」 [Wikipedia].

정의여자고등보통학교 제2회 졸업기념 1924년 3월.
뒤에서 두 번째 줄 맨 오른쪽이 음악교사 최애래이다.

아울러 그녀는 감리교 청년조직인 엡윗청년회 활동에도 적극적으로 참여했던 것으로 보인다. 1920년 12월 25일 자 [매일신보]에 따르면, 최애래는 같은 달 20일 열린 평양의 미감리회 엡윗청년회 총회에서 신임 음악부장으로 선임되기도 했다. [386]

일본 유학을 함께한 언니 최신애에 따르면, 최애래는 일본 유학 시절 영어에 유별나게 탁월하여 같은 학년에서 늘 '최고'였다고 한다. 훗날 그녀

---

386) 「지방통신: 中央엡윗青年會, 임원전부개선」 [매일신보] 1920. 12. 25. 4면 5단.

의 영어 실력은 미국 선교사들과 활발하게 교류하며 활동하는 바탕이 되었다.

감리교 신학대학 교수를 지낸 이호운의 증언에 따르면, 그녀는 영문 편지 작성에도 매우 능하여 사안에 따라 미국 감리교단의 선교부와 직접 서신교환을 하기도 했다.[387] (남편 이명섭이 세상을 떠난 후에 그녀의 영어 실력은 사실상 가정의 생계수단이 되었다. 그리고 노년에는 미국에 거주하는 장녀 이동혜의 집을 방문하여 몇 개월 지내는 동안 이웃에 살던 미국 할머니들과 친분을 쌓아 매일 왕래하며 즐겁게 지내다가 한국으로 돌아왔다고 한다.)

정의여고 재직 중 최애래는 미국 유학을 가고 싶어 했다. 그러나 당시 정의여고의 교장이었던 미국 선교사 딜링햄(Dillingham, Miss Grace L. Rev. 한국명: 단영함, 但榮咸)이 교내 영어 통번역 능력을 가진 한국인 교사가 절실한 상황이어서 이를 강하게 만류하는 바람에 뜻을 이루지는 못했다고 한다.

아마도 그런 까닭에 총각이 아닌 데다 조금 늦기까지 한 미국 유학생 출신이었던 이명섭에게 끌린 것이 아닐까 생각되기도 한다. 어쨌든 신부 쪽이 약간 손해 본 결혼! 결혼식 후 두 사람은 신혼여행을 떠났다. 여행지는 금강산이었다고 한다.

커리어 우먼 아내의 직장 생활을 존중했던(해야 했던) 신식 남편

큰딸 이동혜가 말하는 어머니 최애래는 활동적이고 청중 앞에서도 전

---

387) 이호운 『주께 바친 생애: 쿠퍼 목사 전』 대전: 감리교총리원 교육국. 1960, 241-243쪽.

정의여자고등보통학교 11회 동창회 기념사진, 1935년 7월 6일.
최애래는 자신이 보관했던 이 사진 뒷면에 11회 제자들의 이름을
사진 내 위치별로 기록해 두었다.

혀 떨지 않는 큰 목소리로 연설하기를 즐겨했던 매우 당찬 여성이었다.
교사로서 자신의 직업을 사랑했고, 교회에서는 예배의 반주자로 봉사했
으며, 음악회에서 오케스트라의 피아노 연주도 담당했다.

부엌에 들어가는 것을 매우 싫어하는 편이었으나, 그래도 결혼 후에는
남편의 입맛에 맞는 음식(달고 순한 것)을 만들기 위해 열심히 노력은 했
다고 한다.

결혼 후 이명섭·최애래 부부는 시댁이 있는 함흥에 거주하지 않고 처
가와 최애래의 직장이 있는 평양으로 옮겨가 그곳에 살았다. 아내 최애래
가 결혼 후에도 정의여고 교사 생활을 지속했기 때문이다. 이 놀라운(?)

사실은 집안 전승으로 알려진 것만이 아니라, 기록으로도 확인되었다. 결혼 이후인 1930년에 최애래는 정의여고에서 교장 단영함 및 3인의 다른 교사들과 더불어 근속 10주년을 맞이했고, 학교 측은 이를 기념하고 표창하는 행사를 베풀었는데, 이에 관한 기사가 [중외일보]에 실려 있었다.

> "서북선 지방에서는 유일한 사립고등보통학교로 이름 높은 평양 정의여자고등보통학교에서는 동교 직원회, 동창회, 학생기독청년회 등의 연합 주최로 금 일일 오전 □시부터 남산현 예배당에서 동교 창립 십주년기념식 겸 동교 교장 단영함씨를 비롯하여 김도광, **최애래**, 윤형필, 송양묵 등 다섯 선생의 근속십주년기념식을 병합하여 성대히 거행할 터이라더라."[388]

어쨌든 남편이 아내의 직장 생활을 존중했으니 당시로서는 꽤 신식 부부였던 셈이다. 그런데 사실 이 당시는 일제 강점기였고, 일본은 미국에서 귀환한 한국인, 특히 미국에서 대학을 마치고 온 지식인에 대한 감시를 철저하게 하고 있었으며 걸핏하면 연행하여 조사하곤 했으므로, 이명섭이 한국 내에서 직장을 얻거나 사업을 벌이는 것은 매우 어려웠다고 한다. 어쩌면 안타깝게도 이명섭은 아내의 직장 생활을 말릴 처지가 아니었을지도 모른다.

미국에 오래 살면서 실용주의적인 성향이 더 강해진 이명섭은 이런 상황에 처하여 아내의 직장 생활을 따라 평양으로 이주하기를 마다하지 아니하였다고도 할 수 있을 것이다.

---

388) 「창립기념식 겸 5씨 근속표창, 정의여교에서」 [중외일보] 1930. 5. 1. 4면 1-2단.

한편 이명섭이 동쪽의 본향 함흥에서 서쪽의 평양으로 이주한 데에는 또 다른 이유가 있었다. 확실히 일제의 지배하에 있던 한국이 그의 모험의 최종 종착지는 아니었다. 이제 평양에서 그는 서해바다 건너 중국 내의 국제도시 상해를 바라보고 있었다.

제8장

항일독립운동의
본거지 상해의
프랑스 조계로 뛰어들다

상해 공평사(公平社)의 한인 사업가들

1930년 4월 8일에 이명섭과 최애래 사이에 첫 자녀가 태어났다. 훗날 나의 장인이 된 이동철이었다. 최애래가 평양 정의여고 근속 10주년이 되던 해였다. 그리고 얼마 후 이명섭 최애래 부부는 갓 태어난 아들 이동철을 데리고 상해의 프랑스 조계지로 삶의 자리를 옮겼다. 최애래는 오랜 기간 정들고 소중히 여겼던 정의여고 교사직을 내려놓았다.

일제 강점기 때 상해에 거주했던 한인들은 그들의 법적 지위에 따라 크게 세 부류로 나뉘었다고 한다. 첫째 부류는 중국 국적을 가진 중국 귀화 한인들, 둘째 부류는 무국적 한인들, 셋째 부류는 일본 국적의 한인들이었다. 중국 국적의 한인들에 대한 중국 정부의 보호능력과 의지는 상황에 따라 달랐다. 대부분의 독립운동가들은 무국적자들로 남았다. 중국 정부는 제한적이기는 했지만 이들을 대체로 일본으로부터 보호하려는 입장이었다. 국제법상 한일합방 후 모든 한인들은 일본 국민으로 간주되는 상황이었지만 이들은 이를 인정하지 않았다. 상해에서 활동하며 스스로 일본 국적을 인정한 한인들 중 많은 이들은 마약밀매 및 밀수에 종사하거나 일

본의 밀정 역할을 하며 일본 영사관의 보호를 받았다.[389]

앞서 언급한 대로 한인 독립운동가나 민족주의자들은 대부분 프랑스 조계에 거주했고, 친일 성향의 한인들은 일본 총영사관이 위치했던 공동 조계에 거주했다.

이명섭이 가족을 데리고 상해로 옮겨 간 시점에 관해 일본 쪽 기록인 [용의조선인명부]는 그가 1931년 7월에 들어왔다고 기록하고 있으나, 그는 사실 그보다는 조금 더 이전에 들어갔던 것으로 보인다. 그 이유는 안 창호와 흥사단계 인사들이 주도하여 상해 한인들의 생활안정과 독립운동 군자금 조달을 목적으로 1931년 3월경 조직한 공평사에 소속되어 있었기 때문이다. 공평사는 조직원이 자본금(고본금)을 출자하는 형식으로 조직된 한인 사업가들의 협동조합 성격을 띤 단체였다.[390]

안창호는 미 본토 한인사회에 잘 알려진 지도자였고, 이명섭이 빙햄 광산에서 캠프를 운영하고 있을 때 그곳을 방문한 적도 있었다. 그의 빙햄 캠프를 매입한 제이슨 리도 안창호 집안과 친분이 매우 두터웠던 인물이었다. 이들 사이에는 이미 서로 친분이 있었고, 그랬기에 상해 입성 후 바로 공평사에 가담했던 것이다. 어쩌면 상해로 들어온 목적 자체가 그런 사업을 펼치는 것이었을 수도 있다. 공평사와 그의 밀접한 관계는 공평사 사무실이 위치한 상해 프랑스 조계의 하비로 1014롱(弄)과도 무관치 않다. 공평사 사무실은 이 1014롱 30호, 이명섭의 상점은 같은 롱 내 26호에 있었다.

어쨌든 이명섭의 이름은 이미 1931년 4월에 작성된 공평사 문건들에서

---

389) 손과지 「일제시대 상해거주 한인의 법적지위와 한인사회의 사법문제」 [국사관논총 제90집] 국사편찬위원회. 2000, 212-216, 234-235쪽.
390) 이현희 「공평사」 [한국민족문화대백과사전] 1995. (인터넷판).

발견되고 있었다. 사실상 창립부터 관여했다고 볼 수 있다. 남아 있는 공평사 문서들 가운데 특히 단기 4264년(1931년) 4월에 공평사 이사회에서 발행하여 회원들에게 돌린 것으로 보이는 「통고서 제2회」 문건은 공평사의 성격과 조직과 활동에 관해 비교적 상세한 정보를 제공한다.[391]

1931년 4월 현재 사원 총수는 68인이었고, 그 외 5인이 추가로 입사 예정이었다. 공평사에 가담한 사원들은 투자한 금액의 액수에 따라 '갑', '을', '병' 세 등급으로 나뉘었고, 총 7개 조로 조직되었으며, 갑등에 속한 사원들 가운데서 각 조의 조장을 선임했다. 주요 사안들을 결정하고 사업을 추진했던 주체는 이사회였던 것으로 보인다.

사원들의 등급은 투자 규모에 따라 오르기도 하고, 내려가기도 했다. 이명섭은 '을등'에서 '갑등'으로 올라갔다. 그해 4월 현재 '갑등'에 속한 사원은 34인, '을등'은 23인, '병등'은 9인으로 전체 사원의 절반이 '갑등'에 속했다. 각 사원들은 '고본금'이라 불렀던 일종의 자본금과 '저축금'을 일정한 액수로 매달 내도록 되어 있었던 것으로 보인다. '고본금'은 중국은행에, 저축금은 대륙은행에 각각 예치되었다. 그 외에 경상비는 별도로 1인당 5각(角)씩 갹출했다.

경상비 항목에서 '각'(角)이라는 중국 화폐 명칭이 등장하는 것으로부터 공평사의 자금은 중국 화폐를 기준으로 삼고 있었음을 알 수 있었다. 중국 돈 1원(元, 위안)은 10각(角)이었다. 공평사의 이사회는 경상비 조성을 위해 이해에 고본금 및 저축금과는 별도로 사원들 1인당 5각씩 갹출하여 35원을 만들기로 결의했다. 경상비 지출은 주로 종잇값, 인쇄비, 우편요금 등 사무 관련 비용이 대부분이었다.

---

391) 독립기념관 자료번호 1-H00743-000. 「공평사 통고서 제2회」 1931. 4. 12.

"우리의 영업이 속히 시작되게 하기 위하여 등급을 나누어 돈을 내게 하기로 하고 각 사원에게 동의를 얻은 결과 이사회에서 내정하였던 데서 다섯 분쯤이 「갑등」에서 「을등」으로 내려간 이가 있으나 이득현. 김현숙은 「병등」에서 「갑등」으로, 김홍서와 **이명섭**은 「을등」에서 「갑등」으로, 박창세는 「병등」에서 「을등」으로 올라갔습니다. 그리하여 「갑등」 34인, 「을등」 23인, 「병등」 9인으로 되었습니다."[392]

• 공평사 조(組) 조직표 속의 이름

가장 눈에 띄는 문건은 공평사 조(組) 조직표였다. 1931년 4월의 공평사 조 조직표[393]에 따르면, 이명섭은 공평사 제5조에 속한 조직원이었다. 1조에는 이명섭과 마찬가지로 아나키스트들의 '략'에 재산을 강탈당한 조상섭이 있었고,[394] 2조에는 해방 후 이명섭에게 북한으로 함께 갈 것을 제안했었다는 김두봉이 있었다.

해방 후 김두봉이 이명섭에게 북한행을 권유했다는 이야기는 그가 아들 이동철에게 들려준 이야기였다. 이때 이명섭은 김두봉에게 '공산주의자들은 거짓말을 많이 하여 믿을 수 없다'고 말하며 그의 제안을 거절했다 한다. 훗날 월북한 김두봉은 북한 정권에 의해 숙청된 것으로 알려진다.

---

392) 위 자료 중.
393) 독립기념관 자료번호 1-H00742-000. 「공평사 조(組) 조직표(1931. 4. 12.)」
394) 이호룡 『한국의 아나키즘』 파주: 지식산업사. 2015, 294-295쪽.

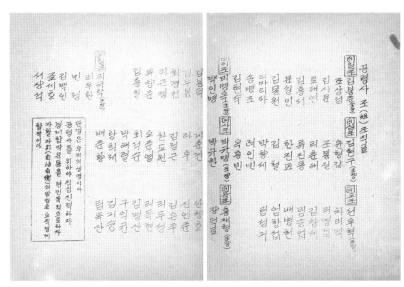

공평사 조(組) 조직표[395]

공평사 조(組) 조직표						
제1조	제2조	제3조	제4조	제5조	제6조	제7조
조장: 김봉준	조장: 이명옥	조장: 김현구	조장: 박규명	조장: 선우혁	조장: 홍재형	조장: 이규학
조상섭	백인명	윤형각	박규찬	차리석	장덕로	이두환
김시문	김봉덕	조봉길	계춘건	**이명섭**	**안창호**	민정
노태연	**김두봉**	이춘태	라우	김창세	신원준	김백인
김홍서	최경섭	유진동	김정근	임승업	김은주	조세호
문일민	이근영	**한진교**	한도원	배병헌	이두성	서상석
김몽원	유창준	김철	오준영	**엄항섭**	이득현	
이마리아	김홍일	박창세	최식순	임싱기	김명산	
송병조		여인빈	박태열		구익균	
김현숙		**옥홍빈**	낭희제		김기승	
			배준황		**임득산**	

395) 독립기념관 자료번호 1-H00742-000-0001. 「공평사 조(組) 조직표(1931. 4.)」; 1-H00742-000-0002. 「공평사 조(組) 조직표(1931. 4.)」 (2022년 4월 12일 사용권 구매).

공평사의 조직표 가운데 3조의 한진교라는 이름도 눈에 들어왔다. 김광재는 자신의 논문「일제시기 상해 고려인삼 상인들의 활동」에서 연세 대학교 신과대학의 교수를 지냈던 한태동과의 인터뷰 내용을 소개하며 그의 아버지 한진교에 관해 자세히 소개했다. 한진교는 상해에서 해송양행을 운영하며 인삼무역을 했던 사업가이자 임시정부와 밀접한 관계에 있었던 인물이었다.[396]

한태동은 나의 대학 학부시절의 스승이었다. 학창시절 그가 중국 태생이라는 이야기는 들은 적이 있었지만, 그의 아버지 한진교에 관하여는 아는 바가 없었고 사실상 나와 무관한 인물이나 다름없었다. 그러나 오랜 시간이 흐른 지금 공평사 조직표에 이명섭의 이름과 나란히 적힌 그의 아버지 한진교의 이름을 보니 새로운 관계로 보지 않을 수 없게 되었다. 과거가 바뀐 것이다.

이 공평사 조직표의 끝에는 다음과 같은 문구가 적혀 있었다. **"단결은 우리의 생명이다. 공평사를 위하여 진심진력하자. 경제합작운동을 전민족적으로 하자. 자활자위(自活自衛)의 방침은 오직 경제합작이다."** 이 문구가 지시하는바 민족적인 경제합작운동을 통해 민족의 자활자위를 달성하는 것이 공평사가 지향했던 방향이라 할 수 있을 것이다.

그 외에도 이명섭의 이름은 1931년 12월 29일 공평사 사원고본 및 저축금과 저축금 이자 분배표에서도 언급되고 있었다.[397] 공평사의 활동은 기대한 만큼 큰 성과를 거두지는 못했다고 한다.[398]

---

396) 김광재,「일제시기 상해 고려인삼 상인들의 활동」[한국독립운동사연구] 제40집. 2011, 227쪽, 각주 20.
397) 독립기념관 자료번호 1-H01051-000.「공평사 사원고본(股本) 및 저축금 표(1931. 12. 29.)」
398) 이현희,「공평사」[한국민족문화대백과사전] 1995. (인터넷판).

프랑스 조계의 금 은 교역 및 과물상

1931년 초즈음에 상해로 들어온 이명섭은 프랑스 조계지 내에 금 은 교역 및 과물상(果物商)으로 새로운 사업을 시작했다. 상해 이주 초기에 그가 금 은 교역 및 과물상을 시작했다는 사실은 아이러니하게도 그의 자택에 잠입하여 금품을 강탈해 간 상해의 한인 아나키스트들 가운데 한 사람의 재판 기록을 통해 알려졌다. (이에 관하여는 아래에서 자세히 서술할 것이다.) 유타 빙햄의 구리 광산에서 광물의 채굴과 유통을 경험한 이명섭으로서 금, 은 교역은 나름 해 볼 만한 분야였을 것이고, 또한 한인농업주식회사를 통해 농업에도 관여한 바 있었던 터라 과물상도 그럭저럭 어울리는 사업이었을 것이다.

그가 과물상도 겸했다는 사실은 다른 기록을 통해서도 확인할 수 있었다. 즉 상해임시정부의 기본정당으로 안창호, 이동녕, 김구 등이 1930년에 함께 설립한 한국독립당의 기관지이자 교민신문이었던 [상해한문][399] 제2호(1932년 1월 11일)에는 한국의 평과(苹果=사과)가 상해에 진출했다는 기사가 실려 있었는데, 이 기사에는 과물상으로서 이명섭도 483상자의 사과를 수입했다는 언급이 있었다. 이로 미루어 그가 벌인 사업은 주로 한국의 과일을 수입하여 상해에서 판매하는 일이었던 것으로 보인다.

이 기사에 따르면, 수입된 사과는 1932년 1월 5일에 5천 6백 여 상자에 달했는데 그 다수는 평안남도 진남포산이었고, 그다음으로 많이 수입된 것이 황해도산이었다. 이 기록은 흥미롭다. 당시 진남포는 유명한 사과 산지였다고 한다.

---

399) 「한국평과(苹菓)의 상해진출」 [상해한문] 제2호. 1932. 1. 11.

그런데 이명섭의 맏동서, 즉 최애래의 언니 최신애의 남편 박선제(朴璇齊)가 이 무렵 진남포에서 과일 수출업을 했고, 그중 많은 양을 상해로 유통시켰다. 당연히 두 사람 사이의 거래관계를 추정할 수 있다. 당시 많은 한인 사업가들이 그러했듯이 박선제 또한 단순한 사업가만은 아니었다. 이명섭의 맏동서, 최애래의 형부가 되는 그의 이야기를 해 볼 필요가 있다.

• 이명섭의 맏동서 박선제와 과물 무역업

이명섭의 아내 최애래는 1남 4녀 중 차녀였다. 그녀의 아버지 최재동은 평양에서 포목사업으로 큰 부자가 된 인물로, 국내의 기독교 선교 초창기부터 독실한 신자가 된 탓에 일찍이 딸들에게 서구식 교육의 기회를 부여하는 데 적극적이었다. 그 덕에 총명했던 네 딸들은 모두 국내에서 기독교 계통의 학교를 졸업하고 일본에 유학하여 대학교육을 받을 수 있었다. 이 딸들 중 첫째였던 최신애는 최애래와 함께 나가사키의 기독교 계통 학교인 갓스이(活水) 여자대학을 졸업하였으며, 두 사람은 특별히 우애가 깊었다고 한다.

맏딸이던 최신애는 평안남도 강서 출신의 박선제와 결혼하였다. 박선제는 도산 안창호의 고향이기도 한 강서의 꽤 유력한 가문 출신이었다. (후에 그는 흥사단 주요 인물들에 대한 탄압으로 알려진 수양동우회 사건으로 일경에 체포되어 투옥되었는데, 일제가 작성한 수형자 서류에는 그의 신분이 '양반'으로 기록되어 있었다. 당시 일제가 작성한 한국인 수형자 서류에는 '신분' 또는 '족적'(族籍)을 기록하는 칸이 있었다. 그들이 어떻게 확인했고 어떤 기준으로 분류했는지는 알 수 없으나, 대부분의 수형

자들은 '상민'으로 기록되었고, '양반'으로 기록되는 경우는 드물었다.)[400]

박선제 역시 일찍이 만인 평등을 가르치는 기독교 신앙을 받아들여 평양의 장로교 계통 학교인 숭실학교를 졸업하고, 현재의 감리교 신학대학교의 전신인 협성신학교에서 신학을 공부했다. 1914년 7월 25일에 그는 미국에 유학생 신분으로 입국했다.[401] 미국으로 유학가기 전 그는 이미 평안남도 증산군 교회에서 전도사로 사역하였고, 또한 창신학교에서 교편을 잡기도 했다.

그의 미국 생활에 관하여는 잘 알려져 있지 않은데, 확실한 것은 그가 같은 고향 출신의 도산 안창호가 조직한 홍사단의 핵심 인물이 되었다는 것이다. 그는 상해의 홍사단 조직과 활동에 관여했고, 기록상으로는 적어도 1922년 1월부터 1926년 이전까지 미감리교회 소속으로 고향인 평안남도 강서부 강서면 덕흥리, 용강부(龍岡郡) 등지에서 목회 활동을 하고 있었으며,[402] 아마도 실질적으로는 그 전후로 기독교조선감리회의 진남포 비석리 교회와 중앙교회 등을 맡아[403] 1932년 일제의 압박으로 그 교회가 폐쇄될 때까지 그곳을 담임하고 있었던 것으로 보인다.[404]

그러나 일제의 교회 핍박으로 인해 나중에는 목회 활동보다는 사업과

---

400) 독립기념관 자료번호 9-AH1003-000. 「동우회 사건 제3차 검거상황에 관한 건」[경종경고비(京鍾警高秘) 제48호의 27] 1938. 2. 4.

401) 「학생도상」[신한민보] 1914. 7. 30. 1면 5단; 「학생체수」[신한민보] 1914. 8. 6. 1면 2단.

402) 「포교담임자변경계」[조선총독부관보] 제4301호(정규). 1926. 12. 21. 5면; 김진형 『수난기 한국감리교회 북한교회사 1910-1950』 서울: 기독교대한감리회 홍보출판국. 1999, 192-193쪽.

403) 「경제 덕으로 사형수 미결」[신한민보] 1925. 8. 13. 2면 4단.

404) 「포교폐지계」[조선총독부관보] 제1534호(정규). 1932. 2. 20. 4면.

젊은 시절의 박선제·최신애 부부. 출처: 도산 사진첩, 독립기념관 소장[405]

홍사단 관련 일에 몰두했던 것으로 보인다. 진남포의 박선제와 상해의 이명섭 사이의 과물 거래는 이러한 맥락에서 이해될 수 있다.

90세에 이른 박선제·최신애의 딸 박남례는 자신의 어린 시절 도산 안창호가 집에 초대되어 식사를 했던 날을 뚜렷이 기억하고 있었다. 당시 안창호가 끊임없이 방귀 소리를 내는 모습을 본 언니 남은이 부엌으로 가서 웃으며 그 이유를 어머니 최신애에게 묻자, 어머니는 그가 감옥 생활 동안 너무 고생을 하셔서 음식을 잘 소화하지 못해 그러니 함부로 웃으면

---

405) 독립기념관 자료번호 1-A00857-127. 「박선제 부부사진」 (* 2022년 4월 12일 사용권 구매)

안 된다는 주의를 주었다고 한다. 안창호는 그 후 오래 살지 못하고 옥중 생활의 후유증으로 1938년에 세상을 떠났다.

상해의 한인 아나키스트들에게 '략'을 당하다

상해 프랑스 조계에 들어온 지 불과 1년도 되지 않은 1931년 12월에 이명섭과 최애래 부부는 한인 아나키스트들에게 이른바 '략'을 당했다.[406]

당시 이명섭과 최애래 부부는 프랑스 조계의 나배덕로에 집을 구해 살고 있었다. 이 사건은 이명섭의 집에서 재물을 강탈하는 일에 가담했던 이용준(李容俊)이라는 인물의 재판 기록을 통해 알려졌는데, 그는 신간회 가입경력이 있었고, 중국에서 남화한인청년연맹의 일원이 되어 독립운동에 투신한 일로 국가유공자 명단에 올라 있었다. [한국민족문화대백과사전] 인터넷판에 실린 그의 경력 사항에는 그와 그의 동료들이 '금 은 교역 겸 과물상을 경영하는 이명섭의 집에서 조선은행권 80원, 중국 지폐 700원을 독립군자금으로 가져갔다'는 기록이 언급되고 있었다. 다른 책에는 백금제 회중시계 1개(시가 500원) 그리고 이명섭의 처 최애래의 금칙 '팔뚝시계'(손목시계)를 강탈하였다는 언급도 나온다.[407]

이 사건에 관한 이러한 정보는 [사상휘보]에 실린 이용준의 일본 쪽 재판 기록에서 나온 것이었다. 이 사건을 언급하고 있는 이용준 판결문은 1940년 12월에 발행된 [사상휘보] 25호 212-216쪽에 기록되어 있었고, 이명섭·최애래 관련 사건에 관한 서술은 213쪽에서 확인할 수 있었다.

---

406) 박환 『식민지시대 한인 아나키즘 운동사』 서울: 선인. 2005, 145쪽.
407) 위의 책.

이 사건의 본질은 무엇일까? 이 사건의 사실관계에 대한 보다 객관적인 서술은 한국의 아나키즘을 연구한 또 다른 역사학자의 저술에서 찾을 수 있었다. 그의 저술은 이용준과 그의 아나키스트 동료들이 이명섭의 자택을 턴 행위를 이들의 용어인 '략'으로 설명했으며, 그에 따르면 그것은 일종의 '강도 행위'였다.[408]

"남화한인청년연맹원들은 사업에 소요되는 자금을 충당하기 위하여 '략(掠)'이라 칭하는 행동도 취하였다. 이 '략'에는 **강도 행위**도 포함되었다. 아나키스트들이 상하이에서 단행한 주요한 **강도 행위**는 다음과 같다. 첫째, 1931년 12월 상순 무렵 이용준의 숙소에서 이용준, 엄형순, 김지강, 박기성, 이달, 백정기 등이 회합하였는데, 이 자리에서 백정기가 금은교역상 겸 과물상인 한국인 이명섭의 집을 습격, 현금을 강탈하여 이를 연맹자금으로 조달할 것을 제의했다. 이 제안에 따라 수일 뒤 엄형순과 김지강은 권총을 한 정씩 휴대하고, 백정기와 이용준은 빈손으로 이명섭의 집을 습격하였다. 권총으로 가인(家人)들을 위협하여 현금 500원과 금딱지 회중시계(가격 150엔)를 빼앗았다. 백정기는 이명섭 명의의 조선은행 상해지점의 예금통장에 1,500원의 예금이 있는 것을 발견하고, 이 예금도 빼앗고자 인력거를 타고 동 은행 지점으로 인출하러 갔지만, 서명 관계로 실패하여 미수에 그쳤다."[409]

당시 한인 아나키스트들은 부족한 '군자금'을 얻기 위해 소위 '략'이라는

---

408) 이호룡『한국독립운동의 역사 제45권: 아나키스트들의 민족해방운동』독립기념관 한국독립운동사연구소. 2009, 166-167쪽.
409) 위 저자『한국의 아나키즘』2015, 293-294쪽.

강탈행위를 행했는데, 이는 사실상 강도행위였다는 것이다. 상해에 도착한 지 얼마 되지 않은 이명섭 같은 공평사 소속의 조선인 사업가들은 손쉬운 먹잇감이었다. 이들은 '연맹자금 조달'이라는 명분으로 같은 한인 사업가들의 재산을 털어 갔다. 이들은 자신들의 목표를 위해 한인이지만 협조적이지 않은 자산가를 약탈하는 행위 정도는 정당화할 수 있다고 믿었던 것이다. 이호룡은 이에 대해 이렇게 설명한다.

> "아나키스트들은 가진 자들로부터 돈을 빼앗는 행위 즉 강도짓이나 도적질 같은 행위를 아무런 거리낌없이 행하였는데. 그것은 가진 자들에게 강탈당한 것을 되찾는 행위는 아무런 도덕적 결함이 없는 정당한 행위인 것으로 판단하기 때문이다. 아나키스트들은 이러한 행위를 '략'(掠)이라 칭하였으며, 략(掠)을 통해 획득한 자금을 운동자금이나 생활비에 충당하였다."[410]

이 아나키스트들의 공격 대상이 된 사업가들 가운데는 흥사단의 비밀 군자금 조직인 공평사 조직원이자 인삼 사업으로 자금력을 가지고 있던 원창공사(元昌公社)의 설립자 조상섭도 포함되어 있었다. 조상섭의 경우, 1933년에 강탈을 당하고 나서 이 일을 들어 아나키스트들을 비난하자 이들은 1935년에 재차 그의 상점을 보복강탈하려 했던 일도 있었다.[411]

그렇다면 도대체 이들은 어떤 세상을 지향한 것일까? 이호룡은 러시아의 한국인 아나키스트들의 테러 활동을 서술하며 그 목적을 이렇게 말한다.

---

410) 위의 책 284쪽.
411) 김광재 「일제시기 상해 고려인삼 상인들의 활동」 [한국독립운동사연구] 제40집. 2011, 234-237쪽.

"그들의 목적은 어느 나라 사람을 막론하고 아나키즘을 품은 사람이
면 연합하여 적극적으로 **현재의 정부 제도를 깨뜨리고 인류 평등의
참다운 생활을 하는 것**이었다는데, 정권을 잡은 자들을 압도하려면
무력으로 해결해야 한다고 주장하였다."[412]

상해에 모인 젊은 아나키스트들은 자신들이 약탈한 이명섭이 어떤 인물
인지를 전혀 몰랐다. (알았다 해도 별반 차이는 없었을 것 같지만) 이명섭
은 상해 프랑스 조계지로 들어온 지 1년이 채 되지 않은 돈 좀 있는 초짜였
고, 이 젊은 아나키스트들 역시 비슷한 시기에 상해에 도착했던 것이다.

그런데 지금까지 이 사건을 언급하는 어떤 기록도 이 이명섭이라는 인
물이 덴버 애국동지대표회에 파견된 대동보국회 대표들 가운데 하나였
고, 박용만이 세운 네브라스카 한인소년병학교의 교사였으며, 미국 본토
에서 최초로 기업형 한인농장을 세운 사람들 가운데 하나였고, 그가 당시
가지고 있던 자산은 미국 유타의 험한 산골짜기 광산에서 땀 흘려 번 결
실이었다는 것을 아무도 말하지 않았다.

그는 여느 미주 한인 동포들처럼 틈틈이 상해 임시정부로 들어가는 후원
금에 자기가 번 돈을 기부했고, 귀국 후 이내 임시정부가 있는 상해로 들어
왔다. 그가 어떤 삶을 지향했는지는 그의 삶의 여정이 말해 준다. 상해에
모인 젊은 아나키스트들은 그런 사람의 돈도 약탈했다. 이 사건을 서술하
는 후대의 연구자들조차 그 사실을 전혀 알지 못하고 있었던 것 같았다.

40대 중반의 이명섭이 프랑스 조계로 간 것 또한 독립운동과 관련이 깊
었다. 1905년 을사조약 이전에 20세의 나이로 미국으로 건너가서 1928년

---

412) 위의 책 같은 쪽.

에 귀국했던 이명섭은 일본어를 배울 기회조차 없었다. 일본인들과 소통할 가능성 자체가 거의 없었다. 상해 프랑스 조계의 국제적 환경이 오히려 모든 면에서 그에게 더 적합했다. 젊은 아나키스트들은 이 사실을 전혀 알지 못했던 것 같다.

당시 프랑스 조계에 들어온 지 얼마 되지 않은 이명섭과 그의 아내 최애래 또한 이들이 항일투쟁을 벌이는 아나키스트들이었다는 사실을 알지 못했다. 이 사건은 집안 내에서도 회자되었고, 집안의 전승은 이를 강도 사건으로만 기억했다. (이후 이명섭이 자초지종을 알게 되었을지는 모르지만, 그의 아내 최애래는 여전히 강도 사건으로만 기억했던 것 같다.) 이 사건을 조사하며 미국에 거주하는 이명섭의 장녀 이동혜와 통화를 통해 이 사건에 대해 물었다. 고령의 나이에도 정신이 또렷한 그녀는 어머니 최애래에게서 전해 들은 이 사건을 이렇게 서술했다.

> "그때 큰 도둑이 들었었는데, 나는 어머니 뱃 속에 있었고, 그 이후 어머니는 무서워서 두 살 난 아들(이동철)을 데리고 친정이 있는 평양으로 내려오셨고, 아버지는 계속 상해에 계셨었지. 아버지는 해방이 된 후에 돌아오셨어. 그런데 그 사람들(도둑들)은 한국 사람들이었어."

이동혜의 증언에 따르면, 이명섭의 아내 최애래는 이 사건이 일어난 뒤 1년이 채 되지 않은 시점에 어린 아들 동철을 데리고 고향 평양으로 돌아왔다. 복중에는 둘째인 동혜가 잉태되어 있는 상태였다. 이래저래 최애래에게 상해 생활은 힘든 시기였다. 치안도 좋은 편이 아니었고, 집안 내에서 무장강도를 당하지를 않나 사회생활은커녕 사람들을 만나는 일도 쉽지 않았으며, 주거지도 교회 생활도 평양과는 많이 달랐던 것 같다. 활동적인 여성 피아니스트였던 그녀에게 상해의 환경은 적응하기 힘들었다고 한다. 그리고 1932년 1월에 터진 1차 상해사변은 이명섭으로 하여금 임신 중인 아내 최애래와 세 살이 된 아들 이동철의 평양 귀환을 허락하지 않을 수 없게 한 결정적인 사건이었다.

그러나 이명섭은 상해 프랑스 조계에 계속 남아 사업을 지속했다. 그리고 몇 년 뒤 이명섭의 집에 '략'을 행했던 아나키스트 이용준이 일본 경찰에 체포되었고, 국내에서 있었던 취조과정에서 이 사건이 드러났던 것 같다. 이용준의 진술로 언급된 최애래는 피해자 신분으로 일본 경찰에 소환되었고, 이와 관련된 조사를 받았다. 그러나 그의 얼굴을 알아보기 어려웠고 기억도 나지 않아 '무서워서 잘 기억이 나지 않는다'고 얼버무려 버리고 돌아왔다고 한다.

네브라스카 소년병학교의 설립자 박용만은 의열단 단원들에게 죽임을 당했다. 의열단 단원들은 박용만에게도 친일 딱지를 붙이려 했었고, 막대한 돈을 요구했다고 알려진다. 이렇듯 상해의 상황은 일단 상당히 복잡했다. 확실히 동아시아에서의 독립운동 상황은 미국에서의 그것과 상당히 달랐다. 그곳은 정글이었으며, 군자금 조달 문제를 놓고 독립운동가들 사이에 심각한 다툼이 벌어지기도 했었다. 독립운동가들에게는 일제의 압박 못지않게 생존을 위한 자금 확보의 압박 또한 컸기 때문이다.

상해의 한인 아나키스트들이 강탈한 이명섭의 회중시계는 그가 미국에 있을 때 땀 흘려 번 돈으로 구입했던 것이고, 최애래가 이들에게 빼앗긴 금칙 '팔뚝시계'(손목시계)는 그녀가 정의여고 10년 근속 기념으로 받은 선물이었다.

박기성의 자서전 『나와 조국』에서 알게 된 뜻밖의 사실들

어느 날 모교 도서관 서고에서 책을 찾던 중 우연히 이 '거사'를 모의하는 데 가담했던 박기성이 남긴 자서전을 발견하게 되었다. 반세기 이상 지난 1984년에 그는 『나와 조국』이라는, 왕년의 아나키스트답지 않은 제목의 자서전을 남겼다. 아나키즘에도 여러 갈래가 있다는 말은 들었지만 그래도 왕년의 아나키스트가 훗날 쓴 자서전의 제목이 『나와 조국』이라니… 이게 어울리나… 갸우뚱하며 일단 존 레논(John Lenon)의 그 유명한 노래 〈이메이진〉(Imagine)의 노랫말을 머릿속에 떠올려 보았다.

국가가 없다면 국가를 위해 죽일 일도 죽을 일도 없겠고, 종교가 없다면 종교를 위해 죽일 일도 죽을 일도 없을 것이며, 소유물이 없다면 탐욕스러워야 할 필요도 굶주릴 필요도 없을 것이므로, 인류 모두가 형제가 되고 세상의 모든 사람들이 세상의 모든 것을 공유하는 그런 세상이 되리라는 내용의 이 노래 가사는 아나키즘적 이상의 한 사례를 보여 주는 것으로 유명하지 않은가.

1931년 이용준의 집에서 이명섭의 집을 약탈할 계획을 함께 모의했던 상해의 조선인 아나키스트들 6인(이용준, 엄형순, 김지강, 박기성, 이달, 백정기) 가운데 이용준, 엄형순, 김지강, 백정기 4인이 실제 이 '략' 행위에 참가했었다.

박기성의 자서전 『나와 조국』을 빌려 읽기 시작했다. 그런데 자신의 자서전에서 박기성은 이 사건을 전혀 언급하지 않았다.[413] 마치 그 자신이

---

413) 박기성 『나와 조국』 서울: 시온. 1984.

이 사건을 '업적'이라 생각하지 않고 있다는 느낌이었다. 그것은 사실 돈이 필요한 열혈청년들에게 자금 조달 행위 그 이상도 이하도 아니었고, 상해로 들어온 지 얼마 되지 않아 손쉬워 보이는 조선인 사업가를 '략'의 대상으로 택한 것뿐이었다.

사실 이 사건이 알려진 것은 거의 전적으로 '략'을 수행한 4인 가운데 하나였던 이용준(李容俊)을 체포한 일제가 그를 취조하며 밝혀낸 사실을 서술한 일제기록물에서이다. 천리방(千里方)이라는 이름을 사용했던 이용준에 대한 그의 동지 박기성의 서술은 이러했다.

> "다음 천리방(주 한국 본명 이용준)의 단체 생활은 엉망이었다. 아침부터 술을 실컷 마시고 주정을 부리거나 그렇지 않으면 잠만 자는 아주 골칫거리였는데 결국 그자가 천진(天津) 일본 영사관에 폭탄을 던지는 등 큰일을 해내었다. 뒤에 한국에 돌아왔는데 공산당 놈들에게 맞아 죽었다."[414]

이 서술을 통해 당시 젊은 한인 아나키스트들의 모습을 일부 엿볼 수 있었다. 프로레타리아 독재를 꿈꾸는 이들과 어떤 권력도 거부하는 아나키스트들은 앙숙이 될 만하다. '지상낙원'을 만드는 극단적으로 상반된 두 방식으로 하나는 극단적인 통제를, 다른 하나는 극단적인 자유를 지향했기 때문이다.

박기성은 일본 유학 중 차별을 겪으며 항일운동을 결심하고 아나키즘

---

414) 위의 책 96쪽.

을 받아들였다고 서술했다. 그런데 그의 자서전을 읽고 난 후 그의 인생여정을 통틀어 과연 그가 진정한 아나키스트였는지에 대한 의구심이 들었다. 그에게 아나키즘적 요소는 발견하기 어려웠다. 정부 제도를 부정하기는커녕, 자신의 자서전에 임시정부에 관한 이야기를 길게 채워 넣었다. 실제로 아나키즘이 그가 일제에 대한 무력투쟁을 결심하게 된 계기가 되었는지는 몰라도, 그의 인생여정 가운데는 아나키즘은 20대의 극히 짧은 기간에 불과했다. 이념적 아나키스트였다기보다는 항일투쟁의 동력으로 거대권력인 제국의 지배를 거부하는 아나키즘을 수용했던 것으로 보였다.

그는 상해를 떠난 후 중국 19로군에 입대했고, 중국의 군관학교를 졸업하고 중국군에 편입되어 장교 생활을 하다가 광복군에 장교가 되었다. 해방 후에는 대한민국의 육군사관학교 특별반으로 들어가 대한민국의 육군 장교가 되어 한국전쟁을 치렀다. 이승만 정부 초대부통령을 지낸 이시영(李始榮)과의 친분에 관한 에피소드도 언급된다. 전쟁 후에도 군에 남아 계속 경력을 유지하며 준장까지 진급하고 전역했다. 역시 왕년의 아나키스트에게 그다지 어울리지 않아 보이는 경력이다.

1919년 이후 중국 상해에 모여든 한인들은 다양한 이념들을 견지하고 있었지만, 극히 일부를 제외하고 대부분은 자신이 수용한 이념에 대한 깊은 지식과 성찰이 있었던 것 같지는 않아 보였다. 그보다는 조국 광복과 재건이라는 정치적 목표를 구체적으로 실현하기 위해 자신이 처한 상황과 환경에 따라 새로운 이념이나 신앙을 수용하여 정신적인 동력원으로 삼았던 것으로 보인다.

그랬기에 많은 독립운동가들은 중간에 자신들의 이념이나 신앙을 바꾸는 데 주저하지 않았다고 볼 수 있다. 김구는 동학, 불교, 천주교, 개신교를 다 거쳤으나 궁극적으로는 '민족주의'를 최고의 가치로 생각했고, 이동휘, 여운형, 이회영 등은 개신교 신앙에서 각각 공산주의, 사회주의, 아나키즘으로 돌아섰다.

반면 미국의 독립운동가들 대부분은 개신교 신앙에 자유민주주의를 지향하고 있었다. 이런 이들이 상해에서 한데 모였을 때, 이념적 화합을 이루는 일이 쉽지 않았을 것임은 자명하다. 여기에 자금 문제가 겹쳐 상황은 더더욱 복잡하게 꼬여 있었다.

넓고도 좁은 세상: 미래와 과거는 이렇게도 엮여 있다

박기성의 자서전을 펼쳤을 때 앞부분에 실린 두 장의 사진이 있었다. 첫 사진은 그와 자녀 그리고 손주들이 함께 찍은 사진이었고, 두 번째 사진은 스위스에 거주하던 그의 둘째 딸의 가족사진이었다. 둘째 딸 가족은 스위스에 거주하여 함께 사진을 찍을 수 없었으므로 별도의 가족사진을 넣어 준 것이 분명했다. 그런데 인물들의 머리 스타일로 보아 영락없는 1970년대 말 1980년대 초에 찍은 사진들이었다.

그의 둘째 딸 가족사진 설명에 나오는 스위스라는 국가명이 바로 나의 눈에 꽂혔다. 나의 큰매형은 같은 시기에 스위스 취리히 연방공대에 유학 중이었고, 당시 그의 가족은 스위스 한인교민들과 매우 친밀한 관계를 유지하고 있었다. 나의 누이 가족은 1980년대 중반에 귀국했었다.

이후 어느 날, 마침 누이 집에서 생일초대를 하여 갈 일이 생겼다. 그 책에 실린 40여 년 전의 사진을 보여 주었다. 매형과 누이는 금세 그들을 알아보았다. 박기성의 둘째 딸 가족은 바젤(Basel)에 거주하던 이들이었으며, 나의 누이 가족과 매우 친하게 지냈던 사람들이었다. 박기성의 둘째

사위는 내 조카를 특히 귀엽게 여겨 대부(代父)까지 되어 주었고, 학위를 마치고 돌아오기 직전에는 이들 가족과 유럽여행도 함께했다 하니 이 상황은 정말 놀라웠다.

세상사는 이토록 참 묘하기도 하다. 90여 년 전 이들의 아버지 박기성은 젊은 아나키스트 항일운동가로 자금 조달을 위해 이명섭 최애래 부부 집에서 금품을 강탈한 조직의 일원이자 그 일을 함께 모의했던 사람이었다. 그런데 수십 년 뒤 그의 사위는 먼 이국땅에서 내 조카의 대부(代父)가 되었고, 내 누이 가정과 함께 귀국 전 유럽여행을 함께할 만큼 친근한 이웃이 되었다. 그리고 나서 시간이 더 흐른 뒤 그 이명섭 최애래 부부의 손녀는 나의 아내가 되었다. 박기성의 아들은 미국 유학 후 내 모교의 공과대학 교수가 되었고… 나의 작은처남 즉 이명섭의 손자는 대학생으로 그와 함께 1980년대 말 1990년대 초반 모교의 공과대학에 소속되어 있었다.

서로 전혀 알지 못하던 이들이 한 고리에 엮이며 그들이나 이들이나 나나 그 어느 누구도 1931년 상해의 프랑스 조계지 내 한인사회 안에서 벌어진 그 사건이 지금에 와서 이렇게 연결될 줄은 전혀 예기치 못했다. 우리 한국인들은 이렇게 서로 얽혀 살고 있다. 그리고 대부분의 사람들은 우리가 얼마나 서로 얽혀 있는지를 인지하지 못하며 바쁘게 살아간다.

박기성의 자서전『나와 조국』의 맨 마지막 두 문장은 이러했다.

"그리고 나에게는 한평생을 내 곁에서 나를 자상하게 보살펴 준 고마운 아내와 나에게 효심(孝心)이 두터운 아들이 하나 있고, 역시 따뜻한 정을 느끼게 하는 딸이 셋이나 있다. 나는 이 이상 더 바랄 것 없이 항상 기쁜 마음으로 나날을 하나님의 은혜 가운데서 살아가고

있다.[415]

한때 세상의 어떤 권위나 권력도 없는 세상을 만들기 위해 무력의 사용
도 불사하는 아나키스트를 자처했던 박기성은 평생 누구보다 '죽일 일도,
'죽을 일'도 많고, 위의 권위에 절대 복종해야 하는 상명하복의 직업군인
으로 살았고, 적어도 삶의 말년에는 인간이 상상할 수 있는 지고(至高)의
권위인 하나님의 은혜로 자기 삶을 설명하고 싶어 했다. 그는 1991년에
세상을 떠났다.

반전으로 가득한 세상사는 이렇게 흥미진진하다. 반전 없는 세상은 희
망도 없을 것이니….

하비로 1014롱 26호의 약종상 영생방

아내와 아들을 평양으로 돌려보낸 후, 이명섭은 상해에 남아 계속 사업
을 벌이고 있었는데, 이 무렵 그는 강탈에 취약한 귀금속 업을 접고, 자신
의 본래 전공인 약학 지식을 바탕으로 업종을 약종상으로 변경했다. 이
사실은 일제의 기록을 통해 드러났다.

일제 조선총독부경무국이 1934년에 발행한 비밀문서인 [국외체류용의
조선인명부(國外二於ケル容疑朝鮮人名簿)]에 따르면, '범죄용의자' '미네
아폴리스 대학' 출신 이명섭은 하비로 1014번(番) 26호(號)에서 약종상 영
생방(永生房)을 운영했다.[416] 동시에 이를 통해 이명섭이 1934년 현재 여

---

415) 박기성『나와 조국』178-179쪽.
416) [國外二於ケル容疑朝鮮人名簿] 朝鮮總督府警務局 1934, 316쪽.

전히 상해에 있었던 사실을 확인할 수 있었다. 주소는 하비로 1014롱 26호. 상해식 주소 표기로는 '번'(番)이 아닌, '거리'(街) 또는 '골목'을 뜻하는 '롱'(弄)을 써서 하비로 1014롱(弄)이다. 이곳의 26호 건물에 이명섭의 약종상이 있었다.

그런데 이명섭이 약종상 영생방을 운영했던 장소인 하비로 1014롱은 상해의 독립운동과 매우 밀접한 관련이 있던 곳이었다. 1932년 4월 29일 상해 홍커우 공원에서 열린 일왕의 생일 및 일제의 상해 점령 전승기념식에 폭탄을 투척했던 윤봉길이 체포된 후 작성된 일제의 '신문조서'에는 윤봉길이 하비로(霞飛露) 1014롱(弄)[417] 내 27호에 살고 있었으며, 같은 구역 30호에 흥사단이라는 조선인 수양단 사무소가 있었고, "그 단장인 안창호라는 사람을 한두 번 만난 적이 있다."는 진술이 나온다.

1931년 6월 중순경 현재 하비로 1014롱 내에는 흥사단 원동부 사무소도 있었다. 상해의 흥사단 원동부는 한인들의 심신수양기관인 것으로 가장하고 있었지만, 실제로는 민족의식 함양과 교육을 통해 한국의 독립을 위한 독립투사 양성을 주된 목적으로 했던 단체였다.[418] 사실 하비로 1014롱의 26호-30호는 도산 안창호가 조직한 흥사단과 밀접한 관계가 있던 곳이었다.

이명섭의 외아들 이동철을 통해 집안에 전해 온 이야기 가운데 안창호에 관한 이야기가 있었다. 그는 항상 허리춤에 권총을 휴대하고 다녔다는 이야기이다. 그만큼 안창호를 가까이서 볼 수 있었다는 이야기인데, 그것

---

417) 이 당시 상해 주소지에서 弄(롱)은 중국의 좁은 골목 주소에 사용되던 용어로 우리말 '가'(街)에 해당한다고 할 수 있다. 일본 쪽 기록은 '롱' 대신 '번'(番)을 쓰고 있다.

418) [독립운동사자료집 별집 3: 재일본한국인민족운동자료집] 독립유공자사업기금운용위원회. 1978, 142쪽.

은 이명섭이 상해 프랑스 조계지에 살 때의 주소를 보면 설명이 된다. 집안 전승에 따르면, 이명섭은 아들 이동철에게 자신이 상해에서 독립운동을 했으며 군자금 담당이었다고 말한 바 있다고 했다.

공동조계에 위치했던 상해주재 일본 총영사관은 상해 프랑스 조계지 내 한인 사업가들 가운데 '민족파 한인'으로 분류한 이들의 활동과 동정을 끊임없이 감시했다. 1933년 1월 18일 상해 주재 일본 총영사가 외무대신에게 보낸 한 보고서에는 상해의 '민족파 한인'들의 회합에 관한 내용이 담겨 있었는데, 이 회합에 참가한 한인 사업가들의 명단 가운데 이명섭이 포함되어 있었다.[419]

이 보고서에 따르면, 이 회합은 1933년 1월 4일 오후 6시부터 프랑스 조계 내 애다아로 금릉주가(愛多亞路 金陵酒家)에서 열린 한인 사업가들의 모임으로서 형식상 신년하례회의 성격을 띠고 있었다. 이 회합에 참석한 이들은 모두 일정한 자기 직업을 가진 사람들이었다. 따라서 이 보고서는 이 모임을 '독립운동자'들의 회합으로 인정하기는 어렵다는 결론을 내린다.

이 보고서는 당시 상해의 일본 총영사관이 상해 임시정부 요인들과 안창호의 흥사단 조직 및 활동에 대해 상당히 자세한 정보를 가지고 있었음을 보여 주고 있는데, 이러한 감시 아래 민족파 한인 사업가들은 철저하게 사업가로 처신했던 것 같다. 어쨌든 이명섭이 참석한 이날의 회합에는 이명섭 외에 옥관빈, 왕성진, 차리석, 김시문, 이성용, 강한조, 조창성, 공개평, 박요각, 정인교, 홍재형, 위혜림, 전용덕, 문일민, 박제도, 나우, 황일청, 김현식, 이상무, 신언준, 한진교, 이춘태, 장두철, 옥홍빈, 최영택, 이동

---

419) 독립기념관 관리번호 9-AH0848-000. 「재상해 민족파한인의 최근 동정: 재상해 민족파한인의 최근 동정에 관해 1933년 1월 18일 자로 재상해 총영사가 외무대신에 보고한 요지(국회도서관편『한국민족운동사료』중국편)」[독립운동가자료안창호보고서].

일, 유진영, 최석주, 서상석 등 총 30명 정도가 참석했던 것으로 보고서는 기록하고 있다.

전에 미국 입국을 도왔던 류인발의 이상한 행적과 죽음

앞서 서술한 바 있는 류인발이라는 인물에 대해 나머지 이야기를 잠시 해 보자. 우리는 미군으로 1차 세계대전에 참전했고, 미국의 시베리아 원정군 소속으로 동아시아 근무 경험도 있었으며, 필리핀 미군기지에서 미 해군 조종사 훈련도 받았던 재미 한인 류인발이라는 인물이, 필리핀에서 미 해군장관의 허가를 받아 미군 수송선 편으로 1927년 8월 6일 샌프란시스코항구를 통해 입국하다가 입국거부를 당했던 이상한 사건에 관하여 서술했었다.

유타 빙햄에 거주하던 그의 어머니는 이명섭과 백일규의 도움을 받아 아들 류인발의 6개월 입국허가를 받아냈다. 어머니와 함께 유타 빙햄에 체류하던 류인발은 체류연장신청을 하지 않고 기간이 거의 찼을 무렵 상해로 떠났다. 그가 이렇게 떠난 이유는 그에게 상해에서 일군 사업과 꾸린 가정이 있었기 때문이라는 것이었다. 류인발에 관한 여기까지의 이야기는 앞서 서술한 바 있다. 그런데 그가 1933년 상해에서 암살당했다. (당시 이명섭도 상해에 있었다.) 이 사건과 상해에서의 류인발의 행적은 상당한 미스터리이다.

• 류인발 암살 사건

30대 중반의 나이였던 류인발의 암살에 관한 자초지종은 1933년 10월 5일 자 [신한민보] 3면 1단에 자세히 기록되었다. 이 기사에 따르면, 상해로 돌아간 그는 임시정부 관계자들과 한인 독립운동가들이 많이 거주하던 프랑스 조계지(프랑스인 자치구역)에 거주했었다. 그러다가 암살당하기 1년 여 전 공공조계 내 일본 영사관 관할 구역 내로 거처를 옮겼고, 일본 영사관의 양해 아래 그곳에 사는 조선인들을 조직하여 만든바 '친일로 지목되는 친우회(親友會)의 회장'이 된 것으로 알려졌다.[420] (상해의 공공조계 내에 사는 한인들은 일반적으로 친일파였던 것으로 알려져 있었다.)

1933년 8월 31일 새벽 6시경 그는 자신의 자택에 잠입한 20세가량의 한 청년이 쏜 총에 맞아 일본인 병원으로 이송되었으나, 부상에서 회복하지 못하고 사망했다. 그가 죽임을 당한 자택 근처에는 경찰서와 일본 육전대 주둔지도 있었다. 그리고 그는 암살당하기 전 여러 차례 배일단체로부터 경고를 받은 바 있었다고 한다. 상해의 한인사회에는 그가 미국 국적자이며 미군에 복무했던 이력을 가진 사람이었다는 사실 정도는 알려져 있었다. 일본 영사관 경찰은 수거한 탄피로부터 류인발의 암살범이 옥관빈을 암살한 권총과 동일한 종류의 권총을 사용했다고 판단했다.

> "옥관빈 석현규 등 암살을 비롯하여 당지 조선인 사이에 정치적 암살 사건이 연발되어 국제적으로 큰 충동을 일으킨바 거월 말일 또 친우회란 단체의 회장인 류인발(35)이란 자가 또 어떤 청년 한 명에게 습격되어 암살되었다. 8월 31일 새벽 여섯 시쯤 되어 전기 류인발의 가족이 거주하는 홍구 지방 적사위로 단시리 30호에 있던 양복 입은 20여 세가량 되는 청년 한 명이 와서 뒷문을 두드린바 류의 하인이 문을

---

420) 「피격된 류인발은 친일단체 친우회의 관계자: 시고탑로(施高塔路)에서(상해)」 「동아일보」 1933. 9. 5. 2면 9단.

열은즉 그 청년은 곧 육혈포를 들어 그 하인을 위협하여 아무 소리도 못 하게 하고 즉시 류의 부부가 자는 침실로 침입하여 침상에 누운 류를 일어나라 하고 육혈포를 들어 다섯 방을 연발하여 당장에 거꾸러 뜨리고 그 청년은 돌아온 문으로 나가 어디론지 도망하였다. 사건 발생된 곳은 일본인 거류 구역이 중심이고 더욱이 류가 사는 집 옆에 경찰서가 있고 일본 육전대도 그 부근에 있는데 백주 대담하게 그런 곳으로 침입하여 암살을 행한 것은 금번이 처음이다. 일본 영사관 경찰은 그 급보를 듣고 즉시 총동원하여 범인을 체포하려 하였으나 범인은 간 곳이 없게 되었다. 중상되어 피를 흘리고 혼도한 류인발은 일본 병원으로 보내어 긴급 수당을 하였으나 늑골이 부서지고 복장 속에 깊이 총알이 들어박혔으므로 구할 도리가 없게 되었다. 이번 사건의 내막에 관하여 일반 조선인 사회에 돌아가는 소식을 들으면 류는 일즉 미국에서 자라나 미국 국적까지 가지고 미국 군대에서 군인 노릇까지 하던 사람인데 상해에 온 후 작년까지는 불조계에서 살던 터인데 최근 홍구로 이사하고 영사관의 양해하에 조선인 친우회란 단체를 조직하여 활동하던바 그는 누차 배일단체의 경고를 받았던 터인데 이번 저격을 당한 것은 그러한 원인으로 된 것이라 한다. 또 일본 영사관 발표에 의하면 류를 습격한 권총 탄환은 옥관빈을 사살한 총탄과 동일형이라 하였더라."[421]

류인발은 이전에도 암살시도의 대상이 된 적이 있었다. 일본 영사관 경

---

421) 「원동소식: 정치적 암살로 전 상해 경동. 백주 경찰서 앞에서 생긴 류인발 암살」[신한민보] 1933. 10. 5. 3면 1단.

찰은 당시 그 암살미수 사건의 범인으로 지목했던 김익성을 이번 암살의 범인으로 판단하고 그를 체포하였으나, 그는 남경의 중국군 포병장교로 근무 중이었던 까닭에 석방할 수밖에 없었다. 대신 그들은 프랑스 조계의 경찰 및 중국 경찰과의 협조 아래 프랑스 조계지 내 하비로에 위치한 공득평의 백제약방을 급습하여 그곳에 있던 이수봉(이성구)을 체포해 갔다. 당시 프랑스 경찰은 윤봉길의 폭탄투척 사건 이후 일본 경찰에 협조하는 경향을 보이고 있었다.

"최근 홍구에 있는 조선인들이 조직한 친우회 회장 류인발의 암살 사건은 영사관 관할구역 내에서 발생된 사건인 만큼 영사관 측이 일칭 분격하여 류인발 암살미수 사건의 범인으로 지목되는 김익성 씨를 체포하였으나 체포한 곳이 중국 지경이므로 중국 경찰이 그 범인을 조사한 결과 김익성은 남경 포병대의 장교로서 재직하는 현역 군인으로 판명되어 즉시 석방하였는데 영사관 측에서는 좌백 부영사로부터 중국 측에 향하여 누차 엄중 항의하였으나 아직 해결되지 못하고 있다. 영사관 경찰대는 다시 불조계 내에서 활동을 기시하여 지난 12일 오전 10시경에 하비로 조선인 공득평 씨가 경영하는 백제약방을 습격하여 그곳에서 중요인물 이수봉 씨를 체포하였다. 영사관 발표에 의하면 이수봉은 평북 선천군 수청면 가물 남동 출생으로 금년 37세이고 10여 년 전에 조선에서 보안법 위반급 방화소요죄로 징역 10년의 판결을 받고 복역 중 2년 후 병으로 인하여 형의 집행 정지가 되어 출옥 중 당지로 잠입하여 이래 11년간 독립운동의 폭력과로 활동하고 있다. 9년 전 9월 15일 당지 일본 영사관 폭탄 사건을 비롯하여 홍구공원 폭탄 사건도 이수봉 씨가 윤봉길을 사촉하여 실행하게 한

것이고 최근 옥관빈 석현규의 암살과 류인발 암살 미수 등 사건이 모
두 이수봉 일파가 실행한 것이라고 한다."[422]

이렇듯 류인발 암살 사건은 국제문제였다. 공공조계 내 일본 영사관 관
할 구역 내에서 벌어졌고, 일본 영사관 경찰은 프랑스 조계지 안으로 들
어가 용의자인 조선독립당원 이수봉을 체포해 갔다. 그는 류인발 암살 외
에도 1932년 일본 육군 상해 파견군 사령관 시라카와 요시노리('백천대
장') 육군대장이 죽임을 당한 윤봉길의 일본 왕 생일기념식 폭탄투척 사
건의 배후인물 가운데 하나로 지목되어 있었고, 상해 한인 사업가 옥관빈
암살 혐의까지 받고 있었다. 그를 체포한 일본 영사관 경찰은 그를 평안
북도 경찰부로 호송했고, 류인발 암살 및 치안유지법 위반 혐의로 신의주
지방법원 검사국으로 송치했다.[423] 그러나 후에 일본 고등법원의 취조로
윤봉길의 폭탄투척 사건과는 관계가 없는 것으로 드러났다.[424]
　본명이 이성구였던 이수봉은 1920년에 친일파로 알려진 선천군 태산면
장 김병탁을 총격 살해한 혐의로 체포되어 10년 형을 선고받고 복역 중 4
년 만에 질병으로 인한 가출옥 상태에서 상해로 피신했었고, 이후 상해의
일본 총영사관 폭파 시도 등에 가담하는 등 무력 항일운동에 투신했던 인
물이었다. 류인발 암살혐의로 프랑스 조계지에서 체포된 후 본국으로 압

422)「원동소식: 상해에 폭탄 사건과 보안법 위반으로 복역하다가 탈주」[신한민보] 1933.
　　11. 10. 3면 1단.
423)「백천대장조격공범 이수봉검거송치 2월 9일 신의주검사국으로 국제문제 일으킨 범
　　인, 옥관빈급 상해친우회장 류인발 암살미수 사건도 관련[소]」 1934. 1. 30. 2면 1단;
　　「원동소식: 백천대장 조격 공범의 혐의로」[신한민보] 1934. 3. 1. 3면 1-2단.
424)「고등법원에 지휘로 이수봉을 재취조. 백천대장 암살 사건과는 관계없는 것이 판명」
　　[조선중앙일보] 1934. 2. 9. 5면 5단.

송된 이수봉은 감옥에서 옥사했다.[425]

상해 주재 일본 총영사관 입장에서는 꽤나 잡고 싶었던 인물이었다. 다만 그가 실제로 류인발의 암살자였는지는 불확실하다. 류인발의 집에서 암살자를 목격한 하인은 그가 손으로 얼굴을 가리긴 했어도 20대의 젊은 청년이었다고 증언했는데, 1896년생인 이수봉은 1933년 당시 30대 후반의 나이였기 때문이다.

• 류인발은 왜 공공 조계지의 일본 총영사관 근처로 가서 친일 한인들과 어울렸을까?

사실 재미 한인 류인발과 상해의 류인발은 같은 인물이지만 상당히 다른 모습으로 다가온다. 아마도 그가 상해에서 맞이한 최후는 당시 재미 한인들에게 큰 충격이었을 것이다. [신한민보]에 실린 그와 관련된 기사들에는 주로 그에 대한 큰 기대가 반영되어 있었고, 심지어 그가 친일행적을 이유로 암살당한 후에도 그를 비난하는 논조는 거의 찾아보기 어려웠다. 그에 대한 평가에 조심스러웠던 것이다.

그는 당시로서 드문 경우인 재미 한인 1.5세였다. 아주 어린 시절에 부모를 따라 미국으로 이주한 뒤 그곳에서 자랐고, 1919년 3.1 운동이 일어난 해에 미군에 자원입대하여 미국의 시베리아 원정대원으로 참전했었다. 그리고 필리핀에서 미 해군 조종사 교육을 받았고, 일본이 첩자를 침투시킬 만큼 중요한 미 해군기지에서 근무하기도 했다. 또한 그 일본 첩자의 미군기지 침투 사실을 [신한민보]에 알려 주기도 했다. 필리핀 미 해군기지에서 제대한 후에는 상해에 진출해 있던 미국 최대의 정유 회사

---

425) 「이성구」 독립유공자공훈록 5권. 1988. 공훈전자사료관.

인 스탠다드 오일의 직원으로 근무했다. 그동안 그는 상해에서 결혼하여 가정을 꾸렸다.

적어도 여기까지 그는 촉망받는 재미 한인 1.5세 출신의 완벽한 미국인이었다. 어떤 목적이었는지는 알 수 없으나 1927년 그는 돌연 미국으로 돌아왔다. 이때 그는 일반 선박이 아닌, 필리핀 주재 미 해군성 장관의 허가를 얻어 미 해군 수송선을 타고 들어왔다. 여전히 그가 미 해군과 관계하고 있었음을 보여 주는 대목이다.

그런데 미국의 총이민국은 그의 최초 입국 날짜와 선박명이 불분명하다는 이유를 들어 입국을 불허했다. 대한인국민회장 백일규가 해당 서류를 찾아 제출했음에도 소용없었다. 유타 빙햄에 거주하던 그의 모친이 이명섭을 통해 500달러 보증금을 백일규에게 보낸 뒤에야, 6개월 체류 허가를 받았고, 유타 빙햄에서 모친과 시간을 보내다가 체류연장신청 없이 상해로 돌아갔다.

미국에서 자랐고 미국에 충성해 왔던 그는 외견상 '미국으로부터 버림받은 자'가 되었다. 상해로 돌아온 후 한인 애국지사들이 다수 모여 살던 프랑스 조계지에 머물던 그는 본래 미국과 영국의 통합 조계지였으나 일본의 영향력이 확대일로에 있던 공공 조계지의 일본 총영사관 관할 내로 주거지를 옮기고 본격적으로 친일 한인들과 어울리며 '친우회' 활동을 시작했다.

그는 과연 친일파였을까? 그의 이력을 꼼꼼하게 살펴보면 전혀 그렇게 보이지 않는다. 애당초 미 육군 시베리아 원정대 출신이 갑자기 필리핀 내 미 해군기지에 배치되어 조종사 교육을 받게 된 것도 이상했고, 중요 정보를 다루는 미 해군기지에 근무한 것, 전역 후 상해 주재 스탠다드 오일 직원이 된 사람이 미 해군성 장관의 허가서를 들고 미 해군 수송선을 타고 들어온 것도 이상했고, 미국 총이민국이 미 육군 참전 베테랑이자 미 해군 조종사 교육을 마친 인물의 입국을 거부한 것은 더 이상했다.

그리고 '미국에게 버림받은 자'로서 다시 상해로 돌아간 그는 일본 총영사관 주변에 자리를 잡고 일본 영사관의 양해하에 친일 한인들과 어울리며 일본 영사관 측과 교류했다.

그의 이 모든 이력은 그가 상해 지역 내 미국의 정보 활동과 관련 있는 인물이었음을 강하게 암시한다. (물론 직접적인 증거는 없다.) 그런데 이미 상해의 한인들 사이에는 그가 미군으로 복무했던 인물임이 알려져 있었다. 상해의 일본 총영사관은 과연 이 사실을 몰랐을까? 샌프란시스코의 일본 총영사관은 재미 한인들의 동향에 대한 정보도 열심히 수집하고 있었음을 우리는 잘 알고 있다. 재미 한인들 가운데는 미국이 일본과 전쟁을 벌이게 되기를 바라며, 그렇게 된다면 기쁨으로 미국을 응원하거나 미군으로 참전해서 싸우고 싶어 할 사람들이 많았다.

네브라스카 한인소년병학교 출신으로 유한양행의 설립자였던 유일한도 기업 활동을 하다가 나이 50세에 미 육군의 전시 정보기관이던 전략사무국(OSS: Office of Strategic Services)에서 강도 높은 첩보요원 훈련을 받고 일본의 패망 직전 한국으로 투입될 작전을 준비하다가 해방을 맞이했다.

상해에서 활동했던 독립운동가 이유필은 임시정부 요인이자 윤봉길 폭탄투척 사건 배후인물로 체포되어 일제에 투옥된 경험도 있는 인물이었는데, 너무 빨리 풀려났다는 이유로 한인 독립운동가들 사이에서 변절자로 낙인찍혔었다.

그러나 비교적 최근 일본의 비밀문서를 통해 밝혀진 바에 따르면, 일본은 그를 조기 석방하여 이용하는 것이 자신들의 한인 통제에 유리하다고 판단하여 그를 일찍 내보냈다.[426] 독립운동 계파들 사이의 분열을 조장하고자 했던 것이다. 한인 독립운동 파벌들이 서로 싸우고 죽이면 가장 즐거운 쪽은 당연히 일본이었다. 일본 입장에서는 자신들에게 껄끄러운 한인이 한인 독립운동가들의 손에 제거되는 것만큼 내심 즐거운 일이 없었을 것이다.

구체적인 증거가 없는 상황에서 류인발의 나중 행적과 죽음을 판단하는 것은 무리겠지만, 그의 삶의 이력은 단순히 친일과 항일의 이분법적 틀로는 설명하기 어려운 부분들이 많아 보인다. 상해 한인들의 근현대사는 확실히 동아시아사의 관점을 넘어 세계사의 관점에서 조명해야 할 필요가 있다. 당시 상해라는 곳은 세계열강들의 세력이 다양하게 작용하고 있었던 매우 국제화된 장소였고, 그만큼 다양한 배경을 지닌 한인들이 모여 활동하던 곳이었기 때문이다. 당연히 각국의 정보 활동과 공작도 넘쳐나고 있었다.

류인발이 프랑스 조계에서 공공 조계로 옮겨 가고 일본 총영사관 주변에 거주하며 친일 한인들과 어울리다가 암살당했을 때, 이명섭도 상해에 있었다. 류인발 암살 혐의로 이수봉이 프랑스 조계의 하비로에 있던 백제약방에서 체포되었을 때, 이명섭은 같은 하비로에서 영생방이라는 약방을 경영하고 있었다. 과거 미국에서 자신이 입국을 도왔던 류인발의 마지막 모습을 접하며 그는 무슨 생각을 했을까?

---

426) 허성호 「일제 극비문서로 친일 누명 벗은 춘산 이유필 선생」 [조선일보] 2009. 8. 15. (인터넷판).

국내 방문과 가족들의 생계

하비로의 약방 영생방을 경영하는 이명섭에 대한 기록을 담고 있는 일본의 [용의조선인명부]가 1934년을 현재로 하고 있다는 점을 감안했을 때, 공식적인 문서 기록을 통해 우리가 확인할 수 있는 것은 이명섭이 그때까지 상해에 계속 머무르며 사업가로 남아 있었다는 사실이다.

이명섭의 장녀 이동혜의 기억에 따르면, 해방 전까지 이명섭은 정기적인 방문은 아니었지만 평양 집으로 찾아오곤 했다. 한 번 방문하면 대략 한 달 정도 머물렀다. 아버지 이명섭이 찾아오면 어머니 최애래는 정성으로 요리를 마련하여 상을 차렸다고 한다. 국내에 머무는 동안 그는 대부분의 시간을 집 안에서 보냈고, 거의 집 밖으로 나가지 않았다고 한다.

장녀 이동혜가 기억하는 아버지 이명섭은 키가 크고 마른 체형에 온화한 성품을 가지고 있었고, 자녀들을 매우 살갑게 대하는 자상한 타입이었다. 그리고 젠틀하고 '핸섬'한 외모까지. (이동혜는 아버지 이명섭이 크고 건장했던 형 이명우와는 모든 면에서 많이 달랐음을 강조했다.) 그러나 아버지가 상해에서 무슨 일을 하는지에 대해서는 알지 못했다. 아버지 이명섭도, 어머니 최애래도 말해 주지 않았기 때문이었다.

자주 방문하지는 못하는 대신, 이명섭은 꾸준히 평양의 가족들에게 생활비를 보내왔다. 때로는 인편으로 보내기도 했지만, 주로는 외환으로 송금했다고 한다. 그러나 외환송금은 항상 액수에 제한이 있었고, 가족들의 생활비는 언제나 부족했다. 어떤 경우에는 옷감 같은 현물을 보내 주어 옷을 만들어 입기도 했다. 딸들의 기억 속에 남은 것들 중 하나는 아버지 이명섭이 당시로서는 귀했던 운동화를 보내 준 일이었다.

어쨌든 부족한 생활비를 감당하기 위해서라도 최애래는 경제 활동을 해야 했다. (물론 경제적으로 여유가 있었더라도 사회 활동을 왕성하게 할 체질이기는 했다.) 최애래는 정의여고의 딜링햄 교장이 이미 사임한 후여서 정의여고로 돌아가지는 않았다. 미국 선교사들과 가까이 지내며 최애래는 때때로 '최애나'라는 영어식 이름을 사용했다. (그래서 기독교 문서들에서 최애래는 종종 '최애나'라는 이름으로 언급된다.)

한편 평양은 최애래의 친정이 있는 곳이었고, 친정어머니 백선행은 수시로 딸의 집을 방문하여 여러 가지 일들을 도와주었다고 하니, 친정의 경제적 도움도 있었으리라 짐작할 수 있다.

그 외에도 피아니스트였던 최애래는 교회 반주자로 봉사하며 피아노 개인지도로 수입을 올리기도 했던 것으로 보인다. 딸 동혜의 이야기에 따르면, 평양 집에 큰 오르간이 있었고 학생들이 어머니에게 그것을 배우러 오곤 했다고 한다. 그녀는 평양 시내의 중앙감리교회에서 피아노(오르간) 반주를 했다. 그러나 어린 자녀들은 집에서 가까운 남산현감리교회를 다니게 했다. 집에서 중앙감리교회를 가려면 전차 철로를 건너야 했는데, 이것이 위험하다 하여 대찰리에 있던 집 근처의 남산현감리교회를 다니게 했다.

평양 남산현교회는 1910년대에 전국을 통틀어 감리교회 가운데 건물과 출석교인 규모가 가장 큰 교회였다.[427] 대찰리의 남산현감리교회 바로 옆에는 과거 최애래가 교사 생활을 했던 정의여자고등보통학교가 있었다.

---

427) 김진형『수난기 한국감리교회 북한교회사 1910-1950』146쪽.

평양 남산현감리교회[428]

평양 중앙감리교회[429]

최애래는 일제가 발급한 사립고등보통학교 교사자격증을 가지고 있었

---

428) 위의 책 같은 쪽. 남산현 교회의 출석교인이 1천 명을 넘었으나, 3.1 만세운동 이후
일제의 핍박으로 그 숫자가 상당히 감소했고, 1941년에는 원인 모를 화재가 발생하
여 교회 건물이 전소되었다고 한다. 위의 책 149-152쪽.

429) 위의 책 35쪽. 평양의 중앙감리교회는 출석교인 수가 총 500명 가까이 되는 규모 있
는 교회였고, 그 건물은 벽돌로 지은 2층으로 평양에서 가장 아름다운 교회 건물로
꼽혔다고 한다. 위의 책 159-160쪽.

으나,[430] 상해에서 돌아온 이후로는 일제에 등록된 학교에는 취업하지 않았다. 대신 정의여자고등보통학교 근처의 평양여자고등성경학교에서 음악과 피아노를 가르쳤다. 장녀 동혜의 기억 속에는 평양의 정의여자고등보통학교 강당에서 열린 오케스트라 공연에서 피아노 연주자로 참여했던 어머니 최애래의 모습이 있었다.

평양 정의여자고등보통학교[431]

평양여자고등성경학교[432]

---

430)「사립학교교원자격인정자」[조선총독부 관보] 제4257호. 1926, 6면 320쪽.

431) 김진형『수난기 한국감리교회 북한교회사 1910-1950』129쪽.

432) 위의 책 137쪽.

최애래가 상해에서 귀국한 후 일하기 시작한 평양여자고등성경학교는 1915년 감리교회의 여성사역자 배출을 목적으로 남산현교회가 주일학교 학생 20여 명을 데리고 시작한 작은 학교였다. 1923년에 독립 건물을 짓고 자리를 잡아 가면서 학생 수가 늘고 본격적으로 학교 역할을 하기 시작했다. 초기 입학생들의 수준이 제각각이어서 1936년에는 예과 2년(보통학교 수준)과 본과 4년(중등과정)으로 나누어 가르쳤다. 일제 말인 1939년에 접어들며 일제의 압력으로 학교 인가를 받게 되었으나, 정춘수를 비롯한 친일 목사들이 감리교단을 장악하자 교단 지도부인 총리원과 결별을 선언했고 결국 폐교 명령을 받았다. 그러나 교사와 학생들의 끈질긴 노력으로 1945년 해방 때까지 학생의 절반이 남아 학교의 명맥을 유지하였다고 한다.[433]

감리교 평양선교부의 항공사진. 중앙의 큰 건물(10번)이 정의여자고등보통학교, 그 바로 위의 삼각지붕 건물(7번)이 남산현교회, 하단 중앙의 작은 건물(14번)이 평양 여자고등성경학교, 그리고 중앙의 왼쪽 끝의 건물(6번)이 광성 고등보통학교이다.[434]

---

433) 위의 책 136-139쪽.
434) 위의 책 84쪽.

'나라도 없어지고, 남편도 없으니 기도만 한 거지 뭐' - 쿠퍼 선교사와의 친분

이명섭의 맏딸 이동혜는 일제 치하에 남편이 상해에 남아 있는 동안 국내에서 사실상 가족들의 생계를 책임지면서도 교회 생활에 열심이었던 어머니 최애래의 당시 모습에 대해 이렇게 말했다: "나라도 없어지고, 남편도 없으니 기도만 한 거지 뭐."

평양에 거주하던 친정어머니가 자주 들러 많은 도움을 주기도 했지만, 일제 강점기에 남편이 부재한 국내에서 가족들의 생계를 실질적으로 떠맡아야 했던 최애래에게 친정 부모님으로부터 이어받은 신앙심은 삶의 의지와 큰 힘을 주었다고 한다.

최애래와 그녀의 자매들(최신애, 최신명, 최민례)은 우애가 매우 깊었다. 둘째였던 최애래는 특히 나가사키의 갓스이(活水) 여자대학에서 함께 공부했던 언니인 최신애와 아주 친하게 지냈다. 맏언니였던 최신애만 교육학을 전공했고, 다른 세 자매는 모두 대학에서 피아노를 전공했다. 부유한 감리교인이었던 친정 부모의 교육열이 남달랐던 덕택이었다.

이들 네 자매 모두는 감리교인으로 교회의 선교 및 교육사업에 적극적이었는데, 특히 미국 남감리교 소속의 여성 선교사였던 샐리 케이트 쿠퍼 (Sallie Kate Cooper)가 이들에게 큰 영향을 미쳤다. 쿠퍼는 1908년에 원산으로 파송된 미국 선교사였다. 쿠퍼의 한국말은 어눌했지만, 그녀의 온화한 인격과 한국인들을 위한 헌신은 그녀를 아는 모든 이들이 인정하는 바였다.

최애래는 결혼 직후인 1930년에 동생 최신명을 통해 비로소 쿠퍼 선교사를 알게 되었다. 최애래의 자매들 모두가 그녀와 매우 가까이 지냈다.

여선교사 쿠퍼는 일제 강점기 한국 여성교육에 큰 족적을 남겼는데, 특히 그녀가 원산에 설립한 보혜성경학교는 여성들에게 성경교육을 시켜 이른바 '전도부인'들을 다수 배출함으로써 기독교 선교에 크게 기여하였다.[435] 그리고 이로 인해 일제의 감시와 박해를 많이 받기도 했다.

쿠퍼, 1886-1978,
한국명: 거포계

네 자매 가운데 셋째이자 미혼으로 원산에 거주하며 감리교 계통의 여학교였던 루씨 고등여학교(元山樓氏女學校)[436] 교사이기도 했던 최신명(아내의 형제들은 최신명을 '수색 할머니'라 불렀다. 훗날 서울 은평구 수색에 주로 살았기 때문이다.)은 특히 쿠퍼를 가까이 따르며 보필했는데, 쿠퍼가 간도 용정에 여성들을 위한 성경학원을 세우고 정기적으로 순회하며 가르칠 때도 이를 도왔고, 쿠퍼의 측근이라는 이유로 원산 경찰서에 끌려가 악형과 고초를 겪기도 했다.[437]

미국과 일본 사이의 관계가 악화일로를 치닫던 1940년 11월, 미국 국무성의 조치와 감리교 선교부의 철수 명령으로 한국주재 미국 선교사들이 한국에서 철수하게 됨에 따라 쿠퍼 선교사도 어쩔 수 없이 한국을 떠나게 되었을 때, 원산에서 서울을 거쳐 부산항까지 쿠퍼를 동행하여 배웅한 유

---

435) 이덕주『한국감리교 여선교회의 역사』서울: 기독교대한감리회 여선교회 전국연합회. 1991, 192쪽.

436) 루씨 고등여학교는 1908년 함경남도 원산에 설립된 감리교 계통 여학교이다. 이 학교 건립의 자금을 기부한 미국 노스캐롤라이나 여선교회 회장 루씨 커닝김(Lucy Armfield Cuninggim, 1838-1908)의 이름을 따서 루씨 고등여학교라 명명되었다.

437) 이호운『주께 바친 생애: 쿠퍼 목사 전』163, 169쪽.

위: 최애래 〈좌〉, 최신명 〈우〉. 중간: 쿠퍼. 아래: 최신애 〈좌〉, 최민례 〈우〉

일한 사람이 최신명이었다.[438]

　최애래가 쿠퍼 선교사를 알게 된 계기는 이러했다. 이명섭과 결혼한 후 상해로 떠나기 1년 전인 1930년 당시 최애래의 두 동생 최신명과 최민례는 미국 북장로교 선교사 모펫(S. A. Moffett)이 평양에 세운 숭의 여자고등보통학교를 마치고 일본의 기독교 계통 대학인 동경 여자대학교를 졸업한 뒤 원산의 루씨 고등여학교 교사로 재직하며 쿠퍼가 세운 보혜성경학원에서도 가르치고 있었다.

　원산에서 이 두 사람은 물론이고 최애래의 언니인 최신애 또한 모두 쿠

---

438) 위의 책 170-174쪽; 왕매련『한국에 온 그리스도의 대사 케이트 쿠퍼』서울: kmc, 2004, 142쪽.

퍼 선교사와 매우 가까웠다.[439] 그중 특히 쿠퍼 선교사의 인품과 몸가짐 그리고 활동에 깊은 감명을 받고 있던 최신명은 결혼하여 남편 이명섭과 평양에 살고 있던 최애래에게 많은 편지를 보내며 그때마다 쿠퍼 선교사에 대한 좋은 이야기들을 많이 썼다.

이로 인해 최애래도 쿠퍼 선교사에 대한 좋은 인상을 가지게 되었는데, 마침 쿠퍼가 1930년 평양에서 개최된 감리교 여선교회 대회의 강사로 1주일 동안 평양에 머물게 되었고, 최애래는 그 기간 동안 쿠퍼 선교사를 자신의 집에 머물도록 했다.[440] 이명섭과 최애래 부부 모두 영어에 능통했고, 특히 이명섭은 오랜 기간 미국을 경험한 인물이었으므로 쿠퍼 선교사 입장에서는 매우 좋은 선택이었다. 쿠퍼 선교사가 1주일 동안 자신의 집에 머물렀던 일은 최애래가 남편을 따라 상해로 이주하기 전 경험했던 가장 인상 깊은 일 가운데 하나였다.

상해에서 평양으로 돌아온 이후에도 자주 만나지는 못했지만 쿠퍼 선교사와 최애래 자매들과의 친밀한 동역자 관계는 꾸준히 이어졌다.

조카 이동제의 귀국과 이후 행적

1925년 미국 유학길에 올랐던 이명섭의 조카 이동제는 1930년 12월 17일 밤에 컬럼비아 대학 석사학위를 마치고 미국으로부터 귀국했다. 그의 귀국 사실 역시 [동아일보]가 기사로 보도하였다. 이번에는 간단한 인터뷰와 사진까지 실었다.

---

439) 위의 책 246쪽.
440) 위의 책 194-197쪽.

「미국에서 학위 엇고 이동제씨 귀향」[공법을 전문으로 연구]

"대정 13년 일본 동경 조도전 대학 정경과(早稻田大學 政經科)를 우수한 성적으로 졸업하고 대정 15년 미국에 건너가 만 5년 간 미국 뉴욕 콜럼비아 대학 공법과에서 비교헌법을 전공하고 엠 에이 학위를 얻은 후 치카고, 로스앤젤스, 하와이를 경유하야 작 십칠야 경성에 도착하얏는데 씨는 이렇게 말하얏다. 세계 불경기는 우리나라뿐만 아니라 돈 많은 미국도 심합니다. 그리하야 동포의 생활 상태는 전에 비하야 물론 곤난들 하나 그저 생활만은 근근히 하야가는 모양입니다. 대체로 본 사실입니다."

([동아일보] 1930년 12월 19일, 2면 9단)

그런데 이번에는 조선총독부 기관지 역할을 하던 [매일신보]도 기사를 내며 관심을 보였다.

「이동제 씨 금의환향 십칠일 밤에」

"조도전 대학을 우수한 성적으로 졸업하고 대정 십오 년에 미국에 건너가 뉴욕 「콜럼비아」 대학 공법과에서 비교헌법을 전공하고 「엠 에이」 학위를 어든 리동제 씨는 십칠 일 밤에 귀성하였다."

([매일신보] 1930년 12월 21일, 2면 8단)

이듬해 5월에는 잡지 [혜성]에 재미동포의 근황에 관한 그의 이야기가 실렸다.[441] 출국에서 입국까지 언론의 주목을 받은 그가 미국에서나 귀국

---

441) 「재미일만동포의 근황」 [혜성] 제1권 제3호, 1931. 5. 15.

후에나 적극적인 독립운동을 하기는 어려워 보였다. 1900년대 초반의 한인 유학생들이 일제의 밀정을 의식하여 졸업사진 찍는 것조차 삼갔던 것에 비한다면 상당히 다른 모습이다.

어쨌든 귀국 후 이동제는 지금의 대학이라 할 수 있는 전문학교에서 강사로 2년 정도 교편을 잡았다.[442] 일본과 미국에서 학위를 마치고 돌아온 그에 대한 사회의 기대는 컸던 것 같다. 1932년 당시 경성부에서 발행되던 대중잡지 [삼천리]는 그를 '윤치호, 양주삼 씨 등을 계(繼)할 기독교의 소장 지도자'이자 '40만 명 교도와 수백만 원(圓) 교재(教財)를 좌지우지할 인재'로 이동제를 지목하며 그를 이렇게 소개했다.[443]

> "40만 명 교도와 수백만 원 교재(教財)를 좌지우지할 인재는 누구!
> 『이동제』 씨는 컬넘비아 대학을 마치고 도라온 지 불출기년(不出幾
> 年)인 청년학자로 특히 국제헌법에 조예가 깁다. 함흥출생. 년 35."

이동제가 윤치호와 양주삼의 계보를 이을 기독교계의 젊은 지도자, 특히 재정 부분에서 공헌할 지도자로 언급되고 있는 것은 그가 이미 개신교 기독교인이 되어 있음을 말해 준다. 윤치호나 양주삼 모두 미국 유학 경험이 있는 감리교인이었다. 윤치호는 개화파 지식인으로 갑신정변에 가담했다가 실패하자 미국 선교사들의 도움으로 미국으로 망명하여 유학 생활을 했고, 양주삼은 미국 유학 기간 동안 샌프란시스코 한인 감리교회

---

442) 「대한민국 인사록」 1950, 111, 132쪽.
443) 「차대의 지도자 총관」 [삼천리] 제4권 제3호. 1932. 3. 1.

를 세웠으며, 두 사람 다 훗날 기독교 민족지도자로 매우 잘 알려진 사람들이었다. 일제 말기 친일 경력으로 그들의 공로가 퇴색되고 말았지만, 1932년 당시는 물론이고 해방 후까지도 감리교단 내에서 이들은 상당히 존경받던 인물들이었다. (오늘날에도 감리교계 내에서는 이들의 친일 이력을 비판하지만, 다른 한편 이들이 감리교 역사에 공헌한 바는 인정한다.)

이동제 역시 감리교 대학인 컬럼비아 대학 외에 감리교 계통 대학인 '아스베리 대학'에서 수학한 적이 있음을 언급했었다. 당시 미국 유학생들 가운데는 감리교인들이 압도적으로 많았다. 그것은 당시 감리교가 민족운동에 가장 주도적이었기 때문이다. 다만 이동제는 감리교인이 아닌 침례교인이었다.[444]

그런데 미국에서 귀국한 후 이동제는 일제 강점기 대부분의 기간을 만주에서 보냈다. 여러 기록들은 그가 그곳에서 기독교계 민족지도자가 되기보다는 만주국의 신경중앙은행(新京中央銀行)에서[445] 은행원으로 근무했음을 언급하고 있다.[446] 그가 만주국의 신경중앙은행으로 간 것은 아버지 이명우가 지배인으로 재직했던 고향 함흥의 민족계열 금융기관 북선상업은행이 1933년 일제의 조선총독부 중앙은행이었던 조선상업은행에

---

444) 이 사실은 그의 딸 이상은의 자서전에서 언급되고 있다. 이동제는 미국에서 침례교인이 되었다고 한다.

445) 조선총독부가 설립을 주도했음에도 불구하고 만주국 신경중앙은행의 성격은 조선총독부 중앙은행이었던 조선상업은행의 그것과는 다소 다른 것이었다. 만주국을 일제가 세운 일종의 '괴뢰국'으로 보기도 하지만, 어쨌든 그 자체로는 일제에 합병당한 조선과는 달리 기술적으로 독립국의 지위를 유지하고 있었다. 신경중앙은행의 경우 조선총독부의 조선상업은행에 비하면 일제의 정치적 지배를 덜 받는 편이었다고 한다.

446) 「삼천리 기밀실 The Korean Black chamber」[삼천리] 제7권 제8호. 1935. 9. 1;「만주국에서 활동하는 인물」[삼천리] 제9권 제4호. 1937. 5. 1.

흡수 합병되었던 것과 무관치 않았던 것으로 보인다. 그곳에서 해방 전까지 그는 9년 정도를 근무했다.[447]

그가 정확히 언제 만주에서 귀국했는지는 확실히 알 수 없다. 아마도 그는 일본이 태평양전쟁을 일으켜 미국과 싸우던 시기인 1942-1943년즈음에 귀국했으며, 귀국 후 2년 정도 개인사업으로 목재업과 도자기공장 운영에 종사했던 것 같다.[448] 미국과 일본이 전쟁상태에 있던 시기에 그의 미국 이력은 만주의 신경중앙은행에서 직을 유지하는 데 걸림돌이 되었을 것으로 생각된다.

이상은의 자서전에 따르면, 이상은이 태어났던 1945년 6월, 해방 직전의 서울은 뒤숭숭했다. 미국의 융단폭격을 받은 일본의 동경과 여러 다른 도시들처럼 서울도 폭격을 당할 것이라는 우려로 일제는 서울에 소개령을 내려놓은 상태였다. 이상은은 해방 직전 일제 치하의 서울에서 이동제가 조선식량영단의 장관급 고위관료를 지냈던 것으로 묘사하고 있는데,[449] 이는 사실이 아니다. 만주중앙은행 직원이던 그를 일제가 갑자기 고위관료로 발탁할 이유가 없었다. 더욱이 그는 일본의 제국대학 출신이 아닌, 와세다 대학 출신이었으며 1941년 12월 8일 이후 전쟁 상태에 놓인 적국인 미국의 컬럼비아 대학 출신이기도 했기 때문이다. (그가 조선식량영단의 수장이 된 것은 해방 후 미군정 치하에서였다.)

---

447) 「대한민국 인사록」 1950, 111, 132쪽.
448) 「대한민국 인사록」 1950, 111, 132쪽.
449) Lee Bukaty, *Gracenotes: A Story of Music, Trials and Unexpected Blessings*. p. 21.

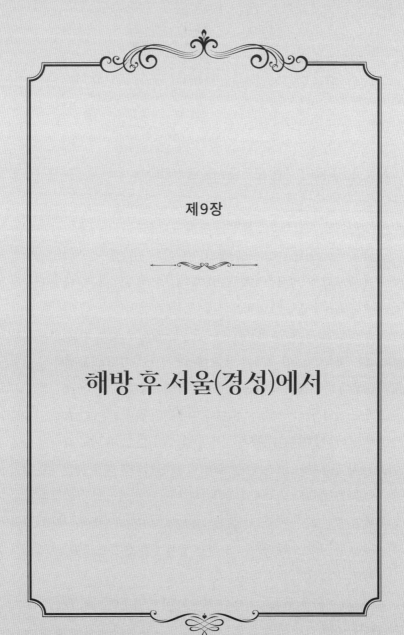

제9장

해방 후 서울(경성)에서

자유로운 미래를 위해 모두를 서울로 부르다

극히 일부를 제외하고는 해방을 환희와 기쁨으로 맞이하지 않은 한국인은 없었을 것이다. 해방과 더불어 이명섭도 귀국했다. 그런데 집안의 전승에 따르면, 이명섭은 1945년 해방 직후 가족들이 있는 평양 대찰리(大察里)로 귀국하지 않고 바로 서울(경성)로 들어왔다. 당시 상황을 감안하면 상당히 빠른 귀국이었다. 큰딸 이동혜의 기억에 따르면, 귀국한 이명섭은 한동안 어떤 호텔에 방을 배정받아 머무르며 미군정의 일을 도왔다. (후에 밝혀진 바로 이 호텔은 반도호텔이었다.)

그리고 이명섭은 가족들에게 연락하여 집안을 정리한 뒤 모두 서울로 오도록 했다. 정확한 이유는 알지 못한다. 아직도 그의 일이 끝나지 않았다고 생각했던 같고, 또 북한이 해방 후 곧 공산화될 것을 예견하고 있었던 것 같기도 하다. 중국에서 공산주의 이념을 받아들인 한인들과 많이 접촉했었지만 그는 공산주의자들을 불신하고 있었다. 오랜 시간 미국에서 자유민주주의를 경험했던 그는 가족들이 자유민주주의 체제 아래에서 살아야 한다고 믿었던 것 같다.

이명섭의 아들 이동철을 통해 전해진 이야기 가운데는 김두봉(金枓奉)과 관련된 이야기가 있었다. 김두봉은 이명섭이 상해에 있을 때 잘 알고 지내던 지인 가운데 하나였다. 김두봉은 이명섭과 마찬가지로 1930년대 초에 상해 프랑스 조계에서 안창호의 흥사단 하부조직 공평사에 소속되어 있던 인물이었다. 그런데 해방 직후 어느 날 김두봉은 이명섭에게 북한으로 가자고 제안했고, 이명섭은 이를 거절하며 그에게 공산주의자들은 신뢰할 수 없다는 말을 했다고 한다. 그 후 북한으로 간 김두봉은 '조선민주주의 인민공화국' 최고위직에 올랐으나 결국은 1958년에 김일성에게 숙청당했다.[450]

어쨌든 이명섭은 평양의 집에 살고 있던 가족들에게 전갈을 보내 즉시 서울로 이주하도록 했다. 이 당시 북한 지역에 있었던 가족들은 이미 '이상한' 분위기가 감돌고 있음을 느끼고 있었다. 이명섭은 우선 당시 평양 광성중학교에 다니던 아들 이동철부터 서울로 불러들였다. 아직은 어렸던 탓에 한 지인이 이동철을 대동해 주었고, 이 중학생 아들은 서울로 와서 아버지 이명섭을 만나 함께 지내기 시작했다. 중학생 이동철은 남과 북 사이에 그어진 경계선을 넘을 때 나름대로 익힌 영어로 미군 헌병과 간단한 인터뷰도 했다고 한다.

그리고 얼마 후 아내 최애래는 자신의 소유로 되어 있던 평양의 집을 처분하고 두 딸 동혜와 동화를 데리고 서울로 올라왔다. 마침내 온 가족이

---

450) 김두봉은 원래 한글학자였다. 1919년 3.1 운동 가담 후 일제에 쫓기게 되자 상해 프랑스 조계로 들어가 임시정부에 가담했다. 이후 인성학교에서 교편을 잡기도 했으나, 이동휘 등의 공산주의자들, 그리고 김원봉 등의 의열단과도 연계하여 독립운동에 투신했다. 주로 항일무력투쟁 쪽으로 방향을 잡았다. 한때 아나키스트 김진익과 활동하기도 했으나 김진익이 김두봉의 첩과 연인관계가 된 사실을 알고 결별했다. 해방 전까지 그는 김원봉이 이끄는 의열단이 중심이 된 조선의용군 지도부에서 활동했다. 해방 후에는 북한으로 귀국하여 김일성 대학 총장, '조선민주주의 인민공화국' 초대 국가수반이 되는 등 최고지도부에 있었으나 사실상 실권은 없었고, 김일성에 의해 1958년 숙청당한 것으로 알려진다.

해방된 땅에서 함께 살아갈 수 있게 된 것이다. 둘째 딸 이동화에 따르면, 최애래와 두 딸은 평양에서 서울로 들어올 때 진남포에 살던 큰이모 최신애(최애래의 언니)의 집에 가 있다가 밤에 고깃배 편으로 비밀리에 한강 포구를 통해 도착했다. 배에 탄 후로는 잡은 물고기를 넣어 두는 배 밑창에 숨어 있어야 했다. 최애래의 부모 최재동과 백선행은 이미 고인이 된 이후였다. 그들은 해방을 보지 못하고 세상을 떠났다.

최신애의 남편 박선제는 도산 안창호의 측근으로 미국과 상해 흥사단의 주요 인물이자 사업가였으며, 동시에 진남포의 비석리 감리교회에서 일시적으로 시무했던 목사였다. 그러나 흥사단의 주요 인물들 대부분이 일제에게 체포되어 투옥되었던 수양동우회 사건으로 투옥되었다가 풀려난 이후로 박선제는 목회보다는 주로 진남포과물흥업주식회사(鎭南浦果物興業株式會社), 국제 손해보험 등의 사업에 종사했다고 한다.

박선제·최신애 일가는 늦어도 1946년까지 진남포를 떠나 육로를 통해 모두 남한으로 내려왔다. 당연히 최애래와 두 딸들이 남한으로 내려온 것은 그 이전이었다. 장남 동철은 서울 중학교에 입학했고, 동혜는 이화여중에, 막내 동화는 덕수국민(초등)학교에 입학했다. 박선제는 회의차 서울에 내려왔다가 다시 북한 지역으로 올라가지 않고 대신 가족들을 서울로 불러들이는 방법을 택했다.

'나는 임시정부의 군자금 담당이었다'

장녀 이동혜의 이야기에 따르면, 해방 후 만난 아버지 이명섭은 이미 기력이 많이 쇠한 상태였고, 건강이 매우 좋지 않아 보이는 노인의 모습이었다. 그러나 키가 크고 마른 체형에 온화하고 서구식 예법이 몸에 밴 신사의 품위를 가지고 있었다고 그녀는 기억했다.

이명섭은 꼼꼼하고 주의 깊은 사람이었다. 미국과 중국에서 독립운동을 벌인 유명한 사람들이 일본의 정보망이 도처에 있음을 알면서도 그토록 많은, 그럴싸한 사진들을 찍고 자신들의 기록을 남길 때, 그는 사진도 기록도 잘 남기지 않았다. 그가 거처간 곳의 타인들이 남긴 단편적인 기록들만이 그의 존재와 흔적을 뚜렷하게 알려 주었다. 상해에 체류하는 동안 국내의 가족들이 있는 평양 집에 왔을 때는 거의 바깥출입을 하지 않았다고 한다.

그는 자신이 무슨 일을 했는지, 어떤 삶을 살았는지 어린 두 딸들에게는 거의 말해 주지 않았다. 아마도 말해 주기 어려웠던 것 같다. 어머니 최애래도 그 질문에는 잘 답변을 해 주지 않았다고 한다. 해방이 되고 나서야 비로소 이명섭은 다시 만난 사춘기 소년 아들 동철에게 미국에서와 상해에서의 중요한 이야기들을 틈틈이 들려주었다. 그리고 아들 이동철은 아버지 이명섭이 자신의 이야기를 들려주며 자신이 임시정부의 '군자금 담당'이었다고 말했던 것을 분명히 기억하고 있었다.

가족에게로 돌아온 이명섭은 특별히 가진 재산도 없었다. 그랬기에 가족 부양을 담당한 이는 여전히 아내 최애래였다. 피아니스트로 평양에서 계속 경제 활동을 했던 최애래는 광성중학교(고등보통학교)와 남산현 감리교회 등이 있던 평양 대찰리에 가옥 한 채를 장만해 살고 있었는데, 서울로 이사하느라 이를 경제적으로 어려운 외삼촌에게 헐값(반값)에 팔았고, 사실상 이것이 이들이 가진 재산의 전부였다. 그러나 최애래는 매우 생활력이 강하고 활동적인 전형적인 평안도 여성이어서 서울에서도 어떻게든 가족들을 부양해 갔다.

해방 후의 날들

• 미군정 고문 및 통역으로

일본어는 몰랐지만 미네소타 대학 졸업생으로 영어를 유창하게 구사했던 이명섭은 미군정에서 고문 및 통역도 했다고 한다. 장녀 이동혜는 이 시절 아버지 이명섭이 늘 밖에서 누군가를 만나고 늦게 돌아오곤 했고, 정확히 누구를 만나고 무슨 일을 했는지는 몰랐지만 매우 바빠 보였다고 했다. 이동혜와 최애래의 언니 최신애의 막내딸이었던 박남례는 그가 영어를 매우 잘했으며, 상해에서 귀국한 후 숙식을 제공받으며 반도호텔에 머물렀다는 사실을 기억하고 있었다.

1938년에 일본인 사업가가 지은 지상 8층 규모의 반도호텔은 본래 1-5층은 임대 사무실로, 6-8층은 호텔로 사용했다고 한다. 1945년 해방 당시 미군정은 서울은 물론이고 전국에서 가장 큰 호텔이었던 이 반도호텔을 접수하여 미군정 사령관 하지 중장(Lt. Gen. John R. Hodge)의 숙소 및 집무실을 비롯한 사령부 요인들의 주요 숙소 및 업무 공간으로 사용했다.[451]

이명섭 또한 이 호텔에 숙소와 집무실을 받아 일을 했다. 큰딸 이동혜는 이 무렵 아버지 이명섭과 함께 서울의 한 서양 식당에서 함께 식사했던 기억을 아버지에 대한 추억으로 간직하고 있었다. 그러나 이미 노쇠하고 건강이 악화되어 있었던 그는 이 일을 오래 하지는 못했고, 이것이 그의 생애 마지막 일이었다.

---

451) 「조선호텔에서 쫓겨난 일본인이 화나서 지었다는 그 호텔」[중앙선데이] 2017. 7. 9. (인터넷판).

미군정의 고문 및 통역 일은 골치 아픈 일들이 많았다. 주로 미국 유학 경험이 있는 사람들로 영어에 능통한 사람들이 이 일을 했는데, 그 가운데는 훗날 이명섭의 큰딸 이동혜의 시아버지가 될 정남수 목사도 있었다. 어린 시절부터 도산 안창호와 가까웠던 그는 하지 중장의 통역을 맡았었으나 일이 적성에 맞지 않아 3일 만에 그만두었는데, 그의 진술에 따르면 당시 미군정 사무실에는 수많은 사람들이 이권과 관련하여 몰려들었고, 이 과정에서 숱한 거짓말과 중상모략이 난무했다고 한다.[452]

미군정에서의 일이 우리가 알고 있는 이명섭과 맞지 않았으리라는 것은 분명했다.

• 이승만 및 김구와의 관계

아들 이동철에 따르면, 이명섭은 이승만 정부 초대 내각의 장관 자리를 제안받았으나, 3개월 이상 임명이 지연되더니 그 자리가 다른 사람에게 돌아갔고, 이명섭에게는 일본인이 운영하던 서울 성수동의 한 양말 공장을 인수하면 어떻겠느냐는 새로운 제안이 들어왔다고 한다. 그러나 이명섭은 이를 불쾌하게 여겼고 받지 않았다. 받을 수도 없었다. 이때 이명섭에게는 이를 인수하여 운영할 재산이 없었기 때문이다.

이명섭은 이승만에 대해 비판적인 편이었고, 권력 욕심이 강했던 인물로 평가했다고 한다. 사실 일제 강점기 동안 미국 본토에서 활동한 한인 동포들은 하와이의 이승만에 대해 비슷한 평가를 내리는 사람들이 많았던 것 같다. 미국 본토에서는 확실히 안창호의 영향력이 더 컸다.

이명섭이 사업을 하던 프랑스 조계 나배덕로의 상가 근처에는 당시 대

---

452) 김영백『한국의 빌리 선데이 정남수 목사』서울: 도서출판 나사렛. 2002, 126-127쪽.

한민국 임시정부가 있었다. 이명섭의 아들 이동철은 해방 후 자신이 중학교 6학년(지금의 고등학교 3학년) 때 집에 백범 김구가 한 번 아버지 이명섭을 찾아왔고, 그의 친필서명이 적힌 얇은 책 한 권을 아들인 자신에게 주었다고 증언했다. 그의 십 대 시절의 일이다. 그에 따르면, 당시 김구는 이명섭의 이름이 그 책에 언급되어 있다고 말했다고 한다. 전쟁과 피난의 와중에 많은 것들이 분실되어 이를 확인할 길은 없다. 물론 이 책도 분실되었으며, 이동철은 그 책의 제목을 기억하지 못했다.

(우리는 김구가 저술한『백범일지』와『도왜실기』를 살펴보았다. 두께가 얇았다는 언급으로 미루어『도왜실기』가 더 타당해 보였으나, 두 책 모두에서 이명섭이라는 이름을 발견하지는 못했다. 이명섭이 다른 많은 한인들처럼 상해에서 가명을 썼는지의 여부도 알 길이 없었다.)

• 백일규와의 재회?

해방 직후 이명섭은 가족들이 살고 있던 평양이 아닌, 서울로 바로 들어왔다. 그 시대를 기억하는 집안의 어른들은 이구동성으로 그가 해방 직후인 1945년 후반즈음에 서울로 들어왔다고 말했다. 그는 60대 초반에 접어들어 있었다.

미국에 남았던 백일규는 말년에 사회주의적 성향을 가진 한인 유학생들의 입장에 동조하는 진보적 경향을 보여 미주 한인사회 및 오랜 기간 주필을 맡았던 [신한민보]와도 다소간 소원한 관계가 되었는데, 해방 후에는 미국 내 사회주의 성향의 한인들이 결성한 민족혁명당에서 창간한 신문인 [독립]의 주필을 잠시 맡기도 했다. 그 후 1947년부터 1948년까지는 하와이 [국민보]의 주필이 되어 2년 동안 그 일을 맡았다.[453] 이 기간 동안 그는 네브라스카 한인소년병학교의 옛 친구들인 김현구, 신태규, 이명섭, 남정헌 등을 만나 회포를 풀고, 주말마다 많은 국민회 친구들의 초청을 받으며 즐거운 시간을 보냈다고 한다.[454]

해방 후에 이명섭이 미국 본토나 하와이를 방문할 여력은 없었을 것으로 보인다. 집안 내에서 해방 후 그가 미국을 방문했었다는 이야기는 전해진 적이 없다. 백일규와의 재회가 이루어졌을 가능성은 충분히 있으나, 그 시점과 장소가 어디였을지는 알 수 없다.

• 해방 후 서울에 모인 가족들의 어려운 생활

모든 재산을 정리하고 고향 평양을 떠난 최애래는 남편 이명섭과 서울에서 재회했다. 누구보다 아버지를 그리워했던 아들 동철은 먼저 서울로 내려와 이명섭과 함께 지내기 시작했고, 곧이어 최애래와 두 딸 동혜, 동화도 서울로 내려오며 비로소 온 가족이 한자리에 모이게 되었다.

그러나 사실 이 무렵 이명섭·최애래 부부와 세 자녀들의 서울 생활은 결코 쉽지 않았다. 이명섭의 건강은 상당히 좋지 못한 상태였고, 거주할 집도 마땅치 않아서 최애래의 두 여동생 집과 이명섭의 조카 이동제의 적산가옥을 옮겨 다니며 신세를 져야 했던 때였다. 북한 지역에서 피난해 온 이주민들이 대거 몰리며 서울의 집값은 치솟았고, 인플레이션이 발생하며 물가도 함께 올라갔다. 평양의 집을 팔아 마련해 온 돈으로 서울에서 집을 구하는 것은 불가능했다.

---

453) 홍선표『재미한인 독립운동을 이끈 항일 언론인 백일규』서울: 역사공간. 2018, 149-155쪽.
454) 안형주『박용만과 소년병학교』407쪽.

모든 가족들이 서울에서 모였을 때 처음에는 거할 곳이 마땅치 않았다. 그런 이들에게 때마침 서울대학병원(육군병원) 외과 의사였던 남편 전성관을 따라 서울에 살던 최애래의 막내 여동생 최민례 부부가 자신들이 살던 관사의 방 하나를 내주어 살게 해 주었다.

그 후에는 마찬가지로 결혼 후 서울에 살던 동생 최신명 부부가 내준 그들의 관사에서 방을 얻어 지내기도 했다. 당시 최신명의 남편 김수관은 철도국에 근무했던 토목기사였고, (훗날 그는 교통부 국장을 지냈다.) 그래서 그의 가족들은 용산에 있던 철도국 직원용 관사에 살고 있었다. 이들 두 여동생들은 결혼 후 남편을 따라 해방 전부터 이미 서울에서 살고 있었다.

그리고 마지막에는 이명섭의 조카 이동제가 이승만 정부로부터 얻은 충정로의 큰 적산가옥에 들어가 살게 되었다. 그리고 머지않아 6. 25 전쟁이 터졌다. 이명섭·최애래의 장녀이자 당시 이화여고생이었던 이동혜는 이 시기를 자기 인생의 가장 힘들고 어려웠고 생각하고 싶지 않은 때로 꼽았다.

독실한 기독교인이자 영어에 능통했던 최애래는 개신교 선교사들과 친분이 두터웠다. 회화는 물론이고 영문 작성에도 뛰어나 선교사들은 그녀에게 일정한 비용을 지불하며 선교사들의 외환 환전 업무를 맡겼고, 이 일은 당분간 그녀와 가족의 중요한 수입원이 되었다. 특히 감리교 선교사 사우어(Charles August Sauer)의 도움이 컸다.

아내 최애래의 구국기도단

해방 후 마땅한 거처도 없는 서울 살이가 매우 어려웠지만 물론 그렇다고 집 안에만 머물러 있을 최애래는 아니었다.

미·일 관계가 악화되며 미국무성과 미감리교회 선교부의 지시에 따라 1940년에 한국을 떠났던 쿠퍼 선교사는 1947년 6월에 다시 한국으로 돌아왔다. 그러나 소련군이 진주한 북한 지역으로는 다시 들어갈 수 없었다. 따라서 그녀는 일단 서울에 머물렀고, 그해 10월 초, 원래 원산에서 열었던 보혜성경학원을 서울 충정로에 있던 구감리교 협성 여자신학교 건물에서 다시 시작했다.

때마침 상해에서 귀국한 남편 이명섭과 함께 서울에 내려와 살고 있던 최애래도 이때 동생 최신명과 함께 보혜성경학원에서 학생들을 가르치는 일을 맡았다. 그러나 보혜성경학원의 교사 일은 1950년 6월 25일에 전쟁이 발발하면서 더 이상 할 수 없었다.[455]

한편 쿠퍼 선교사는 북한 지역에서 남으로 피신해 온 부인들이 중심이 되어 조직한, 나라를 위해 기도하는 모임인 구국기도단을 적극적으로 돕기 시작했다. 초창기 감리교 신학대학 교수로서 쿠퍼 선교사와 오랜 동료 관계이기도 했던 이호운은 이 기도단의 목적과 성격을 이렇게 서술했다.

> "공산정치에 참다못해 견딜 수 없어서 남한으로 쫓겨 온 피난민들은 가진 고생을 하는 중에 고향을 그리워하는 정을 잊지 못하고 또 어서 하루 속히 통일된 자유로운 나라가 건설되기를 간절히 바라는 마음으로 부인들 간에 그 일을 위하여 옛적 파사에 살던 유대 백성이 에스더의 부탁을 받아서 금식하고 기도한 것처럼 하나님께 기도드리자고

---

455) 이호운『주께 바친 생애: 쿠퍼 목사 전』187-188쪽.

모이기 시작한 단체이다."[456]

그런데 이러한 기도단을 처음 제안하고 시작했으며 그 단체의 회장을 맡아 '지금까지'(1960년) 지도하며 이끌어 온 이가 이명섭의 아내 최애래였다. 이호운은 이를 이렇게 기록했다. (이호운은 최애래를 '최애내'라고 쓰고 있다. 다른 기록에서는 '최애나'라 하는 경우도 있는데,[457] 이는 그녀가 미국 선교사들 사이에서 '애나'라는 영어식 이름으로 통했기 때문이다. 이 때문에 어떤 기록에서는 '최애라'라 쓴 경우도 있다.)

> "그런데 이 기도단을 시작하자고 발론하고 또 이 단체의 회상이 되어
> 지금까지 지도하고 있는 이는 최애내 씨며 기도단이 신령하고 힘 있
> 게 움직이기는 평생을 통하여 깊은 기도생활을 하시었고 은혜 충만
> 하신 쿠퍼 목사님의 도움이었다."[458]

구국기도단의 목적에 대한 이호운의 서술 가운데 '자유로운 나라'라는 표현이 눈에 띈다. 최애래를 비롯한 실향민들이 공산주의 통치 아래 놓인 북한 지역에서 빼앗겼던 것은 **자유**였고, 그래서 그것이 있는 고향을 되찾고 싶어 했던 것이다. 북한 지역에서 피난해 온 이들은 서울에서 힘든 생활을 이어 가고 있었다. 그러나 그들의 기도모임은 자신들의 생활이 더 나아지거나 이생의 축복받는 것이 아닌, 위기에 처한 나라를 구하기 위한 기도에 가장 큰 비중을 두고 있었다.

---

456) 위의 책 194쪽.
457) 왕매련『한국에 온 그리스도의 대사 케이트 쿠퍼』159쪽.
458) 위의 책 같은 쪽.

최애래는 쿠퍼 선교사에게 기도단 모임 시 성경을 가르쳐 주고 예배를 인도해 달라고 부탁했고, 쿠퍼 선교사는 이를 흔쾌히 받아들였다. 첫 모임은 1947년 10월 5일 충정로의 감리교 신학교 건물 기도실에서 23명의 회원들이 모인 가운데 시작되었고, 단장이었던 최애래는 이 첫 모임의 사회자로 모임을 이끌었다. 쿠퍼 선교사는 예배에서 설교를 하고 기도회 후 성경을 가르쳤는데, 전체 모임 시간은 매주 화요일과 목요일에 오후 1시 30분부터 두 시간 반 또는 세 시간 정도 이어졌다. 시작한 지 얼마 되지 않아 단원의 수는 130여 명으로 늘었고, 매번 참석하는 인원이 70-80여 명에 달했다.[459]

구국기도단 모임: 뒷줄 좌로부터 첫 번째가 **최애래**, 세 번째가 **쿠퍼**,
네 번째가 **최신명**, 여섯 번째가 **최신애**, 일곱 번째가 **최민례**

최애래가 조직한 구국기도단의 단원들은 피난지였던 부산에서도 모여 지속적으로 기도모임을 가졌으며, 서울이 완전히 수복되어 민간인의 서

---

459) 위의 책 197-198쪽.

울 복귀가 허용된 1953년 가을에는 서울 냉천동의 감리교 신학대학에서 다시 모이기 시작했다. 이후 다시 서울 충정로 건물로 옮겨 모임을 지속했다. 전쟁 때문에 일본 히로시마로 잠시 철수했던 쿠퍼 선교사도 1952년 즈음 다시 한국으로 복귀하여 부산 피난지에서부터 기도단과 함께했다. 이호운의 보기에 쿠퍼 선교사는 성경 지식이 해박했으며, 성경 해석에 있어서는 '약간 보수적'인 경향을 띠었다고 한다.[460]

구국기도단의 활동은 단순히 기도와 성경공부에 국한되지 않았다. 회원들은 시간이 허락되는 대로 전도 활동을 벌였고, 여러 곳에서 성경을 가르치기도 했다. 그리고 자신들의 생활도 넉넉지 않은 가운데도 매달 회비를 모아 가난한 이들을 구제하고 고아원과 감옥을 방문하여 고아들의 자립을 돕고 매인 바 된 이들을 위로했다.[461]

이미 은퇴할 나이가 지난 쿠퍼 선교사는 미국 감리교 선교부의 지침에 따라 1957년에 공식적으로 한국을 떠났다. 마지막으로 그가 일했던 감리교 대전 신학교 학생들과 구국기도단의 단장 최애래 등이 미국 감리교 선교부에 편지를 띄워 쿠퍼 선교사의 직무 연장을 요청하기도 했으나, 미국 감리교 선교부는 정성스러운 답변을 통해 그것이 불가함을 통보해 주었다. 이는 최애래가 받은 영문 편지의 내용을 통해 잘 소개되었다.[462]

최애래와 기독교 조선감리회 여선교회

최애래의 자녀들은 그녀가 결코 집안에 머물러 있는 체질이 아니었다

---

460) 위의 책 199-201쪽.
461) 위의 책 202쪽.
462) 위의 책 240-244쪽.

고 이구동성으로 이야기했다. 남편 이명섭도 이를 막지 않았다. (아마도 막지 못했다고 하는 것이 더 정확할 듯하다. 그가 기독교 신앙을 깊게 받아들였는지의 여부는 확인할 수 없었는데, 해방 후 교회에 출석한 적은 거의 없었다고 한다.) 일제 강점기 당시에도 현대식 고등교육을 받은 북한 지역 출신 여성들은 사회적으로 상당히 활발하게 활동했다. 이는 확실히 북한 지역 여성들의 강인하고 독립적인 기질과도 관련이 있었다.

언제부터인지는 정확히 알 수 없으나 최애래는 감리교 여선교회 임원으로 활발하게 활동했다. 최애래뿐 아니라 그녀의 언니인 최신애와 동생인 최신명 또한 그러했다. 최애래가 감리교 여선교회 활동을 시작한 것은 아마도 상해에서 귀국한 이후였을 것이다.

한국의 감리교회는 1930년에 미국 감리교회로부터 독립하여 기독교조선감리회로 재탄생하였다. 이에 따라 미국 선교사들은 한국 교회의 후원자 역할을 하게 되었고, 교단은 한국인 교회 지도자들이 실질적으로 이끌어 가기 시작했다. 그런데 1940년대에 들어서며 일제의 교회 탄압이 극에 달하여 명망 있던 감리교 교회 지도자들 상당수가 자의든 타의든 친일부역의 길로 들어서고 말았다. 그중에는 조선감리회 초대 총리사 양주삼과, 최애래의 이화학당 동문이자 초대 이화여대 총장을 지낸 김활란도 있었고, 박인덕도 있었고, 최애래와 친분이 깊었던 평양 출신 황신덕도 있었다.

특히 황신덕은 해방 후 미군정으로부터 불하받은 북아현동 땅에 중앙여중·고와 추계 예술전문대학을 세운 교육자이기도 했는데, 훗날 최애래도 북아현동에 살게 되면서 사실상 가까운 이웃으로 지내기도 했다. (최애래는 추계학원 행사에 늘 초청받곤 했다.) 황신덕의 경우, 민족운동은 물론이고 독립운동까지 활발하게 행했던 인물이었으나 저명한 지도자들에 대한 일제의 집중적인 회유와 협박의 대상이 되어 결국은 굴복하고 말 았다.

최애래는 박마리아 같은 노골적인 친일 인물들에 대해서는 단호히 거리를 두었으나, 조선감리회에 공헌이 컸던 양주삼 목사나 추계학원의 황신덕 같은 이들에 대한 입장은 확실히 달랐다. 훗날의 과실은 과거의 공로가 크다면 이를 감안하여 판단할 수 있다는 것이 그녀의 생각이었다. 그래야 통합이 가능하다고 믿었기 때문이다. 그녀는 나라와 교회의 재건을 위해 통합이 우선이라 생각했다.

이러한 생각은 최애래와 다른 감리교 여선교회 임원들이 해방 후 반민족행위특별조사위원회의(이하 반민특위) 재판에 회부된 양주삼 목사에 대한 관대한 처분을 청하며 반민특위 위원장에게 낸 '진정서'에 잘 반영되어 있다.

양주삼의 죄목은 친일로 변절한 다른 기독교 지도자들처럼 태평양전쟁 기간 동안 조선 청년들이 일본제국군에 입대하여 전쟁에 나가는 것을 독려하고, 일본과 전쟁을 벌이는 미국과 영국을 반대하는 글을 여러 차례 기고함으로써 일제에 부역한 것이었다. 이로 인해 그는 1948년 3월 반민특위에 의해 구속되었었다. [463]

흥미로운 것은 1949년(단기 4282년) 4월 2일 자로 반민특위 위원장에게 제출한 이 메모 형식의 짤막한 진정서에 이름을 올린 9명의 '기독교여선교회 임원' 명단 가운데 최애래(최애나)는 물론이고 동생 최신명과 언니 최신애의 이름도 있다는 점이다.

---

463) 임종빈 「양주삼」 [한국민족문화대백과사전] 1997. (인터넷판); 이은희 「양주삼(梁柱三)」 [한국민족문화대백과사전] 2017. (인터넷판).

이들 9인의 감리교여선교회 대표들이 1949년 4월 2일에 이와 같은 진정서를 제출한 것은 바로 3일 전인 1949년 3월 30일에 있었던 '재건파'와 '복흥파'의 '무조건 통합' 원칙 수용[464]과 관련이 있었다.

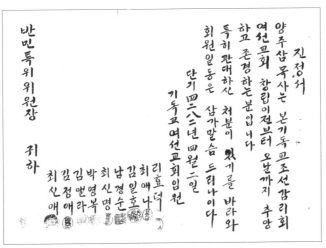

기독교여선교회임원 진정서[465]

이에 대한 배경 설명을 잠깐 해 보기로 하자. 해방 후 감리교회는 교회 지도자들의 친일 부역 문제 때문에 이른바 '재건파'와 '복흥파'로 크게 분열되어 있었다. 1939년부터 1945년까지의 기간 동안 조선감리회는 사실상 일제의 통제하에 놓이게 되었고, 일제에 부역하는 목사들이 교단과 많은 교회들을 실질적으로 장악했으며, 궁극적으로는 일본 기독교에 흡수

---

464) 이덕주 외 『한국감리교회사』 347쪽.
465) 이효덕 외 「양주삼 반민족행위특별조사위원회 자료, 진정서」 [한국사데이터베이스] 국사편찬위원회. (인터넷판).

되어 자기 정체성을 상실했다.[466]

해방 후에 일제에 저항하고 핍박을 받은 목사들은 그 기간 동안 있었던 감리교단의 모든 공식 조직을 공백으로 간주하고 친일 부역 목사들을 출교시키며 새로운 감리교 조직을 구성하려 했는데, 이들이 중심이 된 '재건파'와, 기존의 조직의 연장선상에서 감리교단을 다시 일으킬 것을 주장한 '복흥파' 사이에 큰 분열과 대립이 발생했다.[467] 논리적으로는 '재건파'의 주장이 옳았다. 그리고 조선감리교단을 일본교단에 편입시키는 데 앞장섰던 정춘수와 몇몇 목사들은 출교되었다.

그러나 4년 동안의 분열과 혼란의 시기를 거치며 교단과 교회가 처하게 된 현실은 '통합'을 우선에 두는 방향으로 교단을 이끌었다. 교회 지도자들이나 평신도들 다수가 신사참배나 창씨개명 같은 소극적 '굴복'의 문제로부터 완전히 자유롭지는 못했던 것도 한 이유가 되었다.[468]

그리고 통합의 또 다른 중요한 한 요인은 미국 선교사들의 입장이었다. 태평양전쟁이 미국의 승리로 끝이 나며 한국이 일제로부터 해방된 후 미국 선교사들도 다시 한국으로 돌아올 수 있었는데, 이들은 대부분 친일로 변절한 감리교 지도자들을 응징함으로 교단이 분열되는 것보다는 통합을 지지하는 입장을 취했다.[469]

미국과 전쟁을 벌이는 일본을 위해 글을 쓰고 강연을 했던 이들에 대해 미국 선교사들이 보인 관용적인 태도는 확실히 통합에 힘을 실어 주었다.

---

466) 위의 책 328-335쪽; 유동식『한국감리교회의 역사 1884-1992 II』서울: kmc, 2005, 655-685쪽.
467) 이덕주 외『한국감리교회사』344-347쪽; 유동식『한국감리교회의 역사 1884-1992 II』 698-707쪽.
468) 이덕주 외『한국감리교회사』327-328쪽.
469) 위의 책 347쪽.

그것은 기독교 신앙의 중요한 가치 중 하나인 '용서'의 정신에서 비롯된 것이기도 했다.

감리교단의 목사들이 양쪽으로 분열된 가운데 '통합'을 위해 나선 이들은 평신도 지도자들이었다.[470] 최애래와 그녀의 자매들이 그 중심에 있었던 당시의 감리교 여선교회 또한 '재건파'와 '복흥파'의 갈등에서 중립의 입장을 취했으며, 이 통합의 과정에서 나름대로 역할을 했던 것으로 보인다.[471]

어쨌든 최애래와 그녀의 자매들이 이름을 올린, 반민특위 위원장에게 양주삼에 대한 '관대한 처분'을 탄원하는 여선교회 대표들의 진정서는 이러한 감리교단 통합의 맥락에서 이해될 수 있을 것이다.

그리고 양주삼의 아내였던 양매륜(김매륜)은 최애래와 그녀의 언니 최신애가 졸업한 일본 갓스이(活水) 여자대학의 선배였다. 어쨌든 이런 저런 이유들로 최애래와 그녀의 자매들과 양매륜은 가까운 사이였다.

한편 최애래와 그녀의 자매들에게 양주삼 목사는 또 다른 의미가 있었는데, 그것은 그들이 존경했던 쿠퍼 선교사에게 목사직 안수를 행한 사람이 그였기 때문이다. 양주삼이 1930년에 조직된 기독교조선감리회의 초대 총리사(감독에 준하는 직위)가 되면서,[472] 그에게 목사직 안수의 권한

---

470) 위의 책 같은 쪽; 유동식 『한국감리교회의 역사 1884-1992 II』 707쪽.

471) 유동식의 위의 책 707쪽은 [조선감리회보] 1949. 4. 15. 2쪽을 인용하며 '통일전권위원회'의 위원 명단을 열거했는데, 여기에 '최애라'라는 이름이 발견된다. 아마도 이 '최애라'는 당시 여선교회 임원이었던 '최애나' 즉 이명섭의 아내 '최애래'였던 것으로 보인다.

472) 유동식에 따르면, 당시 처음 출범한 조선감리회는 '자치권'은 가지고 있었으나 아직 미국 감리교회로부터 재정 지원과 선교사들의 도움을 필요로 하는 상황이었으므로 완전히 독립된 교회는 아니었으므로, 교회의 최고 수장에게 '감독'(bishop)이라는 직명 대신 '총리사'(general superintendent)라는 직명을 부여했다고 한다. 유동식 『한국

이 주어졌고, 1931년 개성에서 열린 기독교조선감리회 제1회 연합연회 (총회)에서 양주삼은 한국에서 사역 중인 14명의 미국 감리교 여성 선교 사들에게 목사직 안수 예식을 행했다. 이때 쿠퍼 선교사도 그들 중에 포 함되어 있었다. 이들은 한국인 총리사에게서 안수받는 것을 기쁘게 받아 들였다.[473]

쿠퍼가 세운 보혜성경학원의 교사들이 여선교회 임원들과 마찬가지로 양주삼에 대한 너그러운 처분을 간청하는 아래와 같은 진정서를 1949년 4월 4일 자로 반민특위 위원장에게 제출한 사실도 이러한 맥락에서 이해 될 수 있을 것이다. 이 진정서를 제출한 네 명의 교원들 명단 첫 머리에 최 애래의 동생 최신명의 이름이 적혀 있다.

한국의 청년들에게 태평양 전쟁에 일본군으로 참전할 것을 독려하고 미·영 연합군에 반대하는 글을 썼던 양주삼에 대해 그를 아는 미국 선교 사들은 그의 나약함을 아쉬워했을지언정 비판하거나 정죄하지는 않았던 것 같다. 당시 감리교회 성도들 또한 그가 일제 말기에 쓴 친일 부역의 정 치적인 글들보다는 그가 목사로서 수행했던 기독교 사역들을 더 기억했 던 것으로 보인다.

최애래의 아들 이동철은 자신의 어린 시절, 양주삼이 국제선교대회 참석 차 성지 이스라엘의 예루살렘을 방문하고 돌아온 후 교회에서 성지에 관 한 강연을 행하며 들려준 '감람산 이야기'를 인상 깊게 기억하고 있었다.

경제적으로 풍요롭고 유능한 인재가 넘치는 지금과는 달리, 해방 직후 한국 사회는 가난 속에서 반목과 대립과 분노와 증오는 넘쳤으나 산적한

감리교회의 역사 1884-1992 I』서울: kmc. 2005, 513쪽.
473) 이호운『주께 바친 생애: 쿠퍼 목사 전』135-136쪽.

진 정 서

양주삼 총리사는 조선감리교회의 원훈으로서
일제시대로부터 오늘날까지 조선교회와 조선
겨레를 위하야 노심초사 하신 분입니다
앞으로도 조선교계를 위하야 크게 활동
하신 분이오니 깊이 통찰 하시와 너그러히
처결하야 주시옵소서

단기 4282년 4월 4일
기독교 감리회 보혜성경학원
교원 최 신 명
같은 전 태 진
같은 허 희 숙
같은 최 영 회

반민특위 위원장 귀 하

기독교 감리회 보혜성경학원 진정서[474]

문제들을 해결할 인재는 드물었던 시대였다. 언제까지나 싸우기만 할 수는 없었다. 그랬기에 그 모든 것에도 불구하고 사람들은 우선 현실의 필요가 요구하는 통합의 길을 택했다.

아이러니하게도 오늘날 우리가 과거를 돌아보며 그 시대의 지도자들을 비판적으로 평가할 수 있는 것은 그때 그러한 통합을 택하여 오늘의 대한민국을 일구어 낼 수 있었기 때문이다. 올바른 비판은 공(功)과 과(過)의 사실 관계를 최대한 한쪽에 치우침 없이 분명히 밝히는 것에서 시작된다.

---

474) 기독교 감리회 보혜성경학원 교원 외 「양주삼 반민족행위특별조사위원회 자료, 진정서」[한국사데이터베이스] 국사편찬위원회. (인터넷판).

과(過)가 있었던 그 시대의 지식인들을 '우리' 안에 포함시켰던 이전 세대들은 오늘의 지식기반 사회를 만들었고, 이를 누리는 후대는 이제 그들의 공과 과를 보다 객관적으로 평가할 수 있게 되었다.

1949년 3월에 구속되었던 양주삼은 그해 4월에 기소유에 처분을 받고 풀려났다. 그러나 1950년 6.25 전쟁 초인 8월에 서울을 점령한 북한 공산군에게 체포되어 납북되었고, 그 이후 목숨을 잃은 것으로 추정된다.

미군정과 이승만 정부 치하에서의 이동제

• 미군정 치하 조선생활품영단 지배인

해방 직후 이동제는 미군정 치하에서 바로 요직에 발탁되었다. 미군정은 1945년 9월 30일에 그를 조선생활필수품회사의 지배인으로 임명했는데, 이 기관은 일제 말 조선총독부의 식량수급통제기관이었던 조선식량영단을[475) 접수하여 명칭만 바꾸고 당분간 그 기능을 유지시킨 것이었다.

---

475) 조선식량영단(朝鮮食糧營團)은 1943년 10월 15일 일제 총독부가 조선의 식량통제를 관리하되 태평양과 중국 전선에서 심화되고 있는 전쟁에 총력을 기울이는 데 도움이 되도록 하기 위해 기존의 조선미곡시장주식회사(朝鮮米穀市場株式會社)와 13개 도양곡주식회사(道糧穀株式會社)를 하나의 기관으로 통합하며 신설된 것이다. 따라서 조선식량영단은 주요 식량의 수집과 배급은 물론 원료 조곡(粗穀)의 불하, 도정, 가공에 이르기까지 양곡 유동을 일원적으로 담당했는데, 모든 종류의 곡식뿐 아니라 곡류의 가공품, 면류, 빵 등에 이르기까지 모든 주요 식량의 매입, 매도, 가공, 저장, 유통, 배급의 전 과정을 통제했다. 생산자나 지주가 식량을 정부에 매도하려면 반드시 총독부를 대행하는 조선식량영단에 위탁하여 매도해야 했고, 총독부는 이 영단으로부터 매입한 식량 전체를 다시 영단에 불하했고, 영단은 총독부의 배급 계획에 따라 소비자에게 배급했다. 여기에는 수출과 군납 및 비상용 비축식량까지 포함되었다. 이러한 조선식량영단의 독점적 식량통제는 1945년 8월 15일 해방 때까지 지속되었으며, 이로 인해 시장에서 식량을 자유롭게 거래하는 일은 사실상 어려웠고, 따라

이 기관의 감리관은 미군의 영관급 장교가 맡았다. 이는 재조선미국육군사령부군정청의 「임명사령 제7호 1945년 09월 30일」 기록을 통해 확인되었다.[476)]

1946년 2월 이 기관은 조선생활품영단으로 그 명칭이 바뀐 것으로 보이고, 이동제는 계속 이 기관의 이사장직을 맡았다. 1947년에는 조선생활품관리원 원장을 지낸 것으로 기록되어 있다.[477)] 그런데 해방 후에도 일반적으로는 일제 강점기의 명칭이 익숙해서인지 이 기관을 '식량영단'이라 부르는 경우가 많았던 것 같다. (가족들도 '식량영단'이라는 명칭으로 기억했다.)

1945년 12월 19일 서울운동장에서 열린 「임시정부 영수 환국 전국환영회 명부」의 교섭부 명단 가운데 이동제(李東濟)의 이름이 발견되는데, 이 사람이 조선생활품영단의 이동제였을 것으로 보인다.[478)]

미군정은 군정 치하에서 일할 관리를 선발할 때 독립운동이나 친일 경력의 유무보다는 공산주의자를 배제하는 것을 더 중요한 원칙으로 삼았고, 이러한 원칙은 1948년 자유민주주의 체제의 대한민국 수립과 더불어

서 곡류거래를 주업으로 하던 상인들의 경제기반도 사라지게 되었다. 송순 「조선식량영단」 [한국민족문화대백과사전] 2016. (인터넷판).

476) 「재조선미국육군사령부군정청 임명사령 제7호 1945년 09월 30일」 [자료대한민국사 제1권 1945년]. (인터넷판).

477) 「대한민국 인사록」 1950, 111, 132쪽.

478) 「임시정부 영수 환국 전국환영회 명부」의 경호부(警護部) 명단 가운데는 이용준(李容俊)이라는 이름도 나오는데, 확실치는 않지만 이 인물이 1931년 12월 상해 프랑스 조계에서 이동제의 삼촌 이명섭과 그의 아내 최애래가 운영하던 금은교역상을 강탈했던 남화한인청년연맹 조직원들 가운데 하나인 이용준(李容俊)과 동일 인물이었을 가능성이 있어 보인다. 사실일 경우, 임시정부 및 한국근현대사의 복잡하고도 미묘한 사회적, 이념적 갈등을 보여 주는 아이러니한 한 실례가 될 것 같다.

출범한 이승만 정부하에서도 그대로 유지되었다. 이는 동아시아 냉전시대의 도래를 염두에 둔 미국 정부의 동아시아 전략에 따른 것이었다. 미국은 적어도 미군정 치하에 속한 한반도의 절반만이라도 미국과 같은 자유민주주의 체제가 되기를 원했다.

이동제가 미군정에게서 바로 요직에 발탁된 데에는 그가 미국 컬럼비아 대학 졸업생이라는 것뿐 아니라 그의 이념적 성향이 공산주의와는 거리를 둔 기독교인이었다는 점이 주요하게 작용했을 것이다. 1948년 대한민국 단독정부가 수립되기 전, 이동제는 한국민주당 창당 발기인으로 참여하기도 했던 것 같다.[479]

• 이승만 정부의 요인으로

1948년 해방된 조선의 남쪽에 자유민주주의 체제의 대한민국 단독정부가 수립되고 이승만이 초대 대통령이 되었다. 이동제는 이미 미국 유학 시절 사실상 이승만을 지지하는 논조를 많이 낸 [삼일신보]의 편집위원으로 있으면서 서재필과 함께 이 신문의 고문이었던 이승만과 가까워졌었던 것 같다. 일어와 영어를 유창하게 구사했고, 공산주의와 무관했으며, 침례교인이자 만주중앙은행에서 금융인으로 경력을 쌓은 이동제는 인재 풀이 매우 부족했던 이승만 정부에서 발탁될 만한 인물이었다. 그는 이승만 정부에서도 당분간 조선생활품영단 이사장직을 계속 유지했던 것 같다.

---

479) 창당발기인 명단에 '이동제'라는 이름이 있는데, 정황상 우리가 말하고 있는 이동제인 것으로 보인다.

앞줄 중앙이 이승만, 그의 왼쪽에서 같은 자세로 앉아 있는 사람이 이동제이다.
사진출처: Lee Bukaty, *Grace Notes*. p. 342

이상은의 자서전에는 장면 박사가 집으로 찾아와 긴 시간 이동제와 대화를 나누는 이야기가 나오기도 하는데, 무엇보다 흥미로운 것은 거기에 실린 사진이다. 1940년대 후반 어떤 건물 안에서 11명이 함께 찍은 이 사진에서 유일하게 앞자리에 앉아 있던 세 사람이 있는데, 중앙에 앉은 이가 이승만이고 이동제는 이승만의 바로 왼쪽 옆자리에 다리를 꼬고 앉아 있었다. 이는 그가 이승만의 측근이었음을 암시해 준다.

그러나 1949년 초 이동제는 조선생활품영단(구식량영단) 이사장직에서 면직되었고,[480] 그 이후로는 공직에 나가지 못했다. 이후 그의 삶은 순탄치 못했다. 1895년생인 이동제는 한국전쟁이 끝나고 4년 정도 더 살다가 1957년 63세의 나이로 세상을 떠났다. 대체로 장수하는 집안 후손인

---

480) 「임시외자총국장 백두진 씨 임명」 「남조선민보」 1949. 1. 27.

것을 감안하면 매우 이른 나이였다. 전쟁 이후 이동제에 관해서는 그다지 알려진 것이 없다. 그의 막내 딸 이상은의 자서전만이 유일하게 그의 뒷이야기를 전해 주었다.

전쟁 후 그는 중개상에 전 재산을 투자하다시피 했으나 대부분의 투자금을 잃었다. 결국 아버지 이명우는 셋째 아들이자 의사였던 이동기의 집으로 모셨고, 이동제는 이동기의 집을 방문했다가 거기서 뇌출혈로 세상을 떠났다고 한다.

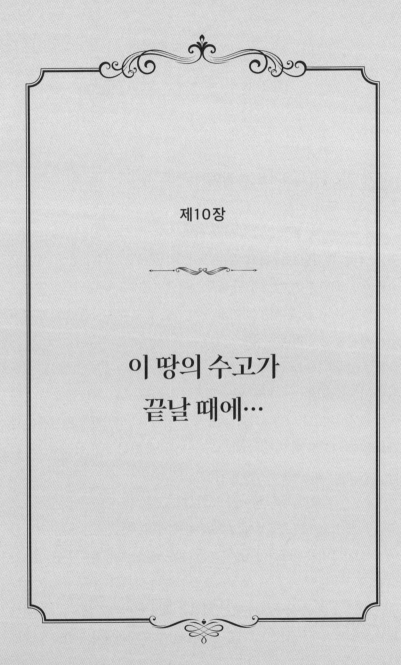

제10장

이 땅의 수고가
끝날 때에…

조카 이동제의 적산가옥 '큰 집'에서

미군정 고문 및 통역 일을 그만둔 이명섭과 가족들의 서울 생활은 고단했다. 우선 살 집이 마땅치 않아 여러 곳으로 이사를 다녀야 했다. 해방 후 소비에트 연방(소련) 치하가 된 북한 지역에서 수많은 이주민들이 쏟아져 들어오며 갑작스러운 인구 증가로 인해 서울의 집값은 폭등했고, 따라서 쉽게 거처를 얻기 어려운 상황이었다.

앞서 언급했듯이 서울에서 모처럼 온 가족이 만나게 되었음에도 이명섭과 가족들은 갈 곳이 마땅치 않았다. 그랬기에 결혼 후 남편을 따라 서울에 와 살고 있던 최애래의 두 여동생들(최신명, 최민례)의 거처에서 공간을 얻어 살기도 했고, 궁극적으로는 충정로에 있던 조카 이동제 소유의 한 적산가옥으로 들어가 거하게 되었다.

미군정과 이승만 정부 하에서 조선생활품영단(구식량영단)의 대표로 있던 조카 이동제는 충정로에 위치한 일제의 적산가옥(敵産家屋)을 얻었다. 적산가옥이란 적(敵)이 남기고 간 가옥, 즉 일제 강점기 동안 일본인들이 짓고 살다가 해방 후 자국으로 도망하며 남기고 간 주택들을 말한다. 미군정은 이를 모두 몰수하여 행정적 필요에 따라 군정 내의 고위관료들에게 제공하기도 했다. 이승만 정부는 이를 이어받아 일반에게 불하

했다. 특히 북한 지역에서 내려온 실향민들에게 우선권을 주기도 했다.[481]

아직 제대로 된 거처를 구하지 못한 이명섭의 가족들은 이동제가 얻은 이 적산가옥으로 들어와 살게 되었다. 아마도 조카 이동제의 배려가 있었던 것 같다. 이동제의 가족들은 이화여고 길 건너편 신문로에 있는 본래의 집에 계속 살았고, 대신 이곳에는 함흥에서 남한으로 피신하다시피 내려온 이동제의 아버지이자 이명섭의 형인 이명우가 이미 살고 있었다. 미혼이던 그의 막내아들 이동집도 그곳에 있었다. 조카 이동제의 이 적산가옥은 이명섭의 생애의 마지막 거처가 되었다. 이명섭과 최애래와 세 자녀, 그리고 이명우가 한 지붕 밑에서 살았던 것은 이때가 처음이자 마지막이었다.

최애래는 신앙인답게 이명우에게 기독교 신앙을 가져 볼 것을 권유했다. 그러나 이명우는 이렇다 할 관심을 보이지는 않았다고 한다. 교회에 나가는 것을 쑥스럽게 생각했던 것은 남편 이명섭도 비슷했던 것 같다. 딸 동혜에 따르면, 아내 최애래의 거듭된 종용에도 불구하고 이명섭이 교회 예배에 출석하는 일은 거의 없었으나, 그는 분명히 예수를 믿었고, 세상을 떠나기 직전에는 성경을 읽기 시작했다고 한다.

그리고 1950년 6월 25일에 전쟁이 발발하자 이명우는 먼저 그곳을 떠나 피난했다. 이동집 또한 이명우가 피신할 때 함께 피신했다. 이제 갓 청년 대학생이 된 이명섭의 장남 이동철도 인민군의 징집 대상이 될 수 있었으므로 남쪽으로 먼저 피신했다. 그러나 몸이 많이 상해서 더 이상 움직이기 어려웠던 이명섭과 그의 아내 최애래 그리고 두 딸 동혜와 동화는

---

481) 이승만 정부의 적산가옥, 공장 등의 불하 과정에 적용된 기준에 대해 특혜시비도 존재한다.

이동제의 충정로 적산가옥에 남아 1951년 1.4 후퇴 전까지의 모든 상황을 겪어야 했다.

6.25 전쟁 중 적산가옥 '큰 집'에서 있었던 일에 관한 두 가지 서로 다른 이야기

• 이동제의 막내딸 이상은의 이야기

이동제가 정부로부터 받은 적산가옥은 방이 최소 열 개 이상인 이 층 저택이었고, 넓은 안뜰과 별채가 딸린 '큰 집'이었다. (이동제의 가족들은 이 적산가옥을 '큰 집'이라 불렀다고 한다.) 이 '큰 집'은 이상은의 자전소설에 자세히 언급되어 있다. 이상은은 이 소설의 이야기들이 자신의 기억 속에 남아 있는 대로의 '실제 이야기'(the true story)라고 밝히고 있지만, 자신이 태어날 때인 일제 강점기 끝자락 무렵의 일들에 대한 자세한 묘사나 5세의 나이로 겪은 1950년 한국전쟁 당시의 사건들에 대한 묘사에는 실제 사실과 다른 소설적 상상과 와전된 이야기들이 가미되어 있는 것 같기도 하다. 그리고 이상은의 자전소설은 자신의 직계가족과 외가 외에 다른 친가 친척들에 관한 언급을 거의 하지 않는다.

그럼에도 불구하고 이명섭의 마지막 시간들을 이해하고 서술하는 데 이상은의 자전소설은 직·간접적으로 큰 도움이 되었다. 그녀의 책 4장은 1950년 서울이 북한 공산군 치하로 들어간 때 이 적산가옥에서 벌어진 한 가지 사건을 묘사하고 있었다. 사실 이 장은 이상은이 그녀의 두 번째 외할머니와 함께 겪은 이야기이며, 따라서 자신의 기억뿐 아니라 외할머니의 기억에 많은 것을 의존한 것이라 할 수도 있다. 그것을 대략 요약하면 이러하다.

1950년 6월 25일 한국전쟁이 터지며 서울은 3일 만에 북한 공산군에게 점령당했다. 이동제는 가족들을 남겨 둔 채 즉시 먼저 남쪽으로 피신했다. 공산군들은 이동제를 여러 차례 체포하러 왔으나 잡지 못했고, 가족들은 이들로부터 시달리기는 했지만 아내 김낙신의 기지로 위기를 잘 넘기곤 했다. 이 때문에 이상은의 외할아버지, 즉 평안북도 강계의 의사 김승수는 자신이 데리고 있던 간호사이자, 아내와 사별한 후 자신의 두 번째 부인으로 삼은, 이상은의 '둘째 할머니'를 딸 김낙신에게 보내 가사 일을 돕도록 했다. 그녀는 가난한 집안 출신으로 교육을 받지는 못한 여성이었고, 전문적인 간호사이기보다는 잡일을 돕던 보조자 역할만 했었다.

어쨌든 미 공군의 서울 폭격 위험이 고조되자 김낙신은 시아버지 이명우가 있는 충정로의 적산가옥 '큰 집'이 안전하다 생각하여 그곳으로 옮겨갈 준비를 시작했다. 그리고 5살배기 어린 이상은을 '둘째 할머니' 등에 업혀 먼저 그곳으로 보냈다. 그 집은 서양식과 일본식 건축양식이 뒤섞인 대형 2층 저택으로 충정로의 한 언덕 위 높은 곳에 위치했고, 계단을 통해 올라가야 큰 대문에 이를 수 있는 곳이었다. 넓은 안뜰은 봄마다 벚꽃과 아카시아가 만발했으며, 1층에는 미닫이문이 달린 일본식 다다미방들이 있었고, 2층은 여닫이문이 달린 서양식 침실들이 있었다. 각 방들은 어둡고 긴 목조 복도를 따라 배열되어 있었다.

이상은과 '둘째 할머니'는 걸어서 30분 거리에 위치한 이 저택으로 가는 동안 거리에 쓰러져 있는 수많은 시신들을 목격했다. 이들이 그 집에 도착했을 때 문은 열려 있었고, 할아버지 이명우가 거하던 1층의 가장 큰 방은 깨진 집기들이 어지럽게 흩어져 난장판이 되어 있었다. 그런데 할아버지 이명우는 그곳에 없었다. 대신 이들은 이 집에서 낯선 한 남자를 만났다. 차림새가 마치 귀신 같았던 이 남성은 이들이 주인인지를 물으며 곧 총격이 있을 터이니 빨리 피해야 한다며 이들을 지하실로 인도했다. 지하실에서 이상은과 '둘째 할머니'는 그곳에 함께 피신해 있는 대여섯 명의 남녀를 목격했다. 이윽고 사람들의 긴장된 목소리가 들리고 연이은 총성이 안뜰에서 울렸다. 두 남성이 지하실 위에 있는 작은 창문(통풍구)을 통해 바깥 상황을 주시했고, '작은할머니'도 이를 통해 안뜰에서 벌어지는 살육의 광경을 보게 되었다.

얼마 후 상황이 끝나고 이상은과 '둘째 할머니'는 그곳을 나와 신문로의 집으로 도망치듯 돌아왔다. 돌아오는 중 거리에서 시신을 가득 실은 트럭을 보고 놀란 이들은 자신들에게 총을 쏘며 멈추라고 소리치는 공산군들을 피해 달려 가까스로 돌아왔다. '큰 집' 상황을 묻는 이상은의 어머니 김낙신에게 '둘째 할머니'는 그곳이 더 위험하다는 사실을 알렸다. 그녀는 김낙신에게 지금 그곳에는 아무도 없고, 안뜰 곳곳에는 간첩 혐의로 사살당한 사람들의 시신이 널려 있으며, 시아버지 이명우는 이미 떠나서 없다고 말해 주었다. 김낙신은 지하실에 있던 사람들은 누구인가를 물었다. '둘째 할머니'는 폭격을 피해 숨어들어 온 동네 주민들이라고 말했다.

이상은의 소설 가운데 이 부분은 거의 '둘째 할머니'의 증언에 의존한 것으로 보인다. 이 당시 이상은은 내내 겁에 질려 '둘째 할머니'의 등에 업힌 채로 눈을 감고 있었다. 어머니 김낙신도 그곳에 없었디. 김낙신조차 시아버지 이명우가 언제 그곳을 떠나 어디로 피신했는지 알지 못하고 있었다. 사실 이상은의 소설 속에는 아버지 이동제가 어떻게 그리고 어디로 먼저 피신했는지도 언급되지 않는다.

• 이명섭의 장녀 이동혜가 들려준 다른 증언

그런데 미국에 거주하는 이명섭의 장녀 이동혜는 이때 이 충정로 적산가옥의 상황에 대해 상당히 다른 이야기를 전해 주었다.

6.25 전쟁이 발발했을 당시 여전히 마땅한 거처가 없었던 이명섭 일가는 조카 이동제가 정부로부터 얻은 충정로의 적산가옥에 어느 시점부터 들어와 계속 거주하고 있었다. 이때 이미 이명섭은 거의 거동하지 못하는 상태가 되었다. 오랜 객지 생활을 홀로 해 왔고 딸이 그를 가리켜 '헤비 스모커'(heavy smoker)였다 할 만큼 담배를 많이 피웠던 이명섭의 몸은 심한 폐렴 증상을 보이며 많이 상해 있었다. 삶의 마지막이 다가오고 있었던 것이다.

3일 만에 서울이 함락당하는 상황에서 그 몸으로 피난을 떠나기는 어려웠다. 계단을 오를 수조차 없었던 이명섭은 홀로 1층의 다다미방에 머물렀고, 아내 최애래와 두 딸 동혜, 동화는 안전을 위해 2층에 있는 방들에 거했다. 다른 사람은 없었다. 이명우는 전쟁이 터지자 바로 피신했다. 이명우가 먼저 피신했다는 사실은 이동혜의 증언을 통해서도 확인되었다.

그러나 이상은의 소설에 나오는 안뜰에 널린 시체들이나 지하실에 숨어든 이웃 주민들에 대해서 이동혜는 전혀 알지 못했다. 멀리서 총소리는 간헐적으로 들렸지만 안뜰에서 사람이 처형당한 일은 없었고, 공산군들이 집으로 찾아온 적도 없었다는 것이다. 집은 비교적 조용했다.

이동혜는 이상은과 그녀의 '둘째 할머니'가 찾아왔던 일도 당연히 알지 못했다. 지하실에 가 본 적도 없었고 거기에 누가 숨어 있다고 생각해 보지도 못했다고 말했다. 우리는 이들이 서로 만나지 못했을 뿐, 저택이 큰 만큼 이를 알아차리지 못했을 가능성도 생각해 보았다. 그러나 안뜰에서 벌어졌었다는 학살과 총격은 실제 발생했다면 알아차리지 못할 성격의 것이 아니었다.

결국 이상은의 자전소설 속에 나오는 충정로의 '큰 집' 이야기는 '둘째 할머니'와 이상은의 기억 속에서 다른 사건들과 뒤섞여 편집된 것이라는 결론을 내릴 수밖에 없었다. 당시 이상은은 할머니의 등에 업혀 다닐 만큼 6살에 불과한 어린 나이였고, 이동혜는 성년에 가까운 소녀로 그 자신이 그 집에 살며 1.4 후퇴 전까지 6.25 전쟁 초기를 겪었었다. 이상은에게 당시의 목격담을 들려줄 인물은 이상은의 '둘째 할머니'뿐인데, 그녀는 이미 오래전에 세상을 떠난 상태였기 때문이다.

• 아마도 이렇게 된 게 아닐까?

이동제의 '큰 집'이 있던 충정로에는 인민군에 의한 양민학살이 발생한 곳으로 알려진 장소가 하나 있다. 마포에서 서대문 방향으로 달리다 보면 충정로 무렵에서 오른쪽으로 초록색의 낡은 5층 건물 하나가 길가에 서 있는 것을 볼 수 있다. 주변의 현대식 건물들과 잘 어울리지 않는 이 초록색 빌딩은 일제 강점기인 1930년대에 건설된 우리나라 최초의 아파트인 충정아파트라 한다. 한국전쟁 당시 서울을 점령한 북한 인민군은 이 아파트를 접수하여 본부로 삼았는데, 이때 이 아파트의 지하실에서 숱하게 많은 사람들이 인민군들에게 취조와 고문을 당했고, 그중 많은 이들이 학살당했었다는 이야기가 전해진다.

아마도 이상은의 자전소설에 나오는 '큰 집' 지하실의 피난민과 안뜰에서 벌어진 학살의 이야기는 충정아파트 지하실과 그 주변에서 벌어진 사건에 관한 이야기가 입에서 입으로 전해지며 와전되고 어린 이상은의 기억 속에서 '큰 집'에서의 기억과 뒤섞이며 탄생한 절반쯤 허구인 이야기가 아닐까. 당시 이명섭 일가가 거주하던 '큰 집'에는 인민군들이 들어오지 않았다고 결론지을 수밖에 없을 것 같다.

이름 없이 빛도 없이 빛 가운데로 들어가다

이동제나 이명우처럼, 이명섭의 장남 이동철은 전쟁 발발과 거의 동시에 충정로 적산가옥에 어머니와 두 여동생들 그리고 병든 아버지 이명섭을 남겨 두고 남쪽으로 피신했다. 그는 당시 서울 고등학교를 졸업하고 서울 대학교에 갓 입학하여 대학교 교복을 몇 번 입어 보지도 못한 상태였으며, (당시에는 대학생들도 교복을 입었다.) 21세로 전시 입영 대상이 되는 나이였다. 전쟁이 발발하면 젊은 남성은 항상 우선적으로 위험에 노출되었다. 친척이 있는 대구로 갔던 그는 얼마 후 국군에 입대하였고, 육군종합학교 장교시험에 응시하여 합격한 뒤 부산 동래여자고등학교에서 장교과정 훈련을 받았다. 그리고 그가 최종적으로 배치받은 곳은 육군본부 정보국의 HID(Headquarters of Intelligence Detachment) 즉 첩보부대였다. 아마도 고향이 북한의 함흥/평양이었기 때문인 것 같았다.

1950년 9월 28일에 국군과 유엔군의 반격으로 서울은 다시 수복되었다. 병든 몸으로 3개월 동안의 공산치하를 겪는 동안 이명섭은 이제 세상에서 자신이 할 일을 다 했음을 느꼈던 것 같다. 다행히 대한민국 육군 장교가 된 장남 이동철은 서울로 배치되어 올라와 있었다. 그러나 그해의 끝이 다가올 무렵, 이명섭의 생 가운데 그리 길지 않은 마지막 부분을 그와 함께했던 가족들은 그의 끝도 다가왔음을 깨달았다. 장녀 이동혜는 서울에 머물고 있던 장남 이동철의 부대를 찾아가 이 사실을 알렸고, 이동철은 휴가를 신청했으나 전쟁 중에 휴가는 허락되지 않았다.

1950년 12월 23일, 크리스마스를 이틀 앞둔 날, 충정로 적산가옥 1층 한

방에서 이명섭은 조용히 눈을 감았다. 20세기 초, 그 격동의 시대에 러시아의 블라디보스토크, 하와이의 농장, 미국 본토 샌프란시스코에서의 도전과, 록키산맥 아래 덴버의 애국동지대표회, 그리고 네브라스카 대학과 한인소년병학교에서 품었던 젊은 날의 희생과 헌신, 한인농업주식회사 개척사업과 성취, 미네소타 대학에서의 지적 탐험과 유타 빙햄의 험한 산악지대 광산에서의 모험과 성숙… 그리고 당시대 동서 모든 열강의 이해가 첨예하게 뒤섞이고 대립했던 중국 상해와… 또 우리가 알지 못하는 어떤 세상에 뛰어들어 거친 삶을 마다하지 않았던 이명섭은 모험가답게 포성과 총성이 울리는 전쟁의 와중에 자신의 마지막 순간을 맞이했다.

아들은 전쟁터에 나가 있었다. 오랜 시간을 함께하지는 못했으나 그래도 늘 그리워하며 사랑했던 아내와 두 딸들이 그의 임종을 지켰다. 아내 최애래는 이제 막 세상을 떠난 남편 이명섭의 눈을 감기우고 그 몸 위에 손을 얹었고, 무슨 뜻이었는지는 알 수 없었으나 딸 동혜에게도 손을 얹으라고 했다. 동혜는 아버지의 시신 위에 놓인 어머니의 손 위에 자신의 손을 조심스럽게 포개어 올려놓았다. 이때의 일은 90세가 넘은 이후에도 동혜의 기억 속에 깊게 각인되어 있었다.

이명섭의 묘는 이화 여자대학교 뒷산 허리즈음에 마련되었다. (훗날 두 딸 동혜와 동화가 다니게 될 학교였다.) 전쟁 중이었기에 비석노 세우지 못한 채 훗날 무덤 위치를 잊게 될까 하여 곁에 소나무 한 그루를 심어 놓았다. 그러나 소용없었다. 6.25 전쟁과 전후의 혼란은 그에게 무덤을 남기는 것마저 허락하지 않았다. 아니면 이명섭 자신이 무덤조차 남기기를 싫어했던 것일지도 모르겠다. 그의 무덤은 오랜 기간 군사보호구역 내에 묶여 접근이 금지되었고, 끝내는 그 흔적을 찾을 수 없게 되었다. (이명섭의 묘 위치를 어렴풋하게 기억했던 이동철의 장남 이상수는 이명섭의 묘가 있던 자리에 이화여대 신축 기숙사가 세워진 것 같다고 한다.)

그가 남긴 것은 가족과 미국에서 찍은 대학 졸업사진 한 장, 그리고 미네소타 대학 졸업 후 받은 미국 약사 면허증이 전부였다. 이후 가족들의 삶을 꾸려 가는 것은 온전히 아내 최애래와 장남 이동철의 몫이었다.

긴 기다림 끝에 비로소 함께 살게 되었던 병든 아버지를 결국 보내 드리고, 다시 전쟁에 뛰어들어야 했던 육군 소위 이동철은 자기 인생의 가장 큰 시련이 머지않아 닥치게 될 것이라는 사실을 전혀 모르고 있었다. 서울에 있는 동안 그는 육군본부 정보국 소속 장교로 정보참모실에서 근무했으며 서울 청량리 부근 278 포병대 내에 설치된 육군 정보학교에서 교관 임무를 수행했다. 그리고 1.4 후퇴로 국군이 서울에서 밀려난 후에는 육군본부 정보국 HID 3군단 파견 3지대장으로 동부전선 최전방에 배치되었다. 그의 소속부대는 이듬해인 1951년 1월에 시작된 영월지구 전투와 이어 같은 해 5월에 벌어진 6.25 전쟁 최악의 전투였던 현리전투의 한복판에 서서 중공군과 맞서게 될 참이었다.

1951년 1월 4일 서울이 북한군과 중공군의 수중에 다시 떨어지기 전에 최애래와 두 딸은 부산으로 피난을 떠났다. 이명섭이 세상을 떠난 후 불과 두 주일이 채 되기 전이었다. 그가 가족들에게 남기고 싶어 했던 가장 큰 유산인 자유를, 병든 자신 때문에 가족들이 피난의 시점을 놓쳐 잃게 되지 않도록 그는 자신의 떠날 시점까지도 스스로 정했던가 보다.

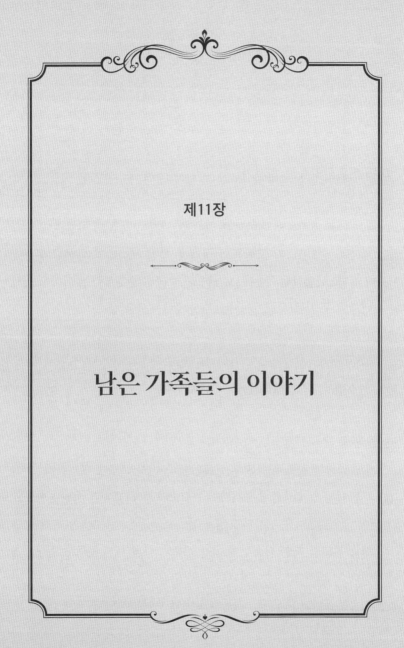

제11장

남은 가족들의 이야기

아들 이동철의 6.25 참전기

이제는 남은 가족들의 이야기를 해야 할 시간이다. 6.25 전쟁은 많은 것들을 바꾸어 놓았고, 각 사람들의 미래를 전혀 예상하지 못했던 곳으로 이끌어 갔다. 이명섭의 죽음 이후 서울이 중공군에게 함락될 위기에 처하자 최애래와 두 딸들(동혜, 동화)은 부산까지 피난을 갔다.

> "내가 사망의 음침한 골짜기로 다닐지라도 해를 두려워하지 않을 것
> 은 주께서 나와 함께 하심이라…" (시 23:4)

• 영월 전투

전쟁의 발발과 함께 이동철은 가족들보다 먼저 대구로 내려갔다. 이후 그는 부산에서 장교시험에 응시하여 1950년 8월 30일 자로 육군종합학교 8기생이 되었다. 서울 고등학교를 졸업하고 서울 대학교에 입학했던 그는 전쟁 발발로 인하여 사실상 대학을 제대로 다녀 보지 못하고 입대하게 된 것이다. 공식적으로는 어머니의 고향인 평양 출신으로 기록된 그는 정보병과로 분류되어 대구 달성초등학교에서 훈련을 받았다.

임관 후 육군 정보사령부 소속 장교가 된 이동철은 북진하는 국군과 함

께 서울로 올라왔으나 전쟁으로 아버지 이명섭의 임종을 지키지 못했고, 1.4 후퇴 이후 육군 3군단 파견 HID 3지대장으로서 동부전선에서 임무를 수행했다. 1951년 1월에 벌어진 영월 전투 초기에 그는 적(중공군)의 침투 첩보에 따라 최전방 정찰임무를 부여받았고, 적이 잠복했던 녹전리 부근 한 고지를 기습 공격하여 점령함으로써 이후 작전에 기여했다. 이로 인해 그와 대원들은 군단장으로부터 금 1봉을 수여받았다.

이 사실은 '303 부대' 정훈부에서 발행한 [호국전보] 제31호 1면에 기사로 실려 있었는데, 그는 이 기사가 실린 신문을 스크랩하여 평생 간직했다.

보존 상태가 좋지 않아 부분적으로 읽기 어려운 글자들이 있었으나 전체적으로는 당시 상황을 파악하는 데 어려움은 없었다. 확인된 대로 기사를 옮겨 보면 이러하다.

맹호출림의 기상으로 적을 무찌른
제303부대 HID 대원 20명에게 군단장 각하로부터 상금 수여

□□□□□□□□하였다는 급보를 접한 제303부대 HID 이 동철 소위가 지휘하는 제3지대장 문관 이하 20… 은 직접 일선에서 지휘하든 제303부대 참모장 각하의 명령에 의하여 □□□□□□□□□□ □□□ 적은 병력을 가지고 과감하게도 경계망을 뚫고 적을 향하여 용호출림의 기상으로 돌입하여 적병 □ 팔십 명과 교전하였다. 지형이 불리하였으며 적군은 국군 복장으로 위장하야 피아를 분별키 곤란한 적을 기지로서 □□한 대원 일동은 일보 전진하야 적진 전에서 일제히 돌전을 감행하여 □□□□□□□력한 적을 무찔러 이를 분산시키는 한편, 고지를 점령하여 아군의 작전 진행을 유리케 하였다. 이와 같이 비전투원으로서 생사를 초월하여 용감한 돌전정신으로서 적 진지를 탈취하야 작전을 유리하게 유도한 이 동철 소위 이하 20명의 □□한 공훈은 상□에 □□되여 군단장 각하께서는 금일봉의 □□상을 하사하시였다.

이 기사에서 평안도 사람의 용맹하고 억센 특성을 가리키는 '맹호출림'(猛虎出林: 수풀에서 나온 호랑이)이라는 표현이 사용된 것으로 미루어 3군단 HID 3지대는 이동철과 같은 평안도 출신들로 구성되어 있었던 것으로 보인다. 어쨌든 이 전투의 공로로 이동철은 후에 충무무공훈장을 받았다.

그러나 그는 교전 중 다리에 적탄에 의한 관통상을 입고 부산의 제3육군병원으로 후송되어 한동안 치료를 받아야 했다. 그곳에 있는 동안 그는 다른 전투에서 부상당해 후송된 서울 고등학교 동창생 김정수를 만나 여러 가지로 도움을 주기도 했었다고 한다. 그는 본래 육군사관학교 생도였으나 6.25 전쟁 발발 직후 급박한 전황으로 인하여 서울방어 전투에 투입되었던 사관학교 생도대원 가운데 하나였다.[482] 이후로 김정수와는 오랜 친구가 되었고, 이동철이 세상을 떠나기 2-3일 전까지 그들은 함께 만나 식사를 할 정도로 가까이 지냈다.

• 현리 전투

부상에서 회복되어 3군단으로 복귀하자마자 이동철에게는 국군이 한국전쟁 중 치른 전투 가운데 최악의 패배를 당한 전투 중 하나로 꼽히는 현리 전투가 기다리고 있었다.

1951년 5월 16일에 시작된 현리 전투는 동부 전선에서 국군 사단들이 중공군에게 포위당하여 군단장과 사단장들을 비롯한 3군단 지휘부가 먼저 후퇴했다고 판단한 대부분의 병사들이 무기를 버리고 패주하며 허무하게 무너져 버린 한국전쟁 최악의 전투였다. 나와 아내는 그로부터 현리 전투의 주요 장소였던 현리, 대화리, 상진부리, 하진부리, 백석산 등 주변 지리와 당시 어려웠던 상황에 대해 직접 이야기를 들었고, 후에 실제로 그 장소들을 둘러본 적도 있었다.

이 전투의 패배로 인해 3군단은 해체되었고 예하 사단들(3사단, 9사단)

---

482) 김정수『경희궁의 영웅들』서울: 기파랑. 2010, 122쪽.

은 다른 부대에 배속되었다. 이후 이동철은 HID 훈련 교관을 했다고 한다. 그는 육군 정보국 소속 장교였던 탓에 전쟁이 끝나고도 전역하지 못하다가 1956년에야 비로소 전역할 수 있었다. 전역 후 이동철은 서울 대학교로 돌아가지 못하고 경희 대학교에 입학하여 학업을 마친 뒤, 국회의 입법부 공무원이 되었다.

전쟁은 끝이 나고⋯

전쟁은 사람들에게서 너무나 많은 것들을 빼앗아 갔다. 이미 몸이 쇠약해 있던 이명섭은 전쟁 발발 후 피난도 하지 못한 채 6개월 여 만에 세상을 떠났다. 최애래와 자녀들은 오랜 기다림 끝에 만난 집안의 가장을 잃었다. 그리고 북한 땅에 두고 온 고향을 잃었고, 자녀들은 희망과 꿈으로 가득해야 할 젊은 날을 전쟁과 가난과 불안으로 보내야 했다.

그러나 모든 것에는 끝이 있고, 끝이 난 후에는 새로운 것이 찾아온다. 전쟁이 끝나며 희망은 다시 살아났다.

• 오랜 친구 '황 대위'

장인 이동철은 생전 가끔 오랜 친구 황순필 이야기를 했다. 같은 평안도 출신이자 서울 고등학교 동창이었으며(2기) 같은 경희대를 졸업했던 친구 황순필은 「소나기」로 유명한 작가 황순원의 동생이었다. 그는 자신의 형 황순원의 소설들을 여러 권 이동철에게 가져다주곤 했다고 한다.

그가 남긴 사진들 가운데 대위 시절 가까운 친구로 보이는 한 장교와 함께 찍은 두 장의 사진이 있었는데, 복장이 미 8군 장교 정복을 입고 있었던 것으로 보아 미 8군에 파견된 육군 정보국 소속 장교로 보였다. 우리는 그 장교가 황순필일 가능성이 있다고 생각했다. 이를 확인해 보고자 하는 뜻으로 사진을 미국에 사는 이동철의 여동생 이동혜에게 보내 보았다. 이동혜는 사진 속의 장교를 쉽게 알아보며 '황 대위'라 불렀다. 그러나 이름은 알지 못했고, 집에서 그저 '황 대위'라 불렀다고 했다.

90이 넘은 고령에도 이동혜가 뚜렷하게 기억했던 '황 대위'는 확실히 오빠 이동철과 절친한 친구였다. 오빠 이동철이 집에 없던 어느 날 그는 대위로 진급했다며 장교 제복 차림으로 집에 찾아와 어머니 최애래와 한참 이야기를 나누었다고 했다. 점심식사도 잘 대접받고 갔는데, 왜 오빠가 없는 날 찾아왔는지, 어머니와 무슨 이야기를 나누었는지 자신은 알 길이 없었더라는 것이었다. 당시 이동혜는 이화여대에 다니던 대학생이었다.

사진 속의 '황 대위'가 소설가 황순원의 동생 황순필이었다는 사실을 확인하는 일은 그리 어렵지 않았다. 황순필은 1970년대에 대한도시가스(주)를 설립한 국내 에너지 산업의 개척자이자 그 분야에 큰 족적을 남긴 인물이었다. 그랬기 때문에 우리는 그의 후손을 쉽게 찾아낼 수 있었고, 그를 통해 사진 속의 '황 대위'가 황순필임을 확인할 수 있었다.

친구 황순필과 함께. 좌: 이동철, 우: 황순필

• 이명섭의 아내 최애래

전역 후 대학을 졸업한 아들 이동철은 국회 공무원이 되어 집안의 가장 역할을 떠맡았다. 이명섭의 아내 최애래는 언제나 그랬듯 신앙생활과 교회 일에 적극적이었다. 새벽 6시에는 어김없이 일어나 기도를 했다고 한다. 이화여대에 입학한 두 딸의 학비를 마련하느라 시름이 컸지만, YWCA와 절제회 그리고 여선교회 임원을 맡으며 활동적이고 적극적인 삶을 살았다. 서대문의 감리교 신학대학교 인근에 있는 석교감리교회에서 여성 장로로 오랜 세월을 섬겼다. 6.25 전쟁 후 서울 충정로의 감리교 신학대학 전수과를 졸업하기도 했으나 목회자가 되지는 않았다.

아들 동철이 가장 역할을 맡게 되며 경제적으로는 한결 나아졌고, 서울 북아현동 이화여대 근처 산기슭에 적산가옥 하나를 장만했다. 이명섭이 묻힌 곳에서 멀지 않은 곳이었다. 낡긴 했지만 정원과 충분한 주거공간을 가진 가옥이었다. 최애래의 자녀들과 손자·손녀들은 이 집에 대한 추억을 많이 간직했다. 이 북아현동 집에는 오랜만에 한국을 방문한 쿠퍼 선교사가 찾아와 그동안의 회포를 풀기도 했다.

오랫동안 사회 활동과 감리교여선교회 활동을 활발하게 했던 최애래에게는 늘 사람들이 모여들었다. 이화학당(여전·여대) 학맥과 평양 출신이라는 지역연고 그리고 독실한 기독교 신앙은 그녀의 활동성과 결합되어 사회적으로 큰 힘을 발휘했다. 노년에 뇌졸중으로 쓰러져 건강을 잃었는데, 말년에는 결혼 후 미국으로 이주한 큰딸 동혜의 집에서 지내다가 1990년에 세상을 떠나 미국 땅에 묻혔다. 미국의 큰딸 동혜의 집에 거주하던 노년에도 이웃의 미국 할머니들과 자주 만나 교류했고, 때마다 잊지 않고 찾아오는 제자들을 만나며 나름대로 즐거운 생을 누리다 평안히 떠났다.

• 아들 이동철

이명섭·최애래의 아들 이동철은 6.25 전쟁이 끝난 이후에도 정보사령부 소속 장교였던 까닭에 바로 전역하지 못하고 군에서 몇 년을 더 보내며 대위까지 진급했다. 전역 후 그는 전쟁 발발로 제대로 다녀 보지도 못했던 서울 대학교로 돌아가지 못하고 경희대에 다시 입학하여 졸업한 뒤

국회 입법부 공직자가 되었다.

전쟁과 긴 군 생활 그리고 학업 등으로 결혼이 늦어졌는데, 4살 연하의 이화여대생이던 이정원을 만나 오랜 교제 끝에 결혼에 성공했다. 이들의 결혼식은 서울의 정동제일감리교회에서 거행되었으며, 최애래가 다녔던 평양 중앙감리교회 담임목사를 지낸 바 있고 감리교 신학대학의 초대 총장이기도 했던 홍현설 목사가 주례를 맡았다. 일본 유학 경험이 있는 인물로 종로 적선동 종교교회 근처에 살았던 이정원의 부친 이복용은 용산 청파동 선린상고 근처에 소재한, 꽤 규모가 있는 철강회사였던 '용광공업사'의 소유주였다.

국회 사무처 소속의 공직자로 일했던 이동철은 입법심의관을 끝으로 공직에서 은퇴했다. 젊은 한때 목사가 되는 꿈을 꾸기도 했으나, 주님의

뜻이 아니었는지 그 꿈을 이루지는 못했고, 대신 어머니 최애래의 뒤를 이어 석교 감리교회 장로로 성실하게 교회를 섬기다가 2015년 1월에 생을 다하여 국립대전현충원 장교 묘역에 안장되었다. 그로부터 2년 뒤에 나의 장모 이정원도 세상을 떠나 현충원의 남편과 합장되었다.

이동철·이정원 부부

이들은 슬하에 2남 2녀를 두었다. 장남은 한국전자통신연구원(ETRI) 책임연구원으로 오래 일했고, 후에 미국에서 벤처기업을 설립하며 사업가가 되었다. 성악을 전공한 부인과의 슬하에 1녀가 있다.

나의 아내인 장녀 이상아는 제약회사 연구원으로 재직하다가 나와 결혼해서 즐겁게 잘 살고 있고 슬하에 1남(성진)을 두었으며, 차녀는 과학기술 분야 전문 영어 동시통역사로 일하며 대학에 출강하고 있다. 차남은 삼성전자 연구소의 수석연구원이며, 그의 아내는 의과대학 교수로 재직 중이다.

뒷줄 가운데가 이동철의 장남이다. 대전창조경제센터 2016.
사진출처: [연합뉴스][483]

• 장녀 이동혜

아버지 이명섭을 닮았는지 키가 컸던 장녀 이동혜는 이화여대를 졸업한 뒤 이화여고의 교사가 되었다. 이후 미국으로 유학을 떠났다가 도산 안창호의 측근이었던 정남수의 장남 정인하와 결혼하여 그곳에 정착했다.

그녀의 시아버지 정남수는 도산 안창호의 고향인 평안남도 강서 출신으로 안창호가 평양에 세운 대성학교에 입학하여 다니던 중, 1909년 안중근의 일제 내각총리대신 제거 사건 직후 안창호가 일제에 검거되어 서울

---

483) 이상학 「발언하는 박대통령」 [연합뉴스] 2016. 2. 25. (보도사진. 2022. 4. 4. 구매. 원본 사진의 오른쪽 일부를 잘라냄.)

용산 헌병대에 수감되자 상경해서 14세의 어린 나이로 그를 위해 옥중 사식반입과 옥 밖의 독립운동가들과의 비밀연락을 수행했던 인물이다. 안창호가 석방되자 그와 함께 유럽을 거쳐 미국으로 망명했고, 흥사단 창립에 관여했다. 그리고 미국 애즈베리 대학에서 신학공부를 하여 미국 남감리교회 목사가 되었다.[484]

귀국 후 그는 성결교회 '장막전도대'를 조직하여 전국을 다니며 열정적인 부흥집회를 인도하였는데, 집회마다 수많은 인파가 몰려 '한국의 빌리 선데이'라는 별명이 붙기도 했다. 그러나 미국과 일본의 관계가 악화되었던 1940년에 반일 친미주의자라는 이유로 체포되었고, 종로경찰서에서 3개월 동안 옥고를 치렀다. 이때 당한 고문으로 오른쪽 시력과 청력을 거의 상실했다. 이후 모든 활동을 중단하고 농촌에 칩거했다. 해방 이후 그는 자신이 속했던 대한예수교성결교회를 떠나 국내에서 대한기독교나사렛성결교회 창립을 주도했다.[485] (이 교단에서 설립한 천안의 나사렛 대학교에는 정남수의 이름을 딴 기념관이 있다.) 이후로 그는 미국에 정착해서 살았다.

---

484) P. M. 정『나의 아버지 부흥사 정남수 목사』박준기 역. 서울: 물가에 심은 나무. 2012, 15-99쪽.
485) 위의 책 147-204, 251-253쪽.

정남수의 부인 김경숙은 동경 음악전문학교 출신으로 이명섭의 아내 최애래와 서로 잘 아는 사이였다고 한다. 이동혜의 결혼은 한국을 방문했다가 그녀를 본 정남수·김경숙 부부의 제안으로 성사되었다. 그리하여 미국에서 정남수의 장남 정인하와 결혼한 이동혜는 남편과 함께 병원 내 병리학 연구소 연구원으로 일하다가 은퇴했다. 이동혜는 남편과 슬하에 1남 1녀(크리스와 셜리)를 두었는데, 둘 모두 미국에서 의사로 일하고 있다. (남편을 먼저 떠나보내고 90을 훌쩍 넘긴 나이에 혼자 지내고 있음에도 명석한 기억력을 유지하고 있는 이동혜는 이 책을 저술하는 데 적지 않은 도움을 주었다.)

이동혜의 두 시동생들은 모두 흥미로운 이력을 가진 인물들이었다. 미국 항공우주국(NASA) 프로젝트에도 참여한 경험이 있는 차남 정명하(Paul M. Chung)는 시카고의 일리노이 대학 기계공학 교수로 재직하다가 공대학장까지 지내고 은퇴했다. 삼남 정철하(Larry C. Jhung)는 미 공군에 입대하여 한국계로서는 처음으로 미국 최초의 초음속 전투기인 F-100 수퍼 세이버(Super Sabre) 조종사로 복무했으며, 전역한 후에는 역시 한국계 최초로 아메리칸 항공(Americal Airlines)의 민항기 조종사가 되어 은퇴할 때까지 일했다. 그리고 이제는 모두 고인이 되었다.

• 차녀 이동화

언니 이동혜와 마찬가지로 이동화 역시 이화여대를 졸업하고 미국으로 갔다. 영문학을 전공한 그녀는 어머니 최애래와 친분이 있던 감리교 선교사인 찰스 사우어(Charles August Sauer)의 한국어 개인지도를 맡기도 했다. 미국에서 패션 디자인을 공부했고, 화학공학자였던 그의 남편 송일환은 플라스틱을 주로 연구했으며 미국의 몇몇 대기업에서 일하다가 독립하여 개인회사를 운영했다.

이동화는 아들만 넷을 낳았는데, 첫째 펠릭스는 하와이에서 신경방사선 전문 의사로, 둘째 아들 데이비드는 인텔사의 엔지니어로, 셋째 리처드는 캘리포니아 소재 기업 소속의 변호사로, 그리고 막내 빅터는 특허 전문 변호사로 일하고 있다.

• 이명섭의 첫 아들 이동순과 그의 후손들

이명섭이 대략 22세의 나이로 한국 땅을 떠나 미국으로 향할 때, 그는 이미 슬하에 매우 어린 아들 이동순(李東淳)이 있었고, 젊은 아내는 일찍 세상을 떠난 상태였던 것 같다는 이야기는 앞서 언급한 바 있다. 그런데 아버지 이명섭이 미국으로 떠난 뒤 이동순도 1927년, 27세라는 매우 젊은 나이에 세상을 떠났다.

하지만 그는 20세 전에 결혼하여 원주 원 씨(1904년 생)와의 사이에서 아들 이상윤(李相胤, 1921년생)을 낳았다. 이명섭·최애래의 장녀 이동혜의 이야기에 따르면, 이동순에게는 이상윤 아래로 딸도 하나 있었다고 한다. (족보에 이 딸의 이름은 올라와 있지 않다.) 정확하지는 않지만 이동혜는 그녀의 이름이 이상숙이었다고 기억했다.

이명섭은 첫아들 이동순이 세상을 떠난 1년 뒤인 1928년에 귀국했고, 40대 중반이던 이명섭은 귀국 후 이듬해인 1929년에 평양 정의여고 음악 선생이던 최애래(1897년생)와 결혼했다. 이명섭과 최애래 부부는 1930년에 나의 장인어른인 이동철을 낳았고, 이후 두 명의 딸(동혜, 동화)을 더 낳았다. 첫 손주들인 이상윤과 이상숙보다 나이가 어린 자녀들이 태어난 것이다. 나의 아내와 할아버지 이명섭 사이에 나이 차이가 왜 그렇게 컸는지를 설명해 주는 이야기이다.

이명섭의 첫 손주 이상윤은 후에 일본으로 유학을 떠나 동경도 주오(中央) 대학에서 법학을 공부했고, 해방 이후 변호사가 되었다. 이상숙 역시 일본에서 약학을 공부했었다고 한다. 누가 이동순의 이 어린 자녀들을 돌보아 주고 일본 유학을 지원했었는지는 집안 내에서 기억하는 사람이 없었다.

하지만 이명섭의 귀국 시점이 이동순의 죽음 직후였으며 귀국 후 바로 함흥에 머물렀다는 것을 감안하면 결국 이명섭이 어느 정도는 손주들과 며느리의 경제적 후원자가 되었음을 짐작할 수 있었다. 이명섭이 상해에 있는 동안 최애래와 가족들이 함흥을 방문했을 때는 이상윤의 집에 머물곤 했다고 한다. 아마도 그 집이 본래 이명섭이 미국으로 떠나기 전에 살았고, 생전의 이동순이 살기도 했던 집이었던 것 같다.

또한 이상윤과 그의 모친은 할아버지 이명섭의 사후에도 할머니 최애래, 그리고 이들 사이에서 태어난 (나의 장인 이동철을 포함한) 자녀들을 지속적으로 찾아왔었다고 기억한다. 이동순의 어머니는 나이가 7년 많은 최애래를 시어머니로 깍듯하게 예우했고, 이상윤도 나이 어린 삼촌 이동철을 그렇게 대했다. 이 이야기는 나의 장인어른 이동철이 장남 이상수에게 들려준 이야기이다.

어쨌든 이동순의 아내 원주 원 씨는 사후 경기도 용인의 공원묘지에 안장된 것으로 미루어 볼 때 8.15 해방 후 남한으로 내려와 정착한 뒤 아들 이상윤의 보호를 받으며 노년까지 생존했던 것으로 보인다.

이명섭·최애래의 장녀 이동혜의 기억에 따르면, 변호사가 된 이상윤은 이명섭이 미국으로 떠날 때 울며 따라오던 그의 동생 이명수와 가깝게 지냈었다고 한다. 이명수와 이상윤 모두 노년까지 수원에 살았다고 한다. 아마도 이명수 또한 그에게 큰 힘이 되었던 것 같다.

• 이명섭의 형 이명우와 그의 후손들

이명섭의 형 이명우에 관하여는 앞서 많이 이야기했다. 그는 일본 메이지 대학 경제학부(상과)를 졸업하고 일제 강점기 동안 함흥의 유력 금융인이자 사업가의 길을 걸었다. 그럼에도 그는 끝까지 창씨개명을 하지 않았다고 한다. 한국전쟁 이후 그가 어떤 활동을 했다는 기록은 없다.

1879년생 이명우는 동생 이명섭(1884-1950)은 물론이고 그가 사랑했던 장남 이동제(1895-1957)보다 훨씬 장수하여 1968년까지 생존했다. 그는 1964년 서울의 정동감리교회에서 열린 이명섭의 아들 이동철의 결혼식에 참석했다. 이명섭의 아들 이동철은 그가 세상을 떠나기 3년 전인 1965년에 첫 아들을 낳게 되자 집안의 가장 웃어른인 그를 방문하여 아들의 작명을 부탁했으며, 그는 이명섭의 손자에게 상수(相受)라는 이름을 지어주었다.

이명우의 장남 **이동제**에 관하여는 앞서 이미 많은 이야기를 서술했으므로 생략하기로 하겠다. 둘째 아들 **이동준**(李東準)은 일제 강점기에 일본에 유학하여 동경제국대학에서 정치학을 공부했다. 유학 기간 동안 자신의 아버지 이명우와 형 이동제처럼 도쿄 조선인유학생 학우회의 임원을 맡았었고, 학업을 마치고 귀국한 뒤에는 함경남도 홍천군과 도 재무부 세무과 공무원(속) 일을 했다. 해방 후 그는 조선농지개발영단(朝鮮農地開發營團) 총무부장으로 일하다가 이사장이 되었고, 이후 한국조폐공사 이사를 지냈다.[486] 이후에는 가족 모두 미국으로 이주하여 살았다.

인맥이 넓었던 최애래는 이동준에게 이화 여자전문학교에서 피아노를 전공하고 가르치기도 한 평양 출신의 한 여성을 소개해 주었고, 이들은 결혼하여 슬하에 3남 1녀를 두었다. 첫째 아들은 외과 의사였고, 둘째는 경제를 공부했는데 소규모 개인사업을 하며 아버지를 모신 듯하고, 딸 역시 이화여대에서 음악을 공부했다. (삼남에 관하여는 알려진 것이 없다.)

이명우의 셋째 아들 **이동기**(李東沂)는 경성 의학전문학교를 졸업하고 모교에서 교수로 학생들을 가르치다가 해방 이후 서울 대학교 의과대학 소아과 교수로 일했다. 6.25 전쟁 중에는 공군 군의관으로 참전했고, 공군 중령 계급으로 예편했다. 전쟁 후 의학계로 돌아온 그는 국내 의학계의 소아과 분야를 개척한 인물들 중 하나가 되었다.

그는 이명우의 후손들 가운데서 이명섭의 아들 이동철과 가장 가깝게 지낸 인물이다. 서울 대학교 의과대학에서 은퇴한 후에는 개인병원인 '이동기 소아과'를 운영했는데, 나의 아내를 비롯한 이동철의 자녀들 모두 어린 시절 아플 때마다 그의 병원에서 치료를 받곤 했던 기억을 가지고 있다.

이동기는 슬하에 2남 3녀를 두었는데, 그의 장남 또한 아버지의 뒤를 이

---

486) 정종현『제국대학의 조센징: 대한민국 엘리트의 기원, 그들은 돌아와서 무엇을 하였나?』서울: 휴머니스트, 2019, 326쪽;「이동준」[한국사데이터베이스: 한국근현대인물자료].

어 소아과 의사가 되어 삼성병원에서 일하다가 은퇴했고, 차남은 숭실 대학교 건축학과 교수를 지냈다.

• 이명우의 넷째 아들 이동집의 두어 가지 에피소드

이명섭 일가가 충정로에 있는 이동제의 적산가옥에 살 때, 형 이명우와 그의 넷째 아들 이동집(李東潗)도 그곳에서 잠시 그들과 함께 지내게 되었다. 이동집은 1928년생으로 이명섭의 아들 이동철보다 두 살 더 많았다. 그 역시 서울 고등학교를 졸업했는데(1기), 전쟁발발 직후인 6월 29일에 마포에서 한강을 건넌 그는 목포와 추자도를 거쳐 제주도로 갔다가 거기서 해병대에 입대했고, 인천상륙작전부터 연희고지 전투를 포함한 여러 전투를 거치며 서울수복작전을 완료한 뒤, 1951년에 육군종합학교에 입교하여 해병 소위로 임관했다. 그 이후로는 주로 해병대 인사 분야에서 근무했다.[487]

그는 해병대 내 서울 고등학교 출신들 사이에서 꽤 평판 좋은 선배로 알려져 있었던 것 같다.[488] 6.25 전쟁이 한창이던 당시 그가 해병대 인사참모 보좌관으로 있을 때, 신참 소위로 전입해 온 장교들 가운데 동기 몇 명과 전선으로 오는 열차를 놓치는 바람에 도착이 늦어져서 그에게 '빳다'를 맞았다는 서울 고등학교 후배 한 사람이 있었다.

그는 당시 이동집이 투박한 함경남도 사투리로 자기에게 했던 말을 그대로 자신의 글에 옮겨 놓았는데, 이러했다.

"아니, 지금이 어느 때인데 무스거 출동열차를 놓쳐…. 응! 기합이 빠져

---

487) 이동집 「귀신 잡는 해병'의 기틀을 잡아」 [경희궁의 영웅들] 87-89쪽.
488) 정만길 「호국의 방패, 경희궁의 영웅들」 [경희궁의 영웅들] 39쪽.

도 한참 빠졌다이. 너희들 그 벌로 전원 '빳다'다! 알겠는가? 이의 있는가?"
"어이, 거기 안경! 이름이 머이야?" "거기 안경 쓴 장 소위! 너는 아무리 하여도 아이 되겠네. 그 안경 때문에 아이 되겠어. 예비대로 갈 수밖에 없겠다이. 알겠나?"

고교 선배이자 해병대 고참 인사장교였던 이동집의 뜬금없는 표적 '갈굼'에 영문도 모른 채 예비대로 빠졌던 이 '안경 쓴 장 소위'는 훗날 이동집이 고교 후배인 자신을 사지(死地)로 보내지 않기 위해 일부러 그런 식으로 대했음을 비로소 깨달았다고 서술했다.[489]

6.25 전쟁 후에도 해병 장교로 군에 남아 있던 이동집은 전후 한국 정치사의 혼란과 격동의 시대에 발생한 한 중요 사건에 휘말리게 되었다. 1961년 5월 16일 박정희 소장이 주도한 군부 쿠데타가 발생했는데 해병대는 이에 적극 가담했고, 당시 해병 소령이었던 그 또한 그들 가운데 있었다. 쿠데타는 성공했고, 국가 권력을 접수한 군 지도부는 국회를 해산하고 군인들이 주축이 된 국가재건최고회의를 조직한 뒤 각 행정기관의 부처장들을 군인으로 교체했다.

이 당시 대한민국에는 이승만 정부 시절 해외에 연구 인력을 유학 보내가며 키워 낸 원자력 연구원이 있었다. 이승만이 중요시 여겼던 이곳의 원장은 당시 장관급 관료였다. 그런데 이곳의 원장으로 해병의무관(대령) 오원선이 원장직을 맡게 되면서, 사무국장에 경응호(해병 중령), 그리고 해병 소령이던 이동집이 연구소 감독관에 임명되었다. 그런데 이 당시 원자력 연구원 내부에서는 연구관들 사이에 인맥과 학연에 따른 심각한 내분이 발생하여 서로를 밀어내려 하고 있었던 모양이었다. 이 과정에서 젊

---

489) 장연기 「후배 사랑, 그리고 해병대의 힘」 [경희궁의 영웅들] 194-195쪽.

은 다수의 연구관들이 밀려날 위기에 있었다. 그런데 엉뚱하게도 국가재건최고회의에서 '낙하산'을 타고 내려온 해병대 장교들이 원자력 연구원의 이러한 내분을 해결해야 하는 상황이 벌어지게 되었던 것이다.

이 문제의 경위를 파악하여 해결하는 임무가 이동집에게 맡겨졌는데, 그는 미래의 중요한 인재들이 될 젊고 유능한 연구관들을 살려 내고 문제를 일으킨 최소한의 장본인들만 가려 퇴장시키도록 오원선 대령에게 건의했고, 그의 의견대로 인사가 실행되었다. 이 과정을 상세하게 취재한 [월간조선] 2016년 3월호의 기사는 이동집의 이러한 판단이 합리적이었던 것으로 비교적 후한 평가를 내렸다.[490]

이로부터 2년 뒤인 1963년 이동집은 해병대에서 중령으로 예편했고, 개인사업을 하며 살았던 것으로 알려진다. 그는 한국조폐공사 이사였던 둘째 형 이동준과 친하게 지냈다고 한다. 그리고 2019년에 세상을 떠나 국립서울현충원에 안장되었다.

• 이명섭의 동생 이명수와 그의 후손들

이명섭의 동생 이명수에 관하여는 관련 기록물이 거의 없어 우리에게 알려진 것이 많지 않았다. 그는 일본 동경의 농업대학에서 농학을 공부했고, 함흥에서는 큰 집에서 잘살았다고 한다. 해방 후에는 다른 가족들처럼 남한으로 이주했다. 그리고 6.25 전쟁 후에는 수원에 정착했으며 개인사업을 했다. 그에게는 딸 둘과 막내로 늦게 얻은 아들이 하나 있었다. 1978년 그가 세상을 떠날 때까지 이명섭의 후손들과 지속적으로 교류했

---

490) 오동룡 「비망록을 통해 본 대한민국 원자력 창업 스토리〈2〉 1950년대 태동기: 원자력계의 內紛만 없었다면 한국은 이미 핵보유국 됐을 것」 [월간조선] 2016년 3월 호.

다고 한다. 경기도 용인의 천주교 묘지에 안장된 것으로 미루어, 서학·천주교 신앙을 유지했던 것으로 보인다.

• 최애래의 자매들과 그 후손들

네 자매의 맏이인 **최신애**는 최애래에게 있어서 이화학당을 비롯하여 히로시마 고등여학교와 나가사키 갓스이 기독교대학 유학을 함께한, 유일한 언니이자 친구였다. 그녀는 교육학을, 최애래는 피아노를 전공했다. 학업을 마친 후 그녀는 숭의 여자고등보통학교 교사로, 최애래는 정의여자고등보통학교 교사로 재직했다.

최신애의 남편 박선제는 수양동우회 사건으로 투옥되었다가 풀려난 이후 목회보다는 사업에 투신했다고 한다. 해방 후 서울에 회의차 내려왔다가 돌아가지 않았고, 가족들을 서울로 불러들였다. 그러나 6.25 전쟁 때 피난하지 않고 서울에 남았다가 인민군에 체포된 뒤 납북되었다. 그 이후로는 생사를 확인할 수 없었다.

최신애는 훗날 서울 광희문교회의 지교회였던 광림감리교회의 장로가 되었다. 그녀와 박선제 사이에는 3남 5녀가 있었다. 장남 박지한은 평양의 광성 고등보통학교를 졸업한 뒤 일본으로 유학하여 리츠메이칸(立命館) 대학에서 경제학을 공부했다. 해방 후 대한민국 상공부와 총무처에서 공직 생활을 했고, 1960년대에는 국영기업으로 국내 주요 수출기업이었던 대한중석(大韓重石, Korea Tungsten Co.) 임원을 지냈다. 6.25 전쟁 발발 직후 대구에서 근무 중이었는데, 그곳으로 피신한 이동철이 그에게서 도움을 받기도 했다.

차남 박종기는 일찍 미국으로 가서 공부했는데, 1970년대 이래로 대한민국 경제개발의 초석을 놓은 연구기관인 한국개발연구원(KDI: Korea

Development Institute)의 창립멤버로 스카웃되어 일했고, 이후 인하대로 자리를 옮겨 교수로서 학생들을 가르쳤으며, 김영삼 정부 당시 조세연구원장을 맡기도 했다. 은퇴 후에는 인하대 명예교수가 되었다. 그 이후에도 국민연금 제도개선 기획단장 등으로 활발하게 활동했다. (1998년 나와 아내의 결혼식에서 밝게 웃으며 내게 악수를 청하던 그의 모습이 나의 기억 속에 뚜렷이 남아 있다. 그로부터 몇 년 뒤 우리가 해외에 있을 때인 2001년에 그가 세상을 떠났다는 소식을 듣게 되었다.)

최신애의 삼남 박종관은 미국 이주 후 그곳에서 세상을 떠났다는 것만 알려져 있다. 최신애와 박선제의 다섯 딸들(남실, 남은, 남옥, 남순, 남례) 가운데 박남순은 이례적으로 가장 일찍 세상을 떠났는데, 그녀의 남편은 나의 처갓집 역사 서술에서 꼭 언급하고 싶은 인물이기도 하다. 대한민국이 눈부신 경제성장을 이룩했던 박정희 시대의 핵심 경제관료 오원철이 그의 남편이었다.

서울 대학교 공대 출신의 청와대 제2경제수석으로 대표적인 토종 기술관료(technocrat)였던 그는 대한민국 중공업 발전 및 방위산업 육성계획의 설계자였고, 한마디로 대통령 박정희가 총애한, 그 시대 경제·산업발전의 중요한 기획자였다. 박정희 시대 핵무기 개발 비밀의 키를 가진 인물이었다는 주장도 있다. 그러나 박정희가 암살당하고 발생한 또 다른 쿠데타로 전두환 정부가 들어섰을 때 그는 심한 정치적 박해를 받았으며, 장기간 활동의 제한을 받았다. 그는 2019년에 세상을 떠났다.

쿠퍼 선교사와 가장 절친했고, 오래 활동하느라 늦게 결혼한 **최신명**은 철도국 공무원이었던 남편 김수관과의 사이에 3남 1녀를 두었다. 장남은 한국전쟁 중 이산가족이 되어 소식이 끊겼고, 둘째는 6.25 전쟁 때 부상으로 일찍 세상을 떠났으며, 3남과 딸이 부모 곁에 남았다. 그녀의 삼남인 김양조는 총무처 소속 공직자로 일했다. 동대문감리교회를 다녔던 최신명 역시 언니들처럼 장로가 되어 세상을 떠날 때까지 신앙생활에 충실했다.

최애래의 자매들 중 넷째였던 **최민례**는 서울대학병원 외과 의사였던 남편 전성관과의 슬하에 미술을 공부한 외동딸 하나(전경호)만 두었다. 서울 광림감리교회를 다녔으나 남편이 인천으로 임지를 옮긴 이후로는 인천에 살았다.

  사람들의 이야기로 한정할 경우 '역사'란 결국 만남이 낳은 결과물이자 만남 그 자체이기도 하다. 모든 만남이 큰 하나로 연결되어 있기 때문이다. 인생은 예상했던 일들보다는 전혀 예상하지 못했던 일들이 훨씬 많이 일어난다는 점에서 경이롭다. 결혼 후 20년 넘게 이름조차 기억하지 못하고 살다가 어느 날 갑자기 관심을 가지게 된 처갓집 전설 속의 할아버지에 관한 '뒷조사'를 하는 일에 나의 소중한 여가 시간을 그토록 많이 쏟아붓게 된 것은 전혀 예상치 못했던 일이다. 물론 그만큼의 재미가 없었다면 하지도 않았을 것이다.

  19세기 말부터 20세기 중반까지를 살았던 한국인으로서 처갓집 할아버지의 인생은 매우 특이했다. 그의 삶은 당시의 평범한 한국인들이 가지기 어려웠던 모험과 도전, 지식과 노동, 새로운 경험과 성취로 가득 차 있었고, 동시에 스스로 이루고자 했던, 숭고하고도 분명한 목표도 있었다. 그러면서도 자기 존재의 흔적을 후대에 남길 생각은 전혀 해 본 적이 없었던 사람처럼, 그는 어떤 기록의 주인공이기보다는 언제나 남들이 남긴 기록의 변두리 정보를 통해서만 추적이 가능했던 인물이었다.

  그렇게 치열한 삶을 살았으나 평생 온화하고 젠틀한 기품을 유지했던 한 남성의 삶을 재구성하는 일은 꽤 흥미로웠다. 덤으로 그와 엮여 있던 주변 인물들과 더불어 처가의 다른 여러 인물들까지 함께 캐다 보니 흥미로움은 쉽게 두 배를 넘었다. 이제 나는 내가 알지 못하던 세상의 한 단면을 바라보는 또 하나의 눈을 얻게 된 듯하다. 그리고 나의 아내와 아들이 왜 저렇게 행동하고 사고하는지를 조금 더 잘 이해하게 된 것도 크나큰 소득이라 하겠다.

절대적인 것은 아니지만 집안마다 특유의 성향이 있는데, 본의 아니게 살피게 된 처갓집 인물들과 그들의 혼맥을 통해 느꼈던 집안의 성향을 한마디로 말하라 한다면 '온건한 실용주의'라는 표현이 가장 먼저 떠오른다.

과격하게 또는 두드러지게 유명하지도 않았지만 그렇다고 결코 평범하지도 않았던 인물들이 많았다는 점에서 '온건'이라 하겠고… 서학을 일찌감치 받아들인 것부터 시작해서 집안의 대다수 인물들이 정치권력 또는 이념이나 문학·철학 같은 순수학문보다는, 경제나 공학 또는 공직이나 의약학 같은 실용적인 분야를 택해 왔으며, 혼맥에서도 그러한 경향이 여러 대에 걸쳐 뚜렷하게 나타난다는 점에서 '실용주의'라 하겠다.

그런데 처갓집 할아버지 이명섭은 집안 내에서 가장 크게 틀을 깨고 나간 인물이었다. 그가 해방 후 한국으로 돌아왔을 때 그는 가진 재산이 거의 없었다. 건강도 기력도 거의 소진된 상태였다. 그의 사업가적 능력과 성실함과 실용정신을 감안하면 상당히 특이한 상황이었다. 그가 자기 삶을 통해 당시의 많은 애국지사들처럼 자유로운 대한민국의 독립을 지향하고 그것을 위해 헌신했다는 사실은 명백했다. 나는 그것이 그의 '가난한 말년'의 이유라 믿는다.

그러나 그런 것만으로 그의 삶을 표현하는 것은 무언가 중요한 것을 놓치는 느낌을 준다. 오히려 그의 인생을 설명해 주는 가장 적절한 표현으로는 '모험가'라는 단어가 더 적절할 듯하다. 그는 온유하고 조용한 사람이었지만 그의 내면에는 주저함 없이 거칠고 새로운 세계를 찾아가 배우고 경험하고 성취하려 하는 모험가의 기질이 있었다. 이타적 실용주의자 모험가! 적어도 내게는 그의 그런 부분들이 더 크게 다가왔다.

그의 이야기를 추적하며 자연스럽게 나는 그가 엮였던 사람들의 이야기까지도 함께 들여다보게 되었다. 그리고 그것이 또한 내 자신의 이야기에 어떻게 연결되는지를 발견할 수 있었다. 특별히 이 과정에서 우리가 흔히 '역사'라 부르는 것의 실체에 대해 숙고해 보게 되었는데, 그것은 내가 이 긴 여정을 통해 얻은 또 하나의 큰 기쁨이었다.

그리고 가장 좋은 것은 아내와 함께 이 긴 이야기를 마침내 써냈다는 사실 그 자체이다.

'역사'의 본질에 관한 잡설

'추억 만들기'라는 말이 있다. 미래에 좋은 추억으로 남기를 바라며 지금 즐겁고 아름답고 좋은 일들을 행하고자 할 때 쓰는 말이다. 그런데 살다 보니 때로 이미 추억이 된, 서로 무관했던 과거의 일들이 합쳐져 새로운 추억으로 재탄생할 수도 있음을 알게 되었다. 이게 무슨 소리인가? 과거가 변한다는 사실, 이를 믿을 수 있는가? 이제 그 한 가지 실례를 들어볼까 한다.

에피소드-1: 여의도 중학교에서 마주친 어느 여중생

그날은 내가 중학교 3학년 학생이던 해 봄, 중간고사를 마치고 일찍 집으로 돌아가던 참이었다. 시험이 끝났다는 시원한 마음과 더불어 다른 한편으로는 그 결과에 따라 닥치게 될 후환을 걱정하며, 왠지 일상적인 방식대로 일찍 집에 들어가기가 싫었다. 시내버스를 타고 영등포에서 내렸다. 어슬렁어슬렁 가방을 끼고 전철을 타기 위해 영등포역을 향하고 있는데, 낯익은 얼굴 둘이 앞에서 내 쪽으로 걸어오는 사람들 틈에 있었다. 교회 형들인 정일석 선배와 김선환 선배였다. 정 선배는 사복차림 김 선배는 교복차림이었다.

개인적인 사정으로 학교를 쉬고 있던 정 선배는 무슨 서류를 발급 받기 위해 모교인 여의도 중학교를 가고 있는 중이었고, 김 선배는 친구인 정 선배와 동행하고 있었다. 동행이 된 세 사람은 우선 근처 중국집에 들어가서 짜장면 한 그릇씩 먹고, 나른한 봄날의 화사하고 따뜻한 햇빛을 받으며 여의도 중학교로 향했다.

여의도 중학교에 도착했을 때 김 선배는 잠시 어딘가로 사라졌고, 정 선배는 서류를 발급 받으러 행정실로 갔고, 나만 정문 앞에 덩그러니 남아서 기다리고 있었다. 타 중학교 배지가 달린 교복을 입고 가방을 든 채로 거기 서 있자니 무척이나 어색하게 느껴졌다. 더욱이 여의도 중학교는 전해 듣던 바대로 환상의 남녀공학이었던 것이다. 어쨌든 주위는 수위아저씨도 없었고, 수업 중인지 사방이 조용하기만 했다. 이렇게 바보같이 서 있지 말고 용감하게 학교 구경이나 해 볼까 하는 대담한 생각이 머리를 스쳤다. 근처의 건물 안으로 조심스럽게 들어가 보았다. 교실들이 복도를 따라 일렬로 나열되어 있는 전형적인 학교 건물이었다.

더 대담하게 위층까지 올라가 보고 싶은 생각이 들었다. 계단을 중간쯤 올라갔을까… 갑자기 요란하게 수업시간 종료를 알리는 벨소리가 울리더니 어린 여학생들의 발랄한 웃음소리와 함께 누군가 뛰어내려 오는 소리가 들렸다. 아차 싶은 순간 내 눈앞에는 이미 희고 깨끗이 다린 칼라에 짙은 곤색 교복을 입은 두 명의 여중생이 나타나 있었다. 당황과 곤혹 속에 발걸음을 돌리려는 순간, 그 둘 중 하나와 눈길이 마주치고 말았다. 그때 처음 여학생들에게 허용되기 시작했던 짧은 커트머리에 다소 커 보이는 교복, 희고 앳돼 보이는 얼굴, 그리고 친구와 깔깔 웃으며 뛰어내려 오다가 낯선 남자 중학생 앞에 서게 되어 멈칫 놀란 맑은 눈동자가 아직도 내 머릿속에 또렷이 남아 있다. 나는 몸을 돌려 계단을 내려와서 그 건물을 빠져나왔고, 이내 김선환 선배를 만날 수 있었다.

"너 얼굴이 왜 빨개져 있냐? 예쁜 여학생이라도 만났나 보지?"

김 선배의 짓궂은 질문이 내 얼굴에 박혔다. 물론 나는 벌게진 얼굴로 아무 대꾸도 하지 못했다. 그리고 오랜 세월이 흘렀다. 그 뒤 그 여학생에 대해 생각해 본 적은 없었다. 적어도 지금의 내 아내를 만나기 전까지는 말이다.

에피소드-2: 프렌치 힐에서 밝혀진 사실

예루살렘 북동쪽에는 아랍 마을 이사위야(Issawiya)와 인접한 유대인 주거지 '프렌치 힐'(the French Hill; 히브리어로는 하기브아 하짜르파티트)이 위치하고 있다. 마치 어떤 프랑스인과 관련된 것처럼 들리는 이 언덕의 이름은 사실 20세기 초 영국이 팔레스타인을 통치하던 시절 기묘하게도 '프렌치'(French)라는 성을 가진 영국인 장교가 처음 집을 짓고 살게 되면서 생겨난 이름이다. (지명에 정관사 'the'가 붙게 된 것도 그가 프랑스인이었다고 오해한 데서 비롯된 것이라 한다.)

아랍 마을 이사위야와 유대 광야 그리고 날씨가 좋으면 더 멀리 요르단 계곡의 사해까지 내려다보이는 이 유대인 주거지역 프렌치 힐은 나의 추억뿐 아니라 내 아내와 아들의 추억이 깊이 자리한 곳이다. 처음 거기에서 신혼살림을 시작했고, 내 아들은 갓난아기 시절로부터 초등학교 3학년에 이르기까지 그곳의 물을 마시고 그곳 아이들과 어울리며 자랐다.

내 아내와 아들은 깔깔대고 웃기를 잘한다. 둘 다 처음부터 그랬다. 남을 웃기는데 서툰 내가 조금만 말장난을 해도 배꼽을 잡고 웃는다. 그래서 거의 매일 잠들기 전 침대에 셋이 나란히 누워 한바탕 웃는 의식을 치러야 잠이 오곤 했다. 나의 작은 농담에도 가족들은 눈물을 흘려 가며 웃었다.

그곳 프렌치 힐에 살던 어느 날 아내와 침대에 나란히 누워 이런저런 수다를 떨다가 우연히 고등학교 중학교 이야기가 나왔다. 문득 아내가 어떤 고등학교를 다녔는지 궁금해졌다.

"고등학교 어디 다녔어?"

아내가 답했다.

"여의도!"

바로 이 순간이 내가 20여 년 만에 처음으로 에피소드-1을 떠올린 시점이었다. 놀랍게도 그 20여 년 전의 그 이미지는 고스란히 남아 있었다.

나는 거의 자동적으로 "중학교는?"이라고 물었고, 아내는 바로 답했다.

"여의도 중학교!"

아내는 초·중·고 학창시절 대부분을 여의도에서 보낸 것이다.

"어, 나 중학교 때 거기 가 본 적 있는데…"

"내가 중 3 때니까, 당신이 나보다 두 학년 아래니까 중 1이었겠고…."

"혹시 수업 끝나고 친구랑 깔깔 웃으며 계단 뛰어내려 가다가 낯선 타 중학교 학생과 눈이 딱 마주친 적 없어?"

"몰라, 기억 안 나는데…."

"그때 커트머리였지, 그지?"

"응, 그랬지!"

"내가 그때 정문에서 들어가서 건물 맨 왼쪽 출입구에 있는 계단으로 올라가다가 뛰어내려 오던 어떤 여중생하고 눈이 딱 마주쳤었거든…. 혹시 그때 그 여중생이 당신 아니었을까?"

이 순간 나는 그 여중생과 아내가 동일 인물일지 모른다는 소설적인 상상 속에 빠져들기 시작했다. 그럴만한 것이 아내가 웃는 모습이 그 여중생과 거의 완전히 일치하고(우리 아들마저 이런 식으로 웃는다.) 커트 머리에, 중 1이었으니 교복이 헐렁했을 것이고, 그 시점에 그 건물 안에서 공부하고 있었음이 확실하고… 등등 정황증거는 차고 넘쳤다. 모든 것이 점점 흥미로워지고 확실해져 가는 듯했다.

그러나 나의 이와 같은 소설적 상상은 오래가지 못했다. 한 가지 점 때문에 그 여중생이 내 아내는 아니었다는 사실이 밝혀졌기 때문이었다.

"당신 그때 흰 칼라에 짙은 곤색 교복을 입고 있었지?"

"아닌데, 우리는 회색 교복이었는데… 1, 2학년 동안 교복을 입었고, 3학년 때는 복장이 자율화돼서 사복 입고 다녔는데, 분명히 회색이었어."

"어, 분명히 짙은 곤색 교복이었는데…."

"그럼, 중 2였을 거야. 그때 중 2, 3학년들은 짙은 곤색 교복을 입었고 우리는 새로 바뀐 회색 교복을 입고 있었거든… 그러다가 교복이 없어졌지만…."

에피소드-1의 업그레이드: 그 사건 안으로 나의 여중생 아내가 쳐들어 왔다!

에피소드-1의 영상 속에 등장했던 그 짙은 곤색 교복의 여중생은 내 아내가 아니었다. 그러나 에피소드-2는 내게 에피소드-1의 사건에 대한 또 다른 차원의 시각을 제공해 줌으로써 그것을 입체화했다. 즉, 에피소드-2의 사건을 통해 나는 내 여중생 아내가 에피소드-1이 일어나던 그 순간 회색 교복을 입고 그 건물 내 어딘가에 있었다는 확실한 사실을 알게 된 것이다. 나는 이제 에피소드-1의 사건을 아내의 쪽에서 바라볼 수 있게 되었다.

아내의 입장에서 에피소드-1의 사건은 자신이 중학교 1학년이던 어느날 학교 건물 저편 계단에 자신의 미래 남편이 될 어느 남자 중 3학생이 잠시 다녀갔던 것이 된다. 그 짧은 순간 동안 내 여중생 아내는 그 사실도 모른 채 친구들과 어울려 잡담을 하고 있었거나, 부족한 잠을 보충하려 책상 위에 엎드려 있었거나, 화장실에 가서 볼일을 보고 있었거나, 무엇을 했든 그때 그곳에 있었던 것이다.

에피소드-1과 2는 이렇게 합쳐져 내 머릿속에 새로운 그림들을 만들어 냈다. 이제 나는 싫든 좋든 에피소드-1의 사건을 회상할 때 여의도 중학교 바로 그 건물 안 어딘가에 있을 여중생 아내를 의식하고 느끼고 보게 된다. 내 기억 속의 에피소드-1은 완전히 달라져 있다. 에피소드-1이 '업그레이드'된 것이다.

이 업그레이드 버전 속에서 내 여중생 아내의 존재는 때때로 그 곤색 교복 여중생의 존재를 접수해 버린다. 그 여중생의 웃음소리와 흰 피부와 커트머리와 눈동자 속에서 어느새 나는 내 아내의 여중생 시절 모습을 상상하고 있는 것이다. 때로는 그 속에서 내 아들의 모습과 웃음소리가 떠오르고 들리기도 한다. 나를 미소 짓게 하는 즐거운 상상이다.

우리의 기억, 곧 우리가 알고 있다고 믿는 과거는 이런 식으로 바뀌어 간다. 우리 자신이 그것의 일부이므로 우리는 결코 과거에 대한 '객관적인 관찰자'가 될 수 없으며, 우리 자신이 변화해 가기 때문에 우리가 엮여 있는 과거도 변할 수밖에 없는 것이다. 새로 만들어지는 관계는 과거를 바꾼다. 과거의 한 그림 속에서 전혀 무관했던 두 사람이 미래에 만들어지는 새로운 관계에 의해 같은 그림 속에서 '미래의 부부'로 바뀔 수도 있음을 우리는 보았다. 이것이 역사의 메커니즘이다.

역사에 의미가 있는 것은 바로 이 때문이다. 우리는 현재와 미래에 우리가 내리는 결정과 행하는 행위를 통해 과거를 바꿔 갈 수 있고, 이에 새로운 의미를 부여할 수 있다. 이것은 역사도 '치유'될 수 있는 것임을 의미한다. 과거는 고정된 것이 아니다.

참고문헌

서적

김도훈『미 대륙의 항일무장투쟁론자 박용만』독립기념관 한국독립운동사연구소 서울: 역사공간. 2010.

김영백『한국의 빌리 선데이 정남수 목사』서울: 도서출판 나사렛. 2002.

김원용『재미한인 50년사』손보기 엮음. 서울: 혜안. 2004.

김정수『경희궁의 영웅들』서울: 기파랑. 2010.

김주용「범국민적 구국운동」[신편한국사 43권 국사편찬위원회. 2002, 80-177.

김진형『수난기 한국감리교회 북한교회사 1910-1950』서울: 기독교대한감리회 홍보출판국. 1999.

민경배『알렌의 선교와 근대한미외교』서울: 연세대학교출판부. 1991.

박기성『나와 조국』서울: 시온. 1984.

박환『식민지시대 한인 아나키즘 운동사』서울: 선인, 2005.

방사겸『방사겸 평생일기』한국독립운동사 자료총서 제21집 천안: 독립기념관 한국독립운동사연구소. 2006.

방선주「한인 미국 이주의 시작 - 1903년 공식이민 이전의 상황진단」[미주지역 한인 이민사] 국사편찬위원회 한국사론 39. 2003.

서동성「묻혀진 미주한인 이민역사 사료발굴」[미주지역 한인 이민사] 한국사편찬위원회. 2003.

성백걸『샌프란시스코의 한인과 교회』서울: 한들출판사. 2003.

스타인벡, J.『에덴의 동쪽』맹은빈 역. 서울: 일신서적공사. 1989.

안형주『박용만과 한인소년병학교』서울: 지식산업사. 2007.

안형주『1902년, 조선인 하와이 이민선을 타다』서울: 푸른역사. 2014.

왕매련『한국에 온 그리스도의 대사 케이트 쿠퍼』서울: kmc., 2004.

유동식『한국감리교회의 역사 1884-1992 II』서울: kmc. 2005.

이덕주『한국감리교 여선교회의 역사』서울: 기독교대한감리회 여선교회 전국연합회. 1991.

이덕주 외『한국 감리교회 역사』서울: kmc. 2006.

이동집「'귀신 잡는 해병'의 기틀을 잡아」『경희궁의 영웅들』서울: 기파랑. 2010.

이원섭『제이슨 리』1, 2권 서울: 랜덤하우스코리아. 2005.

이자경『한국인 멕시코 이민사: 제물포에서 유카탄까지』서울: 지식산업사. 1998.

이자경「중가주 초기 한인 이민사 개요」[미주지역 한인 이민사] 국사편찬위원회 한국사론 39. 2003.

이정면 외『록키산맥에 무궁화꽃이 피었습니다: 한인 미국초기 이민사. 미 중서부 산간지 방을 중심으로』서울: 줌. 2003.

이만열『한국기독교문화운동사』서울: 대한기독교출판사. 1987.

이호룡『한국독립운동의 역사 제45권: 아나키스트들의 민족해방운동』독립기념관 한국독 립운동사연구소. 2009.

이호운『주께 바친 생애: 쿠퍼 목사 전』대전: 감리교총리원 교육국. 1960.

장연기「후배 사랑, 그리고 해병대의 힘」『경희궁의 영웅들』서울: 기파랑. 2010.

장이욱『나의 회고록』서울: 샘터. 1975.

정만길「호국의 방패, 경희궁의 영웅들」[경희궁의 영웅들] 서울: 기파랑. 2010.

정종현『제국대학의 조센징: 대한민국 엘리트의 기원, 그들은 돌아와서 무엇을 하였나?』 서울: 휴머니스트. 2019.

정 P. M.『나의 아버지 부흥사 정남수 목사』박준기 역. 서울: 물가에 심은 나무. 2012.

폰 헤세-바르텍, E.『조선, 1894년 여름: 오스트리아인 헤세-바르텍의 여행기』정현규 역. 서울: 책과함께. 2012.

홍선표『재미한인 독립운동을 이끈 항일 언론인 백일규』서울: 역사공간. 2018.

Kim, H. C. *The Writings of Henry Cu Kim: Autobiography with Commentaries on Syngman Rhee, Pak Yong-man, and Chong Sun-man*. Ed. and Trans., with an Introduction, by Dae-Sook Suh,. Honolulu. The Hawai University Press. 1987.

Lee Bukaty, S. *Gracenotes: A Story of Music, Trials and Unexpected Blessings*. Triple One Publishing. 2009.

Lee Murabayashi, D. H. *Korean Passengers Arriving at Honolulu 1903-1905*. Revised. Manoa. Center for Korean Studies, Unisversity of Hawaii. 2004.

_____ *The Bulletin of the University of Minnesota: The President's Report for the Year*

1917-1918. Vol. XXII No. 9. Minneapolis, Minnesota. 1919.

학술저널

김광재 「일제시기 上海 고려인삼 상인들의 활동」 [한국독립운동사연구] 제40집. 2011, 221-264.

김학준 「잊혀진 정치학자 한치진: 그의 학문세계의 복원을 위한 시도」 [한국정치연구] 제 23집 2호. 2014, 387-393.

박용규 「일제 강점기 뉴욕 한인언론의 특성과 역할: 디아스포라적 정체성을 중심으로」 [韓 國言論學報] 60(4). 2016, 68-94.

손과지 「日帝時代 上海居住 韓人의 法的地位와 韓人社會의 司法問題」 [국사관논총 제90 집] 국사편찬위원회. 2000, 212-216, 209-236.

심경호 「차상찬 전집(1-2, 차상찬전집편찬위원회, 2018)에 관한 단상」 [근대사서지] 제20 호. 2019, 381-392.

양태석 「제1차 세계대전과 미주한인사회」 [군사연구] 제127집. 2009, 224-248.

윤금선 「1920년대 미주 한인의 국어 교과서 연구 - '초등국민독습(初等國民讀習)'을 중심 으로」 [국어교육] 155권. 2016, 149-188.

정세진 「19세기 시베리아 횡단철도 건설의 과정과 목적 - 경제적, 산업적 가치를 중심으 로」 [한국 시베리아 연구] 제22권 2호. 2018, 117-147.

정현숙 「차상찬 연구① 기초 조사와 학술적 연구를 위한 제언」 [근대사서지] 제16호. 2017, 67-94.

＿＿＿ 「차상찬 연구② 필명 확인(1)」 [근대사서지] 제17호. 2018, 443-467.

＿＿＿ 「차상찬 연구③ 필명 확인(2)」 [근대사서지] 제20호. 2019, 393-412.

M. N. Racel, 2015. 「Inui Kiyosue: A Japanese Peace Advocate in the Age of "Yellow Peril"」 [World History Bulletin] 35(2): 9-15.

K. S. Inui, 1921. 「California's Japanese Situation」 [The Annals of the American Academy of Political and Social Science] 93: 97-104.

잡지

관상자 「咸興과 元山의 人物百態」 [개벽] 제54호. 1924.

한치관 「특수적 조선인」 [동광] 제8호. 1926. 12. 1.

황석우 외 「半島에 幾多人材를 내인 英·美·露·日 留學史」 [삼천리] 제5권 제1호, 1933.

「滿洲國에서 활동하는 인물」 [삼천리] 제9권 제4호, 1937. 5. 1.

「三千里 機密室 The Korean Black chamber」 [삼천리] 제7권 제8호, 1935. 9. 1.

「在米一萬同胞의 近況」 [혜성] 제1권 제3호, 1931. 5. 15.

「次代의 指導者 總觀」 [삼천리] 제4권 제3호, 1932. 3. 1.

「한국평과의 상해진출」 [상해한문] 제2호, 1932. 1. 11.

신문

[공립신보]

강정건 「염호 학생기숙사」 [공립신보] 1909. 7. 14. 2면 7단.

박용만·이관수 「애국동지대표회 발기 취지서」 [공립신보] 1908. 3. 4. 2면 5-7단.

「감하의연」 [공립신보] 1907. 8. 16. 2면 3단, 4면 2단.

「덴버에 한인회집」 [공립신보] 89호, 1908. 7. 8. 2면 2단.

「락스프링에 유하는 동포들이 철로에 상한 이명구 씨와 병인 김근선 씨를 위하여」 [공립신보] 1907. 2. 20. 4면 3단.

「애국동지대표회」 [공립신보] 89호, 1908. 7. 8. 5면 2단.

「이씨 중상」 [공립신보] 1907. 1. 27. 2면 2단.

「입회청원인」 [공립신보] 1906. 7. 30. 2면 4단.

[동아일보]

「밀양학우회강연회의 성황: 寡婦의 解放(金俊淵), 新時代와 我等의 急務(李東濟), 關稅問題(金年洙), 朝鮮의 民族性을 說하여 普通敎育의 急務에 及함(徐椿)」 [동아일보] 1920. 7. 14. 12면 3단.

「北鮮商銀 그 後 韓時殷頭取 朝商平取締役 李明雨支配人은 支店長으로 朝商日人行員이 次席에」 [동아일보] 1933. 5. 6. 4면 5단.

「李東濟氏 渡米, '컬럼비아' 대학에 정치학을 연구코자」 [동아일보] 1925. 11. 4. 2면 8단.

「第二回學友會巡回講演, 第一隊 江景에서 동아일보지국及 기독교청년회후원으로 수백청중의 성황리에: 個性의 發揮와 現代의 文化(崔元淳), 文化敎育(崔昌益), 朝鮮靑年의 覺悟(姜濟東), 第二隊 開城에서 동아일보지국과 高麗靑年會後援으로, 엄중한 경계 중에 시종무사히 강연: 社會와 個人(李東濟), 何故로 愛는 人道의 光明인가(李廷允), 新

文化建設의 努力(金恒福), 優生學과 婦人(朴衡秉)」[동아일보] 1921. 7. 22. 3면 6단.

「第二回學友會巡廻講演 第二隊 定州, 연사 삼 씨의 열변에 만장청중의 감격: 文化生活의
內面(李東濟), 文化運動의 意義(金恒福), 優生學의 主張(朴衡秉)」[동아일보] 1921. 8.
1. 3면 8단.

「在美同胞活動 三一申報 創刊」[동아일보] 1928. 7. 28. 2면 6단.

「被擊된 柳寅發은 친일단체 親友會의 關係者; 施高塔路에서(上海)」[동아일보] 1933. 9. 5.
2면 9단.

「學友會講演團千五百聽衆, 김해의 성황: 現下財界恐慌의 原因에 對하여(金年洙), 家庭教
育(徐椿), 社會力과 個人의 活動(韓在濂) 社會와 教育(李東濟)」[동아일보] 1920. 7.
13. 3면 11단.

「咸興青年會講演會: 夏節衛生(劉七石), 우리의 使命(弓恩德), 世界의 波瀾과 우리의 覺悟
(李東濟)」[동아일보] 1920. 8. 12. 4면 7단.

「咸興中荷里예배당에서 강연회: 교육에 대한 아동과 여자(李東濟), 여자해방의 인도적의
의(金東鳴)」[동아일보] 1920. 8. 27. 4면 5단.

「咸興青年俱樂部講演會: 文化生活에 對한 兩方의 努力(李東濟), 勞動의 文化的意義(金東
鳴)」[동아일보] 1921. 8. 22. 4면 8단.

「咸興基督青年會 經濟講演會開催: 朝鮮經濟界에 對하야(李明雨), 咸興商界의 缺陷(崔淳
鐸)」[동아일보] 1922. 1. 18. 4면 5단.

[매일신보]

필봉자「關北의 人物: 李明雨君」[매일신보] 1925. 2. 23. 3면 4단.

「北鮮商銀端川支店」[매일신보] 1930. 9. 15. 석간 3면 13단.

「지방통신: 中央엡 青年會, 임원전부개선」[매일신보] 1920. 12. 25. 4면 5단.

[신한민보]

류계삼「독립찾기 노력합시다」[신한민보] 1919. 4. 5. 1면 6단.

류계삼「돌아다니다가 얻는 기회」[신한민보] 1924. 9. 11. 3면 3단.

박「일하려 오시요」[신한민보] 1920. 6. 25. 2면 5단.

박길문「유타 스토아쓰 석탄광」[신한민보] 1925. 3. 26. 3면 6단.

박만수「돈 벌기 원하는 이는 써퍼리오로 오시오」[신한민보] 1919. 10. 14. 4면 6단.

박용성, 류계삼「돈을 원하시거든 금산으로 오시오」[신한민보] 1919. 9. 23. 2면 7단.

박용성, 류계삼「돈을 원하시거든 금산으로 오시오」[신한민보] 1919. 10. 14. 4면 6단.

박처후「오인의 급선무는 재숭무: 무기 숭상이 급무」[신한민보] 1909. 9. 22. 4면 1-3단.

왕운봉「보시오, 절대 호기회」[신한민보] 1924. 5. 22. 3면 5단.

왕운봉「왕운봉 씨 캠프 발매」[신한민보] 1934. 9. 20. 1면 3단.

염운경, 류계삼「광부 20인을 속히 원합니다」[신한민보] 1925. 9. 3. 3면 5단.

염운경, 류계삼「광부 20인을 속히 원합니다」[신한민보] 1925. 9. 10. 3면 5단.

염운경「광부 20인을 속히 원합니다」[신한민보] 1925. 10. 15. 3면 5단.

염운경「광부 20인을 속히 원합니다」[신한민보] 1925. 10. 22. 3면 5단.

이명섭「롱쌉에 돈 벌 수 있소」[신한민보] 1923. 11. 22. 4면 6단.

이명섭「롱쌉에 돈 벌 수 있소」[신한민보] 1924. 2. 21. 2면 6단.

이명섭「롱쌉에 공금증가」[신한민보] 1924. 7. 31. 2면 6단.

이명섭「롱쌉에 공금증가」[신한민보] 1924. 11. 6. 2면 6단.

이명섭「롱쌉에 공금증가」[신한민보] 1925. 9. 10. 2면 6단.

이명섭「롱쌉에 공금증가」[신한민보] 1926. 3. 25. 2면 6단.

정수영「인부 1백 명 모집」[신한민보] 1919. 7. 29. 3면 5단.

정수영「인부 2백 명 모집」[신한민보] 1919. 9. 23. 3면 7단.

정수영「금전을 버시려면 이리로 오시오」[신한민보] 1923. 3. 1. 3면 6단.

정수영「금전을 버시려면 이리로 오시오」[신한민보] 1923. 4. 26. 3면 7단.

정을돈「노동 주선」[신한민보] 1918. 8. 22. 2면 5단.

정을돈「성공할 기회」[신한민보] 1918. 10. 3. 2면 6단.

정을돈「성공할 기회」[신한민보] 1918. 11. 7. 2면 7단.

정을돈「성공할 기회」[신한민보] 1919. 1. 16. 4면 4단.

정을돈「일하러 오시오」[신한민보] 1921. 3. 3. 3면 5단.

제이슨 리「노동모집」[신한민보] 1928. 7. 5. 2면 6단.

제이슨 리「노동모집」[신한민보] 1928. 8. 16. 2면 6단.

최진하「동포심방실기(와요밍, 유타 등지)」[신한민보] 1921. 5. 26. 1면 1-4단.

최진하「동포심방실기(와요밍, 유타 등지 동포의 형편)」[신한민보] 1921. 6. 9. 1면 1-4단.

한치관「노동 광고」[신한민보] 1917. 10. 11. 2면 4단.

한치관「동광광고」[신한민보] 1918. 2. 28. 2면 6단.

한치관「칠도일은 150명 모집」[신한민보] 1918. 7. 7. 25. 4면 4단.

황사용 [신한민보] 1910. 6. 22. 1면 4-7단.

「각 단체 연합위원회 대표 선출」[신한민보] 1944. 1. 13. 1면 1단.

「각 지방 독립 경축」[신한민보] 1921. 3. 10. 3면 2-3단.

「각 지방 독립 경축, 수퍼리오 경축」[신한민보] 1921. 3. 24. 3면 3단.

「갈랜드 한인의 농작 경영」[신한민보] 1917. 4. 12. 3면 4단.

「과테말라 혁명에 한인 고용병」[신한민보] 1916. 9. 8. 3면 7단.

「갤럽 한인의 양찬관」[신한민보] 1918. 7. 4. 3면 5단.

「경제 덕으로 사형수 미결」[신한민보] 1925. 8. 13. 2면 4단.

「고 임성희 씨 유산 사건」[신한민보] 1918. 2. 21. 3면 3단.

「공고문, 의정원 후보자 투표의 결과」[신한민보] 1921. 6. 9. 1면 1단.

「구미위원부재정보고 제5호」[신한민보] 1921. 1. 13. 4면 2-4단.

「구씨 피살」[신한민보] 1914. 3. 12. 3면 3-4단.

「국치일 각 지방」[신한민보] 1918. 9. 23. 4-5단.

「김씨의 백년가약」[신한민보] 1922. 9. 21. 3면 4단.

「김씨 입원」[신한민보] 1913. 12. 12. 3면 2단.

「나성 감리교회의 감사장」[신한민보] 1937. 1. 14. 4면 4-5단.

「남가주에 우리 졸업생들」[신한민보] 1918. 1928. 6. 21. 1면 5단.

「내지 수재 구제」[신한민보] 1923. 9. 27. 1면 6단.

「네브라스카 관립대학의 졸업생 3인」[신한민보] 1918. 5. 30. 3면 4단.

「네브라스카 및 부근지방 학생」[신한민보] 1909. 10. 27. 2면 4-5단.

「노동 주선인의 코미슌 제한」[신한민보] 1922. 9. 21. 3면 3단.

「누가 동포인가」[신한민보] 1918. 2. 7. 3면 3-4단.

「뉴욕 공동회의 제1차, 제2차」[신한민보] 1930. 2. 6. 2면 2단.

「뉴욕 동포 제1차 회이」[신한민보] 1930. 2. 6. 1면 2단.

「다뉴바 동포 총살의 참변 괴극」[신한민보] 1916. 8. 3. 3면 1-3단.

「도미 동포 안착」[신한민보] 1916. 5. 18. 3면 4단.

「도일철은 150명 모집」[신한민보] 1918. 8. 15. 4면 3단.

「독립선언 기념경축」[신한민보] 1920. 3. 19. 3면 4단.

「동경 선언 사건 판결」[신한민보] 1922. 3. 9. 3면 2단.

「동방여행을 필하고 서방으로 향하는 안 도산 선생은 장리욱 씨와 동행」[신한민보] 1925. 7. 23. 1면 3단.

「동포가 동포를 총살 - 유타 빙햄에 참혹한 살인 사건」[신한민보] 1926. 3. 18. 1면 4-5단.

「동포상륙」[신한민보] 1915. 8. 5. 3면 1단.

「동포 심방 중에 있는 백일규 씨의 소식」[신한민보] 1925. 7. 23. 1면 1단.

「동포 27인이 안착」[신한민보] 1917. 10. 4. 3면 3단.

「라성 링컨 유학생 일람표」[신한민보] 1913. 10. 17. 1면 7단.

「류계삼 씨 낙상 - 버클리 전차에 떨어져」[신한민보] 1918. 8. 8. 3면 4단.

「류인발 씨는 와싱톤에 청원」[신한민보] 1927. 8. 25. 1면 4단.

「류인발 씨는 상해로」[신한민보] 1928. 3. 1. 1면 1단.

「류인발 씨는 미군에 종역. 사이베리아 원정대에 종군」[신한민보] 1919. 10. 18. 3면 4단.

「류인발 씨는 와싱톤에 청원」[신한민보] 1927. 8. 25. 1면 4단.

「류인발 씨 담보 상륙하여」[신한민보] 1927. 9. 8. 1면 5단.

「류인발 씨의 승급」[신한민보] 1920. 9. 30. 3면 5단.

「류인발 씨의 쾌활한 뜻」[신한민보] 1920. 6. 15. 1면 3단.

「류필립 씨 이민국에 인치되어」[신한민보] 1927. 8. 18. 1면 5단.

「류필영 계집 팔아먹고 왕운봉 장가갔다」[신한민보] 1916. 11. 2. 3면 4단.

「리동제 씨는 유학차 도미」[신한민보] 1925. 12. 17. 1면 4단.

「리명섭 씨 귀국차로 상항지 도착」[신한민보] 1928. 8. 9. 1면 4단.

「리명섭 씨는 최애래 양과 결혼」[신한민보] 1929. 2. 14. 1면 6단.

「먹지 못해 죽어가는 60명 구제하시오」[신한민보] 1924. 5. 22. 3면 5-6단.

「멕시코에서」[신한민보] 1916. 9. 14. 3면 6단.

「몬타나 비웃과 부근 우리 동포의 사업」[신한민보] 1925. 8. 13. 3면 2-5단.

「몬타나 비웃에서」[신한민보] 1925. 3. 12. 1면 4단.

「몬타나주에서 동포가 동포들 총살해 - 맹흉자 박지섭. 피살자 백군삼 폐명」[신한민보] 1929. 11. 14. 1면 1단.

「무정히 흐르는 노트풀넷 강에 잠긴 상등병 이관수 군」[신한민보] 1917. 7. 26. 3면 1-2단.

「미국의 제2회 징병 등록, 이후 질문을 주의하오」[신한민보] 1918. 9. 19. 1면 1단.

「박길문의 돈 없는 척」[신한민보] 1925. 9. 3. 1면 3단.

「박장순 씨 간 후의 기념 - 공익심과 모험력」[신한민보] 1918. 7. 11. 3면 2단.

「박장순 씨는 세계민주를 위하여, 유럽전당에서 전망」[신한민보] 1919. 2. 27. 3면 1-2단.

「박창순 씨의 종군 - 륙군 보병대에 근무」[신한민보] 1918. 7. 4. 3면 2단.

「배달족인가 야마토족인가」[신한민보] 1918. 3. 7. 1면 2-3단.

「백천대장 조격공범 이수봉 검거송치 이십구일 신의주 검사국으로 국제문제 일으킨 범인, 옥관빈금 상해 친우회장 류인발 암살미수 사건도 관련[소]」[신한민보] 1934. 1. 30. 2면 1단.

「병역 불원 외국인 처치법 - 본국으로 돌려보내어」[신한민보] 1917. 8. 30. 3면 4단.

「병역을 원치 않고 도망하면 - 잡아서 군률로 포살」[신한민보] 1917. 8. 30. 3면 4단.

「병학교 개학 예정」[신한민보] 1914. 4. 16. 3면 2-4단.

「보조금」[신한민보] 1924. 11. 6. 2면 5단.

「본국으로 가시는 친구들 초대」[신한민보] 1928. 8. 16. 1면 5단.

「본보 기자인 백일규 씨의 출춘」[신한민보] 1925. 7. 16. 1면 1단.

「본보 주필 백일규 씨의 회환」[신한민보] 1925. 7. 30. 1면 3단.

「북미총회 관하 미묵 각 지방회 지도」[신한민보] 1918. 8. 8. 3면 1-3단.

「북미총회 관하 유학생 조사표」1919. 7. 8. 4면 1단.

「북미 한인 학생의 책임」[신한민보] 1914. 1. 1. 5면 1단.

「북미 한인 학생의 책임」[신한민보] 1914. 1. 8. 5면 1단.

「비행가 리윤호 씨는 다시 평인 생활을 시작」[신한민보] 1919. 1. 2. 3면 3단.

「빙함과 기타 지방 동포의 생활과 정황」[신한민보] 1925. 8. 13. 1면 1-2단.

「빙함 동포의 동포애」[신한민보] 1925. 11. 26. 1면 1단.

「빙햄 동포는 눈사태에 무사 안전」[신한민보] 1926. 2. 25. 1면 2단.

「빙햄에 3.1절」[신한민보] 1925. 3. 26. 1면 2단.

「살인범 무죄 방면」[신한민보] 1914. 6. 18. 3면 4단.

「살인범 석화섭 종신 징역」[신한민보] 1916. 9. 8. 3면 5-6단.

「삼일절 경축수서」[신한민보] 1922. 3. 9. 3면 6-7단.

「새로 건너온 동포 무사 상륙」[신한민보] 1916. 5. 25. 3면 4단.

「서박사 려비」[신한민보] 1925. 7. 23. 2면 4단.

「소년병학교 개학」[신한민보] 1914. 7. 16. 3면 2-3단.

「소년병학교 유지단 취지서」[신한민보] 1914. 2. 19. 1면 6-7단.

「소년병학교의 역사」[신한민보] 1911. 4. 26. 3면 3-4단.

「소년병학교의 제6회 개학」 [신한민보] 1914년 7월 16. 1면 2-4단.

「수재구제금」 [신한민보] 1925. 11. 26. 2면 4-5단.

「수페리어 동포의 총회장 환영」 [신한민보] 1921. 5. 26. 3면 4단.

「스로스 캠프 확장」 [신한민보] 1925. 5. 28. 1면 2단.

「신도학생」 [신한민보] 1915. 7. 22. 3면 2단.

「안 위원 회정」 [신한민보] 1910. 11. 16. 2면 3-4단.

「양 씨의 입원과 퇴원 - 빙햄 동포의 동정금을 감사」 [신한민보] 1924. 7. 24. 1면 3단.

「어진 박지섭 씨 부인」 [신한민보] 1918. 3. 14. 3면 3-4단.

「연합국 상항회의에 한국대표 참가에 대한 여론」 [신한민보] 1945. 4. 12. 2면 1-2단.

「와이오밍 지방회보」 [신한민보] 1920. 9. 23. 4-5면 2단.

「와이오밍 지방회보」 [신한민보] 1921. 3. 24. 2면 5단.

「와이요밍 지방회보」 [신한민보] 1921. 12. 15. 2면 6단.

「와이요밍 지방회 민국 3년도 신임원」 [신한민보] 1920. 2면 3단.

「왕운봉 씨의 양찬관: 매일 70-80달러 수입」 [신한민보] 1921. 5. 19. 3면 4단.

「왕미선 여사는 남녀위생학 배워」 [신한민보] 1924. 10. 9. 1면 2단.

「왕애나 양이 우등으로 중학 졸업」 [신한민보] 1930. 5. 29. 1면 5단.

「외무국연금」 [신한민보] 1923. 12. 13. 2면 3-4단.

「우리 청년 두 사람이 자원 출전함」 [신한민보] 1918. 6. 6. 3면 4단.

「원동소식: 백천대장 조격 공범의 혐의로」 [신한민보] 1934. 3. 1. 3면 1-2단.

「원동소식: 상해에 폭탄 사건과 보안법 위반으로 복역하다가 탈주」 [신한민보] 1933. 11.
　　　10. 3면 1단.

「원동소식: 정치적 암살로 전 상해 경동. 백주 경찰서 앞에서 생긴 류인발 암살」 [신한민
　　　보] 1933. 10. 5. 3면 1단.

「유엄박 3씨의 후문 뜨거운 눈물로 장례를 당지 감리교 목사 주례하에서」 [신한민보]
　　　1924. 3. 20. 1면 4단.

「유타주에 우리 동포」 [신한민보] 1925. 8. 13. 2면, 3면 1-2단.

「유타 탄광 보스 체임: 석탄광 노동 주선 일층 확장」 [신한민보] 1925. 8. 20. 1면 1단.

「유타주 탄광에서 동포 삼인이 참살」 [신한민보] 1924. 3. 13. 1면 3단.

「의무금」 [신한민보] 1926. 3. 25. 2면 5단.

「의무금」 [신한민보] 1927. 5. 19. 2면 5단.

「의무금」[신한민보] 1928. 7. 5. 2면 5단.

「이관수씨 투필종군」[신한민보] 1916. 7. 17. 3면 1단.

「이명섭 씨 예정과 같이 귀국」[신한민보] 1928. 8. 16. 1면 4단.

「2인 횡명」[신한민보] 1912. 6. 17. 3면 7단.

「임성희 씨는 세상을 떠남」[신한민보] 1918. 2. 7. 3면 4단.

「임한규 10년 이상 징역」[신한민보] 1926. 10. 28. 1면 1단.

「재미한인학생조사표」[신한민보] 1917. 6. 21. 4면 3단.

「정덕근 씨는 미국에 입적 - 군용 타전 법을 실습」[신한민보] 1918. 2. 21. 3면 3-4단.

「정동심 씨 탄광 일 하다가 중상」[신한민보] 1924. 1. 31. 1면 3단.

「종군 한인 청년」[신한민보] 1943. 11. 11. 2면 1단.

「징병 등록에 주의할 사항」[신한민보] 1917. 5. 31. 3면 5-7단.

「징병 추첨과 동양사람」[신한민보] 1917. 7. 26. 3면 4단.

「창립기념절 각 지방, 빙햄 동포의 기념 축전」[신한민보] 1918. 2. 14. 3면 3단.

「최경오 씨의 기쁨」[신한민보] 1937. 11. 25. 2면 3단.

「특별 외교비 의연금」[신한민보] 1921. 12. 1. 2면 5단.

「파출소 위원들」[신한민보] 1919. 5. 27. 2면 1-2단.

「파출소 위원들」[신한민보] 1919. 5. 29. 2면 2-3단.

「파출소 위원들」[신한민보] 1919. 8. 30. 2면 1-3단.

「파출소 위원들」[신한민보] 1919. 9. 23. 2면 1-2단.

「파출소 위원들」[신한민보] 1919. 10. 14. 2면 1-4단.

「필리핀에 한국 위한 연설」[신한민보] 1921. 3. 10. 1면 4단.

「하와이 동포의 생활문제」[신한민보] 1923. 7. 26. 4면 1-4단.

「하와이 태평양회의 소식과 서 박사의 웅변」[신한민보] 1925. 7. 23. 2면 1단.

「학생단체와 학생영문보를 찬성할 일」[신한민보] 1914. 9. 24. 2면 1-4단.

「학생도상」[신한민보] 1914. 7. 30. 1면 5단;「학생체수」[신한민보] 1914. 8. 6. 1면 2단.

「학생연구회」[신한민보] 1913. 10. 17. 2면 4단.

「학생회의 신임원」[신한민보] 1915. 11. 25. 3면 4-5단.

「한영호 씨는 종군」[신한민보] 1917. 7. 19. 3면 3단.

「한영호 씨의 경력담, 군인의 좋은 생활」[신한민보] 1919. 1. 2. 3면 3-4단.

「한영호 씨의 제1차 출전 - 홍인종 토벌에 나섬」[신한민보] 1918. 2. 28. 3면 3단.

「한인농업주식회사 취지서」[신한민보] 1915. 2. 4. 2면 5-6단.

「한인을 대환영하여 락스프링스 석탄 회사에서」[신한민보] 1924. 8. 7. 1면 3단.

「한인의 백녀 결혼」[신한민보] 1914. 6. 18. 3면 4단.

「한인 종군자 7인」[신한민보] 1918. 4. 25. 3면 4단.

「한인학생일람표」[신한민보] 1916. 6. 22. 4면 1-2단.

「한인학생일람표」[신한민보] 1916. 11. 23. 1면 6단.

「한치관 씨는 붉원간 귀국」[신한민보] 1926. 2. 11. 1면 2단.

「한치관 씨는 중학을 졸업」[신한민보] 1917. 7. 12. 3면 4단.

「한치관 학사 귀국」[신한민보] 1926. 2. 25. 1면 2단

「한치진 씨의 도미」[신한민보] 1921. 8. 18. 3면 4단.

「함경도 수재에 리명섭 씨 통신」[신한민보] 1928. 10. 18. 1면 6단.

「혁명군에게 팔린 동포」[신한민보] 1916. 11. 1. 3면 6단.

「혁명에 죽은 동포」[신한민보] 1917. 8. 16. 3면 6단.

「혁명에 팔려간 동포 30명 다 죽는단 말인가」[신한민보] 1916. 10. 26. 3면 1단.

[중외일보]

「창립기념식 겸 5씨 근속표창, 정의여교에서」[중외일보] 1930. 5. 1. 4면 1-2단.

「함흥 근우발기로 부인소조 조직」[중외일보] 1930. 8. 2. 4면 4단.

「함흥유지발기 수재구제회 조직. 각각 부서 정하여 적극적 활동을 개시」[중외일보] 1928. 9. 14. 2면 4단.

기타 신문

박용만·이관수「애국동지대표회 발기 취지서」[대동공보] 1908. 2. 7.

「고등법원에 지휘로 이수봉을 재취조. 백천대장 암살 사건과는 관계없는 것이 판명」[조선중앙일보] 1934. 2. 9. 5면 5단.

「본보의 주의주장」[삼일신보] 1929. 1. 4. ; 1930. 2. 28.

「임시외자총국장 백두진 씨 임명」[남조선민보] 1949. 1. 27.

기타 문서

[國外ニ於ケル容疑朝鮮人名簿] 朝鮮總督府警務局 1934, 3면.

「대한민국 인사록」 1950.

[독립운동사자료집 별집 3: 재일본한국인민족운동자료집] 독립유공자사업기금운용위원회. 1978.

「北鮮商業銀行(株)」[朝鮮銀行會社要錄] 東亞經濟時報社. 1921, 1923, 1925, 1927.

「사립학교교원자격인정자」[조선총독부 관보] 제4257호. 1926. 6면.

「재외 한국인 사항 조사에 관한 건」[統監府文書 9권] 1910.

[조선총독부 관보] 제1276호. 1916. 11. 4.

[조선총독부 관보] 제1890호. 1918. 11. 26.

[조선총독부 관보] 제1928호(1919. 1. 4.); 제2860호(1922. 2. 27.); 제3763호(1925. 3. 4.).

「포교담임자변경계」[조선총독부관보] 제4301호(정규). 1926. 12. 21. 5면.

「포교폐지계」[조선총독부관보] 제1534호(정규). 1932. 2. 20. 4면.

독립기념관 자료번호 1-H00743-000. 「공평사 통고서 제2회(1931. 4. 12.)」

독립기념관 자료번호 1-H00742-000. 「공평사 조(組) 조직표 (1931. 4. 12.)」

독립기념관 자료번호 1-H00742-000-0001. 「공평사 조(組) 조직표(1931. 4.)」

독립기념관 자료번호 1-H00742-000-0002. 「공평사 조(組) 조직표(1931. 4.)」

독립기념관 자료번호 1-H01051-000. 「공평사 사원고본(股本) 및 저축금 표(1931. 12. 29.)」

독립기념관 자료번호 9-AH1003-000. 「동우회 사건 제3차 검거상황에 관한 건」[京鍾警高秘(경종경고비) 제48호의 27] 1938. 2. 4.

독립기념관 자료번호 1-A00857-127. 「박선제 부부사진」

독립기념관 관리번호 9-AH0848-000. 「在上海 民族派韓人의 最近 動靜: 在上海 民族派韓人의 最近 動靜에 관해 1933년 1월 18日字로 在上海 總領事가 外務大臣에 報告한 要旨(國會圖書館編,『韓國民族運動史料』中國篇)」[독립운동가자료안창호보고서].

인터넷 문서

김도형「스티븐스 저격 사건(一狙擊事件)」[한국민족문화대백과사전] 2013.

박용옥「근우회(勤友會)」[한국민족문화대백과사전] 1995.

박정규「삼일신보(三一新報)」[한국민족문화대백과사전] 1995.

백창민 외「이 다세대 주택을 지날 땐 윤동주를 떠올려봐요」[오마이뉴스] 2019. 5. 2.

손상웅「이경의(1987년경 - 1918년 10월 15일)」[미주 크리스천 신문] 2021. 3. 6.

송순「조선식량영단」[한국민족문화대백과사전] 2016.

신용하「이위종」[한국민족문화대백과사전] 1995.

신재홍「공립협회」[한국민족문화대백과사전] 1995.

신치영「'안창호 美입국기록' 한국 대학생인턴이 찾았다」[동아일보] 2009. 10. 23.

오동룡「비망록을 통해 본 대한민국 원자력 창업 스토리〈2〉 1950년대 태동기: 원자력계의
　　　內紛만 없었다면 한국은 이미 핵보유국 됐을 것」[월간조선] 2016. 3.

윤병석「숭무학교」[한국민족문화대백과사전] 1997.

윤병석「이상설」[한국민족문화대백과사전] 1995.

이명화「북미실업주식회사」[한국민족 문화대백과사전] 2013.

이연복「대한민국임시의정원(大韓民國臨時議定院)」[한국민족문화대백과사전] 1996.

이은희「양주삼(梁柱三)」[한국민족문화대백과사전] 2017.

이현희,「공평사(公平社)」[한국민족문화대백과사전] 1995.

이효덕 외「양주삼 반민족행위특별조사위원회 자료, 진정서」[한국사데이터베이스], 국사
　　　편찬위원회.

임중빈「양주삼(梁柱三)」[한국민족문화대백과사전] 1997.

조기준「북선상업은행(北鮮商業銀行)」[한국민족문화대백과사전] 1996.

최신명 외「양주삼 반민족행위특별조사위원회 자료, 진정서」[한국사데이터베이스] 국사
　　　편찬위원회.

하원호「대동보국회」[한국민족문화대백과사전] 1995.

한시준「최진하」[한국민족문화대백과사전] 1998.

허성호「일제 극비문서로 친일 누명 벗은 춘산 이유필 선생」[조선일보] 2009. 8. 15.

「이성구」[독립유공자공훈록] 5권 공훈전자사료관. 1988.

「재조선미육군사령부군정청 임명사령 제7호 1945년 09월 30일」[자료대한민국사] 제1권.
　　　1945.

「초량 명태고방」[부산향토문화백과] 부산역사문화대전.

「조선유학생학우회(朝鮮留學生學友會)」한국민족문화대백과사전.

「박희병」[세계한민족문화대전] 한국학중앙연구원.

「在美 한국인의 배일운동에 관한 件」주한일본공사관 & 통감부문서 1권 四. 在米露韓人關
　　　係 (19) [한국사데이터베이스] 국사편찬위원회.

「미국 덴버시에서의 한국인 會合 상황 보고 件」주한일본공사관 & 통감부문서 1권 四. 在
　　　米露韓人關係 (20) [한국사데이터베이스] 국사편찬위원회.

「체포된 안창호 관련 기사」 대한민국임시정부자료집 24권, I. 프랑스문서(1919-1937), 2. 프랑스외무부 문서: 정치통상공문군. 문서번호: Asie 1918-1940, Vol. 7 Vues. 188:f° 109. [한국사데이터베이스].

「한인농업주식회사」 [세계한민족문화대전] (인터넷판). 한국학중앙연구원. 2018.

「이동준」 한국근현대인물자료 [한국사데이터베이스].

「조선호텔에서 쫓겨난 일본인이 화나서 지었다는 그 호텔」 [중앙선데이] 2017. 7. 9.

「Rock Springs massacre」 [Wikipedia] https://en.wikipedia.org/wiki/Rock_Springs_massacre.

「Colorado Coalfield War」 [Wikipedia] https://en.wikipedia.org/wiki/Colorado_Coalfield_War.

「Ludlow Massacre」 [Wikipedia] https://en.wikipedia.org/wiki/Ludlow_Massacre#Legacy.

「Castle Gate Mine Disaster」 [Wikipedia] https://en.wikipedia.org/wiki/Castle_Gate_Mine_disaster.

「The Rocky Mountain News」 [Wikipedia]. https://en.wikipedia.org/wiki/Rocky_Mountain_News.

「Pancho Villa Expedition」 [Wikipedia] https://en.wikipedia.org/wiki/Pancho_Villa_Expedition.